渔嫂织网

渔民晒鱼

七律·访老船长有感
艅艎乘夜离汀湾，月色阑珊飓浪掀。
桨打狂涛涛打桨，帆撑骤雨雨撑帆。
舟人翼翼咨航向，船长巍巍立舵前。
阵阵渔歌冲碧落，芸芸百姓壮屏藩。

西沙日出

巨龙啸天

耕海

海南渔民与更路簿的故事

王振德——著

海南出版社
HAINAN PUBLISHING HOUSE

图书在版编目（CIP）数据

耕海 ：海南渔民与更路簿的故事 / 王振德著. -- 海口 ：海南出版社，2017.12
ISBN 978-7-5443-7899-4

Ⅰ. ①耕… Ⅱ. ①王… Ⅲ. ①报告文学-中国-当代 Ⅳ. ①I25

中国版本图书馆 CIP 数据核字（2017）第 328641 号

耕海：南海渔民与更路簿的故事

作　　者：王振德
选题策划：王景霞　刘　逸
责任编辑：卫淑霞　陈　霞
实习编辑：王子豪　曾中笑
封面设计：黎花莉
出版发行：海南出版社
地　　址：海南省海口市金盘开发区建设三横路 2 号
邮　　编：570216
电　　话：（0898）66817036
印　　刷：海口恒久彩色包装印刷有限公司
版　　次：2017 年 12 月第 1 版　　2017 年 12 月第 1 次印刷
开　　本：787 mm×1092 mm　1/16
印　　张：30
字　　数：580 千字（幅）
书　　号：ISBN　978-7-5443-7899-4
定　　价：66.00 元

《耕海》序言：

渔歌冲碧落　百姓壮屏藩

刘格文

岁在丁酉，是我在海南过冬的第十个年头，一次小范围的聚会，邂逅了长期在海南工作的老乡王振德先生。份属有缘，同是河北正定人，同是新闻出版人，同是爬格子、嚼文字的人，相互间大有一见如故之感。席间，我送他一本《功业千秋——党和国家领导人签名封辑录》，他送我一本《火山人家》，算是结下了文字之交。

王振德先生告诉我，他有一部弘扬海洋文化的长篇报告文学即将结稿，到时候想请我看看。正当北京秋风送爽的季节，果然收到了他从海口寄来的厚厚一本样书。书名《耕海》，洋洋四百多页、四十万字、二百幅图，书稿从老船长与更路簿的故事入手，讲述了海南渔民祖祖辈辈在南海生存、发展、搏击、冒险和创业、守业的漫漫岁月。

这是一部关于海上丝路的全景式、学术性的长篇报告文学。读着作者笔下流淌出的优美文字，人们会被这“祖宗海”打捞出的活色生香的凡人史诗而感动，也会对中国民间海洋文化、海南渔民远航精神有一个大致的认知。

这是一曲关于丝路拓荒者——帆船时代最后一批老船长的绝唱，他们那渐行渐远、可歌可泣的心灵史令人荡气回肠。这些帆船时代的老船长，随着岁月的迁流，很多人已经归入了其日夜牵念的大海，硕果仅存的也已到了耄耋之龄，故而进行抢救性记录迫在眉睫。

这是一支关于家园守望者——传统中国最后一群节烈女的挽歌，她们那如泣如诉、可圈可点的团圆梦叫人椎心泣血。正如《耕海》后记中所说：“狂放不羁的大海也是一代代渔民的生命归宿，……有多少渔嫂正当妙龄便因之孀居，苦守家园，只有屋檐下的燕子知道。”正是由于她们对家园不离不弃的坚守——扶

1992年发行的妈祖纪念邮票

老携幼、相夫教子、洗衣做饭，中国老船长方可世世代代相传。故而，东南沿海渔民所敬奉的渔神、海神，大多数是女性。

由海南出版社出版的《耕海》这部图书，其内容与史实正相契合，较好地处理了宏大叙事与平民叙事之间、国家立场与个人立场之间的内在关系。倘或说这些关系是杠杆，那么“家国情怀”就是其唯一的支点。因为在南海，渔民守望祖传的渔场，也就等于守护祖国的版图；渔民浮家泛宅、耕海牧鱼，也就等于保家卫国、开疆固边。正像作者在彩插最后一页《七律·访老船长有感》之中所吟：“阵阵渔歌冲碧落，芸芸百姓壮屏藩。”

在这广袤的祖宗海里，家与国两个概念是统一的，甚而是重合的。这也刚好印证了儒家文化“三不朽”的价值诉求——齐家、治国、平天下，三者是统一的、密不可分的。而在这部书里，海、岛、家、国，通过作者图文并茂、诗文同辉的描画，也达到了细腻而深刻的统一。

阅读中华文明史的典籍，人们得到的印象实际上是一部陆地文明史；用以统括中华文明的主要词汇，也往往是农耕、农民、游牧、牧民，以及乡土、大一统、亚细亚等等。尽管我们的祖先不乏对海洋的向往和追求，但在明代中后期以降，与其相关联的心迹与功业甚少被提及。明朝就开始了“禁海”，清朝甚至残酷地推行“迁界禁海”的指令，力图像对农民、牧民那样，严格地约束、改造渔民。于是，我们曾经辉煌的海洋文化落后了。在这方面，《耕海》一书的认识和开掘是准确的、深刻的，也是很有意义的。

我国是海洋大国。认识海洋，开发海洋，深入海洋，是中华民族几千年持续发展的一个重要推动力。中华文明史不仅包含了博大的陆地文明，也包含了深厚的海洋文明。海洋文明与陆地文明一道，构筑了中华文明的完整躯体，也构成了中华民族的文化版图。陆上丝绸之路与海上丝绸之路，都是中华文明史上的璀璨篇章；离开了海洋文明，中华文明无疑是有重大残缺的。

有人说，当今世界，正经历着由内陆文明走向海洋文明，由海洋商业文明走向海洋工业文明的文明大嬗变。这是人类开创的历史新纪元，因而被称为“第二次地理大发现”。作为一个历史悠久的海洋大国，我们在“第一次地理大发现”时落伍了，这一次必须迎头赶上。21 世纪是海洋的世纪，海洋正在成为人类生存的第二空间。故而，谁赢得了占地球面积 71%的海洋，谁也就赢得了世界与未来。

近些年来，随着我们国家理论与实践的日益深入，海洋的经济价值、生态意义和战略地位日益凸显，于是，一些关于中国海洋文明的著述便陆续问世，王振德先生的《耕海》就是其中颇有分量的一部；作为全景式阐扬、诠释海洋文明的长篇报告文学，甚至是发轫之作。这部书稿在艺术创作上也有许多值得称道之处，概况起来有三点：

第一，故事的纵深性与穿透力。譬如，书中写卢家人，从宋初宰相、贬琼谪宦——卢家第一世祖卢多逊，一直写到第二十五世、二十六世孙——潭门老船长卢业发、卢家炳父子。当然，个中有详有略，两头细针密缕，中间只是寥寥几笔带过。尤其是对帆船时代老船长的代表人物之一卢业发，更是详述其“立冬出海端午返，太平岛上过春节”的耕海生涯。无独有偶，书中写渔民世家黄家人、王家人，也有异曲同工之妙。正如国学大师钱穆所言：心存百代，神交千古。钱先生还说：“中国人死去，其子孙后人作一牌位，即称神主，安置家中。子孙后人见此牌位，即如睹先人，引起纪念回想种种心灵活动……”

第二，细节的真实性与感染力。南北朝刘勰《文心雕龙》曰：“一则情深而不诡，二则风清而不杂，三则事信而不诞……”抒情深挚而不诡谲，文风清正而不芜杂，叙事可信而不怪诞，这部作品做到了。感染力是所有文学体裁的共同追求，而真实性则是报告文学区别于其他文学范式的分水岭。《耕海》一书着力追求人真、事真、言真、情真、心理真和形象真的有机统一，以真感人。譬如，书中写老船长伍书光，有很多真实生动、细腻入微的情节，充分体现了人物的悲剧性与喜剧性、复杂性与丰满性。书中写道：

伍大爷依旧靠在船帮上，面前的椰子树阔叶晒着一张渔网，渔网的下部垂悬着无数的长方体小铅坠儿，大概是用于让撒下海的渔网下沉的。小铅坠儿在腊月的寒风里晃晃悠悠，时而碰撞着他的帽舌头，发出叮叮当当的撞击声，仿佛是古代的编钟奏出的雅乐。即所谓：“月缺花残掉眼泪——触景伤情。”伍大爷心绪郁结，就用手使劲儿地弹一弹那些小铅坠儿，好像是要把满怀的郁闷和苦恼弹出去，弹得远远的。

夕照的斜晖透过渔网、树叶的缝隙漏泄下来，将这位老船长的面颊涂抹得斑

南海明珠

斑点点，再加上他哭哭笑笑的，像极了喜剧人物——悲中带喜，喜中含悲，悲喜交集，莫可名状。

第三，作品的诗意化与想象力。有人说，成功属于有准备的人。读《耕海》即可感知，作者就是一个“有准备的人”。书中将“远古的有花植物”（1.3亿年前率先绽放）拎出来，比喻具有开拓性、开放性海洋意识的老船长，如果没有一定的阅读量与想象力，是不可能的。

也有人说，西方作家喜欢心灵辩证法，静态地描写人物的心理活动；而中国作家注重情节辩证法，动态地揭示人物微妙的心理变化、心路历程。该书叙事风格倾向于二者的杂糅，从中可见很强的诗意化、想象力，既茂长着西方式“思想的芦苇”，也葳蕤着中国式“情感的芦苇”；思想与情感在这部书中堪称是水乳交融的。

文章合为时而著。顺应时代的发展，扣住时代的脉搏，拨动时代的音弦，是作家特别是报告文学作家的使命和追求。党中央做出了建设海洋强国的重大部署，习近平总书记提出了“一带一路”的倡议，最近又提出了“把海南打造成海洋强省”的指示。从国家的战略层面出发，我们当然需要更多像王振德这样赋有责任感、使命感的作家，更多像《耕海》这样赋有社会性、时代性和感染力、向心力的纪实文学作品。

《耕海》是一部好读、耐读、值得一读的书，我愿意把它推荐给大家。

2017年12月于北京

注：序言作者刘格文先生，系解放军报社原副总编辑、少将军衔

代自序：耕海呵耕海

（歌 词）

耕海呵耕海
爷爷的瞩望是征帆
爸爸的船头是犁尖
海洋脐带剪不断
丝路家谱写不完
一通通墓碑　一座座神龛
遍布四沙珊瑚岛
——祖祖辈辈传祀典

耕海呵耕海
母亲的叮咛是桅杆
妻儿的幸福是罗盘
拓海纳川画版图
浮家泛宅守蓝田
一段段渔经　一声声螺号
唱响七洲贝壳塔
——子子孙孙拓航线

父祖的期望是罗盘
家国的担当是征帆
——千秋万里游子梦
——故乡慈母一线牵

渔村田头敬书亭

目 录

引子：耕海绘版图

摘要："身并猿鹤为三友，家托烟波作四邻。"在这条海上丝路纵横交织的网络间，几千年来，活跃着一群又一群瘦小平凡，甚而卑微谦恭的身影，这就是一代又一代的海南渔民，尤其是海洋文明的代表人物——帆船时代的老船长……

壹：中国风醉欧美

贰：祖宗海的传说

叁：更路簿的故事

肆：老船长心灵史

伍：祖宗海是我家

陆：瓷路比翼丝路

柒：渔民的保护神

捌：绕不开的梦魇

玖：放歌漫漫丝路

拾：中国海展宏图

摘要：龙旗牛旄在祖宗海高高飞扬、飒飒招展，伴着汉赋唐诗，伴着宋词元曲；伴着渔歌俚调，伴着国乐民谚；伴着南海渔民的更路手册，伴着东海船家的罗盘针尖；伴着一点点光明的渔火，伴着一曲曲英雄的礼赞；伴着一片片鼓掌的绿叶，伴着一张张耕海的白帆……

一叶白帆大于海，一面红旗映红天！

引子:耕海绘版图

摘要:“身并猿鹤为三友,家托烟波作四邻。”在这条海上丝路纵横交织的网络间,几千年来,活跃着一群又一群瘦小平凡,甚而卑微谦恭的身影,这就是一代又一代的海南渔民,尤其是海洋文明的代表人物——帆船时代的老船长,可谓“悬崖边上打太极——临危不乱”。是他们,用穿梭的帆影,用不息的桨声,耕耘着祖宗海,守护着中国海。他们堪称“民族的脊梁”“南海的长城”……

有人说:不经风雨,哪有九天云霓;未历雷霆,怎壮肝胆魂魄!“立冬出海端午返,耕海人生一大半。”潭门已故老船长伍书光说。“出海都是亲兄弟,兄弟互救是常事。”潭门已故老船长王诗桃说。“大风大浪船底过,活命全靠《更路簿》。”潭门老船长苏承芬说。这些看似平凡的老船长不乏豪言隽语——这是一代代老船长的精神成长史,也是他们的闯海人生路。

路在脚下延伸

“曾惊秋肃临天下,敢遣春温上笔端。”(鲁迅《亥年残秋偶作》句)在日本求学期间,鲁迅“有幸”观看了日本关东军的一个幻灯片,面对屏幕上中国人甘当看客的“深度麻木”,先生不由得泪雨滂沱,心事浩茫,遂毅然弃医从文,寻求文艺救国聚心之路。先生说过:“其实地上本没有路,走的人多了,也便成了路。”这路,是中华民族健魄强魂之路、振武扬威之路,也是救溺拯危、发蒙问道之路,更是复兴中华上下 5 000 年连绵不断的文化自信、文明自强之路。先生还告诫我们,希望和理想之路也是如此。

回眸历史,上万年以来,人类为了摆脱贫困、找寻幸福,为了躲避兵燹、安享太平,为了告别瘟疫和拥塞、追逐康泰和梦想,于是南来北往、东去西达,陆上

雷州苏公祠留下苏轼一生漂泊的浩叹

走，江上驶，河里游，海中漂，前仆后继，到处流徙、播迁——路在脚下延伸，何处是精神之家园？

放眼世界，那叠印了无数只新鞋旧履、深深浅浅脚印的土地上，那沉潜着无数艘巨舰艨艟、疏疏密密遗存的海底下，人们抛头洒血，不知踩踏出、开拓了多少条道路——路在前方延展，何处是理想之彼岸？

“巨舶浮于海，长飙送短篷。”北宋末年宰相、唐宋贬琼五公之一李纲在《南渡次琼管》一诗中，曾经这样描述海上丝路的盛况。可见，早在近千年前的宋代，南海就已经有中国渔民、鱼商的“巨舶”“短篷”在游弋，堪称：“云帆高张，昼夜星驰，涉彼狂澜，若履通衢。”（明·郑和撰《天妃灵应之记》碑铭）然而，一直到西方列强用坚船利炮轰开了紧闭的国门，腐败无能的清政府方才猛然憬悟：大海大洋原来也是路，而且是更宽阔、更快捷、更节约的路。只可惜，世间没有后悔药，落后了四五百年，再想迎头赶上简直比攀登蜀道还难！

渔民老话道：船是自己开出来的，路是自己走出来的。可以说，一部人类的历史，就是全世界范围内的寻路史、求道史、取经史，也是一部移民史、戍边史和思乡史。自汉唐以迄明清，海南岛古驿道上堪称是“五里一墟，十里一铺”，在海南这条文化驿道上，传递的是人文科学的火种、衣冠礼乐的火炬。

是以，北宋一度贬琼的一代文宗诗哲苏东坡曾言：“自汉末至五代，中原避乱之人，多家于此，今衣冠礼乐，盖斑斑然矣。”亦曾赋诗明志：“余生欲老海南村，帝遣巫阳招我魂。”至于在中国这条文化驿道上，诸如东坡先生这样的圣人、英雄，即是在人类历史的过程中留下深深脚印的人——或立德，或立言，或立功，此即所谓“三不朽”也！

譬如，就在海那边的台湾岛上，毛泽东最敬重的国民党元老级大才子——著名的政治家、教育家、书法家于右任老先生，在85岁临终之际，口占一首哀婉欲绝的《国殇》诗，堪堪叫人椎心泣血、柔肠寸断，乃至“诱人”（于右任字诱人）魂魄。诗中可谓长歌当哭：

葬我于高山之上兮，望我大陆；大陆不可见兮，只有痛哭。
葬我于高山之上兮，望我故乡；故乡不可见兮，永不能忘。
天苍苍，野茫茫，山之上，国有殇！

尽管只有寥寥 56 个字，但因其情动两岸，光照四海，亦即所谓“立言”也！

梦断渔经耕海梦，情满族谱赤子情。或许和于右任老先生颇有同感，海南渔民也望故乡、思故乡，但两者所望、所思之“故乡”有很大的不同。于老思念的故乡是两岸暌离的祖国大陆，而海南渔民思念的故乡除了祖籍福建，主要是几度“迁界禁海”下的祖宗海、祖宗岛——他们的生活和精神家园。本来，在当时的运输条件下，只不过三四日即可互抵互通的航程，却被封闭、落后的意识形态给堵死了——那可是坚若磐石、固若金汤的一面铜墙铁壁，就连一只鸟儿也飞不过去。实在是可悲、可叹！

的确，海南岛和雷州半岛的渔民也一样，他们的曾祖、高祖自福建泉州、漳州和莆田等州县内迁而来，他们的祖辈、父辈也有的朝着南洋泰国、越南和缅甸等国家外徙而去；他们通过一代代的辛勤劳作，耕耘着、划定了南海 200 多万平方公里的蓝土地，也经营着、守护了这一大片广袤的祖宗海。中国（海南）改革发展研究院海洋经济研究所所长刘锋曾经说过：

与其说，南沙像仙女撒落在南海的一串串珍珠；不如说，南沙更像一面能照亮中国前行道路的镜子，折射出中华民族对于海洋的爱与哀愁，也映衬出中国的海洋强国之路仍将任重而道远。作为泱泱大国的子民，真正慑人的气度是不浮躁，更不狂躁，不争意气，更不争尺短寸长；重要的是努力做好自己，心无旁骛地实现目标。

我们不应当只醉心于心潮澎湃地谈论海洋，而更应当心平气和地去拥抱深蓝。……向海而兴，背海而衰，走向海洋已成为中国融入时代浪潮的必由之路，经略海洋也成为中国和平崛起的必然选择。[①]

①刘锋：《南海开发与安全战略》，学习出版社，2013。

“廿载居留海上翁，岛礁栖息故乡同。”记得有一首吟咏“海上人家”的诗这样写道。的确，海洋经济学家刘锋等学者认为，流动、运动、远航是海洋社会的基本特征，如果当权者非要把陆地人群——农牧社会的组织原理，强加在渔民社会、海上人家的头上，实行陆地化、大一统的管理，是一种社会的不公，也是一种制度的歧视。信哉斯言！

中国海耸长城

然而，道路千千万万，或隐或现，或宽或窄，或长或短，却从来没有一条路在时空的双重跨度上，堪与丝绸之路（19 世纪德国地理学家李希霍芬根据往来贸易的商品而命名）相媲美的。无论是陆上丝路（又称“丝香之路”），还是海上丝路（又称“瓷器之路”），均承载着炎黄万年的历史，烙印着世界八方的文明。

我们依稀看到，南北两条丝绸之路让中国的秦汉隋唐之遗风、宋元明清之流韵，焕发出丝绸般耀眼夺魄的魅力，飘逸着茶叶般提神醒脑的神效，也氤氲着沉香般清心润肺的禅趣，更延宕着瓷器般流光溢彩的文脉。文化与文明不绝，国魂与国脉不断！

于是，一双双络绎不绝的驼峰，一片片川流不息的帆影；一架架奔波的三轮手推车，一辆辆飞驰的四轮骡马车；一声声驼铃马嘶骡响鼻儿，一阵阵人喊牛叫驴打滚儿；还有，《唐诗三百首》中那一双双采桑采茶的纤手，《清明上河图》里那一只只运瓷运绸的木舟……

——带着生命的亮色，带着诗意的润泽，带着东方文化的儒释道，带着华夏文明的精气神，朝着西域、东海集结，朝着南洋、北非输送。当然，自古船无空载归，也运回来中国需要的诸多宝物，譬如珠玑和犀角、香料和玛瑙，乃至包括有声的大象与孔雀，无形的技术与科学……滋养着我们的生活品位，温润着我们的艺术情趣。

于是，通过两条丝路，中国向全世界敞开了 5 000 年“衣冠上国，礼仪之邦”的博大胸襟，展示着合作与包容、开放与豪迈的文化情怀，也带去了意味深长、情义隽永的“中国式问候”。

而在今天的海上丝绸之路沿线，新一代移民正通过他们的跫然足音，在拉近不同国家、不同民族之间的距离。有专家指出：“一带一路”建设将积极推进水电、核电、太阳能等清洁、可再生能源的合作，使得能源发电技术得到更大范围

石岛老龙头上刻有四个大字，某部战士走上去高喊：“祖国万岁！”

的传播与运用。这也是一种海洋文明、海洋精神的承继。

早在中国古代的唐宋元明之际，大量中东地区的商人，就沿着海上丝绸之路，不远万里来到中国，在广州、泉州、杭州和琼州等沿海地区经商，甚或长期定居下来，生老病死，繁衍生息。例如，在唐代鉴真和尚的笔下，就曾记述过海南岛上波斯人的生活情状。所谓“涨海声中万国商”，所谓“云山百越路，市井十洲人”，描绘的就是在中国海之中，在诸海港之内，各色商贾相互来往、贸易、混居和繁衍的盛景。

“连天浪静长鲸息，映日帆多宝舶来。”（唐·刘禹锡《南海马大夫……》句）譬如，近日出版的《火山与雷琼文化》一书，描述了雷州半岛遂溪县的“千年古道”，其彩色照片更有说服力，直观地显示出玄武岩地表上那两条深深的车辙，让人骇目惊心。书中写道：

在两千多年的海上丝绸之路发展历史中，蔗糖一直都是雷琼地区重要的外销商品之一。今天，位于雷州半岛遂溪县调丰村的“千年古道”，即是这一历史事实的重要见证。古道上的黑色玄武岩地表，分布着两条高轮牛车深深的车辙，深度超过了 50 厘米，它清晰地向人们诉说着昔日的辉煌，展示着雷琼地区曾经繁忙的蔗糖对外贸易的盛况。①

“遥思古道存知己，莫讶坡仙不近情。”（清·洪泮洙《咏苏亭》句）而今，那条“千年古道”虽然已经废弃，但“千年产业”依旧延绵不断。目前，雷琼地区依然是

①中国雷琼世界地质公园管理委员会编《火山与雷琼文化》，海南出版社，2017。

高轮牛车在火山玄武岩地表留下的岁月之痕

我国最重要的甘蔗种植和蔗糖加工区之一，年种植面积达 200 万亩左右，其中湛江市的甘蔗种植面积超过 120 万亩，是我国甘蔗种植面积最大的地级市。行脚在琼北地区的红色、褐色沃土上，亦可看到大片大片的甘蔗。正是靠着这些富硒的甘蔗，雷琼地区的蔗农每年均可换来大把大把的美元、欧元，也续写着渊源有自的农耕文明。

而那两条平行排列的车辙，无疑是久远岁月在坚硬岩地上刻下的印记，也是老一辈人在后人心灵上留下的记忆，而且是历史车轮超越时空隧道，为我们撰写的超长联句。

自信来自历史的深处。世界海洋史的研究告诉我们，中华民族拥有源远流长、辉煌灿烂的海洋文化，也拥有勇于探索、崇尚共赢的海洋精神。中华海洋文明是中华原生文明的一支，它与中华农业文明堪为一个人的两条腿，是同生同行、互依互进的关系。此乃海上丝路之滥觞。只是自明清之交，由于诸多的主客观原因，我们才落伍了，我们才挨打了，正像明初大航海家郑和所说："财富来自于海上，危险亦来自于海上。"只可叹明清两朝"不听老人言，吃亏在眼前"。

"身并猿鹤为三友，家托烟波作四邻。"（南宋·陆游《题庵壁》句）在这条海上丝路纵横交织的网络间，几千年来，活跃着一群又一群瘦小平凡，甚而卑微谦恭的身影，这就是一代又一代的海南渔民，尤其是海洋文明的代表人物——帆船时代的老船长，可谓"悬崖边上打太极——临危不乱"。是他们，用穿梭的帆影，用不息的桨声，耕耘着祖宗海，守护着中国海。他们堪称"民族的脊梁""南海的长城"，也是那个时代最可爱、最伟大的人。

譬如，海南琼海潭门老船长伍书光，蒿目时艰闯南沙，冲天一怒守祖业，敢于冲破泰山压顶般的禁令，敢于闯荡鱼雷封海般的禁区。你瞧，他带着七八个小兄弟，驾着一艘 10 吨帆船，乘着东北季风，于 1983 年 2 月的一天拂晓，悄悄地驶往南沙群岛，后被业界誉为"重返南沙第一人"。

“今世之仁人，蒿目而忧世之患。”（《庄子·骈拇》句）在那样“左风”尤烈的时代背景下，伍书光竟敢以瘦弱的肩膀和身躯、细小的腰板和双腿，扛山擎天，破雾蹚雷；固然，他无意做志士、当英雄，但仅仅凭着老百姓下意识的是非观，他就懂得那一道“禁令”虽不成文而更严厉，但它是蠹国害民的。就像印度的伟人尼赫鲁论甘地一样：“然后甘地来了，他像一股强劲清新的空气，让我们全身舒展，深深呼吸；他像一束刺穿黑暗的强光，清除了蒙住我们眼睛的荫翳……”

在南海的一座座岛屿、礁滩和沙洲，至今依然矗立着古井、古庙、古屋；在一处处海底、潟湖和礁盘，则发掘出秦汉的金钏、玉盘和铜器，唐宋的陶器、铜器和铁器，更多的还是明清的瓷器、钱币和古玩，甚至还有镌刻了“凤崇拜”的门楹、木梁，镂雕了“龙图腾”的屏风、神龛……还有，海南和雷州半岛渔民世代薪火相传的旱罗盘、《更路簿》和航海图等。这些触目皆是的文明遗存，在向世人宣示着中国古老的开放性海洋人文意识。

至于海礁中、江底下及河沙里的那些易腐物、易碎品，诸如茶叶、香料、谷物、宣纸和字画，以及丝绸、棉布、衣裙、鞋帽和被服等，想必也是堆金积玉，数不胜数。但是，它们早已被滔滔的海浪吞噬，被咸咸的海水剥蚀，从而化为泥沙和泡沫，未留下一丝半缕的雪泥鸿爪。而今，我们只好于浩繁的方志书卷里、帛画史乘中，寻其踪、觅其影了。惜哉！

这些真正意义上的老船长，就像中国远古的有花植物一样，以其率先的绽放（大约在 1.3 亿年前），宣告着对所有植物的超越与引领、示范与鼓动；以其绚烂的花束，彰显着壮丽生命的勤恳与顽强、美丽与荣光；以其缤纷的色彩，装点着曾经单调的大地与山川，也装点着其他物种的生活与梦幻。从而，让大千世界惊鸿一瞥，让芸芸众生争相效仿。写到此，我油然想起了苏东坡那篇千古传诵的美文《留侯论》，那则关于“忍小忿而就大谋”的著名论断，以及其对天下“豪杰之士”的精妙阐发：

古之所谓豪杰之士者，必有过人之节。人情有所不能忍者，匹夫见辱，拔剑而起，挺身而斗，此不足为勇也。天下有大勇者，卒然临之而不惊，无故加之而不怒。此其所挟持者甚大，而其志甚远也。

黑格尔三段式

江山也赖百姓守。海洋是生命的摇篮，自古以来，在这片广袤的中国海，渔民们以海为祖田，于浪涛中刨食，耕海牧鱼，胸怀五洲；以岛为家园，在珊瑚里拾贝，守望相助，心系四海。

美丽岛礁沉睡着无数的沉舟覆锚，沉舟侧畔千帆过；浩渺烟波印证了几千年渔歌飞橹，渔歌声里万家兴。在这片浩渺的祖宗海，他们世世代代犁波耕浪，拓海纳川，编织着海洋文明的历史经纬，挥洒着海上家国的古今传奇。而这些韧性生命的存在，也在不经意间铸就了一道道南海长城，巍然屹立，亘古不灭！凡此种种，无疑都是我国人民经略中国海、护持祖宗海，以及主导海上丝路的珍贵文明遗存、历史见证。

“有一类游戏是很吃力的，但兴趣会使人忘记辛苦；有一类卑微的工作，是用艰苦卓绝的精神忍受着的，最低陋的事情往往指向最崇高的目标。”英国戏剧大师莎士比亚一生写过不少以太平洋、中国海为地理坐标的剧本，其中最著名的《暴风雨》曾经有这样的慨叹。

初识雷琼地区风帆时代的老渔民、老船长，面对这一个个弯腰驼背、鸠形鹄面的小老头儿，我不免对那些“耳目喉舌”式的报道产生猜疑。有时也不免暗自思忖：这到底是怎样的一个群落呢？南海自古海盗出没，倭贼横暴，官匪勾结，而且遍布着暗礁险滩、暗流旋风，难道就靠他们那羸弱的身躯，真能守住千里长沙、万亩石塘？可是经过久访多见，方才深深信从：他们艰苦卓绝，所以能够“指向最崇高的目标”；他们在忍受中坚守，在艰危中开拓；他们平凡而刚健，卑微而倔强，讷言而敏行，沉潜而果敢，渺小而伟岸！

是他们风雨同舟，同舟共济，凭着一张张网、一叶叶帆，一把把桨、一艘艘船；一代代、一生生、一年年，一季季、一月月、一天天；一只罗盘一颗心，一本针经一

敦煌鸣沙山骆驼队

身胆……持之以恒地耕耘着祖宗海的透明国土，锲而不舍地划定了中国海的广袤版图；坚韧不拔地维系着瓷路，锲而不舍地开拓着丝路，使之延续至今，繁盛至今，辉煌至今。瓷路引领今朝与明天，丝路开创历史与未来！厦门大学历史研究所所长、博士生导师杨国桢先生曾经指出：

海洋文化是活态的文化，每个文明时代都充满了多元力量、多元价值的竞逐，21世纪的亚洲海洋的海洋文化呈现多样化的特征。振兴海上丝绸之路是一种文化的选择，与海洋连邦论竞争具有现实的意义。在新的海洋时代，实现思维观念、生产方式的改变，赋予海上丝绸之路以新内涵，东方和中国讲海洋故事的能力就能进入新境界，做出新贡献！①

我们永远不该忘记：中华民族那180年的屈辱史——那“百年魔怪舞翩跹”（毛泽东句）的漫漫长夜，那国破家亡的惊魂噩梦！当西方列强用坚船利炮摧毁了中国闭关锁国的大门，魏源、李鸿章、康有为、梁启超等一群有识之士提出“师夷长技以制夷”（魏源最早提出）的著名论断，而许多保守派却吹胡子、甩辫子，口中振振有词：堂堂我中华，岂能师夷狄！面对如此荒谬不经之说、颟顸陈腐之论，李鸿章恨铁不成钢，拍案而起道：

今各国一变再变而蒸蒸日上，独中土以守法为兢兢，即败亡灭绝而不悔！天耶？人耶？恶得其故耶？……彼方日出其技，与我争雄竞胜，絜长较短，以相角而相凌，则我岂可一日无之哉！自强之道，在乎师其所能夺其所恃耳。

反躬自省亦自忖：何为“其所能”？何为“其所恃”？他们是靠什么闯入我祖宗海的？还不是靠我们发明的罗盘，否则，他们何以闯过浩浩荡荡的大海！他们又是靠什么轰开

渔家晒网图

①杨国桢：《海洋丝绸之路与海洋文化研究》，李庆新、胡波主编《东亚海域交流与南中国海洋开发》，科学出版社，2017。

我国门的？还不是靠我们发明的火药，不然，他们何以燃响轰轰隆隆的巨炮！

所以说，他们才是"师华长技以制华、以侵华"呢！我们发明罗盘，用于堪舆、睦邻和捕鱼，而他们学去了，则用于殖民侵略、攻占别国；我们发明火药，用于贺岁、祭祀和打猎，而他们学去了，则用于武装军队、炮轰他邦！退一万步讲，即便是我们反其道而用之——"师夷长技"，也不过是自守家园、自卫国门而已。两下相较，高尚与卑劣、诚善与凶暴，相去何其远耳！而慈禧太后操控下的清政府呢？他们始傲而终惧，前倨而后恭，要么撒丫子逃跑避祸，要么涎脸子卖国求和，实在是可悲、可恨又可怜！

故而，晚清"自强运动"的设计师李鸿章才发出如此浩叹："天耶？人耶？恶得其故耶？"——天啊，人啊，这是为什么？我们如何才能懂得其中的道理啊！故而，晚清著名的思想家、文学家魏源才写出著名的鞭挞诗："城上战旗城下盟，怒潮已作落潮声。……全凭宝气销兵气，此夕蛟宫万丈明。"

"阻涉鲸波寇盗森，中原回首涕沾襟。"（宋·李纲句）前门驱狼，后门进虎；前门赶走倭寇鬼，后门又来红毛番。往事不堪，我们忍受了过多的屈辱泪，我们走过了太久的低迷期，必当自强不息，毅然奋起，挺然屹立。任公的《李鸿章传》开篇即设一警语："天下惟庸人无咎无誉。举天下人而恶之，斯可谓非常之奸雄矣乎；举天下人而誉之，斯可谓非常之豪杰矣乎。……故誉满天下，未必不为乡愿；谤满天下，未必不为伟人。"所谓"乡愿"，就是媚俗趋时、两面三刀的伪君子、真小人。

面对举国上下舆论哗然，对李鸿章千夫所指、人人皆曰可杀的舆论洪流，任公在该传之中，既肯定了李鸿章中兴名臣的地位，也对其学识、智识和为民担当魄力的短缺，以及面对"大厦将倾"局势而表现出的逡巡彷徨，予以尖锐的批评，即所谓："吾敬李鸿章之才，吾惜李鸿章之识，吾悲李鸿章之遇……"针对当时举国之人萎靡不振的精神面貌，任公还阐扬了"庸人""乡愿"之弊病——无咎无誉，害己害国！

祖宗海打捞的古沉船

德国伟大的哲学家黑格尔认为，任何事物的发展都要经过"三段式"。这个著名的"黑氏论断"，为揭示事物从低级到中级，再到高级发展的辩证法开辟了道路，也揭示了事物“螺旋式上升、波浪式发展”的必然规律。这一论断，也为其荣膺辩证法的鼻祖奠定了基础。

梁启超先生早在20世纪初，就曾形象地把中国历史（或称“中国梦”）渐次演化、递进的历程，分为三个大的阶段，或者也可叫作“三段式”——“中国之中国”“亚洲之中国”“世界之中国”，这就像三座不断攀高的山峰，也像是一道稳步拓展的长城。

我以为，梁任公所谓“中国之中国”，就是中国梦的本土化，亦即在物质上自给自立自强，在文化上自尊自信自觉，这也是一个大国最起码的底线。所谓“亚洲之中国”，就是中国梦的洲际化，亦即中国崛起于亚洲，在亚洲范围内可以主导话语权，对全世界也有一定的影响。现在，我们庶几成了亚洲第一强国，自然也就算实现了这一目标。所谓“世界之中国”，就是中国梦的全球化，亦即中国崛起于全球，屹立于全球，为全球一体化、文化杂交化，为全人类“大道之行，天下为公”做出应有的智慧贡献。

关于后者，正如习近平总书记在“十九大报告”之中所说的：“我们呼吁，各国人民同心协力，构建人类命运共同体，建设持久和平、普遍安全、共同繁荣、开放包容、清洁美丽的世界。”“中国秉持共商共建共享的全球治理观，倡导国际关系民主化……中国将继续发挥负责任大国作用，积极参与全球治理体系改革和建设，不断贡献中国智慧和力量。”由此可见，如果借用英语时态的说法，任公百年前所提出的“世界之中国”的目标，我们现在尚处于“现在进行时”，即可谓“路漫漫其修远兮，吾将上下而求索”（战国·屈原《离骚》句）！由此可见，任公此言，恰好契合了黑格尔的“三段式”论断。

巧合的是，关于中国的海洋文明史，黑格尔和梁启超都有所论及。黑格尔在其著作《历史哲学》中说：“尽管中国靠海，尽管中国古代有着发达的远航，但是中国没有分享海洋所赋予的文明，海洋没有影响他们的文化。”而世居广东的梁启超在《地理与文明之关系》中不胜感叹：“海也者，能发人进取之雄心者也。陆居者以怀土之故，而种种之系累生焉。试一观海，忽觉超然万累之表，而行为思想，皆得无限自由。”

正如习近平总书记在“十九大报告”里所说的：“坚持陆海统筹，加快建设海洋强国。”这些话语深中肯綮，或发人深思，或启人猛醒，或催人奋进，皆可谓沦肌浃髓之论，高瞻远瞩之见！教育部、国家海洋局在《关于加强中小学海洋教育的提案》中也大声疾呼：

“建设海洋强国”内涵丰富，其中重要一点就是要全面提升国民的海洋意识，树立现代海洋观念，这是实现“海洋强国”战略目标在思想层面的根本保证。近年来，国际及我国周边海洋形势日趋严峻，资源竞争、领土领海主权之争愈演愈烈，更使加强国民的海洋意识，成为一项紧迫的任务。

读者朋友，历史的经验教训告诉我们：向海而兴，背海而衰！无论是十八大，还是十九大，习总书记关于“建设海洋强国”的号角早已吹响，让我们同舟共济，秉持中华传统文化海纳百川、壁立千仞、博大而高远的胸怀，发扬南海渔民世代拓海远航、守岛护礁的精神；让我们就像把解决“三农”问题作为实施乡村振兴的战略一样，理直气壮地提出“三海”（海洋、海权和海防）问题，并将其作为较长时期的奋斗目标，振兴古老的海洋文明；向“三海”寻求支撑点，向“五洲”寻求突破口，喜迎“四大洋”开放包容、和谐共赢的美好明天！

几年来，行脚在三沙一座座岛礁，奔波于沿海一个个渔村，见处处花木葳蕤，渔家静谧；楼宇拔起，渔民安适。不觉赏心悦目，荡虑骋怀，遂作七律《渔家乐》，愿与诸位读者分享之：

渔港何方不安恬，渔家尽在杏花源。
不知楚汉兵戈苦，无论宋元战火燃。
犁浪耕海陶令慕，浮家泛宅郑和惋。
居岛荡虑绝尘世，漂洋去国任樯帆。

白浪滔滔涌海门

壹:中国风醉欧美

摘要:头顶祖宗天,耕耘祖宗海。我们潭门渔民很早很早就在祖宗海里打鱼抓螺,很多的书里都有写到。南海浪头很大,漩涡很多,大风大浪船底过,靠什么呢?就是要靠罗盘啦,《更路簿》啦,对于这些我们祖传的宝贝,外国人很早就眼馋了,总是千方百计搞到手,也包括我们从大海里打捞的宝物,像瓷器、漆器、木雕,还有海图、地图……

从天价地图说起

海图地图丝路花雨,龙窑景窑瓷国今昔。

潭门老船长苏承芬总爱唠叨这几句话:头顶祖宗天,耕耘祖宗海。我们潭门渔民很早很早就在祖宗海里打鱼抓螺,很多的书里都有写到。南海浪头很大,漩涡很多,大风大浪船底过,靠什么呢?就是要靠罗盘啦,《更路簿》啦,对于这些我们祖传的宝贝,外国人很早就眼馋了,总是千方百计搞到手,也包括我们从大海里打捞的宝物,像瓷器、漆器、木雕,还有海图、地图……苏老既是《更路簿》传人,也是海南非物质文化遗产项目传承人。

迷雾重重古地图

非常巧合的是,据西方权威人士透露,在英国牛津大学,收藏有一幅挂壁式的中国地图,其保守估价竟然高达600万美元,折合人民币超过4 000万元,这简直是天价了。那么,它为什么会有如此高的价值呢?

加拿大历史学学者、著名汉学家卜正民说:"如果它(中国地图)真的重返市场,拍卖价格肯定还会被抬得更高。"也就是说,如果这幅中国地图被公开拍卖,拍卖价格还远远不止600万美元。对此，也许一些读者会持怀疑的态度，甚至还会质疑："开玩笑吧，一幅地图咋会值那么多钱呢？"别急，这绝非天方夜谭，且听我慢慢道来。

自然，这幅地图非同寻常。这是一幅古老的中国地图，据专家考证，其面世已达400多年之久。也就是说，它绘制于明代万历年间（1573~1620年）中期。这幅被称为"塞尔登地图"的中国地图，凝聚着明代中国制图技法不为人知的秘密和思想精华，却流落他乡，被长久地压在牛津大学博德利图书馆的书山之下，就像孙悟空被压在五指山下一样。在长达400多年的时间里，任凭它有十八般武艺，也不得施展。

照这么说来，比起齐天大圣孙悟空来，这幅地图还是蛮幸运的。2009年，它在被历史遗忘400多年之后，终于在英国冲破沉重的书山，揭开了尘封已久的神秘面纱。

这幅地图在牛津大学亮相伊始，无论是汉学家、历史学家，还是地理学家、制图专家，一睹其真容之后，都禁不住发出一声惊叹——惊诧于它的离经叛道、一反传统，惊诧于它的惊世骇俗、独擅胜场。尽管专家、学者云集，一个个无不是眼开八方、胸罗锦绣，但是，都未曾见过这样一幅另类的地图——它在文化价值、布局重心、制作技法等方面，无不别具只眼，不落窠臼，既偏离了中国古代的制图传统，更迥异于西方人的绘图技艺，以至于英美的专家、学者们"不识庐山真面目"，纷纷宣称这幅地图是伪造之物。

尽管根据记录，它确实是于清代顺治十六年（1659年）被辗转送到牛津大学的。这幅发端于晚明、尘封了400多年的珍贵文物，在被掀开哀戚、忧愁的神秘面纱之后，转而成为世界航海史上的待解之谜。面对这样的非议、这样的误读，它是否可曾"忍泪佯低面，含羞半敛眉"（唐·韦庄《女冠子》句）？

它为什么被称为"塞尔登地图"？究竟是谁绘制了这样一幅别出心裁的地图？它是怎样远渡重洋，并在数百年前被西方人压在书山之下的？又是在怎样的机缘下重现于世人面前呢？可谓疑窦丛生，迷雾重重。

为了破解谜团，《塞尔登的中国地图：重返东方大航海时代》（以下简称《中国地图》）的作者卜正民旁征博引，通过大胆的猜想、详尽的考证，试图为我们揭示出藏在这幅地图背后的远航梦想、耕海密码；以这幅古代中国地图为引子，从历史、地理、文字、法律和航海科学技术等多重视角，描述了400多年前东亚地区海上贸易的盛况，以及其留给后世的深远影响；描述了西方人是如何通过南海的商贸网络，一步步抵达东亚的。

甘泉岛千年古井

古老地图有更路

有人说，地图是大地的印象，是人类认知地球、了解世界、征服他者的手段和武器。有趣的是，这幅古老的地图不仅以南海（海南渔民口中的“祖宗海”）为中心，而且上面竟然有一幅地地道道的更路图。

这幅地图给我们的一个重要启迪是：400 多年前，明代中国对海洋的认知、对世界的了解，就已经远远超出了西方人的想象；中国人自古就不是“旱鸭子”，而是向来不乏冒险意识、海洋精神，诚如宋代诗人潘阆在《酒泉子》一词中所叹：“弄潮儿向涛头立，手把红旗旗不湿。”

那么 400 多年后，我们又应该怎样联结古老的文化脐带，唤醒海洋文明的基因意识，自觉、自信和自强；怎样沿着海上丝路、拓展海上丝路，走向世界，延展商路，进而让全世界人刮目相看，在此人类文明的交会处与冲突点一展神威，令举世“当惊中国殊”呢？

从卜正民的叙说中，我们似乎看到：早在四五百年之前，中国就已经进入“东方大航海时代”，欧洲各国被远远地甩在了后面，只能望洋兴叹，徒唤奈何；在浩瀚、广袤的南中国海、太平洋、印度洋里，中国船队浩浩荡荡，中国龙旗高高飘扬；中国的水手、渔夫们无限自豪地吹着螺号玉笛，唱着船歌渔曲，驶向远方，驶向彼岸，舳舻千里，扬帆万邦。

英属哥伦比亚大学历史系教授、圣约翰学院院长卜正民的学术专著——《中国地图》，也就是专门为这幅地图所写的一部学术著作，他在其第一章“超乎想象的地图”中，还不厌其烦地叙述道：

我是在 2008 年 2 月，第一次见到塞尔登地图的，当时正是牛津大学的春季学期。……此前，我对这个东西一无所知，也不知道它叫什么。但看了第一眼，我就知道，这显然是一张古代的中国地图，可是跟我过去见过的中国地图截然不同。首先，它的尺寸令人震撼。整个展开后，宽度超过一米，从上到下长度接近两米。粘在地图底部的卷轴告诉我，这是一幅挂壁式地图，可以像卷轴式的中国画

英属哥伦比亚大学历史系教授、圣约翰学院院长卜正民

那样展示。

我以前曾经见过别的挂壁式古代中国地图，所以，虽然它的尺寸很大，也不会让我觉得特别诧异。真正让我不解的是，这幅地图所描绘的中国，既包括中国大陆，也包括我们今天所知的东南亚诸岛。而且，这幅地图通过全景式的展示，所呈现出的视觉效果也相当震撼。①

偶然之中自有必然。一幅中国地图竟然具有如此的魅力，甚至是魔力，不仅改变了哈佛大学文学硕士、哲学博士，历任多伦多大学、斯坦福大学、英属哥伦比亚大学历史系教授卜正民的研究方向，而且可以说改变了他的人生走向。此后，卜正民不仅撰写了这幅地图的学术著作之一《中国地图》，撰写了这幅中国地图的学术著作之二《塞尔登先生的中国地图：香料贸易、佚失的海图与南中国海》，而且他还于 2016 年年底，在北京大学举办了文化研究讲座，题目是“测绘于浩淼之上：明代的航行与全球舆图学”。

由此，这位英俊洒脱而又博学多识的加拿大学者，将学术研究的触须直接伸向了南海，也就是海南渔民所说的“祖宗海”。因为对明代中国历史、地理卓有成效的研究，且业已成为西方中国史研究领域内影响最大、跨度最大，研究作品最多的学者之一，他又兼任了圣约翰学院的院长。关于这位大名鼎鼎的汉学家，《北美汉学家辞典》这样介绍道：

卜正民，加拿大安大略省多伦多市多伦多大学历史系教授。1951 年 1 月 6 日出生，1984 年哈佛大学博士，1977 年哈佛大学硕士，1973 年多伦多大学学士。研究范围和专长：历史/明代，民国/江南，上海/社会文化史/汉语，日语，法语。②

“求真则真无定指，责实则实无尽止。”这是在史学界非常流行的说法。有人说，海洋是人类的希望，21 世纪是海洋的世纪，人类将迎来了解海洋、开发海洋

①[加]卜正民：《塞尔登的中国地图：重返东方大航海时代》，刘丽洁译，中信出版社，2015。

②安平秋：[美]安乐哲主编《北美汉学家辞典》，人民文学出版社，2001。

的新纪元。然而一个非常有趣的话题是，这幅地图竟然在400多年之前，就一反传统地理的画法，将南海置于地图的中心地带，作为关注的焦点，甚至将其视阈延展到太平洋；似乎，它在400多年前就预见到南海的经济地位、战略意义了，让人不可思议。

要知道，这里可是远离中国政治文化中心北京，乃至与其隔着“八千里路云和月”呀！我想，若是万历皇帝圣聪闻知，也会龙颜震怒的：普天之下，莫非王土；率土之滨，莫非王臣。你这个逆臣，何其荒唐！揆情度理，大明王朝的中心也理应是京都哇，怎么变成南海啦！

卜正民认为，这幅地图非常精美，不仅是一幅史无前例的艺术作品，而且更重要的是，它是独一无二的历史文献，闪烁着思想的光辉、智慧的光芒。他说：“图中描绘的许多地区，都是过去的制图师从来没有涉及过的；它蕴含着丰富的精神空间（借用地图史学家余定国贴切的术语），展示出过去一些人心目中想象的东亚世界的图景。”

渔歌引来西方人

不仅如此，这幅地图所涵盖的地域极为广泛，包括中国国界周边的许多国家和地区——从右上角的日本海，一直延伸至左下角的苏门答腊岛。它甚至还有预言家的眼光，将南海置于世界的焦点。卜正民接下来在《中国地图》中还详细地描述道：

卜正民著《塞尔登的中国地图》

在南海的下方，菲律宾和婆罗洲的位置与当下的现实吻合；越南的海岸线轮廓如今看着也很眼熟；马来半岛跟今天印度尼西亚几个大岛的位置，也分毫不差。……这幅地图对所描绘的各个地区平衡关系的处理，也跟其他中国地图截然不同。在明朝，无论是中国地图、亚洲地图，还是世界地图，都会把中国置于地图的中心。

然而，令我没有想到的是，这幅地图的中心不是中国，而是南海。17世纪初，香料贸易让欧洲名声大噪，对于印度果阿、墨西哥阿卡普尔科和荷兰阿姆斯特丹这些港口来说，这片海域（南海——著者）是一片必经的海道。对于一位绘图师来说，让一幅地图以一片海洋为中心，实在再奇怪不过了。……绘图师并没有让陆地成为他所绘制的这片精神世界的重点，相反，他把陆地放在次要位置，引导人们把注意力转向那片海洋。

最后，最令人百思不得其解的是，这幅地图看起来太过熟悉。……不仅如此，它看起来还太过完美。它对于南海各个航线的描绘，恰如其分地契合了当今的时代背景——中国成为全球商品的主要供应商，将中国制造的产品通过轮船运往世界各地。这幅地图描绘的商业世界，是以往任何东西方地图都找不到的。它描绘得十分清楚，但却让我十分不解——它是如何做到这一点的？①

2014年，上海东方早报社开办的新媒体“澎湃新闻网”悄然亮相。在洋洋大观的六卷本《哈佛中国史》丛书首发式之后，澎湃新闻网记者对其主编卜正民进行采访时问道：“您在书中谈到，明政府于隆庆元年（1567年）解除海禁之后，海外贸易进入了一个新的繁荣期。在葡萄牙人、西班牙人、荷兰人、英国人来到南洋之时，他们发现中国人早已在这一地区建立了繁荣的商贸网络，将南洋、印度洋、太平洋与大西洋等地联结了起来。您的这一观点，是不是受到全球史研究当中反思‘欧洲中心论’的影响呢？”

卜正民教授认为，明朝政府为了防范倭寇的入侵，防范海盗的袭扰，固然可以“迁界禁海”，禁止、阻挠商人进行海上贸易。但是茫茫大海，天高皇帝远，明朝的许多商人对政府的禁令，根本就是置之不理，他们像地下工作者一样，偷偷地在海上丝路做生意。在16世纪之前，中国商人已经与东南亚，进而通过印度人做中介，也与非洲、欧洲国家有了频繁的贸易往来。

所以，正如前文所述，当权者为了实行陆地化、大一统的管理，将农牧社会的组织原理，强加在渔民群落的头上，称他们为盗、为匪、为寇，这是一种社会的不公，也是一种制度的歧视。

卜正民进一步解说道：“西班牙人把美洲的白银大量输入中国，靠着这些白银，欧洲商人才能顺利地在东南亚地区开展贸易。可以说，我的观点接近弗兰克

①［加］卜正民：《塞尔登的中国地图：重返东方大航海时代》，刘丽洁译，中信出版社，2015。

在《白银资本》里的看法，但不完全相同。我希望我的学生清楚，真实的历史史实是，这里早就存在着海上丝绸之路，并不是像有些人所说的‘欧洲人像英雄一般跑到世界各地，建立起了各个商业网络’。”

陵水黎安港

卜正民非常确定地说：“实际上在欧洲商人尚未到来之前，海上丝绸之路的网络就早已存在了。就像沃勒斯坦在他的《现代世界体系》中所说的那样，中国对南洋的商贸网络做出了很大的贡献，没有南洋的商贸网络，欧洲人是不可能进入亚洲地区来进行贸易活动的。”

从上述卜正民教授细针密缕的叙述中，我们依稀看到了一幅东西方商贸频繁往来的网络图；依稀看到了海上丝绸之路中舟楫匆忙过往的通商图；也依稀看到了，在浩浩渺渺的南海——海南渔民口中的祖宗海上那一幅幅耕海图。你瞧那片广袤的大海，樯桅如林，帆幕蔽日，渔歌唱晚，渔火映天……好一派繁忙的景况，好一派丰收的景象！

而在这幅“清明上海图”之中，一条条曲线经由泉州、明州（今浙江宁波）和广州等重要的港口城市延伸，由一个个貌似雄鹰的箭头引领着，拓展、延伸到全球西南各个角落——向着泰国湾→马六甲海峡→安达曼海延伸，向着曾母暗沙→塞拉桑海峡→卡里马塔海峡→爪哇海延伸，向着印度洋、太平洋和大西洋延伸，勇往直前、前仆后继地延伸着，拓展着。

延伸到今天，拓展到明朝！

古地图上海南岛

中国地图贡献大

通过阅读卜正民教授的著作，我们知道，塞尔登的中国地图是一幅伟大的航海图、耕海图。它不仅详细描绘了南洋诸国、诸岛的细节，还异常清晰地勾勒了海南岛，以及岛上的花鸟虫鱼；它甚至连当时的西沙群岛、南沙群岛都进行了专门的标识，而且它标识的西沙、南沙的位置、范围，与当下的实际地理情形非常近似。

这幅地图是约翰·塞尔登捐献给牛津大学博德利图书馆的，故而，人们又通常称之为“塞尔登地图”。《中国地图》汉语版出版后，卜正民在谈及这部书稿的创作体会时写道：

这是近700年来最重要的一幅中国地图，它描绘了当时中国人所知的那片世界：西抵印度洋，东接香料岛，南邻爪哇，北望日本。这幅地图之所以保存至今，是因为它落到了约翰·塞尔登手中。塞尔登希望能够确保知识的延续性，不单是英语世界的知识，而是各种知识，甚至包括他根本读不懂的中文知识。他这样做，对这幅地图实在是一大幸事，因为这幅地图是一份孤本，是纯手工绘制，再也没有第二份。①

的确如此，正是因为约翰·塞尔登希望“确保知识的延续性”，这幅中国地图才得以到了英国牛津大学图书馆；正是因为被压在书山长达400多年之久，这幅中国地图才得以被完好如初地保存至今。如果说对它而言这也算是不幸的话，那么，对于中国航海史、中国文明史，乃至对于世界地理学、地图学来说，则是“不幸之中之大幸”。

约翰·塞尔登出生于16世纪后期（根据文献推算应为1584年），他与古今中外许多伟人一样，也是一个“没爹”的孩子——穷人的孩子早当家，没爹的孩子易成才。

①［加］卜正民：《塞尔登的中国地图：重返东方大航海时代》，刘丽洁译，中信出版社，2015。

或许是同病相怜吧，当他还是一个翩翩少年时，就与比他年长12岁的"英国第一位桂冠诗人"——本·琼森结为了刎颈之交。塞尔登出道甚早，青年时代在伦敦就已经是飞声腾实了；到了而立之年，他就已经是英国顶尖的宪法学者。而到了34岁那年，约翰·塞尔登迎来了他一生中的重大机遇——幸运地被英格兰国王詹姆斯一世召见，并邀请与自己"志趣相投的知音"本·琼森一起，前去王宫接受这位"大不列颠国王"的问询和质疑。

二人同样属猴，同为孤儿，也都是"穷人的孩子"，并且都有一个同样的嗜好——诗歌创作。而且，他们还有一个共同的性格特点，就是桀骜不驯，敢于藐视权威，仗义执言。

两只"猴子"闹天宫

于是，这两只胆大妄为的"小猴子"开始"大闹天宫"，在英国政界和文坛掀起了一阵阵巨涛狂澜，直"搅得周天寒彻"（毛泽东诗句）！正所谓："猴子戴金冠——惹祸大王！"但是，猴子本领再大，也跳不出"如来佛"——詹姆斯一世的手掌心。

通过卜正民先生的叙说，我们知道，当时的英国国都伦敦，在女王伊丽莎白的治下，云集着众多寒门出身的杰出人才，其中有律师、诗人、剧作家、哲学家和神学家等。这种情形，颇似500年之前的北宋京师汴梁——经过隋唐两个朝代的试水，宋代的科举考试已臻完善，使得大量的寒门士子有幸蟾宫折桂，云集京都，担任着各个品阶的朝廷命官；他们燮理阴阳，统摄九州，为朝廷和百姓梳理着大大小小的政务。譬如，北宋宰相级别的名臣范仲淹、王安石、欧阳修等，也包括"三苏"（苏洵、苏轼、苏辙）父子，均为寒门子弟或白衣秀士出身。

贝里尼油画《诸神之宴》青瓷多

当时的英国尽管没有实行科举制度，但国都伦敦的“白衣秀士”也是层出不穷。诸如比琼森大八岁、二人结为莫逆之交的莎士比亚，因为生计窘迫，年仅13岁时，就被其父从他钟爱的文法学校扭送回家，自此含泪辍学，走上了坎坷、跌宕的独自谋生之路。

嗣后，莎士比亚曾经做过肉店小伙计、剧院牧马人，还曾在乡村小学教过书。年轻的莎翁因为囊中羞涩，甚至于不惜铤而走险，独自一人去荒郊野外打猎，赚钱贴补家用；曾经误打误撞，闯入一个“地主老财”闲置的农庄里，猎获飞禽走兽。后来，被农庄的看门人发现，打得他鼻青脸肿，皮开肉绽。因为“偷猎”挨了一顿暴揍，虽然已经受到惩罚，但莎士比亚一度为这件事情懊恼、悔恨不已，堪称噬脐莫及也！莎翁曾经说过：“一个人无论禀有着什么奇才异能，倘然不把那种才能传达到别人的身上，他就等于一无所有；也只有在把才能发展出去以后所博得的赞美声中，才可以认识他本身的价值。”（见莎剧《特洛伊罗斯与克瑞西达》）

詹姆斯一世即位国王之初，作为一位“国王供奉剧团”的演员，莎士比亚尽管早已蜚声剧坛，但还是被贵族出身的演职人员嗤之以鼻，有人曾经讥讽他为“粗俗的贱民”。莎翁反唇相讥道：“穷巷陋室，有德之士居之，可以使蓬荜增辉；世禄之家，不务修善，虽有盛名，亦将隳败。”（见莎剧《终成眷属》）

1916年，这位不世出的文学巨匠、戏剧大师莎翁，在其52岁生日那天英年早逝，噩耗疯传，举国轸悼。诗人本·琼森历来以桀骜不驯、睥睨天下而著称，但此时却悲痛万分。为了向这位亦师亦友的伟大人物致哀、致敬，琼森当日写下了以下诗句，对其给予很高的评价：

如果你穿上了轻履，
就能让你和他们全体来比一比，
不管是傲希腊骄罗马送来的前辈，
还是从他们的灰烬里走出来的后代。
得意吧，我的不列颠，
你拿得出一个人，
他不属于一个时代，
而属于所有的世纪！

尽管本·琼森曾经尾巴翘得老高，堪称傲骨嶙峋，但是绝非气节嶙峋之人。或许是出于“稻粱谋”吧，他对詹姆斯一世国王、安妮王后，也曾竭尽谄谀献媚之能事，写诗称他们为“最伟大的国王”“最美丽的王后”，称他们治理下的伦敦是“永远不落的骄阳”。这些令人齿冷、肉麻的话语，颇似中国“文革”时人的谄媚、狂热与个人崇拜之风。

然而，拍马屁拍到了马蹄子上，本·琼森与塞尔登还是先后几度身陷囹圄，在大牢里度过了若干年的惨淡人生。他们这种因诗惹事、因书肇祸的遭际，和中国北宋诗文大家苏轼很类似，平生受尽诗词歌赋的牵绊。人到不惑，约翰·塞尔登有所警醒，专攻法学。“到了晚年，塞尔登声称诗歌是‘孩童应当学习创作的好东西’，或许资质普通的诗人写诗是‘聊以自娱，但将其公之于众却十分愚蠢’。”（见《中国地图》第25页）

塞尔登的春风得意源于一本书，塞尔登的命途多舛也是拜这本书所赐。这似乎是一个自相矛盾的悖论，但是，古今中外历史的逻辑常常被人颠覆，人生的悖论也并不鲜见。他的这本书名为《什一税的历史》，它一经面世辄声名远播，随即一次又一次地加印、重印，进而引起了一场又一场轩然大波——塞尔登“初生牛犊不怕虎”，竟然将矛头直接指向了高高在上、唯我独尊的大主教和国王。真乃胆大包天也！

该书认为，教会从信众那儿征收什一税，绝对不是神的旨意，而是假神之名，敛己之财；信众缴纳什一税，是基于教堂与信众之间的契约关系，信众并不是非缴纳不可。从而，尖锐地批驳了“教会代表神的意志向信众征税”的谬说。这样一来，不啻是一把扯下了教会冠冕堂皇的假面具、遮羞布，使得教会的“生财之道”大打折扣。于是顺理成章，教会大大小小的主教惊骇异常，恼羞成怒。对此，卜正民记述道：“他们对塞尔登恨之入骨，甚至恨不得把他的脑袋割下来。”

博鳌渔村土地庙

《什一税的历史》一书中还隐藏着一个“爆炸性的观点”，是在后来才引爆的。卜正民认为，任何个人、任何团体，都不存在上帝赋予的神圣权力，无论是基督教大主教，还是自我标榜为“君权神授”的皇帝和国王；法律的目的不是为了维护统治者手中的权柄，而是为了保障人民的自由。这样一来，对塞尔登恨之入骨的就不仅仅是教会，还包括国王詹姆斯一世了。

塞尔登撰写这部书稿之时，抱有一种侥幸心理，自以为国王大人燮理阴阳，日理万机，自然是无暇顾及自己的这样一部经济学、法理学专著。没承想，他的“大逆不道”的悖谬论调，通过大主教们的“如簧巧舌”，早已经让詹姆斯一世国王“玲玲盈耳”了——你不下地狱，谁下地狱！因为喜欢“大放厥词”，塞尔登曾经被国王三次打入大牢。所以说，中国的那句谚语“要想人不知，除非己莫为”，堪称是“放之四海而皆准”的真理。也就是说，我们做任何事，都不要心存侥幸，否则，脑袋掉了都不知道是咋回事。这也就是中国古人所说的“三尺之上有神明”“福善祸淫乃天道”的道理。

塞尔登的“亲密战友”本·琼森有一句名言：“语言最能暴露一个人，只要你说话，我就能了解你。”说话都能“暴露一个人”，更何况是著书立说、白纸黑字了。那可是铁证如山呀！然而，福至心灵的人们不会因噎废食，不会因为说话惹祸，就缄口不言，或者满口谎言；也不会因为写作招风，就摒弃这项“三不朽”（立言、立功和立德）的功业之一。

要知道，琼森还有两句话，其一是说：“说谎的嘴是发臭的洞。”其二是说：“罪恶在蔓延，所以正义应当得到声张！”

“千年史册耻无名，一片丹心报天子。”（宋·陆游《金错刀行》句）在中国的“三不朽”中，“立德”就得像好雨随风，润物无声，“勿以恶小而为之，勿以善小而不为”，故而具有很大的不确定性，我们只需“但做好事，莫问前程”而已；而“立功”就得有难得的机遇，遭逢乱世好立功，还得置身于处处杀机、步步陷阱的宦海沙场，往往也非一介书生所能为；至于“立言”，就成为文人的第一要务，以求像李白那样，凭借梦笔生花死而不朽。后者诚如曹丕《典论·论文》所说：“盖文章经国之大业，不朽之盛事。”

关于“三不朽”，胡适曾有过精妙解读：“‘小我’虽然会死，但是每一个‘小我’的一切作为，一切功德罪恶，一切言语行事，无论大小，无论是非，无论善恶，都永远留存在那个‘大我’之中。”可以说，对死后“大我”不朽之名的追求，可以激励个体生命释放出巨大的能量，建功立业，著书立说，执一不二。而那些置“大我”于不顾的人，则难免流于行尸走肉，甚或沦为恶棍暴徒、独夫民贼。

合浦汉墓出土的铜牛

历史上，功勋卓著的拿破仑，在生前唯恐自己不能青史留名，结果名垂千古。而法国国王路易十五生前横征暴敛、穷兵黩武，甚而恬不知耻地叫嚣：“我死后，哪怕它洪水滔天！”自然落得个遗臭万年的下场。在当今西方汉学界，喜欢立言，也擅长立言的学问大家，《中国地图》的作者卜正民应该算是出类拔萃的。他又是如何走上这条道路的呢？

1974年，卜正民正值而立之年，作为交换生来到中国学习和工作，不久结识了名震遐迩的英国教授李约瑟——世界著名的科技史学家、生物化学家，也是英国唯一的一位将皇家学会会员、科学院院士一肩挑的科学家；曾经入选中科院首批外籍院士，还曾分别受到一代伟人毛泽东、周恩来的接见，也被誉为“中国人民的老朋友”。

1977年，李约瑟第N次来到中国，即慧眼识珠，在茫茫人海中发现了饱读经典的卜正民，安排他参与《中国的科学与文明》的编写工作。自此，专注于对中国科学史、文明史的研究，因而改变了卜正民的学术道路、人生命途。关于这一点，在其后来的许多著作中均有体现。诸如，《哈佛中国史》《鸦片政权》《中国公民社会》等著作，无不打下了与李约瑟结识、年轻时致力于中国文化与文明学术历练的烙印。

历史学家从来不是漫无目的地发掘历史真相，而总是在他本人或他人对当前社会的种种先入之见的影响下，关注历史上某些特定的问题。这诱导他寻找某些特定的历史记载，而从前的历史学家很可能会拒绝承认或忽视这些记载；当他解读这些记载的时候，他运用的是与当代某些思想家有一定共通之处的思维模式和价值判断。因而，对历史的研究总是打着当代的印记，与时俱变，随世流转，本身就是一个历史的过程。[①]

①张世明：《历史学者与文本的对话》，2017年6月17日《中华读书报》第13版。

中国人民大学教授、博士生导师张世明的这段话，正好契合了卜正民的学术抉择与研究之路。后者的汉学研究之路，自然也是“打着当代的印记，与时俱变，随世流转”的。

历史细节意义大

2016 年，清华大学新闻与传播学院副教授周庆安曾经撰文，对《中国地图》给予很高的评价，并且肯定了它对于“历史细节”的记录，以及这些细节对东西方商贸交往史、文明交流史的重大意义。他指出：

我们已经很久不习惯于看图说话了，总觉得那是儿时的记忆。其实在人类社会发展的“儿时”，图往往也是人们交流和沟通的工具，比如说地图。一位中文名字叫卜卫民(应为卜正民——著者)的加拿大汉学家，就在一张来自英国博物馆的地图上，看到了欧洲关于东方历史的想象力，而且这种想象力一直延续到今天，仍具有重要意义。

……

从地图(此指塞尔登地图)本身来看，最有价值的地方就是，将近 500 年前这

刻在渔民心里的祖宗海版图

份佚名制作的地图十分精确,甚至连当时的西沙群岛、南沙群岛都进行了专门的标识,而且范围和内容与当前极为相似。在历史同时期,与中国的一份地图《二十八宿分野皇明各省地舆全图》相比,内容基本覆盖,但塞尔登的地图在现代科学意义上更为标准。

徐闻登云塔

其实从16世纪以来,东西方文明交流的前线站着两种人,一种是海员,另一种是传教士。前者在某种程度上有自己的规则,规则一旦黑暗,往往就成了我们描述的海盗。但这两种人对于东西方文明交流史的记录,都曾扮演了十分重要的角色。如果说海员带回的,更多的是物质性的财富,而传教士提供的则更多的是叙述。从这个意义上讲,这两个职业差异巨大,一个索取,一个传播。

在东西方文明交流的过程中,两者却在历史的某些时刻,发挥了同样的作用——他们都共同留存了东西方文明交流的细节。今天这些细节,有些成为作品不断出版和再版,有些则保存在不同的博物馆中。还有些细节,比如1614年,英格兰公开焚毁了东印度公司带回的日本色情浮世绘——这些也都在塞尔登收藏的这份地图中,得到了一一体现。

我们对于大航海时代之后的东西方交流,往往简单地以胜利者和失败者相区别。不可否认,那之后的历史都带有十分残酷的血与火的印迹,但是,其实东西方之间的相互影响,往往是在细节中展现出来的。在当时,有些技术是通过战争和掠夺的手段传播的,有些思想也是通过文化交往的方式进行的。就在《二十八宿分野皇明各省地舆全图》之后的100年,1708年,康熙皇帝下令以天文观测与星象三角测量的方式,绘制《皇舆全览图》,这成为中国第一份绘有经纬网的全国地图。

这些年来,无论是口述史还是家族史,都在历史研究中越来越受到关注。究其根本,就是因为对细节的完整还原,引起了各方面的重视。如果没有细节,谁能知道,这个收藏地图的约翰·塞尔登还曾经和海洋法的鼻祖格劳秀斯惺惺相惜，却写出了《海洋封闭论》这样在当时服务于皇家、今天却贻笑大方的著作；如果没有细节，我们也不知道，在这份塞尔登的中国地图上，浸润了当时漂泊海外的几个中国人的翻译之功。他们用注音方式标注地理位置，又解释了一个八卦、十天干、十二地支共同组合的罗盘系统。

因此，守护细节，就是守护我们共同的历史。当年塞尔登如此，今天我们也如此。守护历史的人，往往与历史同样重要，甚至比历史的细节更重要。在全书的最后，卜卫民告诫读者：历史永远会记住那些尊重历史的有心人。

今天，约翰·塞尔登的墓，位于圣殿骑士团教堂地基的深处——“安装在地面下方的一盏灯照亮了下陷的墓碑，如果守墓人忘了将它打开，请你记得，开关就在你身后的柱子上”。①

饶有趣味的是，约翰·塞尔登的坟墓所在地——圣殿骑士团教堂，竟然坐落在伦敦市区泰晤士河与舰队街之间，这似乎冥冥之中注定了这位法学家、史学家与航海的不解之缘，或者说大海、大河可谓是其一生的归宿。这是个人的宿命，还是历史的巧合呢？天知道！

然而不管怎么说，约翰·塞尔登被安葬在这儿，就使得他终究可以永恒地背朝着大浪淘沙的江河，乃至“含着微笑，看着海洋”（艾青抒情诗《礁石》句）；也正应了那几句笔势凌云、激情拍岸的名言：“大江东去，浪淘尽，千古风流人物。……故国神游，多情应笑我，早生华发。人生如梦，一尊还酹江月。”（宋·苏东坡《念奴娇·赤壁怀古》）

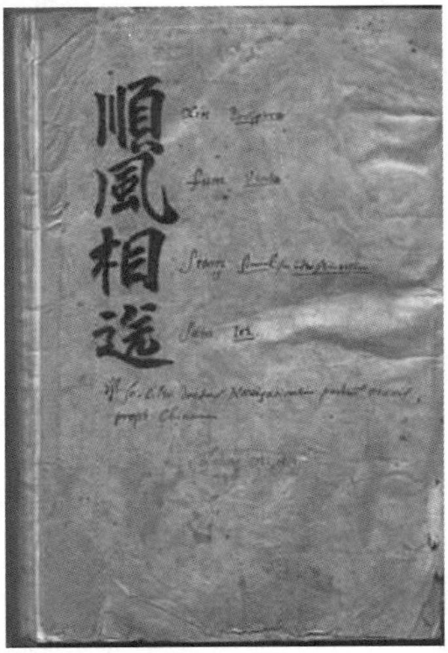

《顺风相送》封面

约翰·塞尔登成名之后，拥有一座以自己名字命名的图书馆——塞尔登图书馆。到了晚年，他将自己图书馆里的藏书、藏品分两批捐献给了英国博德利图书馆——第一批是在1655年，第二批是在1659年；同时捐献的还有一只木盖中国罗盘、一册书名为《顺风相送》的中文版航海指南类图书。这部“更路簿”式的图书，因为缘起于中国，所以它的书封也被卜正民收入《中国地图》

①周庆安：《从400年前的中国地图寻找历史的细节》，2016年2月14日《中国青年报》第3版。

一书的彩色插页之中。卜正民还说，在这幅地图中心位置的顶端，矗立着一座看起来狭长的岛屿，上面绘有山脊的图案，按它的地理位置，这座岛屿就是海南岛；书中说，海南岛上还点缀了"一些略显奇怪的细节"，包括树木、花草，乃至"飞舞的蝴蝶"；书中还详尽地描述了地图上"海南岛"下方的细枝末节。

> 你会发现，那里有一个倾斜的平行四边形，里面写有两行汉字，一行是"万里长沙似船帆样"，下面的一行是"屿红色"。然后，再往下，又有一系列小岛，上面标注"万里石塘"。……这里的"万里"只是一个概述，表明"很多"的意思(例如长城就被形容为"万里长城")。
>
> 这些标注指的是西沙群岛。第一个"万里"指的是如今被称为"宣德环礁"的地方，第二个则是指如今的"永乐环礁"。……不过，明朝的航海家经过这段布满小岛与暗礁的水域时，一定会觉得自己陷入了万里长的噩梦之中。西沙群岛更是没有人愿意提及的名字，那里除了危险还是危险，即便是最精明的航海家也会尽量想办法绕道而行。[①]

罗马劲吹中国风

太史公司马迁认为，任何事物的演进，都有其辩证的历史规律，甚至是有一个阴阳轮回的"怪圈"——都是遵循着由立而兴、由兴而盛、由盛而衰、由衰而亡、由破而立的规律。可以说，丝和瓷在全世界兴衰起伏的命运，大概也就是中国历史、中华命运的缩影。

罗马使团真与假

早在西汉时期(前206~公元25年)，中国的文化艺术即在全世界遥遥领先。那时候，中国的丝绸就已经输入罗马(时称"大秦")，那柔滑、温润的质料，那靓丽、飘逸的风致，那栩栩如生的图案，那丝丝入扣的手工……引起了罗马皇室及贵族的狂热追捧。

可以说，罗马豪门贵胄所热衷和追捧的，不仅仅是一袭丝绸"长袖善舞"的

①[加]卜正民：《塞尔登的中国地图：重返东方大航海时代》，刘丽洁译，中信出版社，2015。

霓裳，不仅仅是围裙、围巾、纱帽、手帕和披风，而主要是富有诗情画意的中国风情、旖旎多姿的中国风尚，以及温和而超逸的中国风度、艳丽而高雅的中国风韵。一言以蔽之，在当时的罗马，“中国”（英语：China）一词就是“时尚”或称“新潮”的代名词。我想，罗马人是何其精明，这种举国上下的追逐与热捧，绝不仅仅是媚悦于“新潮”和“时尚”，这大抵就是中国这个“衣冠上国，礼仪之邦”的魅力——文明的吸引力、文化的黏着力之所在。

这大抵也就是“中国风”的精神内涵吧。

然而，当时的罗马人并不知中国丝绸来自何处，更不知道它们是如何织造的，还以为是从树皮下抽取而来的。他们只是道听途说地闻悉，在遥远的东方，有一个幅员辽阔的“丝国”，丝国里种植了许多的“丝树”，丝树上可以抽取无数的丝绸……这一消息不胫而走，越传越玄，越传越神，颇具几分玄幻感、神秘感，令人啼笑皆非。然而，丝绸、丝帛传入欧洲的具体时间，因为缺乏典籍证明，学术界一直争论不休，莫衷一是。2017 年 4 月，作者林硕在“网易新闻网”发表了一篇文章，题目为《谁是丝绸之路上的首位欧洲访客？》，倒是为我们提供了一个有史可考的线索。林硕在文中指出：

在中国历史文献中，首个有据可查的欧洲“使团”，是东汉永元十二年（100 年）抵达中国的“马其顿使团”。按《后汉书·孝和孝殇帝纪》载：“永元十二年，冬十一月，西域蒙奇、兜勒二国遣使内附，赐其王金印紫绶。”据杨共乐考证：所谓“蒙奇、兜勒”国，实际上是“马其顿”的中文音译（《罗马史纲要》，商务印书馆，2007）。当时的马其顿地区，属于罗马帝国（前 27~395 年，中国称其为“大秦”）。公元 1 世纪的中国正处于东汉末年，汉和帝刘肇（79~105 年）向到访的“马其顿使团”赠送了包括金印紫绶在内的许多珍贵礼品，以示荣宠。然而，这个“使团”的真实性却存在一些疑点。

迄今为止，无论是在罗马帝国的任何官方文献，还是在私人文书中，都无法找到这次遣使访华的历史记录。在没有进一步的证据之前，我们可以做这样的推测：该使团很可能并非罗马帝国官方派遣，他们仅仅是活跃在丝绸之路上的马其顿商人，假托政府之名，“入贡”汉朝，希望借此谋求商业利益。尽管目前学术界对这个“使团”存在着诸多疑问，但毋庸置疑的是：在东西方古老的丝绸之路上，这批人毕竟是中国文献记录中造访中原的第一批欧洲访客。遗憾的是，他们的名字被掩埋于岁月的黄沙，不得而知。

汉代“长葆子孙”云气动物纹经锦（中国丝绸博物馆藏品）

从上文可知，汉和帝刘肇为了显示恩宠和大方，就连“金印紫绶”都送给罗马使团了，自然不会吝惜对中国的皇室而言并不稀罕的几匹丝绸。故而，可想而知，不管这个罗马使团是不是冒牌的，但在他们带回去的不菲赠品之中，绝对少不了绫罗绸缎。

丝绸的生产和织造那可是中国的“独门绝技”，正好可以用来昭示“天朝”大国的文明与发达呀！为何不呢？从远古的科学技术史来看，中国人最擅长的是发明，最不擅长的是垄断。无论是先期的丝绸、陶瓷和茶叶，还是后来的“四大发明”，无不如此，概莫能外。

海南本土诗人张业琳在其新著《花梨阁吟草》当中，选辑了一首《咏黎锦》，他在这首七律诗的诗序中说：“三千年前，黎族织女就掌握了树皮布的麻织工艺，先秦时期就已用麻线纺织，比中原地区早千年以上，而黎族织锦技艺也逾千载。”请看他的这首诗：

罗裙挂壁影婵娟，绣女多谖绣技娴。
绘马雕龙神奕奕，裁云镂月意拳拳。
黎锦九域开先海，岁越三千递漫天。
万里神州珠一颗，光辉四射耀瀛寰。

流水落花春去也

我们知道，“春蚕到死丝方尽”——当胖乎乎的蚕虫靠自己的辛劳和生命，不断吐出圣洁的丝，编织自己美丽梦想的时候；“织女夜纺到天明”——当忙碌碌的织女用自己的巧手和智慧，大量纺织柔滑、透亮的绸，纺织全家幸福生活的时候，古老的东方天际倏地亮了！

“日出东方红胜火”——这一道划破漫漫昊天、起于东方地平线的耀眼闪光，惊鸿一现，很快就引起了遥远的波斯帝国、罗马帝国的瞩目——那是什么东西？为何如此绚烂，如此耀眼？

于是，心动不如行动，无论是罗马人、波斯人，还是中国人、印度人，都觉得应该做点什么了；于是，一座绿色的、立体的桥梁搭建起来了，东西南北四个巨人在一北一南闯出两条“丝路”，前者为旱路（或称陆上丝路），后者是水路（或称海上丝路）；于是，双路齐下，东西互抵，开始和平交往，含笑过招；于是，开始人喊马嘶，船来舶往，以物易物，互通有无；于是，引来了海盗路匪垂涎宝物，拦路窜扰，结伙打劫。自古至今，南北丝路故事不断，悲喜交集。

可以说，无论是北还是南，最初的两条“丝绸之路”“瓷器之路”都是和平之路、友谊之路和富裕之路，也是梦想之旅、快乐之旅和难忘之旅；大家都为邂逅对方而庆幸，为结识对方而惊喜；各自都是乘兴而来，尽兴而归，都拿出最好的物什来交换，各取所需；于是，沉舟侧畔千帆过，病马前头万轮飞。这大抵就是“全球化”的滥觞吧。请看美国学者林肯·佩恩的叙述：

我们基本可以断定，这艘沉船（勿里洞岛沉船，上面载有6万件中国瓷器；位于马来西亚南部苏门答腊省，该岛地处南海与爪哇海之间——著者）建造于西南亚，船上的水手也来自西南亚。该船沉没于东南亚海域，且在船上发现了来自中国的货物，这足以说明1 300年前海上贸易的国际性。更加引人注目的是，中国陶工所采用的装饰图案，充分体现出其对市场形势的敏锐把握。……有些瓷碗上印有莲花图案，则是为佛教僧人准备的。

……中国中南部的一个内陆小镇（景德镇）所生产的瓷器，通过海路运输，出现在数千英里之外人们的餐桌上。我们可以将此视为一种早期的全球化，劳动力和原材料（包括进口的）的成本必须足够低，以抵消相对高昂的运输费用，而低廉的运输费用正是今天全球化的典型特征。①

文化，渡海而行，如一艘艘巨舰小舟；

①［美］林肯·佩恩：《海洋与文明》，陈建军、罗燚英译，天津人民出版社，2017。

可爱的蚕宝宝

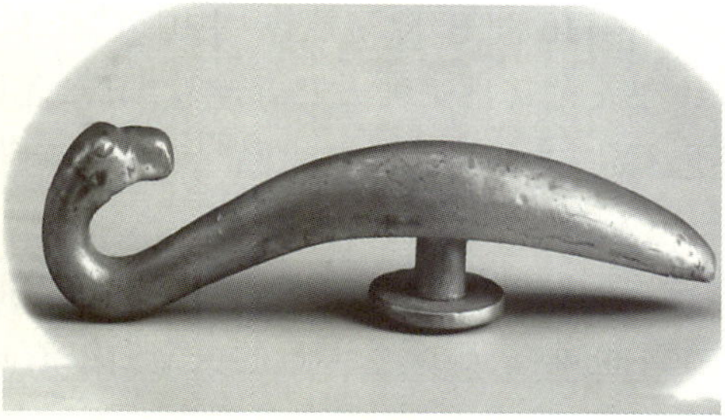

合浦汉墓出土的金质春蚕

文明，枕海而憩，似一座座礁盘小岛。

其实，从汉代起，中国的种桑、养蚕、缫丝和纺织绸缎的技术就已不再神秘，早已通过丝绸之路传播到了西方。当中国的丝绸经身毒（古印度）、波斯等中亚与西亚的商人之手，传到罗马帝国的时候，罗马人一见惊异万分，欣喜若狂，他们称之为“serica”。这一称谓，或许是与中国的“丝”字有关，因为商贾们辗转万里，传音有变。

后来，中国又被西方人称为“丝国”，他们知道，中国人养蚕、缫丝、织绸的历史至少有6 000年之久了；再后来，中国又被西方人称为“瓷国”，他们知道，中国人烧制陶器和炻器的历史，已经有5 000年，而烧制瓷器的历史也已有2 000年之久了。无论是“丝国”还是“瓷国”吧，尽管内涵、外延小了点，但是中国人都大大方方地一一“笑纳”了，因为当之无愧，因为丝和瓷也是中国文化的象征，或称之为文明的密码。

据史料显示，帕提亚、波斯等中亚、西亚帝国的人们心羡手追，首先在公元前后便学会了养蚕缫丝技术；远在公元6~7世纪，拜占庭（东罗马）帝国就已成为丝绸生产的大国了；到了公元8世纪，随着阿拉伯人向欧洲的扩张，丝绸技术传入了西班牙；13世纪，意大利开始有了丝绸生产，并进而传到法国、英国等其他欧洲国家。其中，聪明、开放而酷爱服饰艺术的法国人后来居上，成为欧洲生产、纺织丝绸的大国。

所谓“中国风”，就是中国诗性智慧的风采、风情和风范，主要是表现在艺术审美方面的风姿、风雅和风尚。随着东方贸易的繁荣，大量的“中国风”艺术品——包括丝绸、瓷器、漆器、屏风和壁纸等，不断地输入西方。于是，这些蜂拥而至的、赋有审美取向的艺术品，在西方装饰、服饰艺术上引领了一种新潮流、新时尚，甚至引发了一场又一场里程碑式的文化变革。其影响之深远，时至今日，犹然依稀可见。

在 16 世纪，除了热捧“中国风”艺术品，向中国的官商、私商大量定制以外，欧洲人尤其是法国人开办起丝绸厂、陶瓷厂来，已经开始尝试着生产“中国风”艺术品，这些自产的艺术品尽管品质差强人意，但因其价位低廉，自然也成为欧洲上流社会人士的时髦之物。

难怪，进口中国艺术品的反对者会指手画脚，指斥他们患上了“中国风狂热症”。也难怪，眼瞅着大量的黄金白银流向中国、流向亚洲，他们一个个气得吹胡子瞪眼。但也无奈，因为反对者手里并没有灵丹妙药，更没有“妙手回春”之术，只能徒唤“流水落花春去也”！

东方艺术冲击波

在 17~18 世纪，随着海上丝绸之路贸易的日益繁忙，大量中国的生活奢侈品销往欧洲各国，这其中又以茶叶、丝绸和瓷器为大宗。

如果说，随着中国茶叶源源不断的输入，喝茶习俗在西方各国迅速地兴盛起来——茶叶为西方的男人减肥，让西方的女性瘦身。从而，于不经意间，一杯杯淡淡的茶汤，一缕缕袅袅的茶烟，改变了欧洲人的生活方式、饮食习惯，乃至欧洲人的消化系统、健康状况。

那么也可以说，一件件温润似玉的青花瓷，一袭袭飘逸如絮的绸缎衣，则因其充满了异国风味、他乡情调，缀满了诗性审美的花鸟虫鱼、吉祥寓意的龙凤龟鹤，更给西方人带来了关于中华帝国的艺术联想，送去了关于东方文化的思维模式，进而使之趋之若鹜，竞相抢购。

加之，又有欧洲来华传教的宗教人士在书信中的描绘和赞美，以及来自西方

河北正定耄耋老农石保禄耗时五年完成的巨幅丝绣《琴棋书画图》局部

商人和科技间谍的渲染和赞叹,于是,一种对“中国风”艺术品、奢侈品的狂热爱好,就像一股股“龙卷风”一般,迅即席卷了16~19世纪的欧洲上流社会,无论是在生活方式、艺术品位和审美取向方面,还是在装饰、服饰文化方面,都给他们带来了广泛、巨大而深远的影响。装饰艺术中的“中国风”就是在这样的背景下产生的。

“中国风”法语称为“chinoiserie”。作为一种艺术装饰的风格,它首先发轫于17世纪的欧洲社会,但在18世纪,因为法国路易十五国王及其美艳情人蓬皮杜夫人的“身先士卒”,以及不遗余力的提倡和推动,在法国获得突飞猛进的发展,并迅速在欧洲流行开来。然而,值得注意的是,欧洲“中国风”与真正的中国艺术品的装饰风格不同。

欧洲的“中国风”不是对中国装饰风格的直接模仿,而是以中国艺术品作为灵感的来源,选择一些中国的文化符号——诸如花鸟虫鱼作为素材,经过欧洲人丰富的联想,从而与他们自己传统的构图方法相结合,勾画出一种雅致、灵动、华丽和充满异国情调的装饰风格。很多艺术史家都认为,16~19世纪,在法国宫廷和上流社会,以及欧洲其他国家流行的洛可可装饰风格,其中就充满了“中国风”(尤其是青瓷)的底蕴和元素。

关于“中国风”在欧洲社会的兴起与影响,天津师范大学美术与设计学院副教授要彬这样写道:

> 在18世纪席卷欧洲的“中国风尚”中,最直接与人们生活发生关系的依然是服饰,因为正是那些飘逸的丝绸、温润的瓷器带来的奇幻图案和色彩,使得洛可可时期的服饰文化独具特色。
>
> 随着欧洲对华贸易的展开,中国丝绸重新燃起了欧洲人的兴趣,中国的丝织品成为欧洲上流社会妇女的主要服饰面料。与此同时,欧洲的丝织业也开始发展了起来。……织物的染色技术也是由中国传入欧洲的,这种技术被称为“支那术”(中国技术——著者),是人类自有发明以来“最微妙的一种技术”,它将各种色料印于经线上,经过与纬线的编织,产生色调深浅匀称的效果,为洛可可风格提供了色彩的盛宴。
>
> 欧洲人对于中国情趣的追求,还主要表现在服饰图案上,这一原动力来自于中国的瓷器。瓷器的造型、色泽、图案纹饰和它上面所描绘的各种生活场景,携带着丰富的中国文化信息,成为中国文化传播的重要媒体。中国文化对欧洲装

饰艺术的影响,对“中国风”的产生,以及对洛可可风格形成的作用,主要是由它来承担的。

中国瓷器与制瓷技术于15、16世纪传到欧洲,各国相继开办瓷厂,大都是模仿中国瓷器的造型,其图案方面则倾向于亭台楼阁、小桥流水、秋菊柳叶,直至吉祥图案均跃然眼前,使得中国风格大放异彩。……难怪有人将洛可可风格与中国趣味形容成“神奇的契合”。[①]

有一个全世界公认的事实是,西方人认识并了解中国,是从丝绸和瓷器开始的;中国瓷器设计文化与丝绸面料图案的交互影响、交互渗透和互相促进,也是艺术史界一个不争的事实。这也算得上是“神奇的契合”了。中国瓷器设计文化是人文思想的载体,也是图形化的语言表达方式,兼收并蓄了儒、道、释的思想精华。

其中,儒家的影响主要体现在图形的主题选择上,道家的影响更多地体现在表达方式上,佛家的思想更是与魏晋以降的图形有着千丝万缕的联系,三者之精气神与艺术的交融互补,成就了中国传统瓷器设计文化的内在生命力。可以说,它既是“情感的芦苇”,也是“思想的芦苇”,故而,被注重逻辑思维,也最求浪漫情调的西方人所喜闻乐见。于是,“两片芦苇”相映成趣,根深叶茂,尤其是前者,更是肆意葳蕤、蔓延着。

进而,瓷器设计文化对全世界的文明与艺术,乃至生产与生活方式等领域,

唐绿釉龙纹葵口盘

清康熙景窑青花帆船图花口盘

①要彬:《18世纪欧洲服饰艺术中的中国风尚》,《飞天》2010年第16期。

产生了极大的影响。它包含了我们祖先的浪漫主义情怀，在追求美好、完满思想的指导下，极尽赋比兴之能事，发展为一整套图形纹饰的艺术宝典，这也是我们中国人民乃至全世界人民的文明宝库。

据西方权威专家统计，从西班牙人叩开中华帝国的国门那天算起，300 多年全部加在一起，共有三亿件中国瓷器在欧洲的海港登陆；另外，还有难以计数的中国瓷器销往东亚、东南亚各国。300 多年来，外销亚欧非各国、各地的中国瓷器，每年合计起来高达 300 万件。

尽管如此，瓷器在中国对外贸易的排行榜之中，还算不上出口的大宗货品，充其量也不过屈居季军之位，它被冠军、亚军远远地甩在了后头，只能是徒自感喟、望尘莫及而已。那么，中国对外贸易排行榜中的冠军、亚军，又是什么商品呢？这就是中国生产的丝绸和茶叶。

欧洲人一向精于算账，也善于记账。1752 年，一艘荷兰东印度公司的"迪特莫森号"轮船，在从广州驶往巴达维亚（即今雅加达）的海路上沉没了，船上载有的瓷器超过了 16 万件。这些瓷器连同沉船上的 125 根金条，后来被打捞上来，最终得以进入市场销售。可是，这些瓷器仅仅是该船总载货量的 5%。

至于船上的那 95%的商品，我想，应该主要是被称为中国"四大国礼"（丝绸、瓷器、茶叶和阿胶）的另外三种。因为丝绸、茶叶和阿胶均属于易腐品、易碎品，大概在浪涛的荡涤、沙石的冲击下，也是在几百年时间的浸淫下，早已是"烂泥巴扶不上墙"了。

因而，笔者走访了汉代丝绸之路始发港广西合浦、广东徐闻的博物馆，以及海丝重要驿站广州、雷州的博物馆，走访了海南省及南海博物馆，还有许许多多的渔家（包括陵水的疍家），所见到的大多数是瓷器、铜币，至于丝绸、茶叶和阿胶等，早已被历史的大海所湮灭，荡然无存了。这也印证了西方人对"迪特莫森号"沉船货品的统计——大多是景德镇的瓷器。

关于景德镇的窑口和瓷器，美国 19 世纪的"中国通"、著名诗人郎菲罗，在《景德镇神游》一诗中用汉语这样写道：

偶作飞鸟来此地，景德镇上望无余。
俯瞰全镇如焚火，三千炉灶一齐熏。
充满天地如浓雾，喷烟不断转如轮。
苍黄光彩凝画笔，朵朵化去做红云。

六百禁军换瓷器

谈论欧洲王室的“中国风”，有一个人是断然不可忽略的，此人就是波兰国王奥古斯都二世（1670~1733 年）。在他看来，拥有中国的瓷器，是凸显自己政治威望、经济地位和个人声名的投影屏和显示器。否则，便会在交际场所有失身份；更何况，自己早就有了“瓷王”的名号，岂可被人超越！这正如中国一句老话说的：“盛名之下，其实难副。”

王宫建造“中国亭”

泰山北斗仰中国，霁月光风慕东方。从 17 世纪肇始，中国的丝绸和瓷器业已风靡全欧洲的宫廷和上流社会。而在德国，几乎每一个重量级的城堡里，都至少有一间特辟的屋子，里面装满了东方的瓷器，其中又以中国景德镇的青花瓷为最多，堪称琳琅满目。

“中国风”劲吹全欧，皇室王府、贵胄勋戚自然不甘落后，他们不惜倾尽国力，竞相热捧中国艺术品。当时，这些“发烧友”个个摩拳擦掌，心慕手追，就像正在举办着一场场“中国风接力赛”一样，似乎谁的宫殿装潢得越具东方情味，谁也就越时髦，并且成为欧洲时尚艺术新潮流的引领者。故而，几乎是倾巢出动，人人参赛。

至于鹿死谁之手，那就得由心气与实力说了算。

面对温润养心、靓丽养眼的东方艺术品，奥古斯都二世作为萨克森的选帝侯和波兰国王，自然不会甘居人后，自然不会眼瞅着自己这位收藏大家，残酷无情地被“长江后浪推前浪，前浪打在沙滩上”。否则，咱老奥如何对得起“瓷王”“东方瓷器收藏家”的雅号呢？

是以，奥古斯都二世不仅下令重修他的皮尔尼茨宫，将其改建为“中国风”情调的避暑行宫，而且，他还要求这座行宫的墙壁必须装潢得就像中国的瓷器一样，能够“叩出音韵”来。此外，他还另有惊世之举，竟然在这座宫殿里建造了一座地地道道的“中国亭”。

亭子建得古色古香，并且是以德语的“中国”一词来命名的。虽然这座凉亭有一点东施效颦的味道，但也颇具中国亭台楼阁式的建筑风格，加之又以“中国”

一词名之,也算是实至名归、名副其实了吧。美国学者罗伯特·芬雷在《青花瓷的故事》中指出:

当时攻讦亚洲货品的人,心中的最痛,就是以白银交换异国情调的织品与瓷器。此事之所以得到他们最大的关注,是因为这两项商品不但进口量大,而且比起壁纸和漆器,公开亮相程度也最普遍。数以万计的瓷器涌入欧洲,日耳曼学者暨科学家契恩豪斯指出:"诸如中国瓷器之类的,对外采购量如此庞大,对国家造成的损失之巨,务必设法回避。"

他指责中国瓷是"萨克森尼的吸血管",因为大量财富都流向中国而去,尤以西班牙美洲的白银最甚。他对这个问题相当熟悉,因为他服侍的对象——萨克森尼选帝侯兼波兰国王奥古斯都二世,外号"强王",就是个狂热的瓷器藏家,同时他也拼命想破解制瓷的秘方。

这位波兰国王染患了亚洲奢侈品反对者口中的"瓷器热症",就像高烧般发狂地想要拥有瓷器,而且是最出名、最显赫的患者。他派驻荷兰的代理,在荷属东印度公司的拍卖会上,为他购下巨量的中日瓷器,一车车、一船船运回德勒兹登。奥古斯都甚至梦想出一些超出瓷质能力范围之外的庞大计划,比方说建造一座全部由瓷器烧成的宫殿,包括墙壁、御床、御座,以及一间瓷造的小礼拜堂,搭配瓷制讲坛、风琴和圣坛。①

"华光礁一号"出土的瓷器

①[美]罗伯特·芬雷:《青花瓷的故事:中国瓷的时代》,郑明萱译,海南出版社,2015。

正因为有着如此疯狂的梦想，奥古斯都二世在宫里建造一个小小的“中国亭”，也就是“张飞吃豆芽——小菜儿”了。大抵也正是由于有着芬雷所言的“心中的最痛”吧，所以 1726 年 5 月，他在写给波兰一位陆军元帅的私人信函中，曾经无可奈何地披露了自己的心迹：“自己陷入了对荷兰橘子树和中国瓷器艺术的狂热追求当中，正毫无节制、不谙世事地进行购买和收藏。”语气中，颇有几分深陷其中而无力自拔的懊恼和愧悔。

然而，懊悔很容易，自新却很难。奥古斯都二世正应了当下一句时髦的话：“痛并快乐着。”

禁卫花瓶禁卫兵

也许，昔日昂贵的橘子树曾经点缀他的王室，曾经点亮他的眼睛，也曾经激发其许多的灵感。但是年深日久，这些秋季缀满黄果的橘子树，早已成为枯枝败叶了，正像清代著名诗人龚自珍在《己亥杂诗》中所慨叹的那样：“落红不是无情物，化作春泥更护花。”

或许，它们早已成为农作物或者绿化带的有机肥料，已被时间和历史无情的烟尘所淹没了。然而，时至今日，奥古斯都二世“购买和收藏”的许多中国康熙时期的瓷器，却依然保存得完好无损，莹洁如初；这数以万计的中国瓷器，早已成为奥古斯都大帝遗留的一份宝贵的文物遗产，也是留给后人们和收藏界的一份丰赡的物质遗产和精神财富。

更让举世震惊的是，奥古斯都二世缘于一次“邂逅”，大抵也算是机缘凑合吧，有一屋子货品让他迷恋得抓耳挠腮、牵肠挂肚。而这些东西就是普鲁士帝国腓特烈·威廉一世国王的珍藏品——120 件中国瓷器。可是，老威廉牢牢抓在手心里，就是不肯转手，似乎是故意挠他的痒痒，吊他的胃口。

中国有一句谚语说：“有钱能使鬼推磨。”对此，奥古斯都二世可谓心领神会。可是，现在在老威廉那儿，金钱都不好使了，怎么办呢？投其所好，肯定好使！你不是嗜权如命、爱兵如子吗？咱就给你兵。于是，奥古斯都二世竟然不惜用 600 名士兵去交换 120 件瓷器，那可是向以“龙骑兵团”的旗号著称于世，训练有素、装备齐整的萨克森禁卫骑兵啊！

用 5 个全副武装的禁卫骑兵去换取一件中国瓷器，我想这样大手笔的“买卖”，绝非“一掷千金”所能形容、所能比拟的。也只有像他这样的当权者+痴迷者才肯去做，也才能做得到。后来，双方又讨价还价，威廉一世又无偿送给了他 7 件中国瓷器。

这 127 件中国瓷器因为是由禁卫军换来的，后来被称为“禁卫花瓶”，又称“龙骑兵瓶组”。它们本来就价值不菲，再加上两位国王的联袂“炒作”，自然就更是价值连城了。这 127 件“禁卫花瓶”，迄今仍然被德国德累斯顿市的茨温格宫博物馆所收藏，而且成为该馆的镇馆之宝。

对于中国艺术品的“吸血管”“吸血鬼”之弊，奥古斯都二世早有警觉，也想有所行动，因为他毕竟不是彻头彻尾的“败家子”，也不甘于“引鬼上门”。他之所以“引而不发，跃如也”（《孟子·尽心上》语），是积蓄心力，谋划对策，等待着一个因人成事的好时机。这不，时机来了——

德国人约翰·弗里得里希·波特格尔通过对中国瓷器的研究，试制出欧洲的第一件瓷器。尽管比中国发明瓷器要晚 1 400 年，但在欧洲却意义重大，他因而被誉为“欧洲瓷器之父”。萨克森国王奥古斯都二世十分高兴，决定在德累斯顿北郊迈森，一座（处）名叫阿尔布莱希特堡的地方，创建欧洲最著名的迈森瓷厂。

该厂的第一任厂长就是发明家波特格尔。迈森窑的进一步烧制成功，又激发了奥古斯都二世的热情。也许是过度痴迷于瓷器，恐怕瓷器制造秘方流失，他竟然把波特格尔软禁起来，这一举动打击了发明家的积极性，之后其一直郁郁寡欢。①

“老子英雄儿好汉，老子狗熊儿软蛋。”这句古老的中国谚语，恰恰成为奥古斯都父子很好的注脚。有意思的是，奥古斯都的“犬子”——奥古斯都三世在继承乃父王位的同时，也继承了乃父对瓷器的“癖好”。他的灵感和想象力丝毫也不亚于其父，甚而青出于蓝而胜于蓝。

身着丝绸的希腊命运三女神

登基不久，奥古斯都三世竟然突发奇想，在自家的宫殿里建造了一座“瓷制动物园”，里面不仅有瓷制的老虎、狮子、狗熊、猴子、狼和狗，也有大象、犀牛、河

①程庸：《国风西行·中国艺术品影响欧洲三百年》，上海人民出版社，2009。

马和鲸鱼等巨兽，而且还有瓷制的翩翩欲翔、栩栩如生的飞禽，诸如孔雀、鹦鹉、秃鹰、火鸡、海鸥和鸽子等。在“瓷制动物园”里，所有的“动物”都是按照1:1的比例烧制而成。

尤为引人注目的是，他还命人雕琢了许多只“梦幻鸟”，均系由欧洲金鸡和中国凤凰的形象元素杂糅而成。凤凰是中国的吉祥物，本来就是幻想的产物，而他是“幻想之上的幻想”，足见其想象力之丰富。瞧，这对父子简直就是一对比翼齐飞的“梦幻鸟”，也真够“奇葩”的了吧。

瓷器兵团好传奇

你还甭说，奥古斯都二世“痛并快乐着”的事迹还蛮多的。在他的身后，留下了35 798件精美的瓷器，其中约有一半产自他的迈森瓷厂，另外一半来自中日两国。这海量的瓷器，全部以“东印度瓷器”的名号载入其皇家账册。罗伯特·芬雷在书中还写道：

葡萄牙贝纳王宫青花瓷镶嵌的天花板

> 1726年，佛莱明伯爵想把自己名下宇毕高宫的橘园，也售于奥古斯都二世，后者的回复等于做了一个精准的临床心理分析：“你难道不知道，瓷器如此，橘子亦然？也就是说，但凡患了这类瘾头的人，从不认为自己已经搜集够了，总觉得还需要更多！”所幸的是，选帝侯可以同时满足自己的两大癖好：在他的德勒兹登宫花园里面，他把一株株爱橘种入一件件爱瓷之内。①

这也算是一举两得、两全其美了。却说那支被奥古斯都二世狠心卖

①［美］罗伯特·芬雷：《青花瓷的故事：中国瓷的时代》，郑明萱译，海南出版社，2015。

掉的“瓷器兵团”，还真有一段不凡的表现，而且还延续了200年之久呢。我想，如果没有优异的战绩、传奇的经历，这是断然不可能的。

这支部队又称“龙骑兵团”，它的建制和番号一直保留了下来，这在全欧洲也是不多见的。直到第二次世界大战期间，他们还进行了最后一次“华丽亮相”，参加了德国对苏联的残酷战争——1942~1943年的斯大林格勒战役。他们一个个如下山猛虎、过江蛟龙，浴血奋战，勇往直前。

苏联人民不会忘记，“龙骑兵团”的每一个军官、士兵都是昂首挺胸、趾高气扬的，胸前佩戴着奥古斯都二世制作的“瓷器兵团”特有的徽章——印有“双剑十字交叉”的徽章；他们一个个视死如归，冲锋陷阵、搴旗拔寨，给苏联红军制造了一个又一个的噩梦。而他们所佩戴的这种徽章，也就是“禁卫花瓶”上面所盖有的徽章。

至于这场“骑兵换瓷器”之旷古绝今的交易盛事，至今仍在收藏界、爱好者当中不乏津津乐道者，从而成为欧洲经济贸易史上的一段美谈与佳话，也成为世界文化艺术交流史上的一则奇闻与韵事。

这件事发生在1717年，日历换了一本又一本，壁钟坏了一架又一架，到了今年（2017年），正好是它的300周年的纪念年。德国方面应该以此为契机，召开一个世界性的“新闻发布会”。我想，这虽然是史海钩沉的“旧闻”，但还是很能吸引眼球的，也是颇具卖点的。

奥古斯都二世对“禁卫花瓶”这次成功的“炒作”，比况中国先秦时期吕不韦对《吕氏春秋》所做的“一字千金”、广而告之的宣传，简直是有过之而无不及，可谓冠绝古今中外也！奥古斯都二世对中国瓷器的痴迷、癫狂可以理解，因为在稍晚些的大洋彼岸，中国的乾隆皇帝也对瓷器情有独钟，非常迷恋，有乾隆的一首无题诗为证：

白玉金边素瓷胎，雕龙描凤巧安排。
玲珑剔透万般好，静中带动青山来。

倾尽国力为红颜

上文提及的法国国王路易十五，非常热衷于“中国风”的艺术品，并为它的营销和流行做出了巨大的贡献。

殊不知，路易十五的老爹路易十四更是中国艺术品的“狂热发烧友”，他不仅酷爱中国丝绸、瓷器、漆器和壁纸，而且大量收藏中国的艺术品，甚而喜欢将“中国风”的元素融合于自己的日常生活之中，融汇于自己的衣食住行之内。不仅如此，路易十四甚至下令将自己王室里的所有金银器皿熔炼——一件不剩地熔炼，以便换取中国艺术品，来装点皇宫里的“中国风”；甚至不惜“倾尽国力为红颜”，还专门给他钟爱的情妇蒙特斯潘修建了一座“中国宫”——特里亚农瓷宫，又简称“瓷宫”。

这座“中国宫”富埒整个皇宫，堪称大手笔也。

《国风西行》的作者程庸先生曾经几度游历法国，亲眼看见了这座后世仿制的“中国宫”——它的豪奢、气派程度，迄今依然令人惊讶不已。程庸在这部书中叙述道：

瓷宫的装饰特别是内部环境的设计，主要受到中国青花瓷的影响，以白底蓝花（即青花）装饰瓷宫。瓷宫由三座单层亭子式的建筑组成，一字排开，每层的檐翼悬挂着响铃，这是借助了中国建筑的特点。设计者还运用中国园林的设计方法，如岩洞、假山、拱桥和曲溪，以及曲折多变的小径。园内花木错落，“杨柳岸，晓风残月”，地道的中国风情。……如此充满中国元素的设计，当然还有赶时髦的因素在起作用。

维也纳茜茜公主博物馆的盥洗盆和便桶

瓷宫里安放着许多中国花瓶，以及不少模仿中国式样的家具。由于瓷宫是用当地鲁昂（Rouen）瓷厂的低温软陶做成，瓷化不够，以至于时间一久，软陶开裂，屋顶接连渗水。这时，路易十四与情妇的关系也岌岌可危了。1679年至1682年期间，这位国王花心连连，蒙特斯潘于无奈之中，采用春药来挽留他的做法被披露，这起炒作得沸沸扬扬的“下毒事件”，使得蒙特斯潘名誉扫地。加之，路易十四已有了新宠，就趁机抛离旧爱，矗立17年之久的瓷宫也随之拆除。

瓷宫被毁，对于中法乃至中西文化交往史

> 而言，皆为可惜。我到凡尔赛所叩访的，已是之后重建的产物，大特里亚农宫，欧式风情，中国味道轻描淡写，难与曩昔的瓷宫等埒。[①]

瓷宫因为是采用法国瓷厂的低温软陶做成，时间一久必然渗水。而随着瓷宫的渗水，这种明显带有施舍与依附成分、出发点和落脚点都不对等的“爱情”，也就自然、必然地“渗水”了；随着瓷宫的轰然倒塌，路易十四与蒙特斯潘的情爱也就注定要化为瓦砾，烟消云散了。

踢开了“旧宠”，路易十四国王春心空虚，于是又另觅“新欢”——曼德侬夫人，后来二人还走上了婚姻的红地毯。无独有偶，曼德侬夫人也同样是“中国风”艺术品的“粉丝”。

曼德侬夫人不仅在宫殿里收藏、陈列形形色色的中国艺术品，还命宫廷画师将其与国王卿卿我我的情景绘制成“情侣画”，不远万里运送到中国的“瓷都”景德镇来，让中国陶瓷大师设计、烧制成一件中西合璧的五彩瓷盘。现在，该瓷盘被葡萄牙一家博物馆收藏。借用一句世界文化交流史的行话，这大抵是中国艺术传播到欧洲后的“变形现象”吧。

中国古语说：“上有所好，下必甚焉。”如上所述，路易十五也有此雅好，比起乃父来有过之而无不及。瞧这一家人，可谓是父唱子随，夫唱妇随，婆唱媳随；一家男男女女、老老少少难免你看看我的，我瞧瞧她的，禁不住相视一笑，莫逆于心矣。亦可谓幼而学之，壮而行之也。

路易十五钟情的“心上人”蓬皮杜夫人，与其两个“准婆婆”一样，也是“中国风”艺术品的“发烧友”，不过她出手不凡，因为她的文化素养、艺术细胞和审美品位，以及那欲擒故纵、欲取先予的“驭夫术”，远胜于她的两个“准婆婆”。蓬皮杜夫人的想象力、创造力都很突出，还经常会独出心裁、花样翻新地搞出一些新鲜玩意儿，致令路易十五国王惊羡不已，叹为观止。

通过自己在文化艺术方面的积极作为，蓬皮杜夫人牢牢拴住了情夫的春心，乃至于将路易十五玩弄于股掌之间，从而为中法文化艺术交流史立下了汗马功劳。她在室内装饰、穿着打扮和歌剧艺术等领域，创新性地汲取“中国风”的元素，全方位地刺激、震荡着情夫的审美细胞。程庸先生在《国风西行》一书里还写道：

---

①程庸：《国风西行·中国艺术品影响欧洲三百年》，上海人民出版社，2009。

一身丝绸的蓬皮杜夫人(布歇 1756 年绘)

对法国瓷器的生产史而言,蓬皮杜夫人的贡献更为卓越,在她的倡导下,塞夫勒陶瓷厂于 1738 年成立,从维森迁移到塞夫勒,并于 1759 年成为王家陶瓷厂。她亲自关注、督导瓷器生产,精心挑选瓷器的纹饰,大量采用、借鉴中国图案,进而形成自己的风格,后人因此名之为“蓬皮杜纹饰”。“蓬皮杜纹饰”对法国时尚产生了久远影响。

蓬皮杜夫人之所以掀起一场造瓷运动,既表示不甘落后于德国,又想抵制中国瓷器的影响,因为不仅法国,乃至全欧,中国器物满目所见,使得许多国家国库的银子大量外流,引起政坛震动。眼下制瓷成功,减少了对中国瓷器等奢侈品的依赖,法国因而扬眉吐气,蓬皮杜夫人因此也成了功臣,同时又成了法国时尚文化的领军人物。①

蓬皮杜夫人既痴迷于“中国风”,又不甘依赖于“中国风”,就不遗余力地在法国成立丝绸厂、陶瓷厂,亲手设计、试制“中国风”艺术品。由她设计的艺术品,尤以红色居多,被藏家称为“蓬皮杜夫人玫瑰红”。因为,她坚定乃至固执地认为,只有中国丝绸那柔韧、飘逸的风格,才配得上自己凹凸有致的身段和那亭亭玉立的风姿;只有中国瓷莹洁、温婉的风致,才配得上自己修长白嫩的五指和那红嘟嘟的樱桃小口儿。

①程庸:《国风西行·中国艺术品影响欧洲三百年》,上海人民出版社,2009。

贰：祖宗海的传说

摘要：却说当黄贵苏醒时，发现自己置身于南海一座富丽堂皇的宫殿里，躺在一张暖烘烘、软绵绵的绣榻上。更让他莫名的是，站在床边的不是那些与自己同舟共济的水手们，而是一位仪态婀娜多姿、容颜姣好秀丽、身段凹凸有致的美女。这时，美女见他醒转过来，含羞点头，娇怯袭人。可谓是：浑身珠玑愈妖娆，满面羞红赛仙桃……

龙女情牵涨海图

爱情传说动心弦

古代有一则传说，详述了一位出于凡间的青年才俊与龙宫俏佳人的爱情故事，故事背后包蕴着家国情怀、民族大义。

话说这对才子佳人在波涛汹涌的南海邂逅，而后互相帮助，两情相悦；随即历尽艰危，勘测南沙，携手完成《涨海图》；最后，龙女为情郎的家国大义所感动，忍痛割爱，牺牲爱情，护送情郎离开龙宫，前往京都上呈《涨海图》，完成汉武帝交办的神圣使命。故事令人神往之，心羡之。

故事说的是，在西汉元封年间（前 110~前 105 年），有一位水师总兵的儿子名叫黄贵，此人才貌双全，且非常擅长航海和绘图。当时的汉武帝刘彻业已登基三十多载，正当盛年，雄心勃勃。当他闻悉黄贵的才华和特长之后，正中下怀，不禁龙颜大悦，天心雄起。

于是，汉武帝即派遣黄贵前往四海之滨，勘察大汉的疆界，并绘制成绢画呈送朝廷。任务艰巨，黄贵领旨谢恩归来，不敢怠慢，当即与人拟好首选地——南中国海（时称“涨海”）；又马不停蹄地打造楼船巨舰，组织人马和一应物资；不久，他们驾驶着一艘双层四桅的楼船，朝着既定目的地扬帆南行，一路劈波斩浪、风雨兼程。

黄贵一行夜以继日，不辞艰危，经过七天七夜的风浪颠簸和长途跋涉，终于抵达了如今西沙群岛的位置。于是，他们一鼓作气，逐个登临西沙各个岛屿、沙洲、暗礁、暗滩和环礁，踏勘了群岛各自的位置、相互间的距离及其参照物，并绘好了一幅详细的地图，在图中一一标明了岛礁上的地理地貌、风景风物，以及主要的海产品等。

然而，天有不测风云，人有旦夕祸福。黄贵一行为了建功立业，继续扬帆破浪，向着而今南沙群岛的方向前进。当他们的楼船驶近南威岛之际，突然，天狗吞日，黑云压城，狂风倒海，暴雨倾盆。于是，巨大的楼船就像是一盏小马灯一样，随怒涛起伏，顺飓风摇摆，眨眼间桅断帆裂，人仰马翻。

不一会儿，彤云密布，白浪旋舞，南沙海域又刮起了一场龙卷风。只见风力中心，浪涛、水珠好像是长了翅膀，疯狂旋转，由海平面拔地而起，形成一个圆柱形的“白塔”。眼瞅着，折断的樯桅、扯裂的风帆和拉断的绳索，以及船上的木桶、木桨、木屐、竹篙和鱼叉等物，乃至站在船头的水手，都一下子变得轻若鸿毛，被席卷而去；那些诸如蔬菜、衣服、丝绸和麻包等轻巧物品，更是随风轻扬、旋舞，飞到了九霄云外。

这时，楼船上面的剩余水手禁不住惊慌失措，魂飞魄散。原来，他们只见过江河湖泊，哪里领教过疯狂咆哮、旋动的大海，一个个被吓得哭爹喊娘。只见那小山一般的巨大楼船，也像惊涛怒浪中的一叶浮萍一样，左冲右突，东摇西晃。黄贵清楚，在这片暗沙、暗礁星罗棋布的“危险地带”，他们的船队堪称危如累卵。怎么办？

西沙华光礁一号沉船瓷器

正在黄贵苦思对策之际，随着“咣当”的一声巨响，楼船撞到了礁盘上，立马沉没了。在这茫茫的大海上，随着楼船和几十条生命的沉没，只留下由无数个水柱组成的

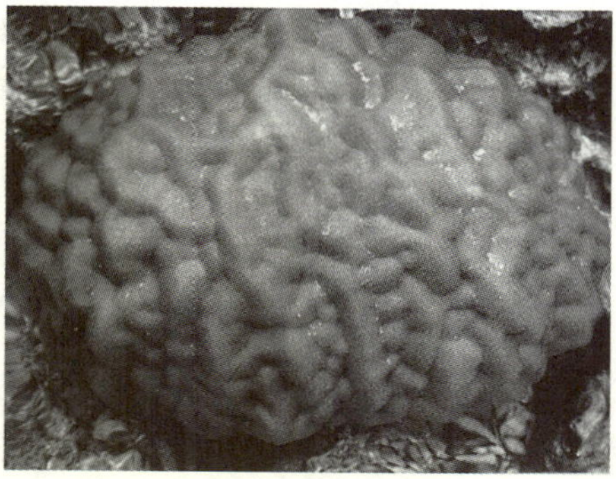

南海里的脑纹珊瑚

一个个惊叹号,眨眼间也消逝得无影无踪了。正如潭门渔民家喻户晓的那则谚语:“自古行船半条命,能够生还是万幸。”

“救,救命……”船长黄贵一声呼救还没喊齐整,整个人就被怒涛打翻了。此时,一个浪、一个浪无休止地扑过来,打在他的头上、身上。昏昏沉沉的黄贵尽管命悬一线,气息奄奄,但他心里只有一个念头——即使拼了性命,也要保护好《涨海图》,并将其上达朝廷。

黄贵人称“浪里白条儿”,游泳自是一把好手。只见他左手紧紧抱着装图的竹筒,右手拍打着巨浪,在涨海里苦苦挣扎。不一会儿,由于体力不支,他就不省人事了……

西汉的黄贵踏勘南海诸岛,绘制《涨海图》一事虽是传说,然而,只要我们翻开中国的史册、图籍,诸如《后汉书》《扶南传》《太平御览》《萍洲可谈》《岭外代答》《南州异物志》等,你就会发现:中国官方绘制南海诸岛疆域图的历史,可以上溯到一千多年前的唐宋时期。

譬如,据南朝宋·范晔的《后汉书·循吏列传·孟尝》记载:“尝后策孝廉,举茂才,拜徐令。州郡表其能,迁合浦太守。郡不产谷实,而海产珠宝,与交阯比境,常通商贩,留籴粮食。先时宰守并多贪秽,诡人采求,不知纪极,珠遂渐徙于交阯郡界。于是行旅不至,人物无资,贫者饿死于道。尝到官,革易前敝,求民病利。曾未逾岁,去珠复还。百姓皆反其业,商货流通,称为神明。”这就是成语故事“合浦珠还”的记述。该文还讲到“且南海多珍,财产易积”,但孟尝安仁弘义,勤政爱民。《后汉书·郑弘传》还记载:“旧交阯七郡,贡献转运,皆从东冶泛海而至,风波险阻,沉溺相系。”

三国·康泰《扶南传》详细地记述了南海的地质、地理状况:“涨海中,到珊瑚洲,洲底有盘石,珊瑚生其上也。”宋代乐史的《太平寰宇记》记载:“珊瑚洲,在县(东莞县,今东莞市——著者)南五百里。昔有人于海中捕鱼得珊瑚。”

这些历史典籍足以说明,早在 1 500 年之前,中国人就已经开始在茫茫的祖宗海里耕海捕鱼了。再如,北宋太宗太平兴国三年(公元 978 年),“知广州李符,献《海外诸域图》”;北宋真宗咸平六年(1003 年),“知广州凌策,上《海外诸番地理图》”；南宋宝庆元年（1225年），赵汝适在《诸番志·序》中说：“汝适被命此来，暇日阅诸番图，有所谓石床、长沙之险。”也就是说，北宋的李符、凌策和南宋时期的赵汝适等人，在当时就已看到了一些官方舆图，其中包括南洋诸国和南海诸岛在内的图册，并且上交朝廷。又如，清代程秉钊曾经到海南岛公干，写下了《琼州杂事诗》100首。其中一首写道：

涨海盈盈带浊泥，炎方消息故南齐。
水流似客浑无定，晨见东来夕向西。

由史籍来看黄贵绘制《涨海图》的传说，即可明晓，传说不是胡诌八咧，而是民间历史。

四围碧波临轩静，一夜涛声入梦清。却说当黄贵苏醒时，吃惊地发现自己置身于南海一座富丽堂皇的宫殿里，躺在一张暖烘烘、软绵绵的绣榻上。更让他莫名的是，站在床边的不是那些与自己同舟共济的水手们，而是一位仪态婀娜多姿、容颜姣好秀丽、身段凹凸有致的美女。这时，美女见他醒过来，含羞点头，娇怯袭人。可谓是：浑身珠玑愈妖娆，满面羞红赛仙桃。不明所以的黄贵，禁不住大惊失色。

相见时难别亦难

只见美女怀揣琵琶，纤指腾挪，樱唇微启，演唱着一首不知名的歌曲，周围有十几位佳人在翩翩起舞——哎呀妈呀，这不是皇宫里的皇妃、宫女吗？擅闯皇宫这还了得，简直是大逆不道、十恶不赦也！黄贵惊得嘴巴张大，“啊”的一声惊叫，差一点从床上跳下来……

原来，黄贵是躺在千寻水下的龙宫里，也就是海龙王的驻跸之所，较之地上的皇宫还要豪奢、阔绰十分。至于床边这位娇客——对其嘘寒问暖，并实施“音乐疗法”的俏佳人，不是别个，正是老龙王千般疼爱的三女儿“小龙女”。

话说这位小龙女，不仅色艺俱佳，而且智勇兼备；不仅有几分娇憨、刁蛮，还有几分侠肝义胆与柔肠。正是她在黄贵落水昏厥、行将被鲨鱼鲸吞的一瞬间，出手相救，硬是把他从鲨鱼嘴巴里给一把薅了出来，方使得黄贵鲨口逃生，转危为安。但是，醒转的黄贵在千恩万谢之后，不但没有兴高采烈，反而显得有点心不在焉、失魂落魄的。这是为什么呢？

见状，小龙女经过再三询问方知：黄贵之所以来到南海，是肩负着朝廷的重大使命——勘察四海疆界，绘制四海舆图。然而，黄贵刚刚完成西沙海域图籍的绘制，而南沙、中沙和东沙群岛尚未涉足，就被风浪打翻了，直落得船毁人亡。最不幸的是，在他昏迷的时候，那幅西沙图籍——《涨海图》也随着装有图的竹筒不见了。小龙女以为，那竹筒应该是被狂涛巨浪给裹挟而去了。

是夜，秋高气爽，月朗风清，侠骨柔肠的小龙女再次浮出水面，出手相助。她在茫茫大海里打开“照海宝镜”，迅速帮着黄贵找回那幅只完成了四分之一的《涨海图》。不仅如此，小龙女“帮人帮到底，送佛送到西”，又率领麾下的八方神仙，协助黄贵完成了南沙、中沙和东沙的踏勘、测量，并在薄如蝉翼的绢帛上绘制成图画。古时候，因为南海风大浪高，十分凶险，渔民们就称其为“涨海”，因此，绘制完成的南海图就合在一起，统称为《涨海图》。

眼看着小龙女那种雷厉风行的泼辣劲，黄贵自有几分欣赏、欣慰。正所谓“一点浩然气，千里快哉风”（宋·苏轼《水调歌头·黄州快哉亭赠张偓佺》句）。照说，此时勘测南海的重大使命完成了，黄贵应当欣喜若狂才对，可他却依然郁郁寡欢。因为他面临着两难的窘境——深陷于事业和爱情二律背反的泥潭中无法自拔，堪称是且喜且忧，越喜越忧。

喜的是《涨海图》业已绘制完毕，朝廷派给他的差事——最重要、最遥远、最艰难的使命现在终于完成了；貌若天仙的小龙女对自己可谓一见钟情、深情厚谊，不仅有救命之恩，而且倾尽人力、物力帮助自己完成使命；自己随着与她的朝夕相处，也是日久生情，难舍难分了。

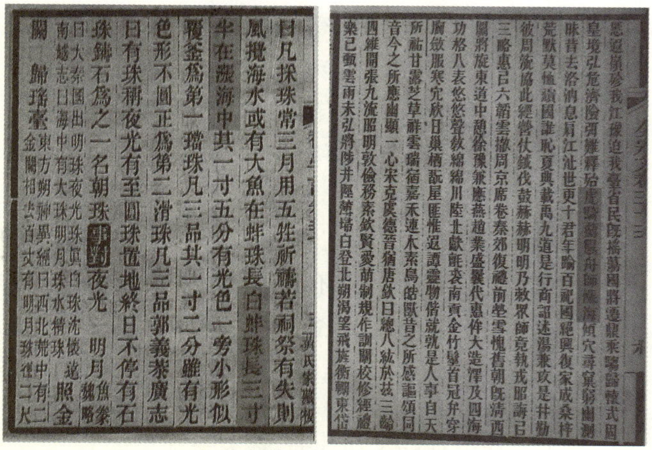
曰凡採珠常三月用五牲祈禱若祠祭有失則
風攪海水或有大魚在蚌珠長白蚌珠長三寸
半在漲海中其一寸五分有光色一旁小形似
覆釜爲第一璫珠凡三品其一寸二分雖有光
色形不圓正爲第二滑珠凡三品郭義恭廣志
曰有珠稱夜光有至圓珠置地終日不停有石
珠鏄石爲之一名朝珠 夜光

古代典籍对“涨海”的记录

同样，黄贵所忧虑的也与此相关，这两件事堪为同条共贯：尽管完成了《涨海图》，却无法上呈朝廷，有负皇命，难利百姓；尽管与龙女深深相爱，却不能长相厮守，爱他个天长地久、地老天荒，自己现在强颜欢笑，魂不守舍，但终究会弃之而去。如此，上对不起皇帝和江山社稷，下对不起龙王的恩情、龙女的爱意，自己终将会成为一个薄情寡义之人。

这一日，黄贵偶然得知：老龙王已经决定，将其最疼爱的小龙女许配给自己，自己将要成为龙王爷的东床快婿了。

此心吾与白鸥盟

小龙女闻讯，一整天笑盈盈、喜滋滋的，乐得手舞足蹈；那灿烂的笑，笑得乌云敛迹，圆月出岫；那一双顾盼生辉的星眸闪烁着爱的火花，那两片翕张生春的樱唇漫溢着情的红霞。

这可如何是好呢？黄贵左右为难。

所谓：明眸皓齿，莲脸生春；秋波送媚，好生动人！小龙女的那种少女情窦初开、难以自抑的情感流露，自是美好曼妙，令黄贵柔肠百结，也是难以抗拒的。她的这种“最是那一低头的温柔，像一朵水莲花，不胜凉风的娇羞”（徐志摩句），正应了女作家庐隐的一首小诗所描摹的少女初恋情态。庐隐是我国“民国四大才女”（另三位是萧红、张爱玲、石评梅）之一，其作品素以自叙色彩、感伤情怀见长。庐隐长篇小说《象牙戒指》里的这首抒情小诗写道：

我不说爱是怎样神秘，
你只看我的双睛，
燃有热情火花的美丽；
你只看我的香唇，
浮漾着玫瑰般的甜蜜；
这便是一切的惊奇！

然而，自己要被老龙王招为驸马——这个从天而降、自海而升的特大“喜讯”，不仅没有让黄贵欣喜不已，反倒令其忧愁日益加深。怎么办？怎么办呢？黄贵一筹莫展，双眉紧锁，三餐难进，六神无主。这日夜间，小龙女终于发现了情郎脸上的愁云惨雾，在她情意绵绵的“逼问”下，黄贵不得不道出了藏在心底的隐忧、难以排解的困惑……

小龙女听了情郎心忧社稷、情牵百姓的隐衷，免不得一阵“梨花带雨”，而后她又转悲为喜，含泪带笑劝慰道："好哥哥，你身处温柔乡，情牵天下事；人在欢乐窝，心系离乱国。这一点，实在是令人钦佩、敬爱！爱的基石不是占有和束缚，而是理解和自由。既然你皇命在身，家国所系，一腔忠魂，那么不如这样，你且先去复命，待复命之后你一定要归来，我们再'洞房花烛'，这也算是好事多磨吧。"黄贵听罢，自是不胜欣幸也！

"万里归船弄长笛，此心吾与白鸥盟。"（宋·黄庭坚《登快阁》句）翌日，义薄云天的小龙女做出了一个重大的决定：将情郎黄贵送出龙宫，让他前去交卸皇命，待其归回之际再喜结秦晋之好。是夜，小龙女避开情郎，点灯拨蜡，通宵达旦，精心缝制了一双"踏浪避水靴"，以期帮助情郎蹈浪弄潮，顺利到达京都长安；以期让他早日完成使命，早日归还完婚。老龙王获悉，心道："这个一向恃宠而骄、信马由缰的'小冤家'，竟然在爱情的鼓舞和滋润下，一夜之间不仅长大了、成熟了，而且变得通情达理了。实为可喜可贺也！"

第三天，小龙女将自己细针密缕、连夜赶制的宝靴送给情郎，并亲手帮他穿在脚上，而后亲自把黄贵送到儋耳郡的崖州（今三亚市）。临别之际，这对情深意笃的"神仙眷侣"，伫立在如今的天涯海角游览区，免不了海誓山盟，依依难舍；免不了一声珍重三回头，两行离泪五内忧。以是，此地又有了"鹿回头"的爱情传说，美丽而忧伤。此情此景此伤别，正如唐朝著名"朦胧诗人"——李商隐的七律《无题》所吟：

相见时难别亦难，东风无力百花残。
春蚕到死丝方尽，蜡炬成灰泪始干。
晓镜但愁云鬓改，夜吟应觉月光寒。
蓬山此去无多路，青鸟殷勤为探看。

梦中得宝建神庙

在我国东南沿海的广大地区，尤其是广东、广西、福建和海南，以及浙江、江苏的沿海城镇，祭祀文化非常发达，也非常普遍，庶几遍布城乡的犄角旮旯，乃至于五行八作、千家万户。

南方古来香火盛

长坡镇金钗山观音菩萨

行脚在这些省份的乡间，或者城市的老市区，你会随处可闻香气扑鼻而来，爆竹震耳欲聋；随处可见庙宇遍地，高塔林立，信众比肩接踵。可谓是两步一神龛，三步一神庙，五步一佛塔，七步一道观。祭祀神明的文化甚至走进了一间间店铺、农舍，走上了一艘艘货轮、渔舟。

祭祀是中华民族的传统习俗，海南的老百姓俗称之为“做公”。所谓“公”，就是神灵和祖先；所谓“做公”，就是拜祭仪式，或者一家父子，或者三五成群，抑或同村同姓的众人一起祭祀。海南人的“做公”吉日，一般选择传统佳节，或者乔迁新居、红白喜事之日，而更多的则是“公期”“婆期”的那一天；“做公”的地点一般都是在自家祖屋，又称为“香火屋”。当然大的节日是集体性的，都会选择祠堂，或者公庙、村庙。

请看笔者所著长篇纪实散文《三沙渔味》的描述：

正像南方城里的绝大多数商铺中都设有“财神爷”的灵位一样，在三沙大一些的渔船上，几乎也都设有“兄弟公”的神龛，渔民每次出海都要拜祭一番，意在寻求一种心灵寄托、心理慰藉，这或许是大海上的一种神秘文化吧。渔民大的船队每次远航作业，还会因地制宜，就在渔船上“做公”，在神龛前的供台上供上猪头、整鱼、饭团、米酒和香烛，再燃放一挂炮仗，点上两根蜡烛，向神明祈祷，乞求神仙护佑。①

天上人间两陌路，死生契阔各凄凉。渔船的主人之所以要这样做，而且世代承传，除了是为了“寻求一种心灵寄托、心理慰藉”之外，也是为了祈求神灵的保佑：保佑航船顺利——海不扬波，慈云常护；保佑渔家一帆风顺，四季发财。对神灵的祭祀甚至走入了渔村和渔家，我们在琼海的潭门镇、博鳌镇，临高的新盈

①肖杰主编《三沙渔味（王振德撰文）》，海南出版社，2016。

潭门文教兄弟庙和庙内供奉之“山川二类男女五姓孤魂”神位

镇、临城镇,以及文昌的铺前镇、东郊镇采风,看到几乎家家户户都设置了一通小神龛,香火不断。

至于他们所祭祀的神主,不仅有“财神爷”——“武财神”关公关云长、“文财神”赵公赵公明,也有“海上圣娘”妈祖、“岭南圣母”冼英,而更多的则是“108 兄弟公”……那可真叫“天黑敬菩萨——心到神知”。

笔者所居的小区,毗邻海口市龙华区滨海“城中村”——玉沙村的迁居楼,每月初一、十五清早,站在阳台上,就会看到对面楼上总有几户人家,就在神龛前面燃香、磕头和默祷。而那不过比八开画册略大的小神龛,或者设在客厅,或者悬挂在阳台的墙壁上;神龛前面两侧,红色的电池灯烛彻夜长明,熠熠闪光。

凡此种种,或许是沿海地区的一种神秘文化使然,也是由在大风大浪间耕海牧鱼这一营生的危险性所致吧。难怪有人说,南海既是一个海洋地理空间,也是一个海洋人文空间,其每一朵浪花都是文明的绽放。

祖宗海里神龛多

更有甚者,无论是西沙群岛还是南沙群岛,在那一座座由珊瑚虫的残渣碎屑堆起的礁盘上,几乎都建有一座神庙,有的有一间小屋大小,庙内面积不过四五平方米;而绝大多数因受条件的限制,都很狭小,也很简陋。甚至,渔民们不过是找来几块片状的礁石,随意拼搭在一起,就是一座小石龛了,既不镌刻庙的名

南海博物馆模拟设置的珊瑚神庙

字，也不知道所祀的是何方神明。

然而，渔民们依然非常虔心诚意，几乎每次出海、“做海”之前，都要燃香、上供、跪拜和祷祝。如果你要好奇地问他们：“这小庙叫什么名字？里面敬奉的是何方神圣呢？”

“这些小庙就是‘兄弟庙’，也叫‘孤魂庙’，里面敬奉的是‘108 兄弟公’。”渔民们都会如是作答。那么，这“108 兄弟公”是何方人士？源自何朝何代？渔民又为什么普遍将其奉若神明呢？在“四沙”群岛各个岛屿上，几乎都可见到“兄弟庙”的魅影，而其中年份最久、规模最大、设施最齐全，也是最具代表意义的，就是建在永兴岛上的“兄弟庙”。这座庙宇坐落在永兴岛西北角的沙滩上，距离大海不过三四十米，庙内面积也就是八九平方米的样子。

每到传统节日，尤其是新春佳节，岛上的居民和驻岛官兵都会聚集到这里，举行隆重的“做公”（祭祀神主）仪式。这座“兄弟庙”的零部件还是蛮齐全的，不仅门楣上镌刻了庙名，门两边还刻写着一副对联：“春亦有情，南海喜逢鱼弄月；人得其意，春风和气鸟逢林。”

你瞧，这副对联堪为隽语箴言，不仅写得妙笔生花、文采斐然、对仗工稳；其寓意也很好，铺陈、营造出一派吉利、祥瑞、和谐的民俗信仰神秘氛围；而且，诸如“鱼弄月”“鸟逢林”之类，堪称是无墨之画、无韵之歌，还颇有些诗情画意呢。从某种意义上讲，大海是一面硕大的镜子，让任何人的灵魂阴影都无法躲闪，也映射出人的文化情怀。在三沙市居留 18 天，我为海洋文化深深濡染，不胜枨触之至，遂不揣谫陋，草拟一联，愿与渔家分享之：

三沙人家，碧水金滩，霞光熠熠晨鸟起；
四海故事，清风明月，渔火悠悠夜航归。

神灵指点发财路

那么,永兴岛上的这座“兄弟庙”是何来历?有何说道呢?请看拙著《三沙渔味》的解读:“根据世代传说,永兴岛上的兄弟庙始建于明代初期。有一年的夜间,一位史姓船主驾驶渔船到了永兴岛附近,在小岛东部的礁盘上抛锚过夜。当晚,史姓船主做了一场梦,梦里的‘108兄弟公’告诉他:‘有一艘朝廷的巨大远洋宝舶,载有大量的珠宝,途经永兴岛东南方的礁盘时,触礁沉没,满船的奇珍异宝悉数遗落于海底……’”

易经说:“积善之家,必有余庆。”也许是这位史姓船主平时积德行善,好事做多了,所以这梦中的“108兄弟公”分明是给他指了一条发财路。这也正像民谚所说:“善有善报,恶有恶报。不是不报,时候未到。”足见,神灵也是任人唯贤、崇德向善的啊!

这位史姓船主何其聪明,梦醒时分,禁不住喜出望外,立马领悟这是自己福至心灵,天大的好事来了。次日清晨,晨雾未散,红日欲升,他便摩拳擦掌,架锅煮饭,吃饱喝足。他知道,心动不如行动,行动不可耽搁。于是,史姓船主当即带着三个儿子,来到自己的渔船上,“扑通”一声跪倒在地,连连叩首,并且向船上的“兄弟公”小神龛烧香上供,祈求保佑。

“大慈大悲的‘兄弟公’啊,史某在此先谢过啦!谢谢您老对史某大发慈悲,梦中给我指引发财之路!”他还酹酒许愿说,“尽管史某福薄才浅,若是我真的能在‘祖宗海’里找到这艘朝廷的沉船,真能打捞到那些金银珠宝,我一定要在永兴岛上建造一座‘兄弟庙’,世世代代永祀神祇,感谢您的大恩大德啊!”跪拜完毕,史姓船主立马沐浴更衣,随即拔锚起航。

然而,大海浩渺无垠,深不见底,要寻觅一座沉舟,不啻大海捞针!按照“兄弟公”在梦里的指点,史姓船主又利用《更路簿》对海区方位的记载,他三天三夜不吃不喝不休息,一番寻寻觅觅,可是找到的都是一些锈蚀的铁锚、朽败的船板和破碎的盆盆罐罐。偶或有一些品相极好的古代瓷器,史

兄弟庙内灵兽与对联

老板也一概收入囊中，带到船上。史老板认为，这都是老天爷和“兄弟公”的恩赐物。可是，找不到金银财宝怎么办呢？此时，三个儿子的信心都有了动摇，尤其是老大和老三，几次敲响了“退堂鼓”——

“老爸，一个梦幻罢了，您老何必这样当真？”老大说道。

“老爸，‘兄弟公’的话就如此灵验吗？”老三劝阻道，“何况，那还是梦里的梦话呢，我们回去吧！”

“老二，你说呢？说说你的想法！”史老板有意考验自己最善良、最孝顺，也是最看重的二儿子。

“老爸，我觉得无可无不可，再找一找也行。反正来找了四五天，鱼汛都快耽搁啦，死马就当活马医吧，我就听您的……”老二将信将疑，不过是善于察言观色而已。

“什么‘梦幻’，什么‘梦话’，什么‘死马活马’的？这都是什么鬼话！”史老板一面呵斥，一面给了三个儿子每人一巴掌。

建庙立碑报恩公

史老板怒意未尽，又接着对三个儿子数落道：“你们三个不忠不孝的忤逆之子，不诚不敬不肖之子，你们这说的都是什么屁话、混账话啊？老子告诉你们，神明是绝对不会欺人的，一个个都把那点小心思放在肚子里；都给老子接着找，认真找；要是找不到，不许吃饭，不许回家！”

皇天不负有心人。果真，在出发第五天的傍晚，史老板父子历尽波折，终于在永兴岛东南方的石岛老龙头海域，找到了沉没已久的官方沉船，并发现了许多的珍玩异宝，价值连城。

见状，史老板不敢擅自行动，命令三个儿子留守渔艇，严加守护；他自己风风火火地驾驶小渔艇赶到大船上的神案前，又是“扑通”一声跪倒在地，急忙磕头祷告：“大慈大悲的‘兄弟公’，我史某何德何能，竟然得蒙如此恩惠，如此馈赠！如今，我真的已经在‘祖宗海’里找到这艘朝廷的沉船，看到了那些金银珠宝了，好多好多啊！恩公，史某该如何感谢您的大恩大德、大慈大悲哟！”

史老板一边叩首祈祷，一边将胸脯擂得山响，信誓旦旦道：“恩公呀，您老人家且请放一万个心，我一定要兑现承诺，在永兴岛上建造一座‘兄弟庙’，世世代代永祀神祇，但是，这又如何能报偿您的恩情于万一呢？我还要立碑刻文，让您的英名万世流芳,让您的恩德千秋万代永世不忘!"

不久,史姓船主践行诺言,在来西沙耕海之际,从海南岛运来砖瓦、白灰和木料等建筑材料,于永兴岛西北角建起了一座砖木结构的神庙。庙门两侧,他也早有准备,来之前请本镇的秀才写了一副楹联:"兄弟感灵应,孤魂得恩深。"横批是:"海不扬波。"并且,让秀才撰写了一则铭文,镌刻在一通四尺高、两尺宽的石碑上,就立在庙门一侧。

俗话说:"千日拜佛,一朝添丁——善有善报。"百余年后,神庙被一场场台风骤雨所摧毁,史老板的玄孙又在原址重新修好……如此修了坏、坏了修,一直到如今。有一部长篇纪实散文对永兴岛的"做公"仪式记述得很细致,它的作者大名叫温进辉,曾经是永兴岛的驻岛军官,并曾经几度在岛上留守过年。请看他的描述:

1997年春节,我被安排节日守岛值班,过年不能回家团圆。但也很荣幸,就在这个春节,我参加了岛上的"做公"活动。

大年三十儿的那天下午,伙房的王师傅煮熟了猪头、大阉鸡、双尾鱼,也弄好了饭团和素菜,便在院子里高喊:"做公啦!"

在房间里看电视的,在菜地里浇菜的,在伙房里帮厨的……大家都放下手中的活儿,很快地聚集到伙房门前。

大伙儿把煮熟的猪头、阉鸡、整鱼、饭团、素菜、香烛、纸钱、鞭炮等"做公"用的物品,通通都放在一台手扶拖拉机的后箱里。二十几个人,呼呼啦啦地跟着手扶拖拉机,来到"做公"的场地——坐落在永兴岛西北角、距离海边只有30多米的一座仅仅五六平方米的小庙。

潭门渔民元宵节舞起鲤鱼灯

小庙周围，已经聚集了好多人，都是办事处（全称为“海南省西沙群岛、南沙群岛、中沙群岛办事处”——著者）下属各个单位、省直管的几个单位（工作人员），以及驻岛的居民、渔民，也都是来“做公”的。……庙内的正堂有一神台，台上摆着香炉，但没有神位；神台前的地上，摆着一个土缸子，是专门用来烧纸钱、元宝的。可能是长期香火熏烧的缘故，小庙的四壁都是黑乎乎的；小庙的门前2米处还有一个小神台，上面只有香炉，也没有神位。[①]

母女争死均得生

谁说后娘都狠心

在海南琼北一带，有一则世世代代广为流传的民间传说，说的是一对继母和继女互疼互爱互救，乃至以死相报的感人涕下的故事。

这对母女俩不仅平时和和美美、说说笑笑，而且在关键的时候，竟能为救对方性命争相认罪，大义赴死，进而感动了官老爷和过路人——官老爷举笔踌躇喟叹，不忍判罪；过路人感动落泪，纷纷为她们求情。最后，官老爷法外施恩，将母女俩都放生了。

有一副对联这样写道：“海为水宗流行无滞；家有仁孝传承不息。”这则人间大爱、人伦至亲的故事，在当地不胫而走，广为传颂。进而，上达于天子，母女俩还得到了朝廷的旌表，被称为“节烈二义”。最后，还被史家闻知，收入《列女传》，从而名垂史册。这对母女的侠骨柔肠、慈肝孝心，着实让一代又一代善良的人们唏嘘不止，赞叹不已。这正是：“梦长梦短俱是梦，年来年去是何年！”（明·汤显祖《牡丹亭》句）

据记载，早在汉武帝时期，海南琼北一带就有珠崖郡的建制。珠崖郡物产丰赡，民俗醇厚，堪称是路不拾遗，夜不闭户。这里濒临琼州海峡和南渡江，海边风和日丽，沙白如玉，故而盛产珠玑，时人称其为“南珠”，远胜于北珠、东珠等其他地方产的珍珠。当时，南珠又是贡品，朝廷或许是吸取了“合浦珠还”的经验教训吧，对珠民实行“五抽一”“十抽一”的税收策略，其他渔货概不收税。这一政策还

①温进辉：《我所知道的西沙》，南海出版公司，2012。

是比较宽松的。

却说珠崖郡的符姓郡守才高八斗，风流倜傥，因为他的原配夫人无子而早逝,他为了延续香火,就又纳了填房后妻符王氏。此人貌若天仙,为人和善,对继女视若己出,疼爱有加,关怀备至。继女阿初不仅通晓音律,能歌善舞,而且善解人意,对继母非常孝顺。

珍珠手链惹祸端

符王氏平生喜欢珠宝,她的玉臂上总是系着一串手链,是用特大的南珠连缀而成的,她平时非常珍惜,也算是就地取材吧。

俗话说：物以稀为贵。这串手链若是在长城内外的北国，确实是非常珍贵的,而在海南岛并不稀奇。因为这里盛产珍珠,所以在岛上达官贵人家的女眷当中,喜欢手戴珠串的并不鲜见。可是没承想,就这么一串普普通通的珍珠手链,却差一点要了符王氏或者继女阿初的性命。

这是怎么回事呢?

话说天有不测风云,人有旦夕祸福。有一天,没承望珠崖郡郡守符老爷平素健健康康的,这天傍晚却突然一头栽倒在地,英年早逝,符王氏和继女阿初自是哭得死去活来。次日清晨,符王氏怀里抱着九岁的儿子,身后跟着十三岁的阿初,扶柩过海,去到海北徐闻老家送葬。临行之前,她不敢大意,就将手腕儿上的珍珠手串摘下来,随便放到了家里的床榻上。可是,人算不如天算,她的儿子年幼无知,因为知道母亲喜欢那个手链,就把它捡起来放到了母亲的梳妆盒里。其他人都没有注意到这件事。

符王氏为何要摘下手链放在家里呢?原因有二:一是因为当时有禁令,珍珠

徐闻汉墓出土的水晶手链

徐闻汉墓出土的"万岁瓦当"

是朝廷的贡品，不许私自从岛上运送过海，否则依律当斩；二是因为至亲过世，悲恸欲绝，按当地风习，不宜戴着项链、手镯等首饰去送丧，否则，即被视为不孝。这也是要被问罪的。

老话说：“东家着火，西家冒烟——一波未平，一波又起。”万万没有想到，当他们一行哭哭啼啼地送葬来到海港，准备过海的时候，关吏竟然从符王氏的梳妆盒里搜出了那个珍珠手链。于是，关吏喝问道：“珍珠是供物，严禁贩运出海，不知道吗？是谁干的？”当时，符王氏正在后面安排过海事宜，只有阿初站在码头关前。

阿初环顾左右，心里想，也许是继母因为悲伤过度，粗心大意，不慎把手串放入镜盒里了，那可是要杀头的啊！

母女争死天地悲

于是，阿初大义凛然，自告奋勇地喊道：“是我因为悲痛出错，不小心干的。要是有罪，罪在我一人，与别人毫不相干！”

关吏问道：“事情经过是怎么回事啊？仔细道来！”

“父亲大人不幸早逝，阿妈摘下手链随手丢到了一边。阿初一时糊涂，知道母亲大人十分珍爱这个手链，我就把它放到了母亲的梳妆盒里。阿妈并不知晓啊！”阿初回答道。符王氏听到了这个消息，急忙过来询问阿初。阿初回道：“阿妈，那天您把手链摘下来扔到了一边，我一时糊涂，又捡起来重新放入了梳妆盒里。若是有罪，罪在我一人啊！”

符王氏尽管以为阿初所言是实情，但又可怜年幼的孤女。于是，她就对关吏说：“请等一等。千万不要怪罪阿初，阿初这孩子自幼聪颖善良，善解人意。而此事她根本不知道，她是想替我顶罪啊！这个珠串我每天都戴在手臂上，官家不幸死亡，我就把它解下来放入梳妆盒里。因为送葬路途遥远，事情繁杂，我疏忽大意，忘记了把它取出来放到家里。事情就是这样的。若是有罪，罪在妾身，与孩子们没有关系啊！”

“不是阿妈放的，而是我放到梳妆盒里的！”阿初又争辩道。

“孩子，你不要强辩了，手链确实是阿妈一时疏忽，放到镜盒里的。与你毫不相干啊！”符王氏劝阻道。说完，她大放悲声，泪下如雨，难以自控，边哭边念叨：“我可怜的女儿呀，你太善良了！你对阿妈的孝心，阿妈知道。可是，你不该不懂轻重，非要代替阿妈认罪，那可是要命的啊！”

“禀告大人，阿妈是可怜我年幼而父母双亡，不想让我小小年纪就被处死。她是想替我去死啊!”阿初含泪道,“手链这件事,确实是阿初所为,阿妈根本就不知道!”说罢,泪湿衣衫,哽咽不止。这时,码头上围了很多人,无不被这对母女的慈孝之举,感动得鼻子发酸,热泪盈眶;大家你一言,我一语,纷纷为这对相怜相惜、互疼互爱的母女俩求情。

不一会儿,原本一碧如洗、万里无云的天空,忽然间云飞风卷,电闪雷鸣,暴雨如注,就像是有人恶作剧,将天空捅了许多大窟窿。码头上,等待过海和弃舟登岸的人们纷纷躲在屋檐下、廊庑间,他们耳闻目睹阿初与其继母“母女争死”的人伦义举。有人议论说:“瞧吧,老天爷看不惯这好人蒙冤,雷声大作,发怒了。”也有人说:“不对,是这对母女俩的仁爱、孝慈和大义,感动了老天爷,老天爷也哭泣流泪啦!”一位渔婶装扮的妇女说道:“谁吃了熊心豹子胆,竟敢欺侮这对仁善感天动地的母女俩,难道就不怕雷神、龙王吗?”她一面说着,一面指一指天空和海边的龙王庙。

倏尔,云散雨霁,天空现出一弧弯弯的彩虹,就像一道七彩斑斓的凯旋门。人们不约而同,齐齐下跪叩首央告道:“关老爷,发发善心,法外开恩吧!纵然有错,这对母女也是无心之过。人死为大,您就高抬贵手,没收其珠串,放他们过海奔孝去吧!”有一老者指着天空道:“老爷,您瞧北天那一道彩虹,正是一扇敞开的大门,老天爷是要放归她们母女俩的。切不可逆天啊!”那位美髯的关侯目睹此情此景,也禁不住黯然涕下。他再看看海边那道彩虹忽闪忽闪的,还有那尊海龙王雕像似乎也在伤怀垂泪,又禁不住手心冒汗。于是,他回头看看关吏,半语而收。关吏点点头,若有所悟。

二人不约而同地想起了一则故事:西汉的时候,有一个人名叫赵孝,他和弟弟赵礼兄友弟恭,非常友爱。有一年,连遭旱灾蝗灾,庄稼颗粒无收。此时,一帮强盗占据了宜秋山,把赵礼捉去了,并且扬言若拿不来粮食赎人,就要吃掉他。赵孝匆忙之间实在借不到粮食,就赶紧跑到强盗那里,恳求道:“赵礼身患疾病,闹不好还会传染,并且他的身体很瘦,没什么肉好吃。我的身体十分健康,生得也很壮实,我情愿代替我的弟弟给你们果腹。恳请诸位豪杰,把我留下,把我那病恹恹的弟弟放走吧!”强盗头领一时还没有反应过来,赵礼却含泪说道:“我被将军们捉住了,就是死了,也是我自己命里注定的,哥哥有什么罪?与此事有什么牵连呢?”两兄弟争着一死,谁也说服不了谁,遂抱头大哭了一番。强盗们也被感动了,就把兄弟俩都释放了。

这件事传到了皇帝那里，皇帝就下诏书旌表兄弟俩，并且昭示天下……想到此，关侯说道："恶至杀人而食的盗贼，尚可被感化起慈心。难道我们就是铁石心肠吗？"言毕，与关吏相视而笑，莫逆于心。

好事也能传千里

关吏手握毛笔，想写奏疏，没想到双手颤颤巍巍，呆坐了半天，却一个字也写不出来。

回到珠崖郡，关侯依然不忍决断，一整天以泪洗面，就对同僚们说："这对母女在不知道真实情况的前提下，竟能这样侠义，都争着为对方大义赴死，世间少有。何况二人又没有任何亲缘关系呢。我实在不忍心，即便是朝廷问罪于我，我也不忍心判处她俩的罪责。况且，母女俩互相争着领罪，我们又怎么知道，究竟是哪个有罪？冤枉了任何一个都是罪孽啊！"

于是，关侯将珍珠手链扔到一边，毅然决然地命人打开监仓，冒着被人弹劾、革职，甚至坐牢的风险，把符王氏母女俩都给无罪释放了。

龙塘镇博抚村西汉古郡遗址

回到家里，符王氏和阿初才知道，那个珍珠手串是懵懂无知的小弟，因为知道母亲喜爱这个手串，恐怕弄丢了，才把它放入母亲镜盒里的。街坊邻居得知此事之后，无不对母女俩跷起大拇指，纷纷赞扬说："这对母女俩如此仗义，继母施慈不惜命，继女尽孝竟替死，堪称'二义'也！"

俗话说："好事不出门，坏事传千里！"但是，这件好事一传十，十传百，就像长了翅膀一样，在珠崖大地广为传扬，竟然令当地民风、民气为之一振。许多继母就以符王氏为镜子，时时处处反省自己，鞭策自己。于是，许多有见识的人争先恐后地来到官府，恳求关侯大人上奏朝廷，对符王氏、阿初母女俩予以旌表。关侯、关吏当然喜不自胜，便欣然命笔。汉武帝看到奏疏,龙颜大悦,当即下旨旌表"节烈二义"。

这真是:"二义慈孝民风变,母女争死天地悲!"不久,这件事不胫而走,在九州四海传为美谈。关于这一故事始末,见西汉刘向《列女传》的记载,又见《道光广东通志·琼州府·列传》"崖州"条目转引的该文:

珠崖二义者,珠崖令之后妻及前妻女也。女名初,年十三。

珠崖多珠,继母连大珠以为系臂。及令死,当送丧还。法,内珠入于关者死。继母弃其系臂珠。其子年九岁,好而取之,置之母镜台(应为镜奁或镜匣——著者)中,皆莫之知。

遂奉丧归,至海关,关侯士吏搜索得珠十枚于镜奁中。吏曰:"谁当坐者?"初在,左右顾,心恐母云置镜奁中,乃曰:"初当坐之。"吏曰:"其状何如?"对曰:"君不幸,夫人解系臂弃之。初心惜之,取而置夫人镜奁中。夫人不知也。"继母闻之,遽疾行问初,初曰:"夫人所弃珠,初复取之置夫人镜奁中。初当坐之。"母意亦以初为实,然怜之,乃因谓吏曰:"愿且待,幸无劾儿,儿诚不知也。此珠妾之系臂也,君不幸,妾解去之而置奁中。迫奉丧道远,与弱小俱忽然忘之,妾当坐之。"初固曰:"实初取之。"继母又曰:"儿但让耳!实妾取之。"因涕泣不能自禁。

女亦曰:"夫人哀初之孤,欲强活初身,夫人实不知也。"又因哭泣下交颈,送葬者亦哭哀恸,傍人(意为旁人——著者)莫不为酸鼻挥涕。关吏执笔书劾,不能就一字。关侯垂泣终日,不能忍决,乃曰:"母子有义如此,吾即坐之,不忍加文;且又相让,安知孰是?"遂弃珠而遣之。既去,后乃知男独取之也。君子谓二义慈孝。

《论语》曰:"父为子隐,子为父隐,直在其中矣。"若继母与假女(继女——著者)推让争死,哀感傍人,可谓直耳。(刘向《列女传》)

千载渔村祀盐婆

迁徙,繁衍,薪尽火传,光前裕后……此乃每一个民族、部落或乡村的历史与未来、光荣与梦想。

海口市龙华区的玉沙村也不例外。如今,这个昔日的滨海小渔村已被京华城等高楼大厦所取代,"玉沙八姓"(符、吴、黄、梁、陈、林、邓、钟)也大多迁入周边

玉沙迎神一景：神轿头顶过，福祉天上来

的高楼大厦之中。这近三百名村民因为受钢筋水泥的分割而零星散居。于是，为了凝聚村民的心神，又将原本建在村中心的玉沙古庙，如今于侨中隧道之上重修落成。重建的玉沙庙豪华气派，古色古香，可谓是融汇古今多元素，彰显信仰正能量。

每逢“婆期”日，玉沙人纷纷来到这里焚香祷告，玉沙庙里摩肩接踵、熙熙攘攘，成为内省敬天、法祖的精神圣坛，成为聚合民俗、乡谊的文化纽带；同时，这大抵也是留住传统、记住乡愁的功业吧。

玉沙村名成传说

玉种蓝田光天之下，沙明渤海应地无疆。

清朝光绪八年（1882 年），朝廷特赐进士郑天章莅临该村，撰题了这副文采斐然、寓意祥瑞的“玉沙”村名嵌名联。至于其文脉、地缘和营生，则是源于盐婆的传说。

南宋末年，兵连祸结，战火从长江两岸一直蔓延到江南一带。或许是为了躲避连年的兵燹、旱灾和瘟疫吧，早在宋元之交，玉沙村人的先祖即刳木为舟，从福建莆田梯航而来。这些难民在琼州海峡弃舟登岸伊始，就一眼相中了这片绿树成荫的海滨地段，作为他们灵魂的栖息之地，于此建房修路，支锅打床，总算安顿了下来。于是，千百年间，他们在此繁衍生息，薪火相传，度过了一年又一年，送走了一代又一代。

玉沙村最初叫作玉娇村，也称沙上村——分为东沙上和西沙上。当时，琼州府榛莽丛生，人烟稀少，童山岭蜿蜒迤逦，将大片的农田、沙滩分割成围棋棋盘之状；从府衙的楼宇上鸟瞰玉沙村一带，海水涨潮时，这里就是被大海包围着的一片翠林，“阴阴夏木啭黄鹂”；海水退潮时，这里则是被树林所围绕着的一片白沙，“漠漠水田飞白鹭”。

大凡地名的缘起，往往与其地形、地貌和参照物，以及此地的生计、特产相关。玉沙村也是如此，该村的村名由来已久，主要有三种说法：一是与该村村民的主要营生——晒盐、煮盐业相关。你瞧，大片的盐沙铺晒在海滨，在阳

玉沙庙内祀盐婆

光的照射之下，闪射着银白色的光芒，多么像一片白玉！加之，食盐乃“百味之祖”，是生活的必需品，非常宝贵，人们喻之为“玉”，亦十分妥当、贴切。二是与该村原来的村名——“玉娇村”和“沙上村”相关，就是由两个村名合璧而成，遂称玉沙村。三是与该村玉沙庙大门口上述的楹联有关，就是提取这副对联上下联的第一个字，从而连缀成“玉沙”的村名。光绪八年，长流进士郑天章来到沙上村，他看到村里村外晒着大片大片白花花的盐沙，遂禁不住神思飞瀑、灵感涌泉，挥动椽笔、饱蘸徽墨，欣然题写了上述对联。即所谓：“意匠似神变化生，笔端如楫任纵横。”

尽管言人人殊，各执一端，然而，玉沙村这个村名的存在确属不争，而且这个美轮美奂、巧思巧构，甚而震古烁今的村名，不仅得天地造化之赐予，而且属人文智慧之结晶。正如玉沙庙大门另一副嵌名联所述：“玉质金声允矣圣贤雅范，沙明水绕依然耕读鸿基。”

严氏晒盐除百罹

玉润冰清泰交景运，沙披金见文治光华。

此联为谁所题，已经无法考证，然而，联内“泰交景运”“文治光华”的古韵古风，不仅永远镌刻在古庙两侧火山石的门柱上，而且永远镌刻在村民白玉般的心扉上。

亘古洎今，玉沙人的主要生计或说商贸营生，就是晒盐、煮盐、运盐和贩盐，以盐换取主要的生产生活资料。传说，该村的制盐业肇始于盐婆。盐婆本系以姓

代名，人称“严氏”。因为她的生日为农历三月十八，故而这一天，也就成为玉沙村人千年不变、永久传续的“婆期”日。

但是，因为年代久远，史料湮没，盐婆的生平也已经无从稽考。一个有趣的事实是，琼州北部湾海域甚至整个海南省，唯有玉沙村纪念盐婆，且早在元明之际即已建庙永祀，堪称渊源有自。

玉沙人为什么要纪念盐婆呢？

相传，严氏出生于海边，自其蹒跚学步之时，便已经是家道中落了，乃至于门衰祚薄，屋漏墙塌，四壁萧然，家无儋石。从记事时起，严氏家里就剩下她单身一人了，平日里靠打鱼、砍柴为生。那时候，村里头还没有食盐，致令时人面黄肌瘦，浑身无力，病患缠身，沴孽蜂起，一如《诗经·王风》所云：“我生之后，逢此百罹。”这里的“百罹”，极状灾难、病患之多也。

有一年盛夏，严氏出海打鱼归来，看到海滩上泛起了一层层晶莹剔透的“白霜”，她暗忖：“这是什么玩意儿？白花花的。”严氏异常好奇，便用手指沾了些许“白霜”，送到唇边尝一尝。怎料想，一尝之下，辄觉咸涩不已，可不一会儿，便感觉神情舒爽，胃口大开。思谋再三，她觉得这种“白霜”大有文章，最起码不乏佐餐之效。

于是，严氏就将这些“白霜”搓了一口袋带回家里，一日三餐用来就饭吃。孰料，严氏吃罢，感觉浑身是力，沉疴痼疾稍安；馈赠于左邻右舍，人人如是，屡试不爽。自此，村民开始拿“白霜”佐餐，出于感恩之心，为之起名曰“严”。久而久之，“严”吃完了，村民又开始了无精打采的日子，一个个就像霜打的茄子似的，萎靡不振，浑身疲疲沓沓的。

转眼间，花开花落，燕去燕来，一年一度的季秋又到了。这一天，有心的严氏见海水退潮后，残留的水洼在烈日的暴晒之下，又泛起了一层厚厚的“白霜”，于是她又搓了几口袋带回家，并馈赠邻里下饭……如此经过多次循环往复，她发明了“引海晒严”“煮海为严”的方法，或称其为“科学技术”，于是，玉沙村人一年四季都有“严”吃了。

传说，这就是海南岛制盐业的滥觞。但是，也不知道从何时起，“严”又演化为了“盐”——由姓氏演变成专有名词了。在他们看来，有盐的饭菜味道好，有盐的生活比蜜甜；有了食盐，老百姓精神旺盛，真是“身体倍儿棒，吃嘛嘛香”；有了食盐，疾病不治而愈，健康唾手可得！

在严氏寿终正寝之后，玉沙村民自然对其感恩戴德、缅怀追思，遂敬称之为

“盐婆”“玉沙婆”，并修庙祭祀，以便崇其功、报其德，世代感恩，万载永祀。从此，严氏成为古人生活里匡时救命的“乐喜菩萨”，成为人们心目中扶危济困的“康泰圣母”；自此，严氏在村民们的心目中，俨然成了神仙；就连她的生日，亘古迄今，也成为百姓永久传续的“婆期”日。

值得一提的是，在海南方言的语境里，“婆”意即女性长者，“婆”与“公”在性别上相对应，在含义上相类似，都含有很浓的敬称、尊称的意味。譬如，琼北一带历来就有“公期”“婆期”的说法。“公期” 就是男性境主（或称祭祀对象）的纪念日，“婆期”则是女性境主（或称祭祀对象）的纪念日。有的是几个村共祀一位境主；有的是一个村分祀几位境主；更多的则是，一个村祭祀一位境主，不同的村庄祭祀不同的境主。

可见，世上本来没有神仙，“神仙”不过是人创造出来的，以纪念那些给人间带来福报和恩惠的善男信女，以及有大功德、大贡献之人。而且，在人们祭祀时焚香跪拜的祷告声中，也寄寓着弘扬真善美、惩治假恶丑的旨趣，这也就是信仰的题中应有之义。

截至新中国成立之前，玉沙村盐民的制盐方法依旧是两种，一是煮盐，即“煮海为盐”，是为“熟盐”；二是晒盐，即“晒海为盐”，是为“生盐”。据说，二者无不是传薪、发端于盐婆，足见其对后世的功德和恩情之伟、之巨。玉沙村制盐业的长盛不衰，也带动了周边地界盐业的发展，于是不远处就有了盐灶街、八灶村等古雅的地名。这些地方的制盐业也由来已久，但奇怪的是，这里的盐民并不祭祀盐婆。

古盐田里刮盐忙

而今，村民依然在吟诵：“古风相继，世代铭记：盐婆支大锅，煮海拯黎民；圣母引巨浪，晒盐祛百罹。……筑庙宇以资祭祀，焚香火永世念慈。……”对于“玉沙秀才”王锡鹏这则声情并茂的《玉沙赋》，村民们交口称赞，并将其篆刻在玉沙庙的墙壁上，以期万古不变。

然而，在这个赤日炎炎的阳光岛

上，盐民的生活还是非常艰辛的，整天日晒雨淋，终年烟熏火烤，每天都要像蜕蝉一样脱一层皮；皮肤越晒越黑，腰杆越累越弯。关于盐民劳作之苦，古人多有咏叹、感怀，明末盐民诗人吴嘉纪的一首《七绝》，即充分地反映了“白头灶户”的生计艰辛，以及“偷闲乘凉”的意外欢愉。他在这首诗中吟哦道：

白头灶户低草房，六月煎盐烈火旁。
走出门前炎日里，偷闲一刻是乘凉。

渔村变身京华城

玉润澄清瑞映呈祥，沙明海滨光照现仪。

这副同样不知作者姓名的对联，于今已经成为新玉沙村、新玉沙人生活的真实写照了。

现代无论在任何地方，城市扩建最大的难题都是拆迁改造，因为中国传统使然，乡民历来安土重迁。玉沙人也不例外，对于整体拆迁，告别祖居的村落，开始既有憧憬和向往，也有龃龉和排斥。尽管他们的祖先早就进行了一次大迁徙，也就是自福建莆田迁移而来。

盐婆香火千年旺

为了给村民排忧解纷，省市领导走村串户，访贫问疾，并且要求有关部门想村民之所想，急村民之所急，一定要做到“和谐拆迁”。有一组数字，很能说明问题，堪称“和谐拆迁”的注脚：2007 年 11 月 26 日，玉沙村进入实质性的拆迁阶段，2008 年 1 月 7 日，拆迁告罄；拆迁的总面积为 32 万平方米，历时 43 天。于是，俯仰之间，玉沙人便实现了“悲情诗圣”杜甫的安居梦——“安得广厦千万间，大庇天下寒士俱欢颜”（唐·杜甫《茅屋为秋风所破歌》句）。正像玉沙村拆迁的亲历者王锡鹏

那则《玉沙赋》所咏:

衣食富裕,继而思安居;风雨无忧,继而慕靓丽。“城中村”改造,融入都市之整体;“京华城”立业,飞扬商埠之大旗。……铁壁动地竞起,崇厦撼天奠基。……握宜居宜商宜业之钥匙,开可游可乐可富之新机。

奇哉,海景新居;

壮哉,广厦林立;

美哉,新民于斯。

这篇《玉沙赋》可谓口吻生花、妙语解颐,但更让人流连忘返的还是玉沙庙里诸多的古今楹联。驻足吟诵、品味之,你别说,还真是不乏思想深刻、意蕴隽永,以及对仗工稳、法书端庄者,堪称屈骚宋赋、颜筋柳骨,令人心旷神怡。

笔者吟味有顷,赏爱久之,不禁技痒,也拟一联,斗胆就教于方家:“文火荟萃四民暖,人性拆迁八姓春。”——四民者,士农工商也;八姓者,玉沙八姓也。

寻夫女人变吉星

誓死寻夫成谶语

在千年渔港潭门镇,流传着一则古老的传说:在每一艘渔船的桅杆顶上,都悬挂着一颗亮晶晶的星辰,那是渔家的吉星高照。

故而,每当出海之前,渔民们都得举行隆重的祭“兄弟公”出海仪式,燃香烛、放鞭炮、奏八音,乃至敲锣打鼓上达天听,还要供鱼虾、上鸡鸭在神庙或者神位祭奠;尤其是天气恶劣的时候,渔民们更要往大海里抛猪肉、洒米酒、投饭团进行祭祀,以保风浪平息,出海平安,打鱼丰收。根据渔民们对这一信俗的解释,这颗“吉星”是女神的化身,是专门来护佑船家的。

而且,这一女神和妈祖一样,也是有真人作依据的。

相传,古代有一个女人,老公前往南洋打工,一去未归。这一天,她听说潭门渔港老码头,停着一艘硕大的商船,要先去南海诸岛礁趸货,然后拉去南洋销售。于是,她一天夜里偷偷地爬上那艘即将拔锚起航的大船,苦苦哀求船上的轮机长，说她是一个“守望妇”，老公单枪匹马闯南洋，一去十年无消息，生死不明。所以，一家人牵肠挂肚，寝食不安。

十多年以来，这位苦命的“守望妇”留守在家里孝顺公婆，抚养儿女，侍弄田园。然而，老公杳如黄鹤，她禁不住望眼欲穿，柔肠寸断。加之，公婆夜夜唏嘘想儿子，孩子声声哭喊找父亲……弄得她心烦意乱；每天夜间辗转床榻，难以成眠，暗自垂泪，甚而哭得“一佛出世，二佛升天”。女人一边哭诉着，一边禁不住浑身颤抖。

“这一次，我一咬牙豁出去了，决心要打破‘女人不得出洋’的老规矩，誓死也要去南洋寻找回来老公！”女人上前跪求道，“好心的轮机长大哥，还请您行行好，帮帮忙，可怜可怜我这个苦命的‘守望妇’，搭载我出洋寻回老公，也好对一家老老小小有个交代，那个冤家是死是活总得有个准信啊！”

这位羸弱而倔强的“守望妇”跪在地上，一边哀求着，一边禁不住“小寡妇上坟——哭天抹泪”的。

南洋拒绝女人来

然而，船上有一条戒律：船家绝不能带女人出海，更不能载女人出洋！这一戒律尽管未曾成文，但几百年来被船家奉为圭臬，谁也不敢打破。否则，据说就会给船老板和全体船员带来厄运，甚至会有船毁人亡的危险。所以，古往今来，在船家眼里，女人出海是天大的忌讳，就好似豺狼进宅，倭寇闹海。所以船家对这一信条奉若神明。

“守望妇”那声声泪的哀求、字字血的哭诉，尤其是话里话外表露的一片仁孝之心，真可谓感天动地，撕心裂肺。轮机长开始还说：“一饮一啄，莫非天定。你还是认命吧！”

可是，在这位苦命女人的悲情攻势下，饶是铁石心肠也软了，轮机长的眼圈也开始泛潮，态度也有了动摇。只见他上前拍拍女人的肩膀，慨叹道：“唉，一南一北，水阔天长，也真是够可怜的啊！”

古谚说：“软索套猛虎——柔能克刚。”女人的伤心泪，无坚不可摧。接下来，“守望妇”又免不了一番哭诉、一阵哀求，终于打动了心地善良的轮机长，于是，他便冒着巨大的风险，悄悄地让她留了下来，把她藏在水密隔舱的一只大木箱子里。

巨大的商舶出海了,轮机长每天悄悄地给苦命女人送饭吃。一次,船至波涛汹涌的“千里石塘”(西沙海域),轮机长在给寻夫女人送饭的时候,不慎被姓陈的船老板发现了。船老板一下子拉下脸来,当即怒吼道:“赶紧,赶紧,把这个晦气的女人推下去,丢到大海里喂鱼去!”他还宣布命令:扣罚轮机长的押金和半年的红利!

北岛岛长黄宏波常常与爱犬为伴

平日里和气的船老板,一下子变成了怒目金刚,他又气急败坏地说:“你们真是胆大包天,欺师灭祖!你们是不是想害死我呀,唵?难道祖宗千百年传下来的训诫都忘了?真是一群喂不熟的狼崽子!”他咳嗽一声,接着说,“你们知道不知道,要是留下这个女人,我们一船人谁也甭想活命,这可不是闹着玩的!”

船老板吼了半天还不解气,又咬牙切齿地说:“哼,‘守望妇’‘守望妇’,在咱们渔港、渔家,哪个村、哪条街没有啊!就她一个胆大,就她一人可怜吗?千千万万的‘守望妇’,你们管得过来吗?”

船老板骂累了喘口气,又接着数落道:“就你们菩萨心肠,想救她,想帮她,真是笑话!退一万步讲,就是到了南洋,她也活不成,那么多的光棍汉还不得把她吃了?谁让她一个人坏了祖宗的规矩啊!留下她,她活不了不说,到时候,你们的老婆也是跟她一样的命运!”

的确,船老板说的也是大实话,南洋拒绝女人来,这可是一个不成文的规矩,甚至是雷打不动的铁律。所以,在东南亚的华人世界里,一个个都是光棍汉,谁也不敢带女人去“过番”,谁也不敢让老婆来“寻夫”。这样一来,一片大海隔绝,就形成了两个“光棍世界”——一个在海这头望眼欲穿盼夫归,一个在海那边思妻情怯很无奈……

桅杆顶上一颗星

“谢谢渔民兄弟们，谢谢轮机长大……”誓死寻夫的“守望妇”一语成谶，一个“哥”字未出口，就被四个人抬着，“扑通”一声丢进了波涛汹涌的大海里，于是葬身鱼腹了。

渔民老话说：“自古出海半条命，能够生还是万幸！”死去的女人灵魂不散，她知道，森森大海波诡云谲，风起浪涌，洪涛接天，巨浪如山，海况瞬息万变；渔民一代代犁波耕浪，从事远航捕捞作业，凶多吉少，有多少渔民一去不归，有多少妻子长夜难眠，又给多少家庭带来了塌天之祸啊！自己的丈夫就是这样生死难料，自己就是为了寻找丈夫才赍恨而殁的；“绝不能带女人出海、出洋”的千古信条之所以形成，也是源于海难频发之故。

渔家小女童，虔诚拜妈祖

于是，寻夫的女人死后化为了渔神。作为渔神的她恪尽职守，专门为出海的渔民指点迷津，导引航路，预测吉凶，甚而让飓风掀翻的渔船化险为夷。每当风云突变的时候，她便化作一颗璀璨的星辰，出现在渔船的桅杆顶上，向渔民预告凶险，告诉他们及时避难、何处避难。她的善心善念，感动了那个狠心肠的船老板，他的肠子都悔青了，更怕自己惹得天怒人怨遭报应。于是，他狠狠地扇了自己几个耳光，又在船上“兄弟公”的神位旁边，添了一个女神像，配祀这位苦命的“守望妇”。

正如郑和碑的铭文——《天妃灵应之记》所言：“神之灵固尝著于昔时，而盛显于当代。溟渤之间，或遇风涛，即有神灯烛于帆樯，灵光一临，则变险为夷，虽在颠连，亦保无虞。”自打化为星辰之后，寻夫的“守望妇”每天夜间站岗值班，守望在高

岁月的波痕(周晓刚 摄)

耸入云的桅杆顶上,履行着“移动灯塔”的使命,呵护着祖宗海里的一艘艘渔船,使它们安全返航,耕海牧鱼;呵护着一代又一代渔民的生命之舟,让他们渔猎丰收,顺利返航,与亲人团聚,终老天年。

即所谓:“少年殒命,兰摧玉折;老者故世,果熟离枝。”可是,这位女神唯独呵护不了自己的夫君,也救不了自己的性命。可见,神仙与人不同,都是大公无私,都是“毫不利己,专门利人”的。故而,这位女神堪称是“桅杆顶上吹螺号——名(鸣)声在外”,渔家对她敬畏有加,奉若神明。

这虽是个美丽而凄凉的传说,但众多的海南女人也犹如这则传说一般,其命运令人唏嘘喟叹,扼腕连连。因此,每次听到这个故事,渔家的小丫头、大姑娘都禁不住泪汪汪的……

叁：更路簿的故事

摘要："过去，《更路簿》并不神秘，更不稀缺。因为在大帆船时代，海南的每一个老船长都有一本《更路簿》；或者不识字的，《更路簿》就写在心里了。否则，他们就无法带领船员们去远洋作业。"《更路簿》研究专家、素有"渔民保护神""现代活妈祖"之称的边防气象兵符史宝告诉我们……

千古渔经薪火传

犁波踏浪写秘籍

千百年来，海南渔民出海作业堪称是浮家泛宅，前仆后继，守望着这片叠印了无数帆影舟痕、沉睡着无数瓷盘陶器的"蓝色聚宝盆"。渔民钟爱这浩渺无垠的"祖宗海"，恰似北方的农人钟爱自己的黄土地一般，视之为饭碗子、眼珠子、命根子！

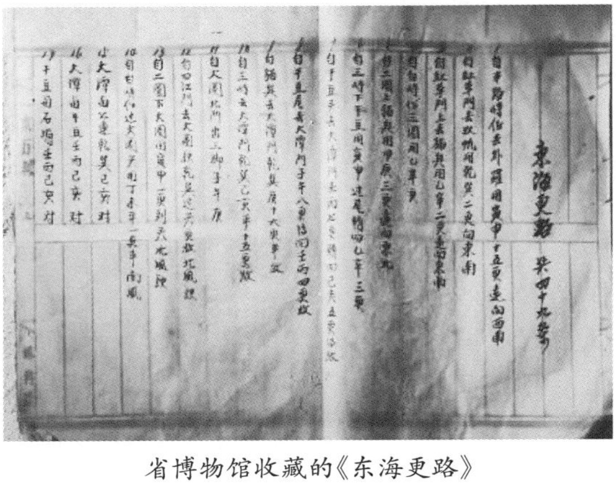
東海更路

省博物馆收藏的《东海更路》

千百年来，海南渔民们在年复一年、代复一代的耕海实践中，根据其形状、大小、物产和周边的参照物等，用海南话为祖宗海里的一个个岛屿、礁盘和沙洲予以命名，用中国传统的航海术语对自己所熟知的航道口传笔载。于是，这样一代传一代，从而，创造了这些地方性特色非常浓郁、实践性特点非常明显的小册子——《更路簿》,将其用于指导捕捞作业、远航贸易,并世代补充,逐步完善,甚至互相交流、相互传抄,在广大渔民当中流传开来。关于后者,仅从岛礁俗名的雷同性即可略见一斑。

渔场,世世代代守望相助;

渔经,祖祖辈辈薪火相传。

渔歌,男男女女同声相应;

渔业,老老少少蹈海经营。

所谓《更路簿》,又称《南海更路经》《驶船更流簿》等,堪称中国渔民的航海指南类的小册子;是海南民间以文字形式记载,或者口头相传的航行路线知识。在大同小异的《更路簿》当中,记录了西南中沙群岛的岛礁名称、准确位置,以及航行针位(航向)、航行更数(距离)、岛礁特征和周边海域的主要海产品;它汇集了渔民世世代代航海的经验和智慧。

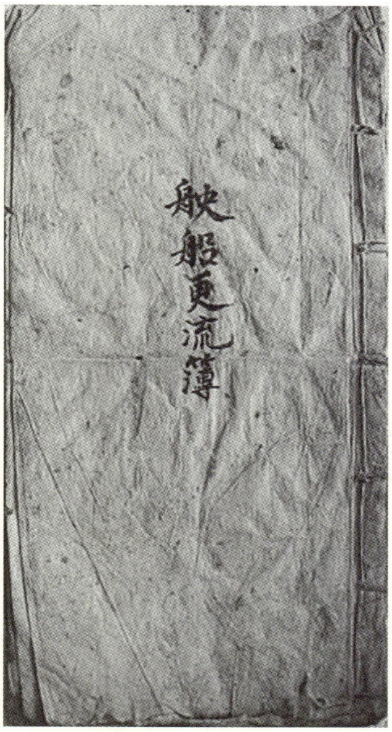

黄家礼祖传的《驶船更流簿》

《更路簿》是一个动态的写作过程,根据前辈口传或笔载的航线及坐标,后代的渔民在耕海实践中又不断地验证、修订。随着一代代渔民不断地开拓新的航路,开辟新的渔区,发现新的岛礁,寻到新的售货地点和航线,进而,《更路簿》的内容得到不断整理、扩充和完善。

由此可见,《更路簿》的创作是一个传承性、交流性的漫长过程,其作者也是一个纵横双向流动性的群体。于是,走过了一代又一代,翻烂了一本又一本,眷抄了一册又一册,就形成了现在尚存的这些《更路簿》的样子;因为目的地岛礁的不同,又形成了多种版本,而各个版本又是大同小异。

据不完全统计,目前尚存的《更路簿》有 30 多种,它们主要集中在琼海、文昌两个县级市的滨海村镇,譬如琼海的潭门镇、长坡镇、博鳌镇,文昌的东郊镇、铺前镇、清澜镇和文教镇等。除此之外,这两年在儋州市的海头镇、临高县的新盈镇,也发现了《更路簿》。但就时下而言,保存《更路簿》最多的地方,当属潭门镇无疑。

概而言之,潭门镇是指潭门渔港,又叫潭门老码头,也包括潭门港附近各个村庄的海湾和小渔港，其中又以该镇草塘村委会几处小渔港为重点。目前，这些版本不一、大同小异的《更路簿》，绝大部分还散存于渔民的手中，也有的为海南、广东、广西和福建等省区的各级博物馆所收藏。这些已经被发现的《更路簿》和那些依旧"藏在深闺无人识"的《更路簿》，就像是一条条沉香项链，黝黯而闪亮；也像是一串串南珠手链，古旧而簇新；它们在悠长的历史隧道里，散发着诱人的诗性智慧，闪烁着耀眼的生命光芒！

由此，我想起了印度大文豪、世界散文诗的鼻祖、诺贝尔文学奖得主泰戈尔，他有一句脍炙人口、发人深省的散文诗："世界以痛吻我，而我报之以歌！"在此，笔者不揣冒昧，对泰翁的名句稍加"篡改"——海礁以痛吻我，而我报之以渔歌；海浪以苦吻我，而我报之以渔经！

关于《更路簿》的创作过程、成书时间、覆盖范围，以及其重要的历史意义、人文价值等，海南大学副校长兼法学院院长、教授、博士生导师王崇敏先生曾经给予高度评价：

> 现存的海南渔民《更路簿》，作为一种海南民间文书，至少在明代就已形成，盛行于明清及民国时期，目前已发现十多个不同的版本，与官方及航海家的水路簿具有同等重要的研究价值。它证明南海是中国人最早发现、命名并且开发经营，长期有效管辖，并且得到许多国家广泛承认的我国主权领土，也是我国南海主权维护的重要历史依据和法理依据。它不但是海南渔民祖祖辈辈用鲜血和汗水换来的南海作业指南，体现了海南岛传统的海洋文明和海南渔民的智慧，有珍贵的文物价值；更见证了明代以来其对于海上丝绸之路的发展和贡献；也对南海诸岛生物、气象、地形、地貌等方面的研究提供了资料支持，为研究中国的海外交通史提供了可能。2008 年，《更路簿》入选了国家非物质文化遗产扩展项目名录。[1]

口传心授成渔经

"过去，《更路簿》并不神秘，更不稀缺。因为在大帆船时代，海南的每一个老船长都有一本《更路簿》；或者不识字的，《更路簿》就写在心里了。否则，他们就

①刘远生，曹晨主编《南海收藏文化研究》，海南出版社，2017。

无法带领船员们去远洋作业。”《更路簿》研究专家、素有“渔民保护神”“现代活妈祖”之称的边防气象兵符史宝告诉我们。对此,海南大学《更路簿》研究专家夏代云也指出:

在古老的帆船时代,海南渔民就已使用古代中国航海罗盘在南海劈波斩浪,航海捕捞,生产作业,开拓出覆盖几乎整个南海的航路。

按国际水文局的定义,南海位于南纬2°30′至北纬23°30′,东经90°10′至东经121°50′之间,东北–西南长约3 100公里,西北–东南约1 200公里,面积约350万平方公里,有泰国湾和北部湾两大海湾。其中,位于中国南海断续线内的面积200多万平方公里,包括东沙、西沙、中沙和南沙四个群岛。

……可以说,《更路簿》是世世代代海南渔民集体创作的南海航海指南,反映了海南渔民祖祖辈辈经营、耕作南海的悠久历史,为中华民族的海洋文化积累了弥足珍贵的经验性、地方性知识。①

在海南的渔民和老船长当中,流传着这样一句谚语:“抬头看星象,低头看海况。”渔民们一代代在波峰浪谷间讨生活,不仅要战胜狂风恶浪、暗礁险滩,要战胜凶狠的倭寇与海盗,而且要与嗜血成性的猛鲨与狂鲸拼斗、厮杀,也要与越境侵渔的外国船只周旋、争斗,甚至还要巧妙躲避突如其来、旷日持久的冷空气……可以说,每个航次闯的都是“鬼门关”。可是,一代代渔民对于他们赖以生存的祖宗海,视之为蓝色冷库,视之为精神家园,不离不弃,无怨无悔,就像那“关云长单刀赴会——有胆有魄又有识”!

“走嘞,出海喽!”

故此,日就月将,渔民们自然有航向、航道和航标的传承,自然有鱼汛、渔区和渔经的秘籍——渔民们称之为《更路簿》和“更路图”等,目前,尚可一见

①《南海更路簿》编委会编《南海更路簿——中国人经略祖宗海的历史见证》,海南出版社,2016。

的《更路簿》有30多种（也有人说是20多种）。而“更路图”只有两种：一是《西、南沙群岛地理位置图》，二是《西、南沙群岛渔业更路图》。前者成图于20世纪30年代，是由潭门老船长符宏光根据多年的耕海经验、大脑记忆绘制的；后者成图于20世纪80年代初期，是由潭门老船长郭振乾依据祖传《更路簿》的丰富信息绘制的。

上述这些《更路簿》，只是历史上存在过、使用过的《更路簿》之凤毛麟角，或者说是它们当中的“幸运儿”。海南大学教授、《更路簿》研究专家周伟民在《更路簿产生的历史背景》一文中写道：

> 历史上到底有过多少种《更路簿》，至今无法统计。2011年1月19日……我们访问了上教村的老会员（琼海市潭门镇渔民协会会员——著者）卢业发，他说：“当年渔船上只要有罗盘就行，《更路簿》都在船长脑子里！”又据郭振乾调查，文昌市龙楼镇红海村人符用杏，“虽没有《更路簿》，但他对一些主要航路的更数都能熟记”。这样说来，每一位出海到西、南、中沙的老船长，脑子里都有一本《更路簿》。成文的都无法统计，脑子里不成文的《更路簿》更不知道有多少——《更路簿》真是“庭院深深深几许”！[①]

周伟民说：《更路簿》是动态存在的，是老船长们在千百年的航海实践中不断修改和订正的。打从海南先民到南海捕捞作业那时起，《更路簿》就已经逐渐形成并渐次积累，自成体系了。而它们的成书、传播和应用，大抵是在明代初年，即郑和下西洋之前的年代，距今已有600年的历史了。

这些版本不一、大同小异的渔经，在远古海洋先民那里，最初无疑是用一具具尸体堆出来的，是用鲜血写在一个个老船长心里的。琼海市文联副主席、潭门渔民的后代卢传福告诉我们：随着航海经验和智慧的累积，渔民们一开始是在心里写书、改书，再把腹稿口述给儿子、孙子；这样世世代代言传身教、口传心授，后来有识字的就把它记录了下来，这就是最初的《更路簿》。

渔民们一代代打鱼、卖鱼，一代代写书、改书——在航路船篷里记录、撰写，在岛礁油灯下补充、修改……于是，就形成了如今较为完善的、多种版本的《更路

---

①《南海更路簿》编委会编《南海更路簿——中国人经略祖宗海的历史见证》，海南出版社，2016。

簿》《水路经》。

这是一代代渔民犁波耕海的智慧结晶，这是一代代渔民薪尽火传的文化杰作，这是一代代渔民守望祖宗海、拓展中国海的历史见证。有的渔民称之为“南海渔魂”，是用他们的鲜血与生命、经验与智慧，续写出的一部博大精深、闳中肆外的“南海天书”，一只得心应手、随机应变的“航海导航仪”。其成书的历史、修改的进程，那可真叫“大海里的浪涛——波澜壮阔”。

它是渔民们人与人之间的“接力棒”；

它是老船长代与代之间的“接力跑”。

海洋文明之遗存

为什么《更路簿》主要存在于文昌、琼海这么几个镇呢？大概是这些镇特殊的地理环境、人文因素使然。

其一，这些乡镇的土地条件不适合耕田，而所面对的海域又极适于“耕海”；其二，当地均有海神信仰，成为渔民出海作业的精神支撑；其三，当地渔民因为世世代代“乘桴入南海”，铸就了不屈不挠的远航性格和海洋精神；其四，自古以来，浩渺的大海造就了一批经验丰富、识文断字的老船长，强烈的事业心、使命感迫使他们追求卓越、超越前人。于是，就有了《更路簿》——海南历代渔民航海实践的结晶。正如国家海洋局海洋战略研究所所长高之国先生所说：

> 《更路簿》是海南渔民祖祖辈辈耕耘南海的见证，是渔民在西沙和南沙群岛海域从事捕鱼、航运和生产的指南，充分说明海南渔民自古便将南海作为“祖宗海”，渔民生于斯，长于斯，甚至有些渔民长眠于南海的岛礁。这些珍贵的《更路簿》是证明南海自古属于中国的重要证据。《更路簿》所反映的社会组织、生产组织、造船与航海技术、社会现象、宗教信仰等问题，都值得进一步深入研究。①

“家有更路传（口传的渔经），就能当管船。”应当说，在很漫长的一段历史时间内，《更路簿》有口耳相承的，也有书册相传的，二者并行不悖，互相补充，互相完善。可以说，亘古迄今，那些秉承了海洋精神的一代代老船长，要么是对“更路

①王崇敏主编《南海海洋文化研究》，海洋出版社，2016。

传”“更路图”烂熟于心、倒背如流，要么就是对《更路簿》《更路经》爱不释手、随身携带，随船查阅。

据省非物质文化遗产保护中心专家符策超介绍，《更路簿》和“更路图”尽管版本各有不同，但它们都有一个共同点，就是基本上都记载了三条航线：一是从潭门镇“大潭出海口”出海捕鱼的路线；二是华侨出入于南洋各国与海南岛的路线；三是我国渔民进行海上贸易的航海指南，其中也包括来往于南洋各国，以及我国的香港和澳门的路线。

灯塔·船桨·礁石·舵轮（局部）

围绕着三条大的航线，《更路簿》详细记录了南海诸岛礁、沙洲和滩屿的情况——其名称与分布、地貌与海况、洋流与针位等，及其各自的方位与相互之间的距离，还有它们周围的海货特产及潜在的暗礁险滩，等等。可以说，《更路簿》既是老船长航行作业的罗盘，也是他们耕海牧鱼的指南，而且是海上丝绸之路的导航仪，故而，它对于研究我国的航海史、外贸史，以及南海开发史、文化地理史，均有着重要的史料和参考价值。

潭门渔民说针路

千百年来，海南渔民驾驶着一艘艘帆船，在海上乘风破浪，在海底捞贝捉鳖，他们是南中国海的辛勤耕耘者。伴随着每一本《更路簿》的酝酿、成书、修订和传承，都有几代或者十几代老船长的智慧和血汗、责任和担当。

航海秘籍三阶段

据不完全统计，迄今流传下来的《更路簿》，尚存30多种——有苏德柳本、苏承芬本、陈永芹本、李根深本、卢洪兰本、林鸿锦本，以及麦兴铣本、许洪福本、李魁茂本和彭正楷本，还有王国昌本《顺风得利》、郁玉清本《定罗经针位》，等等。

综合分析这些《更路簿》可知，它们记录的岛屿、礁盘和沙洲土名达 136 个、航线达 200 多条。另据潭门镇渔民协会会长麦邦奋的分析研究，南海渔民出海打鱼、卖鱼的航海实践，可以划分为三个大的阶段。

第一阶段，以苏德柳本《更路簿》为典型代表，主要是以导航为主，航线主要有西沙更路、南沙更路两大海域。

第二阶段，以郁玉清本《更路簿》为主要代表，走的航线是以西沙与南沙之间的五大环礁区为主，但它对于“东头沙”（以黄岩岛为主的中沙群岛，因地处东部而得名）海域的作业也有所涉及，“东头沙”在郁本《更路簿》中已经初现端倪。

第三阶段，以苏承芬本《更路簿》为主要代表。当时，海洋意识越来越强，在“东头沙”的作业也已兴盛起来，渔民作业主要集中在有“天然避风港”之称的黄岩岛。到了 20 世纪七八十年代，除了海南的渔民，从广东、广西等内地省份来到南海的渔民人数迅速增加，航线也随之增多了，他们主要是集中在黄岩岛从事捕捞作业。

《更路簿》传承人——苏德柳的孙子苏标武说，他家是从福建迁来潭门镇的，一家人祖祖辈辈都是在大海里讨生活。他的爷爷 1909 年出生于草塘村。因为是在海边生，海边长，从小就在附近的小渔港礁石间玩沙子、打水仗、练游泳，尤其是学习潜水。说着，他从里屋拿出了他家的家谱。

在苏家的家谱第四卷，就有关于苏德柳的记载：“承栋长子德柳，生宣统己酉年（1909 年——著者）四月十六日午时，卒庚午年（1990 年——著者）五月十六日巳时。配符氏，生宣统戊申年（1908 年——著者）八月廿一日寅时；子三：显光、显梳、显材。”

从 12 岁（1921 年）开始，苏德柳就跟着本家叔叔苏承光驾驶一艘木帆船，去到“北海”（南沙群岛）海区打鱼。每次往返的半路上，他们都会登上“东海”（西沙群岛）歇歇脚。第二年，只是读过四年私塾的苏德柳，从父亲手里誊抄了一本《水路簿》。他的父亲苏承栋告诉儿子：“这本《水路簿》来得不容易，是我从潭门湾一位老火表、老南沙手头抄写的，你要记住人家的恩情。”此后，苏德柳沿着《水路簿》记载的航道，经过半个多世纪的耕海实践，证实《水路簿》中有关来去西、南沙群岛等地的“更路”是正确的，是祖辈们的经验总结。这本小册子是用棉纸抄写的，长 22 厘米、宽 14 厘米，总共 47 页，有 8 000 余字。全书由八篇文章组成，重点是前三篇。

苏家船帮好气派

从 16 岁那年发轫，苏德柳就凭着手里的《水路簿》，开始自己驾驶着木帆船去南沙群岛海区打鱼。当然，绝大部分都是与苏承光等渔民结伴而行。他们还曾经在“铁峙”(即今中业岛)上居住，并且种植了蔬菜、番薯和木瓜，还在岛上修建了地窖，用来存放粮食、渔货和米酒。他的弟弟苏德枫到了十五六岁的时候，也曾经相跟着去到铁峙打鱼和居住。

渔民老话说：“大海里行船——乘风破浪。”1938 年，刚过了三十岁(虚岁)生日，苏德柳就当上了船长。他的身体强壮，性格豪放，整天乐乐呵呵的，那张嘴巴经常笑得合不拢，就跟张开的“贝壳之王”——砗磲似的；他脑子好使，针路娴熟，《水路簿》背得滚瓜烂熟，而且航海技术高超；他的帆船不仅驶遍祖宗海的各个岛屿、礁滩，而且驶遍南洋各国，被渔民们誉为“活针路”“南海通”。

“苏老有一句名言：‘我们是大海的儿子，不做海算什么男子汉！’”据琼海市文联副主席卢传福说，1941 年，刚刚 32 岁的苏德柳就被渔民们推举为几个渔村的“船帮帮主”了。渔人们都亲切地称呼他“苏头家”，遇到麻烦事都喜欢找他商量。驾船出海一旦遇上台风、冷空气，或者遇上海盗了，再或者帆船出现了什么故障，渔民们都自觉地听从“苏头家”的指挥和安排，而他也是有求必应，从来没有让大伙失望过。

20 世纪五六十年代，“苏头家船帮”船头插着迎风飘扬的五星红旗，行遍祖宗海，威震中国海，声势浩荡，闻名遐迩。1965 年，苏老在南沙群岛的“双门岛”(即今美济礁)海域打鱼的时候，打捞了一麻袋“永乐通宝”，返回家乡潭门镇草塘村之后，他逢人便兴高采烈地说：“这一麻袋古铜钱，是在祖宗海里打捞的，是我们的老祖宗留给我的啊！”那时候，苏德柳在南海大名鼎鼎，堪称是“桅杆顶上吹螺号——远近闻名(鸣)”。

苏老打捞的“永乐通宝”，是明成祖朱棣铸造的宝钞，又称“年号钱”。大抵是对自己的“永乐”年号的一种广而告之，或许是他从侄子手里“抢班夺权”得到皇位还有一点心虚，于是通过大量铸造、广泛流通他的“年号钱”，来证实自己皇位的合法性和权威性吧。据资料显示，郑和七下西洋所携带的金银宝物，就以“永乐通宝”为大宗，从而使得朱棣的“年号钱”行销于南洋、东洋及西洋。譬如，我们的东邻日本、南邻越南等国家，当时不仅大量输入、使用“永乐通宝”，而且不遗余力地进行仿造。

1974 年,潭门老船长苏德柳将自家的《水路簿》捐给广东博物馆。陈德雄 摄

耄耋之年的苏德柳

值得称道的是,1974 年 7 月,苏德柳将自己视若珍宝的《水路簿》无偿捐献给了广东省(当时海南隶属于广东省)博物馆。该博物馆为其出具了一份较长的"收条",题目是"《水路簿》和《航海图》——我国海南岛渔民往西沙群岛、南沙群岛等地的航海针经"。其中写道:

> 1974 年 7 月,海南岛琼海县潭门公社草塘大队六十五岁的苏德柳,将他在十二岁时(1921 年)抄写的一本航海《水路簿》捐献给了国家。这是一本记载海南岛渔民到广东沿海、南海诸岛、中南半岛和南洋群岛等地的航海针经书,对研究南海渔民开发南海诸岛的历史很有价值。苏德柳说,这是他的父亲当年向文昌县清澜港一位渔民借来抄的。
>
> 苏德柳自十二岁起跟随叔叔出海作业,五十多年来足迹遍及南海诸岛,对西沙群岛、南沙群岛的每一处地方都很熟悉。他在渔民中享有很高的威信,是一位有名的"航海通"。他说,多年来的航海实践,证实书中有关往西沙群岛和南沙群岛的更路记载是正确的,是他的祖辈们长期航海的经验总结。
>
> 手抄本没有书名,海南岛渔民将其称作"水路簿"。书用棉纸抄写,长二十二厘米,宽十四厘米,对折双面,共四十七页,八千余字。书由八篇文章组成,第四、五、八篇无标题,其他是:一、《立东海更路》;二、《立北海各线更路相对》;三、《驶船更路定例》;六、《自新州去西寺更数》;七、《自星洲去吧里更路》。[1]

---

①《南海更路簿》编委会编《南海更路簿——中国人经略祖宗海的历史见证》,海南出版社,2016。

1990年，苏德柳在家乡撒手人寰，享年81岁。时至今日，27年过去了，他的名号在潭门镇老渔民里面依旧是有口皆碑，他的海上传奇被后辈渔民们津津乐道，传为佳话。因为苏德柳老船长是老前辈，大名人，我们虽然未曾有过一面之幸，不胜遗憾，但是三年来的心慕手追，三年来的刨根问底，内心留下了深刻的印象。于是，我不揣冒昧前贤，不揣手拙笔涩，综合其亲朋好友的讲述和后辈船长的描摹，对这位可敬可爱的老船长来一个画像：

“永乐通宝”是明成祖朱棣铸造的宝钞，又称“年号钱”

圆圆的头颅特聪慧，圆圆的身材很结实，圆圆的肚皮善包容；圆圆的眼睛亮闪闪，圆圆的脸颊白净净，圆圆的嘴巴笑呵呵——就像一只时刻准备捕食儿的金鱼嘴，总也合不拢；圆满的家庭，圆满的功德；圆通的说话办事，圆融的为人处世；圆全的终老天年，圆成的人生谢幕……

可以说，一个“圆”字堪称是画龙点睛之笔。然而，一个“圆”字，又岂能对苏老的一生功德盖棺论定啊！

舍弃儿子传侄子

在风帆时代老船长的记忆里，上一辈把《更路簿》传给下一辈，意味着两代掌舵人的更替和交接，是一种非常庄严的事情。为彰显其神圣性，有的人家还要举办一个隆重的仪式，办上一桌酒席，请来两三位见证者。

在《更路簿》代际交接之时，尽管各家各户举办的仪式简繁不一、大小不等，但其庄严的寓意没什么不同。因为接过了《更路簿》，就意味着不仅接过了上一辈人的拳拳叮嘱、殷殷期盼，而且接过了那艘承载着全家人生计的渔船，也接过了全船几十号人的生命。

虽然时光已经过去半个世纪了，但已届85岁的老船长陈在清至今记忆犹新——父亲把《更路簿》传给他的时候千叮咛万嘱咐，让他一定要将这本小册子保存好,运用好,一定要把渔船的舵盘掌握好!

1949 年初冬的一天,14 岁的陈在清跟着父亲第一次出海, 作业地点是西沙群岛海域。当时,他作为一名杂工,只能在渔船的后舱里打打下手,帮着煮煮饭菜、晒晒渔货。他至今依然记得,别看外面凉风习习,细雨霏霏,可是后舱里却是闷热异常,几乎让人窒息。闲下来的时候,父亲就从口袋里掏出那本用草纸抄写的《更路簿》,耐心地给他讲解上面的岛名、地名、更数和针位。别看现在的陈在清耳朵有点背,整天笑眯眯的,可年轻的时候聪明伶俐,记忆力特别好,不到两年他就把其中的诸多奥秘背得烂熟于心了。

三年之后,父亲在新中国当上了一名船长,即开始手把手地教他如何操控舵盘,如何计算更数和针位,如何看天气、观星象,如何辨风向、识洋流……他都一一默记在心。

“西沙的猫注(永兴岛)、猫兴(东岛)、尾屿(金银岛)、大筐(华光礁)、二筐(玉琢礁)和三筐(浪花礁),南沙的秤钩(景宏礁)、双杆(信义礁)、鸟串(仙娥礁)、铜钟(南海礁)和黄山马(太平岛)……”几年耕海下来,这些《更路簿》上繁多的俗地名,陈在清早已倒背如流。时至今日,只要一闭上眼睛,那一串串岛屿、礁滩和沙洲就会“异彩纷呈入梦来”,尽管它们大小不同,远近不等,形态各异,但他无不是了若指掌,如数家珍。

“嗒嗒嗒……”打从 1973 年开始,陈在清鸟枪换炮了,开上了崭新的机帆船,船上配备了收音机,可以及时收听天气预报了。但是,伴随着声声震耳的马达轰鸣,眼瞅着袅袅升腾的机器油烟,一串问号也在他的脑际不断地闪现:机帆船要比木帆船快了许多,用老祖宗传下来的针位和计更方式还有用吗?如何进行转换、换算呢?

年轻的老船长遇上了新问题。时年 38 岁的陈在清经过一段时间的苦思冥想, 再加上与其他几位潭门老船长进行反复交流, 他很快掌握了不同航速下的计更方法、换算公式。“把《更路簿》用在机帆船上,陈在清、伍书光和麦运秀等老船长功不

文昌渔民小院

可没，着实费了一番脑筋呀！”潭门边防派出所气象专家符史宝告诉我。于是，老祖宗传下来的“宝贝”又派上了新用途，老船长们在马达轰鸣、速度飞快的机帆船上依然驾轻就熟，大有可为。

1992年春天，有一天从南沙群岛打鱼归来，坐在梳妆镜前面，57岁的陈在清看着满头银丝的自己，用手指点着“镜中人”，自言自语地说：“老了，你老了！做海是年轻人的事业，是该找接班人了。可是，这个小册子传给谁呢？”他转身对老伴儿说，“儿子老实巴交，为人憨厚，脑筋不够灵活，不太适合做掌舵人，《更路簿》传给他我不放心呀！”两鬓染霜的老伴儿也频频点头，连道“嘀喽、嘀喽”（海南方言：是的）。

三天三夜，陈在清躲在里屋不出门，经过一番深思熟虑，终于做出一个出人意料的重大决定：他不是把《更路簿》传给自己的儿子，而是看中了22岁的侄子陈泽波。他说：“泽波年纪小，胆子大，脑筋活，心眼细。一旦遇到什么突发情况，他能够沉着冷静，随机应变。把祖传的小册子交给他，我放心！”我们知道，传统中国是一个宗法社会，讲究嫡长子传承的嫡传制，而陈老船长却一反传统，那可真是“古稀老汉演花旦——别出心裁”呀！

果然，陈泽波不负众望，年纪轻轻的，就闯遍了南海和东南亚各国。尤其是中沙群岛的黄岩岛渔区，一度因种种原因被海南渔民荒弃了，他踏着父辈、祖辈的足迹，带领渔民千帆竞发，舳舻千里，重新打通了这片祖宗海。如今，他的事业做得风生水起，成为潭门镇新一代船长的代表人物。而且，他对伯父的义举也是涌泉相报，念念不忘提携堂兄、堂弟们。

陈在清谈起往昔岁月思绪万千

陈在清还有一段传奇经历，就是在他40多岁的时候，曾经搭载有着“南海考古独臂侠”之谓的王恒杰踏浪弄潮，前往南沙群岛进行考古发掘。在两岸隔绝、敌对的政治生态下，陈在清护送这位中央民族大学考古学家拼将一死，登上了由台湾国民党部队把守的太平岛（渔民俗称“黄山马”）。没承想，王恒杰以一位中华儿女的拳拳赤子心，博得了驻岛官兵的信赖和钦佩，于是，在他们的积极配合和支持下，王恒杰在太平岛的考古工作进展顺利，收获了大量的珍贵文物。从而，王恒杰被誉为“南沙考古第一人”。

神州半岛拉网图

同样是在祖宗海里踏浪耕海,老船长们的传奇经历却不尽相同。王诗桃从9岁即开始赶海,当了23年的船长,直到73岁方告别犁波耕浪的生涯。老人说,他10岁那年,跟随爷爷和二十几个渔民一起出海作业,忽然一场强台风袭来,帆船被打翻了,他的爷爷和同去的所有渔民再也没有走出狂放不羁的大海。

那一天,眼见得渔船颠簸得十分厉害,马上就要翻了,在此千钧一发之际,他的爷爷急中生智,把小诗桃塞进了一个鱼篓里,随即船翻桅倒,满船人呼天抢地……就这样,小诗桃在浩瀚无垠的大海里漂呀漂,也说不清漂了几天几夜,他的衣服被惊涛撕碎了,人也因冻饿昏迷了……后来,海浪把他抛到了万宁海边的一个沙坡上,有一位好心人救活了他,给他饭吃,给他衣穿。大难不死,必有后福。随后,王诗桃继续在浪尖上讨生活,不到20岁就当上了船长。正如古代一位"无名氏"的七律诗《月夜荡舟》所言:

船自东行月自西,朦胧墨柳泼江堤。
更风含露丝丝爽,渔火如萤点点迷。
荡去忧烦三千里,迎来久别数声鸡。
市中夜夜多风雨,乡下时时见彩霓。

潭门渔民卢家炳,今年64岁,应该说是风帆时代最年轻的船长之一。他在自己写的《更路簿与祖宗海》一文中,发出了来自底层最本真的声音,来自深海最嘹亮的呐喊。他在这篇短文中饱含深情地写道:

《更路簿》是我们潭门渔民祖祖辈辈耕海牧鱼的传家宝,是风帆时代中国南海渔民闯海、做海的指路明灯,是中国南海渔民代代相传的传家宝,也是我们世世代代远海航行的指南针。

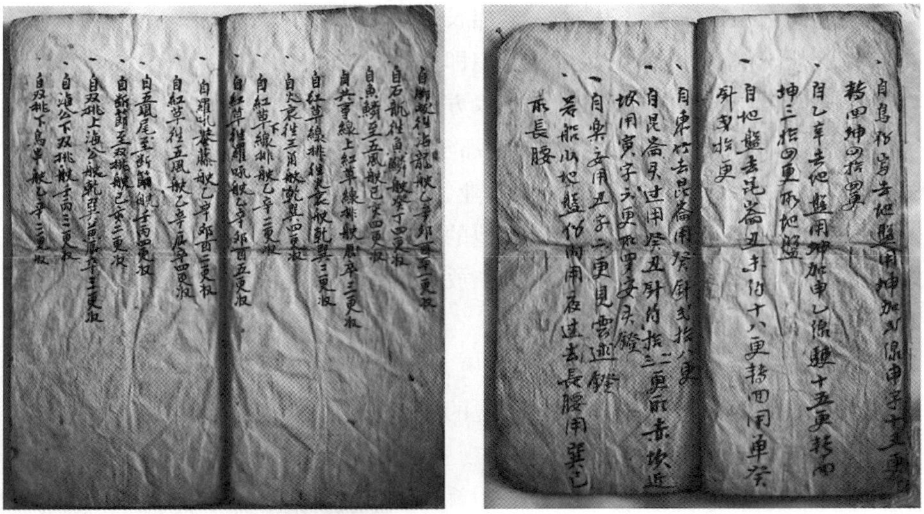

潭门老船长黄家礼世代传承的《驶船更路簿》内页

《更路簿》记载着我们祖宗海的许多丰富信息，记载着到南海航行的航向、时间、路线和距离，记载着航行过程中所见的岛屿、礁盘的流水变化情况，还有各个月份气候变化的规律——船长必须掌握和应对天气热风暴、冷空气的变化。所以，没有这本《更路簿》和这个木制罗盘，我们渔民就没办法出海远航、潜水作业，也没办法找到回家的路。

同时，《更路簿》还用我们当地方言记载了100多个岛屿和礁盘的名字，记载了200多条航线，等等。它有力地证明了西沙、南沙海域和礁盘自古是我们的祖宗海，是我们潭门渔民的老前辈最早发现、最早命名、最早开发经营——靠它养家糊口的蓝色土地、精神家园。

《更路簿》是我们老祖宗、老渔民的命根子！

为了在大海里捞到更多的奇珍异宝，海南渔民凭着手里的《更路簿》、木罗盘，不断地开辟、延展这片广袤的“祖宗海”，足迹遍布“四沙”（包括东沙群岛）的岛岛礁礁。但是，大海里的奇螺异贝，得之不易，有时候得用生命来换。潭门老船长苏承芬曾经说过：“葬身在大海里面的渔民很多，祖祖辈辈都有，很多很多，说不清楚的。”

捕鱼宝典更路簿

渔民谚语说:“学会《更路簿》,能当船师傅。”苏承芬老船长今年 80 岁,满脸都是刀削斧砍般的年轮,肤色黧黑、透亮。他生得清癯而健朗,说起话来似悲还似喜,像笑又像哭。苏老世居琼海市潭门镇草塘村,从 15 岁起始,他就跟着爷爷去西南沙打鱼;19 岁开始驾驶木帆船, 到中南沙远洋作业;23 岁就成为一名经验老到的船长了。

老人无比自豪地告诉我们:他这一辈子历经大风大浪,却总能摆脱暗礁险滩,总能在千难万险中,化险为夷——其法宝就是世世代代传承下来的手抄本《更路簿》,实堪为航海秘籍、捕鱼宝典。苏老有句名言,总是对来采访的各位记者说起:“大风大浪船底过,活命全靠《更路簿》。”

请听苏老的口述实录:

解放前,我们在南沙群岛一直都是可以捕鱼作业的啦!1950 年后就不让我们去南沙了。直到 1983 年,在伍书光老哥闯荡南沙后,政策有了松动。中央农牧渔业部才叫我们到南沙探捕,一共五条船,负责人来到我家中,问我能不能去。我同意了,负责人就把这个任务交给我了,他对我说,我们需要五个船长,这些船长都必须是政治观念好、有雄心壮志、胆子大、技术好的,让我再找四个船长一同探捕,我就写下了陈胜元、吴叔茂、王书宇、符学朝四个名字,负责人就让我们几个人出海做探捕侦查工作了。那一次在海上,我们记录了地形 、天气、流水规律等情况。

当时我们航海仪器、卫星仪器都没有,就是靠着《更路簿》出海的,那一回南沙的主要岛屿我们都去了。在探捕的时候,经常一接近岛礁就会被攻击,我们的船为我们挡住了枪林弹雨,当时子弹打在水上就像下雨一样。我们用了不到一个月(26~28 天),探捕了南沙主要岛屿,直到 1985 年农历三月结束。

可见,对南沙群岛的“光复”工作,前有伍书光的“勇闯”,后有苏承芬、陈胜元的“试航”——海南渔民起了大作用。

苏承芬一人就有三个《更路簿》笔记本:一本是他的祖辈传承下来的《更路簿》手抄本;一本是他根据自己数十年的航海经验,再结合古本的记述新创的;还有一本是自己独创的,包括东沙水路簿和中沙水路簿两部分。这三种《更路簿》代表了三沙渔民在南海远航的两个阶段：第一种代表了风帆时代，即靠风力鼓动船帆而航行的时代；第二种、第三种代表了机动船时代，即靠机器动力作用于螺旋桨而航行的时代。

关于苏家的迁琼始祖、《更路簿》传承和帆船文化，请听苏大爷的口述实录：

我祖上从福建省迁来潭门镇，已经迁来一千多年了。

我最长时间的一次航行，是在南沙群岛待了三个多月。就在那一次航行中，每个岛屿都会路过两三次，南威岛上存有淡水，但是只够我们喝一个星期的，之后就越喝越咸了。当时的主要食物是米饭和鱼，医疗条件是十分落后的，我们出海最多就带上一瓶蜂蜜糖、一盒甘和茶。蜂蜜糖是腹泻等时候用的，甘和茶是平时感冒发高烧时用的，只能说喝了有用就算是有用，没用就只能靠自身造化了。西沙甘泉岛的水质很好，永兴岛有四成淡水，但是因为我们出海流动性很大，没法种菜。

我有男男女女四个小孩，每个小孩我都会把《更路簿》给他们看和学习，他们也会主动向我问起不清楚的地方，这之中我的二儿子是最厉害的，他不用靠仪器，只用《更路簿》就能去到南沙，他现在时不时还会出海。我的家里，有三本不同的《更路簿》，里面写的要去的岛礁、路线不一样。

帆船不在了，但是帆船文化还在，所以我还是会用手工做帆船。我做了几条帆船模型，都被政府拿走了，他们还说要给我注册商标，还说要帮我把我的技术工作列入海南省非物质文化遗产，但是现在还没有消息。做帆船模型的时候，我会照着以前驾驶的帆船的样子来做，不过是比例缩小了，别的都是一样的。

潭门老船长苏承芬和他的“老来伴儿”

一人独有三种版本的《更路簿》，仅自己就独立创作完成了两种，这在海南历代渔民中也是不多见的。因此，苏承芬成为国家非物质文化遗产《更路簿》的三位传承人之一。

苏大爷说，三沙渔民传统的作业方式有三种：站峙、行盘和抓海龟。所谓“站峙”，就是居留在岛礁上，储藏淡水，腌晒鱼干；暂养海龟，等待着商船过来收购，或者等回去的时候在海南岛出售。所谓“行盘”，就是在浅海处、礁盘上捕抓公螺、海龟、海参等。据苏老讲，三沙的海参有很多种，像方参、刺参、白参和黑参，像梅花参、白乳参和赤瓜参，等等。所谓“抓海龟”，顾名思义，就是渔民在每年的春夏两个季节——海龟产卵的旺季，驻守在岛礁上，在沙滩上、礁盘上抓捕它们；当然，也包括在沙滩上挖寻海龟蛋。苏老告诉我们：“海龟蛋可是传统美食，营养丰富着呢；拿到南洋也会卖个好价钱。”

当然，海龟已于1989年被列为国家二级保护动物，早已严禁捕捉。有许多老渔民过去是抓海龟的能手，现在却成为养海龟的模范。譬如，西沙的北岛素有“海龟岛”的称谓，每年到了产卵季节，海龟便成群结队地出没，刨坑产卵。在那“抓革命，促生产”的年代，每年一到海龟产卵期，公社、生产队的头头脑脑就会组织渔民集体行动，对上岛产卵的海龟围追堵截。在他们看来，那就叫“打蛇打在七寸上”。

“当时实行‘包工制’，每人按所抓海龟的数量计算工分。所以，一个个对海龟死缠烂打，像红了眼似的。”七连屿管委会北岛社区居委会主任黄宏波说，“过去，我也是抓海龟的高手，就像是抓小偷似的。而现在，我们早已完成了‘华丽转身’——不转身不行哦，海龟的数量越来越少啦！”自然，现在的他还兼有一个职务，就是北岛海龟保护站站长。

“从抓海龟到养海龟，是我这几年人生的一大转变。我们还会帮助上岛产卵的海龟挖坑、填沙，让它们省点力气；每个产卵点，都插上一个小木牌，要下雨了就用塑料布盖好。”黄站长指一指沙坡上的小木牌，对我们说，“有的海龟病了，我们就像是侍候产妇一样，精心治疗、喂养；等到它们康复了，我们还会有组织、有计划地给海龟放生呢；有的海龟就像第一次当产妇一样，没有经验，产卵点地势选得低，很容易在涨潮时被冲毁，我们就会给它挪挪窝，迁到一旁的高坡上。”

专家解读更路簿

夜夜相思更漏残

由于受南海季候风的影响，海南渔民一年到头的日子，一般都会呈现这样带有规律性的生产、生活方式——春夏在家里，秋冬在海上。就连一年一度的新春佳节，他们也会在海上度过，加之，过去通信设施很不发达，没有短信报平安，更没有微信发视频，甚而连信函都不通。这样，就会造成留守在家里的“守望妇”们日日夜夜悬心不已，思念无尽。于是，她们禁不住“望夫石上望夫归，渔歌声里恐心碎”！

“夜夜相思更漏残，伤心明月凭阑干。”唐·韦庄《浣溪沙·夜夜相思更漏残》里的这一联诗句，正好表达了“守望妇”们的望夫情结。海南省社科联主席、省社科院院长张作荣曾经在一篇发言稿中指出：

众所周知，南海自古就是海南渔民的祖宗海，海南渔民世世代代以海为田，以船为家，以岛礁为田园，在南海诸岛上辛勤耕耘，创造了丰富多彩、辉煌灿烂的海洋文化。

他们不畏大海的汹涌波涛，长期航海于南海诸岛之间，发明了许多造船和航海技术，积累了大量的海洋知识，是中国渔民勇敢、智慧、优秀的代表；他们最早发现、最早给南海诸岛命名，在岛上造田、植树、建屋等，从事生活和生产作业，留下了十分丰厚的海洋历史文化遗产，是千百年来一代又一代守望南海、经营南海的重要见证群体。

他们用实践经验书写的《更路簿》，便是集体智慧的结晶，被专家称为新世纪的“显学”。其所记载的海南渔民对南海诸岛的命名，已大量被国家用为标准地名，这是海南渔民对南海、对国家、对中华民族的重要贡献。

《更路簿》的内容非常丰富，包含着南海的自然、地理、地名、气象、历史、造船、航海技术等丰富的文化信息，需要我们用科学的知识与方法去深入解读。

那么，何谓《更路簿》呢？

关于“更”字的意思，《现代汉语词典》是这样解释的：“旧时一夜分成五更，每更大约两小时。”由此可见，“更”与过去老辈人所说的“时辰”相同。例如，老时候既有“更夫”“更鼓”“打更”，以及“三更时分”“深更半夜”“更阑人静”等词语，也有“三更半夜见太阳——太离奇”之类的歇后语，古诗里还有“三更灯火五更鸡，正是男儿读书时”（唐·颜真卿《劝学诗》句），等等。

海口市滨涯村村联

读书最爱五更初

海口市西郊龙华区的滨涯村是个古老的历史文化名村，也是“海刚峰”海瑞墓地所在的村庄，这一带历来人文蔚起，古韵飘香。你瞧，在该村村中心旧时私塾所在的院落，其大门口有修葺一新的牌楼，牌楼两侧镌刻了一副古色古香的楹联：“论世常怀三代上，读书最爱五更初。”吟哦、玩味这样的楹联，颇有一种“鸡鸣喈喈催读五经，书声琅琅追慕三代”的古风古韵，让人不由萌生向往返古之心、仰止望岱之意。

再如，清·曹雪芹的古典名著《红楼梦》第四十八回，香菱的一首七律《咏月》中就有一联：“一片砧敲千里白，半轮鸡唱五更残。”而南宋·陆游在一首七绝《东关》诗中则这样写道：

烟水苍茫西复东，扁舟又系柳阴中。
三更酒醒残灯在，卧听潇潇雨打篷。

陆游被称为“亘古男儿一放翁”（梁启超句），他的首联是说：烟水苍茫，西而复东；孤舟一叶，泊于柳下。后一联是说：到了三更半夜，诗人才从酒醉中醒来，只见油钵里的灯芯快要燃尽了，但一豆灯光依然亮着；诗人卧躺在乌篷船上，倾听着绵绵夜雨不停地敲打着船篷——于是，禁不住“夜阑卧听风吹雨，铁马冰河入梦来”（宋·陆游《十一月四日风雨大作》句）。

由此可以想见，陆放翁心情寂寥，心绪悲凉，遂借酒浇愁，一面一杯杯独饮，一面一声声喟叹——喟叹自己因金兵大举南侵而天涯沦落的遭际，喟叹自己因朝廷一味暗弱而孤舟飘零的窘境。

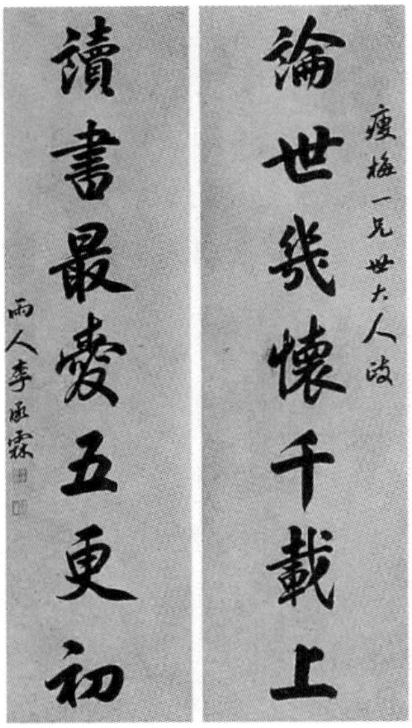

清代广东人李承霖书写的对联

作为一位伟大的爱国主义诗人，陆游可谓：“居庙堂之高则忧其民，处江湖之远则忧其君。”（宋·范仲淹《岳阳楼记》句）他平生矢志不渝，老骥伏枥，一心想收复中原，尽管一生壮怀激烈，但是到老壮志难酬，不由得萌发无奈无聊无边愁、无着无落无限恨……于是油然慨叹：“一身报国有万死，双鬓向人无再青！”（宋·陆游《夜泊水村》句）

个中况味，局外人是很难体味的。

由此可见，这些与“更”字有关的语词、对联、诗句和歇后语，都是表述夜里时辰的。在古时候，中国人将一昼夜分为十更，一夜分为五更——一更（又称“初更”“起更”）就是戌时，也就是晚上 19 点~21 点；二更就是亥时，也就是晚上21 点~23 点；三更就是子时（又称“子夜”），也就是夜里 23 点~01 点；四更就是丑时，也就是凌晨 01 点~03 点；五更（又称“收更”）就是寅时，也就是凌晨 03 点~05 点。五更完毕，天也就亮了，漏断更残，一夜的计更也就结束了。

俗话说：“一更人，二更锣，三更鬼，四更贼，五更鸡。”所谓“一更人”，就是人约黄昏后，人们还在活动中；所谓“二更锣”，就是锣响报宵禁，街上乱跑违禁令；所谓“三更鬼”，就是夜深鬼出没，半夜出门多凶险；所谓“四更贼”，就是夜静贼猖獗，酣睡之前防盗贼；所谓“五更鸡”，就是鸡鸣报天晓，夙兴夜寐事业成。所以，老辈人才说“读书最爱五更初”——“五更初”就是拂晓，这时候，学子们睡了大半夜，大脑最清醒，周围最安静，读书的效果也最佳。

在古代农耕文明之下，因为夜里照明不方便，或是为了节约蜡烛或煤油，人们一般都是一更末就睡，五更末即起。起床之后，孩子上私塾，老人下菜地；士农工商（合称“四民”）开始了一天的活动，五行八作，各忙各的；当兵的也开始出操，苦练杀敌本领。

至于作为“女主内”的家庭主妇（又称“内人、内子”），更是得早早起床，梳妆打扮，洒扫庭除；摘瓜洗菜，生火做饭；采桑养蚕，缫丝染绸；纺纱织布，补衣纳鞋……一天到晚忙得像个陀螺一样。正像京剧样板戏郭建光赞扬沙奶奶的唱词：“缝补浆洗不停手，一日三餐有鱼虾……”那真叫是：“桅杆顶上翻跟头——

南方妇女缫丝忙

软硬功夫都有。”

至于《更路簿》里的“更”字,既指航行的时间,也指航行的里程。用“更”字表示里程,最早见于明代正德庚辰年(1520年),黄省曾纂修的《西洋朝贡典录·占城国第一》中说:“海行之法,六十里为一更。”清代陈伦炯在《海国闻见录》里也说:“以风大小顺逆校更数,每更约水程六十里。风大而顺则倍累之,潮顶风逆则减退之。”可见,这里的“更”是个变数,风帆时代船速势必受到风力、风向(顺风、逆风、侧风)、雨情和洋流的影响,还与舰船的构造、桅数及重量(包括载重量)密切相关。作为一位老船长必须兼顾考量、综合把握,万万不可麻痹大意!

而“路”字,表示罗盘的针路,指示航向,都是用中国传统的二十四位罗盘上的文字表示。由此可见,“更路”合用既表示时间,也表示航向和里程。在海南渔民《更路簿》中所记载的每一条更路,都包括四个基本的因素——起点、终点、针路及更数。至于“簿”字,顾名思义,就是小本子或叫小册子,上面书写更路的条文及参照物。明清之时,乡间一般都是用棉纸书写,海南残存的30多本《更路簿》,也大多是棉纸抄写的。

言人人殊更路经

在图书、杂志、报纸和网络等其他传播媒介中,有关《更路簿》的描述和释义可谓异彩纷呈,百花齐放,言人人殊,此不赘述。由郑天挺、谭其骧主编的《中国历史大辞典》(上下册)中,收录有《更路簿》的词条:

《更路簿》,亦称水路簿,民间传统的导航手册。为一条或数条航线最简单、最实用的航行指南,只有文字没有图。沿海渔民、水手将自己的航海经验除世代口授相传外，亦笔之于册，因属祖传秘籍，加之简陋粗糙，传播不广，清代以前的《更路簿》几乎失传。基本内容是某条航线的起点、终点、针位（方向）和距离（用航行时间‘更’来表示）四个要点。古代的针经和正规海图是在《更路簿》的基础上发展起来的。①

《中国历史大辞典》说：古代的航海“针经和正规海图是在《更路簿》的基础上发展起来的”，这倒有些新鲜，它与很多专家的说法大相径庭。海南大学博士、《更路簿》研究专家夏代云女士指出：

“更路”二字合起来，表示从出发地到目的地之间的航向、距离以及航行所需的大致时间，更数用中文数字记载。

海南渔民现存的一些《更路簿》还记载有“流水”，即某港口一年中潮汐涨落的时间表。依据传统的12地支顺序计时，一天分为12时辰，每个时辰为2小时，子时为半夜11点到1点，依次类推。“流水”内容一般从正月初一起到十二月三十日，逐日记载。按中国的农历日期记载，全部使用中文数字，不使用阿拉伯数字。《更路簿》在元代孕育，在明代形成，清代和民国时期在海南岛东部渔民中广为流传。随着卫星导航和机帆船的推广，20世纪90年代早期，《更路簿》基本不再使用，但个别老渔民仍在使用。②

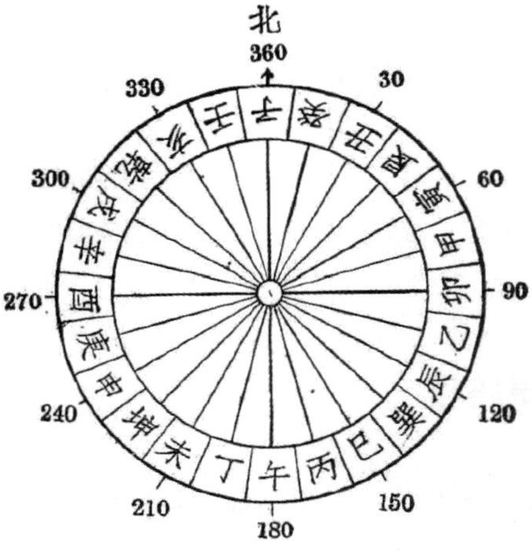

罗盘图

2011年秋末冬初，海南省博物馆为了弘扬海洋文化，举办了一次以祖宗海为主旨的大型展览——《大海的方向——华光礁1号沉船特展》。在这次展览举办之前，该馆组织专家和相关人员特赴海南省琼海市开展田野调查，征集民间的海洋文化遗存。

①郑天挺，谭其骧主编《中国历史大辞典》（套装1~6册），上海辞书出版社，2010。

②《南海更路簿》编委会编《南海更路簿——中国人经略祖宗海的历史见证》，海南出版社，2016。

在此期间，他们征集到的文物除了大量的瓷器、漆器和铜钱之外，还征集到了一本《更路簿》小册子。它的书名为《顺风东西沙岛更路簿》，长 21 厘米，宽 24.5 厘米，上面用毛笔小楷工整地记录了东海更路 42 条、北海更路 169 条，后面又补充了东海更路 49 条。专家们根据其纸张发黄、损坏的程度判定，它大概成书于清代后期。

“自大潭驶往东海，用乾巽一线，辰戌驶到一日一夜转回巳亥，有十五更收七连峙。”这本《更路簿》开篇就这样记载道。“大潭”就是琼海市潭门港，“东海”就是西沙群岛海域，“七连峙”就是七连屿——在海南方言中，“峙”和“屿”发音接近。从潭门港去往西沙群岛，应该是朝着西南方向行驶，“乾巽一线，辰戌……”，从罗盘的图示可以看出“乾巽”是 131.25 度，“巳亥”是 150 度航向。

可见，《更路簿》上短短的一句话，就明白无误地记述了出发地、目的地、航向和航程这四个要素。此条“更路”所表述的内容是这样的：从潭门港到西沙群岛，要朝着 131.25 度的针位行驶一昼夜，再转回到 150 度针位，而后行驶 15 更（大约 30 小时），即可到达七连屿了。

海上丝路之节点

对于这本小册子的书名、海域及其所述更路的范围，海南省博物馆馆员朱磊先生是这样解释的：

> 南海诸岛属于热带海洋性季风气候，每年 5 月到 9 月盛行西南风，11 月至翌年 3 月盛行东北季风。在帆船航行时代，熟悉季风规律的海南渔民乘着东北风顺风而下，赴西沙群岛和南沙群岛从事生产活动。于是，海南渔民就取东北风的“东”，称先到的西沙群岛及其附近海域为“东海”；取西北风的“北”，称后到的南沙群岛及其附近海域为“北海”，故名《顺风东西沙岛更路簿》。
>
> 稽考已公布的《更路簿》，发现王国昌抄本《顺风得利》与《顺风东西沙岛更路簿》（简称该本）记载的部分更路完全相同，或者相似。王本分为三部分：第一部分东海更路 42 条，第二部分北海更路 220 条，第三部分为琼州铺前急水门（木兰头）12 个月的流水特征。
>
> 该本也分为三部分：第一部分东海更路 42 条，记载的部分地名、针位和更数几乎与王本完全相同；第二部分北海更路仅记载 169 条，除了部分针位略有偏差

外，基本与王本相同；第三部分东海更路49条，其中14条更路与第一部分线路重复，另外两条为赴国外更路。这些更路中35条没有具体更数，仅为相对针位。且该本未发现有流水、潮汐等相关资料的记载，内容相当（应为“相对”）比较简单。[①]

作为联合国国际海洋法法庭法官、中国海洋法学会会长，高之国先生曾经就《更路簿》的覆盖范围、科技价值、学术思想、研究方向和法学意义等方面，在一次《更路簿》研讨会发言稿中高屋建瓴地指出：

《更路簿》记载了古代海南渔民从始发港（文昌市的清澜港、琼海市的潭门港、三亚市的亚龙湾等）往返三沙群岛，以及各岛礁之间的航向和航程，渗透着海南渔民对于南海潮汐、海流、海浪、水质、水色、季风、气候、飞鸟、水产、水深、岛礁、暗沙、暗滩的地貌，以及海洋生物、海洋生态环境等自然科学方面的认识，渗透着他们的海神信仰、丰收的喜悦、海难的经历，以及对南海岛礁的开垦建设、历史传说等等，可以从历史学、科技史、科学技术，以及哲学、法学、政治学、文学、文化人类学、宗教学、信息学、地理学、生态学、海洋学、航海技术、造船技术、材料学、农学、旅游学、体育学等人文社会科学和自然科学的多个学科，对之开展研究。深入挖掘古代海南渔民的耕海文明，及其对于我国古代海洋文化和世界古代航海技术的贡献，可以为我国南海的历史性权利提供有力的证据。

作为海洋出版社编审，刘义杰在长期的图书编辑生涯中，接触过许许多多与《更路簿》相关的学术著作、论文汇编等，掌握了翔实的文本资料。他在《更路簿》研讨会发言稿——《更路簿研究综述》一文中指出：

一般说来，《更路簿》是《针路簿》的简易版，《针路簿》所记载的航路更长、更远也更广。《更路簿》则大体应用在我国三沙海域，航路基本从海南岛诸港口到西、南沙群岛，也有一部分记载了南洋的航路，还有一部分记载的是珠江口海域到海南岛各港口的航路，因而，《更路簿》所记载的航路基本都较短，更路所记载的海域也较有限。但作为海道针经的一种，它是我国海洋文化的一个组成部分，

---

①王宗敏主编《南海海洋文化研究》，海洋出版社，2016。

尤其是《更路簿》中所记载的南洋更路,是我国海上丝绸之路的一部分。过去极少有学者关注到这个问题,更很少把它作为海上丝绸之路的组成来对待,要把《更路簿》研究引向深入,今后加强这方面的研究是十分必要的。

关于海南渔民远航去南洋贸易、居留的史实,我偶然披览古籍,在海南科举第一人(探花)、清代名臣张岳崧(1773~1842 年)的《筠心堂集》里,也找到了佐证。这封信是写给林则徐的,在探讨海上禁毒难度时讲到渔民出海的情况。信中说:

现在生齿日繁,濒海民人多有驾驶出洋贸易,渐且移居外国,如安南、暹罗之外,几于靡国不到(无国不到——著者),恣其所之。……又查由琼出洋,往西南各国者,必以每岁十月后至来岁二月以前,风色乃可驶行。如二月以后,则不能行矣(因二月以后东北风改为西南风——著者)。……至二月以后,彼不过驶往东北广、潮、闽、浙等处,不能复至外夷,可以不禁自止也。况出洋之船,所携回货物,多非内地所必需。即以关税而言,粗贱之物,为税几何?……再查民船出口之票,多以廉西(广西廉州西部——著者)装货为词,其实往廉者一二,而往外洋者甚众。

三百俗名似珠串

《更路簿》的经典性体现在航海实践中。船长、火长在耕海时使用《更路簿》,一般不会出错。但更路必须要灵活运用,航程中要结合渔船的造型、大小和吨位,结合海水的流向、流速和深浅,结合季风的风向、风速和变化,加以综合考虑,不断修正。

一般而言,南海里的季风还是有一定规律性的。譬如,阴历每年的立冬前后刮东北风,端午前后刮西南风。正是因为掌握了这一规律性的季风征候,在风帆时代,海南渔民的耕海作业一般都是以半年为期,立冬后的大半年出海捕捞,端午后的小半年在家休整。因而,渔民们在春节、清明这两个重要的传统佳节,一般都是漂流在大海上,与家人天各一方。他们在节日抛家舍亲,为的是让亲人过上一个更丰饶、更富足的节日。

海南古谚说:“四时皆如夏,一雨便成秋。”有时候,老天爷也会发脾气,祖宗海也会使性子，所谓“天有不测风云”。如果遇到了横风、横流，以及突袭而来、诡谲异常的“黑风暴”“大寒流”，作为一名船长，一支船队几十号生命之所系，就要对更路进行及时调整，随机应变，正确应对。

这时，《更路簿》上的信息就会起作用，哪座礁盘适合躲避来去迅捷的“黑风暴”，哪座岛屿适合躲避经久不息的“大寒流”。例如，中沙的黄岩岛就非常适合躲避台风。有的时候，他们还要祭起“妈祖”“圣娘”“兄弟公”的神威，虔诚地叩拜神灵，依靠信仰的力量，来稳定船员、船队的心神，进而躲避灾异，战胜灾异。正所谓：“沧海横流，方显出英雄本色！”（郭沫若《满江红》句）

大概是从清代中期开始，渔民、鱼商开发了来往南洋的更路，于是他们就在返航前期，将渔获物运往南洋销售，而后购买洋油、洋火等日用杂货，载回海南岛转销，赚取丰厚的利润。此后，渔船越造越大，船主们纷纷卖掉原来载重十几吨的单桅船，买回载重四五十吨的三桅船，结帮出海下南洋。

渔民们潜水捕捞使用的都是舢板。单桅船甲板上可放两三只舢板，双桅船甲板上可放四五只舢板，而三桅船可放七八只舢板，这样渔获效率就会大大提高。对此，老教授周伟民、唐玲玲伉俪写道：

渔船上人员分工明确，各司其职。一般是四条船或者五条船结成一帮出海，每条船上的人员互相配合，一帮船驶向西沙，然后分散驶向南沙，在不同的作业线上进行作业，相约于清明或其他时日在某个岛礁集合。……听老船长们说，集合地点大多选在南沙群岛的日积礁（渔民俗名为“西头乙辛”），因为这个礁盘距新加坡、马来西亚近。

每条船上一般有二三十人，在南沙分散捕捞。经过几个月的“站峙”“行盘”作业，各船上的渔获物都十分充足。这些船就到约好的地点集合，（大家）推举一条船为代表船，其他各船派代表若干，乘坐被推举船，并将渔获物搬上该船，该船多出的船员分头乘坐（其他）各船回海南岛。代表船则开往新加坡、马来西亚或泰国出售海产品，然后用所得的现款购买洋油、布匹、火柴等海南岛紧缺的日用品，并运回海南岛出售。其他各船，或有残次的渔获物，包括蚝壳等也运回海南岛处理，因为这些东西还可以卖出价钱。①

①《南海更路簿》编委会编《南海更路簿——中国人经略祖宗海的历史见证》，海南出版社，2016。

船队结帮出海,除去可收上述分工合作的效应之外,还因为海南岛的渔民素有“父子不同船”的老规矩,也就是,父子俩或父子仨可以同在一个船帮,但不可在一条船上。对此,潭门镇渔民协会会长麦邦奋作如是说:“到了南沙,隆冬腊月天气也很热,渔民下水作业个个都是‘裸奔’,一来是由于天热,二来也是为了省衣服。但这里的渔民有个传统习俗,就是老爸的阴部绝对不能让儿子看见。所以‘父子不能同船’。”

出于渔户船家天生的禁忌,对于“父子不同船”的老规矩,麦会长这种说法略去了一个最主要的关键词——海难,这也是其深层次的原因。因为大海上气象瞬息万变,风云诡谲异常,即便不是台风季节,也偶或出现“黑风暴”“黑旋风”“大寒流”,故此海难时有发生。

如果父子、兄弟同船,就有可能“全军覆没”,对于老辈人非常看重的传宗接代、薪尽火传的祖训,就会构成极大的威胁。用渔民的老话说:“大海的天,小孩的脸,说变就变!”三沙市一所气象观测站有一副对联:“观海上难观雾霭,测天下不测风云。”这副对联从一个侧面,也反证了远海航行中风云、雾霭变幻莫测的事实。也正因如此,在一个个渔村、渔家,“兄弟公”信仰特别风行,“海难亭”建筑非常普遍。

因为开发了来往南洋贸易的航线,渔民们就会有针对性地选择岛礁、渔场,有针对性地选择海珍、渔货,为南洋的客户“量身定制”海产品,包括捞蚌取珠。这样,《更路簿》上的信息越来越丰富,对每一座岛屿、每一处礁盘、每一片沙洲的风物和特产,均予以细针密缕的梳理和记述,以便获取更丰盈的海产品,获得更丰厚的回报率。

请看拙著《三沙渔味》的记述:

> 同时,《更路簿》所记录的136个岛礁、沙洲和滩屿的“土地名”,或称“俗名”“乳名”,均为渔民为了记述地域、辨别岛礁、确定船位而命名的,以便指导渔业生产。三沙渔民(其中大多数为琼海、文昌人)最初给南海诸岛礁起名,无不是以他们日常生活中常见、常听和常用的事物,以及诸岛礁的形状、位置作为依凭的。这些俗名,饱蕴了中国人古老的历史文化、风俗人情,也彰显着沿海渔民数千年的海洋文明、冒险精神。
>
> 因此,这些林林总总的“天书”中,那形形色色的俗名,冠于南海一座座岛礁、沙洲和滩屿,是认定它们自古就是中国领土、领海一部分的有力证据,实人实物

加实名，无可辩驳。[①]

可以说，《更路簿》作为海南渔民航海经验与智慧的文字记载，作为一种纸质的文化薪火之传承，其在物质形态上的存在是有限的，短命的；而它在耕海精神层面上的存在，则是永恒的，不朽的。

周伟民教授根据调查研究，绘制了一个表格，标明了南沙群岛东头线、南头线和西头线，以及其他岛礁的官名、俗名和主要海产品，等等。

东头线(南沙马欢岛、美济礁一带)主要岛礁渔捞产品初步调查

岛礁名称		渔捞产品	备注
标准名	渔民俗名		
西月岛	红草峙	海参	
乐斯暗沙	红草线排	马蹄螺、海参、砗磲	海参为墨瓜参(芳参)
马欢岛	罗孔	马蹄螺、海龟	
费信岛	罗孔仔	马蹄螺、海参、砗磲	
五方礁	五风	马蹄螺、海参、砗磲	东头线渔船多先来此
三角礁	三角	马蹄螺、砗磲	
禄沙礁	禄沙	马蹄螺、砗磲	
美济礁	双门	马蹄螺、海参、砗磲	主要渔捞场所之一
鲎藤礁	鲎藤	马蹄螺、海参、砗磲	主要捞马蹄螺、砗磲
仙娥礁	鸟串	马蹄螺	
信义礁	双担	马蹄螺	
海口礁	脚跛	马蹄螺、砗磲	盛产
牛车轮礁	牛车英	马蹄螺、砗磲	
仙宾礁	鱼鳞	马蹄螺	

①肖杰主编《三沙渔味(王振德撰文)》，海南出版社，2016。

岛礁名称		渔捞产品	备注
标准名	渔民俗名		
舰长礁	石龙	马蹄螺、海参、砗磲	产量不大
仁爱礁	断节	海参、砗磲	盛产
双子群礁	双峙	马蹄螺、海参、砗磲、海龟	包括贡士礁、北子岛、南子岛、北外沙洲、奈罗礁、东南暗沙、东北暗沙、北子暗沙
中业群礁	铁峙线排	马蹄螺、海参、砗磲、海龟	包括铁峙礁、梅九礁、中业岛、铁线礁
南钥岛	第三峙	马蹄螺、海龟	从西沙到南沙这是第三站，故有“第三峙”之称，从此分头作业
敦谦沙洲	黄山马东	马蹄螺、海参、砗磲	
安达礁	银锅	马蹄螺、海参、砗磲	
半月礁	海公	马蹄螺、海参、砗磲	主要渔捞场所之一，盛产

南头线（南沙鸿庥岛、南华礁一带）主要岛礁渔捞产品初步调查

岛礁名称		渔捞产品	备注
标准名	渔民俗名		
鸿庥岛	南乙	海参	
赤瓜礁	赤瓜线	海参、砗磲	产赤瓜参
南华礁	恶落门	海参	
榆亚暗沙	深筐	马蹄螺、海参、砗磲	黑白参最多
司令礁	眼镜	马蹄螺、海参、砗磲	砗磲较少
光星仔礁	光星仔	马蹄螺、砗磲、海龟	
南海礁	铜钟	马蹄螺、海参、砗磲、海龟	盛产
柏礁	海口礁	马蹄螺、海参、砗磲	主要渔捞场所之一
安波沙洲	锅盖峙	马蹄螺、海参、砗磲	
弹丸礁	石公厘	马蹄螺、海参、砗磲	海参产量不多
南通礁	单节	海参	海参为赤瓜参
南屏礁	墨瓜线	海参	海参为墨瓜参

西头线(南沙南威岛、日积礁一带)主要岛礁渔捞产品初步调查[①]

岛礁名称		渔捞产品	备注
标准名	渔民俗名		
大现礁	劳牛劳	马蹄螺、海参、砗磲、海龟	西头线第一站
毕生礁	石盘	马蹄螺、海参	在此加工海参
华阳礁	铜铳仔	海参、砗磲	
东礁	大铜铳	马蹄螺	
中礁	弄鼻仔	马蹄螺、海参、砗磲	
西礁	大弄鼻	马蹄螺、砗磲	
南威岛	鸟仔峙	马蹄螺、海参、砗磲、海龟	在此晒海参
日积礁	西头乙辛	马蹄螺、海参、海龟	常由此去新加坡出售赤瓜参、红参、马蹄螺

航海针经更路簿

“天下潮汐消长皆同,唯琼海两岸,东西异流。……同此一海,彼顺此逆,所谓急水之旁,必有回流是也。”清《琼州府志》中对南海海域作了这样的描述,可见这里的海况十分复杂。南海自古就是海南渔民的祖宗海,古代典籍称之为“涨海”,盖言其巨浪如山,洪涛接天也;尽管南海暗礁林立、险滩密布,《中国地图》一书也称其“险之又险”,但它确是我国古代海上丝绸之路的黄金水道,更是渔民心目中的“衣食父母”。

血汗写就《更路簿》

自古以来,生长于南海之滨的海南渔民就浮家泛宅,在这片神奇的海域里耕海牧鱼,他们一代又一代与大海搏击,穿梭于南海诸岛间,在风浪中闯荡,在岛礁上居住。深耕海洋,以大海为土地,捕龟捞参捡珠贝;守护岛屿,以礁盘为家

①《南海更路簿》编委会编《南海更路簿——中国人经略祖宗海的历史见证》,海南出版社,2016。

老渔民卢业益向我们讲述在黄岩岛打鱼遇险的故事

卢业益家的两只古旧罗盘

园,种菜栽树摘瓜果。

“渔船渔艇浪上走,大风大浪船底过。”许多潭门老船长都曾豪迈地对我们说过类似的话。祖宗海里的岛礁、洲滩是他们的坐标,风浪、云雨是他们的伙伴。唐朝宰相诗人张说曾言:“乘桴入南海,海旷不可临。茫茫失方向,混混如凝阴。云山相出没,天地互浮沉。……”自古以来,南海波诡云谲,风大浪急。那么,在过去没有精确航海仪器定位测向的岁月里,海南渔民们航行在“云山相出没,天地互浮沉”的大海之中,靠的又是什么呢?

“我们渔民靠的就是三样东西——旱罗盘、《更路簿》和祖先传下来的老经验。”每当问及这个问题,渔民都会非常简练地回答。看那神色,简直就是“乌龟吃了萤火虫——心里亮,肚里明”。

20世纪70年代,广东的相关学者来到了海南岛(当时是广东一行政区)文昌、琼海两个县,针对西南沙的渔业资源、航海技术等问题进行了深入调查。当时,他们发现了四册海南渔民在南海航行的渔经——《更路簿》(又称《更路经》,名称很多)。于是,隐匿在浪花下的航海文化符号——《更路簿》,至此向世界绽开了其神秘的笑靥。

后来,有关部门派员又经过几次调查和研究,发现那都是渔民们世世代代口传心授的渔经,是老船长耕海牧鱼的秘籍。《更路簿》绝大多数是手抄本,更路按条文书写,老版本基本上都是用毛笔小楷竖行墨书,从右到左排列;新版本有的是竖排、有的是横排,大多是钢笔、圆珠笔誊抄的。其中也包含渔民们对各个岛礁所起的名称,这些渔民命名的俗地名,一般是以岛礁、沙洲的形态、坐标等为依据，非常形象、实用，而且便于记忆。

海南渔民在年复一年的航海实践中，用海南话给南海诸岛礁命名，用中国传统的航海术语对自己的航路口传笔载，从而创造了地方特色浓郁的南海作业与贸易航海的指南——《更路簿》，并世代传承，相互抄录。后辈的渔民在世世代代的航海实践中不断验证、修正前辈记录的航线，并开拓新的航路，这样，《更路簿》的内容进而得到不断的整理与扩充。可以说，《更路簿》是世世代代海南渔民集体创作的南海航海指南，反映了海南渔民祖祖辈辈经营、耕作南海的悠久历史，为中华民族的海洋文化积累了弥足珍贵的经验性、地方性知识。①

在古时候，渔民出海计时要点香，以燃香计算更数，一般顺风一更 10 海里，当然也得参看风速、洋流等情况。在这些世代相传的《更路簿》中，还记录了渔民对西沙、南沙群岛常用的传统命名 130 余处，航线 200 多条，它们大多数都是根据岛屿、环礁的形状等，用海南方言命名、表述的。

老话说："铁拐李过独木桥——步步险。"后来，有的专家学者参照渔民祖传《更路簿》的诸多信息，绘制了一张南中国海的航海图。岂料，它竟然与用现代测绘手段测量、绘制的航海图非常相似，甚而达到了惊人的一致。浩瀚无垠、波澜壮阔的南中国海，面积达 350 多万平方公里，仅凭渔民们世代相传的罗盘和老经验进行耕海记录，居然能够绘制出来《更路簿》这样精确无误的航海图，委实令国内外的专家学者们惊诧莫名。

当然，如果没有漫漫岁月的苦苦求索，没有森森白骨的叠叠堆积，要想做到这一点，就几乎是不可能的。

关于渔民的血泪史、海难史，我们几年来奔波在渔岛、渔村和渔家采风，简直是不绝于耳，不仅是船员、船长含泪述说，渔婶、渔婆更是泣血倾诉。譬如，潭门老船长伍书光曾说，出海打鱼的，如果能够活到老，在陆地上正常死亡，那就算是命很大了。其弦外之音，自不待言。

再如，1975 年的"西沙大海难"，一下子就死了 30 人。对此，一位遇难渔民的"未亡人"周桂英（2016 年过世）老阿婆记忆犹新，她含泪告诉我："海上风大浪大，你去做海，一去就是半年，哪有不死人的啊？"周阿婆说，但是那一次太惨了，

①《南海更路簿》编委会编《南海更路簿——中国人经略祖宗海的历史见证》，海南出版社，2016。

船毁人亡，一个都没回来，造成了多少家庭妻离子散……那真是“屋顶上落魔鬼——祸从天降”啊！

据专家考证，《更路簿》大概萌芽于两宋时期，成书于元末明初。这说明，海南渔民世代在南海诸岛从事渔业生产和贸易，与南海诸岛结成了命运链条、生死血脉，并划定了中国海的版图，写就了祖宗海的历史。那可真叫“中国地图吞肚里——胸怀九州”。

可以说，《更路簿》的字字句句，都是一辈辈渔民饱蘸着祖先们的血泪和汗水写下的。

纵横交错《更路簿》

来到琼海潭门和长坡、文昌的铺前和清澜等海边风情古镇，一提起《更路簿》，渔民们都对它如数家珍，十分熟悉，但随着20世纪七八十年代卫星定位系统的使用，它已经渐渐地从渔船上淡出。

所谓《更路簿》，也称航海针经，是帆船时期渔民自编自用的航海“秘本”。在过去的年代里，是每位船长必备的航海图、航海经，但随着老船长们一个个的离世，《更路簿》已是难得一见了。“老时候，渔民家里差不多家家都有《更路簿》，一点也不稀奇，后来不用了，没有认识到它们的文化价值，甚至有人在淫雨天就拿它引火、生火用了，太可惜啦！”潭门老船长王诗桃的孙子王振中告诉我们。

文昌调楼织网女

潭门渔民协会会长麦邦奋说：“现在的渔船大都使用了卫星定位，《更路簿》早已不再使用了，加上建新房、搬新家，蚂蚁啃、臭虫咬，也包括海难的损害，就使得《更路簿》在一天天减少。而个别老渔民手中存留的，也陆续地交到相关部门作为研究收藏，难得一见了。”

在潭门边防派出所干警符史宝的引领下，我们来到潭门镇草塘村老船长苏承芬老人的家中。苏老正在家门口打造船

苏承芬："这就是按照年轻时打鱼的三帆船做的模型。"

模，看到客人来了，笑得一脸灿烂，并放下手中的木匠工具，陪着我们来到房间；随后应笔者的请求，出示了他家祖传的《更路簿》。

苏船长今年80岁，从15岁起就开始跟着父祖出海打鱼，主要是往返于潭门与南沙、中沙群岛之间，这位同风浪打了一辈子交道的老南沙，对《更路簿》有着特殊的感情。他说："这一辈子，除了死亡什么都经历过了。我是很幸运的，大风大浪船底过，靠的就是祖传的《更路簿》。"

说话间，老人从里屋拿出一个一米多长的细铁桶、一个小盒子，还有一个带按扣的塑料袋子——看上去，这些东西已经封存很久了，小铁桶已经生锈，塑料袋子上也蒙了一层灰尘。苏船长打开铁桶，里面装的是三张不同版本的西沙、南沙地图，小盒子打开盖子之后是一个罗盘，那个塑料袋子里面存放的便是《更路簿》。

揭开厚厚的塑料布，再打开两层报纸，包裹里是一个泛黄的小本子。翻开小本子，里面有铅笔、圆珠笔记录的痕迹，还有蜡笔画的各种图形标记，"自黄山马去丑未，用壬丙巳亥，三更收。对西北。自黄山马去牛厄，用乾巽，三更。对东南。"这些天书般的文字，看得我们如堕五里雾中。

为什么叫《更路簿》？老人解释说，"更"是渔民习惯使用的时间和长度单位，大约一更等于2小时，也等于10海里，"路"是指在茫茫大海上航行的海路，"簿"就是指薄薄的小册子。"别看这个本子小，这可是以前去三沙最为宝贵的方向盘、航海图。"老人说。

渔民手中流传的《更路簿》全部都是手抄本,有的是祖传的,有的是后人抄写的。对此,潭门边防派出所气象老兵、《更路簿》研究专家符史宝告诉我们:“在以往,《更路簿》一点也不神秘,每个老船长、轮机长手里都有,或者记在心里了,要是没有就没办法出海;相互之间关系好的,还会互相传抄,互通有无;有时候,摆上一桌酒席,说上几句好话,也就搞定了。自古出海一家亲,都是抬头不见低头见的乡亲,都会互相帮衬的。它就跟砗磲一样,以前很多很多的,没人当回事。可现在的确成了宝贝。”

苏承芬的这本《更路簿》,是20世纪80年代从一位老船长手中抄下来的。该簿共分八篇,第四、五、八篇没有标题,其中以第一篇《立东海更路》、第二篇《立北海各线更路相对》最为重要。

它的第一篇一开头这样写道:“自大潭过东海,用乾巽驶到十二更,便半转回乾巽巳亥,约有十五更。”文中“自大潭过东海”,就是指船从潭门开往西沙海区,“东海”是潭门渔民以前对西沙的称谓,这里记录了航向、航程和航期,还记录了西沙群岛的17个地名。在它的第二篇中,讲渔船从西沙群岛的三塘(即蓬勃礁)、白峙仔(即盘石屿)到南沙群岛最近的双峙(即双子礁),以及在南沙群岛各地之间的航向与更数,记录了南沙群岛的地名60个。苏老船长说,现在潭门渔民去南沙的,走的还是这条航线。

正应了符史宝的话,苏船长珍藏的《更路簿》与其他大多数的一样,没有留下作者的姓名。像这样的《更路簿》,在海南琼海、文昌也曾流行各种各样的抄本,他的这个小册子是从别人那里抄来的,也曾借给别人抄过。专家们在潭门调查时发现虽然有许多种《更路簿》,但其内容都大同小异;所不同的,主要是对出发港、航行线和目的地各有选择。正像海南大学副教授夏代云女士所说:

> 潭门渔民开发经营南海岛礁历史悠久,“西沙、南沙、中沙群岛是琼海市远航捕捞的传统渔场。明代永乐年间,欧村港、冯家埠、港门埠、草塘埠一带的渔民,已往返于西沙、南沙、中沙群岛捕鱼和居住。每年农历十月,驾驶帆船乘东北风南下西沙、南沙、中沙渔场,从事海参、贝类等海珍品作业,然后运到南洋群岛销售,换取食物和生活用品,至翌年农历四月乘西南风返航。”(此处有脚注,注明引文来自于《琼海县志》卷六——著者)据载,1990年时泊港渔船有400艘。港门附近“大海澄潭”景点,为原会同县(即今琼海市辖区——著者)八景之一。[①]

①夏代云:《卢业发、吴淑茂、黄家礼〈更路簿〉研究》,海洋出版社,2016。

清晨的赵述岛海边

出生于潭门的作家、琼海市广播电视台资深记者郑庆杨，多年来对《更路簿》进行了深入的研究。他说，《更路簿》详细记录了航行到西沙、南沙和中沙（主要是黄岩岛），以及其众多的岛屿、沙洲、环礁、暗礁和浅滩的海路，有的也包括航行到东南亚各地的针位与更数。

对此，有“最接地气《更路簿》专家”之称的符史宝告诉我们，《更路簿》的完成，是一个动态性的过程，是一代代渔民们集体智慧的结晶，这是纵向动态性的方面；就是在同一代人之间，互相借阅、传抄，相互补充、修改，这是横向动态性的方面。可见这种集体智慧也是纵横交错的。这些指向的都是识字的船长，而不识字的，他们都把针路牢记在心里了。

麦邦奋会长也认为，在行文的抄本出现以前，各地渔民已经积累了大量的素材，后来有识字的渔民就利用不出海的时间，凭着口耳相传的信息，收集整理成一个比较定型的手抄小册子。小册子在抄写、传抄的过程中，也在不断地进行修改和增删。因此，《更路簿》的作者绝不是一个人，也不是一代人，而是海南渔民祖祖辈辈积累的跨时代、跨地域的智慧与经验。

《更路簿》中俗地名

潭门渔民收藏的《更路簿》记载的南海诸岛地名，全是海南方言称谓，可称之为南海诸岛“土”地名，或称之为南海诸岛琼人的俗地名。至今留下来的《更路簿》虽然民间版本众多，但其中对南海诸岛的命名却是基本一致的，那是渔民们长期的耕海秘籍、更路指南。

关于这些渔民的命名，根据著名学者王崇敏、阎根齐和刘南威等人的研究：在有关单位收集的《更路簿》当中，所记载的三沙诸群岛和礁滩的琼人俗名几乎

好大的墨鱼

都是一样的。这就说明,在这诸多《更路簿》的形成、修改和完善过程中,始终存在着横向交流、沟通的情况。否则,这些不同地域、不同年代的民间土地名,不可能达到这样高度的一致。

在诸多的《更路簿》中,除少数几个表示群体的地名外,其余都是表示具体的岛礁、沙洲和滩屿等的地名。表示群体的,如“东海”就是西沙群岛、“北海”就是南沙群岛,“东沙头”就是中沙群岛,而“下峙”就是永乐群岛。至于表示具体岛礁的俗地名则多得很,譬如,西沙的永兴岛叫作“猫注”,玉琢礁叫作“二圈”,浪花礁叫作“三圈”,晋卿岛叫作“四江门”;南沙的马欢岛叫作“罗孔”,仁爱礁叫作“断节”,景宏岛叫作“秤钩峙”,太平岛叫作“黄山马”,五方尾叫作“五风尾”。作为国际上公认的岛礁名,显而易见,后者就是根据渔民的俗地名命名的。这些形象易记的俗地名不胜枚举,堪称是细针密缕、细大不捐也。

《更路簿》第一个特点是地理位置的准确性。其中的俗地名对具体岛、洲、礁、沙、滩间的相对位置,是通过针位、更数确定下来的,因而比较准确。《更路簿》第二个特点是岛礁地名的形象性。譬如,把一座座环礁都称为“筐”——一个潟湖被珊瑚礁围着,可不就像竹筐吗?再如,把南威岛称为“岛仔峙”,把司令礁称为“眼镜铲”,把安达礁称为“银饼”,把仙宾礁称为“鱼鳞”等,实在是十分形象生动。这些俗地名是渔民在祖祖辈辈的生产中形成的,虽未经官方核定,却能代代相传,沿用至今。目前,海南渔民在航海实践、口头交流当中所使用的,仍是《更路簿》中的地名。这些地名,有些还被译成外文,成为国际通用的名称。由此可见,它的影响力之大,传播范围之广。

中国海洋法学会会长、国际海洋法法庭法官高之国先生认为,《更路簿》既是海南渔民的发轫之作,也是他们智慧的结晶,是他们在千百年耕海牧鱼的生产实践中发明和创造的。但直到 20 世纪 70 年代,它才逐渐引起国人的关注,并进入学术界专家的视野。但是,当时因为资料匮乏、语言不通和重视不够,仅有少部分的学者浅尝辄止,对《更路簿》开展了一些历史文化方面的研究。

2008年以来,随着《更路簿》入选为第一批国家级非物质文化遗产的保护目录,这才引起了学术界和相关人士的广泛关注。近年来,随着南海问题的升温,学术界才开始意识到它在海洋学、航海史上的学术价值,以及其在维护南海海洋权益方面的史料价值。这样,一些专题研究成果才如雨后春笋一般相继问世,在实证调查和理论研究等方面取得了一定的进展,甚至还有一些突破。

高之国先生认为,《更路簿》极具史料价值,无论从历史学、地名学,还是从航海学、海洋学等专业角度来看,它都承载着我们的渔民,特别是海南老船长在南海生产、生活的鲜活历史,是我国渔民祖祖辈辈在南海进行渔业生产的历史缩影和文字记载,兼具文物价值、文献价值、理论价值和法理价值。所以,我们可以借鉴《红楼梦》"红学"的研究经验,对《更路簿》进行全面、系统和综合性的深入研究,逐步形成较为完整的"更路簿学"学科研究的理论体系。

渔经背后的故事

说起祖宗海上的一个个岛礁,潭门老船长苏承芬、伍书光堪称是如数家珍,只见他们双眼放光,两颊泛红,顿时来了精气神。苏老将《更路簿》与南沙的地图铺展在地板上,无比自豪地说:"南沙这片海域,我们渔民是再熟悉不过了,哪里的礁盘适合停船、适合避风,哪里有暗流、旋流和潜流,哪里有险滩、暗礁,甚至哪块礁盘好去吃饭、睡觉,我们都知道得一清二楚。因为,那是我们潭门渔民的祖宗海、祖宗地啊!"

南海博物馆海龟标本

“现在渔民出海有了机动船,十几个小时就能到西沙,再从西沙到南沙也就三十多个小时,两个月就能打个来回。而我们当时使用的帆船呢,靠的全是风力,一年才能往返一次,没有风就根本跑不动。”旁边的潭门老船长伍书光吐了个烟圈,慢条斯理地补充说,“那时候,我们一般都是在农历十月、十一月趁着东北风起航,等到来年的四五月份,南海刮起西南风的时候,才可以拔锚返航。风力大、风向正的时候,从潭门到西沙也得两三天,从西沙到南沙,那时间就更久了,很难很难的嘞!”

“记得有一次,我们的渔船从南沙返回西沙,风向左右摇摆,又遇到了很大的台风,渔船在大海上整整漂了一个月,才到的西沙。那时候,船上的淡水和吃的都用没了,好悬好悬的嘞!”回忆起那次航行,苏承芬依旧平静,“每一位常年去南沙的渔民,都多次遇到过这样的危险,这在很多渔民家的族谱上,都有记录的。风口浪尖上讨生活,哪有那么容易!这样的事情,以前再正常不过的了,我们都习以为常,当成家常便饭啦!”所谓“天有不测风云”,那就更是凶险莫测了,这也正应了本文开头《琼州府志》中的描述。

由于当时受季风的影响,或者是渔业生产的需要,很多渔民便长期住在岛上,用礁石、贝壳垒起墙壁,用草席、椰叶或破旧船料、树木等搭成窝棚。过去,渔民在岛上捕捞砗磲、海参、海龟和公螺等海产,晒干贮藏,等着渔船来收取;主要是季候风的因素,一般都要在小岛上居留半年时间。而有些渔民出于生计和安全的考量,在岛上一住就是几年,甚至十几年、二十年。

根据《文昌县志》记载,20 世纪三四十年代,文昌市东郊镇上坡村的陈鸿柏酷爱南沙群岛,曾在双子礁整整住了 18 年;无独有偶,文昌市龙楼镇保陵大队的符鸿辉、符鸿光兄弟,也有很强的“南沙情结”,兄弟俩曾经一连在南威岛上居住过十多年。

谈及这件事情,苏承芬老船长告诉我们:“1945 年春节前后,当我第一次去南沙群岛的时候,就见过鸿辉、鸿光兄弟俩。他们在岛上种了木瓜、地瓜和青菜,种的番薯有这么大个……”苏承芬用双手相扣比画着,笑眯眯地说,“那番薯就像长熟了的木瓜一样,好大的个。直到他们的父母一再捎来信儿,让他们回家成亲,他们还不肯呢。后来他俩的爷爷、奶奶以死相逼,他们才不得不返航回家了。”听到实习生曾中笑问“为什么”,苏老一本正经地说:“‘为什么’,你说为什么?南洋有人收货,赚钱很多的嘞!”

在远距离的航行和长期驻岛的过程中,一些渔民离开家乡,就再也没有回来了。在西沙、南沙的每个岛屿、礁盘上,都留下海南渔民的足迹和生命。1939 年,就有人在北子岛发现两座清代渔民的墓碑。

“南海是我们的‘祖宗海’‘祖宗地’,大海里有很多的环礁,都是很好的避风港。尤其是中沙的黄岩岛,船开进去,十几级台风都不怕!”苏大爷沉吟一会儿,接着说,“说起居住嘛,当时,我们最喜欢住在南沙群岛的太平岛了,因为这个岛上有淡水,还可以种瓜果、蔬菜,我们的祖先在上面种上了椰树、木瓜、香蕉、番薯等,我们自己也种了葫芦、花生、冬瓜、南瓜和青菜等,长得很好的,住那里很方便呀!”

老人若有所思地说:“太平岛上有很多的鸟粪,土质很肥,一个番薯可以长十八九斤重,够几个人吃两三天,很沙很沙,很甜很甜的!”苏承芬说着,吸溜了一下嘴唇上的口水。显而易见,他的一番话发自肺腑,看得出老人对太平岛有着深厚的感情。唐代诗人于濆的《南越谣》感慨道:

迢迢东南天,巨浸无津堧。
雄风卷昏雾,干戈满楼船。
此时尉佗心,儿童待幽燕。
三寸陆贾舌,万里汉山川。
若令交趾货,尽生虞芮田。
天意苟如此,遐人谁肯怜?

的确,耕海牧鱼,天灾人祸,生死难卜。在西沙、南沙各岛,凡有人住的地方,一般都有渔民修建的神庙、神龛,有的尽管很小、很简陋,可也是渔民的精神寄托。而有庙的地方,自然会有故事和传说,“108 兄弟公”就是一例。据说,在这 108 兄弟中,有 72 个孤魂,36 个兄弟。72 个孤魂是先辈在西沙、南沙下海作业过程中先后死去的,36 个兄弟是同在船上遭风暴遇难的。

据海南汉民俗与民间信仰研究专家、海口经济学院副教授梅志强介绍,108 个兄弟公的信仰渊源有自,最初发端于文昌清澜港、铺前港一带,其信俗多分布在海南岛东部沿海地区,主要范围是海口、文昌、琼海、万宁、陵水、乐东和东方等市县。

千百年来,在西沙、南沙、中沙和东沙群岛留下生命的何止这 108 个兄弟。薄薄的一本《更路簿》,是祖祖辈辈的渔民在与大海的搏击中,用勇气和智慧、鲜血和生命写成的“天书”“大书”。

耕海牧鱼木罗盘

在没有精确航海图标和卫星定位系统的久远年代，凡是前往祖宗海耕海牧鱼的中国渔船，都必须具备两样东西：一是罗盘（一艘渔船上一般都有三只罗盘），二是《更路簿》。船长依靠罗盘确定航行方向，而祖传的《更路簿》，则记载了自始发港到达南海各个岛礁的详细情况。

“当年渔船出海作业，船长只要有一只木罗盘就可以了，《更路簿》都在老船长的心里呢，一般都不带在身上，火长要带两只罗盘。”那天采访潭门镇上教村的老船长卢业发，这位耄耋老人拍着心口对我们说。海南大学文学院历史学教授、文博专家阎根齐写道：

自北宋指南针应用于航海之后，往返南海的帆船便进入了计量航海时期，即“舵工定针路而视所向用字也”。之后，便产生了用于航海的工具书，即《海道针经》。明清时期，福建一带的航海者将其称为《针路簿》，海南的渔民则大多称为《更路簿》，当然还有广东、台湾等地的航海指南。每一地的航海指南名称不同，表明航海者航行的区域、使用的技术、时间的早晚也各不相同。通过这些形形色色的名称和种类，我们可以得出一些规律性的认识。①

收藏于中国航海博物馆的清代航海罗盘与《郑和航海图》局部

①《南海更路簿》编委会编《南海更路簿——中国人经略祖宗海的历史见证》，海南出版社，2016。

每一位老船长，都有着一个让常人难以想象的传奇人生。这些帆船时代的英雄所开创的光辉业绩、海洋文明，都离不开木罗盘和《更路簿》，二者堪称是老船长的左眼和右眼。

那次去潭门镇潭门村委会孟菜园村，走进帆船时代的老船长、《更路簿》传人王诗桃的家。老人家把老罗盘放在红木沙发上，双手打开祖传的《更路簿》，颤颤巍巍地说："这些祖传的宝贝，都是很老很老的老货了，是老祖宗一辈又一辈传下来的。"老人摘掉老花镜，抬起头来接着说，"在大海里行船遇到大风大浪的时候，一定要紧盯着罗盘，认准方向，再结合着《更路簿》找准航道、里程和避风的岛礁，尤其是环礁，都是最好的避风港，还要小心行驶。小心驶得万年船啊！"

在南海，每一片沙洲、每一座礁盘和每一处滩屿，都叠印着中国渔民的足迹，也都成为祖国海洋主权的支点。我们去老渔民卢业益家采访，他拿出两只古旧的罗盘，告诉我们说："我家的罗盘是很老很老的老货了，是我爷爷的爷爷传下来的，真正的是'传家宝'啦！"而后，他手把手地告诉我，罗盘针指向"午"就是南边，指向"子"就是北边，指向"乙"就是东边，指向"酉"就是西边，依次类推，就会明白了。

关于早期的指南针，请看美国学者林肯·佩恩的详细记述：

长途海上贸易的迅速扩张，也带动了航海技术的相应发展，包括早期指南针的发展。中国人很早就了解到磁针的特性，但一直将其用途局限在风水方面。在1119年(宋徽宗宣和元年)朱彧所撰的《萍洲可谈》一书中，记载了最早用于船上导航的指南针。朱彧之父在广州港口任职，这使朱彧得以进入海洋世界。

朱彧在描述其海外航行时，简要地提及了当时的航海技术："舟师识地理，夜则观星，昼则观日。"与西北欧浅滩中的水手一样，他们以同样的方式使用测深锤："或以十丈绳钩，取海底泥嗅之，便知所至。"此外，朱彧还提到了指南针——"阴晦观指南针"。

中国的指南针是一根穿入灯芯草茎的针，浮在一碗水上。13世纪时，在地中海与欧洲出现了旱罗盘(将针装在枢轴上，用罗盘卡校准)，并于16世纪由欧洲航海者引入亚洲。在印度洋上，已知最早的指南针可追溯到1232年，其中东苏伊士的罗盘与中国的相似。在遇到恶劣天气时，罗盘可以代替天文导航，使得航海的季节持续更久，这在东方和西方都很常见。1124年(宋徽宗宣和六年)，徐兢在《宣和奉使高丽图经》中写道："是夜，洋中不可住，唯视星斗前迈，若晦暝，则用指南浮针,以揆南北。"[1]

卢业益还悲悲咽咽地说,1975 年 1 月 27 日,农历腊月十六,都快过年了。那一天的"西沙大海难"一下子死了 30 人,其中他们卢家人就有 12 人,他的三个堂哥卢业凤、卢业梓、卢业克都在里面,是草塘村死难亭上最前面的三个人。当时,卢业凤担任公社里的西南沙公司党委书记、琼海市贫协常委,也是遇难船的船长,他做任何事都是吃苦在前,享受在后,所以在社员和船员当中威信很高。卢业益说,在南沙群岛遇到台风,渔民们都是赶到群岛中间偏西北方向的赤瓜礁避难,赤瓜礁是一个环礁,周围全是礁盘,西南边开了一个口子,渔船开到环礁里面,就是 12 级的大台风都不用怕。而且,一般来说,台风在远海处都不会很大,南沙的台风一般不超过 12 级。

大海既承载着希望,也流淌着悲伤;既埋藏着珍宝,也留存着尸骨。浩浩南海,是三沙渔民的生命海、摇篮海,也是他们的灾难海、死亡海;渺渺岁月,有多少渔民葬身鱼腹,骨骸无存啊!

老船长苏承芬说,在琼海绝大多数渔民的家乡潭门镇,矗立着一通通海难亭、纪念碑和望夫石,还有许许多多的衣冠冢,或者豪华,或者破败,无不诉说着大海的惨烈。

周伟民说:现在尚可见到的《更路簿》,最珍贵的是苏承芬独创的。这本《更路簿》拓展了渔民到中沙群岛海域捕捞的航路,填补了这项空白;特别是它证明了黄岩岛是海南渔人传统的作业海区,证明中国自古就对黄岩岛及其相关海域享有主权,是中国领土不可分割的一部分。

文教村矗立海边的死难亭

随着旱罗盘的应用,随着一代代渔民对《更路簿》的不断完善,老船长们的帆樯也越走越远。罗盘或者固定在舵轮的一侧,或者放在舵轮的旁边,那是老船长辨航向、认海道的指路明

①[美]林肯·佩恩:《海洋与文明》,陈建军、罗焱英译,天津人民出版社,2017。

灯，也是渔民心目中的航标和灯塔。

在目前尚可见到的林林总总的《更路簿》当中，苏德柳的版本也很珍贵。它是由苏德柳的孙子苏标武用毛笔小楷誊抄的，内中的文字一般人看不懂，人称“南海天书”。有鉴于此，祖孙二人联袂写了翻译版的，书名叫作《解释祖父苏德柳更路簿》。

之所以说苏德柳本《更路簿》很珍贵，一是它的出发点是潭门老码头，更为实用；二是这本《更路簿》有八章，后六章详细记录了从三沙去东南亚的航线，更为全面。因为潭门渔民自古就有在南沙捕捞完海珍，就运到东南亚销售的传统，因此这后六章也十分重要。

深耕南海指南针

关于指南针，商务印书馆的《现代汉语词典》在“指南针”这个条目的第一点，作了这样的释义：“利用磁针制成的指示方向的仪器，把磁针支在一个直轴上，可以做水平旋转，由于磁针受地磁吸引，针的一头总是指着南方。”第二点则是它的引申义：“比喻辨别正确方向的依据或指导行动的准则。”

指南针又称司南，主要组成部分是一根装在轴上的磁针，磁针在天然地磁场的作用下可以自由转动，并保持在磁子午线的切线方向上，磁针的北极指向地理的北极，利用这一性能可以辨别方向。指南针常用于航海、大地测量、旅行及军事等方面。物理上指示方向的指南针由三部件组成，分别是司南、罗盘和磁针，均属于中国的发明。

新中国1953年发行的指南针邮票

据《古矿录》记载，指南针最早出现于战国时期的磁山一带。它是中国古代劳动人民在长期的实践中对物体磁性认识的结果。作为中国古代四大发明之一，它的发明对人类的科学技术和文明的发展，起了不可估量的作用。在中国古代，指南针起先应用于祭祀、礼仪、军事和占卜,也用于看风水时确定方位。

11 世纪末或 12 世纪初,中国船舶开始使用指南针导航。正如前文美国著名学者林肯·佩恩所述。北宋《萍洲可谈》说:“舟师识地理,夜则观星,昼则观日,阴晦观指南针。”指南针应用在航海上,是全天候的导航工具,弥补了天文导航、地文导航的不足之处,开创了航海史的新纪元。

由此可见,海南渔民的《更路簿》就是由古代的指南针演变而来的。在至少七八百年前的大帆船时代,海南渔民就已经使用罗盘、《更路簿》等当时先进的航海技术,在祖宗海里劈波斩浪、耕海牧鱼了。《更路簿》是海南渔民耕耘南中国海的指南,也是海南渔民最早发现、开发、经营和建设四沙诸岛礁及其周边海域的实物证据。

由于《更路簿》都是来自渔民世代承传、日积月累的耕海经验,而这些渔民又来自不同的地域、去往不同的海域,因此《更路簿》存在着不同的抄本。尽管它们的名称、航线不尽相同,但不同抄本的《更路簿》大同小异,都记载着大致相同的航海知识、水文信息,即由海南岛各个海港驶往“四沙”——东沙、南沙、西沙和中沙群岛的航线,以及航行要领、气象水流、岛礁地貌等情况。请看海南大学副校长、博士生导师王崇敏的叙述:

《更路簿》记载更路最少的本子有 70 多条,最多的有 279 条,形成了渔民的交通网络,反映了中国渔民数百年来持续不断地在南海诸岛从事渔业生产的历史。如苏德柳的《航海水路簿》记载了 209 条南沙群岛间的航线,29 条从南沙群岛返回海南岛的航线,其中有 7 个海上交通枢纽和渔业生产中心,其渔业生产活动的作业范围通向东南亚海域。[1]

历史烟云挥不去

在帆船时代,几乎每一位船长、轮机长都有一本《更路簿》。至于它们的名称,可谓是多种多样、五花八门,例如《水路簿》《航海水路簿》《南海水路簿》《南海更路经》《南海水路经》《南海定时经针位》《顺风得利》《定罗经针位》《驶船更流簿》《西南沙更簿》《去西南沙水路簿》《注明东北海更路簿》《东海北海更路簿》

---

①王崇敏主编《南海海洋文化研究》,海洋出版社,2016。

等,也有老船长就以自己姓名命名的《更路簿》《水路簿》……凡此种种,因人而异,不一而足。

因此,《更路簿》是中国渔民在祖宗海里犁波耕浪的罗盘,或称指南针。由于它们都是用海南方言写成的,是渔民们写给自己和后代看的,一般人根本看不懂,因而便有了“南海天书”之谓。

关于航海罗盘,渔民们又称为“罗经”“水罗盘”“旱罗盘”,他们一般都是用罗盘定位、测向和导航,将其与《更路簿》配合在一起使用。譬如,文昌市铺前镇老船长、海南省《更路簿》传承人齐见德曾经回忆道,1960 年,他开始跟着前辈学着开船到西沙海域,出徒后自己开船,用罗经观测和导航,而《更路簿》早已烂熟于心了,不用带在身上。从铺前港出发到西沙,罗盘是 24 个字,现在是 360°,一般一更就是两个小时。关于潭门老船长卢业发珍藏的罗盘,海南大学副教授夏代云叙述道:

> 卢业发家族为渔民世家,长年在南海航行生产,对于航海工具十分珍惜。如今在南海远航,虽然机船已经替代了帆船,卫星导航已经取代了航海罗盘和《更路簿》,但他们一家人对于帆船时代的航海工具仍然倍加珍惜,保存有完整的《更路簿》,还保存有航海罗盘和多幅海图。
>
> ……
>
> 卢家有航海罗盘一件,木质,是 24 位航海罗盘,系卢业发及其祖辈在渔船上使用的,如今仍可使用。罗盘整体呈圆柱体状,但底部略收,上表面和底部均平,通高 5.5 厘米。……卢业发已经记不清楚购买该罗盘的具体年代,不过他认为至少在距今 100 年以前。
>
> 口缘原来是一根细细的铁丝,其两端扎入“子”和“午”字的顶上,位于子格和午格的中分线上,即是子午线。子午线指示北和南,在针路里就是子单针和午单针。此铁丝已经遗失。针盘的天池里无水,海南渔民俗称之“旱罗盘”。天池底部的中央嵌一根细细的针架,呈箭形的小磁针搁在针架上,罗盘水平放置,静止时指针的尖端指向北方的“子”字,指针的燕尾形尾端指向南方的“午”字。[1]

《更路簿》是渔民写给自己看的,再辅之以古老的旱罗盘,目的是在南海耕耘中不迷航,不转向,多打鱼。因此,《更路簿》也就有了不同的名称、不同的抄本,

[1] 夏代云:《卢业发、吴淑茂、黄家礼〈更路簿〉研究》,海洋出版社,2016。

因为渔民的耕海经历、所涉海区不同,在针路、航线和岛礁上,在内容、格式和文体上也就有了不同。

20 世纪 70 年代,《更路簿》才被学者们发现,但真正引起重视还是 21 世纪的事情。用海南方言写成的《更路簿》,虽然都用汉字表达,却因为海南方言内部也有文昌话、临高话、儋州话之类的区别,即便是明白语义,但没有航海经验也不懂内含的道理;在不懂海南方言的人看来,其中的每个汉字都认识,但连贯在一起,却完全读不懂。

呕心沥血著天书

周伟民、唐玲玲两位老教授皓首穷经,不遗余力,潜心研究《更路簿》已有 20 余年。为了查清《更路簿》的民间抄本,他们不辞辛劳,长年累月地奔波在海南岛的沿海地区,走村过乡、挨家串户地调查,最终收集到 12 种民间藏本《更路簿》,这在以前都是从未被发现过的。

在广泛的田野调查之中,他们还对老渔民、老船长进行了口述历史的访谈与采集,抢救出了许多的历史文化珍贵资料,这些都是海洋文化、海洋文明和海洋精神的宝贵财富。前不久出版的《南海天书——海南渔民〈更路簿〉文化诠释》,就是周伟民、唐玲玲伏案研究的呕心沥血之作、发轫之作,也是他们夫妇俩 20 余年来开展田野调查的文化结晶。

新任赵述岛岛长梁锋——渔民生态管理带头人

关于《更路簿》的研究其实早已展开,在每年的国家社科基金项目和海南省社科规划项目中,都有关于《更路簿》研究的课题。这些研究主要集中在《更路簿》的形成时间、抄本解读、地名学解义,以及法理学、经济学的价值等方面,近年又出现了相关的数字化解读。由于研究者本人大多不懂海南方言,只能依据第二手资料研究,加上原有的抄本散存于有关高校和科研院所,因而极大地限制了研究者的研究视野和立意,使《更路簿》的研究存在着不少问题,譬

潭门渔民卢传平在潭门港附近打鱼

如资料难找难懂，研究不够深入，甚至碎片化的现象。

在《南海天书》中，作者展示了22种《更路簿》抄本，仅作者自己收集自民间的就占据其中的12种。在这部书中，作者将这22种抄本全部进行了普通话转化，第一次全面撩开了长期笼罩在《更路簿》上的神秘面纱，使它可以让每个懂普通话的人都能看得懂，读得透。

这22种《更路簿》的普通话本的汇集，使得关于南海问题的研究有了丰富而翔实的资料基础，也让来自不同学科的专家能够突破原有的“拦路虎”——资料局限、语言障碍等，从政治学、法学、经济学、历史学、地理学、地质学、水文学、气象学等学科全方位进行研究，从而使南海的维权工作，以及在南海航运史、南海捕捞史、南海经略史、南海开发史、南海文化史等领域，得到实质性的拓展。也许因为《南海天书》的出现，一门新兴的学科——《更路簿》学也会随之应运而生。

海南岛四面环南海，南海是海南岛渔民天然的生产场所和生活家园。《更路簿》是海南岛渔民经过世世代代耕海，用生命和汗水换来的集体智慧的结晶。在《南海天书》中，作者还用了大量篇幅，对《更路簿》形成的自然地理条件和历史文化背景进行了分析；在大量田野调查的基础上，它又把海南渔民的《更路簿》与福建渔民的《水路簿》进行比较探讨，提出了《更路簿》形成的时间是在明代初年的观点。自然，《更路簿》出现的时间越早，越能说明海南渔民才是最早发现、最早开发和最早经营南海的主人，当然也是中国拥有南海主权的最有力的证据。

在《南海天书》中，作者还收录了海南岛的众多老船长深耕南海的口述历史，内容丰富，资料翔实。作者希望通过《更路簿》的文化来阐释历史真实，说明中国自古以来就有着丰富灿烂的海洋文明。

海南省社科院院长、研究员赵康太先生认为，《南海天书》的出版，具有重要的理论意义和现实价值，因为它不但给南海海洋问题的研究送来了新的史料、新的内容，也使《更路簿》的研究更加科学化、系统化，而且可以使南海历史文化研究进行得更加深入。而最关键的是,这本书的出版,证明了自古以来中国人就是南海诸岛礁及其海域的最先发现者、命名者、开发者和经营者,并为此提供了有力的证据。

王三宝与导航鸟

在东南亚和我国东南沿海一带,尤其是在我们海南省沿海各市县,时至今日,依旧流传着一则关于“王三宝命鸟导航”的传说故事,说得神乎其神、玄而又玄,有鼻子有眼儿的。据说,这一“海上神话”源自于郑和七下西洋——人类航海史上的不朽传奇、伟大壮举。

危险地带吉祥鸟

这个神话传说说的是,在我们的祖宗海的西沙群岛海域,古时候海况、洋流非常复杂,暗礁遍布,险象环生。这也正好印证了本书开头所引用的加拿大汉学家卜正民的那番话:“那里除了危险还是危险,即便是最精明的航海家也会尽量想办法绕道而行。”

然而,也就是在这个海区的岛礁上,生活、栖息着一种神奇的海鸟,叫作“鲣鸟”,也叫“箭鸟”,祖宗海的广大渔民也亲切地称之为“吉祥鸟”;鲣鸟很有灵性,可以为经过这一海区的舰船——使团的宝舶、商人的大舰和渔民的渔舟导航引路,所以又被称为“导航鸟”。

对于“鲣鸟”的身体形态、所在地区和生活习性等,商务印书馆的《现代汉语词典》是这样解释的:“鸟,外形像鸭,嘴坚硬,尖端渐细并稍向下弯,尾较长而呈楔形,种类很多,多生活在热带地区的岛礁上,吃鱼类等。”

鲣鸟追船飞

郑和画像

关于这“导航鸟”的故事，早在清朝文人陈伦炯的一部书中就有记载，该书名为《海国闻见录》，其中有这样的一段话：

七洲洋中一种神鸟，状似海雁而小，喙尖而红，脚短而绿；尾带一箭，长二尺许，名曰箭鸟。船到洋中，飞而来示，与人为准；呼号，则飞而去。……相传，王三宝下西洋呼鸟插箭，命在洋中为记。

这段话是什么意思啊？

意思是说，在南海西沙群岛海域，生活着一种很有灵性的海鸟，它们形状就像海雁，但比海雁个头小一些。它们的嘴巴十分尖锐，是红色的；它们的腿脚十分短小，却是绿色的。它们的尾部长有一束像箭一样的羽毛，这些像箭的羽毛大约二尺长，所以被称为“箭鸟”。每当有船只来到西沙群岛海域，它们就从天上飞过来，为航海者导航引路，而且导引的海路都是十分精准的。等过往的船舰通过了西沙海域，它们就呼号着欢快地飞走了。

由此，我不禁想起了我们海南岛的一代文宗、明朝进士丘濬，这位素有“岭南才子”之称的传奇人物文章、诗赋俱佳，他曾经在一首题为《海仪》的五律诗中这样写道：

远观沧海阔，万波总朝宗。
溪壑流难满，乾坤量有容。
潜藏多贝宝，变化起鱼龙。
自觉胸襟大，汪汪无乃同。

那么，在这“潜藏多贝宝，变化起鱼龙”的渺渺无际的南中国海里，鲣鸟为什么会给人导航呢？根据传说，有一次，王三宝随着郑和使团下西洋的时候，因考虑到船舰在这个海区会有危险，因而就把这种神鸟呼唤到宝船上来，给它们每只鸟的尾部插上了长长的羽毛，就像箭一样；王三宝还命令它们，在这个“危险地带”给航船导航。而航海者呢，就以这束像箭一样的羽毛作为记号，看到这个记号,就知道它们是“导航鸟”了,于是,也就可以放心地尾随着它们行驶,从而顺利地通过这片海域了。

根据这一说法,这种“导航鸟”实在神奇,它的导航本领、导航功能简直就等同于当时先进的航海技术——素来有“海上丝路导航仪”之谓的罗盘、《更路簿》了,似乎郑和七下西洋舳舻千里、浩浩荡荡的船队离开了它们不行,而且功劳簿上也应当给它们添上浓墨重彩的一笔啦!

由此,我不禁想起一则“鸥鸟忘机”的成语故事,就是出自《列子·黄帝·好沤(鸥的通假字)鸟者》,其中言道:“海上之人有好沤鸟者,每旦之海上,从沤鸟游,沤鸟之至者,百住而不止。其父曰:吾闻沤鸟皆从汝游,汝取来,吾玩之。明日之海上,沤鸟舞而不下也。”

意思是说,在遥远的海岛或海岸上,居住着一家人,家里有个孩子非常喜欢海鸥,每天清早,他就披星戴月来到海边,兴高采烈地跟海鸥一起玩耍。海鸥总是会鸣叫着,组成队伍在他的身边飞来飞去,任其抚摸、逗玩,多的时候数量甚至有上百只之多。他的父亲获悉其这个嗜好之后,便对他说:“你每天都要跟海鸥一起玩耍,它们也很喜欢跟你一起嬉闹,不如你找个机会捉几只海鸥来,我也想跟它们一起玩儿。”儿子也点头答应了。然而,第二天清晨,当爱鸟之人像平时一样来到海边之际,任凭他如何召唤,海鸥们都只是在高空中飞旋,再也不肯落下来跟他一起戏耍了。

这是为什么呢?原来,人能忘机,鸟即不疑。爱鸟之人一任天性张扬,自由自在地跟鸟儿玩乐,所以海鸥也喜欢毫无功利之心的他。可是,现在不同了,他一心一意只是想着捉上几只海鸥,以博椿庭大人开怀一乐——机心一动,鸟即感知,是以远离了这个心怀狡诈的“俗人”。

这则成语故事告诫人们:作为万物之灵的人类,最高的境界是天人合一,与万类平等相处,心心相印。人们如若心存纯正善良,则鸟兽随之;如若心怀机变权诈,则万灵弃之。其弦外之音则是:一个遭到万类唾弃的人类,也就距离灭亡不远了!

回头再说上述《海国闻见录》里的那段记载,很显然,与《列子·黄帝·好沤鸟者》一样,那也是一则神话故事。试想,即便是王三宝本领再大,怎么能将“素昧平生”的海鸟呼唤过来,它们为什么听凭他的驱使呢?即便是把“箭鸟”呼唤过来了,他怎么能在它们的尾巴上插上像箭一样的羽毛,难道它们不会受伤吗?王三宝又不懂鸟语,又怎么能命令鲣鸟为过往舰船导航呢?

但是，这段记载又分明告诉我们，王三宝定然与航海有关，他在航海方面的本领一定十分了得！那么，这个王三宝又是何许人也？他又有怎样的本领呢？这还得从“七下西洋”的郑和使团说起。

七下西洋何艰危

我们知道，郑和七下西洋是古今中外未曾一遇的伟大创举，几乎没有前人的任何经验可以借鉴。

在这个过程中，时间跨度达29年之久，空间距离足可环绕地球好几圈，庶几逼近了时空的极限；历经千般危难、万般险阻，所以，每次下西洋，郑和的团队不仅人员很多，多达两万七八千人；而且，郑和使团囊括了方方面面的人才，包括外交、军事、气象和航海，以及造船、翻译、医疗和船舶维修，等等。可谓是五花八门，应有尽有。

在这些人员当中，自然有一个“金字塔形”的领导集体，他们按照工作需要及其各自的职责，有着很明确的分工。自然，有分工也就有协同与合作。这些领导人员，譬如王景弘、侯显和洪保等，与我们现在的领导层一样，组成了一个“四套领导班子”集体。他们都是非常出色的外交家、航海家，甚至是出色的军事家、战略家和气象学家。

当然，这个团队的最高统帅是郑和无疑，他是明成祖朱棣钦命的“正使太监”，是整个使团的灵魂，也就是一号人物，就像是金字塔的塔尖。作为使团中的一员，郑和除了指挥全盘的工作之外，主要负责的是外交任务，就是每到一个国家，他就率领外交团队弃舟登岸，前往访问。

作为外交使团的“正使太监”，郑和既要给到访国家颁授圣旨和赏赐，又要交换文书和国礼——主要是丝绸、瓷器、茶叶和阿胶（这些货品又有“四大国礼”之称）。偶尔，他们也会在到访的国家举办一系列的活动，诸如文化交流、文明沟通、商品贸易和方物展览等。

除了郑和之外，这个团队的第二号人物就是王景弘。王景弘与郑和一样，职务也是钦命的“正使

“三宝大人”郑和的佩刀

福建长乐显应宫出土的郑和塑像

太监”,可以说是与郑和平起平坐的。不过,他这个“正使太监”又与郑和有所不同,带有明显的候补、接替和分担任务之类的性质。他除了以正使太监的身份,替郑和分担一部分对外交往、对内协调的职责以外,他的主要分工即是指挥航海。

可以说,在整个使团之中,王景弘在气象、航海方面是出类拔萃的,甚至超过了郑和。据说,王景弘在舵轮前侧创制了一个巨大的水罗盘,他时时刻刻关注着水文、航向、风云的变化。可以说,这位正使太监在航海方面是整个使团的灵魂,也是郑和七下西洋的主心骨。

在古今中外的外交使团当中, 几乎都有相同的职务设置——正使、副使, 或者叫作代表团团长、代表团副团长。一般而言,正使(或团长)只有一个,而副使(或副团长)可以设置两三个。就像前面所提及的侯显和洪保等,所担当的就是副使(或副团长)的职务。

而郑和下西洋的使团主要执行的也是外交使命。那么,在这个使团当中,为什么要一反常态,设置两个正使呢?窃以为,这就是由七下西洋、维护和平和宣扬国威的重大任务所决定的,也是由这项任务的长久性与艰巨性、开创性与复杂性、危险性与战斗性所决定的。

其一,先说郑和使团的长久性与艰巨性。前面已经说到,郑和七下西洋时间跨度达 29 年,而每次下西洋一般都需要两三年的时间。在如此漫长的时间段里,内政与外交会发生怎样的变化,难以预料,更何况是在茫茫的大海之上,所谓“天有不测风云”也。使团内部领导成员四五十人、工作人员两三万人,他们的健康状况、职务任免、工作调整和人员流动等,会发生怎样的变化,难以预料,所谓“人有旦夕祸福”也。

我们知道,人都是血肉之躯,都是吃五谷杂粮赖以存活的,谁都难免生病、负伤的,甚而是正常和非正常的死亡。老话说:“铁打的营盘流水的兵。”人员调配也是不可避免的。更何况,这个使团要远涉重洋,在印度洋、太平洋乃至大西洋一路远航,最远曾经到达非洲东岸,还要访问 30 多个国家、100 多的国次。故而,郑和七下西洋,加深了中国与东南亚、西亚和东非诸多国家的友谊,并使得近百个国家前来大明，进行朝贡和交流。

其二，再说郑和使团的开创性与复杂性。前文提到，郑和七下西洋前无古人，根本没有任何现成的经验和知识可以借鉴；郑和的船队总共有两三万人、240多艘船舶。这么庞大的队伍航行在茫茫大海上，一去就是几个春秋，关于季风、潮汛、洋流、暗礁和险滩等，关于粮食、淡水、蔬菜、药品和武器装备等，关于机器故障、语言障碍和船舶维修等，还有船员的吃喝拉撒睡、油盐酱醋茶，以及生老病死葬，等等。此外，使团还要筹备馈赠给到访国家的礼品，诸如绫罗绸缎、金银铜铁等。

凡此种种，那该是多么庞杂、繁重和琐碎的任务，而且是关乎民族命运、国际外交、世界和平的重大使命呀！当代美国学者路易斯·丽瓦塞斯曾评论道："郑和船队在中国和世界历史上，是一支举世无双的舰队，一直到第一次世界大战之前，是没有可以与之相匹敌的。"

其三，最后再说它的危险性与战斗性。无须赘言，在浩渺无垠的大海上，气象、海况、暗流堪称瞬息万变，风雨无常，危机四伏。至于海盗的疯狂劫掠、大肆挑衅，个别被访国家的无理寻衅、敲诈勒索，甚至是为了达到某种非分的妄念，不惜以武力相威胁，等等，都是难以避免的。

所幸的是，因为郑和船队是"和平使者"，加之其规模、战力"举世无双"，致令众海盗和觊觎者闻风丧胆、望之披靡。但是也有例外，郑和船队所遭遇的真正意义上的战争只有一次，就是发生在锡兰（今斯里兰卡）的被迫防卫战争。而且此役郑和是料定在先，出奇制胜，一招制敌，从而，将战争造成的伤亡和损害压缩到了最低限度。

行笔至此，我油然想起大明一代儒宗王阳明的一首题为《泛海》的七绝：

险夷原不滞胸中，何异浮云过太空？
夜静海涛三万里，月明飞锡下天风。

替补正使显神通

综上可知，如此漫长的时间，如此庞大的使团，如此艰危的使命，如果朝廷只是设置一个正使，那么一旦发生意外事件，比如郑和遭遇不测，怎么办？在浩瀚的大海上，皇帝根本来不及重新任命正使。这样的话，势必导致群龙无首、各自为政的混乱局面,其后果不堪设想。

不仅如此,郑和使团要出访的国家和地区众多,有的还需要再三出使访问、共商国是。如果仅设郑和一个正使,他就会分身乏术,是根本忙不过来的。而每次出访他国,如果外交团队没有一位正使率队前往,又似乎是根本行不通的。这一点很微妙,也很难说清楚。

我想,个中原因大概有两方面:一是出于泱泱大国的体面和礼仪性的考虑,显得使团有威仪和尊重对方;二是出于到访使团的规格和权威性的考量,显得使团有实力、有威仪。但是,如果朝廷在郑和之外,再设置一位"替补正使",这些复杂的问题就都迎刃而解了。

事实上,"替补正使"的设置,也确实发挥了重要的作用——除了外交和军事方面的作用,更主要的是"替补" 防患于未然的作用。譬如说,在第七次下西洋的时候,郑和不仅已经是年过花甲的老人(古时候人的寿命普遍较短,所谓"人活七十古来稀")了,而且身患糖尿病、高血压和类风湿等多种沉疴,很多任务无法完成。这样,王景弘这位"替补正使"的作用就显而易见了。更严重的,在归航的途中,郑和由于劳累过度、"超负荷"运转等,竟至沉疴交发,大病不起。

那么,王景弘与王三宝又是怎么回事,王三宝是何方神圣,又是从哪个"石头缝儿里"蹦出来的神仙,他与郑和郑三保又是什么关系呢?说来机缘凑巧,其中的蹊跷还蛮多的呢。

俗话说:"十个回回九匹马。"我们知道,郑和原本姓马,叫马和,是回族人。他自幼就有一个乳名——马三宝,后来被官军抓来阉割,安排到朱棣所在的燕王府;及至"靖难之役"之后,因为他战功赫赫,朱棣为其赐姓"郑",是以马和就成为郑和,马三宝也就成了郑三宝,史书中有时也误为"郑三保",故而又称"三保太监"。因为王景弘与郑和平起平坐,都是"正使太监",或许是为了同等对待、以示公正吧,时人也就称其为"王三宝"了;尤其是在下西洋的庞大使团队伍当中,同仁们私下里都亲热地称其"我们的王三宝",有点昵称或绰号的意思,也有些玩笑、调侃的意味。对这段史实有兴趣的读者朋友,可参看本书第九章的《天妃之神灵应记》。

因而,史书典籍中所说的"三保太监"之丰功伟绩,大抵往往是郑三宝、王三宝二人共同开创的,乃至囊括了那庞大的、流动的整个使团的集体贡献。这一点,就类似我们前些年所说的"毛泽东思想",绝非毛一人创始的,而是包括了周恩来、刘少奇、朱德、彭德怀和邓小平等在内——党中央领导集体共同开创的,

郑和鎏金铁像惊现印西海岸

是这个精英团队集体智慧的结晶，不过是以毛泽东为首罢了，所以方称为“毛泽东思想”。

却说弥留之际，一代航海家郑和紧紧地握着王景弘的双手，抖动不停，哽咽不止，凄恻的笑容也缠绵，无言的叮咛更庄严。直到最后，郑和一句话也说不出来，两眼注视着与自己“风雨同舟卅余年”的老搭档，慢慢闭上了眼睛。在波涛汹涌的太平洋上，这位“世界航海第一人”“中国海洋精神的杰出代表”，就此走完了其最后的生命旅程，赍志而没，赍恨而别——他为没有圆满完成七下西洋的任务而内疚，而自责不已；他为七下西洋能否继续进行下去而挂怀，而忧心如焚。因为他曾经说过：“财富来自于海上，危险亦来自于海上。”郑和的担忧绝非空穴来风，此话不幸而一语成谶也。

是以，返回伟大祖国的归程，也成了郑和告别不凡人生的归途。但是，他为没有回到祖国的土地而遗憾，也为没有回到母亲的怀抱而恸悲。有感于此，笔者斗胆学拟一副对联，以追悼、缅怀郑和这位“世界大航海时代的先驱”“全球地理大发现的先导”：

飞鱼腾天舞，千帆蔽日奏凯歌，浩浩宝船载伟志；
箭鸟泣血哭，万礁涌浪堆白雪，渺渺南海葬忠魂！

三十年的同舟共济，三十年的联袂弄潮，三十年的默契配合，三十年的颠沛流离，而到了最后诀别的时刻，这两位“三宝太监”相握着、相视着，禁不住瞬目扬眉，拈花会心，凄然而笑，互道珍重。王景弘轻轻摇着郑和的双手，只是含泪点头，含泪微笑。他心里明白，郑和之憾“一切尽在一握中”，郑和之忧“一切尽在不言中”。

此时，只见无数只白羽、红嘴、绿腿的鲣鸟自天而降，有的在前导航，有的在后尾随，也有的簇拥着船队，俨若一片片祥云在樯林的顶端飞动，喁喁絮语，深致悲悯；俨若一朵朵白花在船员的头顶绽放，默默无言，极尽哀思——这些“导航鸟”一阵阵戛然而鸣，鸣声凄婉、凄怆，仿佛在为它们心目中的“海洋英雄”，吹响送丧、致哀的唢呐，弹起恸悼、追怀的竖琴……它们仿佛在朝着历史的彼岸呼唤着:“郑和死,盼郑和!”

于是,王景弘这位近三十年的“替补正使”,自然成为整个船队的最高统帅,他命人将郑和的遗骸装殓好,并用盐巴和冰块封存严实,以免腐化,以便运回祖国,使他的灵魂长眠于九泉之下。要知道,朝堂之上暗流涌动,沸反盈天,郑和死的时候只有 62 岁,那是劳累死的,那是忧虑死的啊!

而后,王三宝化悲痛为力量,继承郑和的遗志,率领着庞大的船队扬帆鸣笛、犁波耕海,捍国旗,扬国威,战狂风,斗恶浪;勇闯暗礁、险滩,威慑倭寇、海盗,一路高歌猛进,终于回到了祖国的怀抱。

然而,刹那之间,俯仰之下,历史的车轮改辙易道,中国曾经悠久辉煌的海洋文明、远航精神,俨若倏然间画上了一串长长的休止符;俨若一座休眠火山,一休就是四五百年,从此一蹶不振,被动挨打。直到今日,曾经遥遥领先的我们,还得使出吃奶的力气奋起直追,迎头赶上。

“郑和之后,再无郑和!”(梁启超语)自然,这些都是后话。假设中国的海洋文明得以继续,假设郑和再多活十几年,那么,世界历史上还有没有麦哲伦、达·伽马?还有没有“发现新大陆”的哥伦布?还有没有海上霸主西班牙、葡萄牙、意大利,以及后来居上的荷兰、法国和美国,乃至不可一世的“日不落帝国”英国呢?那么,我们伟大的祖国还有没有香港之耻、澳门之辱和鸦片之殇?那么,中国的陆地版图、海洋版图又会是一个什么状况呢?总之,绝不止于今天的局面!

当然,历史只承认强者,不承认假设;世界只承认传承,不承认断层。俗话说:“不怕慢,就怕站。”何况,我们不是原地站着,而是麻木昏睡。落后必然挨打——历史的经验教训不可忘啊!

岛礁故事说不完

“六出飞花入户时,坐看青竹变琼枝。”(唐·高骈《对雪》句)2016 年 12 月 7 日,时令正值二十四节气的“大雪”之日,北国早已是万里雪飘、满树琼枝了,而南国琼海的乡间依然是风和日丽,竹枝青青,鸟语啁啁。上午,我们来到潭门镇上教村,一群白鹅鸣叫着跑过来。就在白鹅的簇拥下,我们来到了卢业发家,采访这位九旬老船长。

太平岛上过春节

因为琼海市潭门镇的领导事先打了招呼，当我们走进草塘村委会上教村卢家时，老船长卢业发和他64岁的儿子卢家炳都在家，父子俩热情地接受了我们的访谈。

卢老船长与其他帆船时代硕果仅存的老船长一样，因为都是耄耋之年了，所以无不是满脸的年轮和老年斑。虽然有些佝偻，但他还是显示出高大伟岸的身躯来，这在绝大多数老船长当中显得有些鹤立鸡群。潭门老船长大多数都比较瘦小，譬如伍书光、苏承芬、黄家礼和麦运秀等，而卢老船长足足有1.80米，而且相当魁梧。

卢老将那本祖传的《更路簿》和罗盘拿出来，放在茶几上，并向我们讲解着它们的用途和用法。卢家炳又打开了一幅地图，是1985年印制的南海航海图。在这幅航海图上，每个岛礁的官方地名上都用红色铅笔打了勾，并在一侧用蓝色铅笔写着《更路簿》上传统的俗地名。

“三圈、猫注、罗孔、鸟仔峙、黄山马……”卢老船长一边如数家珍地念叨着，一边在地图上指出它们的参照物，就像是在指点着家乡田间小路的名称和位置。在这位老船长的心目之中，这一座座熟悉的岛礁沙洲，就是他一辈子航海的坐标系，也是他家祖祖辈辈的生命岛。因为，包括他在内的所有潭门老船长、老渔民，无不是一辈辈与这每个岛礁结下了不解之缘，都在南海诸岛上碰出了许多悲欢离合的人生火花。其中，自然也包括他的儿子卢家炳，他也是退居二线的老船长了。

“我14岁就跟着父亲出海了，三十出头当了船长，做海就再也离不开这本《更路簿》了。”卢老船长拿起那本祖先传下来的《更路簿》说道。就是这本薄薄的小册子，承载了他大半辈子的航海生涯。“我从刚刚记事的时候，每年都有大半年见不到老爸，原来是到西南沙打鱼去了。后来，我的儿子也是一样，这是我们渔家的宿命。”卢家炳补充道，“记得在我上中学的时候，老爸还让我给他们船上的火长抄写了两份呢。”请看卢业发老船长的自述：

1947年立冬前，年满二十的我又一次跟随船队出海了，跟以往不同的是，这是我第一次来到南沙群岛海域做海。我们所在的船队原本打算只是在西沙海区作业的，但不承望，渔船在西沙的浪花礁附近作业时，被突然袭来的狂风巨浪打

咆哮的祖宗海（周晓刚　摄）

断了一根方向桅杆。这样，失去方向控制的渔船就漂呀漂的，只能一边顺着风向朝南进发，一边希望找到岛礁停靠，也好修理一下桅杆。当时的船长按照《更路簿》的指引，不断地扭动舵盘，调整方向，十几天后渔船到达了黄山马（即南沙群岛的太平岛——著者）。

1948 年的春节，我们就是在黄山马上过的。过年的年货倒也挺丰盛的，除了从海里捕的海龟、龙虾以外，还有黑猪肉吃！我们这一次还是十分走运的，除了在黄山马岛上发现了一间以前渔民留下的铁皮屋外，还发现铁皮屋附近有一口淡水井，水井附近还有一群家猪和山羊。这真是"踏破铁鞋无觅处，得来全不费工夫"啊！看了这些，我们以为岛上还有人，就去寻找，但是我跑去找了一圈，在黄山马也不见其他的渔民。

当时，这些家畜还没有饿瘦，看来那些来过的渔民走了没有多长时间。我们交了好运，都是现成的年货。也管不了那么多了，就在年三十上午，我们就杀了一头猪、两只羊；再加上我们捕捞的珍贵渔产品，而且船上还有两大桶米酒，足够我们喝了。这不是，有鱼有肉有米酒，还有黑猪肉、羊羔肉吃，这个年节过得还是蛮不错的啦！白天，我们就在礁盘上捕鱼、烧菜、喝酒，有时候也打打扑克、下下象棋解闷；晚上，饶是刮风下雨的天气，可是我们就睡在铁皮屋里，不冷不热的，很舒服呀！

只是到了正月下旬，船上的米就有些紧张了，每人每天就吃两碗稀饭，好在祖宗海是聚宝盆，里面有的是年货海味，有丰富的鱼虾可以填饱肚子。整整在太平岛上停靠了一个月,我们才将桅杆修理好了,这时米也吃完了。没有米了,光吃海货也不行啊!我记得20世纪70年代,公社里搞“忆苦思甜”,一个船长大叔上台去讲:62年、63年,日子没法过了,没有米吃,天天吃大海龟、大龙虾、大螃蟹……把人都笑死啦!

但是他这话也对,人不吃粮食是不行的。没办法了,我们只好继续向着大海更南处行驶,因为这个时候老天爷刮的还是北风,还很大的。帆船要想逆着季风走,那是很难很难的,几乎是办不到的。

卢家炳告诉我们,在风帆时代,一旦桅杆被狂风巨浪打断了,就意味着帆船失去了动力和方向,是非常危险的。多亏当时的船长很有经验,也对《更路簿》的信息了如指掌,他凭借着自己的记忆力和精湛的航海技术,比较顺利地找到了太平岛停靠渔船。这不仅意味着可以有机会修理桅杆,并得到补给与休整,而且能够为前往下一个岛礁进行航向定位。

立冬出海端午返

“南海是我们的祖宗海,岛礁是我们的祖宗地。”在潭门镇行走,我们见到的老渔民、老渔婆,几乎都会说起这样一句民谚。

的确,海南渔民祖祖辈辈在南海耕海牧鱼,这句民谚就像是刻在脑子里、融在血液里一样,永远挥之不去,就常常挂在嘴边上。在一代代的老船长身上,都怀揣着一本航海秘籍《更路簿》,这是给他们指路的罗盘、引航的灯塔,也是他们在关键时刻规避危难的“锦囊妙计”。

打造船模的苏承芬似悲也似喜

卢家炳告诉我们,每一代船长、每一位渔民都不会吃现成饭,都会在《更路簿》上添加自己对大海新的探索、新的认识,所以每一本《更路簿》都承载着一代代老船长的闯海生涯、冒险故事。“一个掌舵的船长,要严格按照《更路簿》上规

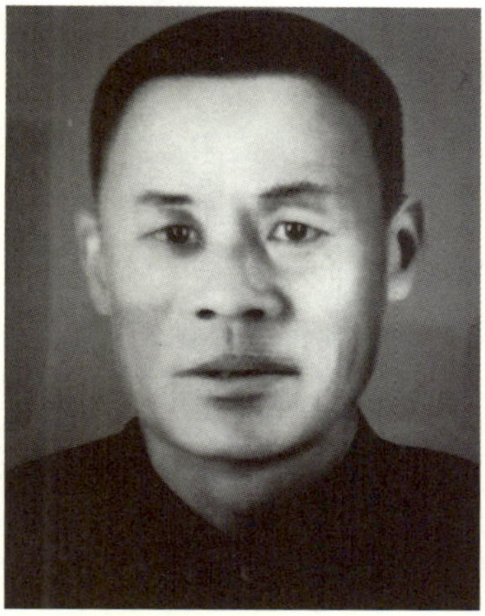

苏承芬父亲遗像

定的线路行船，把一座座岛礁作为参照物、定位点；到达一个岛礁后，再做定位去到另一个岛礁。这样一个一个岛礁走下去，再配合着罗盘，就能绕着祖宗海走一大圈呢。走到印尼、马来都没问题，走到黑人国（非洲）里也不怕！”卢老船长说，《更路簿》上标注的这些地名，就是船长们航海的坐标点，用天干地支的方式标注了方位和角度。

“在大海上视野很开阔，一般人都能看清楚十几里外的岛礁。视力好、有经验的船长，能一眼看出几十海里远的岛礁。”在卢业发的记忆里，严格依照《更路簿》航行，都不会出错。在航行途中，船长只要盯住罗盘，及时修正船的方位，即使稍微偏离一点针路，偏离的角度也不会很大，凭借着双眼就能看到要去的岛屿、礁盘或者沙洲，再予以调整航向。

“阿公这一辈子，除了死亡，什么样的危险都经过了。你问阿公躲避风险的秘诀吗？秘诀就在这一本祖传的《更路簿》里。”潭门老船长、《更路簿》传人苏承芬坐在红木沙发上，翻看着两本发黄的《更路簿》，不无自豪地告诉我们，“就是靠着这一本小册子，阿公就能一辈子‘大风大浪船底过’，躲开了一次又一次要人命的大危险、大灾难啊！”只见这位耄耋老人笑模悠悠的，就连核桃皮一样的皱纹里都闪着狡狯、得意的光芒。

“孤魂作颂恩波静，兄弟联吟镜海清。”潭门兄弟庙灵兽两侧的对联这样吟道。是啊，两千年来，海南渔民以海为田，以岛为家，耕海牧鱼，拓海纳川。深深海底长眠着无数沉舟覆锚，沉舟侧畔千帆过；浩浩烟波印证着世代扬帆飞棹，扬帆前头万家兴。他们用生命编织着海洋文明的历史经纬，挥洒着海上家国的古今传奇。小小罗盘指航程，册册天书拓丝路。从而，划定了中国海的蔚蓝版图，铸就了祖宗海的血肉长城！

“立冬出海端午返，耕海生涯一大半。”这一句渔家古谚，是世世代代老船长每一年海上生活的真实反映、人生写照。“一年到头，我们渔民们在海上的时间，要远远长于在陆地上的时间；我们建在海上的家园，也要远远大于在陆地上的家园。”潭门老船长、“勇闯南沙第一人”伍书光老大爷对我们说，“我们每年立冬之前就要出海，这时候刮的是东北风；到了来年的端午节过后，又开始刮西南风了，这时候我们才能够一帆风顺地开船回来潭门镇。”

谈及这个问题，素有“潭门渔民智多星”之誉的麦运秀老船长，掰着手指头给我们算了一笔账：“现在的人们不太懂得阴历、节气了，以前农民耕田讲究的是不违农时，主要靠的就是二十四节气，那是很准的。我们渔民耕海也一样。立冬是每年阳历的11月上旬，而端午靠近夏至，也就是每年阳历的6月下旬。这样算来，我们每年在岛礁上的时间，都有七个多月啦！”老人家那一双炯炯有神的大眼睛紧盯着我们问道：“你们说说看，这样子一辈子下来，到底哪里才是我们的家乡，哪里才是我们的自留地啊？”

的确，麦老算得不错，查阅一番历书我才得知，农历立冬在每年公历的11月7日或8日；端午节源自于夏至，也接近夏至，而夏至则在每年公历的6月21日或22日。查阅传统的二十四节气可知，从头年的立冬到来年的夏至，相隔着整整十六个节气呢。这样看来，渔民们每年要在大海里、岛礁上生活七个半月左右的时间，那里是他们的大半个家园。

岁月流逝，属于老船长们和《更路簿》的木帆船时代已经过去，他们在这些岛礁上的故事，已成了久远的记忆。故而，他们回忆起来就难免激动，也就难免有些得意之色。面对麦运秀老大爷“咄咄逼人”的诘问，我油然想起了这样一句渔家古谚：“礁盘就是我的家，家里吃穿全靠它。”

井水越喝越咸涩

“在大海里漂呀漂，渔船驶过奈罗上（即今北子岛）、奈罗下（即今南子岛），又驶过铜铳仔（即今华阳礁）、大铜铳（即今东礁）以后，我们的下一个捕捞点、淡水补给点就是‘鸟仔峙’（即今南威岛）。”那次离开太平岛后，卢业发所在的船队按照《更路簿》的指引，继续顺着季候风朝南行驶。走过了南沙群岛一座座岛礁，来到了南威岛。

卢业发与阿宝探讨天书秘诀（宋国强　摄）

在卢业发的印象里，从太平岛到南威岛要走过郑和群礁、九章群礁，穿过许许多多的岛礁、沙洲。南威岛尽管没有太平岛的面积大，但是岛上面热带丛林密布，树林里还有一口水井，可以补给淡水。登上南威岛，船长派人砍下成堆的树枝晒干，以便补充船上的灶台燃料。渔船在补充完毕后，按照船长的指令，卢业发和另外一名渔民就留守在南威岛上。而渔船则继续乘风破浪，前去南洋销售海产品。请看卢业发老船长的自述：

我和另一名渔民被留在岛上。白天，我们在礁盘上就地捕捞贝类、鱼虾，还要把捕捞后的渔货做一下简单处理在礁石上晒干；不去捕捞的日子，我们就砍伐岛上的树枝晒干，等待船只返回时做船上的燃料。在这期间，两艘同样来自海南岛的渔船也停靠在南威岛，补充淡水，也陆陆续续有人留下来。

南威岛上有一口简陋的水井，我们每天就喝井中的淡水，但是随着淡水用得越来越多，水的味道也开始变味了，越来越咸涩。这口水井的样子我至今还记得，深度有四五尺，井口两三尺，而且还记得井水的味道——开始甜甜的，后来咸咸的。因为有了水井，岛上生活条件也比船上好了许多，我们可以用那口井的水洗澡，很爽的！后来，看到连吃的水都不够了，就再也不敢洗澡用淡水，首先要保证吃水啦！

一个半月后，大渔船从新加坡返回，此时船上已经装满了洋油、洋布和洋火等各种各样的洋玩意儿——渔船把捕获的干货运往新加坡换取洋货。由于当时的国际贸易没有统一的货币，只能是以物易物；船上还交换来了大米和蔬菜。这样，吃饭问题解决了，我们继续前行。

在这一路上，我们还去了第三峙（即今南钥岛）、海口线（即今柏礁）、南乙（鸿庥岛）、罗孔（马欢岛）、罗孔仔（费信岛）和双门（美济礁）……我现在还记得，罗孔、罗孔仔、第三峙和海口线等岛礁，因为面积太小很难抓到鱼，只能在岛上将珍贵的贝壳肉、龙虾肉晒干，好在回去的时候，再去新加坡换取洋油、洋布等物资，回去海南岛了卖个好价钱。

那一次，船队航行了一大圈，差不多天天都是在海上行驶，很辛苦的啦！我们的船每天在祖宗海里漂荡，那时我经验不够，也不懂方向。也还好了，船队赶在端午节之前回到了潭门港，赶上回家来吃肉粽子。很好吃呀，那真是童年的味道，家乡的味道啊！

“在我们小时候，老爸经常向我们讲述那一次的航海经历。因为那是他第一次去南沙群岛，第一次在岛礁上过春节，而且那一次还是他在海上漂泊时间最久的。所以，老爸印象很深，讲起来也很带劲，一副眉飞色舞的样子。”卢家炳尽管也算是退休的老船长了，可是因为老父亲在场，说话机会不多，到了最后，他才不失时机地补充道。

“《更路簿》上文字记载的背后，还承载着一代代老船长心中对天气、潮汐的敏锐观察和判断，那是一辈辈积累下来的航海经验，只可意会，不可言传。条文和经验这两者密不可分、相辅相成，都是非常宝贵的啦！”潭门边防派出所警士长、《更路簿》研究专家符史宝说。这位“南海气象神兵”还告诉我们，十多年来，他先后走访了 58 位老船长，其中大多数前几年还健在，后来就陆陆续续离世，越来越少了。

符史宝感慨系之地说：“每年我们前去走访，都会发现少了一两位——这一个个老船长就这样辞世了，带走了他们珍贵的耕海文化，让人痛心。所以，我们有这个责任、义务，尽快把老船长内心的记忆整理和记录下去，绝不能让他们的航海经成为最后的绝唱啊！”

东沙群岛也精彩

这天上午，因为事先约好的采访对象临时有事要去镇上，我们采访组一行三人就来到上教村，准备“临时抱佛脚”。在该村唯一的小卖部里，看到有七八个人在打扑克，我们就过去问询：这里有没有船长，诸位认不认识老船长？因为我们听说过，在上教村，老船长比比皆是。

黄昌琼讲述东沙群岛历险记

“你看看他，六十出头，算不算老船长？”一位花甲之年的渔婶指着身旁的一名“看客”笑道，“你是三划王（我曾多次去店里买水、买烟，所以认识），他是大肚黄。他可是新一代船长做得最大，赚钱最多的大老板；他家的小洋楼可漂亮了，是全村最阔气的啦！”这位胖乎乎的渔婶十分开朗，普通话说得也挺好。

“你们别听这位老板娘胡咧咧，我可不是什么‘大老板’，平头百姓一个。”这位“大肚黄”连忙分辩道,一边说着,一边摩挲着寸头短发。而后,他站起来跟我们一边握手,一边问道:“你们各位是……”我们就说明了来意,并且提出能否“到您家里聊一聊”。他连连道:“可以,欢迎,欢迎啊!”于是,我们相跟着来到了黄家。果然,他家的小洋楼宽敞而豪华,的确是“全村最阔气的”。

请看黄昌琼船长即“大肚黄”的口述实录:

我今年62岁,祖上也是从福建迁来的。你们前天不是采访了老船长黄家礼吗?他是我的堂叔。我当了二十年的船长,西沙、南沙、东沙和中沙都去过了,平时行驶100多吨的大船。20世纪70和80年代,有一段时间,我们都是在东沙群岛捕鱼的。

我16岁开始出海捕鱼作业,当时是生产队的船带着我一起出海,我的曾祖父、祖父、父亲都是渔民。父亲名叫黄家兰,前几年过世了。20世纪六七十年代都是生产队在管理,捕的鱼都是生产队的,抓到多少鱼就会给我们记多少工分,工分越高年底分红就越多。我一直到现在还会出海,行驶120吨的船(船现在价值两百万元)。以前航海都是靠罗盘、《更路簿》和航海图,还有《南海渔船作业图集》。而现在,都使用精密的仪器和设备航行。

我也常遇到台风,但是遇到过的台风都是12级以下的,不是很大,台风来了就去礁盘附近抛锚避风。在南沙群岛海域,避风主要在赤瓜礁。1978年,在东沙群岛(东沙很多岛礁现属于我国台湾管辖)礁盘间,因为刚刚开始去那里,对东沙了解不足,迷失了方向,我们转了三四天才找到了航向。后来,我们就经常去东沙群岛打鱼。

1987年,我们几十条船在东沙海域捕鱼作业的时候,被冷空气困住了,风很大的,无法开船。一般来说,老式的木船在7级以上的风力下就不能行驶了。如果你非要蛮干的话,渔船就很可能会被浪涛打翻,那是非常危险的。我们渔民都有冒险精神,但不会盲目冒险呀!

我们被冷风困了一个月左右,因为时间太长了,粮食、淡水等储备就不足了,也不能饿死、渴死啊!没办法,我们就用对讲机向公社(等于现在的镇政府)领导进行呼救,公社领导就派救护队来船进行搜救。那时候开的是木船,一般都是在七八十吨左右,出海人数都在40~60人之间。而救护队的大船都是一千多吨的,马力很大,抗风性能很强。

东沙群岛大多有台湾的驻军,以前陈水扁执政的时候,台湾方的海巡军舰会驱赶我们，不让我们到东沙海域捕鱼作业，有的时候还会用高压水枪喷射我们，但是没有扣留人。等他们一走，我们又开始捕鱼了，就跟捉迷藏一样的。后来，政策越来越宽了，管得就不那么严格了。

我们有段时间也经常捕鲨鱼，在生产队期间，我们用海鳗来钓鲨鱼，把鲨鱼引诱到礁盘附近，然后用鲨鱼咬不断的不锈钢鱼线把鲨鱼钓出水面，再用活结套索套住鲨鱼的尾巴，把它们拖上来。

至于说到气象方面，台湾的闽南语电台二十四小时都有天气预报，我们每天都会用收音机收听。现在也不用收音机了，换成了对讲机(型号是单边带的)，方便多了。我们每天会跟潭门边防派出所的阿宝(就是符史宝)那边进行交流，他会准确地告诉我们天气的消息。每天在中午十二点、下午五点、晚上八点等固定时间，他都会和我们联系。所以说，他是“渔民的宝贝”。改革开放以后，大多都是大家一起筹钱买船，捕鱼赚的钱都会平分。

如果在西沙用完了淡水，并没办法补充的话，我们就会向解放军求救，他们会给我们淡水——军民鱼水情呀！但是，如果在东沙用完了淡水，就只能返航，想花钱买也不会卖给我们。1988 年，开始有了专门的收购和补给船，我们可以写纸条向他们订购淡水和大米、蔬菜、肉类等，同时也可以把鱼以稍微低一点的价格卖给收购船。有时候也会以物易物。

现在，我偶尔也会出海，其余的时间就会在花螺基地帮弟弟养养花螺。花螺基地就在我们家的旁边，这些海水孵化的花螺都卖给大陆（大多数是广东、广西、福建）的客户，平时都是和客户电话联系的，他们经常会过来基地参观花螺的状态，讲讲价格。这个养螺基地大概有四亩左右，投资这个基地大概花了七八十万元。

基地养花螺每个月花在设备和电力上的钱要一万元左右，使用的是 24 小时循环的海水，水用久了就排向大海，又从海中抽回来。花螺基地已经弄了四五年时间了，赚钱也还行吧。

肆:老船长心灵史

摘要:1983年早春二月的一天黎明,烟岚轻笼,月光微照,潭门镇的老渡口静悄悄的,偶或有小鱼小虾在微波里“扑腾”“扑腾”,闹出一些不大不小的动静儿来。此时,50岁的伍书光驾驶一艘10吨的小艇,带着七八个贴心贴肺的渔民,偷偷驶离了古渡口,朝着阔别廿余年的南沙开赴而去——决心做鲁迅笔下“第一个吃螃蟹的人”……

海南船王黄学校

他在大海里犁波耕浪、叱风咤云,年过而立即飞黄腾达,麾下拥有三艘大船,被渔民们称为“海上阔佬”“海南船王”。他不仅在海南岛沿海扬名立万,在东南亚一带也是飞声腾实。他,就是文昌市文教镇龙塔西村的渔老板、海上贸易大船主黄学校。在其鼎盛时期,每年可净赚30万光洋,以其购买力计算,可以折合现在的人民币300多万元。

文教镇里大宅门

文教镇自古崇儒重教,人文蔚起。一条文教河贯穿全镇,孕育了不少历史文化名人,“海南三杰”之一邢宥(另两位是丘濬、海瑞)就诞生在这里。黄学校自幼耳濡目染,自然也就浸润了“文教”的传统基因。

随着两宋时期中国罗盘运用于航海,随着元明之交渔民《更路簿》的出现,这为人们穿梭于南中国海——海上丝绸之路必经的黄金通道,提供了技术保障。它们堪称是鱼商、渔民的航海指南、耕海秘籍。

嗣后,商船、渔船就能够游刃有余地航行在狂涛巨澜、恶浪险滩的大海之中,南海不仅是渔民耕海捞珍的“蓝色聚宝盆”，也是鱼商从事海上贸易的“黄金大通道”。从明朝郑和下西洋开始，尤其是清朝“迁界禁海”诏令解除之后，这条水道日益繁忙，巨舶小舟来往穿梭，夜以继日，从而，拓宽了海上丝绸之路，拓展了渔业贸易之路。

明末清初，如今海南的海口、文昌、琼海、临高、万宁、陵水和三亚等市县，以及琼州海峡对岸的雷州半岛和广州等地的渔民，每年都到西沙、南沙群岛耕海牧鱼。其中，清朝中后期以前，文昌的渔民最多，琼海次之；到了清末民初，琼海渔民后来居上，超过了文昌。以潭门镇为主的琼海渔民，每年仅从潭门港出发去南沙打鱼的渔船就有三十来艘；文昌渔民大多从文昌清澜港出发，每年也有二十来艘去往西、南沙。

当时，文昌的渔船都是红头船，船队联帮出海，显得声势浩大，威震四方。一般来说渔船都是2~4桅的，载重量在10吨到20吨之间，每艘渔船载有二三十个船员，并载有五六只小渔艇，用于出海作业。尽管也叫渔民，但是海南渔民在西、南沙从事渔业生产，基本上不打鱼，最多也只是当天打鱼当天吃，绝不会运回来销售，因为路途遥远，运回来就会变质发霉。他们主要是下海潜捕，捕捞砗磲、海参、海龟和麒麟菜等高附加值的海产品。

尤其是海参非常珍贵，海参是南海诸岛的名贵海产，西沙、南沙群岛的海岸礁盘盛产黑尼参、白尼参、黑乳参和绿刺参，还有乌虫参、黄瓜参、辐肛参和子安贝参，等等。而最大的是梅花参，素有“参中之王”的美誉，单个活体的梅花参身长可达1米多，身宽可达13厘米，体重可达10公斤，加工晒干后质优价高，远销祖国内地和南洋各地。当时，渔民们最钟爱的是公螺（因其形似马蹄，学名称马蹄螺），因为它们的产量很高，经济价值也很大。

从19世纪末到20世纪中叶，要说海南岛海上贸易的大赢家、大船主，非黄学校莫属，他的大名在海南岛和东南亚如雷贯耳。是他，让公螺的市场潜力、经济效益，在东南亚的国际市场上发挥到了极致。

时至今日，黄学校的后代已经不再从事海产品的海上贸易，但祖辈留给他们的“以诚待客，以信为本”的经商之道，与祖传的《更路簿》一样传承下来，生意兴盛不衰。来到文昌市文教镇龙塔西村，今年76岁的黄学校的孙子黄守钵，依然居住在当年祖父留下的祖宅老屋——当时文教镇最气派、最豪奢的大宅门。黄守钵人如其名，实至名归，一门心思守住祖父的衣钵，现在是黄学校唯一一个留在村子、留在老宅的孙子。

走进当年黄家的大宅门，穿过门楼，从这座一门五进深、青砖瓦房一排排的深宅大院里，依稀可以窥见当年“海南船王”豪宅的气派。虽然年深日久，老宅里的墙面已经斑驳陆离，但气宇轩昂的大门楼、坚实厚重的木门板，依旧凸显着主人当年的尊荣与富贵。黄守钵老人坐在大门口，一面与几位老邻居闲聊天，说说笑笑，一面含饴弄孙，哄逗着跑来跑去的小孙子。谈及他的祖父当年犁波耕海的创业史、生意经，黄守钵至今记忆犹新。老先生尽管显得有些不苟言笑，可是说到得意处，也禁不住口若悬河，手舞足蹈。

他说，他家的祖上原来住在文昌的东郊镇，祖父发达之后方迁居文教镇。因为从小生活在东郊镇，黄学校从 15 岁开始，每年就跟着东郊镇的红船队出海、做海，往返于家乡和四沙海区，从事渔业生产，住岛潜海，捕龟捉鳖。尽管他名为“学校”，却大字不识一箩筐，但他志向远大，胆识过人，而且侠肝柔肠，颇具人望，人脉关系很广。

由于黄学校聪明能干，勤俭持家，年过而立之际，就已经积攒下来一笔不菲的财富，购置了自己的大帆船，成为远近闻名的船主。

马蹄踩到大商机

随着航线的越走越远，随着渔业的越做越大，雄心也越来越高。这时，机敏过人、头脑灵活的黄学校捕捉到了大商机，于是摒弃旧业，开始往返于东南亚和海南岛之间，从事海上贸易。

最初，黄学校将从西沙、南沙群岛捕捞的海产品全部运回海南岛，除一小部分自家食用外，其余的全部出售，换成一吹“吱吱”响的光洋。随着其西沙、南沙耕海牧鱼生产的不断拓展，他在海南岛渔业市场抛售的海产品也越来越多，销售业务从文昌扩展到儋州、三亚和海口，乃至漂过琼州海峡，销售到雷州、梅州、广州等地；后来又拓展到新加坡一带，从国内市场转向国际市场。到 20 世纪初，黄学校出售西沙、南沙高附加值的海产品达到顶峰。

如前所述，是黄学校打开了公螺壳的国际市场，带动了海南岛公螺壳的生意，也带动了一方乡亲发家致富。对此，黄守钵说，19 世纪 80 年代初期，他的祖父黄学校开始去到西沙、南沙群岛捕鱼，起初他只是跟老渔民一起拾公螺，并不知道公螺壳的经济价值，不过是取出螺肉晒干，把捕获所得的海参、海龟和鲍鱼，以及加工好的鱼翅、蠔干、螺干运到海南岛的市场上去卖；后来，又运到新加坡黄卓如的“九八行”(即经纪行)去卖。

20世纪初叶的一天,黄学校在黄卓如的“九八行”里,亲眼看到从印度洋运来的公螺壳,每斤可以卖到一元多现大洋(又称银圆、光洋),价格高得离奇,直令他目瞪口呆。

因为,在海南岛和广州、雷州半岛,那些取出肉后的公螺壳一概弃之不用,形同废物。为什么在新加坡的商行里,公螺壳竟然如此值钱,这里面蕴藏着什么奥秘、商机呢?黄学校紧紧缠住新加坡“九八行”的老板黄卓如,千方百计与他套近乎,什么“一笔写不出两个‘黄’字来”,什么“三百年前是一家”啦……一番穷追猛打,一番近乎、黏糊加热乎,再加上一番“打破砂锅——问(纹)到底”,黄卓如终于“缴械投降”了,告诉了他其中的秘密。

原来,马蹄螺壳粉碎加工后可制成飞机机体的涂料,经济价值、市场潜力非常大。于是,黄学校当即与黄卓如敲定好了口头订单,迅速赶回家乡,着手组织渔民们生产公螺,并且给渔民们预付定金,保证由他统一收购。这样,渔民们没有任何风险,何乐而不为!于是,紧锣密鼓,争分夺秒,一场专门针对马蹄螺的生产战役打响了。

说到这场“马蹄螺大会战”,有一个人绝不可忽视——黄学校有一个兄弟,名叫黄学儒,兄弟二人分工合作,配合默契。诸如给渔民们预付定金,及时称重收购、租船转运等,诸多庞杂、琐屑的事宜,都离不开黄学儒的运筹帷幄。虽然“学校”名不副实,是个“睁眼瞎”,而“学儒”却是实至名归,人称“铁算盘” ,曾经担任文教镇一所学校的校长。于是,老大担当“海老板”,负责海上捕捞、销售的“粗活”;老二担当“家老板”,负责家里的“细活”,来往账目一丝不苟。这一大一小、一文一武和一内一外两兄弟,在当时的文教镇、东郊镇,乃至整个文昌县传为美谈,人人皆知。

曾经有人说:“老话讲:‘马走日字象走田。’黄学校的‘马蹄’一下子踩到了

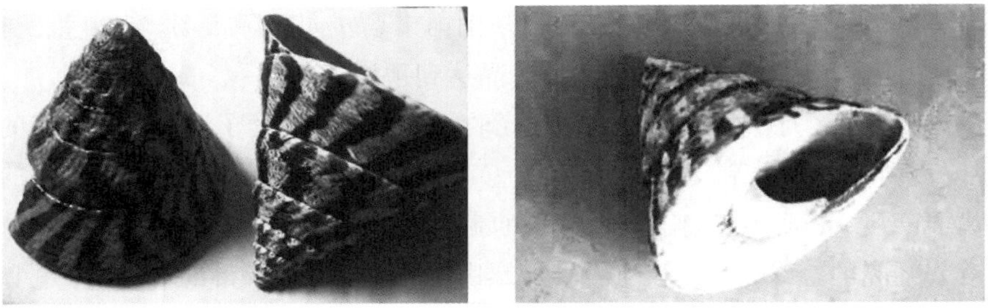

小小马蹄螺　蕴含大商机

马蹄螺的上面，真是幸运啊！”也有人说：“黄学校是误打误撞，意外地发现了公螺的商机，这才发了财，成为海南船王的。”

然而，海南经济史研究专家陈光良却不以为然。他说，成功历来只造访那些有准备的人。黄学校是海南近代航海史上功不可没的“海南船王”，也是开发南海诸岛渔业资源获得成功的企业家。早在20世纪初叶，他获悉马蹄螺壳加工后可用于飞机机体涂料的信息，便抓住这一千载难逢的市场机遇，随机应变，立马组织渔民开赴西沙、南沙群岛进行公螺壳生产，并形成了一定的规模，而后及时运往新加坡市场上销售。可见，他不仅善于敏察商机，而且是一个雷厉风行、执行力很强的人。

陈光良认为，黄学校之所以能够获得成功，与他信誉好、信息灵的生意经，以及前瞻性的目光分不开。在此基础上，他积累了良好的人脉关系，建立了稳定的销售渠道，使得该项主营业务长盛不衰，历经30年仍有利可图，委实难能可贵。这也说明他具备了一个企业家的素质——果断拍板决策，敢于承担风险，善于资本运营，合理组织生产，勇于开拓市场。黄学校家族企业的发展，在海南经济史上是一个成功的范例。

一年净赚三百万

黄守钵告诉我们，最初，黄学校只是一个船员，每年立冬之时，他跟随船主的船趁着东北风出海，到第二年清明或端午节，再乘着西南季风返航。一个船员除了在海上遭受风浪之外，还要受到船主的剥削，船员的薪水分为几等，从几十元到一百几十元不等。

他们每年冬季出海的时候，船主要先付给他们一半工资，留下一半入股，待到第二年回来时再分红利；船员除了出海伙食由船主全包之外，每年冬季出海之前可先领十几元作为安家费，但第二年夏季回来还要把这些钱一分不少地还给船主，而且还要交利息。

黄守钵说，小时候爷爷每次回家都会给他们讲故事。“爷爷说，他在捕捞海参时，有好几次都差点丧命。”但是渔民就是这样，明知道有风有浪，但是为了生计也要冒险出海捕捞。黄学校与黄卓如商议后，开始经营并逐渐垄断南沙群岛公螺壳转运到新加坡出售，一只船载万斤公螺壳就可赚得1万多块光洋，当时黄家有船3艘——“盛兴号”“保安号”和“和安号”，每年可得3万多元。据说黄

海螺雕塑下小憩的母子

家在全盛之时，别家公司用箩筐挑着银圆要求加入黄学校的船队。黄守钵说，爷爷发财后估计至少每年净赚 30 多万银圆（按当时的购买力，相当于 300 多万人民币）。

在黄守钵的印象中，祖父一年到头很难见上一面，不过每次出海回来，他总是给他们带一些最新鲜的螺肉回来。除此之外，还会有各种各样五颜六色、千姿百态的贝壳。

黄学校有 4 个儿子，在黄守钵 10 岁的时候，黄家已经是三四十口人了，家里人多，家规很严。在黄守钵的记忆中，每逢祖父出海时，奶奶总是带着黄守钵和其他的孙子们，把爷爷送到村外的土坡之上，尽管奶奶依依不舍，但爷爷总是笑一笑说："好了，你们回去吧！"而后，他就跨上那匹红色的高头大马绝尘而去，直奔清澜港。

黄学校在海上的生意越做越大，资本也开始逐步向陆地转移。到了 20 世纪 30 年代末，随着黄学校的去世，黄家在海上的贸易也渐渐中止。但今天，黄家的后人还在日本、新加坡、广西和湛江等地做生意。

时至今日，在黄家的堂屋里，还挂着黄学儒当年留下来的大算盘，挂着黄学校当年耕海牧鱼之时留下来的、用龟壳粘贴而成的小牌坊。黄守钵一边指给我们看祖辈们留下来的老货，一边叙说祖辈们当年的创业史、守业史。村上的老人们至今谈起这兄弟俩，还直跷大拇哥，赞不绝口，说老大是"韩湘子吹洞箫——不同凡响"，老二是"一分钱掰两半——精打细算"。

白手起家，从小船员做到大船东，继而拥有自己的船队，具备了勇担风险、善于资本经营、勇于开拓市场的早期企业家的素质，再加上兄弟俩的配合默契，黄学校家族企业想不成功都难。

五代耕海接力赛

大嗨哟，你是最美的诗，
你广阔的胸怀，
深深藏着一个纯洁的诗魂。
诗魂啊，你回来吧！
——老诗人丁宁

在浩渺无际的祖宗海，在数以千计的岛礁上，潭门渔民一代代劈波斩浪，耕海牧鱼。伴随着每一本《更路簿》的酝酿、成书、修订和传承，都凝聚着几代或者十几代老船长的智慧和血汗、责任和辛劳。而作为“接力棒”传承者的每一位老船长，一辈子在风口浪尖上讨生活，不惟具有航海冒险的文化基因，而且都有着一个让常人难以想象的传奇人生。

“龙王一怒很严重！”

带着探赜索隐的好奇和兴奋，我们随潭门边防派出所的“气象神兵”阿宝（即符史宝），走进了潭门镇潭门村委会孟菜园村，走进了帆船时代的老船长、《更路簿》传人王诗桃的家。王诗桃已是年近90岁的老人，行动已不太方便，说话也已是期期艾艾的了。

符史宝对王诗桃进行家访

王诗桃老人一生在南海、南洋闯荡，以海为田，以岛为家。酷烈的海风在他的脸上刻下了一道道深深的沟渠，艰危的海上生活给他留下了满身的伤痕。尤其是老人的左腿，因伤痛和风湿早已扭曲变形，走起路来也像踏浪一般。但是，一谈起当年那些惊心动魄的海上历险故事，老人家辄眼放光芒，口若悬河，精气神十足。在他断断续续的讲述和他儿子王书保的翻译、解释中，我们厘清了老人的闯海人生路。

在王诗桃 10 岁那年春天，他跟随爷爷和 23 个渔民一起出海作业，当他们行驶到西沙群岛海域的时候，忽然一场强台风从天而降，迎着帆船袭来，一下子就把二三十吨的帆船给打翻了。海难突如其来，作为一位老船长，他的爷爷尽管经验丰富，但是倏然之间，也难免胆战心惊，仓皇失措。只听他喊道："降帆，把稳舵轮！我们……"话音未落，渔船就开始向后倾斜。

自此，二十几个渔民再也没有走出狂放不羁的大海。而幼小的王诗桃则从海浪的鲸口里逃脱了出来，成为唯一的幸运儿。

这是怎么回事呢？原来，眼见得暴风突袭，渔船颠簸、倾斜得厉害，马上就要船毁人亡了，他的爷爷急中生智，赶忙把小诗桃塞进了一只鱼篓里，随即船翻桅倒，满船人哭爹喊娘……

就这样，小诗桃猫在那个竹篾编的小鱼篓里，成了惊涛骇浪中的一叶浮萍，忽而浪尖，忽而谷底，忽而……不一会儿，他就连颠带吓，昏迷过去了。幸好鱼篓腹大口小，他的双手又本能地紧紧抓着鱼篓的缝隙，才没有被颠簸出去。要不然，其结局可想而知。"哈哈，龙王一发怒，后果很严重！"王诗桃的孙子王振中笑嘻嘻地插话道。就这样，也不知道过了多久，待小诗桃惊醒的时候，大风大浪早已经偃旗息鼓，大海已经变得非常温驯、柔媚了。懵里懵懂的，他也不知道今夕何夕，此处何处，只是感觉浑身发冷。

当时，小诗桃只有一个念头：活下去，活下去，给死难者的家属们报个信儿；活下去，一定要活下去，回去后将爷爷的旧衣物找出来，饱浸海水，给爷爷堆个坟头儿，烧上一炷香。

"娘的阿桃回来啦！"

就这样，小诗桃在浩瀚无垠的大海里漂呀漂，一会儿睡着，一会儿醒来，也说不清漂了几天几夜。低头看看，自己的衣服早就被惊涛撕碎了，肚子也饿得"咕咕"直叫。

后来，小诗桃也因为饥饿、寒冷，再次昏迷过去了。不知不觉间，海浪把他抛到了万宁海边的一个沙坡上，有一位好心的大叔救活了他。大叔把他背回到村子自己家里，阿婆、阿姨给他饭吃，给他衣穿，给他熬草药喝，还给他身上的伤处抹紫药水儿……

身体痊愈之后，王诗桃就吵着要回家。阿叔、阿姨一看留不住他了，也就同意了，并给他备好了盘缠。但是，因为不认识路，再加上当时正是兵荒马乱的，一路被当兵的盘查、纠缠，他就是找不到家；盘缠早就花光、吃光了，而后一路乞讨……最终花了将近一年的时间，才回到潭门镇孟菜园村。这时候，已经是端午节临近，三里二乡的渔民都在准备着赛龙舟。

到了家门口，家里人和街坊邻居都吃惊不小，也不知他“是人是鬼”，大家都用奇怪的眼神看着他。原来，出海一年多了，一船二十几个人都是杳无音信，村民都以为他们早已经遭遇海难，葬身鱼腹了，当然他也不会例外。这在渔家并不是什么稀奇事啊！

“娘，娘……”小诗桃话未出口泪先流，呜咽不止。此时此刻，他的母亲一下子扑过来，一把搂住了大难不死的儿子，嘴里念念有词：“娘的阿桃没有死，娘的阿桃怎么会抛下他的妈妈，这么小就走了呢？娘的阿桃没有死，没有死，他又回来啦，回来啦！”于是，母子俩互相搂抱在一起，一任泪水滂沱，一任悲悯宣泄，一任惊喜流淌……

这时候，下地种菜的奶奶闻讯，两只小脚高高低低的，一路小跑着回到了家门口，二话不说，“扑通”一声就跪在地上，也和母子俩抱在一起大放悲声。奶奶流着泪，双手拍着地，数叨着，恸哭着——她在为自己的“老冤家”（丈夫）的不幸遇难而哭，为“老冤家”的情急智生而哭，也为大孙子的死里逃生、幸遇好心人救助而哭！

当然，奶奶也是在为自己的悲惨命运而哭——刚刚四十多岁，就成了“未亡人”！自此，自己将孑然一身，寒窑苦熬，孤苦伶仃地终老一生；自此，自己再也没有了“日日夜夜盼夫归”的一丝念想，村边的那座冷酷的“望夫石”再也没有自己的一席之地了。奶奶放声痛哭——她为大孙子的九死一生、王家香火得传而哭，也为大孙子生还、掐断了她对

潭门帅哥卢俊言在收网

"老冤家"的一丝念想而哭。

哭,哭,一家三代哭作一团,邻居也不由鼻酸眼湿……

街坊邻居看着哭哭啼啼的小诗桃,听着他断断续续的诉说,知道是有贵人救了他,方至于大难不死,也禁不住一掬同情之泪。此时,同船遇难的一个个"苦主"也纷纷赶来,自然少不了七嘴八舌的一阵打问,一片哀声。就连树上的黄莺和知了也受惊而去,"欻"的一声飞走了——是不是这些小生灵心怀悲悯,不忍心面对这一出人间悲剧呢?

"打起黄莺儿,莫教枝上啼。啼时惊妾梦,不得到辽西。"(隋唐·金昌绪《春怨》句)知了,知了,快快滚去!原来不知,心里还有一缕悬念;现在知了,大过节的,千里婵娟、阖家团圆的美梦也灭了;知了,知了,快快飞得远远的,别再来了,奶奶的心早已碎了……

知了快快别处去,休在我家枝上啼。
不知尚有团圆梦,而今梦断有谁知!

"你是大海的儿子!"

1975年,在王诗桃年过半百的时候,还曾经专程去万宁县(即今万宁市)寻找救命恩人,他一路打听,东找西问,还真的找到了这一家好心人。可是,当年的阿婆早已经过世,阿叔、阿姨也都变成阿公、阿婆了。见到恩人,他自然少不了磕头行礼,千恩万谢。

"我老爸至今还在后悔,说当时只是在去香港卖鱼的时候,买了一部半导体收音机、几身衣服和儿童玩具,送给了恩人和他们上中学的孙子、重孙子。救命之恩,这点礼物太轻啦,他后悔得不行,念叨了一辈子啊!"王书保替老人家解释说,耄耋老人王诗桃用纸巾擦着盈眶的热泪,连连点头;拍着心口,似乎是心里过意不去。

"大恩不言谢,礼轻情意重嘛!"符史宝走过去,按一按老人的肩膀,劝慰道,"何况说呢,在当年那样的年景里,这么些礼物也就不算轻啦;那个年代,我听老爸说,要是一家人能吃饱饭就不错了,谁家有几身像样的衣服,更别说儿童玩具和收音机了。全国都一样啊!"

大难不死,必有后福。随后,王诗桃继续在浪尖上讨生活,不到20岁就当上了船长。“唉，现在回想起来，都后怕呀！要不然，就得葬身鱼嘴巴、鱼肚子里啦！”老人家浩叹道，“唉，我们潭门的渔民一辈一辈都打鱼、吃鱼，喂鱼的可是、可是也真不少啊！”

“哈哈，这大概就是人与动物‘互为食物链’，以便保持生态平衡吧。就像北方草原上的人与狼一样。”王振中见缝插针，来了个冷幽默，大概也是想调节一下伤感、沉闷的气氛吧。

“后来，我的父亲又有几次海上遇险的经历，值得庆幸的是，有‘水尾圣娘’和‘兄弟公’的保佑，一次又一次闯过了‘鬼门关’。所以，使得我小时候有一点‘出海恐惧症’。但是，我的老爸告诉我：‘你生就的骨头、长就的肉，天生就是渔民的儿子、大海的儿子，不出海算什么男子汉！’于是，我硬着头皮跟着父亲做海，也有几次遇险，都闯过来啦！”王书保回忆道。

涛拍枕畔千年语，船泊天边万古家。如今，弹指一挥间，将近80年过去了，当年的惊涛骇浪、船毁人亡，早已成为历史的波涛。然而，王诗桃老人迄今记忆犹新。一面说着，老人家打开一只旧木箱子，从中拿出一册发黄的手抄本《更路簿》。《更路簿》用油布紧紧包裹着，外面又缠裹了四层报纸，看来老人非常珍视它。老人说，他家祖传的《更路簿》借给了乡亲，眼下的这本是自己于二十几年前，根据记忆和60年的航海经验重写的，叫作《东海更路簿》。一面讲解着，老人一面戴上老花镜翻看着。

用渔民的老话说：“十二只轮船出海——四通八达。”老人颤颤巍巍地说，这本《更路簿》是一部修订本，订正了古本的多处误差、讹漏，是航线、乳名最精确、最齐全的一本，他是要传给子孙后代的。王老说，“东海”是潭门镇渔民对西沙渔区的老称谓，是一代代传下来的；“更路”指的是渔船的航程、航向和航行的时间。起点、终点、针位和更数是每一种《更路簿》必备的四个要素，这本《东海更路簿》自然也不例外。此外，它还标注了许多气象、水文、洋流、海况及物产等方面的情况。

如今，年迈的王书保也已经很少出海了，但“虎老神威在”，海洋精神、航海基因铸就的耕海神技，在他身上依旧存在。2015年11月，他带领着30名学员练习驾驶渔船时，不用卫星定位系统，光靠罗盘和《更路簿》，就能准确地从潭门老渡口行驶到西沙诸岛。

“哇，太神奇啦！”当王书保驾驶的渔船在赵述岛靠岸之际，所有的学员都惊奇地叫出声来。他们一开始对《更路簿》的神效还将信将疑呢，有不少人心里暗忖:“这么一个小小的破本本,真有那么大的作用吗?”这一次,亲眼看见了,亲身经历了,对这个“破本本”的妙处深信不疑了,进而对老祖宗的航海智慧、行舟经验也深信不疑了。

“老祖宗早就告诉我们:书本是死的,人是活的,一定要活学活用,具体情况具体分析,具体对待。”那一次,王书保对学员们说。他告诉我们,航海的时候,船长必须紧盯罗盘,灵活运用《更路簿》的信息,把帆船与风向、风速、海流、潮汐,以及航路中的暗礁障碍等融为一体,综合起来把握航向、航速,才有可能做到安全行驶。

王书保还补充说,如果行驶在大海上,遇到了台风、龙卷风和海啸等意外情况,船长更需要镇定自若,稳定其他船员的情绪;还得随机应变,确定正确的处置方式,找到最近的环礁躲灾。“所有的环礁都是老天给渔民安排的避风港,进到里面就像进了保险箱,再大的风浪也不怕。”王振中说。

渔家子弟接力赛

“这是木屐,是渔民捡螺时用的。与普通木屐相比,它的高度略高,有两排横木制成的木齿,目的是在礁盘上行走更稳当。”

“这是海参钩,捕捞墨瓜参用的。渔民很有智慧,那个年代没有水下呼吸设备,渔民就在船上放下海参钩,让钩子扎中珊瑚礁上的海参,再将海参提上来。”是日,在琼海市潭门镇九吉坡工业区《更路簿》博览馆,潭门镇返乡创业青年王振中熟练地操作和介绍着古老的捕鱼工具,向游客描述着潭门老船长当年在南海耕海牧鱼的情景。

这家《更路簿》博览馆,占地约 1 000 平方米,是王振中自己投资建立的,于 2015 年年底开张,市民和游客都可免费参观。王振中还告诉我们,和我们中国一样,潭门渔民也有“四大发明”,一是潜水镜,渔民在长期的耕海实践中,发明了最原始的潜水镜,就可以不被海水蒙了眼睛;二是海参刺,他们将渔箭牢牢地捆在长竹竿上,潜水到一定的深度就可以刺中海参了;三是蚵凿,是专门用来方便取出蚵肉的;四是螺爪,是用来方便取出螺肉的。尤其是第一项发明,后来推广到了全岛和雷州半岛,大大促进了雷琼地区渔民捕捞业的发展,甚至促进了渔民们生产方式、生活方式的改变。

王振中说,据老辈人讲,这“四大发明”的发明人,均是清朝末年的潭门老船长柯家昌。他从小爱琢磨、好动脑，并且动手能力很强，所以能成为海南渔民公认的“发明家”。

王振中的爷爷王诗桃和父亲王书保都是老船长，他从小就是听着前辈们的闯海故事长大的。王振中回忆：“我的爷爷自幼打鱼，后来当上了船长，曾用《更路簿》指引过小帆船。”王诗桃小时候老成持重，9 岁的时候就开始随祖辈、父辈出海，这应该是潭门渔民出海年纪最小的了。

10 岁那年，王诗桃跟随爷爷出海时，遭遇“不测风云”，爷爷不幸遇难。爷爷把他塞进鱼篓里，又把用油纸包裹得严严实实的《更路簿》塞进他的口袋里。这以后，他始终带在身上的就是一册《更路簿》，这是渔家人的命根子。到了王书保这一代，他接下父亲手中的《更路簿》，18 岁开始出海捕鱼。与王诗桃不同的是，王书保用它指引的是机动船。王书保回忆：“二三十年前，我还是用《更路簿》来定位航线。”

现在，王振中以另一种形式讲述和演绎着海洋的故事。北漂回来，他返乡创立了自己的贝类加工品牌；这两年贝壳加工厂不让办了（为了保护海洋生态），他又创办了一家《更路簿》博览馆。他说：“《更路簿》对于我的祖先和爷爷、父亲来说，更多的是一种开拓冒险精神。时代在变，我现在把家乡的特色资源转化成旅游优势，向外来游客展示潭门之美，做出潭门的文化，彰显渔民的海洋精神，吸引更多游客来到潭门，提高这个千年渔港的知名度和旅游价值。”

“华光礁一号”复制图

从王诗桃大难不死的经历来看，今年 25 岁的王振中至少是王家的第五代渔民了。十七八岁的时候，他也曾跟随祖父、父亲去西沙、南沙捕捞作业，后来政府号召渔民转产转业，保护生态环境，他认为势在必行，就积极响应。现在，他是以另一种方式，延续着老辈人一代代的海洋接力赛，传承着父祖的耕海传奇和踏浪神话。正所谓：“银锤对金锣——一个赛一个！”

那日上午，我们去王家采风，但见已是日上三竿时分，庭外鲜花怒放，蜂蝶采蜜；院里落英缤纷，鸡鸭啄食。而王诗桃老人依然清梦未觉。由此，我禁不住想起明代为官诗酒狂放、弃官卖文为生的散文家屠隆一句小品："楼前桐叶，散为一院清阴；枕上鸟声，唤起半窗红日。"如此沉吟良久，又记起唐朝大诗人王维的小诗《田园乐》来：

桃红复含宿雨，柳绿更带朝烟。
花落家童未扫，莺啼山客犹眠。

勇闯南沙第一人

万亩蓝田祖宗地，千座银岛梦幻园。古人言道："珍珠无翼，纷纷飞入富贵家，以其好之也。"而对海南渔民也可以说：渔民有志，熙熙驶进祖宗海，因其爱之也。以往，他们去祖宗海诸岛礁作业，捕捞的主要海产品之一就是珍珠贝，包括砗磲、珠蚌和珠母贝等。故而，南海自古就有"天子南库"之谓。当然，珍珠珍贵，谁都喜好，海南渔民也不例外。但他们要养活一家老小，所以只能变现买粮买衣，任其"纷纷飞入富贵家"。正如北宋名臣梅尧臣的五绝《陶者》之所吟："陶尽门前土，屋上无片瓦。十指不沾泥，鳞鳞居大厦。"

南沙被画休止符

自古至今，浩渺、丰美的南海是渔民春耕、夏耘的沃土，是他们秋收、冬藏的家园，堪为性命攸关——渔网是他们的肺叶，网线是他们的脐带，樯帆是他们的旗帜，岛礁是他们的家园；波峰浪底、岛屿礁滩上的冒险营生，是他们的衣食之源、生存之道，可以说那是世代相传、血肉相连、难以割舍的。如果非要他们离开大海，就像要了他们的命一样。

"长夜难明赤县天，百年魔怪舞翩跹。"正如一代伟人毛泽东吟咏吴江县消灭血吸虫的诗句一样，进入 20 世纪 50 年代后期，我们这个海洋文化传承了两三千年的文明古国，在"左"倾路线指引下，就好像发了羊痫疯似的，开始了漫长的"大呼隆""瞎折腾"，或者如学者所说叫作"试错期"。于是，泱泱大国群魔乱舞、魑魅猖集；华夏大地煮豆燃萁，兄弟阋于墙，狼烟遍家园；内耗不止，外敌环伺，给祖国和百姓带来了深重的灾难。

"大概是从 1956 年开始吧，也不知道政府是哪根神经出了毛病——硬是不让我们渔民去南沙打鱼了。渔民、渔民，不让去远海打鱼，拿什么吃饭，拿什么养活老婆孩子，这样子还算什么渔民？真是倒钉（海南方言：神经病），莫名其妙地胡扯卵蛋！”六十载光阴、整整一个甲子过去了，潭门老船长伍书光大爷说起那段伤心惨目的过往岁月，依旧像陶渊明《咏荆轲》诗所写的那样：“雄发指危冠，猛气冲长缨。”只见这位短小精悍的“小老头”胸脯打夯，目光如炬；双手比画着、战抖着，眼珠溜圆，鼻翼耸动。

“当时，为什么要禁止去南沙打鱼呀？”我问，伍大爷坐在一艘老木船的船帮上，挠一挠头，稍作沉吟，而后慢条斯理地说：“人家说是怕引起国际争端，导致第三次世界大战；说是国民党‘反攻大陆’贼心不死，台湾特务安插的‘桩子’布满全国，四处搞破坏；说是我们的抗美援朝刚打胜仗，和平来之不易；还说是‘宁要无产阶级的草，不要资产阶级的苗’，坚决割掉资本主义的尾巴……”

“哼，怕这怕那，就不怕葬送了祖宗留下的大好河山、大好基业。他们的脑袋被驴踢了，不就是渔民出海打鱼吗，世世代代都是这样子的，哪里会搅起那样大的风浪？真是混账话，造孽呀！”老大爷至今说起来，依旧是气愤难平，伤心不已，两颊涨得通红，嘴唇哆嗦着。

看得出，老人家一颗倔强的心在胸腔里正激烈冲撞、熊熊燃烧，似乎燃烧成一个滚动的火球。写到此，我油然想起清末“三不朽”之完人——曾国藩关于“倔强”的议论来：“至于‘倔强’二字，却不可少。功业文章，皆须由此二字贯注其中。否则柔靡不能成一事。孟子所谓至刚，孔子所谓贞固，皆从‘倔强’二字做出。……若能去忿欲以养体，存倔强以励志，则日进无疆矣。”

也难怪，伍大爷他们半辈子都在南沙打鱼，突然被剥夺了祖宗留下的老渔场——渔民称之为“蓝色聚宝盆”的所在，就像农民被剥夺了先辈留传下来的祖宗地，自然是义愤填膺、愤懑不平了。

“丛菊两开他日泪，孤舟一系故园心。”（唐·杜甫《秋兴》句）从伍大爷等几位老船长的诉说中，我们知道，进入20世纪下半叶，南沙群岛这片延续了几千年的祖宗海，被决策者强行画上了“休止符”；这片广袤而丰饶的海上家园，也被“肉食者”强行贴上了“封

坐落在潭门镇海边的南海文化馆

禁令”。三十年过去，弹指一挥间。可是，由于我们的政策失误，祖国的海洋主权遭遇了巨大的危机，南沙的一座座岛礁、沙洲纷纷丧失。

“有一年的春天，我们去东沙群岛捕捞作业，遇到了台湾岛的渔民，大家说的话差不多(闽南语)，都是福建的老乡亲，感觉特别的亲近。就是那一次，台湾的老乡告诉我们说，怎么你们这么久都不去南沙群岛打鱼了?那里的一座座岛屿、礁盘、沙洲上都快被人家占完了，上面插上了五花八门的国旗。唉……”伍大爷喟叹一声，抬起头来，深深地喘了一口气。

全国著名海洋问题学者、厦门大学南海研究院研究员、海南热带海洋学院客座教授刘锋，在《南海开发与安全战略》一书中所说的一段话，正好印证了伍大爷的遗憾。他写道：

值得一提的是，正是日本东海大学的这个新野弘教授，成了日本抢占中国钓鱼岛的始作俑者之一。在其不断的游说并伙同有关人士持续的推动下，日本在20世纪60年代末，开始觊觎并控制钓鱼岛的一系列举动。有关南沙岛礁的强占和争夺，也开始进入“白热化”阶段。

而中国此时正值“文化大革命”期间，无暇外顾，由此也成为新中国特定时代背景下的“海殇”事件。若非1974年西沙海战一役定乾坤，中国的海洋权益受损恐怕就更为严重了。[①]

需要说明的是，日本的新野弘大名鼎鼎，他曾经是与美国教授埃默里共同勘察南海、黄海和东海油气矿藏的主要成员之一，并于1969年助其起草了“埃默里报告”。该报告认为，这些海区是世界上最富庶的石油储藏地所在；认为南海是“另一个波斯湾”，从而引发了国际社会的广泛关注，也引发了贪婪觊觎者、包藏祸心者的蠢蠢欲动。

这就是让中国人，尤其是海南渔民撕心裂肺的“海殇”之主要病灶和痛点。

伍大爷依旧靠在船帮上，面前的椰子树阔叶晒着一张渔网，渔网的下部垂悬着无数的长方体小铅坠儿，大概是用于让撒下海的渔网下沉的。小铅坠儿在腊月的寒风里晃晃悠悠，时而碰撞着他的帽舌头，发出叮叮当当的撞击声，仿佛是古代的编钟奏出的雅乐，即所谓：“月缺花残掉眼泪——触景伤情。”伍大爷心绪

①刘锋：《南海开发与安全战略》，学习出版社，2013。

郁结，就用手使劲儿地弹一弹那些小铅坠儿，好像是要把满怀的郁闷和苦恼弹出去，弹得远远的。

夕照的斜晖透过渔网、树叶的缝隙漏泄下来，将这位老船长的面颊涂抹得斑斑点点，再加上他哭哭笑笑的，像极了喜剧人物——悲中带喜，喜中含悲，悲喜交集，莫可名状。

停顿片刻，伍大爷咳嗽两声，接着说："对于这样的情况，尽管我们渔民也早有耳闻，私底下也议论过。但是，听了台湾老乡的话，问题得到了证实，我那个气呀，还是不打一处来；心肺都要爆炸了，就像是那个老话里所说的：'怀揣二十五只花猫——百爪挠心。'"他一边说着，一边用双手岔开十指在胸怀里做出乱抓乱挠的手势，"那可是我们的祖宗海，真是不甘心呀！那段日子，天天吃饭不香，夜夜睡觉不稳，头发大把大把地掉。"

说到这里，伍书光苦笑着，摘掉头上的鸭舌帽儿，划拉着光秃秃的脑袋，自嘲自解地说："你们看看，这不，早就是'聪明的脑袋不长毛儿'啦！咳，我们小小的百姓能干什么，没……没……有法子。但那是我们的祖宗海啊！"说着说着，老人竟然禁不住悲音哽咽、老泪纵横了。

丧权辱国弃珠崖

看到老人家如此伤心，我禁不住思绪遄飞，油然想起了那位"手书《心史》井函中"的黄遵宪——清末光绪举人、民初变法斗士。他曾经饱蘸血墨，怒挥椽笔，写过一首《书愤》，诗中慨叹道："一自珠崖弃，纷纷各效尤。瓜分惟客听，薪尽向予求。秦楚纵横日，幽燕十六州。未闻南北海，处处扼咽喉。"

黄遵宪一向秉持"万法从新要大同"的主张。这首诗主要是抒发自己对晚清政府昏庸无能的愤慨，谴责慈禧太后等畏敌如虎、步步退让，接二连三地向列强割地赔款、丧权辱国的罪孽。

诗中的"珠崖弃"之典，说的是西汉文臣贾捐之曾上"弃珠崖"疏，劝谏汉元帝放弃对海南岛的统辖——这位捐之大人也真是"大方善捐"，仅仅因为珠崖土著居民的几番骚乱，便一纸奏疏大放厥词，竟然力主"捐弃"海南岛及其海域，自然也包括南海之"九亩螺洲""万里长沙"，真是大言不惭！汉元帝也是个十足的败家子儿，竟然采纳了捐之的奏议，下诏罢弃其曾祖父汉武帝开辟的珠崖郡。委实令人心冷齿寒。

潭门老船长伍书光：眼望大海，心潮澎湃

那么，其原因呢?珠崖土著为什么“叛乱”?还不是当时的珠崖郡统治者苛政猛于虎，还不是“官逼民反，民不得不反”?中国的老百姓是多么通情达理、善解人意，海南岛自古民风朴厚、仁善，这里的老百姓尤其如此!

自此，“弃珠崖”就成为抛弃国土和子民的代名词了；自此，“败家子儿”一个接一个，“纷纷各效尤”；自此，贾捐之在竹帛上留下了永远的污点，也玷污了其曾祖父贾谊的一世英名。两千余年的历史充分告诉我们：此举对于海南岛可谓遗祸无穷——开了朝廷屡置屡弃的先河；此举对于全中国遗祸无穷——开了朝廷抛弃子民的先河。

“瓜分”句是说：清政府前倨而后卑，一味地听命于外敌，任凭列强宰割。

“薪尽”句是说：木柴很快就会烧成灰，但火焰要延续下去，就得不断地向我们索求，暗喻帝国主义列强欲壑难填，贪多务得。

“秦楚”句是说：战国时期，六国合纵，强秦连横，逐鹿中原。但是面对强秦，六国不是联手御敌，而是纷纷割地贿秦，以求一夕安枕。正如苏轼的父亲苏洵所说：“然则诸侯之地有限，暴秦之欲无厌，奉之弥繁，侵之愈急。故不战而强弱胜负已判矣!”(宋·苏洵《六国论》)而在这首诗里，“秦楚纵横”暗喻列强对我中华瓜剖豆分的狼子野心。

“幽燕”句是说：五代时期，石敬瑭引契丹兵灭了后唐，建立后晋。但他甘做契丹的“儿皇帝”，并拱手相送燕云十六州，成为十几代中国人的腹心之患、刮骨之殇。在这里，暗喻清廷正在步石敬瑭的后尘，认贼作父、卖国偷安。

“处处”句是说：我们的南北出海口被列强占据了，就像被无数只大手扼住了咽喉，时时处处受人要挟。

至于伍大爷所咬牙痛恨的那些主张闭关锁国的“肉食者”，20世纪下半叶，因为强行阻止渔民去南沙群岛打鱼，而使得我们丧失了诸多的珠岛螺洲。故而，其“禁海”的罪过也不可谓不重，与贾捐之、老慈禧相比，不过是“五十步笑百步”罢了。

“古话早就说:‘宁舍千军,不弃寸地。’而我们呢,拱手送人,那简直是丢人败家、丧权辱国啊!”老大爷浑身战栗,挥舞着双手,愤愤不平。在离开南沙的漫长而灰暗的年光里,伍书光、王诗桃、黄家礼、卢业发、陈在清、苏承芬、麦运秀等——这些过去常去南沙打鱼的老船长寤寐思之,日日夜夜盼望着重返这片蓝土地——海南渔民的第二故乡。

然而,纵然是千思万想、望眼欲穿,纵然是食不甘味、坐不安席,也无法改变一道昏聩荒谬的禁令。是啊,这些老船长之所以义愤填膺、朝思暮想,是因为南沙群岛自古就是他们的祖宗海,他们一辈辈都是在这里耕海牧鱼的,乃其“人给家足之道”。那种悲愤就像是嗷嗷待哺的赤子被强行扭离了母亲的怀抱,是以号泣哀哭不止。正如著名作家、世界军事杂志社副社长黄彩虹《沧海明珠——南海诸岛》所说:

> 南海诸岛中岛礁最多、分布最广的就是南沙群岛,东西宽达 400 海里,南北长达 500 海里,露出水面的岛屿和沙滩就有 30 多座。南沙群岛中礁滩岛屿的名字,有不少是以人名命名的。这些人当中,有的是中国古代的航海家、旅行家,他们大部分都曾经历南海;有的是中国历史上著名的官宦文人;有的是在南海为祖国献身的勇士。
>
> 像康泰滩和朱应滩,是分别以三国时吴人旅行家康泰和朱应的名字命名的;义净礁是为纪念唐代高僧、旅行家、翻译家义净而命名的;法显暗沙是为纪念东晋僧人法显而命名的;鲁班暗沙是以中国建筑工匠鲁班之名命名的;屈原礁是以战国时期著名诗人屈原之名命名的;东坡礁是以北宋著名文学家、书画家苏轼之名命名的;孔明礁是以三国蜀汉文学家、军事家诸葛亮的字孔明命名的;人骏滩和李准滩是为纪念清末两广总督张人骏和广东水师提督李准命名的。
>
> 从曾母暗沙到郑和群礁、景宏岛、马欢岛、尹庆群礁,这些以郑和及其助手名字命名的岛礁,使人想起郑和宝船舰队七下西洋航经这里的情景。他们出使途中,实地考察了南沙群岛,指出这些岛礁是在熄灭了的火山磐石上,长出来的珊瑚形成的珊瑚洲。①

在这篇散文中,黄彩虹还指出:“世界上许多国家权威性的百科全书和出版

①王春煜,耿建华编撰《名家笔下的南海》,海南出版社,2016。

的图籍，也都承认南海诸岛是中国领土。”其中，包括美国、法国、苏联和德意志民主共和国。他接下来写道：

1960 年越南人民军总参谋部地图处编绘的《世界地图》，按中国名称标注西沙群岛和南沙群岛，并在这两个群岛的名称后面，括注属于中国。1972 年越南总理府测量和绘图局印制的《世界地图集》，也仍用中国名称标注西沙群岛和南沙群岛。1974 年越南教育出版社出版的《地理》教科书中写道：“从南沙、西沙各岛，到海南岛、台湾岛、澎湖列岛、舟山群岛……这些岛呈弓形状，构成了保卫中国大陆的一座‘蓝色长城’。”①

人到万难须放胆

人到万难须放胆，拼将一死方得生！

1983 年早春二月的一天黎明，烟岚轻笼，月光微照，潭门镇的老渡口静悄悄的，偶或有小鱼小虾在微波里“扑腾”“扑腾”，闹出一些不大不小的动静儿来。此时，50 岁的伍书光驾驶一艘 10 吨的小艇，带着七八个贴心贴肺的渔民，偷偷驶离了古渡口，朝着阔别廿余年的南沙开赴而去——决心做鲁迅笔下“第一个吃螃蟹的人”！

伍书光面朝大海沉思半生蹉跎伤心事　马宏杰摄

当我们问他违禁出海是不是也害怕时，伍大爷“嘿嘿”笑了笑，实打实地说：“当时也怕，怎么会不怕呢？怕外国人的枪和炮，我们手无寸铁，打不过人家呀！但主要的还是怕自己人，怕好不容易死里逃生出海回来了，被人抓去挨批斗、游马路（游街示众）、戴高帽（意味着犯罪）。你们是不知道，那种‘高帽子’很是吓人的，上面一般都会写上‘×××犯罪分子’，羞死人啊！”

老人家停顿一会儿，接着道：“人有脸，树有皮——那时候，因为被戴高帽子游街示众，回家后自杀的人是很多的。但是，要是因

①王春煜，耿建华编撰《名家笔下的南海》，海南出版社，2016。

为害怕就不去，心里那个难受，身上那个不自在，就像心尖尖被一群蚂蚁咬着似的，一阵阵疼痛，没法说的啦！所以，我和几个过去常去南沙群岛打鱼的老兄弟偷偷地一商量，大家都表示愿意去闯一闯、拼一拼。”

说到这里，伍大爷又用手指弹一弹那些小铅坠儿，继续说：“我们潭门渔民有一句俗话：‘大风大浪从我船底过。’小铅坠儿可以把渔网坠落海底，怎么能坠落渔民的胆子！再者说，那是我们的祖宗地呀，为什么不让去？为什么不敢去！”别看伍大爷身材矮小，但他血管里流淌着祖先不屈不挠的血液，自是孱弱而刚强，谦和而倔强。故此，老人家说起话来也是响当当的，那真是“秤砣掉在钢板上——掷地有声”。

走了几天几夜，历尽千难万险，伍书光的渔船终于驶近了南沙群岛海域——他们世世代代打鱼的祖宗海。然而，他们此时抬眼一看：在一座座父祖和自己去过无数次的小岛、沙盘上，都插上了其他国家的旗帜，花花绿绿的；还有外国军人荷枪实弹，在岛礁上站岗。

渔民们饶是气愤难平，但他们再也不能像祖先那样，或者像 20 多年前他们自己那样，自由自在地停泊登临那一座座岛屿、礁盘了。伍大爷他们看着，气不打一处来，但又无可奈何。“他们有枪有炮，我们不敢上岛。你要上岛，他们要抓你、罚你、打你的，没收你的渔货、渔具，有时候还要没收你的渔船，甚至还会‘啪鲁迪’（海南方言：打死你）。”老人嘴唇颤颤巍巍地说。

18 天后，伍书光带领着七八名船员，满怀着冲破禁令的兴奋，满载着螺蟹参鲍和一只六百斤重的特大海龟，回到了家乡——潭门公社草塘大队。然而，虽然收获颇丰，但也可谓是“乘兴而去，败兴而归”。伍大爷话音刚落，一个实习生脱口而出：“为什么呢？”

“为什么，你说呢？”伍书光告诉我们，他们打回来的渔货，被全部没收充公，他被大会小会一次次地点名批判。这时，潭门老船长苏承芬插话说，当时，草塘大队党支部书记还召开了全大队社员批斗大会，在会上指名道姓地呵斥老伍头儿，说他胆大包天，竟敢无视党纪国法，带头走资本主义道路，完全违背了无产阶级革命路线。

“而后，那个大队支书把右手举得高高的，高喊革命口号：‘宁要社会主义的草，不要资本主义的苗！’实在是滑稽！”苏大爷说着，立眉瞪眼，昂首挺胸，揎拳捋袖，模拟着支书那“立场坚定”的做派。言毕，两位老人家都哈哈大笑，笑得鼻涕眼泪直流。

戴了镣铐的进军

“那个大队支书说我：‘你这个胆子呀，太大了，比你家那个煮饭的大铁锅还要大，比你们在南沙抓的那个大海龟还要大。竟敢带头走资本主义道路，还想不想活啦？’真是好笑！”

伍大爷笑眯眯地比画着，诉说着，语气里既有自怜、自嘲，也有自矜、自豪的成分。但在我感觉，那笑容是苦涩的，就像是当时正在火爆上映的一部电影的片名——《苦恼人的笑》。自此，伍书光被撤销了船长的职务，并被勒令禁止出海一年，还被大会小会点名批评。“就差一点，他就被押到台上去‘坐飞机’啦！”苏大爷苦笑道。所谓“坐飞机”，苏大爷手脚并用比画着告诉我们，那是“文革”时期的“一大发明”，就是一种批斗人的方式——批斗对象的头颅被按得抵在地面，双臂被高高扭起来，那样子就像是飞机俯冲，故而得名。

我们问伍大爷：是否想到会有这样的结果，是否感到委屈呢？您以为这样做值得吗？老大爷点点头说：“想到，想到了。怎么会想不到啊？天天在那种‘狠斗私心一闪念’的环境下生活，天天没事就听小喇叭广播，又天天和那些人打交道，怎么会想不到？我出海的时候，心里跟明镜似的啊！”

略作思索，老人家斩钉截铁地说道：“值，当然值得！我们那时候都是奔六的人了，黄沙土都埋了大半截子了，不对，沙土都到脖子这里了。这个时候，又去了一遭日思夜想的南沙群岛，死了也值了，这就叫‘圆梦’——圆了自己一辈子的耕海梦，死了也值啦！”

爸爸回来啦！

“铜琶铁板声声恨，剩馥残膏字字哀。”（清·吴趼人《二十年目睹之怪现状》句）1985年，伍书光卖掉了与自己半辈子朝夕相伴的渔船，从此再也没去过三沙打鱼。整日里在老家闲着无事，百无聊赖，本来健朗的他就好似雄鹰入笼、猛虎被缚一样，一下子就老了，失去了精气神。

“可是到了后来，他们去上边告我的刁状，但是没有把我告倒，却把我告成了名人、英雄。”伍大爷忽然笑了，笑得很灿烂，又接着说起“值不值”的话题，声音也提高了八度，“不久，上级部门就允许我们渔民去南沙打鱼啦！尽管没有下发红头文件，只说是‘试捕’，但是，他那个‘禁令’毕竟被我们冲破啦！渔民的后生们好话可多了，说我是‘第一个吃螃蟹的人’，说我是‘勇闯南沙第一人’，还说我们那是‘破冰之旅’……只可惜，我老了，跑不动船、也破不了冰了。再说大海里也没冰呀！”

伍大爷说到这儿，用手挠挠头，嘿嘿一笑，笑得有点含羞，又一仰头道：“人都老了，还得到了这么多的‘光荣’，就像是一个人死后，人家给你送来了很多很多的花圈，流下了很多很多的眼泪——花圈多得院子里都摆不下，眼泪多得都能漂起渔船来了。你说说，受那么一点点冤屈，算个什么？你再说说，是值得还是不值得呀？”的确，伍大爷他们这次冒险远航，开启了中国渔民重返南沙海域的大门，也展示了潭门渔民挑战一纸禁令的胆气。在这种冒险精神的鼓舞下，当年年底，潭门渔民联名向国家农牧渔业部打了一份报告，提出“到南沙试捕”的热切期望。农牧渔业部尽管没有明确表示支持，但也没有下发红头文件表示反对，这就等于渔民的报告得到了默许。

从那一天起，越来越多来自四面八方的渔船，高扬着五星红旗，冲破重重迷雾，沿着《更路簿》上的古老航线，朝着南沙扬帆破浪而去；中国军队随后也开始进入南沙，驻守在几座岛礁上。

俗话说：“火炬虽会倒下，火焰永远向上！”2015 年，平凡而伟大的“渔民英雄”——老船长伍书光去世了。得知消息，我含泪填词《南乡子》一阕并序，以示哀悼：

潭门老船长伍书光，少年开始跟着父辈去南沙打鱼；壮年遭逢南沙群岛的“禁海令”，怅惘不已；年过半百，他冲破禁令，重返南沙，归航之后被反复批斗；不久，禁令解除，他被誉为“勇闯南沙第一人”；2015 年，老人含笑赍恨而殁，享年 82 岁……

何处是家园？
南海壮阔祖宗田。
千古易手多少回？
簌簌，
九曲回肠泪满衫！

欲渡有禁令，
廿载内耗噩梦连。
鬓秃齿落何所盼？
罢罢，
犁星耕月冲破天！

渔家女人的宿命

小时候，她们是渔民的女儿；长大了，她们是渔民的妻子；到老年，她们又是渔民的母亲和奶奶。她们的女儿、孙女……也是如此！这是一道无法选择的选择题，或者说这是命运的安排。

无法选择的选择

潭门渔民遗孀周阿婆冒雨伫候儿孙打鱼归来

“海上生明月，天涯共此时。情人怨遥夜，竟夕起相思。”（唐·张九龄《望月怀远》句）选择了做海南渔民的妻子，也就选择了苦苦的别离，默默的相思；选择了茕茕孑立，踽踽独行；选择了孤榻孤影的留守与奉献；选择了更多的牵肠挂肚，担惊受怕；甚至是选择了天人永隔，独守青灯一辈子。

这是一辈又一辈“漂妇”的宿命。

渔民的妻子不但要长久地留守在家中，耕地种菜、养猪喂鸡，还要做饭洗衣、扶老携幼，而且还得“望夫石上望夫归”，日夜思念、祈祷着远洋作业的丈夫平安归来。男人出海去打鱼，生死茫茫两不知，许多的女人目送着自己的男人出海之后，从此就成为永诀，阴阳两隔。

那天,我在三沙市赵述岛采访符名友、符名岗兄弟,听着兄弟俩讲述的符家老故事——爷爷因病葬身新加坡之后,奶奶带着一家老小10年辛劳耕耘,勒紧腰带,终于还清了沉重的外债;父亲跟随兄长出海打鱼几次遇险,母亲对他们的祈祷和挂念;符名友、符名岗兄弟俩长期在西沙群岛“站峙”,两妯娌留守在潭门镇老家,那种撕心裂肺般的担心和惦念,曾经几度让兄弟俩感动得泪雨滂沱。

听着兄弟俩大起大落、忽悲忽喜的深情讲述,想着他们孤苦的祖母、母亲和妻子,想着他们那些“嫁为渔人妇”的、同样命运的姑姑和姐妹,还有将来他们女儿的人生际遇……

我油然想起江苏籍著名诗人李曙白的诗作《渔民的妻子》,这首充满了轮回意念、悲悯情怀的抒情诗,可以说,既是东方人感性的芦苇,也是西方人理性的芦苇,芦苇上既有包含诗意的泪珠簌簌落,又有充满理智的思绪点点飞,令人禁不住唏嘘喟叹。诗中写道:

昨天她们是渔民的女儿
明天她们是渔民的母亲

她们如柔性的海水
懂得爱抚懂得温存
当丈夫从大海中归来
她们总是用烫过十几遍的热酒
驱赶海上潮湿的风

她们会在海岸
在落日沉没的灰暗中
守望着海守望着
久久不见归来的帆影
假如真的,真的希望
成为永恒的失望
她们会流泪会号哭
会成为海岸上
永远不能搬走的岩石

明瓷圣何朝宗款白瓷观音

但是，当儿子们大了
当他们成为壮实的汉子
她们还会让他们
去升帆去启碇去闯
那布满凶险和厄运的大海
她们还会让女儿
从小跟着自己学织网
学着做渔民的妻子
然后在一个夜晚
在泪眼盈盈之中
在妆奁盒里放一把竹梭

昨天她们是渔民的女儿
明天她们是渔民的母亲
因为她们，大海
吞噬了无数生命的大海
终不能吞噬这个名称

——渔民

玉兰阿婆的祈祷

2015年11月8日，立冬，正是风帆时代渔民出海的时段。

家住潭门镇的谢玉兰阿婆独自坐在家门口的板凳上，兀自望着大海的方向黯然神伤，思绪纷飞。回忆过往的伤心事，阿婆恨不得化为渔神，化作桅杆顶上的那颗星辰。——参看本书第二章《寻夫女人变吉星》。

浩瀚的大海流淌着希望和梦想，也流淌着苦难和悲伤。它给了潭门渔民发家致富的手段，也给了潭门家庭天塌地陷的灾难，更给了潭门女人比天大、似海深的苦楚与思念。提起往事，玉兰阿婆的眼神有些黯淡，伤心的故事一串接着一串，总也说不完。“阿婆这一辈子过得苦嘞，就在这大海边，送走了三代男人。他们再也没有回来啊！”阿婆哽咽不止地说。

当谢玉兰还是个孩子的时候，有一天，母亲牵着她的小手，去给出海的父亲送行。可是，父亲在离开港口后，就再也没有回来。那一年是 1945 年，玉兰阿婆刚刚 12 岁。看着奶奶、妈妈哭得死去活来，她也哭成了泪人。虽然是年少懵懂，但是阿爸出海死了——这一点她还是明白的。“转眼 70 年过去了，今天正好是立冬，是阿爸的祭日。”阿婆泪眼婆娑地说。阿婆至今还清楚地记得，每年的清明、立冬，母亲都会带她到海边烧香烧纸，祭奠阿爸的亡魂。

20 岁的时候，玉兰阿婆嫁到了草塘村的徐家，丈夫和父亲一样也是渔民，在波峰浪尖里讨生活。结婚后，夫妻总是聚少离多，一年在一起的时间也就短短的五个月。阿婆说，自从看着父亲出海打鱼没有回来，她结婚后，又把这种担心悬挂转移到了丈夫的身上。每次送丈夫出海走了，都要烧香祈祷，希望渔神保佑他平安归来。

“那时候还没有手机，海上和陆地没有任何联系，老公每次去南沙群岛一去就是大半年，一点音讯都没有，让人着急。直到第二年的夏天，老公的船队回到港口，悄无声息地回家了，我那颗悬着的心才可以落下，真是让人操碎了心啊！”阿婆若有所思地说。

日子总是在这种祈祷与担心中过着，一头心系着作海为生的丈夫，一头要照顾家里的老人孩子。女人的身份总是不断转换。当丈夫和孩子在心中的地位一步步提升，渐渐取代了对父亲的思念时，有一天，丈夫就像当年父亲出海一样，没有任何征兆，从此消失在茫茫的大海，再也没有回来。

提起丈夫，阿婆的眼睛早已湿润，说：“当年抱着孩子送他出海，他连一句嘱托都没留下，就一去不回头地走了，就永远地走了。把两个儿子，四个女儿嗷嗷待哺的孩子，都狠心地扔给了我啊！”

丈夫走后，阿婆便把所有的心血都倾注在孩子的身上，两个儿子一天天长大，相继成家。兄弟俩也与他们的祖父、外祖父和父亲一样，靠打鱼为生。让她没有想到的是，16 年前，一场海难又夺去了大儿子的生命。谈到大儿子的离去，老人不愿意多讲，只是说：“很惨，很惨的，阿婆命苦的嘞！”阿婆一面说着，一面用爬满了年轮和岁月瘢痕的右手擦着眼睛。尽管一次又一次地擦拭着，但泪水像下雨天檐滴似的，不断地滴落。

在潭门这个千年渔港，像谢玉兰这样的女人还很多，她们昨天是渔民的女儿，今天是渔民的妻子，明天又是渔民的母亲！这样的女人还很多，在琼海，在文昌，在陵水，在三亚；在海南，在广东，在广西，在福建……但凡有大海的地方，就有这样苦命的女人。

“千磨万击还坚劲，任尔东西南北风。”（清·郑燮《竹石》句）然而，渔家的女人依然留守在家，依然耕田种菜、扶老携幼，为祖宗海培养着一代又一代的耕海者、弄潮儿。对于出海的渔民来说，她们就是桅杆顶上的那一颗明星，照亮他们回家的路；她们就是一个温馨的港湾，等待弄潮儿返航、靠岸。所以，福建泉州渔家女、诗人舒婷方纵情吟诵：“岸啊，心爱的岸，昨天刚刚和你告别，今天你又在这里，明天我们将在另一个纬度相遇……”

正因为有了这些渔家女一代代的接力赛，“渔民”这个名字将永远不朽！

海难亭前断肠人

海边望夫台，伫候成石雕。采风在三沙市的各岛礁，行脚在琼海市的潭门镇，留守的“漂母”随处可见，而最让我驰目骋怀、触目惊心的，还是在潭门镇上教村亲历的那一幕。

望远愁多休纵目，归家揽镜对影诉。向晚，黑云滚滚，凄风飒飒，淫雨绵绵，巨浪滔滔，在草塘村委会上教村村东口的海边，一位羸弱、瘦小的老妪摇摇晃晃、孤苦伶仃地站立在萧瑟风雨里，可谓“白发飘飘成拂尘，瘦体摇摇似桅樯”；她手搭凉棚，伫望着远方的大海，伫立成巍峨的雕塑。此情此景，在我心里激起长久的惴栗。我又不由吟起女诗人舒婷的名句：“浪花举起尖利的小爪子，千百次把我的伤口撕裂，痛苦浸透我的沉默，沉默铸成了铁……”

12 月 6 日中午，南国的天气依旧是暖日熙熙，和风习习，鸟语啾啾。我想要随着老渔民卢传平和他的侄子卢俊言一道出海作业，以便深度了解渔家的辛劳、艰危。因见天气晴朗，万里无云，小俊言就爽快地答应了。“一出海就是很久很久，特别辛苦的。你不要去了！”周桂英阿婆劝阻道，“大海里，说不准会发生什么情况，说不定一会儿就是狂风暴雨的，你又不会水，还是很危险的啦！”阿婆见状，拽着我的衣袖，反复阻止。但我还是执意出海了。

潭门新一代渔民卢俊言在船上撒网

孰料，还真让阿婆说准了，中午下起了瓢泼大雨，把我们仨淋成了“落汤鸡”。

初沐海雨,我觉得还挺爽,挺浪漫的。但到了傍晚,气温就渐渐地下降了,我们被冻得浑身发抖、牙齿打架,手脚也麻木了,我感觉就好像变成了“僵尸”。茫茫大海一扁舟,我们在小木船上无处躲、无处藏,一任狂风暴雨肆虐。

大雨下个不停,而我们还得收网,还得返航——光是收完那八张渔网,就得两个钟头。因见我被冻得实在难受,传平再三劝我钻入底仓;一开始我不想露怯,这时再也顾不得面子、“里子”了,只好“听人劝,少遭难”——不再硬撑着死要面子活受罪了。

谚语说:藕发莲生,十指连心;儿女是母亲的心头肉。返航时,我老远看见岸边站着老太太,她满头白发飘飘,干瘦的身体摇摇欲坠。给我印象最深的,是她那手搭凉棚远眺的、孤苦伶仃的身影。我便问俊言:“那好像是阿婆呀?”俊言说:“是我奶奶在等我们。”

我问:“是不是你们每次出海,老太太都是这样呢?”今年55岁的卢传平凄凄一笑,回答说:“从我记事时开始,母亲每次都是如此。原先是等我的父亲,父亲遇难后就是等我们兄弟仨,现在又开始等他们小兄弟仨了。”说着,用手指一指卢俊言。

我们上岸后,阿婆迎了上来,没承想老人家抛开儿子、孙子,脱下身上的雨衣转身给我披上,口中还念念有词。

俊言翻译道:“大叔,奶奶说你身上湿透了,嘴唇也冻紫了,让你披上雨衣挡挡风。这样,不至于冻出病来。”此时,冬雨淅淅沥沥地下着,寒风呼呼啦啦地吹着,一位风烛残年的耄耋老人,却从身上脱掉雨衣,执意要给我穿上。此景此情,委实令我不胜枨触之至也。

回到卢家洗了个热水澡,身上暖和多了,我又接着上午的话题,继续和他们聊了起来。

卢俊言告诉我,那时候,奶奶周桂英差不多每天去到村东的海边,痴痴地等候他的祖父打鱼归来。正所谓“别有幽愁暗恨生,此时无声胜有声”。直到有一天,她等来了邻村的那艘小帆船,等来了老公“船沉人亡”的噩耗,肝肠寸断的她心里紧绷着的那根弦倏然断了,一下子就栽倒在“望夫台”上。

“人已闭门鸟已栖,黄昏冢畔孤儿啼。”(宋·徐积《哀哀词》句)村民们见状,“呼啦啦”围过来,给她又是掐人中,又是拍胸口,折腾了老半天,周桂英才从昏迷中苏醒。刚刚醒过来，她一把搂住三个儿子，椎心泣血，撕心裂肺，“泪飞顿作倾盆雨”。儿子们莫名所以，也就跟着哭……缀文至此，油然想起了一首南朝乐府民歌《作蚕丝》，兹辑录于后，聊慰阿婆伤逝的心：“春蚕不应老，昼夜常怀丝。何惜微躯尽，缠绵自有时。”

萧萧哀风起，汹汹寒波生。原来，在 1975 年 1 月，传平的父亲卢家煌在远航西沙捕捞作业的时候，遭遇了一场 18 级的大台风，150 吨的大船不幸沉海，同船的 30 位渔民一同葬身海底，如许鲜活的生命忽然而至，让海里的鲸鲨、鱼龙们过上了一个丰盛的“春节”。呜呼哀哉！

“鸳鸯瓦冷霜华重，翡翠衾寒谁与共。”（唐·白居易《长恨歌》句）那一年，卢传平的母亲周桂英 35 岁，三个儿子都还年幼，一个个就像嗷嗷待哺的小鸟似的，都在等着她来“喂食儿”。家里骤然失去了顶梁柱，直令她一夜间愁白了头，堪为“寸寸柔肠断，盈盈粉泪坠”。

无奈，周桂英强作镇定，打起精神，在海边给夫君修起了一座衣冠冢。自此，这位风韵犹存的“徐娘”拭去眼泪，与三个儿子相依为命，白天下地劳作，晚上做饭洗衣服；十年如一日，一把屎一把尿，含辛茹苦地把三个儿子一个个拉扯成人；后来又帮着照看孙子、孙女。“奶奶是个伟大的女人。”俊言说。

天若有情天亦老，月如无痕月长圆。儿子们长大了，也要接过父辈的舵轮，去出海打鱼。这时，村东海岸上的“望夫台”变成了“望子台”；儿子们上了年纪，又轮到孙子们出海了，此时海岸上的“望子台”又变成了“望孙台”，可谓是骋目之余，万恨千愁。给我印象颇深的，还有周阿婆那出于中国人特有的礼节而间或一现的笑容。

那一笑，又让我忆起了二十世纪流行的那部电影片名——《苦恼人的笑》；

那一笑，似哭似咽，像风像雨，冷冷凄凄，悲悲切切；

那一笑，像一只斑斑点点的大花螺，吹奏着一位“未亡人”大半辈子的苦难、哀愁，呜呜咽咽荡荡悠悠；

那一笑，像一声声响亮的鞭花儿，抽打着当下社会一颗颗冷漠、自私与“深度麻木”的心灵……

2016 年春天，我去潭门采风，再一次深度对话周阿婆，又引起她的伤怀；一个多月后，我又一次来到该村，却惊悉阿婆“上一周刚走了”，我一下惊呆了。当天晚上，凭栏骋目，心潮起伏，遂成七律《拟周阿婆心事》，以悼其亡魂，慰其英灵：

常忆郎君涨海行，千般嘱咐万般情。
晴天霹雳惊春鸟，泪雨纷飞退夏蛩。
心比死灰驱月老，面开笑靥哄孩童。
子孙长大承家业，慈母悬心噩梦萦。

附录：

祭奠父老兄弟文

各至尊父老兄弟在上：

尊辈一向以来，上为家乡福祉，下为眷亲生计，长年累月，漂洋过海，远赴西沙群岛作业。不畏风高浪急，洋深水冷，艰苦劳作，立下无量功德，并为后辈树起了良好风范。

公元一九七五年一月（农历甲寅年十二月），正当尊辈于西沙海域作业之际，孰料天灾突降，台风大作，全船三十父老兄弟同罹此难！噩耗传来，全村眷亲老少惊恸万分！号啕之声，月余不绝。

天有不测，人有旦夕。人生天地间，终有一别矣。然尊辈遭此等劫难，音讯渺茫，行骨无寻，实令遗属无法接受。情何以堪！月过一月，年复一年，追思之情，绵绵不断！

尊辈作别之际，正值我国改革开放之前夜，社会贫穷落后之时，尊辈平素忍饥挨饿，尝尽人间困苦，却未能等来社会变革的丰衣足食之生活，更未能目睹此后日新月异、欣欣向荣的社会景象。尊辈日夜操劳，含辛茹苦，养育家小，建设乡里，长者却未能迎来晚辈反哺之报，令拳拳孝心无可奈何！而少者则尚未尝到人间应有之美好，令众乡亲惋惜非常！岂不悲乎！倍感恸哉！憾哉！但思来尊辈生平磊落光明，品德高尚，勤勉尽力，纵使魂归海天，亦理应得到神灵护佑，当有好的归宿矣！

每念及此，吾等稍感一丝宽慰。但愿上苍之神，冥冥之中，时时阴（应为荫）护着尊辈！

潭门渔民的后代、广东省委党校教授、《祭奠父老兄弟文》执笔人卢嘉旗

光阴似箭，一别三十有三载矣。此前，各眷

属依习俗为尊辈置办了佛事及衣冠冢等，逢年过节，抱子以拜祭。然则不足寄托吾等对尊辈之哀思。今吾等拙见，当建一亭以纪念尊辈。一者让尊辈在天之灵有个团聚之地，二者永续吾等对尊辈之思念之情，三者让后人铭记尊辈之无量功德！经众眷亲共同出力，专祀尊辈之此“纪念亭”已建成。其位于吾村路口（原海藻场海边坡上），尊辈各位名字均列其上，以资永久纪念！对此迟来之作，叩请尊辈多多鉴谅！

值尊辈作别三十三周年之际，“纪念亭”建成之时，吾等众眷亲今日特薄备酒肴于亭前祭拜尊辈！感念尊辈的海恩山德！叩请承收，伏惟尚飨！

尊辈所树功勋，养育之恩，舐犊之情，及音容笑貌，永留吾等心中。

天佑尊辈在天之灵！

至亲至敬之“琼海 0046”船父老兄弟永垂不朽！

全体眷亲同祭

公元二〇〇八年一月二十三日

农历丁亥年十二月十六日

守望冤家熬白头

前不久，在海南电视台《海南故事》频道，海南本土著名女作家曾万紫向我们讲述了一则关于“守望妇”的故事，故事的主人公就是她的奶奶——一位乳名唤作阿蓉的今文昌市抱罗镇女性，听来令人唏嘘泪下。本文是根据曾女士的精彩讲述加工整理的。

望穿秋水守望妇

在海南岛的历史上，曾经有这样一个比较特殊的女人群体，她们的男人年轻时纷纷下南洋讨生活，有的一生未归，有的几十年后才姗姗来迟，将她们留在故乡，苦苦支撑着家庭的大厦——她们就是苦命的“守望妇”。

故事发生在 70 多年前。

当时，在文昌县（即今文昌市）抱罗镇，有一个漂亮、乖巧的姑娘，小名就叫阿蓉。在她 17 岁的时候，就嫁给了本镇一个勤劳能干的小伙子，他的小名叫作阿昌。由于土地贫瘠，盐碱地里刨不出几粒稻谷；受人雇用出海打鱼，也赚不了几个钱，一家人的日子过得很艰难；再加上日本侵略者带来的战乱、连年的灾荒，以及奶奶常年卧床不起，让他们的生活愈益雪上加霜，乃至于食不果腹，衣不蔽体；人过中年的父母亲焦虑万分，每天夜里辗转床榻，唉声叹气。

如何改变家里头贫困饥馑的生活，让祖母和父母大人过上几天好日子呢？已经长大成人的阿昌苦苦思索着。

当时，在东南亚各国，英国、荷兰、法国、美国、葡萄牙和西班牙等殖民主义者就像一个个狼群，大量涌入，并进行强力统治，许许多多的人死于殖民主义者的血腥掠夺、疯狂镇压之中，从而使得当地的人口急剧减少；加之，殖民侵略者到处建工厂，修城堡，运物资，种甘蔗，甚至种植罂粟田，熬制鸦片烟；南洋华人充任中间商，奔波于南洋土著、中国本土、欧洲殖民者之间，牵线搭桥，疏通关系，搬运货物……所以劳动力缺口和市场的潜力都很大，因此生意的空间非常大，佣工的薪金也比较好挣。

美国大汉学家孔飞力在其经典力作《他者中的华人》一书中，为我们深入研究了海外华人移民经历的主要形态和变化，指明其曾经存在的特定经济环境、特定历史节点和特定自然生态，以及由此构成的移民生存模式、谋生技能、社会组织和亲缘纽带等。他指出：

> 许多中国人是因为经济原因而移居东南亚，然而，只有在当地统治者能够从他们身上获得利益时，他们才能在当地获得生存发展的空间。在某种情况下，华人作为定居者而在招募时颇受欢迎。那些得到殖民当局庇护的华商小心翼翼地与其合作，避免任何可能的竞争，因此颇受欢迎。
>
> ……东南亚华人移民社会中那些早期的领袖人物们，正是通过商贸和保税，奠定了他们的经济基础。海外华人在自身发财致富的同时，也被要求为给予其特权的主人牟利。作为回报，他们通常能够获得保护，甚至获得社会地位的提升。这是一种双方互惠互利的共赢模式。①

那时有句民谣说："要发财，不怕死，就过番。"所谓"过番"，指的就是抛家舍业下南洋，去南洋给殖民主义统治者打工。当然，有人白手起家发了财，成为当

①［美］孔飞力：《他者中的华人：中国近现代移民史》，李明欢译，江苏人民出版社，2016。

渔家福德神

地著名的侨领;也有不少人客死他邦,搭上了性命;大多数都是靠勤苦劳作,赚取血汗钱。孔飞力说:“到了东南亚之后,他们有的在当地做小生意,有的靠手艺谋生,还有的则务农耕田,或佣工度日。”

因为生计所迫,阿昌决定搭船下南洋谋生。那时候,阿昌、阿蓉新婚还不到一年,阿蓉刚怀上了孩子。临行前,阿昌拉着妻子的手,含情脉脉地对她说:“阿蓉,对不起了,为了你和孩子能有更好的生活,我决定‘过番’拼搏一下。你等着我,好吗?我最多两年就回来。”

阿蓉一向善解人意,低头含泪回答:“那你就放心地去吧,家里有我呢,我会照顾好公公、婆婆的,还有我们快要出生的孩子。等你回来的时候,孩子肯定会走路,会叫爸爸了。你去了南洋,人生地不熟的,要多多依靠老乡,更要自己多多保重啊!”阿昌拍一拍妻子的肩膀道:“老婆,你受累啦!”言毕,他擦一把眼泪,扭头朝着轮船跑去。

“嘟,嘟,嘟!”随着三声汽笛的鸣叫,轮船开走了。看着渐行渐远的轮船,还不满 18 岁的阿蓉伫立在文昌清澜湾码头上,挺着大肚子朝着丈夫频频招手,一直到烟岚遮住了含泪的望眼。从此,茫茫的祖宗海使得这对小夫妻天各一方,思念穿越千山万水,而见面却遥遥无期。正所谓:“日日思君令人老,孤窗无语正黄昏。”(民国·苏曼殊《水户观梅有寄》句)

渐行渐远渐无书

刚开始,阿蓉还会时不时地收到丈夫的来信,来信的内容大多是说:“我在外很好,你不用担心。你在家里带好孩子,孝顺老人,多多辛苦,多多保重。过些日子我就回去啦!”信的抬头都是写给公公婆婆的,只是后面问候她几句。

那些信的内容都很简单,大致都像 20 世纪 90 年代李春波《一封家书》所唱的:“亲爱的爸爸妈妈:你们好吗?现在工作很忙吧?身体好吧?我现在广州挺好的,爸爸妈妈不要太牵挂。虽然我很少写信,其实我很想家……”阿蓉知道,丈夫文化不高,不懂得甜言蜜语。虽然只有短短的几句话,却让阿蓉心中充满温暖和期待。自此,阿蓉独自扛起了家里的一切,生孩子、坐月子、养儿子,侍候奶奶、照顾公婆、打理家务……这个六口之家虽然没有了壮劳力,却被她打理得井井有条理,虎虎有生气;再加上阿昌隔三岔五地邮回来的一些钱物,小日子过得还算红火。

时间就这么一天天地过去了,奶奶走了,公婆老了,儿子也长大了。而阿蓉,思念就像海滩上不断滋生的盐霜,蒙住了满头的秀发,她已经两鬓斑白,年轻时的容颜也被孤寂的泪水夺走了。然而,许多年过去了,丈夫非但没有回来,捎回来的钱物和音信也越来越少了。

“烽火连三月,家书抵万金。”(唐·杜甫《春望》句)后来,因为日本侵略者的铁蹄踏上了海南岛,不久日寇又悍然发动了太平洋战争,烽火燃遍祖宗海,再加上一些政治和意识形态的因素,海南与南洋不能正常通信了。自此,阿蓉和丈夫彻底地失去了联系,她的期望也开始幻灭了。

有的时候,阿蓉也在心里抱怨道:“阿昌,当初说得好好的,你这个骗子,到底什么时候回来呀!”然而,在家人和外人的眼里,她始终是任劳任怨、忙东忙西的;始终是里里外外一把手,人前人后,一心一意地扮演着“贤妻良母”的家庭和社会角色;也始终践行着对阿昌的承诺,无怨无悔地扶老携幼,不离不弃地独守青灯,拒绝任何男人的诱惑。

有的时候,人性的欲火莫名燃起,燃起在夜深人静时分,她就像吹熄生日蜡烛一样,将其一支支吹灭。

五年、十年过去了,十五年、二十年过去了……阿昌在海外音信全无,生死未卜,阿蓉望眼欲穿。当时,有不少人劝过阿蓉改嫁,就连公公、婆婆都几次劝她“朝前走一步”。有一次,年过古稀的公公唉声叹气地说:“唉,这个阿昌,真不像话!这么多年过去了,人是死是活都不知道,不回来了也不捎个信。唉,这到底要你等到什么时候?”公公揩一把老泪,接着说,“阿蓉呀,你是个好孩子,这个家实在对不住你!你也该为自己考虑考虑啦!”

婆婆亲昵地拍拍她的肩膀,说道:“阿蓉呀,你十几岁嫁到我们家,现在也还不到四十岁,别被我们牵绊,不如就找个好人家嫁了吧;这样苦等下去,什么时候是个头啊!”

但是阿蓉却从未动摇:“我相信他还活着,他说过他会回来的,那我就守着这个家，等着他回来！”一面说着，一面和婆婆就像母女俩似的，抱在一起哭作一团，“泪飞顿作倾盆雨”！

望夫石上望夫归

守望妇们把“过番”的男人都称之为“冤家”。这个词儿含着幽怨的泪水，更多的却是痴情的守候，也有“无可奈何花落去”的成分。

为了这个日夜思念的“冤家”，阿蓉用柔弱的肩膀扛起了整个家庭的重任，一扛就是50年。她守护着祖宅、祖屋，送走了公公、婆婆，迎来了儿媳、孙子和孙女……阿蓉隔三岔五来到码头，眼泪巴巴地望着一片又一片的归帆，盼夫归来，望穿秋水……

正所谓：“明眸皓齿今安在？弯腰驼背见新郎！”随着全中国改革开放大潮的涌动，随着海南建省、办经济特区的步伐，海南岛迎来了大发展、大繁荣的黄金期。当阿昌步履蹒跚地再次踏上海南岛这方红土地的时候，阿蓉已经七十多岁了；当年她肚子里的那个孩子，也都已经是五十出头的人了，已是满头雪花，而且还成了两个孩子的爷爷。即所谓：“公道世间唯白发，贵人头上不曾饶。”（唐·杜牧《送隐者一绝》句）况乎自幼失怙的平民哉！

“独自莫凭栏，无限江山，别时容易见时难。”（南唐·李煜《浪淘沙》句）从天之子沦落为阶下囚之后，南唐后主李煜曾经这样表达他的哀怨之情和凄凉之境。而守望妇阿蓉何尝不凄凉，又何尝不哀怨呀！这一等，跨越了半个多世纪，阿蓉从如花妙龄等到了满头白发；从桃面粉腮的小媳妇，等成了发落齿摇的老奶奶；当年一双亮晶晶的眸子，也变成了两个凹陷的黑坑……阿蓉终于等回了那个魂牵梦绕的“冤家”，盼回了那个朝思暮想的“新郎”。

而当年那“新郎”兼“冤家”呢，也是在外“打了一辈子光棍”，如今早已是满头白发、一脸沧桑和浑身疾病了……请看美国大汉学家孔飞力对美国华人移民社区的叙述：

“唐人街”给人的最初印象，似乎那是一个“光棍社会”。这其实有误，因为，例如1890年时，全美大约四分之一的华人男性事实上都已结婚成家。但是，在这些已婚男性中，十有八九过的是“光棍汉的生活”。……当中国的男性外出谋生时，他们的妻子被要求留在家中，抚养孩子，照顾公婆。……在东南亚的华人移民是如此，在北美和澳洲的华人移民也是如此。华人移民除了维持自己在海外的简朴生活之外,还需要给家中寄钱,需要清还当初出洋时欠下的债务。因此,当他们在海外艰难谋生之时,他们只能省吃俭用,无法接来不易找到工作的家人。[①]

只要我们穿越时空隧道,设身处地为他们想一想,即可明了——女人在海这边扶老携幼,含辛茹苦,望眼欲穿盼夫归;男人在海那边披星戴月,节衣缩食,夜夜抛洒思乡泪;再加上战火连天,种族歧视,音信不通……凄风苦雨、血雨腥风之中,一对对跨海夫妻被一片大海隔绝开来,然而,他们“衣带渐宽终不悔,为伊消得人憔悴”(宋·柳永《蝶恋花》句),那该是怎样的一幅画面啊!

曾万紫女士含泪说道:“故事里的那个阿蓉,其实就是我的奶奶;那个‘冤家’阿昌,就是我的爷爷。后来的故事是我亲身经历的,就发生在我们渐渐长大的家里——从我刚刚记事的时候起,奶奶就时常唠叨爷爷的故事,我们就是听着她的唠叨长大的;有时候,她就像鲁迅笔下的祥林嫂唠叨被狼叼走的儿子似的,喋喋不休,听久了就让人烦。可是……”

其实,在那个年代的海南岛,有很多的女人,都和阿蓉有着同样的经历,都是苦命的“守望妇”。很多人觉得她们可悲、可怜,没错,是那样的时代、那样的战乱,以及闭锁的国门、腐败的政府,造就了她们的孤苦生活与悲惨人生。可是,她们苦苦守望了一辈子,并没有绝望、气馁,更没有改嫁,而是凭着自己柔弱的肩膀,扛起了整个家庭的重担,也给儿孙带来了最大的希望。她们是最值得钦敬、铭记的人!

苦命的阿蓉还是幸运的,虽说苦守了50多年,但是毕竟守回了那个“冤家”。而这个群体当中的绝大多数,直到赍恨而殁、撒手人寰,也还是“茕茕孑立,形影相吊”,那可真叫死不瞑目啊!

绿荫下船木坊是“守望妇”们聚集之所

在这些“守望妇”身上,我们看到的是海南女人的忠贞、坚韧和善良,看到了她们的简朴、勤劳

①[美]孔飞力:《他者中的华人:中国近现代移民史》,李明欢译,江苏人民出版社,2016。

和高尚。在这一档《海南故事》节目的最后，曾万紫女士提高了声音说："等我长大了才懂得，一人撑起整个家门的奶奶，那个走路蹀蹀躞躞、说话啰啰唆唆的小脚女人，那个在旁人眼里瘦小干瘪、弱不禁风的驼背阿婆，其实是一位了不起的奶奶，了不起的女性！"

的确，那一群、那一代和阿蓉阿婆一样的"守望妇"，她们一个个都有着不一样的辛酸经历、不一样的传奇人生，但有一点她们都是一样的——苦命不认命，平凡而不凡，而且内心是很强大的！

笔耕至此，耳边响起唐代诗人张泌的一首七绝《寄人》：

别梦依依到谢家，小廊回合曲阑斜。
多情只有春庭月，犹为离人照落花。

江山也赖百姓画

"古人日以远，青史字不泯。"（唐·杜甫《赠郑十八贲》句）设若我们将幽邃的目光探向浩繁的典籍，探向渺远的南海，那么，在汉朝、唐朝的史书里，你就可以寻觅到中国渔民往来如织的桅杆帆影，听到他们的桨声渔歌。

勇闯三神太阳海

这些大海里的身影，绝大多数都是海南文昌、琼海、陵水的渔民，他们是全世界最早下南海捕鱼的群体，也是祖祖辈辈凭着飘扬着龙旗的小小渔舟，凭着鼓鼓荡荡的樯帆，划定了中国200多平方公里的海洋版图，占中国陆地版图的20%以上。

江山也赖黎民画，龙旗引舵引心幡。有人说，潭门镇的地界不大，但是潭门老船长的眼界和胸怀却非常远大。这一代代的老船长，无疑成为中华民族的功臣，也成了中华儿女的骄傲，从而载入永不磨灭的史册。

当时的朝廷以减免税负的措施，奖掖渔民们去"三神太阳海"（三神即神奇、神秘和神圣；太阳海，谓之阳光足也）捕鱼作业。尽管朝廷此举的目的无疑是为了征收海洋渔产税，但其征收的税种不是鲍鱼、海参，不是鱿鱼、海螺，更不是祖宗海里俯拾皆是的小鱼小虾，而是珍珠税。

也就是说，只针对珍珠收税，其他的海货概不过问，并且珍珠税也是“五抽一”，亦即20%；而到了仁风远播的唐宋，甚而变成了“十抽一”，亦即10%，就是你获取了十颗珍珠，要上交一颗。

南海魂

渔翁之乐何处寻，数点白帆天地心。在中国及周边国家所有下南海的渔民群体中，潜海捕捞技艺最高的要算是琼海潭门渔人，他们简直达到了出神入化的境界。在两千余年的出海作业当中，潭门渔人创造了一种特异的潜水作业方式——不用多余的辅助设备，仅凭一根细细的氧气管儿（民国以前，连氧气管也没有，渔民下水前全凭着憋足一口气；20分钟后，再出水换一口气），就可以潜到半海底，有选择地抓捕海产品；海下10~30米的区域，就是他们大显身手的好所在，可谓是“八仙过海——各显神通”。

对于这种潜海作业的方式，当地渔民称之为“下氧”。

那次在三沙市采风，七连屿赵述岛的“打鱼能手”符名友、符名岗兄弟告诉我：“每当到了晚上7~9点的时间段，就是潜水捕鱼的黄金时间段。因为这个时候，鱼儿和人一样也要睡觉，而且睡得很沉。”

符名友开玩笑说：只不过鱼儿的睡觉，那是秉承了老一辈人“日落而息”的风习，没有现代年轻人“晚上不睡，早晨不起”的坏毛病。你只要潜到水下，就会发现，礁盘下面有许许多多的海物都在酣睡，都在做着“发家致富”“传宗接代”的美梦；你哪怕是用手电筒照着它们的眼睛，甚至是把它们抓在手掌里，它们依旧是“梦魂神游龙王宫”，绝不会被惊醒！

我国的帆船航海已有两三千年的历史了，一直到新世纪的曙光照临之前，琼海的潭门镇、文昌的铺前镇依然有人驾驶着帆船出海作业；帆船时代的“冒险王”——老船长们凭借着祖传的罗盘、《更路簿》，就敢于挑战狂放不羁的大海，着实令人景仰。这大抵就是俗话说的“艺高人胆大”吧。

但是，他们不光是具有胆色，更有着丰富的航海经验，具备季风、洋流、天象和海路等多方面的知识，比如说，哪里潜藏着暗礁险滩，哪里的水下有回流、漩涡，哪里的礁盘最适合躲避台风，遇到狂猛的飓风、超大的旋风和冷空气怎么办，等等。

岛礁就是救命者

海南文昌人符气雄先生祖上也是渔民出身，1947 年，时任华西大学助教的他根据祖辈、父辈出海打鱼的经验，写了一篇题为《西沙群岛与渔业》的散文，其中写道：

飓风，在南海海边居民的眼里，是一项顶可怕的天灾，每年大概有两次，多在春夏之交，正是最宜在近海捕鱼的时节。飓风多数突然起于三更半夜，在平静的海面上，天气忽然起了变化，狂风挟着暴雨，向着海面、地面袭击，来势汹汹，天昏地暗，大地咆哮，有似行雷。风力之大，可把站在地面上的成年人吹倒，把林中之树叶树枝一扫而光。

在大海上，这种北方吹来的暴风雨，掀起狂澜，一团团地在洋面翻滚，巨浪比普通的房子还要高大，就连英国太古公司的万吨左右的轮船，也可以被风浪推倒沉没。如是民船、渔船，不幸遇上了飓风，人们自是无生还之理。而这种恶风必是北风，使得海南岛南部洋面所有的船只，绝不能够逆着风浪，回到海南岛的海港中避难。

本来，飓风之为物，在近代气象学上，是可以用科学方法来预测的。当其将来临之先，预为渔民警告，安为绸缪，可避危险。可是，那时的海上还没有气象台的设立，飓风之来，全不晓得，只好听天由命，接受这种天祸的摧残。我国南海上的渔民，全靠经验来推测天意。例如，落日夕照时，天上显得粉红，或晚间天上显出几道异彩，渔民俗称为“风路”；或者看到海鸟提早纷飞归巢等现象，来断定飓风的动向。这些，当然靠不住，可是就只这一点经验，已是牺牲很多人的生命才换来的。如果船只不幸在海上遇到了飓风，既不能归航到海南岛，又无其他安全设备以救急，实有身临“鬼门关”之感。

此时，唯一的生路就是向南急航，希望找到西沙群岛中任何一个小岛，登陆避难。因为飓风大概都是持续地吹打三天三夜，直到转吹南风时才停。所以，那些群岛，在渔民心目中就是救命恩人。①

①王春煜，耿建华编撰《名家笔下的南海》，海南出版社，2016。

"我们的渔民们,尤其是那一个个老船长,世代相传,都具有朴素而强烈的主权意识,可以说都深入到血液里、骨髓中了,因为是我们自己的祖宗海嘛!"永乐工委副书记郭勇告诉我们,过去,老一代渔民每到一座大一点的岛礁、沙洲,都会找一片木板,或者在树干上镌刻这样的字样:"中国渔民到此打鱼!""中国领土神圣不可侵犯!"

而后,他们会将木板牢牢地插在这座岛礁最显眼的地方;如果方便的话,他们还会插上一面小红旗。据潭门老船长介绍,现在,因为政府提倡转产转业,潭门镇的渔船减少了,还有不到200艘,这些船大多数都去过西沙作业。而其中到过南沙捕鱼的,至少有二三十艘。

圈定四沙老船长

家家泛舟打鱼虾,有足懒登州县衙。

如果你有机会与那一位位鬓白齿落的老船长聊天,就会惊奇地发现:他们大多数都没有去过琼海市、文昌市市区,以前就连镇上都很少光顾,更甭说是去三亚、海口,或者出岛去湛江、广州了。

但是,他们人人都去过曾母暗沙,去过东南亚。在他们心灵的纸页上,深镌着一个特异、吊诡的不等式——陆地上的20公里,要远于大海上的2 000公里,海口、三亚要远于曾母暗沙、马来西亚和新加坡。这也是他们心底里独特的航线图,或者说是老船长心中的"世界地理"。

历史不会忘记这一串串老船长的名字——王诗桃、苏德柳、郭振乾、黄家礼、彭正楷和苏承芬,以及伍书光、陈在清、陈胜元、李根辉、吴淑茂和麦运秀……他们前六人都还保存有祖传或者自拟的《更路簿》、水路经;后六人也都是闻名遐迩的老船长,或者把《更路簿》捐给了博物馆,或

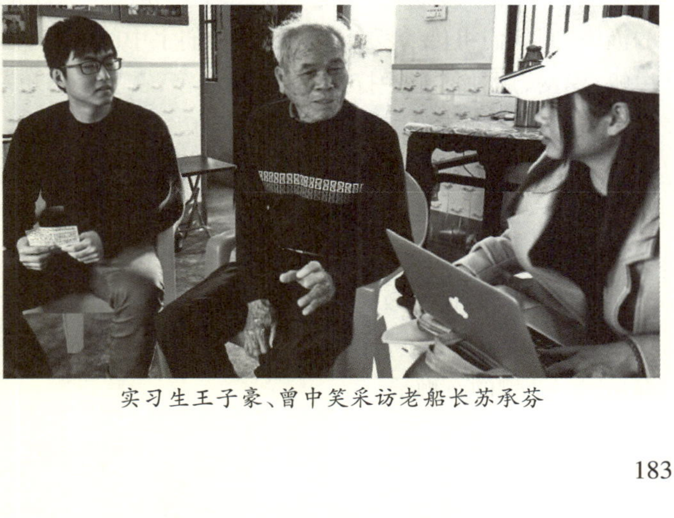

实习生王子豪、曾中笑采访老船长苏承芬

者《更路簿》被虫蛀蚁啃，损坏了。有的曾被海盗抓获，处之泰然，绝不屈服。

尤其是苏德柳更富有传奇色彩，生前被推举为“船帮老大”，在广袤的三沙叱咤风云大半生，尽管他去世已经二十多年了，但其航海故事至今仍为潭门渔人所津津乐道；苏承芬一人保存着三本不同的《更路簿》，这几年成了新闻人物，家门槛儿都要被省内外、国内外的新闻记者踩破了；伍书光则是 1983 年冲破不合理的禁令，被誉为“勇闯南沙第一人”，返回后被吊销了船长执照，自此告别了生于斯、长于斯的大海。

这一串串闪烁着传奇光芒的名字，指向的是帆船时代的最后一批英雄，是中国海洋文明的最后一抹光辉。他们绝不等同于众多在江河湖海打鱼的渔夫，而是赋有着海洋文明的核心精神——敢冒险，敢打拼，敢移民，敢于用脚底板去丈量浩瀚的蓝色沃土；敢于置生死于度外，涉足海洋政治博弈的漩涡之中；敢于冲破禁区，追求大海一样的自由精神。

海南大学教授、《更路簿》研究专家周伟民说：现在尚可见到的《更路簿》，大多是琼海市潭门镇、长坡镇渔人所创的，也有文昌市东郊镇、铺前镇和清澜镇渔人所创的。而在潭门镇草塘村，有一位老船长名叫苏承芬的，他手头的《更路簿》十分可贵，这本《更路簿》拓展了渔民到中沙群岛海域捕捞的航路，填补了这项空白；特别是它证明了黄岩岛是海南渔人传统的作业海区，证明中国自古就对黄岩岛及其相关海域享有主权，是中国领土的一部分。

珍藏在衣兜里的《更路簿》，在老船长的心目中，简直就是诸葛亮的“锦囊妙计”，抑或是刘伯温的“百战奇略”。或可如此盖棺定论：三分天下诸葛亮，一统江山刘伯温，圈定四沙老船长。当然，“圈定四沙”是一个漫长而曲折的过程，也是一个数千年的伟大传承，绝非一代人，更不是一个人所能完成的。这一代代平凡的渔民，用他们祖传的罗盘、渔经，用他们手中的木桨、摇橹，用他们亲手编织的白帆、渔网，用他们亲手打造的船舶、渔筏，在祖宗海里辛勤地耕耘着、游弋着，从而，于不经意间划定了中国海的广袤版图。

“中国既安，远人自服。”（《旧唐书·魏徵传》）此乃大唐贞观之治不二功臣魏徵给李世民出的治国安邦的八字方针，这是国家安定的永恒铁律。无论是任何朝代、任何一个政权，只要善待百姓，得到百姓的拥护，使百姓把家与国必然联系在一起，那么，这个政权必会坚如磐石、稳如泰山。这些看似平凡的南海老船长，一个个都是另类，一个个都是奇葩，一个个都是祖宗海里的老龙头，一个个都是国门两侧的石狮子。

日暮乡关何处是

且喜胸中无一事,一生都在平易中。

潭门镇是海南琼海的一个千年古镇,这里的老百姓世世代代靠打鱼为生,在百米海底捞海珍,波峰浪尖上讨生活。也不知道从何时起,浩渺无垠、丰饶无比的南海便被渔民们称作“祖宗海”了。

由来已久赵述岛

登上赵述岛简易码头,新近走马上任的七连屿总岛长王春边走边告诉我们,赵述岛上现有 210 个渔民,是三沙市渔民驻守最多的岛屿,他们大多数都是琼海市潭门镇人,也有几位琼海长坡镇人。

俗话说得好:“打虎亲兄弟,上阵父子兵。”王岛长说,在这些渔民当中,经验丰富、表现优异、渔获最丰者,符名友、符名岗兄弟俩算是一对。二人是亲兄弟,在打鱼过程中配合默契,最擅长的是放网捕鱼,堪称是“打鱼能手”。

正是由于世世代代出海捞珍,因而,他们的信仰、节庆和祭祀活动,他们的生产、生活和日常习俗,他们的读书、写作和精神追求,他们的聚散离合、衣食住行和家国之梦……亘古迄今,无不打上了祖宗海的烙印。

当我们行至工委办公楼前,一通“主权碑”吸引了我驻足赏看。为何叫“赵述岛”呢?结合王春总岛长和老渔民的介绍,再参照简易码头附近的主权碑背面对史料的记载,我们有了这样的印象:明代洪武二年(1369 年),明太祖朱元璋曾经派遣正使太监赵述,率领大明使团出使三佛齐(即今马六甲海峡一带),宣谕大明皇帝的通好诏书,

七连屿总岛长王春和岛礁巡查员符名友在船上聊天

以及朝廷扶绥远方的旨意。当然,也送去明太祖怀柔他邦的封赏。

饱经风雨,历尽劫波,赵述的船队在驶近该岛海域的时候,大明使团延请的一位渔民向导告诉赵述,这座岛屿叫作“船暗岛”,岛上曾经有渔民居住、生活过,存有淡水,可做补给休整。于是,赵述率员登岛做淡水补给,并在岛上住宿休整了三四天。临行之前,赵述和随员在岛上竖起一方木牌,上面写道:“大明国使赵述登临此岛。”

后来,为了感念朝廷的洪恩,纪念赵述使团登临此岛,南海渔民们也不知从哪一代开始,便将“船暗岛”改名为“赵述岛”了。于是,这个岛名一直沿用至今,并获得国家地名机构和国际社会权威机构的认可。

那通“主权碑”上的填红小楷还告诉我们,当地的渔民又称赵述岛为“船晚岛”——意即在风雨晦暝的夜晚,该岛是过往船只、船队登岛避风、补给和放松身心的最佳岛屿。

柔肠寸断未亡人

符氏兄弟世世代代居住在潭门镇草塘村委会。符名友今年44岁,符名岗43岁,兄弟俩从十四五岁的少年时代开始,就跟随父亲符工波在一艘大船上出海打鱼,在波峰浪谷里讨生活。在符氏兄弟俩的轮番讲述中,在罗浩干事的翻译、解释下,我厘清了这个家族的创业史、悲欢路。

说来也巧,这兄弟俩的曾祖、祖父和父辈,以及他俩和他俩的后代,一家五代都是兄弟俩。他们的祖辈大名叫符大栋、符大梁。他们的爷爷符大梁也是渔民出身,青年时代就为了生计,去闯荡南洋,在星洲(即今新加坡)靠给船帮老板打捞海珍谋生。

可是,在符大梁33岁那年,不幸积劳成疾,再加上无法得到及时的救治,遂至病入膏肓,卧榻不到两个月,即含恨病逝于异国他邦。翌日一早,同乡渔民兄弟施以援手,将其埋葬在新加坡一座港口附近。

临终弥留之际,孤苦伶仃的符大梁万分悲伤,他最放心不下的就是正蹒跚学步的两个儿子,以及不到三十岁就得挑起全家老小“大梁”的妻子。在他咽气之前,他反反复复说着的“遗言”,就是两个词——“老婆”“孩子”……因为他病卧孤榻三月有余,加之狠心老板的克扣,他不仅没有积攒下来钱财,甚至于因为看病打针还欠下老板的外债。

渔家老屋

亲不亲，故乡人。符大梁去世后，囊中羞涩，就连棺材钱、丧葬费都不够，还是在星洲打工的乡亲们集体筹措的。

一个家庭骤然间失去了“大梁”，仿佛就要天塌地陷了。符大梁夫妻俩生有四女二男，符工波是最小的，当时还不到3岁。符氏兄弟告诉我，在他们刚刚懂事的时候，父亲符工波为了让他们兄弟俩牢记先辈，尤其是牢记祖母的恩德，常常向他们讲起那段苦难史、血泪史。据说，奶奶惊悉噩耗的那天夜里，搂着六个孩子，哭得椎心泣血、死去活来。

正所谓：柔肠寸断未亡人，红泪飞洒沾衣襟。

俗话说：“夫妇是树，儿女是花。”奶奶尽管哭得伤心，但她的性格也非常要强、倔强。第二天，奶奶咬牙擦干了眼泪，化悲痛为力量，视苦难为砥石，穿着一身孝服就下地干活了。她要继承先夫的遗志，用孱弱的双肩，扛起那个多灾多难家庭的大梁啊！

翌晚，奶奶来到潭门老码头，望着来往穿梭的巨舰小舟，冲着西南新加坡的方向，向赍恨而殁、壮年夭亡的夫君发誓：一定要将六个嗷嗷待哺的孩子拉扯成人；而且，要让这六朵“小花”长得更茁壮、开得更艳丽！

奶奶从老码头回来，把乡亲们从新加坡捎回来的账单保存下来，含辛茹苦地拉扯着孩子，用了八九年的时间才还清了外债。因为劳累、伤心，身材瘦弱的奶奶不到五十岁就佝偻起腰，腰背高高耸立，好像是一个沉重的问号；头颅低低垂下，也仿佛叩问着大地：为何好人没好命？为何坏人敢当道？一个三十岁的“未亡人”，带着六个牙牙学语的小孩子，饱尝了多少辛酸、欺侮啊！

写到此，我倏然想起了民国才女、同盟会会员张默君的那首题为《晓江渡雨》的七绝诗：

细雨轻寒逗素波，芙蓉红泪为谁多？
一声孤棹千峰碧，幽梦如烟坠晓河。

父亲符工波今年67岁，身体很好，在老家含饴弄孙，四个孙子、孙女都是由他带着，也挺辛劳的。小工波从七八岁开始，就跟着其伯父出海捕鱼，自幼练就了一身观星捉鳖的好本领。

自打20世纪70年代中叶开始，符工波就在潭门公社渔民队担任大管轮，浮家泛宅，以海为田，以岛为家。1984年，由集体所有制改成家庭承包制后，他就与人合伙承包了一艘30吨的渔船，渔获物二人平分。符名友、符名岗兄弟俩初中毕业后，先后也跟着父亲出海，在与暗礁险滩、猛鲨狂鲸的多年“智斗”中，练就了一身降龙伏虎的本事。

谈到最危险的一次出海经历，兄弟俩至今心有余悸，感喟不止。那是1996年7月的一天，西南风劲吹，他们和12个老乡在南沙六门礁（靠近南威岛）附近作业。岂料，深夜11时30分，船底撞上了尖利的礁盘，当即就被戳了个大洞，40吨的大船眨眼间就沉没了。

“那时，我们船上共有14人，一下子就被丢进了波涛汹涌的大海，大家只有互助互救方得以逃生。我们兄弟俩当时一个23岁、一个22岁，正值年轻力壮的年纪，自然帮叔伯们多一些。”阿友说。“出海渔民都是亲兄弟，何况还都是乡里乡亲的啦！”阿岗羞涩地笑笑，大抵是因自己高声大嗓不好意思。

当时风力约有13级，海浪非常大。当他们先后跳上四只小艇之时，回头一看，偌大的一艘铁甲船早已沉入海底。当时，大海好像发了疯一样，一个个巨浪就像一堵堵墙，排山倒海一般，朝着渔人们倾轧过来，他们轮换着掌舵、划桨，一个个施展出平生练就的功力，竭力保持着小艇的平衡和快速行驶。

情势万分危急！

凌晨三四点，风力减弱了，大家拼命向前划呀划呀。忽然，渔人们发现前面100米处有一艘大船，一个个急忙打开手电筒，朝着大船闪晃。好在大船是在下风处，他们很快靠了过去，被大船上的船员给救上去了。搭救他们的，是一艘越南工程船。好悬呀！“出海打鱼都是一家人，茫茫大海互相救助，是从来不分国籍的。我们也救过越南、菲律宾的渔民兄弟。”阿友告诉我。

说起海上历险记，符氏兄弟尽管操着夹生的普通话，但依旧是口若悬河，故事十分精彩！

2004年秋末冬初，他们在东沙群岛附近海区打鱼，遭遇了一场16级的飓风，他们只好靠近一处礁盘抛锚避风。第三天，一股寒潮又从北方袭来，根本无法开船。当时船上有42人，就每7个人分为一组，六个小组每天由两个小组在上下两层轮流值班，上面驾驶室三个人，下面甲板、船舱四个人，值班时大家的眼睛睁得大大的，时刻注视着那个锚是否移动了——如果锚一动就很危险。

“日暮乡关何处是，烟波江上使人愁。”（唐·崔颢《黄鹤楼》句）过了十四五天，船上的“存货”就告急了，菜尽粮绝油盐完，淡水也所剩无几了；船上打的鱼也吃光了，他们就每天每人一碗稀饭，聊以维持生命。

万分无奈之下，他们就通过对讲机呼叫潭门镇上的渔政部门，潭门的领导又呼叫省政府，省政府有关部门又呼叫了广东省的救生船，救生船几天后给他们送来了淡水和食品。“看到了救生船，那块压在我们心头、让我们喘不上气来的石头才落了地。大家高兴得泪流满面。”阿岗含泪道。

有了吃的、喝的，42 名船员又在那儿避了五六天的寒流和风浪，待风平浪静寒流去，他们这才开着船回到了家乡。一连 24 天，颠簸在汹涌澎湃的大海上，不能开船，其危险、焦虑可想而知。当时，就在附近礁盘避风的渔船，足有二十七八艘，都是一样的危急和焦虑。

“当回到了家，老妈看到我们俩安全脱险了，‘哇’的一声就哭了……”符名岗揉一揉红眼圈儿，哽咽道。符名友用纸巾拭一把泪水，而后说：“咱渔民的家属死人都死怕了！所以老妈……”

我说：“你老妈那是喜极而泣啊！”稍作停顿，我又问，“听说渔家有个规矩——父子、兄弟不得同船，你们为什么就破了规矩呢？”符名友嘿嘿一笑道：“渔民结婚早，我兄弟俩 20 出头，就有了儿子，传宗接代都没问题啦！”阿岗却说：“兄弟俩在一条船上，也好有个照应呀！”

海洋气质永不变

兄弟俩虽然饱经磨难，但都是福大命大，一次次化险为夷，闯过了一道道的“鬼门关”。俗话说，大难不死，必有后福！符氏兄弟年纪不大，却都是儿女双全，老大也都上了中学。

“茅檐长扫净无苔，花木成畦手自栽。”（宋·王安石《书湖阴先生壁》句）符名友的妻子除了收拾家务之外，还给她的好姐妹打工卖早餐，每天起早干五六个小时，一个月也有 1 500 元的收入；符名岗的内人则在家洗衣烧饭，养鸡养鸭，并负责侍弄家里房前屋后的两三畦小菜园。

那日我们去采访，但见符家 120 平方米左右的园子里，瓜果飘香，菜蔬滴翠，

木瓜树瓜果累累

花木扶疏，惹得蜂戏蝶闹，鸭鸽鸡刨；木瓜枝头松鼠跳，篱笆架上蜥蜴叫。妯娌俩相夫教子，一门心思守护着家园，一如兄弟俩在大海犁波耕海，分工合作，情义款洽胜似亲姐妹。

而今，符氏兄弟最大的心愿，就是盼着儿女都能考上大学。“现在，国家强盛了，百姓富裕了。希望下一代有一个好的前程，千万别像他们的老爸一样，四海漂泊，百岛为家，脑袋别在裤腰带上，又辛苦又危险的；而且，还得让家里人整天悬着一颗心，为自己担惊受怕。”阿友如是说。“何况，祖宗海的生态出了问题，政府号召转产转业，出海打鱼也不是长久之计啦！”阿岗补充道。

自 2017 年 9 月，三沙市在七连屿试行岛礁生态管理岛长负责制，原来的工委书记王春担任了总岛长，符氏兄弟响应政府转产转业的号召，就担任起岛礁巡查员，每天一大早就出海，往来于赵述岛和西沙洲之间，收集垃圾，主要是塑料袋、塑料瓶，最多的时候，一天可以收集两三吨。“有的时候，也会遇到外籍渔船偷猎海龟、盗采珊瑚，我们就及时报告有关部门予以制止，以便保护好我们的祖宗海。”符名友告诉我们。

尽管符氏兄弟年纪不大，却早已是皮肤粗糙、肤色黧黑，脸上也布满了晒斑和年轮，写满了辛劳和沧桑，但他们的体格异常强健。迄今，兄弟俩依然保持着淳朴、厚道的禀赋，保持着开朗、豁达的性格，更保持着世代渔民勇于开拓、敢于担当的海洋气质。

这大概是长期耕海踏浪使然吧。

永兴岛主权碑正面、背面都是 1946 年原国民政府海事处张君然题的字

看着这兄弟俩，我

的耳边不由得回响起著名作家、哲学家周国平的一句话:“只有那不畏艰险的勇士,才能走进大海的世界,才能在汹涌的波涛之中得到幸福和安宁——世上最宝贵的东西。”

捕龟状元养海龟

遥知船上一樽酒,能忆天涯万里人。

“从抓海龟到养海龟,有利于海洋资源的可持续利用;这是我这几年人生的一大转折,也是一大进步。现在,收入也有了较大幅度的提高。”三沙市七连屿管委会北岛社区居委会主任、北岛海龟保护站站长黄宏波说。看起来寡言少语、慢条斯理的他,可谓高屋建瓴,妙语连珠。冲锋舟驾驶员符方驰介绍道:“以前,黄主任还获得过‘捕龟状元’的称号呢。”自从2017年七连屿试行岛礁生态管理岛长负责制以后,黄宏波又有了一个新的职务——七连屿北岛岛长,其工作性质却是保护海龟。

北岛岛长狗司令

“也就是七八年前,北岛的海龟到处都是,只要你想吃,随时就到海边去抓,大海就是最好的保鲜柜、储藏室。”黄宏波今年66岁,说起话来似乎还有点儿羞涩,但他“不鸣则已,一鸣惊人”。从渔业公司捕龟能手,到海龟保护站站长,老黄完成了岁月与角色的嬗变。

王超来采访 “大黄”凑热闹

“不要说海龟,就是红口螺、白口螺,在我刚刚来北岛的时候,随时、随处、随手都可以抓得到,哪里像现在这么少了!”黄宏波岛长已来北岛做海25年,这些年经常是一个人在北岛留守,所以,也就有了许多的雅号,诸如"海龟王"(海南方言"王"与"黄"不分)"海龟妈""大大黄"(因有一条狗叫大黄)"龟岛岛主""北岛狗司令"……每当有人以什么绰号叫他,他还蛮谦虚的,朝对方摆摆手:"哪里,哪里,不敢当啦!"

要说起这最后一个雅号——"北岛狗司令"来,还真是名副其实、地地道道的呢,因为驻守在北岛上的经常就是他和两条狗——大黄、小黑(一公一母)。我们那天在北岛逗留了六七个小时,看到大黄、小黑与其亦步亦趋,形影不离,那份忠诚、亲昵和善解人意,简直令人击节称赏,叹为观止。

你瞧,三沙卫视"名记"王超等采访黄岛长,黄岛长用夹生的普通话述说着,大黄、小黑就一左一右蹲在他的身旁,目不转睛、含情脉脉地盯着他,似乎是他的男秘书、女秘书;偶尔也会对着摄像机叫上两三声,似乎是对主人精彩故事的喝彩,又似乎是对记者连续提问、"霸占"主人的抗议;一会儿,大黄、小黑又会对着三位记者摇一摇尾巴,这又像是对三位记者采访主人、报道主人的辛勤劳动,聊表谢忱……

据说,北岛因位于西沙群岛七连屿的北部而得名,广大渔民亦因其狭长的形状,而称之为"长峙""长岛";又因其盛产海龟,而称之为"龟岛"。龟岛的风物、形状十分独特。

狭长的北岛属于西北—东南走向,长约 1.42 公里,宽约 0.24 公里,面积约 0.34 平方公里。在七连屿的各个岛屿、礁盘中,北岛的面积是最大的。全岛均为沙堤周遭环绕,沙堤宽 80 米左右,由洁白的细沙和珊瑚、贝壳的碎屑组成。沙堤外围是珊瑚礁盘,护卫着海岸线,礁盘上有许多漂亮的贝壳、海石花,无人捡拾;沙堤内有一潟湖,但早已干涸成洼地;洼地、沙岸上生长着茂密的草海桐、银毛树和水芫花等植物。

黄岛长还告诉我们,在国家刚刚将海龟列为二级保护动物的时候,政府严禁抓捕、销售,可有极个别的人不自觉,偶或趁夜偷偷上岛猎捕海龟的,大黄、小黑就会左右包抄,狂吠猛追,使之落荒而逃。狗的听觉好,跑得快,从而,对那些偷猎者起到了很强的威慑作用。

"当时,北岛长长的,就我一个人,遇到海龟产卵期,根本看护不过来,何况还得休息呀!大黄、小黑好像明白了我的任务,就跑过来帮我忙;尤其是夜间,它们在海边捕食小鱼小虾,也紧紧地盯着海边,一看到有陌生人偷偷上岛,就一左一右猛扑过去。那些偷猎者自以为神不知,鬼不觉,没想到突然杀出个——不,两个'程咬金'来,连魂都吓飞啦!"黄岛长这时低头一笑,"后来,有几个'偷猎'

的渔民来到岛上，还用手指着大黄、小黑，对我讲过他们夜里在北岛遇险的情况；大家都认识，再加上两三年都过去了，也就没什么不好意思的了，才终于向我‘坦白交代’了。”

海龟卫士——大黄、小黑秀恩爱

听到这儿，“名记”王超调侃道：“哈哈，这样说来，那简直就成了您的‘左膀右臂’‘哼哈二将’了，真是了不起啊！”

言及于此，我也禁不住来了幽默感，就提议说：“哎，我说王超，你们三位记者整天在三沙市转来转去，寻找新闻线索，是不是也应该将镜头对准最底层、最弱势的群体，大黄、小黑的英雄行为、光辉事迹和默默守岛的主人翁精神，这么典型闪光，这么感人至深，你们应当好好地报道报道呀。这样独特的报道，肯定能够获得‘中国新闻奖’，甚至是一等奖、特等奖啊！”

“感谢老前辈提醒，我看可以。这次回去，我们就向老总报这个选题。”王超连连点头，一本正经、煞有介事地随着我胡诌八咧，“我就用话筒对准大黄、小黑，让它俩对着‘汪汪汪’一阵狂叫。是挺特别。”听到这儿，“狗司令”哈哈大笑，直把上边的假牙笑掉了。

英雄母亲属海龟

北岛的西北、西南岸各有一个大缺口，两个缺口遥遥相对，有些像足球场两头的球门；两个缺口是海龟进出岛屿的通道，渔民们称其为“龟门”。北岛是南海诸岛海龟的主要产地之一，每当产卵季节，成群结队的海龟通过“龟门”，爬上沙滩产卵。请看女作家褚娇娜《富饶的西沙群岛》（入选人教版小学三年级语文课本）一文的描述：

西沙群岛是南海上的一群岛屿，是我国的海防前哨。那里风景优美，物产丰

海龟卵保护牌

富，是个可爱的地方。

西沙群岛一带海水五光十色，瑰丽无比：有深蓝的，淡青的，浅绿的，杏黄的。一块块，一条条，相互交错着。因为海底高低不平，有山崖，有峡谷，海水有深有浅，从海面看，色彩就不同了。

海底的岩石上长着各种各样的珊瑚，有的像绽开的花朵，有的像分枝的鹿角。海参到处都是，在海底懒洋洋地蠕动。大龙虾全身披甲，划过来，划过去，样子挺威武。

鱼成群结队地在珊瑚丛中穿来穿去，好看极了。有的全身布满彩色的条纹；有的头上长着一簇红缨；有的周身像插着好些扇子，游动的时候飘飘摇摇；有的眼睛圆溜溜的，身上长满了刺，鼓起气来像皮球一样圆。各种各样的鱼多得数不清。正像人们说的那样，西沙群岛的海里一半是水，一半是鱼。

海滩上，有拣不完的美丽的贝壳，大的，小的，颜色不一，形状千奇百怪。最有趣的要算海龟了。每年四五月间，庞大的海龟成群爬到沙滩上来产卵。渔业工人把海龟翻一个身，它就四脚朝天，没法逃跑了。

西沙群岛也是鸟的天下。岛上有一片片茂密的树林，树林里栖息着各种海鸟。遍地都是鸟蛋。树下堆积着一层厚厚的鸟粪，这是非常宝贵的肥料。

这位褚女士的神来之笔描绘的，应当是20世纪七八十年代的事情了。但是，由于“做海”渔民过度地捕杀海龟、挖寻海龟蛋——他们不仅不放过上岸产卵的海龟，就连准备上岸的海龟也敷设围网，一一捕杀，龟与蛋尽入饕餮之口。尤其是在那个“抓革命，促生产”的狂热年代，每当到了海龟产卵的旺季，公社里就开展什么“渔业生产大会战”“海龟抓捕大竞赛”，渔民们成群成群地来到北岛，满船满船地往海南岛上运海龟。

“不好意思啊，我还获得过‘捕龟状元’的‘光荣称号’——公社、大队的领导带着一群人，敲锣打鼓的，给我送奖状、戴红花呢。当时，我还觉得很光彩，老婆、孩子也觉得脸上有光，还满村满街地自我吹嘘呢。”

老黄说到这儿，抬头嘿嘿一笑，说道：“可是现在，想一想当年的疯狂行为，就脸红呀!这样下来,最终使得海龟数量逐年锐减,北岛这个过去著名的‘龟岛’上,几乎见不到海龟啦,那真是‘杀鸡取蛋’呀!”

故而,国家将海龟列为二级保护动物,但一开始渔民们还不具备最起码的环保意识,照样是我行我素,肆无忌惮。于是乎,从20世纪八九十年代,尤其是三沙市成立后,政府采取强有力的措施,严禁捕捉海龟、盗挖龟蛋,以便保护“龟岛”的生态环境。

于是,这才有了老黄的“人生的大转折”,这才有了两条狗儿的“用武之地”。

“每年的5~10月份,是海龟产卵的旺季,届时他们就会来到北岛。一只海龟因为个头大小不等,每次可产卵30~80枚不等;那些超过300斤的大个海龟,每次可产卵80~100枚;至于超过500斤的特大海龟,一次可产卵100枚以上。”黄岛长说。我原以为,海龟和那些鸡鸭、麻雀、海鸟一样,一次只能产卵七八枚,最多也不过十几枚呢。好家伙,她们一次就可以产卵几十、上百枚,真是宇宙间罕见的“英雄母亲”呀!

黄岛长说罢,就进了后面的一间小屋。不一会儿,他就从里面端出一口大而深的塑料盆来,只见满盆都是小海龟,这些小家伙在水里活蹦乱跳的,好像是看到“名记”们的手里、肩上无不是长枪短炮的,有意摆出各式各样的造型,让大家给它们摄像、拍照呢。黄岛长说,这么多的小海龟,都是一窝儿的,都是“孪生”的兄弟姐妹,有40多只呢。

“大家看看,这些小海龟多活泼、多可爱呀!”这位“海龟王”赞美道,宛似母亲对儿女的疼惜赏爱。“走,我们去到海边海龟孵化基地看一看!”黄岛长朝我们一招手,提议道。

捕龟能手养海龟

在海滨沙滩上,相距不远就有一个沙堆,上面插着小木牌,木牌上均用红笔写了编号。远看,那一个个红字的木牌插在洁白的沙坡上,显得错落有致,色泽还蛮协调的;近看,但凡插着木牌的地方都高高隆起,集合成为蘑菇阵,圆圆的沙堆又像是一座座小坟头儿。

但这里不是生命的墓穴,而是生命的摇篮。

黄宏波用手指着“蘑菇阵”,对我们说:这些沙堆里面,埋着的就是正在靠日光孵化的海龟蛋,也叫产卵点,现在共有39个。海龟是通灵的动物,它们这是

千姿百态海螺壳

利用太阳紫外线的照射，来代替自己难熬的辛劳，在30厘米下面的蛋坑里自然孵化，所以蛋坑的深浅也非常讲究——如果挖深了，温度达不到，难以孵化成功；如果挖浅了，紫外线太强，就会把小生命晒死。一般在蛋坑里，通过阳光孵化47~49天之后，小海龟就可以破壳而出了。但是，它们能够返回大海，并能长成大海龟的，可谓是百里挑一。因为它们“龟生”的第一段路，就充斥着死的威胁、生的考验。

这时，负责接着我们的快艇司机符方驰走过来，接着“海龟王”的话题说，大约50天后，在大海里休息好了的“海龟妈妈”，知道孩子们破壳诞生了，就会重返沙滩，带着儿女们回到大海——它们的家园。从而，在妈妈的指导下，“龟儿子”们就开始了自己以海为家的生涯。这些小海龟在大海里历练十多年后，新一代母海龟也就可以重回北岛，延续生命了。“这和过去的女人一样，十四五岁就可以当妈妈了。”阿驰笑言。

黄岛长说：“这些从大海通往沙堆的印记，就是母海龟产卵的时候留下的。”顺着他的手指，我们看到，那一道道足印，就像是卡车单轮驶过沙滩时留下的痕迹，宽度有一尺左右。虽然一股大风就会将足印化为乌有，但那是海龟无私母爱的印记；在黄岛长这位“海龟王”“海龟妈”的心目中，那也是伟大的印记，就像是“永不磨灭的番号”！

黄岛长还告诉我们，现在，由于渔民基本上可以和海龟和谐相处了，许多漂泊在外的海龟又回来了，依旧在北岛产卵。但是，海龟第一次产卵与女人第一次生孩子一样，缺乏经验，有的会把卵产在地势低洼处，很容易被海水淹没，就会成为生命的墓穴；或者被海水冲走，成为海鸟的美餐。

于是，这位昔日的“捕龟状元”就又担当起了“助产士”的角色，对龟卵实施人工孵化——测温度，量湿度，防海鸟，打老鼠……那简直是“含在嘴里怕化了，捧在手心怕摔了”！

个中辛劳和甜蜜，局外人难以理解。

问及黄岛长长期留守“龟岛”,每年的春节、中秋节怎么过。他回答:既然当着这个海龟保护站站长,就得要恪尽职守,保护好海龟。这样,就只好长期与家人“千里共婵娟”了。当然,这两年三沙市的条件改善了,有时候家里人也会来到北岛,陪他一起过年。

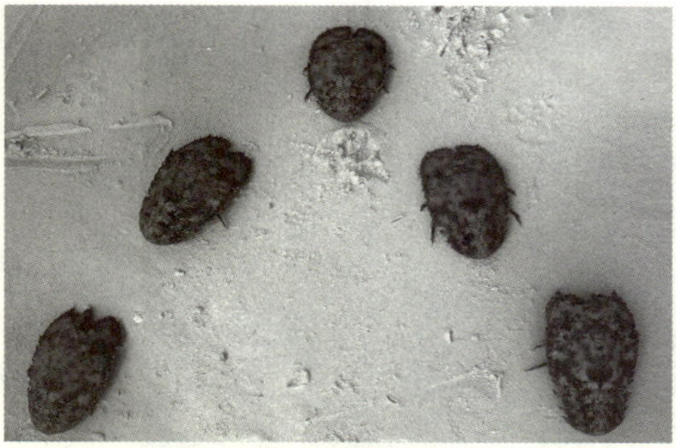

列队前行的琵琶虾

比如,2016 年春节,一大家子都来了,小孙子一会儿看看、逗逗小海龟,高兴得手舞足蹈的;一会儿又去追逐那两条狗,倒也玩得不亦乐乎。老伴儿和儿媳也说,在小岛上过年,也很有意思的,就是有点冷清;尽管鞭炮放了不老少,但还是缺了一点节日的气氛……

“唉,没办法,那些小海龟离不开人照管,也只好这样子了!”听着他的述说,感觉口气中颇多愧疚和无奈。

家谱里的耕海史

一册渔经千斛泪

对于潭门老船长黄家礼来说,“星洲”(即今新加坡)是他一辈子的痛点,那册航海秘籍《驶船更流簿》,那本宗族家谱《千儿万孙·黄家庚谱》,也是饱蘸着泪水传承下来的。

根据黄老的回忆,他的祖上是从福建莆田迁来海南岛的,黄氏迁琼祖先一开始居住在琼海市福田镇福田村,后来有一支又迁居潭门镇文教村。黄氏家族的祠堂至今仍留在福田镇汪洋村,每当到了春节和迁琼始祖的生辰,黄姓族人都会前去汪洋村祭拜,也就是海南人一年一度的“公期”。

黄家礼说,这本用草纸写成的《千儿万孙·黄家庚谱》,始录于清朝咸丰年间(1851~1861 年),也算是老古董了。根据家谱显示,黄家礼的老父亲黄兆芳出生于清光绪庚子年(1900 年),可家谱上却没有他的卒年,这是为什么呢?黄家礼都年近九旬了,难道说乃父还活着吗?

钟氏北宋迁琼始祖之墓

请看海南日报社李磊在《黄家礼:航海“真经”代代传》(刊于《海南日报》2016 年 5 月 30 日)一文的记叙:

在今年 86 岁(时年)的黄家礼的记忆里,父亲黄兆芳是一个堪称传奇的老船长,他经常去南沙,驾驶着渔船在星洲(新加坡)和潭门之间的海域来去自如。不行船的时候,父亲偶尔会和他说起在南沙那些岛礁上的故事。“小时候,阿爸经常跟我说,他从我祖父手中拿到《更路簿》的第一天,仅仅翻了一遍,就将所有的线路倒背如流了。”

黄老对此解释说,父亲那么说,不仅仅是对自己航海技术的自信,更是对儿子的一种勉励,希望儿子长大以后能像他那样熟练地把握《更路簿》上的航海技能,驾驶渔船在南海上长风破浪。

1937 年农历十月,37 岁的黄兆芳驾驶着一艘大帆船从潭门港拔锚起航,远赴南沙群岛。第二年农历五月,当出海的渔船陆陆续续回到潭门港时,前往码头迎接父亲归航的黄家礼,却始终不见父亲。他的母亲四处打听丈夫的下落,最后从那艘船上回来的一个渔民的口中得知,这一路上没有遇到海难,但是船刚开到星洲附近,黄兆芳就失踪了,和他一起失踪的还有船上的好几个渔民,不知是滞留在了星洲,还是因为其他意外,或是遇上了人贩子。家人再追问下去,这位船员却摆摆手,表示对之后的情况已一无所知了。

就这样,莫名其妙的,黄家礼印象中那位传奇的船长父亲,就从他的视线里永远消失了,从此再也没有见到过。那时,黄家礼还只有 7 岁,自此便成为失祜(没爹)的孩子了。得知父亲失踪了,他禁不住失声痛哭,泪流满面,曾多次哭闹着要去找爸爸。

原来黄家礼还有一个孪生哥哥,但童年夭折了,于是,小小年纪的黄家礼,就成为家里唯一的男子汉了。请看李磊《黄家礼:航海“真经”代代传》的记述:

1955年,村里的渔民互助组组成数支渔船队,成群结队地驶入南沙,按照《更路簿》上的记载驶入黄山马(太平岛)海区,随后又转向马欢岛、费信岛。这一次,船队里有了收购船,渔船再也不需要前往新加坡销货,只需专注捕鱼,而将捕捞的渔获物交给收购船就行了。

正是这个原因,黄家礼这一辈子也未能去过他一直想去的"星洲"。二十世纪九十年代退休后,他将那本祖传的《驶船更流簿》交给了自己的儿子,寄希望他继承黄兆芳传奇的船长事业。

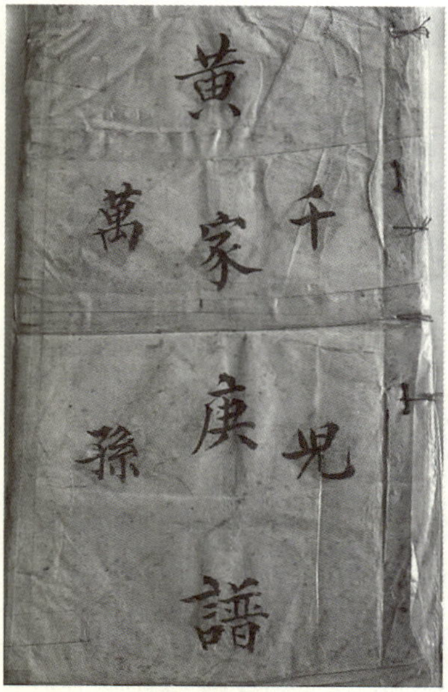

黄家祖传的族谱

浩渺无垠的大海使得骨肉暌隔,黄家礼和母亲当时也不知道"星洲"在何处,自此,"星洲"这个地名就刻在了他的心尖上。自此,他只好与母亲、五个姐妹相依为命,苦度童年。从14岁的时候开始,他曾经被日本侵略者抓去做苦力——挖沙子,搬石头,修炮楼,筑工事……一干就是好几年。

倭寇海盗太坏啦

"从小我就听说过倭寇的凶狠,现在看,日本鬼子比他们的祖宗还坏,坏得多啦!"老人家嘴唇颤抖着,控诉道,"那时候,劳工受的那份罪,没法说的啊!唉,算是捡回来一条小命呀!"请看黄家礼的口述实录:

我的姐妹们很多,母亲抚养我们很是辛苦。当时很难,母亲什么都做,比如说解放前挑担(主要是鸡蛋)去集市上卖。

在十几岁的时候,我还被日本人抓去做过苦力,就是在龙湾港建炮楼(最近几年炮楼被海风打垮了)。日本鬼子让我们用火烧海里的石头,制造出白石灰,用来建炮楼和营房。

记得当时砍木头的时候,如果日本人在,我就会很认真地去砍,并且把已经

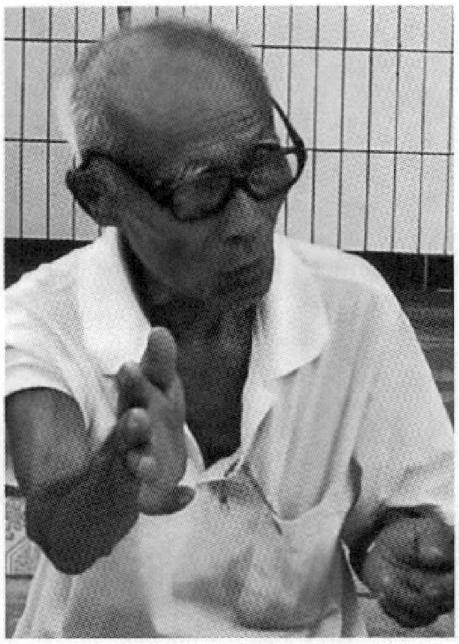

老船长黄家礼回忆与海盗的遭遇战

砍好的那些木头都摆出来，显示自己在很卖力地工作。但是，当日本人不在的时候，我就会把刀转过来，用刀背砍木头，就是慢慢地磨洋工，假装自己很认真在砍木头。谁愿意给这群畜生干工，没办法呀！

我们这些做苦力的人，一天要做完很多很多工作才能回去，而且根本不会有工资，日本人不打我们就不错了！那些畜生没有给我们分配伙食，在上工前，我们要在家里自己准备好饭菜带过去吃。

除此之外，我们还会去福田镇上扛砖，一边肩膀扛两捆，一次扛四捆，我们这些人做苦力的大概做了六七年，一直到日本人投降。直到国民党来这边统治，我就又开始出海捕鱼作业了。

这可是我们世世代代传下来的祖业哟！

在十岁那年，黄家礼打开了父亲上了锁的那只木匣子，从父亲黄兆芳的“遗物”当中，他和姐姐找到了一册泛黄的《驶船更流簿》；从这本小册子上，他找到了“星洲”两个字。再后来，母子、姐弟几人经过多方打问才知道，星洲就是新加坡，那里的海南华侨很多。从此，小小年纪的黄家礼紧攥拳头发誓：“娘，等我长大了，一定要去新加坡寻找阿爸！”

1946 年，年满 16 岁的黄家礼一则是为了养家糊口，一则是为了践行“去星洲找阿爸”的夙愿，于是便跟随舅父和邻居大叔的渔船出海了，开始了他的耕海生涯。自此，一发而不可收，他们曾经多次到南沙群岛捕鱼。关于海上遇险的情况，黄老口述道：

1954 年，我 24 岁的时候，有一次出海，十八个人因为刮台风困在岛上，我和我堂哥因为不吃水果、蔬菜得了败血症，全身水肿，呼吸困难。这些病人里面，我是最严重的，十八天都吃不下饭，只喝些水，大家都以为我要死了。还好，后来遇到回程的船把我们两人捎了回来，大家都想不到，最后是我活了下来，而我的堂哥因为败血症去世了。

其实,那时候大多数的出海人,一到冬天就会得这种病,基本都在旧历十一月左右,如果死了就埋在西沙的银屿岛。在西沙海上遇难的人,基本都会被埋在这座岛上。那时候,银屿岛涨潮的时候就只能看到一点礁石,退潮之后呢,岛屿会大一些。再说那些没有得病的人,都在鸭公岛上等了十好几天,天气好了才开船回来了。

老船长麦运秀在讲述南沙遭遇海盗的往事

以前(一百多年前),村里有一只船刚造好第一次出海,大家准备一起出海捕鱼,结果因为遇上了台风,船上30个人无人生还,船上有我们村27个人;另外,还有欣葛村的3个人,他们想搭乘我们村里的这艘船回来,结果也一起遇难啦!后来,我爷爷说起这件事就后怕,很庆幸自己没有坐上这只船,因为本来是要坐这只船的,后来他是有什么事走不开……他如果当时上了这艘船,也就没有我们现在这些一大家子后辈了。

那样,你们也就找不到我采访啦!

说到这里,原本表情凝重的黄老,一下子笑了,大抵是因为自己的"冷幽默"吧。

1950年,东北季风刮起(农历十月份)之后,黄家礼就与同村人驾船出海,准备前去南沙打鱼。可是,他们的渔船刚刚行驶到西沙群岛附近海域,就不幸遇到一只张牙舞爪的海盗船。海盗看到他们的渔船很气派,就划了10只小筏子,气势汹汹地冲了过来,左冲右突,将他们的渔船紧紧围住。

"他们跟我们要钱、要大米,要打要杀的,一副不可一世的样子。那个时候,海盗船很多很多的,有中国的,也有外国人的。"黄老船长控诉道。

"那一次,很危险,也是我第一次遇上海盗,挺害怕的。他们说的话也听不太懂,但也知道大概意思。他们每只小筏子上有三四个人,一共三十多个人,一下把我们的船围得严严实实。"眼看着一场恶战一触即发,情急之下,黄家礼他们急中生智,就在铁桶内点燃一挂鞭炮,鞭炮响了,海盗可能是误以为船上有枪,遂吓得抱头鼠窜。

通过这两三次遭遇，黄家礼知道，在茫茫南海之上，除了要应对狂风骤雨，还要应对各种各样难以预料的情况。这正好应了郑和的那句名言：“财富来自于海上，危险也来自于海上。”

一家五代做船长

在始录于清朝咸丰年间的《千儿万孙·黄家庚谱》上，清晰地记录着黄家礼一系的繁衍脉络——黄元德→黄宝裔→黄兆芳→黄家礼→黄昌兴→黄心思→黄田翔（生于2010年）。清朝康熙十一年（1672年），在庆旺公裔孙黄世炳、黄世钟所撰的《黄森公家谱·庆旺公系》修谱序言中写道：

闻之剖符分封，先世功德，得与河山之盟。因为子孙锡姓受氏，源远者流而使之长故，凡有类祖，各有所宗，而先后相承，原委秩然可考。然则江夏一群，我黄姓由来其有自乎？

回忆先世福建时，我祖若宗，闻望赫然，而中叶流离播迁，迄今流及下衰，有莫识其祖宗者，良可悲矣。夫自仁率亲、义率祖天潢之流派，有其旧谱相传，故相维相属，尊尊亲亲千秋如一日，祖孙为一家，此乃瓜瓞绵绵生机，本深者未必茂他族。屡屡世德，作求门楣，阀阅由此道耳。我先代渡海以来，淡泊持家，又值兵凶饥馑之年，父子流离。

……

本支始祖自明洪武二十年（1387年——著者）来汪洋，原委乃阖族伯叔兄弟纂修校订，令远近先后派序成谱，俾后兹可继云。

康熙十一年吉旦

庆祖裔孙世炳、世钟阖族修谱序

对于这段话，从小走南闯北的黄心思作了精彩诠释：福建为什么简称“闽”呢？意思是待在家门不出去就是一条虫；而闯出去就变成了一条龙。所以，自古福建闯雷州、琼州，闯南洋、西洋的人很多很多的。黄心思说，爷爷有一句常挂在嘴边的渔谚：“嘱子嘱孙，不忘南海三月春。”意思是阳春三月是打鱼的黄金时节。还有一句是：“一网半年粮，两网年不慌。”

关于黄家礼一族的耕海情况，以及其父亲黄兆芳的航海历程，请看海南大学副教授夏代云的叙说：

黄家礼和孙子黄心思在讲述家谱里的故事

年迈的黄家礼回忆，他的曾祖父黄元德、祖父黄宝裔和父亲都是船长，常年在西沙群岛、中沙群岛和南沙群岛捕捞作业。黄家礼如今年迈，近几年神思恍惚，对于远祖的生活状况已经记不清楚。但是他清楚地记得，他的父亲黄兆芳开帆船去过新加坡，如今家里还藏有从新加坡买回来的碟子，碟子上印有旗帜，有几个碟子的背面印有英文和其他外国文字。

海南渔民去新加坡，是先在南沙群岛捕捞作业，然后，从南沙群岛的南威岛或日积礁开船去新加坡出售海货。对于文昌、潭门渔民来说，这是一条驾轻就熟的捕捞作业和海外贸易的航线，从古代到民国时期都颇为盛行。因此现存的许多《更路簿》中，都有南洋更路的记载，黄家礼家藏的《驶船更流簿》，就记载有7条南洋更路。①

在这本家谱之外（上几代），黄家人是否有当船长的不得而知，仅仅就其上面记载的看，除了上述三代船长之外，黄家礼本人和他的儿子黄昌兴也都是船长。而他的孙子黄心思年龄不过二十五六岁，也每年去三沙耕海牧鱼，要不是海洋渔业资源日益匮乏，渔民响应政府号召转产转业，他也极有可能当上船长。这样算来，在黄家一家直系亲属当中，至少就有五代老船长，堪称是“船长世家”了。

翻阅2009年续修的《黄森公家谱·庆旺公系·海公卷》族谱可知，黄家礼的祖先迁入潭门镇草塘村的是第二十六代的黄志琼。黄志琼公居住在这里，去世后葬于新村园。他之所以从福田镇汪洋村迁居海滨之地，夏代云女士经过考察认为，主要是出于经济原因的考量。她在书稿里叙述道：

①夏代云：《卢业发、吴淑茂、黄家礼〈更路簿〉研究》，海洋出版社，2016。

清初，潭门港附近便已经形成集市，称为“九吉市”，后因附近的潭门港而改为“潭门市”。这表明，潭门在清初已经发展为沿海的一个经济中心……可以从海上获利。另外，据《乾隆会同县志》记载，潭门港当时还是海盐产地：“调懒港，县东南三十里太平都，山涧二派与潮会成港。潮长（涨）泊舟，潮退二图居民溉沙煮盐处。”

煮盐为生的二图居民是文昌盐场税课灶户。笔者的田野调查表明，草塘村的海边是一个天然渔港，早就发展为渔埠了。潭门渔民说，南海是他们无须播种就可以收获渔利的家园。因此，黄志琼从汪洋村迁居草塘上教村，实为迁往当时的海洋渔业基地、海上交通枢纽和新兴的经济中心。……由此可以推知，黄家礼的家族从第二十六世黄志琼（生活于明末清初）起，就开始从事渔业生产了，累世传承，是为“渔民世家”。而到如今，黄家礼的长孙黄心思也在西沙和南沙群岛捕捞作业。①

潭门渔歌真豪迈

“出海喽—”“打鱼喽—”

“打鱼喽—”“出海喽—”

两声荡气回肠的吆喝甫落，随之而来的是中外合璧、古今结合的管弦交响乐曲，铜鼓、二胡、古筝、唢呐、短笛、竖琴和三角铁齐鸣，钢琴、扬琴、长号、长笛、贝斯、排钟和大提琴合奏……一时之间，余音绕梁，响遏行云，简直是“大珠小珠落玉盘”。

2007 年 8 月 9 日，在第四届全国青少年民乐团邀请赛上，一支由 49 名琼海渔民组成的民乐团脱颖而出。他们以庞大整齐的阵容，恢宏澎湃的气势，演奏了一曲独具海南地方特色、潭门渔民风情的乐曲——《潭门渔歌》。经过几轮激烈的角逐，独出心裁、很接地气的《潭门渔歌》以其浓郁的地方性，一举摘下了大赛成年组最高奖——特别奖的桂冠。另外，这支渔民乐团还荣获了指挥奖和组织奖，为海南争得了荣誉，为渔民赢得了荣光。

在这次邀请赛上，琼海市潭门镇大金管弦乐乐团是唯一一支代表海南省参

①夏代云：《卢业发、吴淑茂、黄家礼〈更路簿〉研究》，海洋出版社，2016。

潭门渔民传统节目——腾蛟起凤"鲤鱼灯"

赛的民乐团。乐团全体成员都是渔民、渔嫂，他们十年磨一剑，没有专业导演和专业指挥，没有专门场地和专项资金，全靠打鱼、休渔的空闲时间的精心排练，全凭心血、汗水和渔家坚忍执着的拼搏精神，练就了较高的艺术水准，在琼海市乃至海南省都小有名气。

琼海市潭门镇素有"全国文明渔港"之称，也素有"南海之门"的美誉。随着2013年习近平总书记的亲临视察，随着海洋文化的不断演进，也随着中央电视台"海之南""记住乡愁"等一系列专题节目的助推和演绎，潭门镇堪称是"关起门来敲铜锣——名(鸣)声在外"了。

因此，一时间，潭门镇大帆船时代的老船长群体声名鹊起，黄家礼、苏承芬、麦运秀和卢家炳等成为新闻人物，频频亮相于国家和省市媒体，从而使得这个渔家特色小镇——潭门镇的关注度、上镜率越来越高。谈及此，潭门镇的新闻干事莫泽盈告诉我们："《潭门渔歌》多次获大奖，唱出了潭门渔民的心声，也成为潭门渔民的骄傲。"年近古稀的潭门渔民后代、广东省委党校教授卢嘉旗不无豪迈地说："《潭门渔歌》是渔民们自己编、自己唱，唱自己、唱祖先的民间艺术奇葩，是海洋主权、海洋文化、海洋血脉的精神纽带；《潭门渔歌》也是原生态的俚语乡曲，上承祖先与天神，下接民众与地气。所以，为广大渔民所喜闻乐见，拥有众多的粉丝，不像有些传统节目那样后继乏人。"这位该镇最大的学者还说："关键的是，它的参与度很高，在'休渔'期、节假日，许多渔民都会参与进来。据说，它还被带到了三沙市。"

潭门镇文化艺术源远流长，改革开放以来，该镇各种民间艺术团体应运而生，活跃在社区、村寨，甚至是渔船上。潭门大金农民管弦乐团就是其中的佼佼者，该团是成立时间较早、最具影响力的民间音乐艺术团体。近年来，该乐团积极参与农村、渔家的文化活动，多次代表海南省和琼海市参加全国、全省的文化演出活动，并屡获殊荣。中央电视台、海南电视台、海南日报社等新闻媒体，以及近几年走红的网络媒体，曾多次派出记者，专程莅临潭门镇进行采访，对该乐团

鱼神庙前聚宝盆

进行专题报道。

2008年，为纪念改革开放30周年，由文化部牵头组织举办了全国性的大型民间艺术展示活动——“首届中国农民文艺会演”，在江苏省苏州市举行。琼海市潭门大金农民管弦乐团代表海南省参加会演，带去了《潭门渔歌》《闹军坡》两台节目，赢得观众一阵阵掌声和专家评委的一致好评。好戏连台，就在此次艺术节的闭幕式上，文化部部领导当场宣布，琼海市潭门镇被文化部命名为“中国民间文化艺术之乡”。这一消息不胫而走，潭门渔民奔走相告；镇政府还专门举行晚会，庆祝这一文化盛事、艺术捷报。

琼海市潭门镇素有“民间音乐之乡”的美称，历史上涌现过许多著名的民间艺人，为海南民间音乐“海南八音”的创作、发展做出过重要的贡献。改革开放后，潭门民间音乐艺术发展迅速，民间乐团遍地开花。民间艺人们自编、自导、自演节目，每逢新春佳节，走街串巷，免费为群众演出，丰富了渔乡人民群众的文化娱乐生活。

据专家介绍，八音是古时对乐器的总称，指的就是制造乐器的八种主要材料——金、土、石、革、木、丝、匏、竹等。海南民间“八音”既有中原文化的传承，又不乏地方性的特点，包含打击乐器的鼓、钹、锣，以及吹打、弹奏乐器的呐、笛、弦、阮、胡、琴之类，都是传承千年的民族乐器。乐队在演奏中以鼓为首，起着指挥作用，因此，群众又称八音为“鼓首”。

目前，琼海市潭门、博鳌等村镇都有多支民间的八音队，迎神赛会，拜年贺岁，祝寿贺喜等，农闲时也自演自乐，活跃着农村文化艺术生活。最是出身渔民的乐手们那一张张黝黑的脸庞，那一双双粗糙的大手，以及大风大浪中闯出来的豪情壮志，才能演绎出这曲激越豪放的《潭门渔歌》，才能表达出渔民们对风调雨顺、人寿年丰最热烈的期待；渔民们世世代代在风口浪尖上讨生活，南海既是他们的生命之海，也是他们的死亡之海，低沉而高昂的乐曲声里，也蕴含着对兄弟公、死难者的祭奠和缅怀。

“潭门有着悠久的耕海历史，三沙市的渔民绝大多数来自我们潭门镇，在祖祖辈辈的耕海过程中,潭门渔民自娱自乐,创作了很多跟大海有关的渔歌。”潭门镇宣传干事黄小芬说。

大金乐团团长王书南沉吟片刻,向我们讲起了《潭门渔歌》的来历。他说,省上一位音乐家在镇里采风的过程中,被渔民精神所打动,被渔歌乡曲所感染,于是根据潭门渔民老祖宗流传下来的渔歌曲调,再加上琼剧的音乐元素,创作出了这首《潭门渔歌》。

王书南说,早在 2004 年,《潭门渔歌》就由自发成立的潭门大金民乐乐团演奏,而在这四五十名的乐团成员里,有半数以上是去过南海打鱼的船长和渔民,大家对海洋气质、海洋风情有着独到的理解和精准的把握,所以更能演绎出那种耕海牧鱼的甜酸苦辣、喜怒哀乐。如今,大金乐团带着管弦乐《潭门渔歌》早已走出潭门,走出岛门,在全国飞声腾实。

《潭门渔歌》里不仅有“高大上”的管弦乐,表达男人拓海纳川的壮怀激烈;还有“小清新”的渔家谣,表达“守望妇”盼郎思夫的幽思缠绵;当然也少不了“接地气”的耕海歌,述说渔家生活的阴晴圆缺、悲欢离合。下面的这首民谣就是《潭门渔歌·思夫歌》:“妹你昨晚去哪/让我等你在槟榔村/坐你路口等到夜深/等到夜深不见你回门//我去积肥昨夜喂/去到鸡叫天要光/哥啊哥啊不用疑侬/侬对哥心不二样……”

“悲歌可以当泣,远望可以当归。”(汉府民歌《悲歌》句)潭门镇旧县村委会合龙村有一位安美老阿婆,年轻时老公曾经前往南洋打工,她就是一位地地道道的“守望妇”,自然有着很深的感受,可谓切肤之痛。如今,虽然已是耄耋之年,可是她哼起这首世世代代口耳相传的渔家小调儿来,仿佛时光之流早已停歇,甚而倒流到半个世纪前……

那时候,还是花季少妇的安美阿婆,天天站在“望夫石”上,向潭门港来往穿梭的白帆远望,望眼欲穿;她哼着渔歌小调儿打发夫妻暌离的时光,表达对于那个“小冤家”的痴情和翘盼,抒发来自“守望妇”的寂寥和忧愁……这就是沿海地区独有的“思夫歌”。下面的这首民谣就是《潭门渔歌·打鱼歌》:

从三脚就扬帆
一路顺风回到大潭
立即升旗最红红
立即摇桨又推船

一路摇艇到海岸
路人闻见甚喜欢
众人一起出外看
挤到树头都塌方
小孩知了走清串
亲戚知了都做篱
一些蚵筋都分完

这首民谣中所说的“三脚”，是海南渔民的俗地名，就是西沙的琛航岛，又称三脚岛、大三脚（与广金岛毗邻，广金岛的俗地名叫“三脚峙”“小三脚”）；所说的“做篱”，就是亲戚给他做一种琼海美味小吃，于是亲朋好友大快朵颐，就连“蚵筋”都分完吃尽了。

潭门镇草塘村耕海42年的老渔民伍书琼，尽管已是年近九旬的老翁了，但演唱起这首渔家民谣来，昔日打鱼的场景宛若重现，演唱得声情并茂、乐舞同辉。他说，这首歌还是他小时候从老艺人那儿学会的，一直唱到今天，唱了80多年了；还要一直唱到明天，唱它300年。他是“勇闯南沙第一人”——伍书光的堂兄弟，自然也不乏那种胆气、豪迈。

“不管是渔歌还是思夫歌，老一辈的渔民大多都会唱上几句，我们也会积极发动群众‘老歌新唱’，积极创作；此外，也要加入时代节奏和时尚元素，以便活跃渔民们的艺术生活；同时，我们也要参加各个级别的比赛，力争多多拿奖，为镇上、市里增光添彩！”潭门镇宣传干事莫泽盈说。

听着渔民山呼海啸般的呐喊，看着渔家腾蛟起风似的舞蹈，我油然忆起厦门渔家女、著名诗人舒婷的新诗《致大海》：

大海的日出
引起多少英雄由衷的赞叹
大海的夕阳
招惹多少诗人温柔的怀想
多少支在峭壁上唱出的歌曲
还有海风日夜
日夜的呢喃

多少行在沙滩上留下的足迹
多少次向天边扬起的风帆
都被海涛秘密
秘密地埋葬
有过咒骂　有过悲伤
有过赞美　有过荣光
大海——变幻的生活
生活——汹涌的海洋
……

走过海门

伍:祖宗海是我家

摘要:在归途中,船队还遇到了鲸鱼群,它们就像一座座“小山头”一般,在海面上浮游、飘荡,蔚为壮观。看见世界上最大的动物鲸鱼,海生的谈兴又来了,随即给大家讲述了一则故事——一则渔船与鲸鱼零距离接触的惊险故事。接着,曾庆松又为我们描摹了归航中海鸟翔集、水母飘舞的美妙画面,令人惊羡不已……

三沙就是咱的家

放飞梦想的风筝

近年来,在三沙市各个有百姓居住的岛礁,广大渔民纷纷发挥自己的聪明才智,植树造林,栽花种草,绿化、美化家园;盖楼修路,发电通网,营建、扮靓家园——旨在让岛民的心情有一个完满的栖息之所,在祖国蓝疆撑起进取的白帆,放飞梦想的风筝。

目前,三沙市在永兴岛、赵述岛、鸭公岛和晋卿岛等较大的岛屿上,都安装了太阳能、发电机组及海水淡化装置等,居民的用水用电问题基本解决;一排排全新、气派的“小洋楼”拔地而起;建筑面积 2 500 平方米的三沙市人民医院早已建成,并投入使用,渔民们有个头疼脑热的,看病方便多了。

那天,我们乘坐 “梦想之舟”——“三沙 1 号”船,经过近 13 小时的航程,一觉醒来就到了魂牵梦萦的三沙市。在永兴岛码头下了船,早有三沙市新闻中心的电瓶车司机李发归在等候。他提议,开着电瓶车绕岛一周,好让我们先熟悉熟悉岛上的环境,我们自然是乐不可支、求之不得呢。

李发归一面开着电瓶车,一面向我们介绍三沙市的道路、建筑和景观——这里是北京路，那里是宣德路；这边是超市、邮局，那边是食堂、医院……尤其是在宣德路的东西两侧，分别建有若干大小不一的街心公园——或首尾相连，或各自独立。小公园里，大榕树“独木半山春”，三角梅“盘藤满天红”，而枇杷树则是“老干浑身疤”。你瞧，花红柳绿虬枝绕，蝶飞蜂闹孩童跑，一派生机盎然，煞是可爱动人。

走过地处南村的永兴社区居委会大楼，我们看到，在婆娑的绿荫掩映之下，矗立着一方别具特色的大木牌，上面写有“永兴渔家乐”五个大字，下面还刻着一个船锚，别具渔家特色，十分夺人眼球。据介绍，近年来永兴岛的“渔家乐”菜式越来越精致，生意越来越红火。2015 年，市政府拨出 34 万元专项资金，扶持永兴居委会开办了 8 家“渔家乐”，带动百名渔民转产，以利于保护祖宗海里的生态群落。在一处处“渔家乐”里，渔民们还独出心裁，把游客吃剩下的贝壳清洗干净，制作成精美的贝壳工艺品，放置于柜台内展示和出售，既环保也可创收——把“渔家乐”办出了文化味、生态化和可持续性，可算是废物利用的一个创举。

电瓶车到了“将军林”，不禁为那一大片郁郁苍苍的椰林所吸引，于是我们便“停车坐爱枫林晚”（唐·杜牧《山行》句），纷纷下车拍照。只见每一棵椰子树下，都有一方两尺见方的石牌，上面镌刻着一位将军的大名。李发归手指椰林说：“你瞧，这片‘将军林’里的每一棵椰子树，都是由曾经上岛的将军和领导同志捐资购买树苗，并且亲手种下的。‘将军林’日益延展，早已成了永兴岛的一道绿色风景线。”

花红柳绿永兴岛

在北京路市委、市政府大楼前面的广场上，有东西两片草坪，草坪上有仙鹤徜徉，蓝天中有鸥鸟翻飞，国旗下有孩童嬉闹；在宣德路东侧、三沙宾馆斜对面的绿化带上，建有一座古色古香的“牡丹亭”，亭子里坐着七八个小伙子，他们有的拿着大屏幕手机在玩微信；有的在拍摄周围的花木、仙鹤，让它们那雍容雅步的仪态“瞬间成为永恒”；也有的人一边自己玩着手机，一边在与他人聊天……听口音，他们应该是四川人。

一问之下，这几个小伙子果然都是四川宜宾人，是受永兴岛绿化园艺公司雇用，来永兴岛栽种、侍养花木和草坪的。一位年纪稍长的工人操着浓重的“川腔”告诉我，他们是在劳作之余来这里小憩的。在这些来自全国著名“酒乡”的花木工人当中，以祝姓、贺姓者居多。有一个姓祝的小伙子，还是带着新婚的妻子小贺一块来打工的。小夫妻俩的姓氏连在一起，刚好是“祝贺”——不知是祝贺他们蜜月未完就一起上岛，还是祝贺年轻的三沙市茁壮成长，抑或是祝贺夫妻俩在三沙市早日圆梦呢。

“那你媳妇儿小贺在哪儿呢？”我问。

“在北京路那边喷花呢。”小伙子有点腼腆，扭头一指机关大楼那边。

陶潜到此必艳羡

“羡他无事双蝴蝶，烂醉东风野草花。”（宋·周密《野步》句）从牡丹亭朝北走百米左右，在绿化带的花木丛中，置放了一艘废弃的大木船，因为有“天伞”遮阴，便成了居民们休憩、玩耍和乘凉的理想之所。此时，有三位二三十岁的女性，分别带着小孩在这里玩耍、拍照。其中两位来自文昌市，都是南村的渔嫂，她们的一双五六岁的儿女，正在草坪上追逐着彩蝶嬉戏。

“桃之夭夭，灼灼其华。之子于归，宜其室家。”（《诗经·风》句）另外一位大概三十来岁的女性，生得身段玲珑有致、体态婀娜多姿、肌肤白嫩欲滴，甚是可人。她一会儿转动着木船的舵轮，一会儿手摇着闲置的木桨，揽着三四岁的儿子，不断地变换着窈窕的身姿、妩媚的容颜，让渔嫂用 “苹果”手机给她和儿子拍照。看着母子俩脸蛋儿上那两坨红扑扑的“高原红”，我暗忖：这对母子一定是北方人。

一问方知，母子俩来自遥远的青海省西宁市。这位肤色“白里透红，与众不同”的年轻妈妈，是一位美丽的兵嫂，此次她是请了年休假来探视“兵哥哥”的。兵嫂扑闪着长长的睫毛告诉我：“我儿子很快就四周岁了，这回还是第一次见到他爸爸。”兵嫂笑吟吟地说，“刚刚见面的时候，儿子好像是捉迷藏，躲躲闪闪的，就是不肯让他爸爸亲近。好在是血浓于水，也就是三四天的工夫，父子俩就闹在一起啦！”兵嫂还说，“我们刚来的那一天，在他上厕所的时候，儿子跟我说悄悄话儿，他说：‘妈妈，我在家里见过他的照片。’当时，我，我一下子就……”

这位妍丽的兵嫂说着,笑着,眼圈一下子就红了,声音也一下子哽咽了。大抵是长久的亲情暌违,个中况味,难以言说;大抵是对她的兵哥哥既有"独怜一雁飞南海"(唐·李白《寄崔侍御》句)的感慨,亦有"今夜相思月,情人南海头"(唐·戎昱《寄郑炼师》句)的自我感伤吧。

对于三沙市诸岛礁的景致、风情,请看拙著《三沙渔味》的描述:

"南海端为四海魁,扶胥绝境信奇哉。"(宋·杨万里《南海东庙浴日亭》句)此处的"扶胥",即唐宋广州的扶胥港,乃海上丝绸之路的重要始发港。它的旁侧建有南海神庙,以示朝廷推重。

是日,迎着南海东升的旭日,漫步在七连屿工委、管委会所在地——赵述岛的环岛公路上,其"丁"字口处的那片椰林,煞是夺目。原来,这片椰林是由三沙市领导们自掏腰包捐种的,而今长势喜人,蔚成风景。

在环岛公路两侧,生长着郁郁葱葱的羊角树,树叶间开着多瓣儿的白花,散发着诱人的芬芳。清晨,三四位渔嫂在此散步,一路上说说笑笑、嘻嘻闹闹的。其中一位姓符的女士告诉我:"这些羊角树的树苗, 当初都是从海南岛运过来的。如今长成茂密的灌木丛了,实在是不容易啊!"树丛中,不时有鸥鸟扑棱棱地飞上碧霄,三五成群,鸟鸣喈喈。置身环岛公路,让人禁不住心旷神怡,感觉"从心至百骸,无一不自由"(唐·白居易《何处堪避暑》句)。

进入渔民村,一个瓜棚小院燃亮了我的眼睛。原来,这个小院是赵述岛渔民李遴赛的家园——我以为,这既是物质家园,更是精神家园,承载着院落主人的期望、梦想和精神诉求。今年54岁的阿赛瘦高个,一双大眼睛闪着颖慧的光芒,显得精明强干。他素来脑勤手快,是个脑筋活、点子多,而且说干就干的人。如今,他家的小院已经成为赵述岛一道翠绿的风景线,引来无数艳羡的目光,而且还"招蜂引蝶"呢。

"结庐在人境,而无车马喧。问君何能尔?心远地自偏。……山气日夕佳,飞鸟相与还。此中有真意,欲辨已忘言。"(东晋·陶渊明《饮酒》句)小院三面是篱笆,一面是房檐。就在这篱笆和房檐之上,阿赛用树枝、铁丝搭起了一张密密层层的瓜架,上面是用废旧编织袋连缀的苫盖。"因为三沙光线太强了,这是用于遮阴的。"阿赛抬头指着苫盖告诉我。

顺着阿赛的手指望去,但见瓜架上爬满了长长的青藤,青藤虬曲盘结,上面开着花儿,花儿有红有白,有大有小;挂着果儿,果儿有青有黄,有长有圆;蜜蜂嗡嗡叫，蝴蝶翩翩舞。地面上种满了三四畦翠油油的蔬菜，有生菜、韭菜、香菜、小白菜、空心菜和朝天椒等，还有一些我认不全的野菜，譬如革命菜、观音菜……我想起古谚语所说："蓝采和的花篮子——要什么有什么。"一看即知，这是一个勤俭致富之家。

抬头再看那瓜架上，有许多瓜藤的"触须"刺破了苫盖，在骄阳下摇摇曳曳，宛若在张扬着"红杏出墙"的愉悦与自豪。瓜棚内，沉甸甸地悬挂着苦瓜、甜瓜、黄瓜和丝瓜。这小小的院落尽管不过六七十平方米，却是流芳滴翠、披红挂彩的，形成一处七彩斑斓、五味荡溢的"世外桃源"。你瞧，瓜藤之下，有鸡鸭刨着沙子，在寻觅凉意；有猫狗伸着懒腰，在放松身心。值此炎炎烈日的天候，阿赛家的小院真叫人眼馋神往，叫人浑身凉爽。

我想，有着"古今隐逸诗人之宗"誉称的陶渊明，倘或在此"云无心以出岫，鸟倦飞而知还"（陶渊明《归去来兮》句）的妙所"归去来兮"，也一定会"引壶觞以自酌，眄庭柯以怡颜"（出处同上）的吧？甚或一定会艳羡不已，心慕手追，自免去职，乃至于弃老宅而迁新居的吧？[①]

祥云缭绕赵述岛

赵述社区居委会主任梁锋（现任赵述岛岛长）告诉我们，三沙市成立以前，岛上还没有几棵树，一年四季，任凭烈日炙烤，就像烧烤园里的大龙虾，皮肤被烤得通红通红的。现在修了一条环岛生态路，种植了一大片羊角树和 1 000 多棵椰子树，结束了"鸟儿不登赵述岛"的历史，渔民们每天早晚可以自由自在地乘凉，也可以在环岛生态路上散步了。的确，在赵述岛这样全无车马喧的小岛上，猫与狗，鸡与鸭，蜂与蝶，鲣鸟与松鼠……还有，人与人，人与心，个体与人群，共同构成海上家园的生态群落。

①肖杰主编《三沙渔味（王振德撰文）》，海南出版社，2016。

夜晚,在皎洁的月亮、星星照射下,我们结伴登上七连屿工委、管委会办公大楼的楼顶,鸟瞰那条操场跑道似的环岛公路,那一盏盏太阳能路灯蔚成大观,就像群星伴月,又像无数颗南海的夜明珠,镶嵌在环岛的礁盘上。

砥砺前行绿洲梦

"自古帝王州,郁郁葱葱佳气浮。"(宋·王安石《南乡子》句)在晋卿岛东侧的礁盘上,生长着一大片蓊蓊郁郁、蓬蓬勃勃的热带丛林,中间有一条羊肠小道,可以供人漫步赏玩。

走进丛林中,即可看到,羊角树开着白花,肆意葳蕤;诺尼树挂着绿果,略显含蓄。不时地,有调皮的松鼠儿在枝丫间辗转腾挪,从这棵树上跳到另一棵树上;也间或有洁白的鹤鸟儿在树梢上翔飞、鸣唱;更有许多被渔民们誉为"导航鸟"的鲣鸟,带着孩子在白云间自由自在地翩飞,那感觉仿佛是置身于植物王国、动物乐园呢。

2015 年下半年,三沙市国土环境与资源保护局邀请南京林业大学植物学专家,对永乐群岛的树种进行了一番调查。根据专家的调查,晋卿岛有 41 个树种,甘泉岛有 57 种。在座谈会上,该大学生物与环境学院教授方炎明侃侃而谈,介绍了永乐群岛各类树种的分布、百年老树的统计、诺尼果的开发等情况,并且着重介绍了诺尼果的食用、药用及保健价值。座谈会上,各路专家畅所欲言,提出了岛礁绿化和树种保护的整体思路:一是要保持森林生态,以乔木树种为骨干,搭配种植一些灌木;二是打造乡土景标,就地取材,形成岛与岛不同的特色;三是建设绿色景观,可以对树冠按园林观赏的角度进行适度的修整;四是增加人文气息,如借鉴"抗风桐"的人文故事,挖掘树种的人文内涵,形成独具特色的三沙植被、绿色文化。

据专家介绍,经过世界各地的许多科学家、医学家的研究,并通过无数的例证证实,诺尼果对许多疾病有明显的疗效,包括癌症、高血压、糖尿病、关节炎、过敏反应、消化系统病症,以及性功能障碍、体力与精力的恢复,等等。诺尼果可以通过改善人体的不正常细胞,达到使人体受损机能得以恢复的最终目的。时至今日,其神奇疗效尚未被世人完全发掘和利用,如果在三沙市大面积种植,必然有益于"三沙绿洲梦"的早日实现。

请看拙著《三沙渔味》对"三沙绿洲梦"的探赜索隐:

说起“三沙绿洲梦”，有一个怎么也绕不过去的人物，他就是鸭公岛居委会主任叶兴彬。

鸭公岛实际上就是贝壳岛、珊瑚岛，走在岛上，脚下的贝壳碎片、珊瑚碎屑“哗啦啦”“咯吱吱”地直响；小岛上既没有沙土，也没有淡水。在这样的一座岛礁上，如何方能实现“绿洲梦”呢？

早在 2003 年，阿彬从琼海潭门老家运回来 45 株椰子树苗，还有泥土和淡水，可是栽种没多久树苗就全死了。后来，他发现老家海滩的木麻黄树生命力极强，适合热带岛屿种植，便请琼海市国土资源与环境保护局派员实地考证，结果得到认定。于是，他们最终选定木麻黄树为鸭公岛的主要绿化树种。

针对遍地都是珊瑚碎屑的“岛况”，阿彬结合自己以前在其他岛礁植树的经验教训，总结了一套办法：每个树坑内先填上两麻袋泥沙，栽上树苗；再填埋一麻袋椰子渣，最后回填沙土踩实；浇上定根水，而后每天定时定量浇水；给树苗穿上防晒衣（即用稻草裹严），再用支架支撑牢固。事实证明，他的这套办法行之有效，树苗成活了，长大了。[①]

阿彬在鸭公岛上种植木麻黄，以及后来种植椰子树的成功，引起了轰动效应，《海南日报》《海口晚报》和人民网、新华网等许多新闻媒体纷纷报道。于是，其他岛礁和驻岛部队也纷纷前来取经、效法；于是，阿彬成了明星，成了三沙市“绿化先锋”。

渔嫂田虹茹

阿彬的探索与实践，带动了三沙诸岛礁的植树造林、绿化美化，也引发了三沙市的“绿洲梦”。2015 年，时任市委书记、市长肖杰对鸭公岛的绿化工作如是评：“三年前的鸭公岛上，只有一棵树，现在放眼望去，满眼绿意盎然，不容易啊！”阿彬知道，市领导的表扬，是鼓励也是激励，是动力更是鞭策！如今，他每天披星戴月，带着岛民们栽树栽花、

①肖杰主编《三沙渔味（王振德撰文）》，海南出版社，2016。

种草种菜,亲力亲为地改善家园的环境,改善渔民的生活。

俗话说:“栽下梧桐树,自有凤凰来。”如今,鸭公岛的居民也越来越多,而且还不时地看到渔嫂、渔婶的靓丽身影呢。那天我们上岛的时候,正值中午,骄阳似火。只见在海边的凉棚之内,有的渔民在捉对弈棋,互相调侃;有人顾自酣眠,鼾声如雷;有的渔嫂四人一组在打扑克,互相打趣;也有渔婶在聊家常、做女红、择青菜。这些渔嫂、渔婶大多都是羞怯的脸皮,你只要端起相机,她们便立马笑嘻嘻地转身,或用衣巾盖头捂脸。

唯有永兴岛旅游中专毕业、专修公关学科的渔嫂田虹茹是个美丽的异类,她曾在海口的五星级大酒店当过迎宾小姐,见过大世面。当我向阿茹说起为渔嫂拍摄照片的苦恼和遗憾,这位渔嫂俏佳人嫣然一笑百媚生,善解人意地说道:“好吧大哥,我现在正好没啥事,任您拍个够!”不惟如是,阿茹还把她和她的渔哥哥——郑在干结婚时的照片发给了我。

夕阳下,站在椰树婆娑、木麻扶疏的鸭公岛上,脚下的珊瑚渣、贝壳片发出清脆的响声。凝眸浩渺的大海,一艘艘渔船满载海货逶迤而来;展望辽阔的天空,一只只海鸥口衔鱼虾翩翩起飞……

赵述岛上“扶树哥”

三沙设市以来,一个个昔日的荒岛如今都成为花木成荫的“绿洲”。在这个绿化美化的过程中,像叶兴彬一样,怀揣着“绿洲梦”的渔民层出不穷。在护绿群体当中,有为了“绿化岛礁”赴大漠取经的干部,有在海中拖着树木前行的“运树纤夫”,也有日夜悉心呵护的“树苗产婆”。

2016年10月18日,强台风“莎莉嘉”刚刚过去,而它的余威尚在,台风嘶吼,淫雨不断。上午7时,三沙市七连屿工委的邓鹏飞匆匆来到海边,只见他腰间系着一捆绑绳,在海边忙个不停,对一棵棵被台风吹倒的小树苗实施救援。这一刻,他那陷在淤泥里的双脚、被汗水和雨水打湿的衬衫、几乎与树干一个颜色的大手、专注又期待的神情,被人拍摄下来发在网上,感动了很多人,人们在网上给他起了一个亲昵的外号——“赵述岛上扶树哥”。

“在三沙各个岛礁上种树太难了,但只要方法得当,加上悉心呵护,这些树苗还是会存活的。可以说,每一棵成活的树木,都饱含着大家的心血和汗水,更不要说那些参天大树啦!”小邓告诉我们,三沙远离海南岛,交通不便,树木、泥土

小邓在搭救"摔跤"的树苗

来之不易，每一棵树苗都像是渔民的孩子一样，都是宝贝。18日一大早，因为担心刚栽种不久的树苗被台风刮倒而死亡，一夜都没睡好的小邓迅速从床上蹦起来，他也顾不上吃早餐，就匆匆出门检查树木受损的情况了。

海神知我绿洲梦，为我改容收飓风。一番绕岛检视，小邓发现，整个赵述岛上有100多棵树木受损，一棵棵东倒西歪的；有的甚至被连根拔起，被台风吹到大海里。他想，如果不尽快救助，这些在寒风中瑟瑟发抖的树苗，天一放晴，很可能会因缺乏水分和养分而枯死。

邓鹏飞看在眼里，痛在心里，于是就马上行动起来——小邓使出了"吃奶的力气"，将一棵棵树苗扶起来，一只手扶住，另一只手用木棍支撑牢固，再用绑绳捆扎结实，而后填好泥土用脚踩踏结实。不一会儿，在七连屿工委主任王春（现任七连屿总岛长）等人的组织下，小邓的同事们也都来到海边，一起开展护绿行动。"那天，因为头天夜里没有睡好，也没顾得上吃早餐，忙活了几个钟头以后，就感觉脚下轻飘飘的，整个人差一点就虚脱了。"邓鹏飞事后在电话里告诉我。

俗话说：众人拾柴火焰高。经过大家的共同努力，仅一天时间，赵述岛所有被台风吹倒的树木都被扶正，并重新填土夯实了。望着"从哪里摔倒就从哪里站起来"的100多棵树苗，小邓擦一把汗水，脸上露出了欣慰的笑容。王春说："邓鹏飞也是渔民世家出身，懂得绿树对于岛民的重要性。这几年，他运树积极，护绿踊跃，可以说是'赵述岛绿洲梦'的急先锋啦！"

伊本笔下中国海

阿拉伯与中国在征服海洋方面，都有着举世震惊、令人称羡的辉煌历史。前者不仅有辛伯达惊心动魄的航海故事，被载入了《一千零一夜》；而且有伟大旅行家伊本·白图泰,他历时30年的探险之旅,一路记录沿途风俗人情,对南中国海也颇多记述。至于后者,不仅有元代汪大渊这样震惊世界的民间大航海家,著有《岛夷志略》,并被称为“东方的马可·波罗”;而且有明代郑和七下西洋的伟大壮举,并绘有《郑和下西洋图》。

前无古人旅行家

伊本·白图泰(1304~1377年),享年74岁。1325年(元泰定二年)6月13日,他离开了家乡——摩洛哥的丹吉尔,打算前往麦加朝圣。他就像翅膀长硬离巢的海燕一样,告别了所有的亲朋好友,开始搏风击浪的人生旅程——探索未知的远方、幽冥的地理。

自此,他一发不可收拾,历时30年时间,游历了非、亚、欧三大洲的44个国家和地区,总行程长达75 000英里(大约12万公里),被称为“在蒸汽机时代以前无人超越的大旅行家”。

伊本·白图泰比中国的民间大旅行家汪大渊年长7岁,也比汪大渊周游列国要早5年。他生于摩洛哥北部直布罗陀海峡南岸的丹吉尔城,也死于这座美丽的海港城市。在白图泰生活的时代,正是摩洛哥历史上罕见的马林盛世,而中国的蒙元帝国尽管走过了忽必烈开创的鼎盛时期,但余威尚存。当时,世界上许多国家的统治者或采取合纵策略或采取连横方针,向外派遣使者四面联络、八方游说,以图扩大自己的实力。

伊本·白图泰的家庭是一个伊斯兰教的教法学世家,可谓书香门第。根据其家谱的记载,他家隶属于古老的游牧民族——柏柏尔族的莱瓦提部落。他在长大后,自然而然地成了一位伊斯兰教教徒,不仅精通《古兰经》,而且谙熟伊斯兰教的教法学和圣训学;他还会说柏柏尔语、阿拉伯语、突厥语、印地语和波斯语等几种语言,这为他云游四海提供了极大的方便。

1325年6月13日,刚满21岁的白图泰,便孤身一人乘舟启程东游,开始了一生的寻梦生涯。在交通极不方便的中世纪,他有时步行,有时凭借骆驼、马车、帆船这些原始的交通工具,完成了人们难以想象的伟大旅行创举。素以学术性、权威性著称的《简明不列颠百科全书》,对其给予高度的评价,说他是“在蒸汽机时代以前无人超越的大旅行家”。知晓了这位“大旅行家”,我们那个长期引以为豪的说法——汪大渊是“14世纪最伟大的旅行家”恐怕要被颠覆,最起码就得加上“之一”的后缀了。

白图泰一生的旅行可以分成 4 个阶段：一是北非西亚游，二是远东中国游，三是安达卢西亚游，四是黑非洲游。

1325 年夏天，伊本·白图泰踏上了一条传奇之旅。首先，他沿着北非海岸旅行，穿过今摩洛哥、阿尔及利亚、突尼斯、利比亚和埃及的国土，到达开罗；从开罗溯尼罗河而上，到今苏丹的苏丹港。就在他到达苏丹的时候，当地爆发了针对埃及马穆鲁克统治者的叛乱，无奈，他只得折回开罗。在路上，据说他邂逅了一位“圣人”，预言他除非先去叙利亚，否则永远到不了麦加。于是，白图泰就决定先去叙利亚，在叙利亚他游历了那里为数众多的古城古堡，其中包括罗马时期丝织印染中心、古丝绸之路西段起点之一的提尔（今黎巴嫩苏尔）。在这里，他只是简略地描述了该城易守难攻的险要特点，可见此时的丝织印染业早已成为历史。而后，白图泰游历了阿拉伯半岛、两河流域和东非海岸，其间三次到麦加朝觐。

在马尔代夫，他因故停留了九个月，还被任命为马尔代夫的大法官，甚至“艳福”临身，被迫娶了国王的女儿。但是，白图泰不想在这儿长期逗留，于是这位大法官随意判案，惹怒了老百姓，这才终于被赶出了马尔代夫。接下来，他去了锡兰，看到了亚当桥。但是他的船随后先是遇上风暴，又被海盗抢劫，使他被迫又折返古里，然后又返航马尔代夫。

“当你面向太阳的时候，你定会看到自己的希望。”白图泰坚信这则阿拉伯人家喻户晓的谚语。果然，这一次他非常幸运，找到了一艘来自中国的船只，并顺利地经过马六甲海峡，沿着越南海、中国海北上，最后到达了元朝南中国最大的港口、也是世界上最大的港口——泉州。随后，他从泉州出发，游览了漳州、梅州、广州、鄱阳、杭州等地。

据中国海外交通史博物馆研究员、北京图泰翻译研究中心主任李光斌考证，白图泰于 1346 年 4 月来华，1347 年 1 月离开，主要是在中国南方游览了 9 个月。李光斌不仅对阿拉伯诸国的语言文字、历史文化有着很高的修养，而且是《异境奇观——伊本·白图泰游记（全译本）》的翻译。他认为，白图泰来华的时间虽短，意义却非常重大。

无与伦比的游记

《异境奇观——伊本·白图泰游记》是一部大旅行家的口述实录,堪称是百科全书式的鸿篇巨制。它以丰富翔实的目击见闻,囊括了中世纪地理、历史、民族、宗教和民俗等方面的史料,成为一部价值极高的著作,至今仍是研究宋元时代中国与阿拉伯国家关系的重要资料,堪称"全人类历史上无与伦比的最伟大的游记"(李光斌语)。

"三十功名尘与土,八千里路云和月。"(宋·岳飞《满江红》句)在漫长、艰危的跋涉途中,白图泰用自己细腻细巧、多姿多彩的笔调,记述了各国、各地的各种珍闻。但遗憾的是,1345 年,在波涛汹涌的印度洋上,仿佛一场噩梦突降,他无处躲,无处藏,遭遇了一伙疯狂的海盗。从而,在一片尖啸和怒骂声中,他历尽 20 年风风雨雨、勤勤恳恳的行走和笔耕,积累下来的所有珍贵资料,均被抛入汪洋大海之中,无一幸免。

眼望着在大海里翻卷着的一张张纸片,白图泰欲哭无泪,感觉自己就像是"寒蝉抱枯枝——日暮途穷"了。待他丧魂落魄地回到故乡后,没承想"山重水复疑无路,柳暗花明又一村",他非常幸运地遇到了知音——艾布·阿南素丹,这位开明的素丹(伊斯兰国家对君主的称谓)听完他的汇报,就下令白图泰好好回忆,一定要将那些浩若烟海的游记口述下来,并命令自己的秘书伊本·朱甾详细地进行记录。于是,二人密切配合,夜以继日,遂将涵盖了诸多国家奇风异俗的游记整理完成,随后编辑成书,并将它命名为《伊本·白图泰游记》。

《异境奇观》译者李光斌与校订者阿卜杜勒·哈迪·塔奇博士

在阿拉伯文学、文化的宝库中,《异境奇观》是一部璀璨夺目的游记作品,开创了阿拉伯这一领域的先河,在世界文学之林中也占有很重要的地位。不仅如此,在地域、地理上,它跨越了亚、非、欧三大洲众多的国家和地区;在学科、学术上,它囊括了中世纪的地理学、历史学、民族学、宗教学、民俗学和姓名学，以及动物学、植物学、人类社会学、地理地名学、海洋生态学及海上交通史等许多领域；这部游记还具有跨地域、跨门类、跨学科和跨题材的特点，十分珍贵，非常独到；它还对当时各国的经济情况、政治制度、人口分布和物产资源也作了生动的描写、摹绘。

李光斌认为，虽然白图泰游记异常详细地描写了各个国家的风土、风物，但它更重要的文化价值，却是如实地记录了各国各地的历史事件，以及各阶层人物的生存环境、生活状态——上至帝王将相、嫔妃阉宦，中至达官贵人、作家学者，下至和尚尼姑、黎民百姓等。

该书对不同国家诸色人等的朝廷礼仪、法律制度、道德风范、宗教信仰，乃至于饮食起居、风俗习惯、服装打扮，以及在白图泰逗留期间发生的战争、暴动、叛乱和社会治安事件，等等，都有详尽的记录，可谓一应俱全，包罗万象。因此，与其说《异境奇观》是一部长篇游记，不如说是一部不可多得的世界性、综合性的百科全书。

《异境奇观》作为一部宝贵的文化遗产，赢得了广泛关注。据塔奇博士统计，该书在当今世界至少有30多种版本，其中大部分都是手抄本。再加上全世界各个国家翻译出版的不同版本，恐怕不下于40多种了。而李光斌的中文译本，则是中国首个全译本。李光斌还曾经说过：

伟大的阿拉伯航海家伊本·白图泰在他的游记里，多次赞扬中国的港口、船舶，以及中国与世界交往的盛况。他是搭乘海船从印度前往中国的。他说：“这种海船，只有中国的刺桐城（即今泉州——著者）和克兰穗城（即今广州——著者）才能建造。”

伊本·白图泰还在他的书中，详细地描述了中国船只的情况、分类与特征。他说：“中国船分为三类：大的那种叫朱努克，单独一艘叫艟；中等的叫舟或艚；小型的叫舸舸木。大船上有十二面帆，最少的也有三面。这种帆用竹篾编织而成，很像席子；一直挂着，从不落下，根据风向随时转动；停泊时，便让这些篾帆船停在风口。”①

①［科威特］雅固布·尤斯夫·哈基博士：《科威特造船史》，李光斌译，国际文化出版公司，2009。

丝绸之路在中国

“读万卷书,行万里路;有耀自他,我得其助。”清·梁绍壬在《眼镜铭》里曾经这样写道。而在我看来,这与其说是赞美眼镜,不如说是赞颂旅行。著名的阿拉伯旅行家白图泰倾尽一生心力,诠释了“读万卷书,行万里路”的旨趣,他的足迹遍布 40 多个国家,其中有不少位于丝绸之路沿线。

这位推崇“此生行尽天涯路,今世无缘地狱门”的旅行家,在他的旅途中信守一个原则:人生就是生命的旅行。所以,他创造了古代无人企及的旅行记录。正可谓:“王母娘娘看姑爷——不是凡人!”对于他的行走和著述,摩洛哥王国科学院院士塔奇博士曾说:“他是用阿拉伯文,率先向世界其他地区,出色地、完美地推介了中国。”

李光斌认为,就行程之遥远,时间之长久,地域之广阔,以及游记卷帙之浩繁而言,伊本·白图泰远在马可·波罗之上,但两人都不失为中世纪伟大的旅游家,各有千秋。巧合的是,马可·波罗从中国回到意大利写出了《马可·波罗游记》,就在他逝世时,白图泰开始了他的伟大行程,二人联袂在世界旅游史上演绎了一段接力游中国的佳话。可以说,二人一先一后,都向世界呈现了一幅中国元朝版、文字版的“清明上河图”。

马可·波罗和伊本·白图泰都曾经论述,元朝在东南沿海设立市舶司,致使海外贸易异常繁荣的情况。这一点,日本学者小叶田淳的《海南岛史》也曾经论及,他说:

在元代,承袭着前代,致力于国外的贸易,支那(即今中国——著者)商人的海外通商,依旧很兴盛。阿拉伯商人也在此时搭乘支那的商船往来贸易。伴随着元朝政府保护色目人的政策,很多色目人居住在泉州、广州、杭州等地,特别像泉州,是

潭门南海博物馆旁边新渔港

> 被称为世界第一的贸易港口。管理一切有关外国贸易的机构是市舶提举司。元世祖时期，朝廷在广州、泉州、庆元、明州、杭州等地，分别设了市舶提举司。……这三个港口（广州、泉州和庆元——著者）实际上从宋朝以来就是对外贸易的门户港。①

小叶田淳还在这部书中言及，琼州也曾经设立“海北海南博易提举司”，税法依据市舶司的惯例。对于元代社会的繁荣、进步和稳定，白图泰也非常赞赏，并给予很高的评价。他说：“中国地大物博，水果、五谷、黄金、白银等应有尽有，世界上任何地方都不能与之媲美。”在他看来，中国十分繁荣，堪称“世界上房舍最美好的地区，全境无一寸荒地。……沿河（应为长江——著者）两岸皆是花园、村落和田禾”。

白图泰说，杭州地处沿海，是他“在中国地域所见到的最大城市”，也是“世界上最大、最繁华的城市”；在这儿，“每人都有自己的花园，有自己的住宅”；杭州“港湾内船艇相接，帆樯蔽天，彩色风帆与绸伞相映生辉，雕舫画艇，十分精致”。当然，这些话也不乏文学的夸张手法。杭州之所以如此繁华，大抵因其曾是南宋首府的原因吧。

白图泰高度评价我国的农业：“摩洛哥出产的水果，中国不但应有尽有，而且还更加香甜；小麦在中国也很多，是我所见到的最好品种……黄扁豆、豌豆亦皆如此。”对于当时中国的工业水平，他也表示了钦佩，认为中国的金银器皿、铜器、竹器、漆器和船舶等，制作极为精巧，达到了很高的水准。而丝绸、瓷器更是堪称一绝，无与伦比。

泉州和广州的瓷器价廉物美，远销南洋、印度等地，甚至走得更远，销售到他的家乡——非洲西北部的摩洛哥。白图泰在游记里还写道：

> 刺桐港（泉州港——著者）是世界上最大的港口之一，甚至可以说就是世界上最大的港口。我看到港内停有上百条大船，至于小船可谓多得不可胜数。它是海洋蚀入内陆，与内陆河汇合而成的天然良港。②

白图泰还赞扬中国的治安措施非常到位，驿站随处可见，管理丝丝入扣，即便是一个外国旅客在中国也尽可放心。他记述道：

---

①［日］小叶田淳：《海南岛史》，张兴吉译，海南出版社，2017。

②［摩洛哥］伊本·白图泰口述，［摩洛哥］伊本·朱甾笔录《异境奇观——伊本·白图泰游记（全译本）》，李光斌译，海洋出版社，2008。

在中国旅行是最安全不过的。中国是世界上最安定的国家,旅行者即使身怀巨款,单身旅行九个月,也不会担惊受怕。那是因为,在中国处处都设有驿站。驿站内有驿令、骑兵和步卒驻防。每到傍晚或晚饭时分,驿令和录事便会来到驿站的客栈,将所有旅客登记造册,并加盖印章,然后将客栈大门关闭。翌晨,驿令和录事复来清点,按花名册点名,记下详情。

然后,派人将他们送至下一站。下一站的驿令出具文书,证明名单上的人皆已抵达。如果下一站的驿令不这么做的话,前一站的驿令可向他要人。从中国的穗城到汗八里克(即今北京——著者),站站如此。①

凡此种种,有感则必录,细腻而生动,令人颇有身临其境之感。这些都是白图泰亲眼看见、亲身经历过的,所以他的记述应该也是真实可靠的。故而,几百年来,关于他是否来过中国之类的无谓之争、无聊之论,可以休矣!因为,这些细节与中国当代史学家的研究不谋而合。譬如,中国著名历史学家翦伯赞在其主编的《中国史纲要》下卷中叙述道:

元朝政府在全国设置驿站。驿站分陆站、水站,陆站用马、牛、车,水站用船。“汉地”由兵部统领,“北地”由通政院统领,并于各郡县冲要处所设脱脱禾孙(蒙古语,意为“查验者”——著者)之官,以监察驿政。据《元史·兵志》统计,全国共有站赤(驿站——著者)1 383 处。

与驿站相辅而行的还有急递铺(相当于现在的“快递”,不过它是专门传送官方文件的机构——著者)。元制:每 10 里、15 里或 20 里设一急递铺,铺设铺兵 5 人,传递紧急的文书。驿站和急递铺的设置,不仅便于“通达边情,布宣命令”,还有利于全国的交通。

……

在元朝统治时期,中国是当时世界上最强大最富庶的国家,它的声誉远及于欧、亚、非三洲。西方各国的使节、商人、旅行家、传教士来中国的络绎于途。……由于中外交通的频繁,中国人发明的罗盘、火药、印刷术经阿拉伯传入西欧,阿拉伯人的天文学、医学、算学知识也陆续传来中国。②

---

①[摩洛哥]伊本·白图泰口述,[摩洛哥]伊本·朱甾笔录《异境奇观——伊本·白图泰游记(全译本)》,李光斌译,海洋出版社,2008。

②翦伯赞主编《中国史纲要(增订本)》,北京大学出版社,2006。

中阿友谊由来久

在中国旅居九个月后，伊本·白图泰离去了。他首先坐船回到古里，再穿过阿拉伯海去阿曼和巴格达。在那里，他得知伊儿汗国陷入了战乱中，阿不塞因已经死于战争，国家已经崩溃。

于是，他决定回去麦加，当经过大马士革的时候，他得知黑死病（元朝时世界范围的大鼠疫——著者）开始蔓延，他的父亲已经死去。这样，白图泰当即决定：尽快返回自己的家乡——摩洛哥丹吉尔。回到故乡，他才得知母亲也在数月前赍恨而殁。此时，白图泰睽离家乡已经25年了。离家之时，椿萱并茂；返归之际，父母双逝，他睹物思亲，禁不住柔肠寸断，泪眼凄迷。

此后，他告别双亲的亡魂，又踏上旅途，分别游历了欧洲的伊比利亚半岛、非洲的尼日尔河流域。直到步入晚年后，踏遍了天下山山水水的白图泰，方才停止了远游的脚步，在摩洛哥的首都非斯定居下来，以便补充、润色自己的游记，直到公元1377年去世。

可见，中阿友谊地久天长，光前裕后。而今，这份亘古不磨的友谊宛如忘情之水，穿越幽邃的时空隧道，从而两国人民交往更频，友谊更深，可谓是“百尺竿头，更进一步”。

2016年1月21日，中国国家主席习近平同志在阿拉伯国家联盟的总部开罗进行访问的时候，发布了拨云见日、高瞻远瞩的演讲，题目是《共同开创中阿关系的美好未来》。他语重心长地说：“‘未之见而亲焉，可以往矣；久而不忘焉，可以来矣。’来到阿拉伯国家，我和我的同事们都有一种亲近感。这是因为，在穿越时空的往来中，中阿两个民族彼此真诚相待，在古丝绸之路上出入相友，在争取民族独立的斗争中甘苦与共，在建设国家的征程上守望相助。这份信任牢不可破，是金钱买不到的。”关于中阿友谊，李光斌曾经说过：

白图泰的伟大游记

中国人民与阿拉伯人民的关系源远流长。据历史记载,早在汉武帝派遣张骞出使西域时,就知道安息以西有个地方,名叫“条枝”,那就是我们今天所说的阿拉伯地区。对此,《史记》《汉书》《旧唐书》《新唐书》《瀛涯胜览》《星槎胜览》等古籍都有记载。阿拉伯人也有许多记载中国的著作,例如《异境奇观——伊本·白图泰游记》《苏莱曼游记》《道里邦国志》《黄金牧场》等。这些著作,全面地介绍了陆上丝绸之路的盛况;与此同时,海上丝绸之路也为传播中华文明和阿拉伯文明做出了贡献。①

习近平总书记在开罗访问发表的题为《共同开创中阿关系的美好未来》的演讲中,更是高屋建瓴地指出:

中华文明与阿拉伯文明各成体系、各具特色,但都包含有人类发展进步所积淀的共同理念和共同追求,都重视中道平和、忠恕宽容、自我约束等价值观念。我们应该开展文明对话,倡导包容互鉴,一起挖掘民族文化传统中积极处世之道同当今时代的共鸣点。

“一带一路”延伸之处,是人文交流聚集活跃之地。民心交融要绵绵用力,久久为功。昨天,我会见了获得“中阿友好杰出贡献奖”的10位阿拉伯老朋友,正是有一代接一代的友好人士辛勤耕耘,中阿友好的大树才能枝繁叶茂、四季常青。

为了让人才和思想在“一带一路”上流动起来,我们将实施增进友好“百千万”工程,包括落实“丝路书香”设想,开展100部中阿典籍互译;加强智库对接,邀请100名专家学者互访;提供1 000个阿拉伯青年领袖培训名额,邀请1 500名阿拉伯政党领导人来华考察,培育中阿友好的青年使者和政治领军人物;提供1万个奖学金名额和1万个培训名额,落实1万名中阿艺术家互访。

……

埃及谚语说:“比时间永恒的是金字塔。”在我看来,最永恒的是埃及人民崇尚变革、追求自由的伟大精神。今天的埃及承载着传承文明的希望,肩负着探索复兴道路的使命。中国坚定支持埃及政府和人民的努力,期待埃及成为地区稳定支柱和发展标杆。

①[科威特]雅固布·尤斯夫·哈基博士:《科威特造船史》,李光斌译,国际文化出版公司,2009。

海南侨乡第一宅

被誉为“海南侨乡第一宅”的蔡家大院，始建于1934年，坐落在琼海市博鳌镇留客村。蔡家四兄弟的四座建筑风格相似，比肩接踵，外观酷似一座固若金汤的城堡，可以有效地防止海盗、土匪的窜袭和侵扰。2006年，蔡家大院入选国家重点文物保护单位，2013年又得到国家150万元的资金支持，进行了大面积的修缮，以便笑迎天下宾客。

南洋侨领南洋风

从海口市沿东线高速公路驱车100公里，下高速公路往博鳌镇方向走，经过博鳌禅寺再往前行驶，总共不到10公里的车程，过大桥后路边右侧有个路牌，上面写着“蔡家大院——琼海市重点文物保护民宅”；路边左侧有个“莫村村委会”的路牌，向左侧行进两公里，就到达了莫村村委会留客村。

往村子的东南方向，沿着一条蜿蜒的水泥路信步前行，不远处就是一片蓊郁的椰树林，抬眼一瞧，就会赫然见到一幢高墙大院，这就是蔡家大院了。现在，大院经过大半年的施工，业已修旧如旧，旧而弥新，并以全新的容颜迎接国内外游客的观光游览。刚刚涉足大宅门，看到的是个封闭式的天井，你再仰头一望，可见二楼上的雕花围栏绕天井一周，好不气派！统观大院，透出一种地地道道的南洋风情味，也透出一种豪华气派的富贵气。

大院的主人是蔡家森四兄弟。蔡家森于百余年前“去番”，在印度尼西亚经

蔡家森三代同堂的全家福

过艰苦打拼，终于靠海运白手起家，成为当地大名鼎鼎的富商和侨领，带动了众多的乡侨“住番”打拼。

从南宋肇始，尤其到了明清之交，海上贸易的巨大利润吸引了大量海南人前往东南亚打拼，他们在那里“住番”久了就成了华侨。尤其是到了清朝中后期，以西班牙为“先锋队”的西方殖民主义者，对东南亚实施残酷劫掠、血腥占领和奴役性统治，致使东南亚国家人口骤减。这样一来，贩卖人口的生意应运而生。孙中山曾说：“华侨之初往外洋也，实乃被卖为奴，广东语谓之‘猪仔’。从前有古巴招工、南洋招工，澳门等处以此买卖为业者，谓之猪仔馆。”

于是，或者是被当作“猪仔”贩卖，或者投亲靠友去务工；加之，殖民统治者亟待开矿、筑路、修公事和搬运货物，乃至种植鸦片，等等，造成东南亚各国的人力资源出现大量的缺口。而国内局势呢，兵连祸结腥风飘，苛捐杂税猛于虎。于是，海南人“去番”的浪潮一浪高过一浪，蔡家森四兄弟就是在这样大的历史背景下，卷铺盖“下南洋”的。

蔡王普君是蔡家森的孙媳妇，现在留守大宅，她告诉我们，1898 年，18 岁的蔡家森搭船漂洋过海，经过九死一生到了印尼做“番客”。他有了一定的积蓄便从事海运，从小船做到大船，从木船换成钢船，凭借超凡的智慧和诚信的原则，他的海运事业做得风生水起。刚过不惑之年，他就当选为华人社团理事和副主席，被当时统治印尼的荷兰王室封为“甲必丹”（一种当地政府授予华裔侨领的封赐）。

整个宅院的建筑风格中西合璧，就像一座坚固、豪华的城堡，它是由砖、瓦、木、水泥钢筋混合结构组成的建筑群落，显得精美、别致、气派。这座宅院有厅堂三进、天井两个，两侧有横廊楼阁多间，四周有厨房、浴室、柴房、猪舍和卫生间等一应建筑。天井之中设有花木葳蕤的阶墀，整个宅院是一座开放而封闭、庞大而完整的城堡式建筑，有利于防范盗匪。正像“琼海在线”网刊载梁文洪的文章《探访琼海蔡家宅》所说：

> 高墙、深院，封闭、保守是诸多老宅的特点。蔡家宅为二层三进、全封闭式建筑，内有天井两个，客厅三间，横廊楼阁多间，厨房、柴房、浴室样样齐全。整栋宅院既有海南民居特色，又洋溢着浓郁的南洋风味，可见主人煞费苦心，也见得主人对南洋情调的追求。
>
> 进入客厅，脚底下的彩色地板砖映入眼帘，虽然历经几十年的沧桑岁月，但依然光鲜如新。两侧做工精美、精雕细琢的太师椅和高高耸立的屏风，透射出奢

华与富贵。“华堂聚和”的横匾挂在中间客厅的正中位置，供奉祖先牌位的“公阁”高高在上，给人一种雍容华贵、治家严谨的感觉。

天井上观苍穹，下俯地面，别有洞天。暖暖的阳光直射进来，让宅院充满生气，仿佛令人看到了昔日太阳底下，或读书，或玩耍的蔡家子孙。左侧最里面的“槟榔书斋”是主人当年的书屋，墙上挂满了照片、风景画和嘉宾题词。《嘉宾题名簿》上写满了来访者的留言和祝福。

蔡家森大院占地600多平方米，它一改中国传统坐北朝南的格局，而是坐东南、朝西北，其中以蔡家森的住宅最豪华、阔绰；大院共开大小门户35个、大小窗户104扇，宅院四通八达，上下连通，四周通达，堂屋、横屋以及前后厅堂、两侧楼阁相互环抱，结构严整紧凑、牢固实用。

尽管历经了80多年的风摧雨瞟，但蔡家大院至今风采依旧，风姿迷人，凸显着昔日的辉煌，映射着主人的功业。整幢建筑高大森严，气势非凡，令人肃然起敬之余，不由得回望其主人在异国他邦夙兴夜寐的辛劳身影、犁波耕浪的漂泊人生。

博鳌镇里大宅门

或许是受到电视剧《大宅门》的误导吧，在许多人的心目中，“大宅门”只有北方才有，其实不然。

蔡家大院主人蔡家森年轻时漂洋过海，创业发家后荣归故里，倾力垒砌这幢光前裕后的豪宅，堪称“博鳌镇里大宅门”。他们兄弟见多识广，将古老的民族传统风格与南洋气派完满地结合起来，营造出这片与本土建筑迥异的建筑群落，而今成为名闻遐迩的旅游景点，让人流连忘返。

古色古香的民族特色中，蕴含着洋气洋派的西式风格。屋宅的前檐雕刻着飞翘的龙头，门窗木雕是精致的传统风格，诸如三阳开泰，五福临门，龙凤呈祥，瓜瓞绵绵，俎豆莘莘，可谓民俗文化符号应有尽有。立柱上的花栏内，又有西式的立体花盘和古罗马的人像雕塑。屋顶既保留海南民居的飞檐翘脊，又有机地糅合了西方的方圆、弧形线条的图案浮雕。

院内的前、后庭，上、下楼都有走廊楼梯相连，遇到下雨天，足不湿鞋即可走遍宅院内的每一个角落。紧密衔接的环廊，具有挡风遮光避雨的功能，因此一年四季，大宅内清爽宜人，和煦如春。此外，蔡家宅还是个固若金汤的防御性建筑。

大门外侧的楼梯间暗藏着射击孔,可以有效地防止海盗、土匪及倭寇的侵袭,从而让屋内的眷属有安全之感,无后顾之忧。

蔡家古训联

留客村创始于明代, 迄今约有 400 年的历史了。时下,该村共有 176 户人家,居住着蔡、莫、佘、朱、陈、韩、王、卢、周、覃十个姓氏。其中旅居印尼、新加坡、马来西亚、泰国、香港、澳门等地的华侨就有 1 000 多人。清末,留客村的青壮年男子大都从村口的古渡口乘船,经万泉河漂洋过海去当“番客”,在南洋谋生创业。

蔡家宅的主人蔡家森有四兄弟,父亲早逝,家境贫寒,蔡家森带着两个弟弟跟随“去番”的热潮,前往印度尼西亚谋生。他们历尽千辛万苦,从事橡胶种植和船务航运,经过多年艰辛打拼,蔡家兄弟成为当地赫赫有名的富商和印尼“番客”中的侨领。

就像很多从海南出去的“番客”一样,发家致富的蔡家兄弟犹如西楚霸王项羽一样,心中牵系的第一件事就是回到故乡盖祖屋,建豪宅,以便衣锦还乡,光宗耀祖。1934 年,蔡家森回到琼海留客村,和兄弟们一起盖起了这座大宅门。琼海人一向是以孝道立身,蔡氏兄弟也一样,他们在大院每幢宅院的厅堂里,都设置了供奉祖先牌位的“公阁”,以便随时祭拜。“公阁”很高,每次烧香祭祖都要登着梯子上下。

可惜的是,堂皇富丽的蔡家大院只热闹了四五年。1939 年日军侵琼之时,蔡家兄弟又撤回印尼,躲避战火。于是偌大的宅院内,只剩下不肯离开故园的老母亲和照顾她的仆人。蔡家森的母亲去世后,这座豪宅就像是那些“守望妇”一样,在孤寂中开始了长久的守望。直到 20 世纪 80 年代,浪迹天涯的蔡家后人才从国外回到故园承继宗祧,延续祭祀。

诚信勤俭万年兴

谁能料想,正值酷暑,而在 600 多平方米的蔡家宅里,居然连一个空调也没有。是日下午,来自山东的一位游客,边看边沉思道:“真不简单,蔡氏家族这么有钱,生活却这么简朴。实在是出乎意料啊!”

“公道守信千古业，婆言勤俭万年兴。”据说，这是蔡家森给后代立下的家训。对于许多的游客来说,原本只是想看看老宅的景色,但没承想受到了一次精神的洗礼。“让我记忆最深的,还是刻在墙上的那十四字祖训。我的理解是,经商和为人一样,一定要公道、守信、勤俭,方可创下‘千古业’,保持‘万年兴’。”一位游客这样阐释这副对联。

而蔡王普君摇一摇头,笑着解释、纠正道:“这是我们蔡家的家训,里面含有海南话的词汇,‘公道’不是一般普通话说的公平、公正的意思。这里的‘公’就是阿公的意思,‘婆’就是阿婆的意思。”她说,这两句家训的意思是这样的:阿公说,我是生意人,凭着恪守“守信”二字,才能赢得千秋家业;阿婆说,你赚钱再多,也要始终保持“勤俭”二字,才能确保万年繁兴。否则,即便是富可敌国,也会被风吹雨打去!

今年66岁的蔡王普君是蔡家森的孙媳妇,她一边拿出蔡家森第四子蔡修浩手书的家训,一边介绍:“这副家训对联是蔡家森公公拟写的,现在这句话还镌刻在他墓碑上呢——他是要子孙后代永远铭记、践行‘守信’‘勤俭’的训言啊!”据介绍,这副对联以前也镌刻在大门的楹柱上,“文革”期间,被“最高指示”所代替;20世纪80年代,蔡家人又延请一位书法家重新书写、装裱,现在就挂在客厅里“全家福”照片的两侧。

蔡家大院的设计非常重视风水学,就是堪舆理论——堪天舆地,天人合一;藏风聚水,风水相宜,旨在感天地造化之德,创造人与自然的和谐生活环境。蔡家森幼时没有读过几年书,但请了一位福建籍擅长观天察地的师爷,终生相伴;大院的绘图、购料和请人,包括材料运输、施工监造等冗务,就是由这位被尊称为“祖师爷”的陈先生一手操办的。

感受着蔡家老宅的文化气息,呼吸着乡野的新鲜空气,抚摸着年代久远的家具、楹柱,乃至木雕的电话机,我油然萌生一种感慨:留住传统民居,留住我们的根,留住子孙回家的路。

徜徉在蔡家大院,我想到,传统中国是一种乡村文明荫庇下的宗法社会,靠着血缘的纽带、亲缘的丝线,将街坊邻居、十里八乡的村民们牢不可破地维系在一起,就像一张硕大的蜘蛛网,向着周边无边无际地延宕开来。人皆在网中,无不怀着强烈而深厚的亲情、宗族之心结,乃至将帅“虽在军旅,不忘俎豆”,游子“虽在他邦,不忘宗祧”。蔡家兄弟即如后者。

何谓“俎豆”?俎乃祭祀时盛装肉食的礼器,豆乃祭祀时盛装主食的器皿,二者并用,便有了祭祀、崇奉的延伸意,譬如俎豆千秋、俎豆莘莘(繁茂状)之类,意即香火不断、薪尽火传,甚而暗含瓜瓞绵绵之意。正如“大清词圣”纳兰容若在《拟古》诗之十所言:

南山有闲田,不治委荆榛。
今年适种豆,枝叶何莘莘!

诚信立足财源广

蔡王普君大姐说道:“那个时候,在祖宗海里做运输生意,一般都是采取以物易物的方式进行。这种交易方式,双方货物的价值都是靠双方估计、商议的。蔡家森阿公从来不以次充好,更不会坑蒙拐骗,而是以诚信和货真价实立足,这样,才一步步把生意做大了。”

关于蔡阿公“诚信立足”的事例,蔡大姐还给我们讲述了1927年的一件事。当时,她阿公与荷兰生意人口头约定,要给对方运输一批货物,三天之后必须送到。但是,当他们准备出发的时候,一位“气象师”(也就是他的“祖师爷”陈俊明——著者)却告诉他:“天气不好,不允许出海,若是非要去的话,风险太大了,不可意气用事呀!”

蔡大姐用手指一指蔡家森的全家福老照片,接着说:“但他坚定地说:‘孔夫子曾说过:人而无信,不知其可!人在信用就得在,除非船毁人亡!’为了履行诺言,他依然选择了冒险送货。最后,由于风浪过大,货船沉没。尽管整船货物沉于大海,蔡家森还是按货物价值,给对方作了双倍的赔偿。自此,口碑立起来了,这些荷兰人有生意做,非找蔡家森不可。”

1971年,蔡家森在印尼辞世,享年85岁。现在,蔡氏家族的生意一如既往,蒸蒸日上;蔡家子嗣也薪火相传,“枝叶何莘莘”矣!其子孙后代共计200多人,分别在各个领域独领风骚,事业有成,家庭幸福。蔡大姐说:“有80%左右的后代,继续做生意。其余的,有的是工程师,有的是银行高管。”而这些后代,每家每户都贴有家训。知道内情的人一看到这副家训对联,就明白了这一家的主人一定是蔡家森的后代。

蔡大姐还介绍说:“这些蔡家的后代,都在严格遵循、践行着家训。比如在印

碧水红花环绕蔡家宅

度尼西亚做远洋捕捞生意的蔡崇基，有一次，由于金枪鱼价格暴涨，许多人都建议他抬高价格，但他不以为然，还是按照此前口头约定的价格，将一整船金枪鱼卖给对方。相比之下，利润亏了50%左右。这就是家训的功德。”

家风正，则民风淳；民风淳，则国风清；国风清，则家国兴。窃以为，蔡氏家训的形成和发扬，本身就是对优秀传统文化的传承、弘扬，这种好的家风，是社会伦理道德的组成部分。海南过去的家训，大多数是将忠孝、礼义、诚信和勤俭等儒家传统价值观奉为圭臬，所以能够传承不息，发扬光大。对此，李存山先生曾经在《家风十章·序》中说过：

一种好的家风，就是一个家庭的优秀传统，它通过长辈的言传身教，见诸文字的家规、家训、家范等，由家庭成员的身体力行来世代传承。这是中国传统文化得以长期延续的精华所在、智慧所在。近代以来，中华民族处在“数千年未有之变局”中，中国传统文化也面临着现代化的各种挑战。我们应该看到，中华民族之所以能够衰而不亡，衰而复兴，也是因为我们继承和弘扬了“自强不息”“厚德载物”等民族精神。①

南海考古独臂侠

如果要说到西沙、南沙考古和文物的话题，有一个人物是绕不开的。他是一位独臂老人，童年时被日军遗留的一颗哑弹夺去了左臂；他是一位情系祖国蓝色海疆的考古学家，在花甲之年利用生命的最后时光，七下西沙、两下南沙自费

①李存山主编《家风十章》，广西人民出版社，2015。

考古，用事实说话，把南海诸岛与祖国大陆的最早关联时间向前推进了 1 000 多年；他是一个无怨无悔，至死都要将灵与肉安顿在祖国蓝色国土上的独臂侠客。1996 年，中国海军千古未有地为他举行了隆重的海葬仪式。这位被称为“南沙考古第一人”“南沙探宝独臂侠”的老人，就是我国著名的考古学家、中央民族大学历史系教授王恒杰。

南沙考古第一人

1992 年 6 月 15 日，《人民日报》第 4 版刊登新华社电讯稿称，中国著名考古学家王恒杰登上我国南沙群岛诸岛礁，进行了为期一个月的考察，发掘出土了大量的瓷器、铜币等文物，另有一件锈迹斑斑的铁锚。

回首那“鱼龙沸海地为泣，烟雨满山天也愁”（宋·文天祥《南海》句）的凄怆年月，祖国母亲被蹂躏，祖国海地被瓜分；八国联军乱中华，前门方拒虎，后院又进狼。腐败的清政府丧权辱国，再三割地赔款。聊可慰藉的是，在那场定鼎九州的决战中，蒋介石率国民党部队退守台湾之后，保留了在南沙太平岛上的驻军，算是为国家、民族守住了这片辽远的蓝色国土。

然而，祖国尚未统一，国共犹然对立，所以 50 多年以来，大陆同胞踏上由国民党军队驻守的太平岛者，唯独花甲独臂考古学家王恒杰一人。他那一腔家国情、赤子心，打动了尚有敌对情绪的国民党驻军，遂在岛上受到了亲如兄弟般的热情接待，乃至临别依依，情意款洽。

更加值得庆幸的是，在驻军官兵的大力配合之下，王恒杰这一次冒险考古之行，成效卓著，斩获颇丰。于是，在有意无意之间，他竟用自己的衰老之躯和一条独臂，将两岸共同守护南沙这片蓝色家园的故事链接到了一起，遂在两岸传为佳话。后来，他与台湾同行书信不断，谈体会，叙款曲。

博鳌渔村珊瑚墙

说起这次南沙之旅，来之不易。1992 年 5 月，王恒杰教授来到琼海县潭门镇，在有关部门的安排下，有幸搭乘老船长陈在清的“琼海 00351”渔船，前往南沙群岛进行考古发掘工作。在南沙群岛一座座岛屿、礁盘和沙洲，王恒杰来往奔波，马不停蹄。通过广泛勘察，他们在多个岛礁上，发现了中国自秦汉以降许许多多的文物。其中主要有三大类。

一是陶瓷类，包括在太平岛采到的汉代“米”字压印硬纹陶片，在南钥岛发现的秦汉时期的压印硬陶盛水器残片，以及在其他岛礁发现的唐代陶瓷碎片、宋代青瓷片、明末清初团凤朵云残瓷碗和青花瓷片等。

二是古币类，包括在太平岛发现的东汉五铢钱、宋代熙宁通宝，在福禄寺礁发现的元代至元通宝、明代大清通宝，在太平岛和南通礁发现的清代嘉庆、道光、咸丰通宝等。

三是沉船遗留物，在美丽的福禄寺礁礁盘下，同船的一位潭门渔民发现了一只长达 194 厘米的单翼铁锚。除去锈蚀之后，经过王恒杰一番甄别，这只铁锚是清代广东制造的。

据王教授鉴定，压印硬纹陶片为一口陶瓮的部分碎片，陶瓮直径约 60 厘米，残片上尚留有圆形印戳。所有的这些特征，均与海南、广东出土的秦汉时代的陶瓮相类似。要说那口唐代陶瓮，则更是巧合，许多的特征表明，它同在海南陵水等地出土的陶瓮，几乎是出自一人之手——它是当时的盛水器，外观呈橘黄色，口小腹大，肩有四系，体量巨大。至于在福禄礁采集的那些青瓷片，器底印有款文“永保长青”，内底则印有螃蟹纹和月中白免；在皇路礁采到的青花瓷残片，经过拼接发现，它们的器底款识有“荣合”或者“福”字，都是中国传统文化的吉利符号，毫无疑问为中国先民的遗物。

1994 年 5 月，王恒杰教授再一次远赴南沙群岛，在南熏礁与鸿庥岛之间的沙洲上，又发现了一批重要的中国古代遗物，包括唐代的开元通宝、宋代的瓷片，以及明清的青花瓷残片等。其中，也不乏上上佳品，例如阳文汉字的宋元白瓷、青瓷之类。

再赴南沙，那惊涛骇浪如同狂鲨恶鲸似的，一次次猛扑过来，从而使得船体剧烈颠簸。对此，《中国海洋石油报》总编辑、长期致力于海洋问题研究的王佩云先生曾经这样写道：

南海特有的大风大浪，给了独臂老教授王恒杰特殊的洗礼。他乘坐的海军补给船刚驶出群山环抱的锚地,南海桀骜不驯的百尺浪涛,就像一座座活动的大山猛扑过来,整个船身不得不在浪里穿行。狂风恶浪带来的船体剧烈颠簸摇晃,越往前走越厉害,忽左忽右,忽上忽下,让独臂考古大侠一路天旋地转,五脏六腑都在翻江倒海,连胆汁都呕吐了出来,甚至萌生出了跳进海里也许还会好受一些的想法。①

自海南回京后不久,王恒杰教授就被确诊为肺癌晚期。面对死神的威胁,他毅然谢绝了"住院治疗"的医嘱,加紧整理研究南沙的文物考古资料,对一件件文物进行修复、分类,并且撰写研究论文和调查报告。他的论文在报刊公开发表后,不仅一石激起千层浪,引起了极大的轰动效应,而且他的研究成果、学术论文,有力地推进了我国对南沙群岛考古研究的进程。

江海凄凄,云山苍苍,先生之志,山高水长;云山苍苍,江海凄凄,先生之逝,海哭云泣……

当年船长含泪忆

"成功的花,人们只惊慕她现时的明艳。然而当初她的芽儿,浸透了奋斗的泪泉,洒遍了牺牲的血雨。"老作家冰心一首著名的散文诗这样写道。诚然,廿年如一日,王恒杰教授情系中国海,心牵祖宗海,撑着病恹恹的身躯,甩着空荡荡的袖管,七下西沙、两赴南沙,在烈日炎炎下全身心、超负荷地来往奔波,风餐露宿,坚持考古发现工作。

的确,王恒杰老教授那一颗拳拳赤子心,那一腔款款爱国情,鱼虫感佩莫名,草木动容不已。

2016年年底,我们一行专程来到潭门镇,在一座二层小楼的顶层,采访了潭门老船长、当年搭载王恒杰去南沙的船主陈在清。没想到,这位有点失忆症的耄耋老船长,对许多的往事都记不得了。可是,值得欣幸的是,在我们的一再比画示意下,老船长终于想起来了这位故人,足见其印象之深。但见他哈哈大笑着,反复地学着我的动作——有力地摆动着右臂,轻轻地甩动着左臂,无疑也是在模拟王恒杰教授当年那晃晃荡荡的左边空袖管……

倏而,陈在清老船长收敛了笑容,随即眼泪好像断线的南珠一般,簌簌而

①王佩云:《激荡中国海:最后的海洋与迟到的祝福》,作家出版社,2010。

1996年海军司令冷宽接见王恒杰（中为王夫人张雪慧）

下，哀哀而泣。呜咽有顷，老人家撕下一片纸巾拭去老泪，又破涕为笑了。他笑模悠悠地告诉我们：那是一个病弱的小老头，而且还是一个残疾人，每次登上一座小岛，就激动得大喊大叫，然后，就像一个小伙子一样，到处跑，到处挖；每次捡到一个瓦片、瓷片，都是如获珍宝，反反复复地看着，还拿出放大镜东瞅西照。老船长一面絮絮叨叨地说着，一面睁大了眼睛，摇动着白发苍苍的脑袋，大概是模拟王恒杰教授端看文物时的样子。

“那样子认真卖力的人，不是一般的人，我一辈子没有见过。他可是个残疾老人啊！”老船长哽咽道。的确，王教授洒下辛勤的汗水，也浇灌出了成功的花朵，令人惊艳不已。对此，王佩云先生曾经这样写道：

王恒杰习惯地背着挎包，甩动着一条胳膊，一刻也不肯停下来。他的足迹几乎踏遍附近的岛礁和沙滩，幸存的右手抚摩过脚下的每一块礁石，一双眼睛不停地搜索岛上前人留下的遗迹。他的手和脚被尖锐的礁岩和贝壳扎破，在海水的浸泡中钻心地疼。后来双脚溃烂，流血，化脓，行路艰难，一步一瘸。他还是顽强地坚持工作，实在走不动了，就让小战士架着前行。男儿有泪不轻弹，陪同他的年轻战士哭了。小战士说：“王教授，南海的水有多深，您对祖国、对民族的感情就有多深。”

西沙没有辜负他的一番苦心，袒露着胸膛让这位远道而来的知音阅览。考古教授在这里首次发现了新石器时代及秦汉时代的文物，弄清了西沙海域文物分布的规律，那其实也就是中华民族先民在这里的活动规律。可他内心惊喜道：“这样一来，西沙与中国大陆的联系至少可以提早1 000多年，历史性占有不是国际法的一条重要原则吗？老夫倒要看看那些觊觎我国‘金项链’的国家，在文物面前还有何话说……”①

①王佩云：《激荡中国海：最后的海洋与迟到的祝福》，作家出版社，2010。

祖国颈上金项链

这样一位年逾花甲的老人,本应在家享受天伦之乐,而王恒杰却义无反顾,分别写好了两份遗书——一份给他所在的中央民族学院,内容是关于科研项目的设立、自己文稿的处理;另一份给了他的妻子,是关于他的返程机票和欠账的清单,然后他搭乘渔船向烟波浩渺的南沙驶去。

了解王恒杰的人一定不难理解他的这种举动。

1933年,王恒杰出生在黑龙江哈尔滨,在他12岁的时候,有一天手提小篮子去捡煤渣,在煤渣堆中发现了日军留下的一颗哑地雷,由于年少无知,不小心引爆了地雷,自此永远失去了左臂。或许从那时起,爱国意识、抗争精神就在他的心底潜生暗长了吧。

新中国成立后上大学时,他选择了艰苦异常的边疆考古专业。毕业后的几十年中,他孤身考古,独臂走天下,把足迹留在了世界屋脊青藏高原、中缅边界等。他根据自己的研究和田野调查,先后发表了数十篇考古学方面的论文,出版了多部少数民族史方面的专著。

在长期的边疆考古研究中,王恒杰逐渐形成了"环南海文化圈"的理论,这一理论对研究中国的领土、疆域与中西交通史,有着重要的学术价值,而属于这个圈内、面积82万平方公里的南沙考古,却一直是个空白。从20世纪60年代开始,南沙发现了石油天然气,这使得本来毫无争议的南海主权问题风云骤起;到了90年代更是波诡云谲,南沙群岛仿佛成了个"大馅饼",许多国家都想着咬上一口,尤其是美国、日本更是处心积虑,想把南海清澈透明的海水搅浑。于是,有着一颗忧国忧民之心的王恒杰,不顾花甲高龄,拖着病残的身子,决定只身赴南沙考察。

南海的面积300余万平方公里,南沙群岛占82万平方公里,这么大片海域的考察谈何容易!一条79吨的机动船在海上航行,就像一叶小小的扁舟,在风浪中颠簸。王恒杰两下南沙搭乘的就是这样的一条渔船,航海的辛苦不是一般人所能经受得了的。由于岛上官兵的合作,王恒杰收获颇丰,还获得了属于明清广东民窑出品的瓷碗

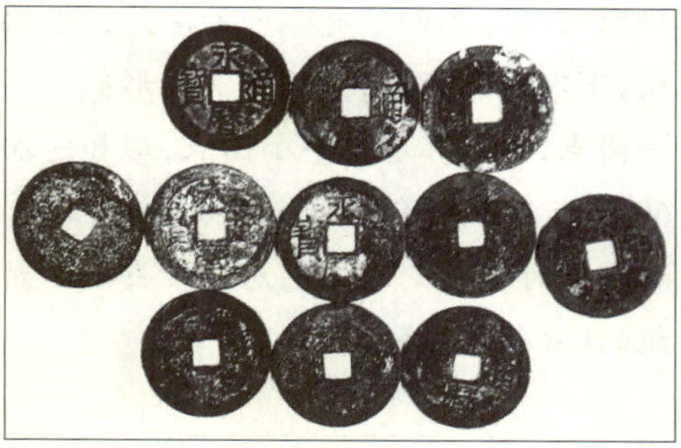

古铜钱——永历通宝

等文物。

那是 1991 年 5 月，王恒杰应邀赴海南参加一次关于南海问题的学术研讨会，随着会议的进程，很多专家学者详细分析介绍了南海的严峻形势。他在会议室里，一边听着与会者的发言，一边默默注视着挂在会议大厅墙壁上的那张南海形势图，眼睛紧紧盯着中国地图的南海区域，盯着那 9 条断续国界线，心里波澜起伏，久久不能平静。

多少年来，凡中国正式出版的地图，在南海诸岛与南海周边国家之间，都有一条弧形的断续国界线。而所有的中国地图都把画着 9 条断续国界线的《南海诸岛疆域图》作为“附注图说”单列出来，放在整幅地图的右下角。这样，有可能被一般粗心的读者忽略。王恒杰作为边疆考古专家，懂得这 9 条断续国界线的来历，也深知其包含的神圣意义，那可是挂在祖国脖子上的一条金项链啊！

请看王教授的自述：

我们过北礁又航行了大半天，进到晋卿岛，正值风暴骤起，即依岛避风。此后又经过 4 天 3 夜的航行，进到南沙海区永登暗沙，我国的干贝多产于此。《四方令》（商朝伊尹所作——著者）所记商代的贡物来自南海，自然包括南沙。而直到解放前的二三十年代，我国华南渔民仍在黄山马峙（今太平岛）、奈罗（今双子岛）、铁峙（今中业岛）等地捕鱼捉螺，立庙树碑，搭棚种菜度日。

潜水员于水下发现了半显露于礁盘内的一堆碎陶片，这是一件沉落的碎陶瓮，瓮为橘黄色，上面礁砂斑斑，为小口大腹，肩有四系，全然是唐代遗物，系盛水器。它同海南陵水等地所出陶瓮几乎如出一人之手。同样，在广东的唐墓中，亦有类似遗物出土。

第二天船始西南行，进入阳明暗沙。下午，潜水员从暗沙与南钥岛间的礁砂中取回一片上面带有礁砂的陶片，去掉浮砂，只见上面布有两道横贯器面的弦纹，下有粗麻布纹，中间布有圆形戳印，印长径 1.4 厘米，短径 1.1 厘米，印圈中有一圆点，四周环有 7 个小圆点，形如莲藕。这完全是一件压印硬纹陶片，应是径约 60 厘米以上的陶瓮的一部分，它同海南、广东所出的秦汉时代陶瓮相类，故而当属秦汉时代海南和华南居民带去的水器残部。秦汉遗物印证了成书于公元 1 世纪的《异物志》确非虚辞。[①]

---

①王恒杰：《南沙群岛考古行》，1994 年 10 月 4 日《人民日报》第 4 版。

万里石塘中国地

王恒杰的考古发现表明,早在先秦时期,我国先民就已经在南海广阔的海域从事生产经营活动;证明了《左传》上记述的楚国“奄有南海”并非虚辞,为我国拥有南海诸岛的主权提供了大量无可辩驳的实物证明。他独臂走南海,像个侠肝义胆的独臂侠,为保护祖国的领海主权而奔走呼号。

在外国和港台的媒体,他的考古成就也频频见诸报端。美国哥伦比亚广播公司的记者闻讯,对这个不顾生死的“考古独臂侠”进行了专门采访。他们问王恒杰道:“你考察南海,政府给了你多少钱?”

“我在海南注册的南海区域文化经济研究所,是一个民间的研究所,没有政府方面的一分经费,所用的经费都是民间募集的。”没有科研经费、没有国家拨款,他把自己的工资、稿费,以及其他途径零碎得来的资金全都搭了进去,为此他还向亲戚朋友借债达10万元之巨。他自己家除了一屋子的书籍,其他几乎别无长物,正所谓:“一点浩然气,千里快哉风。”(宋·苏东坡《水调歌头·黄州快哉亭赠张偓佺》句)

当那艘小小的渔船驶近永登暗沙之时,王恒杰看见一片环状礁盘(环礁),中央围着一泓静水,他不禁脱口惊呼:“啊,这就是石塘!”于是他给渔民讲西沙为何称“千里长沙”,南沙为何叫“万里石塘”。在这个“石塘”中,他们发现了海洋动物玳瑁,渔民们说玳瑁又叫“十三鳞”,因为它身上有十三块珍贵的鳞甲,全身都是宝贝。

王恒杰对陈在清船长等人说:“玳瑁岂止是宝贝,还是历史的见证呢。早在两千多年前,我们海南人的祖先就以玳瑁作为最珍贵的礼物,向中央朝廷纳贡了,这些事儿史书上都记载得清清楚楚。而玳瑁,在中国只有南沙群岛才可以得到,所以玳瑁生长在南沙,也就雄辩地证明了在两千多年前,我们的祖先早已就是南沙的主人了。要不然,如何用来向朝廷纳贡呢?”

请看王佩云先生的精彩叙述:

> 太平岛越来越近了,要不要登岛?船上有人犹豫起来,老船长陈在清责任所系,也不能不为之担心。万一岛上守军开枪、开炮怎么办?将人抓走扣押起来怎么办?或者说得轻一点,把老教授打伤了怎么办呢?这些疑问谁也无法回答,因为什么情况都有可能发生。陈在清摇了摇头,那意思是老教授安全第一,万一出了事,回去不好向县里、省里交代。

王恒杰赶紧站起来说:“我这次来南沙,连后事都给家里人交代好了,生死自由天命,不论出什么事,都与各位无关!”他见机动船仍犹疑不前,连忙从塑料袋里掏出一件救生衣,对船长陈在清说:“上太平岛考古,是我此行的主要目标,就是游水我也要游过去。”他说着,还甩了甩那条独臂,故作轻松,“我会游泳,千儿八百米难不住我。”老船长再一次被老教授的精神所感动,从渔船上放下一条小舢板,让为人既稳重又机灵的侄子陈泽为用舢板护送王教授登岛,其余的人远远在此接应。

太平岛上突然“啪啪”发出几声枪响,岛上守军已经发现了直奔他们而来的舢板。王恒杰不由得兴奋起来,在心里喊着:“太平岛,我来了,一个大陆的学者来找你要这块土地自古属于中国的证据来了。”他记起了那位台湾学者(在会上认识的——著者)的嘱咐,连忙吩咐陈泽为将舢板停在雷区,并关掉马达,先让对方明白小舢板不具攻击性。他站到船头,用独臂举起一面自制的旗子,那是一块白布,画了一个鲜红的“十”字,表示“有病前来求医”。①

“枪声一下子响了,噼噼啪啪的,就像放鞭炮一样,我吓得浑身发抖,就怕他(王恒杰教授)被打死了。那样子的话,我怎么能对得起他,又怎么给当官的交代啊!”陈在清老船长说。可是,王恒杰面不改色,心不跳,依然举着那面红“十”字白旗,不停地晃动着。

陈在清说起搭载王恒杰考古的往事笑靥如花

接下来,岛上一位军官模样的人命令陈泽为把舢板驶离雷区,划进直通太平岛的航道,并询问他们是什么人。当那位军官得知独臂老人来自北京,马上不好意思地说:“啊,原来是自己的同胞啊!你看看,我们竟然向自己的同胞鸣枪示警,感到脸红,很难为情啦!”王恒杰一听这话有门儿,马上提出登岛求医,还要求面见岛上的长官。

对方感到十分奇怪,这大陆老头儿求医就求医,为何还要见长官呀?便使劲地摇头。王恒杰赶紧亮出那位台湾学者的名片,连同来自港澳的刊有自己文章照片的报章杂志,并说明自己的真实来意:这次登太平岛是为了考古,用历史事实证明这块土地自古以

①王佩云:《激荡中国海:最后的海洋与迟到的祝福》,作家出版社,2010。

风光旖旎太平岛

来就属于咱们中国。见状,那位军官跑回去请示,终于得到首长的同意,岛上官兵跑过来,热烈鼓掌欢迎来自大陆的同胞,连打着赤脚的陈泽为也被请到岛上。当得知他们还都饿着肚子,首长又赶忙吩咐招待二人用餐。

那位首长有着职业军人的直爽性格,单刀直入,询问独臂教授对南沙形势的看法。王恒杰引经据典,侃侃而谈,说南沙群岛绝对是中国的领土……那位首长默默地听着,不时含笑点头。此时,王恒杰索性一家人不说两家话,直截了当地说:"我这次来,就是凭着一个考古学者的良知,搜集更多的证据,去堵住那些外国人的嘴巴。我坚信,公道自在人心,历史是任何人都无法篡改的!至于南沙的开发建设,我认为海峡两岸应当携起手来,一致对外,这样,也完全可以做到。将军您说对不对?"

那位将军没有直接回答,反过来问教授:"请问,对于那个在台湾岛内鼓吹'台独'的民进党,您怎么看呢?"王恒杰一时缄口不语,不知该如何应对这个敏感问题。他抬起头来打量这间会客室,发现墙上挂着蒋介石、蒋经国父子的大幅照片,心里有了一点儿底,立刻笑着回答:"两岸一家亲,还是一个中国好,对不对?"将军显然很满意这个答复,笑着说:"王教授,您是第一个登上太平岛考古的科学家,您这次回去要获奖啦!"

在台湾同胞的热情帮助下,王恒杰的太平岛考古斩获颇丰,连不懂考古的渔民陈泽为都喜形于色。王恒杰在岛上发现了许多文物,包括汉代"米"字压印纹陶片、宋代青瓷片、明末清初的团凤朵云残片、东汉五铢钱等。他的这些考古发现,很快引起国内外的关注,《人民日报》《光明日报》《解放军报》和《海南日报》《海口晚报》都发了新闻稿,港澳台的新闻媒体也竞相报道,就连"世界四大通讯社"——中国新华社、美国美联社、英国路透社、法国法通社等,也都相继作了报道。

“呜，呜……”陈在清的柴油机机动船鸣响了三声汽笛，大概是有意向台湾同胞道别。而后，渔船载着满怀豪情的老教授，也载着台湾同胞的深情厚谊，向着曾母暗沙驶去。经过 8 天 8 夜的航行，终于到达了曾母暗沙——祖国的最南端。从小魂牵梦绕，王恒杰情不自禁，喜不自胜，真想张开单臂，一下子扑进大海里，好好喝一口这湛蓝、透明的海水。

陈在清踏上岛礁，点燃香烛，洒酒祖宗海，虔诚地朝着四方各拜了拜，祈求曾母娘娘和妈祖等渔神保佑——保佑生意兴隆通四海，财源广进达三江；保佑海不扬波，岛不暌离；也保佑这片沉潜着中国历代文物古迹的“祖宗地”，全部归属于祖国怀抱。

王恒杰也燃起了香烛，代表全世界的中华儿女，代表包括太平岛守岛将士在内的所有热爱这片土地的中华儿女，向曾母娘娘致以诚挚的敬礼。他们的渔船在曾母暗沙海域停留了七天七夜——捕鱼的也考古，考古的也捕鱼，互相合作，相互交叉，可谓恋恋不舍。

在归途中，王恒杰又去了由人民海军驻守的永暑礁，受到守礁官兵的隆重欢迎和热情接待。他在这里亲眼看到了著名的永暑礁气象观察站，那里都是刚好与海平面隔离开来的高脚屋。他知道，这里每一寸空间都是守礁战士用坚定意志和辛勤劳动换来的，不由得肃然起敬。南沙守备部队的政委特地备了八个菜的宴席，其中一道菜竟是礁盘种植的空心菜，让在海上多日不见新鲜蔬菜的人们感到前所未有的亲切，一个个激动不已，大快朵颐。那天晚上，政委还特地让人送来两桶淡水，让老教授好好洗个澡。

王恒杰深知，岛上淡水来之不易，滴水贵如油，自己不过一介肉体凡胎，哪能享受这样的奢侈？但是守礁官兵的这番情意，是对他千里迢迢来南沙考古的高度肯定，也是对他拿出更多南海考古成果的万般期盼。虔心的老教授也意识到，自己身上因久未洗澡散发出的难闻异味，也是对大海、对蓝疆、对战士的不敬。于是，他就狠了狠心，接受了守礁官兵的这份盛情，让那一滴滴清水洗去一身的疲累……

写到此，我油然忆起明代儒宗王阳明给于谦庙题写的一副对联：

赤手挽银河，公自大名垂宇宙；
青山埋忠骨，我来何处吊英贤！

南海鱼塔成奇观

初闻鱼塔一团麻

在西沙群岛的永兴岛、赵述岛和晋卿岛采访，都曾经听闻老渔民们说起：在我们的祖宗海里，以前出现过“鱼塔”的奇幻景象。鱼塔，鱼儿用肉身垒叠成塔吗？那么，它们为什么要这样做呢？我为好奇心所驱使，禁不住追根溯源，“打破砂锅——问（纹）到底”。

但是，这些仍在祖宗海一线从事捕捞作业的渔民，一般年龄最大的也不过五六十岁，大多都知之不详——这 30 年来，由于受利益驱动而过度捕捞，使得西沙群岛海域的渔业资源日益减少，“鱼塔”奇景已经是难得一遇了。那么，“鱼塔”究竟是怎么回事呢？后来，关于祖宗海里“鱼塔”的壮观现象，从潭门一些老渔民的言谈话语之中，也得到了证实。但唯因语言障碍，采访中连比画带写的，也不能详细了解“鱼塔”的来龙去脉。

譬如，已是古稀之年的潭门老船长麦运秀，素有“渔民智多星”之誉，他年轻时就曾经见到过“鱼塔”的奇景。他说：“‘鱼塔’吗？有啊，以前每年都会有的。我过世的老父亲就曾经说起过，我刚开始出海打鱼的时候，也遇到过几次‘鱼塔’。不知道为什么，鱼群就你挤我、我挤你的，下面的就把上面的鱼群挤得高过了水面，最高的时候有三四尺高。”

麦老一边说着，一边猫下腰，右手手掌朝下，从地面逐步抬高，手掌一直到他的胸口之上，而后说：“我们遇到最高的‘鱼塔’，大约有我的胸口、肩膀这么高，一般都是在春夏两个季节才会出现。很好看的啦！”他坐下来，又兴高采烈地说，“按照我们渔民的说法，谁碰上了‘鱼塔’，是一种很吉利的兆头，预示着渔业丰收，全家发财，生活幸福呀！”

“海南渔民有一句渔谚：‘第一鲳，第二公式，第三马鲛郎。’说的是祖宗海里的美味鱼一是金鲳鱼，二是公式鱼，三是马鲛鱼。金鲳鱼这种外洋中的上等鱼，每年阴历二月从三沙那边成群结队地游过来，去雷州那边产卵。它们行动抱团，甚至会挤成‘鱼塔’。这是‘鱼塔’的另一种说法。”麦老说。

关于“鱼塔”的奇景，潭门老船长的说法大同小异，最确切、最详细的就属麦运秀老人了。然而，无巧不成书。回到海口，翻阅相关资料，从一些老前辈的著述中，又偶然“邂逅”了这一壮观的景象。

再识鱼塔仍懵懂

在一篇题为《西沙群岛与渔业》的散文中，就记载了"鱼塔"的现象。这篇创作于 1947 年 6 月的文章，其作者是海南文昌人，大名叫作符气雄。他是文昌渔民、鱼商的后代，20 世纪 40 年代曾经任职于华西大学，当时的职称为助理讲师。他在这篇散文中写道：

鱼类生长于西沙群岛，极为丰富，故有"鱼塔"的奇景。以前一般渔夫迷信，以为遇见了"鱼塔"，乃一种大吉大利之兆，必是先人积恩德所遗荫的结果。其实，因为洋面鱼群有时结集，偶尔鱼群发现了某种气味香美的食物，于是群鱼争食，愈来愈多，下面的鱼就把上面的抬出水面晒死，形成塔状。这种情形，的确不易碰到，不管是否吉祥之兆，起码那特别有运气的渔夫，可将之一网打尽，满载而归。①

麦运秀说到"鱼塔"旧事写起顺口溜

符气雄先生将出现"鱼塔"的奇景，归因于"下面的鱼就把上面的抬出水面晒死"，我想这是有值得商榷之处的。因为他本人毕竟不是渔民，而是鱼商之子，故而他的这一说法应该是耳闻得来的，或许是辗转从其父祖（或者亲戚）口中获知的，抑或是自己推测出的，未必十分准确。

因为我们知道，动物和人一样，求生的本能是十分强烈的，除非是为了完成某种伟大的事业，才会不惜一死。要不然，一旦生命受到威胁，它们就会"三十六计——走为上"。至于鱼儿，那是何等矫健、何等灵活的生灵呀！倘或它们是被晒死的，那么我以为，在被"晒死"之前，

①王春煜，耿建华编撰《名家笔下的南海》，海南出版社，2016。

它们是完全有机会、有能力从“上面”跳入海里，逃出生天的。鱼群为什么要束手待毙呢？没有道理呀！

因为它们毕竟不是身怀六甲、甘于牺牲的大马哈鱼。我们知道，每年夏秋季节，大马哈鱼为了产卵，不远万里，甘愿从太平洋、印度洋和大西洋做长途跋涉，长驱直入，不惜耗尽体力、透支生命；一路之中，还得冒着被鹰隼啄食、被人类捕获的巨大风险，那简直是鱼游釜中，九死一生；它们不惜穿越“八千里路云和月”，一直遨游到东北亚的浅海处，遨游到鹅卵石遍布的沙滩上，产卵之后，奄奄一息，再也无力逃生了。

由此可见，大马哈鱼那是为了下一代，为了生命链条的延续，才不惜铤而走险、拼死一搏的。它们这种自我牺牲的精神，那是一位母亲的神圣使命之所在，那是可圈可点的壮举，那是可歌可泣的伟业！

试问：这些堆成“鱼塔”奇景、甘愿被“晒死”的鱼儿，又是为了什么神圣的使命，从而视死如归的呢？难道是像流星一样，为了瞬间的壮美、壮观，而不惜惊鸿一现，而后甘于赴死吗？那可是以生命为代价的牺牲，那可是巨大的命运落差——是要从天上跌入深渊的啊！

何况，海南渔民虽说是出海打鱼，但根本不是去“打鱼”，而是去捕捞砗磲、海龟、海参等海中珍品的。他们虽然偶或打鱼，那不过是为了当天食用而已。故而，对于那些“晒死”的鱼儿，海南渔民根本是不屑一顾的——运回去早臭了，要它何用，白白送人都没人要呀！

三识鱼塔得真相

无独有偶，同样是在《名家笔下的南海》一书中，有一篇题为《南海鱼汛》的文章，采写于 1982 年 6 月，也记述了“鱼塔”的奇景。该文作者大名叫作曾庆松，是我们海南新闻界的资深记者、著名作家。大学毕业后，他先是任海南日报社记者，后来任南方日报社采通部主任，兼该报社驻海南记者站站长；也曾任海南记协、海南作协的副主席；他是最早探索祖宗海奥秘的记者、作家。

在《南海鱼汛》一文中，曾庆松描述了他作为一名记者，于渔业的旺汛期来到西沙群岛，进行实地采访的经历。在“年轻的老船长”海生的引领下，他参与了渔民的春季捕捞大会战，并用一支生花妙笔，为我们详细地勾勒了这场“大会战”的盛况。

该文说到，海生是渔民世家出身，别看他只有二十六七岁年纪，捕鱼的技术、经验十分老到，不仅闯遍了三亚渔场、西沙渔场、南沙渔场和东沙渔场，以及北部湾渔场、珠江口渔场和七洲洋渔场，而且早已具备了“摸摸泥沙结构，就能判别渔情”的耕海本领。

这场渔业生产大会战，海生指挥着一个渔民小组，于浩渺的大海里追逐鱼汛，通宵达旦，转战南北，获得了空前绝后的渔产大丰收。曾庆松在这篇美文中，还画龙点睛地描摹了西沙群岛的日出——那绚烂、壮观的景色，磅礴、惊人的力量，不由让人跃跃欲试。而后，他笔锋一转写道：

突然，在不远处的海面上，出现了一群群爱挤的梅子鱼，在水面上你挤我，我挤你，重重叠叠，竟然挤得高出水面二三尺，远远望去，宛如一柱黄色的鱼塔。那成群结队的海鸟，却在鱼塔上面迎风扑浪地飞翔，翻上扎下地盘旋，一个个相争着扑向海面，把挤在水面上的鱼儿叼上天空。

梅子鱼最怕鲨鱼了，一看鲨鱼来了便拼命往内挤，因而把上面的鱼儿挤出了水面。渔民们一看这情景，就知道鲨鱼来了。这时候，只见海生正一手叉在腰间，一手搭在额前遮阳，两眼紧紧地盯着海面上激起的波纹。忽然，他大声喊道：“鲨鱼！鲨鱼！”唤声刚落，大伙都不约而同地拿枪提戟，准备战斗。顷刻间，三艘拴在船旁的小艇，有如脱弦之箭，直飞而去。鲨鱼号称“海中恶霸”，是个吃人不眨眼的家伙。捕捉鲨鱼是一桩非常惊险的作业，既需要智斗，又需要力战；既需要熟练的技术，又需要勇敢大胆和坚强的毅力。①

从上文可见，曾庆松将这种“鱼塔”奇景的出现，归因于梅子鱼出于对“海中恶霸”——鲨鱼的恐惧，“一看鲨鱼来了便拼命往内挤，因而把上面的鱼儿挤出了水面”。这样的判断，不仅从情理上看更有道理、更接近实情，从事理上分析似乎也是如此。

因为作为一名科班出身的记者，曾庆松对“鱼塔”的奇景不仅是亲眼目睹，而且可以随机进行现场采访，与他一起坐在“旗舰”的，就有“年轻的老船长”海生等渔民群体。于是，遇到不懂之处，他自然会随时随地进行提问，海生等渔民也自然会实事求是地进行解说。甚至，渔民们还会在参与会战的渔船上，实时实地地交流彼此的看法，去伪存真。

---

①王春煜，耿建华编撰《名家笔下的南海》，海南出版社，2016。

故而,我以为,在这“天子之南库”“蓝色聚宝盆”里,梅子鱼因为过度集中,看到“天敌”鲨鱼来了,禁不住竞相躲避,互相挤压,便造成了“鱼塔”的奇景——曾庆松先生的这一说法,更接近南海“动物世界”的真相。

绕过鱼塔战鲸鲨

紧接着,曾庆松描述了一场渔民和鲨鱼斗智斗勇的场面,堪称是绘声绘色,惊心动魄。在万顷碧波雪浪中,鲨鱼忽而潜入深海,忽而浮出水面,还在不断地捕食鱼虾,却浑然不觉死亡已经近在眼前——即所谓:螳螂捕蝉,黄雀在后。你瞧,《南海鱼汛》一文接着写道:

海风轻吹,波浪微微翻动。三只追捕的小艇正在缩小包围圈的时候,狡猾的鲨鱼沉下海底了。各个小艇只好分头搜索前进,渐渐地各个小艇之间的距离越来越远了。海生和三个小伙子边摇橹边搜索着。忽然,只见海面上一阵波纹动荡处,先是冒出水泡泡,然后一阵波浪翻涌,几只黑乎乎的鲨鱼昂着头游上水面来了。嗬,好大的家伙!你看它摇头摆尾地张开嘴巴,贪婪地吞噬着海面上的小鱼小虾。小艇正破浪前进,鲨鱼正往深处游去。海生、石三、石六、林旺一看,便猛摇橹追赶,追呀追呀,把大伙都远远地甩在后头。

近了,近了,有10来米了,石三、石六猛摇着橹,海生昂立船头,手持鱼叉,对准最大的一头鲨鱼,喊了一声“杀”。说时迟,那时快,只见一道白光,“哗”的一声,正刺中鲨鱼的脊背,那鲨鱼猛地蹿出水面七八尺高,然后“轰”的一声凭空横摔下来,带着鱼叉和叉绳急速地钻下水底,震得小艇剧烈地打旋、晃动。海生面不改色,不慌不忙,一手撑稳舵,一手放松叉绳,一放一拉,和它进行拉锯战,消耗它的力气。有经验的渔民都知道,这么大的鲨鱼,硬拼是不行的,要是硬拉上来,不是绳断就是船翻。

鲨鱼吃人是误伤(潮和　摄)

因而，当鲨鱼往前窜时，他们就把绳子轻放，绳子放尽了，就连小艇也给它拖着走。拉呀，放呀，时而顺着它走，时而激战一番。一放一拉，不觉已是中午时分了。这时候，大伙才觉得肚子咕噜咕噜直叫，喉咙干得直冒烟，一时倦意袭人。海生呢，尽管两眼布满了血丝，但仍然站在小艇上跟鲨鱼周旋。最后，才把那累得奄奄一息的"海中恶霸"拖上了甲板。①

那个年代，时时可以看到"抓革命，促生产"的火热场面，处处可以听到"战天斗地"的劳动号子，许多的做法被现代人看作是"搞运动""瞎折腾"。诸如，上述所谓的"春季捕捞大会战"，就颇有些竭泽而渔的味道，自然有违于生态保护的要旨。就像姜戎的小说《狼图腾》里，转业干部出身的生产队长开着吉普穷追猛打，恨不得将草原狼赶尽杀绝一样。

譬如，在《南海鱼汛》一文中，海生看到"我"因为有幸目睹渔产大丰收而高兴时，便锦上添花地说道："当然啦，七洲洋的海产是丰富的，去年整个海域就捕获各种渔货 80 万担。但比起南沙群岛的渔场来，还差得远哩，那里的飞鲨走鲸、嫩虾肥蟹多着呢！"

在归途中，船队还遇到了鲸鱼群，它们就像一座座"小山头"一般，在海面上浮游、漂荡，蔚为壮观。看见世界上最大的动物鲸鱼，海生的谈兴又来了，随即给大家讲述了一则故事——一则渔船与鲸鱼零距离接触的惊险故事。接着，曾庆松又为我们描摹了归航中海鸟翔集、水母漂舞的美妙画面，令人惊羡不已。你瞧，《南海鱼汛》写道：

他（船长海生）说，去年也正是在这个时候，他们的渔船正在抛锚时，一只鲸鱼以为下沉的锚是什么饵料，一口便把锚吞进了肚子里。接着，几十吨的渔船猛地逆着洋流跑去。大伙慌了，不知所措，只好把船缆砍断了事。谁知过了几天，有一只五六万斤重的鲸鱼漂浮到海面上来了，大伙剖开鱼腹一看，发现了锚，这才恍然大悟。告别鲸群，我们继续返航。这时候，一群群海鸟正在头顶飞翔、盘旋，好像是为我们的胜利而欢呼。那乳白色的水母也来了，一朵朵，一束束，像是投落的降落伞，像是透明的白纱巾，在蔚蓝的大海中随波漂舞，也好像在欢迎我们的胜利归航。

---

①王春煜，耿建华编撰《名家笔下的南海》，海南出版社，2016。

祖国的南海呵，海南岛渔民的祖宗海，你是这样肥沃富饶，这般绮丽多姿，怎不叫人心驰神往呢！①

恐鲨不往浪里行

犁波耕海船为家，放舟扬帆走天涯。千百年来，海南渔民薪火相传、前仆后继，守望着这片叠印了无数帆影舟痕、沉睡着无数瓷盘茶末的“蓝色沃土”，就似北方的农人守望着土地一般，视之为命根子，世代相传。

降鲸伏鲨走天涯

海南渔民有一句老话说：“恐鲨不往浪里行，怕虎不在山上住。”渔民们祖祖辈辈驻守在一座座荒凉的岛礁，在这里犁波蹈海、战风斗浪，在这里扬帆放舟、降鲸伏鲨。

古人说：“珠出于海，玉出于山，无足而至者，人好之也。”于是，也说不清楚从哪一天起，世代相传、渔火不断的渔民们，就将这片浩瀚无垠、富饶无限的大海，称之为“祖宗海”了。于是，这里的每一片沙洲、每一座礁盘，都叠印着中国渔民的足迹，也都成为祖国海洋主权的永久支点。

海南大学教授周伟民曾经说过：三沙渔民对这片总面积达200多平方公里的大海，可以说是又爱又恨。所以爱之，是因为大海里面什么都有，他们所有的财富，包括柴米油盐酱醋茶，甚至包括老婆孩子都来自这里；所以恨之，是因为他们的很多父老兄弟、亲朋好友一去不回，都丧身在大海里了。有时候，一船三四十个亲朋好友，一下子就被这片“蓝土地”埋掉了，他们能不伤心吗？那种情感或可称为“恸并深爱着”。

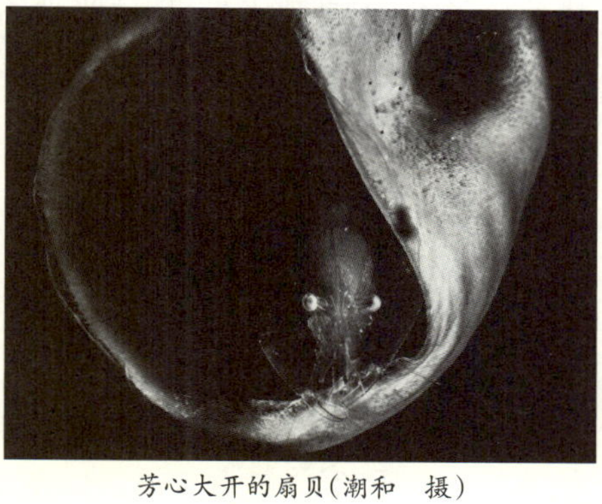

芳心大开的扇贝（潮和　摄）

用渔民的老话说：“十二只轮船出

①王春煜，耿建华编撰《名家笔下的南海》，海南出版社，2016。

海——四通八达。”老船长苏承芬曾经说过：“自古以来，葬身在大海里面的渔民很多，祖祖辈辈都有，很多很多，说不清楚的。”要不然，祖宗海里的南珠（上佳的珍珠，因产自南海，故称南珠）也不会价值如此高昂，且自古以来都是南海周边郡县进贡朝廷的贡品了。关于珍珠，许多人见过、用过，但未必了解它们的来源和生成过程，对此，《现代汉语词典》“珍珠”条这样释义：“某些软体动物（如蚌）的贝壳内产生的圆形颗粒，多为乳白色或略带黄色，有光泽，是这类动物体内发生病变或外界沙粒和微生物等进入贝壳而形成的。多用作装饰品。也作真珠。”

说到珍珠的故事，我不免想起了苏东坡得意门生秦观的一首诗来，这首题为《海康书事十首其十》的五律写道：

合浦古珠池，一熟胎如山。
试问池边蜒，云今累年闲。
岂无明月珍？转徙溟渤间。
何关二千石，时至自当还。

合浦珠还有至理

“以前，听老辈人讲，祖宗海里的珠贝是很多的。但是，这些年采得太狠了，珠贝就跑得远远的；等我们放松一段时间，它们就会回来了。”苏承芬打着手势说道。

由苏老的一席话，我油然想起养蜂人“取和予”的哲理——蜂蜜取得过多，蜜蜂就会飞走，于是鸡飞蛋打；适当地给予蜂蜜，蜜蜂就会越聚越多，蜂蜜便会年年丰收。这也就是渔民们选择移居他邦与回祖国定居的道理之所在，是由朝廷、官府的“牧民”政策决定的，你苛政猛于虎，我就远走他邦；你仁政施于下，我就迁回故乡。老百姓总是要活命啊！

由此，我又想起唐贞元七年（791年）状元尹枢的一篇赋体文来，题目是《珠还合浦赋》。请看这位状元郎的生花妙笔：

骊龙之珠，无胫而至。骇浪浮彩，长川再媚。回夜光之错落，反明月之瑰异。非经汉女之怀，宁泣鲛人之泪。状征既往，莫究奚自。

偶良吏兮斯来，遇贪夫兮则罔。想夫旋返之仪，圆明可期，辉如电转，粲若星驰。光浦溆,窜蛟螭,映沙砾,晃涟漪。在暗而投,诚则悲路人未鉴;沉泉而隐,亦常表帝者无为。欣出处兮据德,幸浮沉兮中规。是以特表殊姿,潜怀有道,中含逸彩,上系元造。丑当时之饕餮,应为政之美好。真列郡之尤祥,实重泉之至宝。于是焕清濑,辉浅湾,奔璀璨,走斓斑。岂能与石前却,随流往还,泛连波之下,盈一水之间而已哉。

兹川兮始明,老蚌兮勿剖。瓴甋兮罢笑,琼瑰兮莫偶。抱圆质而胥既,扬众彩而未久。方载沉而载浮,且曷浣而曷不。玉非宝,泉戒贪,实为国之司南。诚感神,德翳物,在为政之不咈。愚是以颂其宝而悦其人,美斯政而感斯珍。

想沿洄于旧渚,念涵泳于通津。则知美政不远,嘉猷入神。故中潜皎晶,下沉渊沦。转则无类,磨而不磷。诚丹泉之莫拟,谅赤水之非珍。苟或疑此为虚诞,愿征之于水滨。

这篇《珠还合浦赋》大意是说:

骊龙颌下的明珠,没有长腿却来到了合浦海域。它们在惊涛骇浪中浮展着美丽的光彩,使得这片海区变得柔媚、莹洁起来。这景色就像是萦绕着夜光杯的光泽,错落而有致;又像反射了明月珠的光辉,明丽而瑰奇。没有经过汉代妇女怀中的孕育,难道是海上鲛人哭泣落下的泪滴?仔细研究它的过去,却无法找到具体的缘由。

苏承芬与助编小陈合影

它遇到廉明的好官就会出现,遇到贪暴的酷吏便躲藏起来。想起它重返合浦海区时的娇娆姿态,既圆润又明亮,令人充满了期待;其光斑宛如电光流转,璨灿就像星辰飞驰。这光芒照耀着海畔水,使得蛟螭流窜;映衬着岸边沙,使得涟漪波荡。如果其投向了暗处,一定让那些怀才不遇的志士悲叹;如果其沉入水底,也说明当时的帝王没有作为。它十分自然地选择或现或隐,依据岸上人的德行;十分悠然地选择或浮或沉,依循大自然的规矩。故而,其具有特别的姿容,暗藏着高尚的操守。它有着飘逸的风姿,契合了天地之造化;厌恶那些贪得无厌的酷吏,应和着廉洁圣明的朝纲。它是合浦郡的祥瑞,也是深海中的瑰宝。于是,它在流水中焕发出清辉,在浅湾里放射着光芒,灿烂夺目,色泽斑斓。这样神奇宜人的物种,岂能像石头一样任人摆布,任水驱动。又岂能在流动、连绵的波涛下,让自己的光芒只局限于一片海域。

如今,合浦海域已经明亮起来了,请不要把海中的老蚌剖腹,让它繁衍生息,不要做杀鸡取蛋的蠢事。破砖烂瓦呀,你先别得意,那是因为你还没遇到真正的珠宝——怀抱着温润的品质才完备,播撒出缤纷的光彩方开始;刚才它还在水里忽沉忽浮,并正在洗涤身上的污垢。当朝者呀,莫看重玉器而萌发私欲,多推重贪泉以戒除贪念,实在是国家官员的行为准则。以真诚感动神灵,将仁德作为祭品,施政就不会有人违抗。我颂扬它的宝贵德行,而喜欢像它这样的人们;赞美这样的清明政治,而珍惜像它这样的官员。

我还想顺水流而上去寻找那旧日的沙洲,又想畅游在四通八达的津渡,感受政通人和的时局。如果能这样,就知道美好的政治离我们不远,而治国的方略也就谋划得非常精妙了。正因为明白了这个道理,所以它才隐藏着洁白晶莹的品质,却下沉在深海中。它转动起来没有瑕疵,即使不经磨砺也不显得粗粝。它实在是曼妙,即便是传说中的仙丹、神水也无法比拟。假如有人认为我所说的是荒诞、虚妄之语,就请他到滨城合浦来,面对明珠一起求证。

关于"珠还合浦"的成语故事,其大意是说:合浦郡不产粮食,而海里盛产南珠,因与交趾(即今越南北部)临近,珠民就与交趾通商,卖珠籴粮。原先的地方官均为贪冒之人,巧立名目盘剥百姓,强迫他们狂捕滥采,竭泽而渔。因此,珠贝都迁往交趾海域去了,于是商贾不来,财源断绝,百姓贫苦,哀鸿遍野。孟尝君到合浦做太守后,兴利除弊,政通风清,还不到一年,原来离开的珠贝全都返还。自此,珠民重操旧业,财源广进,纷纷称誉其为廉吏神人。

盐埋尸首运回家

老船长苏承芬曾无比自豪地告诉我们:他这一辈子经历过无数的大风大浪,却总能摆脱暗礁险滩,总能在千难万险中,化险为夷——其法宝就是世世代代传承下来的水罗盘,以及手抄本的《更路簿》,堪为航海秘籍。

苏大爷手捧着发黄、残破的祖传秘籍,一页一页地翻着,笑模悠悠地说:"这本《更路簿》早发黄了,有些页码还残破了。这是我的老爷爷传下来的,应该至少有150年了。”他说,正是有了这件“宝物”,他这辈子才能达到“大风大浪船底过”的境界呢。

苏大爷告诉我们,1973年的那一场“大海难”,全船无一人生还,一眨眼间,狂放不羁的大海就吞没了37人,就埋葬在潭门镇草塘村的海岸边。1975年的“大海难”,一下子就死了30人,埋葬在草塘村委会上教村。1975年的“海难”,全船只有一人生还,还是一个第一次出海的外来人。他见起风了,就害怕了,搭别的船跑回来了。

“老话不是说么,淹死的都是会水的。”苏大爷悲悲咽咽道。

宋朝洪迈在其《容斋随笔》中说:“北斗七星三四点,南山万寿十千年。”的确,自古海南多长寿,期颐老人随处见。伍书光老大爷与海南许多的老人一样,身材瘦小,肤色黝黑,腰背佝偻,但是异常硬朗、健旺,精神矍铄,神采奕奕。

上次采访伍大爷,他颌动着一口洁白的假牙,似笑似哭地回忆起一件往事——1986年,他们去到南沙“站峙”,进行远洋捕捞作业,有一个渔民在“行盘”潜水抓海参的时候,不幸一口气没换好,一下子“懵水”死掉了。

古谚曰:“凤靡鸾吪,百鸟瘗之。”伍大爷说,那个“懵水”死掉的渔民,是船长的亲戚,船长就和伍大爷商量:“阿光呀,人死为大,叶落归根。你看,我们是不是搞它几百斤咸盐,把死尸放到一个小艇上,用咸盐埋起来、腌起来,到了返港的时候运回去,埋葬在家乡,你看怎么样?”那个船长还说,秦始皇在找“长生不老药”的路上,突然死掉了,就是被赵高、李斯用这个办法拉回去埋葬的。

当时,有些渔民怕不吉利,表示反对。

伍书光就对大家说:“这个人(死者)家里姐妹好几个,可男丁就他兄弟俩,他的父母、爷爷奶奶把他看成掌上明珠,很宝贝的。我们不能把他丢下,让他成为孤魂野鬼,这样我们良心上也过不去呀!”于是,大家就把他脱得光溜溜的,用海水洗干净;在小船底部铺上一层盐巴,将尸体放上去,再用盐巴埋成一座小坟的形状。到了夏天刮起南风时,他们那艘百

祖宗海打捞的古瓷

吨大船载着这个“尸体船”，劈风斩浪20多天，才回到了家乡潭门……

那该是怎样的悲情之路，悲壮之旅啊！

既承载着希望，也流淌着悲伤；既埋藏着珍宝，也留存着尸骨。浩浩南海，是三沙渔民的生命海、摇篮海，也是他们的灾难海、死亡海；渺渺岁月，有多少渔民丧身鱼腹，骨骸无存。在绝大多数渔民的老家——潭门镇，矗立着一通通海难亭、纪念碑和望夫石，还有数以万计的衣冠冢，或者豪阔，或者窳败，无不诉说着大海的冷酷和惨烈。比较而言，反观那位被淹死后用盐埋尸首运回去的渔人，那该是何其幸运也！

但是，千百年来，渔民们埋葬了衣冠，擦干了泪水，疗治好伤口，一代又一代不离不弃、无怨无悔，继续在三沙放舟撒网、捕鱼抓虾，守护着祖宗海。可以说，三沙市那一座座偏远的小岛，是一代代的尸骨支撑起来的；那一面面鲜艳的国旗，是被一滴滴的鲜血染红的。

站峙行盘翻海龟

站峙，行盘，翻海龟——这是千年渔港潭门镇一代代渔民特有的词汇，也是他们亘古不变的营生。假如外地人听了这些词语，一定会如堕五里雾中，正如前文苏承芬老船长提到的，这是千年渔港的专有术语。

所谓“站峙”，就是渔民结伙搭乘大渔船，到西沙、南沙群岛的岛屿、礁滩上长期居住下来，从事海洋潜水捕捞活动，也包括小范围的农业种植生产，比如栽种地瓜、菠萝、木薯、椰树和木瓜树等。

在两千余年的帆船时代，渔船远海行驶全靠季风，来回一趟航期长、风险大，渔民凡是远涉重洋，到南沙群岛海域耕海牧鱼，都有充分的心理准备——长期居住在那儿，至少得半年时间。例如，符鸿光与符鸿辉（文昌铜鼓岭边的龙楼人）两兄弟到南沙站峙，一站就是十年之久。

在20世纪二三十年代，文昌的符鸿光与符鸿辉兄弟在南沙群岛，曾先后长期居住过太平岛、南子岛等。他俩在太平岛曾种植椰子树、芭蕉和菠萝等。因为南沙的海产丰富，两兄弟居住习惯了，都不想回海南了。是祖母、父母太挂念他们，捎信授命他俩返乡完婚，兄弟俩这才告别了第二故乡。

所谓“行盘”，主要是捡公螺和割蚵。站峙人休闲地走在礁盘上，腰间背着一个小背篓儿。行盘的渔民碰见公螺就捡，碰见蚵就割蚵肉。当年，公螺和蚵都是海中珍品,价值不菲。南沙的鱼不论多大,都没有渔民理睬它们。

1996年,温进辉从部队转业,被分配到西沙群岛工作达14年。他在一部散文集《我所知道的西沙》之中,详细记述了“赶海”的时间、方位,以及需要携带的工具、捕捉各种海物的诀窍,还有各种海产品的种类、吃法和烹饪方法,等等,堪称妙趣横生,令人唇齿生津。

所谓“捉海龟”,就是在海龟产卵的旺季,站峙人都会轮流着值班作业,通宵达旦地绕着小岛行走,如发现海龟上岸产蛋,就将其翻个四脚朝天;等到天亮后,渔民们才过来把海龟抬到树荫下集中,卖给鱼商;也有的用木棒在浅海处竖起百八十平方米的栅栏,暂时将海龟养在里面,渔民们称之为“龟栏”,就像陆地上的猪栏、鸡栏一样。

海龟浑身都是宝贝,海龟肉味道鲜美,嫩滑可口,令人垂涎欲滴;海龟卵一枚枚像鸭蛋大小,营养丰富;海龟肠洗净后特别适合打边炉,随便烫一下即可食用,吃起来又脆又滑;海龟的甲壳可以入药,还可以制作工艺品;海龟的骨头烧成灰,是一种很好的肥料。

郑庆杨在《蓝色的诱惑》一书里描述,南沙群岛的海龟很多,站峙人吃龟卵、龟肉都是吃到腻,海龟肉和龟板底都是晒干,而晒干多了就觉得不值钱了。海龟肠油脂较多,晒干的海龟肠都有油渍渗出,带油的海龟肠干燃点很低,很容易点燃,渔民站峙在岛上做饭时都是用干海龟肠来生火。早在1963年,海南本土资深记者、作家曾庆松就曾写过一篇小报告文学,题目是《西沙风物》。这篇文章用优美、细腻的笔触,记述了西沙的飞鱼、剑鱼、海龟,以及导航鸟、强盗岛的生存技能、生活习性,还有他跟随渔民在西沙群岛捉海龟的情景,可谓妙趣横生,引人入胜。其中写道:

我们刚蹲下,就见一只海龟偷偷地爬上沙滩。好大的一只海龟,总有四五百斤重哪!它把颈伸得长长的,向四方窥望,然后选了个潮水涨不到的沙窝,“沙沙沙”地挖穴产卵。产卵以后,它用后掌推沙,把刚产下的卵埋住,并在周围沙滩到处乱爬,布下疑阵,然后就大摇大摆地走了。

“跑啦!”我不禁叫了起来。

小陈摇摇手,小声地对我说:“跑不了,下面张着网正等它呢。你看,又有几只上岸啦!”我顺着他手指的方向看去,果然又有三只海龟在挖穴产卵呢。是啊,如果我们捕捉了前一只,不是惊跑了这后三只吗?

……

回去的时候，我们又把那只落网的海龟捉起来。忽然，海边一阵嘶叫声，几个渔民正在划艇追赶着一只大海龟，当把它赶得筋疲力尽的时候，便有人跳下海去，用挠钩钩住它的两腋拉上岸来。

“海龟为什么不潜下海底逃走呢？”我问渔民小陈。

“海龟没有鳃，它不能久居海底。”接着，小陈又向我介绍说，海龟一般可以活到 300 岁以上，有的甚至可以活到 1 000 岁！最有趣的是，有的海龟绝食三年也不会死。海龟的用途很大，龟卵、龟肉鲜美可口，甲壳可以制作药物和装饰品，龟骨头烧成灰后可做肥料。[①]

当今，政府倡导渔民转产转业，海南渔民站峙、行盘的逐渐减少了。从 20 世纪 80 年代开始，海龟被国家列为重点保护的海洋动物，因而“捉海龟”的生产活动已经被明令禁止。渔民们一开始不了解它的重要性，还有抵触情绪，甚至还有铤而走险的。而今，海洋环境保护的宣传力度不断加大，渔民们渐渐懂得，保护海洋动物是功在当代、利在千秋的大事情，这才消除了不满情绪，自觉加入保护海洋生态环境的行列了。

三沙渔嫂成风景

愿我如星君如月，夜夜流光相皎洁。昔日，三沙“就连蚊子也是带把儿”的窘境和尴尬，早已成为历史；如今，忙忙碌碌、出出进进的渔嫂们，早已成了三沙市的一道亮丽风景。

初冬的鸭公岛，丽日融融，和风习习，别有一番风韵。是日，几位渔嫂头戴斗笠，有的在忙着结渔网，有的则赶着晒鱼干，鲜艳的上衣映衬着红扑扑的笑脸，在阳光的照耀下，十分抢眼。看到三沙市领导一行风尘仆仆地赶来调研，渔嫂们喜笑颜开，拿着手机，争抢着与他们一起合影。她们乐呵呵地说，拍了照片，可以利用岛上开通的免费 WiFi，将照片“刷”进微信朋友圈，与亲朋好友、街坊邻居一起分享，聊慰相思之情。

---

①王春煜，耿建华编撰《名家笔下的南海》，海南出版社，2016。

“怀君属秋夜,散步咏凉天。”(唐·韦应物《秋夜寄邱员外》句)鸭公岛居民冯彩惠说,她是2013年3月8日上岛的,她的丈夫已经上岛十好几年了,夫妻俩也分离了十多年。现在岛上生活比以前强多了,渔民的妻子来得不少。自然,她们也不是吃白饭的,可以帮助渔民们发展海水养殖和旅游业。现在,鸭公岛上常住居民有七八十人了,渔嫂们占了四分之一。

到了旅游旺季,“椰香公主”号邮轮频频光顾,鸭公岛、银屿岛和全富岛的渔嫂们帮着老公晒鱼、卖鱼,以及在浅海处暂养海螺,收入比在家乡潭门镇养鱼养虾还要高。“既可以多赚钱,又可以和老公团聚,何乐而不为?干吗非要在老家苦苦守着那三亩二分地呢。原先,孩子太小,没办法;现在孩子们长大了,都已经独立生活了,我们也该过几年舒心的日子了。”银屿岛居委会主任李遴君的妻子林漫卿说。

这时,一位年近不惑的渔嫂走过来,拍着林漫卿的肩膀,打趣她道:“就说嘛,放着团圆的日子不过,谁愿意在家当‘活寡妇’呢?”言毕,两个渔嫂互相推搡着,咯咯直笑。问其姓名,她含羞带嗔地说:“保密。我一个老百姓,可不想被你写进报上、书里。”

常年驻守西沙的渔民郑在干、渔嫂田虹茹结婚照

至于三沙市的首府永兴岛,那一个个渔婶、渔嫂、渔妹们婀娜多姿的靓丽身影,更是屡见不鲜,来来往往,袅袅婷婷,不绝于眼。而那位容貌端丽、身材高挑、中专毕业的年轻渔嫂田虹茹,就是她们当中的代表人物,自然就成了永兴岛上的一道美丽风景线。阿茹今年25岁,尽管已经是两个孩子(一儿一女)的妈妈了,但依然是千娇百媚的样子,她平日在家里相夫教子、卸货卖鱼,给渔民老公打打下手。

阿茹是省旅游学校毕业的高才生,学的是文秘公关专业,曾经在海口市的一家五星级大酒店做过迎宾小姐。她不仅做生意是行家里手,说起话来也是口吐莲花，比其他渔嫂更风趣、调皮，更放得开。她的理想是去三沙小学或幼儿园当一名老师。三沙人称“梦幻三沙”，相信她在这里可以圆梦。

“我的老公叫郑在干，一个含义丰富、很有冲击力的名字。所以嘛，他很会‘拉鬼’（海南话，‘泡妞’之意），手段高明。”问起阿茹的恋爱经历，为什么一个中专生嫁给一个渔民，她竟然这样告诉我。

“还不是你乐意让人家给泡，要不然，阿干一个小学毕业的渔民，怎么会娶了你这个中专毕业的漂亮老婆。”一个三十出头的渔嫂，用手指指着阿茹的脑门儿，取笑道，“你呀，阿茹，还曾经是五星级酒店的‘迎宾小姐’呢，反倒被阿干‘迎了宾’，真是个软耳胎、贱骨头！”

“是呀，古话说：‘强扭的瓜不甜。’我看，你这个‘长瓠瓜’，整天价笑哈哈的，心里美着甜着哪！”一个四十多岁的渔嫂也来幽了阿茹一默，“所以呀，村里的渔民们都特别眼气阿干能干、会干，他们的口水都流出来啦！”

田虹茹一张俏脸红扑扑的，上去掐了对方一把：“是不是自己说自己，是不是说的你老公呀？叫你坏，叫你坏！”说着，阿茹一只“红酥手”在对方的腋下、两肋挠了几把。对方“扑哧”一笑，落荒而逃。三个渔嫂笑得前仰后合。

三个女人一台戏，笑笑闹闹演不完。

夜晚出海探鱼道

千顷雪海翻金浪，孤舟追日收渔网。

住在赵述岛那天晚上6时许，在七连屿工委书记、管委会主任王春的陪同下，我跟随渔民符氏兄弟一起出海作业。我们乘坐打鱼能手符名友、符名岗兄弟的小渔艇，老渔民谢胜球自己开着一艘小渔艇，两艘渔艇一前一后，去岸三四公里，前往赵述岛西南方向的礁盘旁边去收渔网。

在柴油机的马达声中，王春用手一指尾随于后的小渔艇，介绍说：“老谢的渔艇这回不是去打鱼，而是怕夜间不安全，让他来保驾护航的。”他还说，“头夜间，符氏兄弟在那里放了‘龙头网’，今天是去收网的，但不知收获如何。”说着，用手指向前方。

符名友则说：“这次是我们第一次换了这个地方放龙头网，收获大小得看水势、鱼道、风向和潮汐等综合情况。如果收获不大，您别失望，明天我们再来！”我回说："不会的。我这是第一次在三沙跟随渔民兄弟出海作业，主要是看过程，看看鱼道是怎么回事。"说完，我又暗忖：这放网、打鱼也还是蛮复杂，蛮多讲究的呢。符名岗回头说了一句什么，但因其驾驶的柴油机小艇机器轰鸣，我听不清楚他说的话。

何谓"张网以待"呢？这次相随渔民出海收网，我才充分理解了这个成语。到了目的地，在符名友的指引下，我看到，有一圈白色的浮标呈现"心"字形，在红艳艳的晚霞里晃晃悠悠、漂漂荡荡。王春说，这个渔网就是"心"字龙头网，覆盖海面约有 25 平方米，网底由一个个小铅坠坠着；网口两边就像张开的手臂一样，朝前方伸展着，好让回家的鱼儿钻进来。

说着话，两艘渔艇开到了距离龙头网三四米处，符名友、符名岗停好小船，各自拿着手电筒，在渔网周围照了照。正在此时，在手电筒的照射下，我看到，有一条两尺长的大鱼扑腾腾地翻过浮标，从"口袋阵"靠近我们这一侧跳网逃生了。我好生好奇，连忙问："这条鱼咋会这么聪明，难道它知道前面是陷阱，是死路一条吗？"

符名岗用手点一点自己的脑门儿，说："它们和人一样，也是有脑袋的。"符名友说："这是一条大鱼、老鱼，对危险的感觉特别敏锐，它应该是发现了我们的渔网。"我恍然道："也难怪，我们北方有一句谚语：'人老滑，马老能，兔子老了蹬死鹰。'现在可加上一句：'海鱼老了会逃生。'"

此时，天色已经完全黑了，但见西南方向的海面风平浪静，海天一线，一弧月牙儿、数点星辰好像就悬浮在海面；周围的渔火远远近近，明明暗暗；东北方的赵述岛自然是"火树银花不夜天"了，还不时传来"狗吠深巷中，鸡鸣桑树颠"（陶渊明诗句）的烟火味儿。

王春点头笑道："是这样的。无论是什么东西年纪大了，经多见广，自然就经验丰富，不会轻易受骗失足，落入圈套了。"我又问："我们这样说话，会不会惊扰了鱼儿，使它们四散逃跑呢？您刚才说'好让回家的鱼儿钻进

全国首批文明渔港

来’,它们也有家吗?”谢胜球的小艇已经靠了过来,他用手指一指“口袋阵”,告诉我:“鱼们在水下,听不到我们说话。这里是一条海沟,也是一条鱼道,鱼儿晚上会从这里经过,去到前面礁盘下面的家里睡觉,这里也就是它们‘回家’的路了。”说着,他又指一指西南方。老谢的一番话,说得我莫名其妙:这鱼儿难不成和人一样,夜晚也要回家,也要休息?为何要到礁盘下去睡觉呢?我一脑子的疑窦,就像这浓郁的夜色一般,一团混沌。

“赤橙黄绿青蓝紫,谁持彩练当空舞?”(毛泽东诗句)顺着老谢的手指看过去,西南方海天相接处,这时早已是五彩斑斓,落日余晖在海面上、天空中留下了七彩云霓,还有一道若隐若现、似有似无的彩虹;更多的则是一条条、一块块、一片片的缤纷云絮,正在静悄悄地向北移动。这缤纷的云絮难不成也像鱼儿一样,也困了,要回家去休憩?

记得印度一代诗哲、文豪泰戈尔曾经说道:“从别的日子里,飘浮到我生命里的黑云,不再落下雨点或引起风暴了,却只给予我的夕阳的天空以色彩。”我想,老泰所谓生命的“色彩”,是不是也像赵述岛的落日余晖似的,一派旖旎、五色斑斓呢?

我们正聊着呢,符氏兄弟已经分别装备整齐,什么鸭蹼、手套、渔叉、鱼篓、手电筒,还有带帽子的潜水衣,等等。符名友说:“我们现在就下去验看龙头网,看看里面鱼儿多不多,收获大不大。”一面说着,兄弟二人“扑通通”先后跳入海里,翻身过网,宛似两条大鲨鱼一样,娴熟而敏捷。

符氏兄弟打开手电筒,在龙头网里游来游去,忽前忽后,忽左忽右。王春、谢胜球也在船上拿出手电筒,光圈追随着兄弟俩快速游动的身影。大约有一袋烟的工夫,符名友探出头来,喊道:“鱼路选错了,‘龙头网’里没什么鱼。”符名岗也有些失望,爬上船来,就从鱼篓儿里倒出来两条三四斤重的鱼儿,意兴阑珊地说道:“小的倒是很多的,都放生了,就逮着了这两条大一点的。”只见两条鱼在船里扑棱棱乱跳,大的约有四斤,小的有三斤。

王春解释道:“我们这里的渔民,有一条不成文的规矩:不到一斤的小鱼仔统统放生。等着它们长大了再抓,或者让它们生小鱼仔。”我赞道:“这样很好!我们炎黄先民早就有明文规定,大意是说:春季不打猎,夏天不打鱼。因为春夏两季,正是它们的怀孕、生育和哺乳期。老祖宗对渔网的网眼儿大小,也有明确规定,意思就是不杀幼仔儿,更不干‘杀鸡取蛋’的蠢事!”古谚语说得好:“宁当有日筹无日,莫待无时思有时。”

八所渔港

谈到此,老谢也颇多感慨:“可是,我们现在吃早餐,经常会有咸鱼仔,有的还不到一厘米长就吃了,真是造孽呀!”我说:“海南很多地方吃早餐,似乎都离不开小咸鱼,许多单位的食堂每天都有;在一些大一点的宾馆、酒店,小咸鱼则更是必不可少,成为早餐的必备小菜。”

王春把话题岔开了:“今晚说是来收网的,可是没有什么鱼,就不收了。”符名岗说:“等明天上午再收网,看看有没有渔货,再来决定今后还是不是在这里放网。”于是,我们只好调转船头,打道回府。

“对不起呀,今天让你看得不过瘾!因为是第一次在那里放网,咱们没有打到多少鱼。”回去的路上,阿友又一次向我道歉,好像我随他们出海收网几乎空手而归是他的过失。我连忙拱手说:“没关系,我还是很长见识的。况且大鱼不进网,也不是你支使的呀!”

回到赵述岛,三沙市委办公室来岛蹲点的秘书罗浩、该市公安局驻七连屿的小吴迎了上来,问我收获如何。我回答说:“我的收获很大,而符氏兄弟的收获不是很大。”言毕,我指一指符氏兄弟,“他们兄弟俩把小鱼都放生了,就留下来两条大一些的鱼。而我,则见识了‘放龙头’的整个过程,体会到了老鱼的狡猾、浪里生涯的艰难,所以说收获很大啊!”

“喏,这就是刚刚打上来的那两条鱼。”王春书记指一指餐桌对我说。当晚九时许,冲过凉,我们早已是饥肠辘辘了,来到赵述岛那三十来平方米的小餐厅,只见那两条三四斤重的海鱼一条被红烧、一条被清蒸,一红一白摆在两只鱼盘里。不一会儿,两条落网之鱼就进入了我们的饕餮之口。

天子南库聚宝盆

美人首饰侯王印

“美人首饰侯王印，尽是沙中浪底来。”大唐诗人刘禹锡《浪淘沙》里这一震烁千古的诗句，形象地赞誉了海水里蕴藏之丰富、藏品之宝贵，难怪渔民称之为“蓝色聚宝盆”，而官府公文称之为“天子南库”呢。

的确，大海里就是一个大宝库、大冰柜，里面珍存着难以计数的宝贝，除了五花八门的鱼虾蟹龟和五光十色的贝壳、海参，还有无数的奇珍异宝，诸如珍珠和珊瑚等。再如，前文所说的那个“夺命南珠手串”，差一点要了一对母女的性命。幸亏关侯、关吏法外开恩，明断是非，方使得“节烈二义”幸免于难，而且受到汉武帝的旌表。

老话讲：“海滩上捡贝壳——唾手可得。”古时候，海南渔民因为受到季候风的影响，一般都是以半年为期——半年（夏秋两季）住在陆地之家，半年（冬春两季）住在岛屿之家。他们凭着祖传的罗盘和《更路簿》导航引路，来到西南中沙的祖宗岛礁、沙洲打鱼，一住就是大半年。因为一辈辈渔民长期驻岛，就有了自己独特的生产和生活方式。在三沙的岛礁上，渔民有一种传承了千余年的传统作业方式，就是前文提到的“行盘”，渔民们又称之为“赶海”“做海”。就是趁着海水退潮之际，去到海滩或者珊瑚礁盘上捕捉、捡拾各种海产品，这也是一种最为轻快、安全的捕捞方式。

所谓“赶海”，就是在海平面从高潮向低潮下降的时间段，去到海边捞取海物。如果错过了这个天赐良机，就只得“望洋兴叹”了。赶海时，人们一般要带上一把较粗的铁钩子，主要是用于钩章鱼、墨鱼、鱿鱼等，也可用于撬开珊瑚礁礁石，以便捡拾海螺、鲍鱼，抓螃蟹，捉海龟。对于传统的作业方式，海南渔民形象地叫作“行盘”，就是在礁盘上行走。

“好吃，好吃！”李成福赞道，“这海鲜吃的，那就叫一个‘大’字四个‘×’——爽！”那几日，奔波在三沙市，流连在晋卿岛、赵述岛、银屿岛和鸭公岛等，来自上海滩的年轻诗人李成福豪情万丈，诗兴勃发，在小岛上一连创作了好几首歌词，其中有一首的题目就叫作《航海秘籍更路簿》。这天中午，在鸭公岛的凉棚里，他一面品尝着琵琶虾、红口螺，一面禁不住连连道爽，啧啧称奇。待吃完饭在沙滩上散步之时,他望着波涛汹涌的大海,豪气遄飞,诗兴勃发,于是面朝大海,朗诵了新写的歌词《流动的国土母亲海》。

三沙自古海珍多

在西沙、南沙赶海,人们通常收获最丰、捡得最多的是红口螺和马蹄螺,后者潭门渔民又称之为“公螺”。红口螺一般大的有六七厘米长、三四厘米宽,一头圆、一头尖;马蹄螺状似我们童年时代玩的陀螺。红口螺的螺口开在螺体的中间部位,从圆的一头延伸到尖头儿,螺口呈红色,红口螺因此而得名。红口螺是三沙的名贵海产品,肉质筋道,味道鲜美。

据永兴岛的“老岛民”李发归介绍,20 世纪 90 年代,在永兴岛海域的沙滩上,还可以抓到太阳螺、扶轮螺、千手螺、白圭螺等稀有海产品,而最美味、最有特色的还是鲍鱼。在内地滨海城市菜市场或者饭店里见到的鲍鱼,通常是壳体大、肉体小,肉藏在壳内。而南中国海的鲍鱼则不同,其壳体大多是单扇的,肉体大部分露在壳外,壳体小、肉体大;肉体和外壳的形态,就像是人的头上带了一顶帽子,螺肉又大又肥。李发归噘着口唇赞道:“那吃起来,才真叫个过瘾呢。哇,现在还直流口水哪!”

因为西沙海域的鲍鱼肉体大部分暴露在外,故而其表层上就长了一层薄薄的青苔,肉质也就变得十分瓷实、筋道。用南海的鲍鱼煲汤,鱼汤乳白、黏稠,味道鲜美、醇厚,令人回味无穷;一经品尝,就会珍存在人的味蕾,形成舌尖上的永久记忆,一如李发归的“口水之言”。三沙市诸岛礁的生猛海鲜色香味俱佳,看一眼就叫人垂涎欲滴、唇齿生津,尤其是那些红口螺和白口螺、红石斑和黑石斑、刺泡鱼和琵琶虾等,吃到嘴里更是鲜嫩可口,妙不可言,美不胜收。

至于那些形态各异、色彩斑斓的各种海螺,吃罢之后,不仅口留余香,而且还可以把贝壳装进塑料袋,带回家去留作纪念;既可以一逞口腹之欲,也可以满足赏玩之好。

银屿岛居委会主任李遴君膀大腰圆,祖籍潭门镇,也是个渔民世家出身。问及他年轻时出海作业带不带《更路簿》,他说,渔民代代相传,再加上从小就在祖宗海里光屁股玩耍,摸爬滚打,轻车熟路的,《更路簿》早就刻在心尖上、指纹里了,绝大多数都不带在身上;我的爷爷、父亲出海也不带《更路簿》。只要有一只罗盘装在口袋里,必要时掏出来看一看,就搞定了。

古代双桅船竹篾帆

李主任告诉我们，这些海螺螺壳拿回去，用砂纸去掉壳上的寄生物和泥土、瘢痕，再稍作加工，就是很好的工艺品，挂在客厅里很漂亮。若是把它们带回到北京、上海、天津和重庆这些大城市，还可以为我们祖宗海里的美味海产品做宣传、搞营销，推而广之，广而告之，何乐而不为！“那可是活的广告，比嘴巴说出来的效果要好得多呀！”他说。

他还说：“我们小时候吹的小螺号，就是螺壳加工做成的。”说到这里，老李似乎余兴未尽，还哼起了20世纪八九十年代名为《小螺号》的流行歌曲：“小螺号，嘀嘀地吹，声声唤人归……”

“前不久，在央视播放的电视连续剧《抗倭英雄戚继光》中，倭寇与海盗在和明朝军队作战时，就是用大法螺的贝壳作螺号，发出指令，指挥军队进攻、埋伏或者撤退的。”三沙卫视新闻中心副主任王超绘声绘色地说，“一开始，明军与倭寇对决时，茫茫的南中国海上忽然大雾弥漫，伸手不见五指，一把小小的螺号，使得倭寇、海盗进退有度。而大明军队则成了聋子、瞎子，损兵折将，吃尽了苦头。后来戚继光用阴阳八卦学破了鬼子的‘迷雾阵’……”

通常吃螺都非常麻烦，而三沙的海螺则不然，因为在其“红口”或者“白口”的一端，有一个黑蒂，仿若蝎子尾巴，你只要用手一拉，整个的螺肉就“哧溜”一下出来了，特别方便。这种螺的螺肉味道鲜美，肉质筋道，就连海口市的老坐地户吴先生都说，从来没有吃过这么鲜嫩爽口的螺肉。

三沙的珍珠虾、琵琶虾也很有特色，二者酷似，属于同类海生物，形态是扁体呈椭圆形；外壳呈棕黄色，且带有黑色的斑点。珍珠虾、琵琶虾壳内肉体丰满、肉质白嫩，堪称“人间至味”。

这真是：海底珍奇物，自古三沙多！

北岛美味琵琶虾

北岛的午饭更让人难忘。

北岛社区主任黄宏波今年66岁，是琼海市长坡镇人，高高的个头，瘦瘦的身材。因为长期驻守北岛，渔民们戏称其为“北岛岛主”。

黄主任虽然已是满头银霜、满脸年轮，但非常质朴热情、谦逊好客，说起话来还有些腼腆。他时常孑然一身驻守在北岛，日日夜夜陪伴他的常常就只有“大黄”“小黑”——两条形影不离、忠贞不贰的土狗，堪称他的“哼哈二将”，或者“忠实奴仆”。

当我们问及他家有没有《更路簿》时，他笑着说：“有哇，只不过好久不用了，现在放在长坡镇老家里，锁在我老伴的箱子底下呢。”黄主任已经在西沙群岛放舟耕海50多年了，先后在东岛、南岛、赵述岛等岛礁“站峙”，仅在北岛就已经驻守了近30年。他的老妻依然留守在老家种植蔬菜、漂洗衣物，日日夜夜盼郎归，是个典型的老“漂母”。

是日的午餐，他是以琵琶虾为主菜招待我们的。

要说起来，琵琶虾似乎并非稀罕物，在北方的许多海滨城市都有，譬如青岛、威海、大连和秦皇岛等，仲夏时节也都能吃得到；至于上海、福州、杭州和苏州等东南沿海城市，想必也少不了。但是，内地的那些琵琶虾均是长条形的，大的约有五六厘米长、不到两厘米宽，约有一两重，比大拇指略大些。在海口、三亚、文昌等地，我也吃到过这种长条状的琵琶虾；如果赶上时令，在海滨城市的菜市场里也能买得到，买回家用清水一煮就可食用。

而北岛的琵琶虾却是椭圆形的，约有巴掌大小，体重将近一斤，表皮也不是黄白色，而呈棕黄色，可谓见所未见，闻所未闻。我们上岸时在海滩上，就看到一位渔民用捞鱼的网兜装着几只“北岛琵琶虾”，我就请渔民把它们拿出来放在沙滩上，好让我们拍照留念。这位渔民非常聪慧，把它们摆成“一”字形，有模有样地让我们尽情拍摄。我们在七连屿吃到的海虾、海蟹、红口螺和琵琶虾等，无一不是味道极鲜，活色生香的。问及其中的奥旨，七连屿工委会书记、管委会主任王春回答说：“我们这里的海水清洁，没有污染，海鲜不加佐料，都是用海水清煮的，所以吃起来味道特别的鲜美。”问及是否还有其他的烹制秘诀，王书记笑一笑，一副“天机不可泄露”的神秘感。

至于红口螺的烹饪方法，一是带壳白灼，最好是不加任何调料，就用清澈的海水煮熟；二是带壳加些许蒜泥、生姜清蒸，出锅后再撒一些小葱的葱末；三是取出螺肉来，或清炒，或煲汤，或煮粥。但无论你是怎么个吃法，都得注意保持螺肉的鲜嫩，不要过火。譬如说，用红口螺的螺肉煮瘦肉粥，一定要等到砂锅里的瘦肉煮软了、米粒煮烂了，再放入螺肉搅拌，一俟沸腾就立马起锅。否则，就煮老了。

傍晚，落日的余晖将西天渲染得红彤彤的。告别了北岛好客的老黄、大黄和小黑，在返归七连屿工委、管委会所在地——赵述岛的冲锋舟上，我看到：一艘艘小渔艇仰卧在海岸边，好似在全神贯注地倾听着晚潮哗哗啦啦的乐声；渔艇应和着晚潮时起时伏的节奏，荡荡悠悠地舞蹈，吱吱呀呀地哼唱。看着看着，我倏尔感觉，在灯光的映照和海波的反射下，那一艘艘小艇竟像它们的主人一样，也有了某种神秘的韵致。

远处渔火点点，近处渔歌声声。

馋煞坡翁江珧柱

江珧柱堪称人间绝味，曾让苏东坡馋涎欲滴，梦笔生花。

何谓“江珧”呢？《现代汉语词典》在本词条中解释说：“软体动物，壳略呈三角形，表面苍黑色，直立插入泥沙中，终生不再移动。生活在沿海。”而在“江珧柱”词条中解释说：“干贝的一种。江珧的闭壳肌干制后叫江珧柱，是珍贵的食品。干贝通常也叫江珧柱。”或称：此乃南方渔民所说的“带子”，不知是否的当。因其形似半月，故又称“海月”。

明代戏剧大家汤显祖（1550~1616 年）曾被贬为徐闻县典吏。他一次“纵一苇之所如”，私下游历海南岛，在品尝过崖州的江珧之后，以《海上杂吟》为题赋诗曰：“见说临川港，江瑶海月佳。故乡无此物，名县古珠崖（即今三亚市--著者）。”寥寥二十字，抒发了其大快朵颐后的愉悦。古人和我们一样，在外吃到难得一见的珍馐佳馔，常常以故乡有无来加以品评。可见，被誉为“中国的莎士比亚”的汤显祖，也未能免俗。

海珍极品江瑶柱

江珧之名变为“江瑶”，最早出自唐朝刘恂，其《岭表录异》云：“海月大如镜，白色正圆，常死海旁。其柱如搔头尖，其甲美如玉。”江瑶柱洁白如玉，滑嫩可口，故而有此称谓之变。缘何？珧者，蚌壳也；瑶者，美玉也。

清代戏曲理论家李调元(1734~1803 年)对此也有阐扬,他的《南越笔记》引《安南异物名记》云:“江瑶如蚌而稍大,……四肉牙佳耳,长四寸余,圆半之,白如珂雪。一沸即起,甘鲜脆美,不可名状。”该书又引《琼州志》云:“江瑶以柱为珍,崖州者佳。”江瑶柱上佳者产自崖州,据说又以出自其临川港之“泥中者”为绝品。沿海俗语说:“海参鲍鱼江瑶柱。” 可见三者是同等级别的海珍。由于江瑶柱肉质脆嫩、柔滑,滋味鲜美、香甜,入口酥醇不腻,下肚回味悠长。故而,其又有“海珍极品”“天下绝味”的美誉,是中国古代著名的“山海八珍”之一,自然也就成为古时候福建、广东的海珍贡品了。

据载,苏轼刚贬到惠州之时,初尝江瑶而觉味美,便致函乃弟苏辙言及此事,而后一本正经地叮咛:“无令朝中士大夫知,恐争谋南徙,以分其味。”苏轼是一位十足的“乐天派”,言下之意就像朝廷衮衮诸公闻听江瑶柱味美,就会放弃光前裕后的大好仕途,竞相恳请南贬来一饱口福。

后来,苏轼品尝了荔枝,又赋诗云:“似闻江瑶听玉柱,更喜河豚烹腹腴。”并解释道:“予尝谓,荔枝厚味高格两绝,果中无比,惟江瑶柱、河豚鱼近之耳。”这种“吃一看二想三”的吃货境界,恐无人能及。他盛赞笑傲食林的江瑶柱,“方其为席上之珍,风味蔼然,虽龙肝凤髓,有不及者”;也曾以江瑶柱比况好友的文章,在《苕溪渔隐丛话》里,称其得意门生黄庭坚的诗文“如蝤蛑(梭子蟹——著者)、江瑶柱,格韵高绝”;甚至以江瑶柱自喻,言其尽管“浪迹泥涂中,潜德不耀”,然“颀长而白,圆直如柱,无丝发附丽态”。

苏轼甚至还写了一篇《江瑶柱传》,以其生花妙笔为江瑶柱树碑立传。传曰:“生姓江,名瑶柱,字子美,其先南海人,十四代祖媚川,避合浦之乱,徙家闽越。”以人拟物,以物言志。在这里,江瑶柱的字和“诗圣”杜甫一样,都叫“子美”,足见坡翁对其推崇之至。

清代素有“世界喜剧大师”之称的大文豪李渔,笔耕之余嗜好美食,并以介绍、描摹中华传统佳肴而独步古今。当他读到坡翁上述的嘉言韵事后跃跃欲试,遂不远千里来到福建,就为一尝江瑶美味,不承望或因时令不对,只得败兴而归。为了排遣舌尖上的遗憾,他在《闲情偶寄》中写道:“人所艳羡而不得食者,唯闽之‘西施舌’‘江瑶柱’二种。‘西施舌’予即食之,独‘江瑶柱’未获一尝,为吾入闽之恨事。”如果他转而来到海南岛,或许就不会有此遗憾了。

一枚南海江瑶,胜似凝脂兰膏。它搅动了多少食客舌尖下的滴滴馋涎,又引发了多少诗人狼毫上的依依缱绻。

蓝色史诗蓝色家

蓝色家园守望者

少年悬弧四方志，蹈海归来天地宽。近年来，随着南海问题的越来越焦点化、时代化、全球化，一位生于斯、长于斯的潭门乡土作家浮出了水面，也引起了媒体的高度关注。他不仅是潭门渔民的后代，而且自己也曾经当过许多年的渔民，曾经在浩瀚的祖宗海里搏风击雨、犁波耕浪。

由于“近水楼台先得月”的身份之便，在他撰著的《蓝色的诱惑》《蓝色的记忆》《蓝色的史诗》等“蓝色系列”著作中，对祖宗海、对《更路簿》、对风帆时代的老船长，都做了更切实际、更接地气、更契学理的开掘、探索和诠释，进而，他被业界权威人士誉为“南海民间历史文化的活字典”。

——他就是琼海市潭门镇本土作家、《更路簿》学研究学者郑庆杨先生。30年来，他本着一位渔家子弟的执着与志趣，不遗余力地探索海洋文化、航海文明和冒险精神，试图展现祖宗海的深刻与浪漫、神秘与梦幻，还原海南渔民原生态的耕海图、心灵史。尽管是来自最基层，但是他的探索与实践，也恰恰契合了习近平总书记关于“海洋强国”“文化强国”的指示精神。

谈及海南渔民的历史贡献，郑庆杨说，我们不敢说海上丝绸之路是海南渔民所开创的，但至少可以这样说，东西方航海家、生意人在南中国海的碰撞与对接，海南渔民是功不可没的；在这个过程中，海南渔民至少起到了媒介和桥梁的作用，促成了双方的联手、并进和共赢。因为，无论是南是北——这两条丝绸之路历来就是贸易往来之路、文化交流之路、文明互通之路，合乎各方的利益、愿望和诉求，所以也是合作共赢之路。

对于郑庆杨的研究与著述，中国社会科学院中国边疆研究所党委书记、研究员李国强给予了高度的评价，李先生在给他的书稿写的一篇序言中说：“庆杨先生作为潭门渔民的一员，用自己火热的心铭记着南海的点点滴滴，用自己流畅的笔续写着关于南海的风风雨雨。潭门渔民开发南海的悠久历史和璀璨文化，能够逐一呈现于世，庆杨先生功不可没。我想，这不仅源于他对南海蓝色家园的悠悠眷恋，而且来自于他对在南海辛勤劳作的家乡父老的绵绵情感。可以说，庆杨先生不仅是南海历史文化的守望者，更是追寻南海文化真谛的探路者。”对于他的“蓝色系列”著作,海南历史文化学者、海南大学退休教授、海口市社科联主席詹长智先生也赞誉有加,并给予高屋建瓴的评价:为渔民立传,为南海存史,为民族留记,为主权树碑。

那么,郑庆杨这位乡土作家又有哪些“蓝色经历”“蓝色际遇”?他的著作又有哪些特点和可取之处呢?

老爸食言遇海难

郑庆杨出生在潭门镇草塘村委会文教村,就像其他渔家男孩一样,他从小还没有学会走路,就先学会了游泳——5 岁跟着爷爷去村东海边学钓鱼,7 岁和小伙伴们一起到近海潜水刺鱼,14 岁就跟随公社的船队去三沙远航牧鱼了。

在郑庆杨早年的记忆中,父母自然是其人生的主角——母亲每日里披星戴月地下田劳作,含辛茹苦地侍弄孩子,照料老人,料理家务。而他对父亲的印象虽然不是很多,但却非常深刻,他只记得老爸脸上长着密密麻麻的斑点,长大了奶奶才告诉他,那是小时候得天花病残留的印记。他说:“我幼年的时候,就对读书有着特殊的迷恋。关于老爸,让我迄今记忆犹新的一件事是,在我四岁那年,老爸看见我对邻居大哥哥、大姐姐‘背着书包上学堂’充满了羡慕,就对我拍着胸脯承诺,再过两年他也要给我买书包,送我去上学堂,让我一个猛子扎到知识的海洋里,去尽情遨游。”

然而老爸食言了,根本就没有兑现一位父亲给儿子的庄严承诺。

郑庆杨含泪道:“因为就在那一年的冬天,老爸去南沙群岛耕海打鱼,中途遭遇了海难,就再也没有回来了。当时,我还不懂事,只记得母亲、奶奶和哥哥、姐姐抱在一起,哭得昏天黑地的。”他咳嗽了两声,瓮声瓮气地说,“而这些海难事件,在潭门渔民当中一点也不少见,几乎每年都会有,所以哭了几场也就没事了,大人们该干什么就干什么去啦!”

笔者来自河北唐山,曾经采访过许多唐山大地震劫后余生之人。此情此景,就像那场大地震之后,因为差不多家家户户都有遇难者,故而也就稀释了每一位生者的悲伤和哀痛。庆杨先生童年的不幸遭际,也正应了潭门老船长伍书光生前说过的话:“在一个个海南渔民当中,能够活到老年在大陆上死去,那就得烧高香了。因为自古至今,在祖宗海里死掉的渔民好多好多的,数也数不清啦!”

郑庆杨擦一把眼泪,接着道:“老爸遇难后,丢下我们五个孩子,老大那年还

渔村老坟

不满15岁,一个个饥肠辘辘、嗷嗷待哺的,全靠母亲一人赚钱喂养,一手拉扯长大。"好在是"穷人的孩子早当家",老大、老二很快就能够为母亲分担一些压力了。在他的记忆里,瘦小孱弱的母亲非常勤劳能干,非常吃苦耐劳。"每天鸡叫第二遍的时候,老妈就蹑手蹑脚地起床了,就开始了奔命忙碌的一天。"他百感交集地说。起床之后,母亲先是要煮好一家人的早饭,再就是煮好一窝猪的吃食,三就是喂鸡喂鸭,然后天亮了就去下地干工挣工分。当年吃的东西,每天三顿都是地瓜稀饭,因为大米不够吃,每次煮饭都只是放几把大米,然后就是大盆的地瓜、大瓢的井水。

"老妈先要把地瓜剁碎,而后和大米一起放进大锅里去煮——那样的大锅啊,现在年轻人大概都没有见过;再用葫芦瓢往锅里加入很多很多的井水,这样连汤带水的地瓜稀饭,一家人才能填饱肚皮。"他喟叹一声说,"唉,那年月天天顿顿吃地瓜,吃得肠胃里直冒酸水;一年四季,人们都是用地瓜充饥,所以现在我一看到地瓜,就禁不住倒胃口,吃那么一口就会呕吐。"

世上只有妈妈好

那年头正是全国"大炼钢铁"的时期,全国各地到处都冒出一座座铁炉、钢炉,就像雨后春笋一般。于是,就连全国的老百姓都在"集体盲从",争先恐后地"赶英超美",跑步进入共产主义。郑庆杨含泪道:"在这样波澜壮阔的大的历史背景下,还在哺乳期的老妈也得跟上形势,也不甘心做'落后分子'呀!于是,她也自告奋勇地报了名,被安排到十里开外的地方,去参加全公社的‘炼钢大会战’。”

“因为工地上热火朝天、车水马龙、烟熏火燎的,三十出头的老妈就把我留在家里。等到每天晚上 11 点下工后,她才能赶回来给我喂奶,喂了奶又黑灯瞎火地朝着工地上赶去。一天天不得休息,累得半死。”郑庆杨泪眼婆娑地讲。

“世上只有妈妈好,有妈的孩子像块宝;投入妈妈们的怀抱,幸福享不了……”一言及此,我的耳郭里倏然回响起 20 世纪的一首流行歌曲。可以想象,倘若不是受无私母爱的驱使,一个女人是无法克服对黑夜的恐惧,伸手不见五指的,每天独自一人来回赶 30 里的夜路给儿子喂奶,而且她这样一干就是两年多——将近 1 000 个日日夜夜。除了给幺儿子喂奶,母亲还得料理上面四个孩子的读书和衣食住行。庆杨先生说:“所以呢,儿女们长大了,老妈也累倒了,腰背弯曲,瘦骨嶙峋,浑身都是病!”

这是何等伟大、坚韧和执着的母爱啊!

写到此,我油然想起了海南本土著名女作家邢增仪女士的一篇著名散文——《文昌阿婆》。这篇在国家级大奖中斩获颇多的散文,对海南女人的吃苦奉献和坚韧不拔的精神予以精彩的勾勒和描摹,读来令人荡气回肠,永世难忘。你瞧:

黄昏下,夕阳中,一个年迈体衰的老妪,扛着犁,牵着牛,孑然一人,蹒跚走来,稀疏的白发在晚风中无助地飘曳。这是一种什么样的景象?霎时,一种巨大的悲凉压住了我。

我仔细打量年过古稀的阿婆,岁月已完全熬干了她的血肉,只剩下一副皮囊——一副干枯萎缩的皮囊。她的面容,比罗立中的油画《父亲》更典型,苦难岁月在那上边犁出了一道道纵横交错的沟洫。而那双手,那双死死拽住我父亲,生怕他一眨眼便消失了的手,那是一双什么样的手呵——皮肤黝黑粗糙,关节粗大变形,十个手指头并不拢,伸不直,痉挛地屈伸着,像风干的鹰爪;那双脚,那双还沾满红色泥土的光脚,由于成年累月的赤裸而用力,早已变得奇形怪状——脚背隆起,十个脚指头个个朝下,七歪八斜地向外撒开,痛苦地扭曲着,趴在地上,死死地抠着土地,像一把铁耙——血肉铸就的铁耙子,一根根铁齿钢牙顽强地要钉到地下去。

我只看了一眼,不由一阵触目惊心的战栗,虽不敢再看,但那景象已深

罗立中传世油画《父亲》

深地烙在我心里，瞬间而成为永恒！

“故人故情怀故宴，相望相思不相见。”（唐·王勃《寒夜怀友杂体》句）可见，“文昌阿婆”是孑然一身的孤苦与凄凉，而“潭门渔孀”则是儿女成群的劳累与奔忙。需要交代的是，“文昌阿婆” 的夫君是国民党部队的一名将军，而她是这个家庭的童养媳。二人圆房不久，她的夫君就毅然奔赴血肉横飞的抗日前线，为了救亡图存而抛头颅、洒热血去了。解放战争后期，眼看国民党大势已去，他在回乡省亲三天之后，又随同蒋介石跑到了台湾。屈指算来，夫妻俩待在一起的日子，总共也不过五六天的时间，所以阿婆无儿无女。后来，因为一道海峡的长久阻隔，她的夫君又在台湾娶妻生子了。无疑，是烽火连天的战争，强加于一个平凡的渔家女头上，进而把她的人生弄得面目全非了。

噫嘻，而这又岂是“文昌阿婆”一人之悲剧哉！

虽然“文昌阿婆”相较于“潭门渔孀”，以及本书第四章《渔家女人的宿命》中的“苦命女”玉兰、《守望冤家熬白头》里的“守望妇”阿蓉等，她们作为讲求“三从四德”的传统女性，命运“各有各的不幸”，但她们还是有相似之处的，那就是大半辈子的“无性人生”，自然前者更甚于后者；那就是纵使一生的劳累、苦难，但却坚贞、顽强地活着，用一己羸弱的肩膀扛起家庭的重担。

而且，我们详察社会和历史即可发现，似乎还有一个带有规律性的现象：顺风顺水的人生，往往短命而黯淡；苦命苦熬的人生，反倒往往长寿而辉煌。这现象就好似古时候在每一个朝代的后期，蜜罐里泡大的小皇帝每每软弱，甚至五毒俱全，以至于连儿子也生不出来。最后，导致君弱臣强，宦官弄权，外戚干政；导致权奸祸国，内部倾轧，外敌环伺，终至于改朝换代。

宿命使命都是命

问及郑庆杨小时候有什么玩具、有什么爱好，他说，那年月能够活下来就算不错了，能有什么玩具呢。

沉吟少顷，郑庆杨又说：“要说我的玩具嘛，那就是大海，就是大海里的小鱼小虾，还有五光十色的贝壳、千奇百怪的珊瑚。我天生的爱好就是去到祖宗海里游泳、潜水、捕鱼和抓海龟；就是跟着大人们去出海，去远航，去住岛；还有，就是夜晚躺在沙滩上，聆听着爷爷一辈的老船长、老渔民讲故事，讲述他们在祖宗海里闯风浪、躲台风、打倭寇、战海盗的惊险故事。”想一想也是，夜晚躺在沙滩上，伴着习习晚风，看着悠悠白云，听着老人们慢条斯理地讲古，倒也是蛮惬意的。

海南渔民养殖与耕海

“本来干工累了一天，一躺在沙滩上就发困了，可是，一听这些老一辈讲述海上冒险的故事，我就一下子来了精气神，总是喜欢刨根问底的。看我还是一个很好的听众，老人们没什么事情，也就很爱讲，讲起来可带劲啦！”郑庆杨一往情深地追忆着，“毕竟在大海里闯荡了大半辈子，有许多惊心动魄的人生阅历，也有许多可圈可点的航海经验，他们也不想把这些宝贝都带到烟囱里去，也愿意和年轻人一同分享啊！所以说，这也就是我的‘蓝色系列’著作的构思点、起始处。”

郑庆杨接着说：“可以说，写好海洋文明的书稿，既是对老爸抱憾而死的一个交代，也是对老妈无私母爱的一种报答，而且还可以将老一辈渔民的远航文化、生存之道传之于子孙后代。只可惜，我们家里那时候穷，没钱上大学，只读了个中专会计，文化水平不高，我写起来有些力不从心呢。”

庆杨先生沉吟片刻，对我说：“王先生，您作为一个河北闯海人，都能这样呕心沥血地写作有关海洋文化的书。而我呢，作为海南渔民的后代、潭门渔民的一员，必须恶补写作艺术，迎头赶上，一直写下去，写到老死。这就是我的命——既是我的宿命，也是我的使命。”

“……春云生纸上，秋涛起胸中。……愿将黄鹤翅，一借飞云空。”（唐·孟郊《上包祭酒》句）如今，郑庆杨已经年近花甲，两鬓染霜，但愿他能够克服写作道路上的种种暗礁险滩，披荆斩棘，将他的“蓝色史诗”进行到底，并取得圆满成功。

陆：瓷路比翼丝路

摘要：在潭门镇南海文化馆的大厅里，我们看到，与门相对的总台后面那堵墙壁，堪称是一面“古瓷墙”——满满的都是用木板、木棱拼装而成的巨幅木框，一个个的木格看上去都是呈“井”字形，每个“井”字的中心部分，都镶嵌了一件海捞瓷。瞧，这一件件瓷器稳坐“方城”，就像中国商周时期“井”田制由九户农夫供养的“公田”；乍一看，这堵“古瓷墙”又像是一面巨大的围棋棋盘……

东方马可汪大渊

卜正民先生为什么说西沙群岛“除了危险还是危险”，要“想办法绕道而行”呢？他有什么实物明证和典籍依据吗？回答是肯定的。其实物的明证，别说在沿海省市的博物馆不可胜数，就是在海南省琼海市、文昌市的小渔村，也俯拾即是。至于其典籍依据，也堪称浩如烟海，汗牛充栋。譬如，作为元代的民间航海家，汪大渊曾经两度出洋游历，至少曾经四次涉足于西沙群岛海域。

沉舟侧畔千帆过

断断续续两年多来，走遍潭门镇的村村寨寨，在一户户渔家，我们所见到最多的“宝物”（渔民的说法）就是海捞瓷，其中既有唐代、宋代的，也有元代、明代的，而以清代和民国时期的残瓷为最多。

对此，琼海市潭门镇62岁的老渔民卢业益告诉我们：“这类在祖宗海里打捞的‘宝物’，潭门的渔民家家户户都有，大大小小的，有很多很多。”

“过去，不拿它们当回事，有人拿它们喂鸡、喂鸭，还有的把它们当作猫儿、狗

卢业益家里珍藏的古瓷

儿们的‘饭碗’,磕磕碰碰少不了。就像那些年已经作废了的《更路簿》一样,有人竟拿它来引火烧饭。这几年,我们才知道它们——包括古陶瓷、《更路簿》的宝贵,才开始当成文物收藏起来了。一开始,谁懂它们是宝贝啊!”说到此,卢业益挠了挠头,似乎有些不好意思。正应了老卢的说法,在文昌市、琼海市的博物馆和一些收藏爱好者手里,我们看到了许许多多古代的“宝物”,诸如铜币、铜器、陶器、铁器和漆器,甚至还有海捞的沉香、降真香和花梨木等,均为可移动的文物,价值不菲。

在潭门镇南海文化馆的大厅里,我们看到,与门相对的总台后面那堵墙壁,堪称是一面“古瓷墙”——满满的都是用木板、木棱拼装而成的巨幅木框,一个个的木格看上去都是呈“井”字形,每个“井”字的中心部分,都镶嵌了一件海捞瓷。瞧,这一件件瓷器稳坐“方城”,就像中国商周时期“井”田制由九户农夫供养的“公田”;乍一看,这堵“古瓷墙”又像是一面巨大的围棋棋盘。而不同的是,这一枚枚五颜六色的“棋子”所处的位置不对,不是落在线条交叉之处,而是落在了方格之内。

“沉舟侧畔千帆过,病树前头万木春。”(唐·刘禹锡《酬乐天扬州初逢席上见赠》句)如此多的“宝物”究竟是从何而来的呢?说到这里,就不得不涉及一个沉重而惊悚的字眼——沉船。在浩渺的海上丝绸之路西沙段、南沙段,历朝历代的沉船颇多,仅发现、打捞上来的就已为数众多,而那些依然被海沙、珊瑚屑封存在海底的,想必更是不计其数。

那些五花八门、渔民所说的“宝物”,无论是陈列在博物馆里的,还是在渔民家里的,无不是滥觞于此。仅仅在西沙“华光礁 1 号”沉船遗址,考古人员就发掘出 12 000 多件陶瓷器、100 多件铁器。而 1987 年发现、2007 年打捞上来的“南

古代民用三桅船模型

海一号”沉船，船上的各类“宝物”竟然多达60 000多件。现在，这艘沉船和种类繁多的文物均珍藏在广州“海上丝绸之路”博物馆——一座专门为“南海一号”建造的博物馆里。它是目前世界上发现的年代最久远、船体最大、保存最完整的古代（南宋中期）沉船，所以素有“海上敦煌”之谓。

我想，如果不是鲨鱼、鲸鱼具有的“铁嘴钢牙”，伴随着这些海捞品而存在的，必定还会有像《盗墓笔记》所描述的森森白骨呢。对于那些遇难的船员、渔民来说，大海就是他们最好的坟墓、最好的归宿。一如潭门渔民所说：“自古出海半条命，能够生还是万幸。”典籍依据也俯拾即是。譬如，宋人周去非在《岭外代答》一书中，就曾言及在南海航行，就得“置生死于度外”。南宋吴自牧《梦粱录》卷十二说道：“风雨晦暝时，惟凭针盘（即罗盘——著者）而行……或有少差，葬身鱼腹。”对海南渔民而言，“葬身鱼腹”就像蒙古牧民“葬身狼腹”一样，堪称势所必然的归宿。

在《梦粱录》一书中，还披露了南海渔家的一首民谣：“上怕七州，下怕昆仑。针迷舵失，人船莫存。”这首民谣合辙押韵，读之朗朗上口，让人过目难忘。民谣所说的“七州”，就是今天的西沙群岛；民谣所说的“昆仑”，就是今天的南沙群岛。

风靡全球岛夷志

出生于元朝武宗至大四年（1311年）的汪大渊，在其所著的《岛夷志略》一书之中，不仅提及了“万里石塘”，而且称其为凶险之地，“避之则吉，遇之则凶”。这一说法，堪为卜正民“西沙危险说”的重要典籍依据，而且具有很高的可信度。

自《岛夷志略》成书以来，便因其卓越的文献价值和实用功能，成为后世学者研究古代东西方历史、地理和交通的必读书籍，进而对后世各类研究古代海上丝路的著作产生了巨大的影响。此外，该书在国际上也产生过很大的轰动效应,凡是研究元代东亚、南亚诸国历史,以及中西方文化史、海上交通史的中国学者,都一定会阅读这部书,西方专门研究该书的学者也不乏其人。

早在19世纪中叶,西方学者就注意到《岛夷志略》这本书,接着趋之若鹜,竞相进行翻译、征引和考证。其中最著名的学者首推卫理亚瑟,他在1867年所编的《汉籍丛录》一书里,就列有《岛夷志略》;1867年,英国汉学家、伦敦传教士伟烈亚力首次在《中国文献纪略》中列举《岛夷志略》;1871年,俄罗斯汉学家埃米尔·布雷特施奈德在《古代中国对阿拉伯、阿拉巴属地和其他西方国家的知识》一书中,用大号汉字列举了《岛夷志略》的书名,并对其中的“天堂”条目简略地作了介绍。西方学者对该书的作者汪大渊赞誉有加,称其为“东方的马可·波罗”。进入20世纪后,在西方学者的“蓝色眼球”中,《岛夷志略》的魅力有增无减,许许多多关于它的论文频频见诸书刊。1914年和1922年,法国汉学家额卢索、费朗呕心沥血,将该书的一些篇章翻译成法文发表。1951年出版的《伯希和遗著》中,载有法国汉学家伯希和写的论文《论〈岛夷志略〉》。

这一时期,《岛夷志略》也开始进入日本学者的视线之中,其撰述颇繁。藤田丰八以龙氏《知服斋丛书》刊本为底本,参考其他藏本,对该书进行了全面的校订,同时做出注释,题名为《岛夷志略校注》,于1914年在罗振玉主编的《雪堂丛刊》第二集中刊登出版。1935年,《岛夷志略校注》又在北京《国学文库》中重版。这是当时最好的版本。作者博学多才,所注可取者甚多。进入21世纪以来,研究《岛夷志略》的日本学者仍然不乏其人。

在全世界范围内,尤其是在欧美国家,马可·波罗(1254~1324年)的大名可以说是家喻户晓,妇孺皆知。他的《马可·波罗游记》堪称是世界游记的“第一名篇”,它直接或间接地开辟了中西方文化与经贸交流的新时代,也给中世纪的欧洲带来了新世纪的曙光;它打开了欧洲人的地理和心理视野,掀起了一股长达五六个世纪的东方热、中国风。从而,对西方人的生活方式、认知习惯及审美情趣产生了广泛而深刻的影响。自此,许多西方人开始涌向东方,学习东方;中国的文化艺术风靡整个欧洲,尤其是欧洲的上流社会,如果谁家没有中国丝绸、中国瓷器,似乎就不配称时

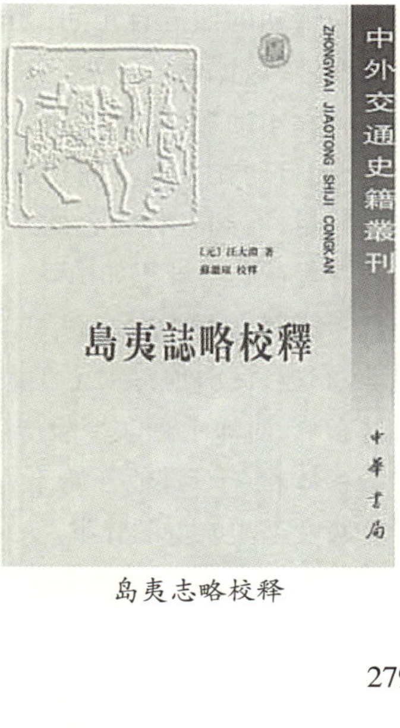

岛夷志略校释

尚，就赶不上潮流。

这就是最初的“东学西渐”风潮。

由此，引发了全球性的思想观念“大地震”，也引发了欧洲皇室贵胄、文化精英的“中国结”——以此发轫，欧洲发生了翻天覆地的震荡与革新，也给亚洲带来了震古烁今的阵痛与变革。

在中世纪的欧洲，许多很有价值的地图是参考《马可·波罗游记》制作的；许多伟大的航海家是受到他的鼓舞和启迪，才开始起锚远航、犁波耕浪的。譬如，意大利的哥伦布、葡萄牙的麦哲伦和达·伽马等，他们打破了中世纪西方神权的禁锢，通过茫茫大海探索世界未知的领域，因而大大促进了中西方经济和文化的交流。于是，在宋、元、明、清等朝代，许多的西方人因为狂热地喜欢中国的陶瓷器具、文化艺术，甚至包括汉语、书法、中国画和地方戏，故而走上了远航东方的探幽揽胜、探秘猎奇之旅。他们当中，有的做了外交官、传教士，也有的误入歧途，成为文化间谍和海盗。

如果说马可·波罗是13世纪最伟大的航海家，那么，比其稍晚半个世纪的中国官宦子弟汪大渊（1311~?），则无疑是14世纪最伟大、最出色的民间大航海家了。而且，后者所抵达的国家要远比前者多得多，但他的名气远远不如前者，这也与他的业绩很不相称。对此，就连许多的西方学者都看不过眼，频频为其鸣屈叫冤了。

汪大渊的祖籍是江西南昌，出生于福建泉州，也是在泉州长大的。泉州在南宋至清初的四五百年间，是中国海上丝绸之路的主要始发站，也是世界上最大的商港、最忙碌的码头。当时的泉州，港湾里停泊着来自世界各地的各种各样、大大小小的船舰，集市上汇集许许多多肤色不同的中外商人，航海贸易相当发达。他自幼在泉州耳闻目染，听到操各种语言的外国人鬻货购物，讨价还价，谈笑风生；看到各种肤色的人们摩肩接踵地招摇过市，也亲眼目睹琳琅满目的中西奇货在码头堆积如山。

特别是那些中外商人、水手所讲的外国风情、航海故事，是那样的新奇、生动、有趣，深深地打动了汪大渊年轻好奇的心，加之他深受当时中西方海洋文明的影响，对海上远航探险产生了浓厚的兴趣、强烈的冲动，一门心思想到海上去考察体验。于是，他开始千方百计地筹措资金、监造舰艇和组织人马，终于完成了两度远洋航行的壮举。

这一点，倒与后来的哥伦布相似。

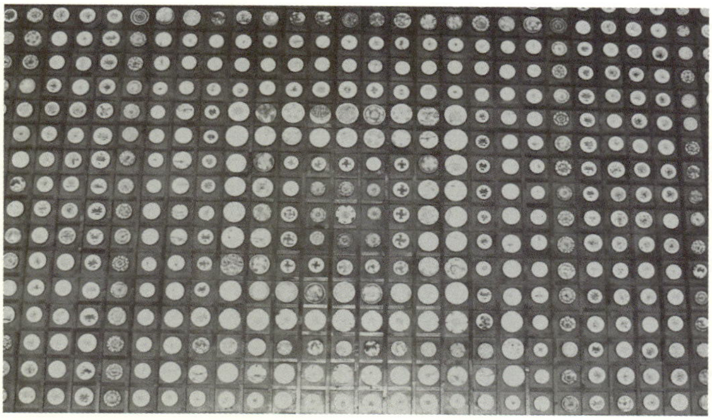
南海文化馆瓷盘墙局部

因为是民间的航海活动,汪大渊的人力、物力筹备之艰难可想而知。在他之前,中国沿海可能有许多人做过远航梦,但没有能力组织船队,无法得偿所愿。而汪大渊却做到了,不仅筹措了资金和航海工具,进行了两次杰出的航海探险,而且还撰写出了自己的航海笔记《岛夷志略》——一部划时代、里程碑式的航海著作。这是最了不起的,也是后来的哥伦布、麦哲伦和达·伽马等西方著名的航海家所望尘莫及之处。

据中央电视台纪录片《海上丝绸之路·航线》所说:

汪大渊是元朝南昌人,20岁那年,也就是1330年,搭船沿西洋航线行驶,经海南岛,过东南亚,游印度、波斯、阿拉伯、埃及,远达摩洛哥,又出红海经东非索马里、莫桑比克,渡印度洋至斯里兰卡,再从爪哇经澳大利亚到加里曼丹、菲律宾回国,历时五年。

回国两年后,汪大渊再次从广州出发,经海南岛和南洋群岛,游历印度洋、阿拉伯海、波斯湾、红海、地中海、非洲莫桑比克海峡,以及澳大利亚各地,于1339年回到泉州。汪大渊一路上真实记录亲眼所见,著成《岛夷志》一书,其简行本《岛夷志略》流传至今。根据书中记载,当时澳大利亚的土著居民以鸟羽掩身,食无烟火,惟茹毛饮血、巢居野处而已;书中还记载,有一种身高六尺的澳大利亚鹤,“闻人拍掌,则耸翼而舞,其仪容可观,亦异物也。”汪大渊所称的“鹤”,便是今天人们所见的鸵鸟。

齐吉祥(中国国家博物馆研究员):“汪大渊是一个十足的旅行家,他跟以前咱们所说的人不一样,因为他出行没有任何的功利目的,他就是出于好奇、探索——出于这种精神,到世界各地去旅游。在当时条件下,比如说语言相通、不相通,还有一些生活必需品的准备,那都是不容易的事情。在《岛夷志略》里,他记录了亚洲、非洲、澳洲的几十个国家,都是他几年时间亲自走到过的。这个在当时，即使在今天，都是不容易做到的事情。汪大渊他跟后来的人相比，又有一点不同，他有一种非常自信的心态。他那种自信的心态，那种探求的精神，应该说，反映了当时中国的海洋文化。”

到了元朝末年，中国人已经意识到，在我们的疆域四周都是大海，周边国家数以万计。这些国家虽然远隔千里万里，但都可以乘船一程一程地接力行驶，到达目的地。汪大渊的《岛夷志略》记述道：

中国之外，四海维之，海外夷国以万计，惟北海以风恶不可入，东西南数千万里，皆得以梯航以达其道路、象胥以译其语言。惟有圣人在乎位，则相率而效朝贡互市。虽天地穷乏不毛之地，无不可通之理焉。

此处的“夷国”稍含贬诬之意，实际上就是指其他国家；“北海”大抵就是指北冰洋，因为北冰洋一年就分寒与暖两个季节，暖季飓风时至，寒季飙风不断；“梯航”就是“梯山航海”的省略语，就是长途跋涉，或指水陆交通；“象胥”就是指翻译，或指翻译人员。至于“朝贡”与“互市”，前者指的是官方的货品往来，后者则是指民间的商品贸易。

即是说，中国与世界上所有的国家、地区和民族，没有不可以互相抵达的；即便是远隔“八千里路云和月”的“天地穷乏不毛之地”，也是可以经过长途跋涉而相互往来，开展文化交流、文明互惠的。一如我国商界那副非常流行、著名的老对联所云：“生意兴隆通四海；财源广进达三江。”

汪大渊画像

的确，忽必烈这位“英哲非常之君”（清·曾国藩语）缔造的元朝，是中国第一个由汉族之外的少数民族（蒙古族）统辖的帝国，也可谓是中国历史上疆域最广大的帝国。在元军的追击下，南宋小朝廷一路溃败，一直退到广东沿海的零丁洋、硇洲岛，最后丞相陆秀夫为免于做俘虏，免遭“靖康之耻”，肩背小皇帝赵昺投身大海了。呜呼哀哉！

在中国西北方的万里瀚海，元朝用其震惊世界的铁马弯刀开创了“四大汗国”——伊尔（又称伊利）、钦察、察合台和窝阔台，从而再度疏通并拓展了陆上丝绸之路；在中国西南的万里石塘，元朝用其舳舻千里的楼船编队，征服了占城（越南中部）、安南（越南北部）等，兵锋威慑整个东南亚，从而使得海上丝绸之路得以畅通无阻，并迅速发展、日益兴盛起来。正如美国著名的海洋史研究专家林肯·佩恩所说：

硇洲岛八角井（又称“宋皇井”）

身为成吉思汗之孙和元朝建立者的忽必烈，在更靠近蒙古中心区域的大都（今北京）建都。他发展海上事业的积极性超过了任何一位汉族统治者。忽必烈开凿大运河，发展沿海贸易，并发动了 4 次海外远征。如果说南宋是出于需要而走向海洋的，那么忽必烈似乎将海洋视为蒙古大草原的延伸。……元朝可用的船只数量惊人，1257 年，有 19 000 多艘船在明州、温州和台州登记，其中五分之一船的横梁长度超过 3 米。

在元军攻占福建时，大约有 700 艘船在海边航行着，有 2 400 艘船在江上航行着。宋朝战败后，蒙古人得到了大量各种用途的船只，不过他们开始了一项更为雄心勃勃的造船计划。1273 年，元朝从全国各地的船坞订购了 2 000 艘楼船。10 年后，木材资源变得十分紧张，一位僧人感叹道：“万树皆倒，青山含悲。”①

看来，资源维护、生态保护这一当下异常突出的生态环境问题，在七八百年前的元朝就已提上了议事日程。

当时，元朝商贾通过南北两条便捷的丝路，与亚、非、欧诸国进行密切的商贸往来、文化交流，尤其是与波斯、阿拉伯的贸易更是异常活跃。因为这里的土地和人民为伊尔汗国所统辖，而伊尔汗国的旭烈兀汗与忽必烈大汗非常亲近，二人不仅是一母同胞的亲兄弟，而且在政治上始终互相推重和支持。自然，兄弟俩爱屋及乌，相互间的来往就十分频繁，边境贸易也就更加兴盛了。正如中国往圣先贤所言：“兄弟同心，其利断金。”

①［美］林肯·佩恩：《海洋与文明》，陈建军、罗焱英译，天津人民出版社，2017。

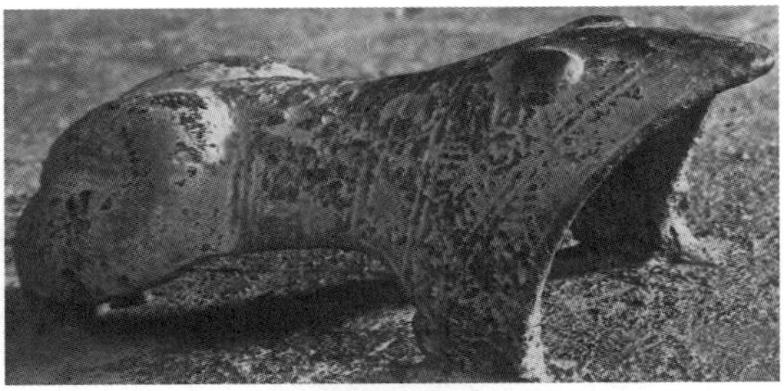

泰国铜鼓上的青蛙

世界最早探险家

《岛夷志略》是元代中外海上丝路的地理名著。原名《岛夷志》,清代缩编并改为现名。全书共分 100 条，前 99 条记载和涉及的地点总计 220 处,均系作者所亲历、亲睹,其说可靠。而其第 100 条“异闻类聚”,是摘录前人的旧记而成,如《太平广记》等书籍。

汪大渊于 1330 年、1337 年,先后两次驾船出海,足迹遍布东亚、东南亚、南亚、西亚,以及印度洋、地中海沿岸国家,并把出海见闻写成《岛夷志略》,流传于世,该书成为后来郑和七下西洋的重要参考资料。

至顺元年(1330 年),年仅弱冠(二十岁)、雄心勃勃的汪大渊,首次从泉州搭乘商船出海远航考察,历经海南岛、占城(今越南中部地区)、马六甲海峡、爪哇、苏门答腊、缅甸,到达印度、波斯、阿拉伯和埃及;横渡地中海到达摩洛哥,再回到埃及,出红海到索马里、莫桑比克,而后横渡印度洋回到斯里兰卡、苏门答腊、爪哇。而后,汪大渊经澳洲抵达加里曼丹、菲律宾等国家和地区,最后于元顺帝至元元年(1335 年),从菲律宾返回其第二故乡泉州。这期间,他曾经在沿岸许多岛国作过为期不同的居留,探查其民俗人情、风物土产等,并做了“旅行日记”。

至元三年(1337 年),汪大渊再次从泉州出航,历经南洋群岛、阿拉伯海、波斯湾、红海、地中海,以及非洲的莫桑比克海峡、澳大利亚各地,于至元五年(1339 年)返回泉州。可见,他一共航海过两次,前后历时达 7 年之久。这两次远洋,其足迹遍布东亚、南亚、西亚,以及印度洋、地中海、红海的 120 多个国家和地区,无疑是中国民间航海“前不见古人”的壮举,也是世界航海史的伟大创举。

需要指出的是,汪大渊的航海经历比郑和要早 85 年,比哥伦布要早 172 年,比达·伽马要早 177 年,至于比况麦哲伦,则早了 189 年。最重要的还不只是这些。汪大渊的航海并不是“政府行为”,不是受朝廷或官府派遣而去的,而是民间自发性的探索海洋奥秘的壮举。而且,其所抵达的国家和地区之多,涉足的海域之广、路途之遥,也断非这些西方大航海家所能比拟的。难怪西方研究者要为其打抱不平呢。

“汪君焕章当冠年尝两附舶东、西洋,所过辄采录其山川、风土、物产之诡异，居室、饮食、衣服之好尚，与夫贸易赍用之所宜。非亲见不书，则信乎其可征也。”张翥在《岛夷志序》如是说。汪大渊是大游历家，曾两次随中国商船周游东洋（即南洋）、西洋（即印度洋）。《岛夷志略》前 99 条中有关各地的山川、风土、物产、居民、饮食、衣服和贸易的情况，都是他当时根据亲身的见闻记录下来的，因而是非常可靠的。

归来之后，汪大渊又用了 5 年的时间，根据自己的“航海日记”，校对前人的记载，发现其中许多与自己的见闻“大有径庭”的地方。可以断定，该书的初稿，大概也是在这 5 年内完成的。《岛夷志略》最后成书是在“至正己丑冬”，即元顺帝至正九年（1349 年）冬天。

这年冬季，汪大渊路过福建泉州，适值泉州路达鲁花赤（元朝蒙古语，意为地方军政监治官）偰玉立莅任。偰玉立以《清源前志》（泉州在五代后曾置清源军节度使，宋代加清源郡号，故泉州又称清源）散失，《后志》仅至南宋淳祐十年（1250 年）为止，乃命吴鉴编修《清源续志》。吴鉴称：泉州是中国对外贸易的大港、市舶司所在地，也是各国商贾辐辏之所，不能没有海道诸岛屿及诸国地理情况的记载，遂提出请两次亲历海外，熟悉海道地理情况、海外文化的汪大渊撰写《岛夷志》，附于《清源续志》之后。吴鉴的这个提议，得到了达鲁花赤偰玉立的允准，是以成就了这部海道秘籍、岛国秘闻式的图书，堪称是“前无古人”之善举。

《岛夷志略》上承南宋周去非的《岭外代答》、赵汝适的《诸蕃志》，下启明初马欢的《瀛涯胜览》、费信的《星槎胜览》等书。但《岭外代答》一书，特别是《诸蕃志》书中的内容，基本上都是作者的耳闻，而不是亲历，因此其中存在一些错误。《四库全书总目》在评价中指出：“诸史外国列传秉笔之人，皆未尝身历其地。即赵汝适《诸蕃志》之类，亦多得于市舶之口传。大渊此书，则皆亲历而手记之，究非空谈无征者比。”马欢撰著的《瀛涯胜览》，是受汪大渊的启发。他在自序中说：

> 余昔观《岛夷志》，载天时气候之别，地理人物之异，慨然叹曰：普天下何若是之不同耶！……余以通译番书，亦被使末，随其所至，鲸波浩渺，不知其几千万里。历涉诸邦，其天时、气候、地理、人物，目击而身履之；然后知《岛夷志》所著者不诬。……于是采摭各国人物之丑美，壤俗之异同，与夫土产之别，疆域之制，编次成帙。

《瀛涯胜览》虽说叙事更为详细，但涉及的只有 20 个国家，远不如《岛夷志略》之广。费信受汪大渊的影响更深。在他的《星槎胜览》里，许多地点的记述是从《岛夷志略》中抄袭而来的。巩珍的《西洋番国志》，所收条目与《瀛涯胜览》相同，内容也大同小异，实不过是根据马欢的记录加以润色，行文更为瞻雅罢了。

《岛夷志略·万里石塘》写道：

石塘之骨，由潮州而生。迤逦如长蛇，横亘海中，越海诸国，俗云万里石塘。以余推之，岂止万里而已哉！舶由岱屿门，挂四帆，乘风破浪，海上若飞。至西洋或百日之外。以一日一夜行百里计之，万里曾不足，故源其地脉历历可考。一脉至爪哇，一脉至勃泥及古里地闷，一脉至西洋遐昆仑之地。盖紫阳朱子谓海外之地，与中原地脉相连者，其以是欤！观夫海洋泛无涯涘，中匿石塘，孰得而明之？避之则吉，遇之则凶，故子午针(即罗盘——著者)人之命脉所系。苟非舟子之精明，能不覆且溺乎！吁，得意之地勿再往，岂可以风涛为径路也哉！

养蚕技术外传记

前文已经说到，早在西汉时期(前206~公元25年)，中国的文化艺术在全世界遥遥领先，那时候，通过陆路丝绸之路，中国的丝绸就已经输入罗马(时称“大秦”)了。那柔滑、温润的质料，那靓丽、飘逸的风致，那栩栩如生的图案，那丝丝入扣的手工……引起了罗马皇室贵族的狂热追捧。而且，时隔不久，欧洲人也学会了养蚕缫丝的技术。

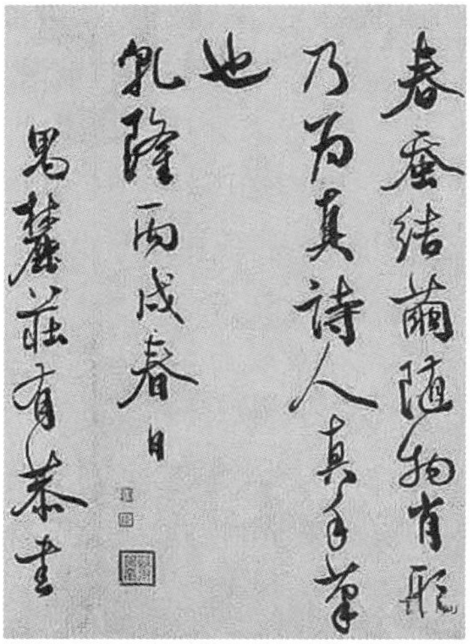

清·庄有恭书：春蚕结茧，随物肖形，乃为真诗人真手笔也

那么，欧洲人究竟是何时从中国学到这一独门绝技的呢？笔者对此蒙昧无知，只好站在“巨人的肩膀”上，去上网搜索。“网易新闻”转载了内蒙古2010年1月7日《北方新报》的一篇文章，题目是《中国养蚕术是如何传向西方的?》。玩味再三，感觉这篇文章考证有据，言之有理，兹全文转录于此，以飨广大读者探赜索隐之心：

中国的养蚕术可谓源远流长、根深枝茂。相

金质蚕虫

传，是5 000多年前黄帝的元妃嫘祖教给人民的。在中国的甲骨文中，已有蚕、桑、丝、帛等字样；中国的第一部诗歌总集《诗经》中，就有一篇关于采桑养蚕的诗——《豳风·七月》，其中写道："春日载阳，有鸣仓庚。女执懿筐，遵彼微行，爰求柔桑。"

意思是说：春天里好阳光，黄莺鸟在歌唱，姑娘背起深深的荆条筐，轻轻走在小路上，去采又肥又软的嫩桑。这首诗也说明，早在远古时期，中国就已经掌握种桑、养蚕、缫丝、织绸的技术了。

西汉张骞通西域之后，中国的丝织品逐渐地传向了欧洲。欧洲人见到这种轻盈柔软、光彩夺目的丝织物，视为珍品，争相购买。据说，罗马帝国（时称大秦——著者）的恺撒大帝曾穿着一件中国丝绸做成的袍子去看戏，引起了整个剧场的轰动；哥伦布探险时，曾对他的海员们说，谁首先发现了新大陆，赏赐一件丝绸上衣。足见其珍贵。

但丝绸的价格贵如黄金，当时罗马帝国的财政，因支付昂贵的进口丝绸费用而捉襟见肘，出现了严重的赤字。为此，元老院专门通过了一项禁止销售、穿着中国丝绸服装的禁令，却遭到喜爱中国丝绸的权贵们的强烈反对，罗马帝国又被迫撤销了这一禁令。

开始，欧洲人不知道中国丝绸是养蚕、缫丝纺织出来的，他们以为，丝是从树皮中抽取出来，然后用水湿润梳理而成的。当得知丝绸是用蚕茧缫丝而织成之后，他们便决心不惜一切代价，把中国的养蚕术学到手。

公元6世纪，罗马帝国皇帝贾斯丁尼安召见一位到过中国的传教士，要他去中国窃取养蚕技术。这位传教士来到中国的云南，了解到桑树是用桑籽种出来的，蚕是春天里将蚕卵放在胸前暖一个星期孵出来的；幼蚕孵出之后，再用桑叶精心喂养，即可吐丝结茧。这位传教士得到这一方法，窃取了一些蚕卵和桑籽，便回国去邀功请赏了。

没想到，传教士疏忽大意，竟将蚕子和桑籽弄混了，他把蚕子种入土壤，将桑籽揣在怀里，结果一无所获。后来，贾斯丁尼安又重新派了两位精明的传教士，命他们以传教为名，再来中国窃取养蚕技术。这两位传教士接受了过去的教训，牢记了种植、孵化的方法，把蚕子和桑籽藏在空心手杖内，带回了罗马。由此，中国的养蚕缫丝技术传向了西方。

关于中国养蚕技术西传的另一种说法，见于玄奘所著的《大唐西域记》。书中说，西域有一个叫瞿萨旦那的小国，想得到养蚕技术，便向当时的“东国”请求赐予，“东国”不仅谢绝了，并加强了关卡检查，严防蚕子、桑种外传。据学者研究，“东国”可能就是当时的北魏（公元386~534年，其后期与上述所言“6世纪”一致——著者）。

瞿萨旦那国王见请赐不成，便另想了一个办法，他以加强友好交往为名，向“东国”请求通婚，得到“东国”的同意。娶亲前，瞿萨旦那国王派使者密告公主，请她设法带些蚕卵、桑种来，公主答应了国王的要求。离开“东国”前，公主将搞到的蚕卵、桑种密藏在帽子里。出关时，官员们检查了她所有的衣物，唯独不敢检查公主头上的帽子。就这样，蚕卵和桑种被带到瞿萨国去了，后来又传向了西方。

玄奘的这一珍贵的记载，被英国籍匈牙利探险家斯坦因的探险之旅所证实。他在新疆发现了一幅古代版画，在这幅版画的中央，画着一位盛装的贵妇人，头上戴着帽子，其左右各有一名侍女，左边的那个侍女用右手指着贵妇人的帽子，似有玄机。据考证，这位贵妇人就是将桑种、蚕子传向西方的“东国”公主。

香茗半瓯成化窑

《诗经·商颂》曰：“肇域彼四海，四海来假。”意思是：商朝所开创的疆域十分广阔，达到了四海之涯；四海的诸侯都来朝觐。

清代的《古今图书集成·山川部》也说：“从古皆言四海，而西海、北海远莫可

南海出土的广彩碗（中间三只有欧洲铜饰）和广彩瓶

寻,传者亦鲜有确据。惟东海、南海列在职方者,皆海舶可及。"中国瓷器从15、16世纪开始,通过"海舶"传入欧洲后,引起欧洲人的热切追捧,认为拥有它们是地位、身份的象征。古谚说:"唐三彩,成五彩。"尤其是"成化窑"的粉彩瓷器,更是蜚声海内外。

千载窑火遍华夏

中国的瓷器历史悠久,大约1 600年以来,"千载窑火"燃遍长城内外、大江南北、中原大地和东南沿海,薪火传承不息,被西方人称为"瓷之国"。其中,又以南方的窑口最为著名,在明清时期,福建德化、湖南醴陵和江西景德镇齐名,并列为"中国三大瓷都"。它们烧造的瓷器,造型美观圆润、装饰清雅怡人,被国际社会称为"东方艺术瑰宝"。

早在殷周时期,中国的施釉瓷器就形成了半陶半瓷的原始瓷,此后历经春秋、战国和秦汉近千年的过渡期,到了三国、两晋之时渐趋成型,出现了饰有褐色花纹和斑点的欣赏瓷、日用瓷;到了隋朝,瓷器的烧造已经取得成功,那洁白细腻的瓷胎、色泽光亮的白釉和青釉,业已惊鸿一现;到了唐朝,瓷器烧制形成了"南青北白"的格局,花纹、造型愈益精妙、雅致,大名鼎鼎的"唐三彩",其纹饰巧妙地杂糅了蓝、绿、黄、红、褐等颜色装饰画面,使之变幻莫测、挥洒自如,成为中华一绝。

"名品相压,争妍斗奇,故者未厌,而新者已盛。"宋代吴曾的《能改斋漫录·方物·芍药谱》这段话,堪称是宋代瓷器新品层出不穷的很好注脚。宋代窑口最著名的有五窑——汝、官、哥、定、钧,亦即耀州、磁州、龙泉、定州和景德镇五大瓷窑,它们竞相烧造稀世珍品,这些稀世珍品甭说现在,就是在清朝也举世难得一见。正像清高宗乾隆御制诗《咏鸡缸杯》所言:

明瓷圣何朝宗渡海观音瓷塑

> 李唐越器人间无,赵宋官窑晨星看。
> 殷周鼎彝世颇多,坚脆之质于焉辨。
> 坚朴脆巧久暂分,立德践行义可玩。

朱明去此弗甚遥，宣成雅具时犹见。
寒芒秀采总称珍，就中鸡缸最为冠。
牡丹丽日春风和，牝鸡逐队雄鸡绚。
金尾铁距首昂藏，怒势如听贾昌唤。
良工物态肖无遗，趋华风气随时变。
我独警心在齐诗，不敢耽安兴以晏。

首联是说：唐代（应当包括其后的五代时期）越窑烧造的、专供宫廷使用的秘色瓷，已经基本绝迹；就连宋代官窑的瓷器，尽管远远逊色于秘色瓷，但而今也是寥若晨星了。

在这首诗中，乾隆皇帝记叙了瓷器的鉴赏史、宫廷内的斗鸡史，并进行了一番纵横古今的总结。他站在帝王的角度，阐明鉴古收藏赏玩的意义，也昭示其玩物而不丧志的立场。鸡缸杯的杯壁所绘戏鸡童子，即为诗中提到的“贾昌”，是盛唐时期的斗鸡神童，以驯鸡的独门奇术而得宠于唐明皇。

至于乾隆爷御制诗中所说的“齐诗”，则应指《诗经·齐风·鸡鸣》，该诗写道：“鸡既鸣矣，朝既盈矣。”意即催促君王与庶民黎明即起，及早上朝理政、下地耕作。故而，诗里有“良工物态肖无遗，趋华风气随时变。我独警心在齐诗，不敢耽安兴以晏”之句，借古喻今，寓意深远；也是告诫世人，切不可玩物而丧志节、耽安而误农事！然而，乾隆皇帝言行不一，仅仅六次下江南，每次耗银逾百万两，总共靡费六七百万两白银。到了晚年，乾隆曾经对军机章京吴熊光说：“朕临御六十年，并无失德，惟六次南巡，劳民伤财，作无益，害有益，将来皇帝南巡，而汝不阻止，必无以对朕。”听这口气，颇有点“罪己诏”的味道。当然，乾隆六下江南，也做了许多有利于国计民生的好事，主要是兴修河堤海防，擢拔士子流官，减免税赋劳役等。

关于“斗鸡神童”贾昌之得宠于唐明皇，唐代有一首民谣（乃讽史诗）曰：“生儿不用识文字，斗鸡走马胜读书。贾家小儿年十三，富贵荣华代不如。”

登峰造极成化窑

“成化窑”又被简称为“成窑”，是指明代成化年间烧制的瓷器。这个窑口的得名源于明宪宗帝朱见深的年号——成化。朱见深是明朝第九位皇帝，在位二十三年，其间制瓷业突飞猛进。

明代从太祖皇帝朱元璋起，经过永乐、宣德几朝的努力，全国手工业迅速发展。尤其是北京的雕漆、铸铜、纺织、染色、织毯和烧瓷，以及宫扇、宫串、瓷缸等，已经达到全国最高水平。传世的工艺品类颇多，比如剔红雕漆、铜炉、织毯、缂丝，还有成化年间烧造的瓷器，等等，都是赫赫有名的。故而，“成化窑”成为一个专有名词，专指成化瓷器。

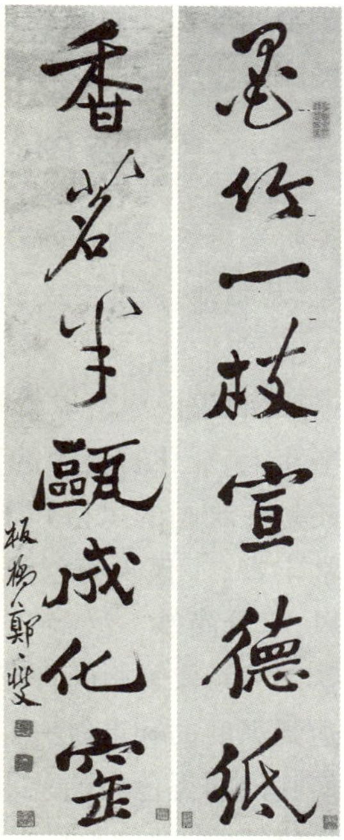

清·郑燮题：墨竹一枝宣德纸，香茗半瓯成化窑

宪宗之父英宗朱祁镇在位十四年，听信宠臣王振的谗言，御驾亲征蒙古军，率兵五十万，浩浩荡荡地征战瓦剌，结果中了埋伏，大败被俘。国不可一日无君，留守的大臣便立其弟朱祁钰为帝，立年号景泰，是为代宗。在这期间烧造的“景泰蓝”，也名头很响。八年之后，景泰帝病危，议立太子为帝。岂料，已回北京的朱祁镇策动兵变，重新执掌朝纲，直到八年后去世。成化帝朱见深入主皇宫，接替的就是这位重登大宝的英宗。

“成化窑”处在瓷器发展的大转型期。经过唐宋元三朝的奠基、成型和发展，明代早期的瓷器已经达到了很高的水准，青花、斗彩、五彩、釉里红等艺术形式，均是在明代永、宣、成这几代形成和定型的。

“墨竹一枝宣德纸，香茗半瓯成化窑。”清朝“扬州八大怪”之首的郑板桥吟道，对成化窑给予很高的品评。特别是成化年间的“五彩”，最为神奇超拔，堪称登峰造极。成化窑被历代收藏家所推崇，因而就有了“唐三彩，成五彩”的说法，其收藏价值非常之高。“五彩”创始于宣窑，却在成化年间的成窑达到了登峰造极。

“成化窑”采用红、黄、绿、蓝、青五色，于白胎上着笔作画，无论是花草、瓜果、鱼虫和鸟兽，还是人物、楼台、书法、山水，以及龙凤、龟鹤等吉祥动物、吉祥图案，无不色泽朴拙，笔意高古，精美绝伦，堪称“前不见古人，后不见来者”（唐·陈子昂《登幽州台歌》句），因而被称为“大明彩”“成五彩”，乃粉彩瓷的典型代表。有的成窑纯以色彩成器，任其流溢，宗法自然，宛如“窑变”，继承了唐三彩的上釉用彩方式，却青出于蓝而胜于蓝。

成窑五彩不仅使得粉彩艺术愈加丰满亮丽，而且艺术效果也远胜于唐三彩。

成窑的粉彩历来被中外收藏者竞相追捧，特别是在海外，其名更盛，其价更高。民国赵汝珍《古玩指南全编》曰：

> 明神宗时，成杯一双，值钱十万。彼时即如此高价，其精美可不言而喻矣。昔人评明瓷高下，首推宣而次成而论者，则云成窑只青花稍次于宣耳，五彩则较胜于宣也。总之，明瓷以宣成为第一，而宣成二窑各有特长，各有精华，未可强别优劣。[1]

当然，说成窑以粉彩、五彩瓷最出名，并不是说成窑其他颜色的瓷器就没有。事实上，成化官窑中的青花，继承了永乐、宣德的风格，不管是在釉色的选择上，还是在绘画的风格和工艺上，虽然是在白地上用蓝色构图表现，却巧夺天工，异常丰富；不仅没有丝毫的呆板、单调和枯燥之味，反而颇具素洁、清新、淡雅之风，十分高妙。

从元代肇始的青花瓷艺到了明代，不仅釉色稳定，在蓝、白色彩的世界中，也达到高度的和谐统一。甚至可以讲在白、蓝二色组成的艺术中，中国的青花令任何其他同类色彩的艺术品种望尘莫及。这也是永、宣、成三朝窑匠们对全世界的文化艺术，对老百姓精神与物质生活的实际贡献。郑和的七下西洋，带往南亚、非洲和欧洲的瓷器，主要是明代的青花。而在此之后，中西往来贸易中大宗的商品，也以青花瓷为主。

成窑的生产地仍是以景德镇为主的官窑，其所烧制的瓷器，器型有杯、碗、盘、盒、盏、壶、瓶、炉、鼎、罳等型制。同时景德镇中的民窑，以及龙泉窑、德化窑，特别是德化窑的艺术人物瓷、宗教圣像瓷也极负盛名。在此期间，出了一个"瓷圣"何朝宗，他充分利用当时德化独有的优良材质中国白，制作出一批栩栩如生的瓷塑艺术品，具有极高的艺术欣赏价值，被誉为"国际瓷坛的明珠""东方艺术的极品"；何朝宗的人像瓷具有构思严谨、造型生动、突出线描、工巧逼真的鲜明特点，堪称雅俗共赏、中外同赞；他的作品与德化白瓷交相辉映，相得益彰，达到了炉火纯青的艺术境界。

在中国"四大名著"之首《红楼梦》中，对成窑瓷器倍加赞赏，其第四十一回中写道："妙玉听了（贾母要吃茶的话——著者），忙去烹了茶来。宝玉留心看他是怎么行事。只见妙玉亲自捧了一个海棠花式雕漆填金'云龙献寿'的小茶盘，里面放一个成窑五彩小盖钟，捧与贾母。"这盏妙玉捧来的"五彩小盖钟"，就是成窑

①民国赵汝珍编述《石山人标点：古玩指南全编》，北京出版社，1992。

的典型代表作品，属于五彩中的极品。所以，当妙玉“妙手”捧上成窑的五彩茶杯，又用去年收集的雨水，泡上极品佳铭“老君眉”，品位极高的贾母这才“笑纳”了。除此之外，随贾母同来的其他人则是“一色官窑脱胎填白盖碗”，而对格外亲近的宝钗、黛玉、宝玉，妙玉则更是高规格的款待，不但茶不同，水不同，茶器更是天下一绝——“九曲十环一百二十节蟠虬整雕竹根大盏”。

徐闻博物馆收藏的青花瓷

德化名瓷中国白

德化窑的瓷器与景德镇的瓷器齐名，素来广泛享有“中国白”“中国瓷器之上品”的美誉，并一向以瓷质优良、釉面晶莹、光泽如镜、敲声如磬而著称，既耐高温又耐酸碱，无论是将其投入沸水中，还是置放于冰块里，都不会破裂、变形和变色。德化瓷塑传统题材非常丰富。宋、明时期，由于宗教艺术的影响，大都以佛教的如来、观音、罗汉、弥勒、达摩和祖师，以及道教的王母、帝君、麻姑、八仙和寿星，为主要题材。明清以来，取材范围不断扩大，乃至神话中的牛郎织女、天女散花、嫦娥奔月、哪吒闹海、张羽煮海、仙女下凡和盗仙草，以及历史人物、花鸟盆景等，构成千姿百态、争奇斗艳的传统艺术商品。《生活情趣集成·收藏鉴赏》一书的“古玩”条目写道：

> 在这期间，涌现出了一批著名的瓷塑艺人，各展风格。何朝宗的线条洗练流畅、深刻锐利，形若行云流水；陈伟则圆润柔和、清秀洒脱，有如蜡凝脂聚；许容追求工整匀称、善加巧饰、工求华丽；苏学金善于捏塑，好做瓷花，工雕仕女，等等。诸家虽各有所长，但都着力于脸部神情的刻画，通过整体造型及衣纹处理，形成德化瓷器的造型精美、形神兼备、衣纹深秀洗练、线条潇洒流畅，以及精雕细刻、工巧逼真的艺术风格，并糅合石刻、木雕、泥塑艺术，成为浑融一体的综合艺术品。[1]

---

①何芦策划，沈松勤主编《生活情趣集成》，浙江古籍出版社，1992。

德化瓷器堪称一枝奇葩，以其光泽如镜、洁白似玉和坚实耐用而著称。自传入欧洲后，德化白瓷受到全欧贵族阶层的欣赏和追捧。英国人卜士礼编著的《中国艺术》称："福建德化窑……其窑之特品为白瓷，昔日法人呼之为'不来克帝支那(中国之白也)'，乃中国瓷器之上品也，与其他东方名瓷不相同，质滑腻如乳白，宛如象牙，釉水莹厚，与瓷体密贴，光色如绢，若软瓷之面泽然。"维之在《可考的德化窑》一书中赞曰："德化窑白瓷在世界陶瓷中占了特殊的地位，欧洲陶瓷专家要人仿作而不可能，他们称之为'中国白'，称为世界上最精美的瓷器。"

龙泉青瓷雪拉同

千百年来，始于五代、盛于宋代的龙泉青瓷，一直以"青如玉，明如镜，声如磬"的质地，被人称颂。龙泉窑是中国陶瓷史上烧制年代最长、窑址分布最广、生产规模和外销范围最大的青瓷历史名窑。在唐代中后期，越窑(即今浙江绍兴窑)的青瓷与邢窑(即今河北邢台窑)的白瓷遥相呼应，形成"南青北白"两大窑系，对后世产生深远影响。

早在北宋时期，龙泉窑已初具规模，制瓷技艺臻于上乘，窑场沿龙泉溪下游两岸逐渐扩展。时至南宋和元代，龙泉窑进入鼎盛时期，制瓷技艺登峰造极，形成了一个以龙泉为中心，向四面八方辐射、窑场众多的瓷窑体系，出现了"瓯江两岸瓷窑林立，烟火相望，江上运瓷船舶来往如织"的繁荣景象，从而成为我国最大的瓷业中心。

龙泉青瓷素称"瓷器之花"，以瓷质细腻斑斓、线条明快流畅、造型端庄浑朴、色泽纯洁透明而著称于世。千余年来，龙泉青瓷名扬中外，推动了各地瓷窑的发展，从宋元至明清，福建、广东沿海和江苏、江西等地的瓷窑纷纷仿效，烧造出类似于龙泉青瓷的产品。龙泉青瓷在国内外享有极高的声誉。《大明会典》第194卷载，当时外销青瓷盘每只价为一百五十贯。明代中期，龙泉青瓷传入欧洲，身价与黄金一样贵重，一般人难以问津。

清代龙泉青瓷

龙泉青瓷不仅行销全国各地，并供宫廷御用，而且自宋代起通过南北两条丝绸之路，远销亚、非、欧三大洲的许多国家和地区，正如历史地理学家陈桥驿教授所述："一千多年以来，就是这个县份（龙泉县，即今龙泉市），以它品质优异的大量青瓷器，在世界各地为我们换回了巨额财富，赢得了莫大的荣誉。……从中国东南沿海各港口起，循海道一直到印度洋沿岸的波斯湾、阿拉伯海、红海和东非沿岸……无处没有龙泉青瓷的踪迹。"

龙泉古青瓷

在欧洲，龙泉青瓷就有"塞拉同"（Seladon，或称雪拉同）之美名；在阿拉伯国家称之为"海洋绿"，波斯哲学家爱尔托西神秘地宣扬青瓷："如果在青瓷餐具里盛放有毒食物，青釉就能起作用，变为无毒；青瓷碎片碾成碎末，还可以医治牙病，能抑止鼻血。"说得神乎其神，玄之又玄。

龙泉青瓷传统有"哥窑"与"弟窑"之别。人们把哥窑和著名的官、汝、定、钧相媲美，并称为"宋代五大名窑"。"哥窑"系黑胎开片产品，胎薄质坚，釉层饱满。据文献描述："（黑胎青瓷）胎薄如纸，釉厚如玉，釉面布满纹片，紫口铁足，胎色灰黑。"而"弟窑"釉面无纹片，胎白质细，底足及露胎处呈朱红色，俗称"朱砂底"，其釉色青翠滋润，宛如翡翠的白胎青釉产品。弟窑以釉色呈梅子青、粉青者为极品，釉色豆青者次之，其他釉色再其次，泛黄、泛灰者则为下品。釉色梅子青者，如梅子泛青之色，青翠碧绿，莹澈剔透；釉色粉青者，色如雨过天晴，或似淡青湖水，柔和明净。相传，宋代的龙泉县有一位很出名的制瓷艺人，姓章名村根，他便是传说中的章生一、章生二的父亲。章村根以擅长制青瓷而闻名遐迩，生一、生二兄弟俩自蹒跚学步时起，即随父学艺，老大章生一厚道、肯学、吃苦，深得其父真传；章生二亦有绝技在身。章村根去世后，兄弟二人分家，各开窑厂——即为哥窑与弟窑。兄弟俩都烧造青瓷，但老大技高一筹，烧出了"紫口铁足"的青瓷，一时名满天下，口碑载道。

哥窑的美名传至京都，龙颜大悦，钦定章生一为皇宫烧造青瓷。老二心生妒意，趁其兄不注意，把黏土扔进了章生一的釉缸中，意欲构陷其兄长。老大蒙在鼓里，就用掺了黏土的釉子施在坯上，遂封窑点火。孰料，烧成后一开窑，他惊呆了——满窑瓷器的釉面全都开裂了，裂纹有大有小，有长有短，有粗有细，有曲有直，且形状各异，活像脑纹珊瑚，禁不住欲哭无泪。痛定思痛之后，他泡了一杯茶，把浓浓的茶水涂在瓷器上，裂纹马上变成茶色线条，又把墨汁涂上去，裂纹立即变成黑色线条，于是不经意间形成了"金丝铁线"。

欧洲萨克森国王奥古斯都二世，不惜重金购买龙泉青瓷，还为珍藏瓷器特地建造了一座宫殿，人称“中国宫”。《葡萄牙王国记述》一书，称龙泉青瓷“是人们所发明的最美丽的东西，看起来要比所有的金、银或水晶都更可爱”。而今，世界各著名的历史博物馆大都特辟龙泉青瓷陈列专柜，许多收藏家、鉴赏家更是对龙泉青瓷情有独钟，爱不释手。

“九秋风露越窑开，夺得千峰翠色来。”唐代陆龟蒙七绝诗《秘色越器》之首联，以“九秋风露”“千峰翠色”来赞美越窑青瓷的碧翠，极言青瓷之美。所谓冬青、豆青、秘色、艾色，说的都是这种青花瓷。前不久，由陶寿林作词、浮克作曲、龚玥演唱的民歌《越瓷美》风靡江南，赞美越窑青瓷美：“三月桃花八月桂，风送花香蝶成对。……青瓷无须笔描绘，小荷嫩绿浅透翠。……一担黄土半桶水，椭椭转转型成胚……”据专家考证，越瓷的故乡就是浙江上虞（即今绍兴市上虞区），这里是青瓷的发源地。

的确，南方酷热，在炎炎夏日，试想，手持一盏素雅清凉、浅淡清婉的青釉莲花碗，再轻摇一把白中泛青的葵叶扇，浅啜慢饮，浅酌低唱，该是何等的凉爽、惬怀和诗意，难怪其价值连城呢。

景德影青照指纹

“水为茶之母，壶为茶之父。”从这则传统茶谚中可知，在我国古已有之的品茗过程中，茶具是非常重要的。宋代宰相范仲淹的诗句“黄金碾畔绿尘飞，碧玉瓯中素涛起”，吟咏的就是茶具与茶水、茶沫之谐美。如果茶好水好而茶具差，便有损于茶韵和茗香，故而古人说：“茶瓶用瓦，如乘跛马。”

青花梅瓶白如玉

关于茶具，唐朝陆羽爱青碗，宋朝蔡襄贵黑盏，明朝张源尚白杯。唐人饮茶喜用碗，有青釉、白釉两种。陆羽《茶经》说：“若那邢瓷（即河北邢台窑瓷器——著者）类银，越瓷类玉，邢不如越也。”宋人饮茶喜用盏（亦称盅），是一种小型的碗，敞口小足，盛行黑釉。“宋四家”之一的蔡襄不仅是大书法家，也是佳茗鉴赏家，蔡襄《茶录》说：“茶色白，宜黑盏。”

明清时期，景德镇瓷器独占鳌头，它依托华夏数千年文明的底蕴，登上了中国陶瓷史的高峰，在中国古代文明史上写下了辉煌的一页。从而，使得精美的瓷器成为比黄金还贵重的宝物。作为明清两代皇室用瓷的生产基地，景德镇集中了全国最优秀的制瓷人才，集天下名窑之大成，所产瓷器品种之多样，色彩之丰富，工艺之精湛，为历代民窑所不及。

明清官窑的颜色釉瓷琳琅满目，以雅致、简约、亮丽、匀静的妖娆风姿，独步于瓷坛。成熟于元代的青花瓷，杰作频出，并以瓷入画，故而有“水墨青花”的美誉；釉里红青瓷更得明初皇家所喜爱；五彩瓷在宋、元之红绿彩的基础上，出现了釉上蓝彩的新工艺；斗彩之花于明宣德朝初绽，于明代成化朝、清代雍正朝再度怒放，梅开二度。而当人们还在欣赏五彩瓷的古韵之际，珐琅彩也携着大洋彼岸的异国风情，款款而来；粉彩瓷则集五彩瓷与珐琅彩瓷之美于一炉，在康乾盛世步入瓷器艺术的百花园，其后独领瓷业风骚二百余年。欧洲珐琅器的引用，给细腻白润的薄胎瓷施以彩饰，画师精心创作，成为中国皇家之珍玩；也为崇尚浓艳的欧洲人所喜爱。

在瓷器家族中，有一种薄胎瓷器，俗称“蛋壳瓷器”，乃中国瓷器史上的一大杰作。宋代的青白瓷青中带白、白中闪青，胎薄质佳，透光性好，坊间俗称之为“影青瓷”。它们是用优质的江西高岭土作原料，用最适合烧瓷的松柴作燃料，以摄氏一千三百度烧成。故而，瓷化程度高，显得细腻致密，成为当时景德镇风格独特的精瓷，足以与宋代五大名窑并驾齐驱。

关于景德镇薄胎瓷器的神奇功用，当代著名的散文诗作家、海口晚报社（2016年更名为“海口日报社”）原总编辑蔡旭先生曾有精彩的描述，他在一首散文诗《会唱歌的碗》里这样写道：

这不是什么美丽的传说，而是活生生的事实。

要不是亲眼看见，也许我也不会相信。

那一天，在景德镇古窑场，我看见老艺人手拿碗底，用一只浸过温水的手指，轻擦碗的边缘，一股悦耳的音乐就响了起来。

那真是神奇的手指，随着它的移动，乐音还有所变化。

那真是神奇的瓷器，那不是魔术，不过确实很像魔术。

在景德镇，柴窑烧制的手工瓷，就能发出这样的声响。

也只有胎体轻薄、均匀的碗，才能产生这样的磁共振。

不是什么碗都能唱歌，也绝不是什么人都能让碗唱歌！

老师傅让我尝试了几次，我都不得要领。多次练习，方能拉出一些断断续续的脆音。

其实这些碗，也跟会唱歌的人一样。

你本身先得有那根美妙的弦，还得有老师的点拨，才能共振起——

心灵的颤音。①

北宋初期的影青瓷器大多无纹饰，偶有刻花；至中期才流行加篦纹、水波纹和牡丹纹等；到了晚期瓷器纹饰推崇印花，均属于日常生活用的器皿。制作薄胎影青瓷须精选上佳的原材料，先用手工拉成粗坯，再用各式坯刀将粗坯精修至蛋壳那样薄，然后入窑高温焙烧而成。因其难度极大，故而价格颇高，被誉为“百金一器”之珍品。

“只恐风吹去，还愁日炙销。”民国向焯先《景德镇陶业纪事》里收录的这联诗句，极言影青瓷的轻薄、娇美及珍贵，堪称是“瓷器家族俏佳人”。它薄似蝉翼，轻若浮云，亮如玻璃，是我国传统制瓷工艺中的珍品，其前身是青白瓷，被称为“色白花青”。它是由景德镇所独创，其釉色青白淡雅，釉面明澈雅洁，胎质坚致似铜，色泽温润如玉，所以其在历史上又有“假玉器”之谓。南宋李清照《醉花阴》一词中有“玉枕纱厨”之句，“玉枕”指的就是青白瓷枕。元代的青白瓷产品有的还印有“玉出昆山”“玉出昆冈”的铭款，大抵是为了凸显其“如玉”的特色。

宋代景德镇的青白瓷由半透明的釉，发展到半透明的胎，这在中国瓷器发展史上是一个飞跃。由于青白瓷制作的丰富经验，为以后青花瓷的出现和发展奠定了基础。明代永乐年间出产的乳白脱胎瓷，万历年间吴十九烧制的“卵幕杯”“流霞盏”，胎薄透亮，据说“映着光可以照见指螺”。到了清代康熙、雍正时期，景窑出品的一种白釉瓷，甚而达到了“真脱胎”的化境，“纯乎见釉，几乎不见胎骨”，薄到只有半毫米，是薄胎瓷中极具代表性的上佳之作。对于这种白釉瓷，清高宗乾隆满怀着艳羡、钦仰之情，他吟诵道：

①蔡旭：《远处风景近处家》，江苏凤凰文艺出版社，2017。

薄逼片刻铢，轻于举鸿毛。
在手疑无物，定睛知有形。

福建出土的德化梅花双耳三足炉

新中国成立后，景德镇影青瓷发展很快，1983 年创始的“青花影青”轰动瓷坛，引起国内外客商的极大兴趣，被称为“天上珍品”。1985 年年底，青花影青瓷获国家银质奖。影青瓷的釉色主要分为两类：一是白闪淡青，厚处闪深绿色，莹润精细，晶亮透彻，所以有晶莹如玉的美称；二是淡青闪黄，这种釉色的影青瓷最为常见。另外，“影青”的釉中还有一种在器物周身加绘褐色的彩种，人们称之为“点彩”。世人欣赏薄胎瓷，除了欣赏其飞薄透亮和精美轻巧之外，主要还是欣赏它上面的彩绘艺术。薄胎瓷上的彩绘作品有山水花草、鸟兽鱼虫，也有佛道人物，更不乏书画作品，许多丹青妙手竞相一展神技，譬如宋徽宗赵佶、元代王冕、明代唐寅，以及清代“扬州八大怪”之郑燮、金农、黄慎、罗聘，等等，均在薄胎瓷上留下佳作。

著名历史学家阎崇年在“百家讲坛”《大故宫·御窑千年》中，曾经概括景德瓷之所以传承千余年，历久弥新，是因为其有“三个不断”——一是窑火千年，至今兴旺，烧造不断；二是奉旨董造，献纳宫廷，进贡不断；三是技术求精，世代传承，出新不断。正可谓：“匠从八方来，器成天下走。”

值得一提的是，在《浪花下的历史——南海海捞瓷》一书所收录的海捞瓷中，仅仅绘有“仙人乘槎”图的成化窑瓷器就有 12 件。由此足可想见，成化窑千年窑火之旺盛。何谓“仙人乘槎”？大概是表现“张骞出西域，乘槎游天河”的民间传说。对此，该书写道：

唐代诗人杜甫诗曰：“闻道寻源使，从天此路回。牵牛去几许？宛马至今来。”这里的“寻源使”即张骞。民间传说，张骞奉汉武帝之命，开通西域，曾到“西天”的黄河源头，会见了牛郎织女，带回了天马。故而有张骞“乘槎游天河”之说。①

①王路：《浪花下的历史——南海海捞瓷》，海南出版社，2010。

旅欧先驱沈福宗

2014年，被西方出版界誉为“诗人史家”“美国汉学三杰”（另外两位是魏斐德、孔飞力）之一的史景迁来到北京大学，作了一场精彩的历史学讲座。讲座的主题为《沈福宗和他的十七世纪跨文化之梦》，专题讨论清朝第一个旅欧的中国人——沈福宗，以及其在中西方文化交流史上开路先锋的意义。史景迁慨叹，只可惜，沈福宗在欧洲六国游历、讲学和译著11年之后，于回国途中命丧黄泉，年仅35岁。

中国访客见教皇

那么，沈福宗何许人也？他是如何到达欧洲的呢？

顺治十四年（1657年），沈福宗生于江宁府（即今江苏省南京市），长大后没有参加科举考试。还在少年时代，他就由信奉基督教的乃父引荐，结识了当时在江南传教的比利时耶稣会士、大汉学家柏应理，并拜其为师学习拉丁文，修习基督教，后来成为柏应理的得力助手。柏应理对他的聪敏好学、博闻强记，给予很高的评价，称其为“中国皈依者”。

陆上丝路起点——西安玄奘塑像

康熙二十年（1681年），柏应理奉召即将返回欧洲，准备主要针对“仪礼问题”（Question des rites），向罗马教廷陈述欧洲传教士与康熙皇帝的分歧，希望达成一致意见，以使传教活动畅通无阻。离华之前，柏应理盛情约请与时年24岁的沈福宗、50岁的吴历同往欧洲，进行文化交流。最终，吴历大抵是因为体弱多病而未能成行。

1681年12月，沈福宗随柏应理

乘坐荷兰商船，自澳门海港起航，途经南中国海，抵达南洋某国；稍作休整之后，他们旋即横渡印度洋，再绕到非洲南端，于 1682 年到达葡萄牙。随即弃舟登陆，他们先是来到比利时的梅赫伦市，参观了柏应理的出生地，并拜访了他的家人。梅赫伦市传教氛围十分浓郁，教堂的钟声在城市的上空悠远回响，此起彼伏，一种神秘而庄严的气息笼罩着这位中国青年士子的心神，让他流连忘返。

随后，沈福宗在师长柏应理的安排下，进入培养初级修士的神学学校——葡京里斯本初修院(Novitiatus)修习。凭着自幼练就的过目成诵的本领，他很快就掌握了所学科目。在此期间，里斯本的神学老师为沈福宗取了个葡萄牙名——Michel Alfonso，这个名字也从而成为其在欧洲六国的代名——尽管它在不同国家的写法会有些微的偏差。

当其还在里斯本学习之时，柏应理就先行只身前往罗马，向教皇述职，并且请求教皇英诺森十一世:希望允许他们在古老的中国用中文举行弥撒，否则，因为语言障碍难以沟通，这也就是所谓的“仪礼问题”。岂料，英诺森十一世顾左右而言他，在得知有中国人抵达欧洲之后，就向柏应理提出:他想与这位梯航而来的中国人见一见。自然，柏应理求之不得，满口应承下来，他是希望通过沈福宗的从中斡旋，达成自己的意愿。

于是，沈福宗从里斯本起身前往罗马，并与柏应理一道将一批中国文献赠予这位罗马教皇。这批书籍后被藏入梵蒂冈图书馆，这也是该馆拥有的早期中华文化藏本。其后，沈福宗留居罗马继续深造、交游，也从事中国文献的翻译工作。尽管他和恩师多方奔走呼号，但柏应理关于“仪礼问题”的意愿并未得到顺利实现，乃至到了罗马下一任教皇——亚历山大八世的手头，这个老问题依然是悬而未决。于是，柏应理成了“木夹里的老鼠——两头受挤”，急得抓耳挠腮，却束手无策。几年后，沈福宗又受到了亚历山大八世教皇的接见。对此，加拿大当代著名的汉学家卜正民也曾经说过:

> 接下来是觐见教皇。要是没有沈福宗的跟随，柏应理怎么会引起教皇亚历山大八世的注意呢?其实，柏应理去见教皇，还有一个特别的原因，因为他这次回到欧洲的主要目的，就是请求教皇允许他们在中国做弥撒可以用中文，而不是用拉丁文进行。然而，他的这个愿望并不容易实现，因为这个教皇可不是个容易被说服的人。……事实证明，柏应理的担心不无道理。亚历山大八世不打算让上

帝的话变味，被翻译成任何其他语言，当然也包括中文。①

国王会见沈福宗

1684年，沈福宗和柏应理应邀前往法国访问。当年9月15日，法国国王路易十四会见了沈福宗一行，沈福宗也将《大学》《中庸》和《论语》（当时，“四书”的另外一书《孟子》尚未翻译完成）的拉丁文版赠给了路易十四，并请求在法国出版这三种中国典籍。

如前所述，路易十四及其情妇都是中国文化艺术的拥趸，自然是慨然允诺。后来，这“四书”的前三部合编在一起，就以《中国哲学家孔子》（其主要译者就是柏应理）为名，在欧洲出版了。或许是好奇心使然，该书和沈福宗一起，在欧洲掀起一股中国文化的热潮。这样看来，“中国风”之所以在欧洲社会迅速蔓延，沈福宗也是重要的推手之一。关于《中国哲学家孔子》一书，卜正民指出：“那时候，《孔子》（该书的简称）这本书，是耶稣会士最具野心的学术作品，没有什么能比它更好地代表中国，它揭示出欧洲和中国的文化都是共同起源于对神的信仰。”卜正民接下来写道：

> 1687年5月，《孔子》一书的面世引起了不小的轰动。在序言中，柏应理提醒读者，（出版）这本书的目的，不是为了满足人们无聊的猎奇心理。由这本书和沈福宗而产生的好奇心，绝对不是它的本意。这本书的（出版）有它自身的重要性，因此，耶稣会给詹姆斯二世呈递了一本，而牛津大学的海德，也在它一上市时就为博德利图书馆购入了一本。
>
> 此书刚一付诸批量印刷，沈福宗就被送到了英国，以便与那里的耶稣会士会面，并等待合适的时机会见国王（此处指的是英国国王詹姆斯二世——著者）。这一策略果然奏效。②

由此可见，沈福宗与《中国哲学家孔子》一书的翻译出版，有着密不可分的联

①［加］卜正民：《塞尔登的中国地图：重返东方大航海时代》，刘丽洁译，中信出版社，2015。

②同上

系。要不然,也不会“此书刚一付诸批量印刷”,他就被送往英国,去会见耶稣会士,去会见英国国王。或许是出于中国人谦逊的本性吧,他成了这部书的“无名英雄”“幕后推手”。

在历史上,沈福宗是第一个会见法国国王的中国人。会面之时,路易十四的第二任情妇曼德侬夫人(后来的妻子)也在场,二人眉来眼去,你方唱罢我登场——于是,就中华文化与文明等诸多问题,接二连三地向沈福宗提问,中国少年沈福宗则不卑不亢,对答如流,妙语连珠。不久,路易十四携曼德侬夫人和王室重要成员,设宴款待沈福宗师生。

宴会上,法国国王路易十四与情妇谈笑风生,并且从餐桌上拿起镶金的中国象牙筷子,询问沈福宗如何使用这些筷子进餐。于是,沈福宗也拿起一双筷子,当场向法国的国王及皇亲贵胄进行示范,当场展示了使用筷子夹菜的技巧,路易十四对其赞不绝口,宾主相谈甚欢。

一时间,沈福宗成为巴黎的新闻人物,各大媒体竞相报道,而且配发了沈福宗的巨幅漫画;巴黎人亲昵地称之为“小眼睛的中国人”——在他们的心目中,沈福宗的眼睛小而聚光,嘴唇厚而善谈,尾巴(辫子)长而谦逊;信仰基督教,但也不丢弃中国传统文化艺术的根脉。

在路易十四的倡导下,当时法国正流行“中国风”,沈福宗的适时到来和上佳表现,自然受到了法国贵族、政府要员和社会名流的热烈欢迎和追捧。借此良机,他也结识了许多的达官贵人、夫人小姐。据史料显示,他和柏应理还参加了一次王宫宴会,宴会上高朋满座,觥筹交错。沈福宗频繁地来往穿梭于其间,显得十分活跃,又十分得体。

当时,沈福宗身着从祖国带去的青丝蓝缎龙纹织锦,非常吸引眼球,受到大家的热捧;而且他操着一口地道的拉丁语,频频与来宾干杯、交谈,妙语解颐,在宫廷宴会上出尽了风头。此后,沈福宗一行还受邀参观了圣路易王宫(Maison royale de Saint-Louis),并在那里展出、讲解中国的丝画艺术,尽显“衣冠上国,礼仪之邦”的风采和魅力。

所谓“青山不墨千秋画,碧水有声万古诗”。那一幅幅“画中有诗”的中国国画艺术,迥异于西方写实派的风格,而将其摹写在蝉翼般飘逸的丝绸画布之上,则更显得神秘而超拔,深邃而绝妙。堪称以道统艺,以艺臻道,道艺一体也。它们既得屈子的缠绵悱恻,所谓“得其环中”,亦即胸有成竹,信手拈来;又得庄子的旷达空灵,所谓“超以象外”,亦即胸无成竹,妙手偶得。再加上沈福宗、柏应理绘声绘色的讲解和演绎，委实令人绝倒，赢来一阵阵喝彩。

在沈福宗访法期间，巴黎除了有学者做出文字评论和报道以外，还有画师绘制了沈福宗的肖像画，刊发在报纸、杂志上。此画应该是在9月26日的宫廷宴会上完成的，现藏于巴黎国家图书馆的版画部（藏品编号OE48）。可见，正是由于他的到来，在当时欧洲最大、最繁华的巴黎"一石激起千层浪"，也将"中国风"推向了新高潮。

宫廷画师绘肖像

访法结束后，沈福宗一行于1685年应邀出访英国，在伦敦与英国国王詹姆斯二世会面，这不仅是有记录以来第一次中国人来到英国，也是有记录以来第一次中国人会晤英国国王。

早在年轻时，詹姆斯二世就对中国历史文物、文化艺术颇感兴趣，还是王储时他就观看中国戏剧，阅读中国书籍，推崇中国绘画，更是十分青睐中国丝绸、中国瓷器等文化艺术品——这些在中国中产阶级以上的家庭早已普及、琳琅满目的东西，当时在欧洲被称为"中国奢侈品"。

在与沈福宗会面之后，詹姆斯二世邀请他出席宫廷宴会，并让英国宫廷画师克内勒爵士（Sir Godfrey Kneller）为其画像，并将这幅全身肖像画悬挂于他的国王卧室。关于这幅肖像画的来龙去脉，卜正民在《中国地图》彩插里的图片说明中指出：

英国皇家御用肖像画师戈弗雷·内勒，在国王詹姆斯二世的要求下，于1687年为沈福宗绘制了这幅肖像画。这幅肖像通常被称为"中国皈依者"，它是为了纪念第一位到达英国的中国人而绘制的。内勒特意将沈福宗描绘为一个虔诚的基督教皈依者。画中沈福宗所穿的长袍是从中国带来的。[①]

而在该书内文里，卜正民对此又进一步补充道：

这幅画习惯的标题是"皈依上帝的中国人"，肖像显然成功地传递出了这个

①［加］卜正民：《塞尔登的中国地图：重返东方大航海时代》，刘丽洁译，中信出版社，2015。

主题。沈福宗左手举着一个大型耶稣受难的十字架，右手指着这个十字架，显得十分虔诚。他的头微微转向右侧，抬头仰望着远处的天空。他左后方的桌子上铺着一块来自东方的桌毯，毯子上放着一部精装本的厚书，厚书上面似乎还放着一叠手稿。……但我相信，自己在内勒这幅画上看到的那本厚书，并不是《圣经》，而是《中国哲学家孔子》。

如果我猜得不错的话，它出现在那里，是作为一个无声的提醒，表明耶稣会采取了调和的方式——将中国人带入基督教信仰，而无须强迫他们放弃自己的文化。而沈福宗，正是这一主张的鲜活例证。①

沈福宗肖像画——英国宫廷画师戈弗雷·内勒应国王所请绘制

沈福宗在英国牛津大学(一说在宫廷宴会上)，遇见了该校的托马斯·海德(时任博德利图书馆副馆长，不久升任为馆长)，二者共同探讨了中国历史、哲学和语言等问题，沈福宗还向海德讲解了许多的中国传统文化知识，并且手把手地向他传授研习汉学的秘诀。他们之间的关系堪称是“亦师亦友”(卜正民语)，二人自然是用拉丁语交流的。

在牛津大学工作期间，沈福宗还对博德利图书馆的中国书籍一一分类、编目，同时，他还分门别类地撰写了它们的内容简介，这都是那个时期在英国没人能够做到的事情。此外，他不仅对柏应理等人翻译的《中国哲学家孔子》一书进行反复校订，还向图书馆人员展示了如何翻阅中文书籍的方法。直到若干年之后，在托马斯·海德的遗书中，还保存有与沈福宗之间的拉丁文通信，以及沈福宗送给他的《棋谱》《升官图》《度量衡》等中文书册，还有沈福宗写给他的中文与拉丁文对照的应酬语等。

卜正民在《中国地图》一书中，还详细描述了沈福宗与托马斯·海德的深情

①[加]卜正民:《塞尔登的中国地图:重返东方大航海时代》，刘丽洁译，中信出版社，2015。

厚谊，他说：

托马斯·海德在他的晚年，非常珍惜跟沈福宗相处的这段回忆。在一封信中，他唤沈福宗为“我的中国人”，并写道：“沈福宗是一位知识渊博的学者，通晓本国学问，熟读中文典籍，而且非常坦诚踏实，值得托付任何事情。”……他还在自己关于波斯宗教的那部巨著中，深情回忆说：“我的中国朋友，南京的沈福宗先生，今天还居住在南京。”可见，他并不知道，当时的沈福宗已经去世了。①

沈福宗在英国盘桓两年后，回到法国与柏应理汇合。而后，他们结伴前往柏应理的故乡比利时，居住一段时间后又前往荷兰等国游历、讲学。可惜的是，舟车劳顿，人生无常，沈福宗没能回到中国。1692 年春天，他乘船返回祖国，但旅途中因为乘船的手续问题，被人为阻隔，在非洲滞留了好几个月。9 月 2 日，当他航行到非洲东南部葡属东非（即今莫桑比克）附近之时，不幸染上痢疾病去世了，年仅 35 岁。至于与他同时代（或者稍晚）的那些留学者，也因为清政府与罗马教廷的“仪礼问题”之争，最终未能回国，只得长期定居在欧洲。

所谓“福无双至，祸不单行”，翌年，柏应理在返航中国的途中，遭遇不测风云，也葬身于非洲南部的大海上——或许是心怀愧疚和哀恸吧，他也失足在同一片海域，追随自己的学生而去了。

拒人千里为哪般

马戛尔尼勋爵

沈福宗的欧洲六国之行以学术交流为主，将中国的思想文化介绍给欧洲各国。他带去的中国文化典籍，对欧洲后世的思想家、科学家产生了巨大的影响，无论是见过他的胡克、海德，还是与他未有一面之缘的伏尔泰、莱布尼茨等文学、哲学大家——他们是通过沈福宗带来并校译的拉丁文中国经典，了解沈福宗和中国文化的。后来，

①[加]卜正民：《塞尔登的中国地图：重返东方大航海时代》，刘丽洁译，中信出版社，2015。

他们对此都曾经撰文予以披露,并缅怀这位中国“开眼看世界”的先驱人物。

从某种程度而言,欧洲的启蒙运动也受益于此。

欧洲人通过这些留学生了解中国,学习中国文化,包括有名的马戛尔尼使团,使团在访问中国之前,也是从他们中寻找翻译的。然而,与欧洲人对中国文化感兴趣的态度截然不同,彼时的中国文人士大夫,尤其是“傲慢”的乾隆皇帝,根本不屑于了解欧洲的器物文化。所以,乾隆后来异常倨傲地回信给马戛尔尼说:“天朝物产丰盈,无所不有,原不借外夷以通有无。”遂将马戛尔尼的要求全部回绝。马戛尔尼为此极为沮丧,这也是他后来极力夸张中英双方“礼仪纠纷”的重要原因,这也是为了开启兵衅寻找借口。

其实,传统的说法认为乾隆是出于妄自尊大、盲目褊狭的心理,才拒人于千里之外的。这种观点未必可信,甚至是完全不成立的——它是颠倒了因果关系而导致的错误结论。

乾隆的那几句话应该是真实无误的,但是任何事情有因必有果,有果必有因。近来学者的研究成果认为,乾隆皇帝之所以将马戛尔尼使团拒之千里,是有其内在原因的。实际上,乾隆一直视英国为潜在的威胁,在等待该使团抵达的过程中,因为获悉英国此前参与了对廓尔喀(即今尼泊尔)入侵的战争,乾隆还专门让福康安予以核实,在得到肯定答复后,他的态度随即发生了巨大的改变。相关史料经美国学者钩沉发现,大清驻藏官员的回信原件现在也被美国人收藏。应该说,乾隆之所以故意刁难该使团,似乎有打压英国人的威风、凸显清朝国力的深意在。

至于将英法联军火烧圆明园、八国联军进攻中国,以及鸦片战争的爆发——中国“千年未有之大变局”的发生、发展,归咎于乾隆皇帝的那几句话,当然是有失公允和公道的。那是西方人对自己的滔天罪孽进行自我辩护的说辞,那是中国人被人打蒙了头、崇洋媚外的说法。

当然,清朝在其中后期曾经实行闭关锁国的政策,这倒是不争的事实。直到中国的国门被鸦片战争打开后,中国人特别是文人士大夫们才试着去了解欧洲文化。这其中,最早、最为著名的当属林则徐,他被后人称为“开眼看世界第一人”,这也是不准确的。因为早在一百多年前,沈福宗就曾经亲身游历欧洲达十几年之久,在那里介绍中华文化,翻译欧洲资料——沈福宗去欧洲的那一年比鸦片战争的爆发,就整整早了159年;而较之林则徐“开眼看世界”之时至少要早160年以上。唯因沈福宗没有朝廷和官方上层背景,又英年早逝等原因,致使其在中国历史上寂寂无名、默默无闻罢了。

美国当代汉学家史景迁认为，历史就像是一弧七彩斑斓的彩虹，是由许多种光谱组成，有时候是难以分辨的，这也就是历史的迷人之处。上述言人人殊的历史细节也像是彩虹一般，而我们许多历史学家也仿佛患有“色盲症”“近视眼”一般，很难分辨其“光谱”，更难说清其“波长”。因而，人们便像“丁氏打井得一人——以讹传讹”，致使造成诸多的历史迷雾。

梁启超先生在20世纪初，曾经形象地把中国历史的演进说成是“中国之中国”“亚洲之中国”“世界之中国”相互递进的三个阶段。这一说法，至今依然对我们有着指导意义，而且是对当今中国的精准概括。

汉密尔顿如是说

第一个留学牛津的中国人来自南京。

第一次踏上英伦岛的中国人是南京人，名叫沈福宗。他也是到牛津学习的第一个中国人。早在1604年，牛津大学图书馆里就有了中文书，但没有人能阅读。1687年，30岁的沈福宗让这些中文书第一次有了读者。此后，牛津和中国的学术联系开始加强，现在已有700多个中国学生。

尽管中国史籍很少提及沈福宗，但西方史料却对他的经历和事迹有诸多描述。1657年（顺治十四年），沈福宗生于江苏省江宁府（即今南京市），没有参加科举。他结识了当时在江南传教的比利时耶稣会士柏应理，从其学习拉丁文。

1685年，沈福宗应邀出访英国，在伦敦与英国国王詹姆斯二世会面。詹姆斯二世年轻时就对中国历史文物感兴趣，还是王储时就观看中国戏剧、阅读中国书籍。在与沈福宗会面之后，詹姆斯二世邀请他出席宫廷宴会，并让英国宫廷画师克内勒爵士为沈画像，还将画挂于其国三卧室。

沈福宗在牛津用拉丁语跟人交流，对博德利图书馆的中国书籍一一分类，同时描述它们的内容，这都是那个时期没人能够做到的事情。

1692年，沈福宗搭载荷兰商船启程返华，沿大西洋南下至非洲西海岸时，突然染病，于9月2日在非洲东南葡属东非（即今莫桑比克）附近去世。

——牛津大学校长安德鲁·汉密尔顿

几番东渡蚂蝗碗

俗话说:“瓷器碎了边,不值半文钱。”这句话在中国瓷器收藏“发烧友”当中,流传已久。的确,瓷器属于易碎品,一旦稍有磕碰、蹉跌,就会留下瑕疵,那么,它就成了“瓷片”,其价值必定会大打折扣。然而,在我们东邻日本,有一件中国宋代的残瓷,竟然被奉为国之重器,并被誉为瓷器中的“断臂维纳斯”。它就是日本著名的南宋龙泉窑青釉葵口茶碗——曾经几番漂洋过海的“蚂蝗绊”,又称蚂蝗碗,堪称是海上丝路的异类。

中国瓷器在日本

日本的大和民族是特别会攒东西的,他们品位高,目光准,胆子大,算计精,所以常常能够收藏到许多的稀罕物件。但令人大跌眼镜的是,其收藏的手段可就不敢恭维了。百余年来,他们那巧取豪夺的劣行俯拾皆是,史不绝书,无论是在中国还是朝鲜,抑或在东南亚国家。

截至目前,日本各大博物馆、美术馆收藏的中国瓷器,可谓是多矣。日本对艺术品的品级分为三个等级:第一等是“国宝”,第二等是“重要文化财”,第三等是“重要美术品”。在这些中国的瓷器当中,有被指定为“国宝”的8件;有被指定为“重要文化财”的数十件;而其第三等级的“重要美术品”,在日本官方、民间可谓宏博,不计其数。

据权威人士查阅20世纪50年代出版的《世界陶瓷全集》(河出书房版)一书,仅仅从这部书中统计得知,全日本共收藏有中国历代陶瓷180项,均被作为第三等级——“重要美术品”登录在册。其中,有汉唐陶瓷26项,有宋代陶瓷78项,有明清陶瓷76项。而成组、成对的两件以上陶瓷(或称“套瓷”)作品,只按一项计算。所以说,

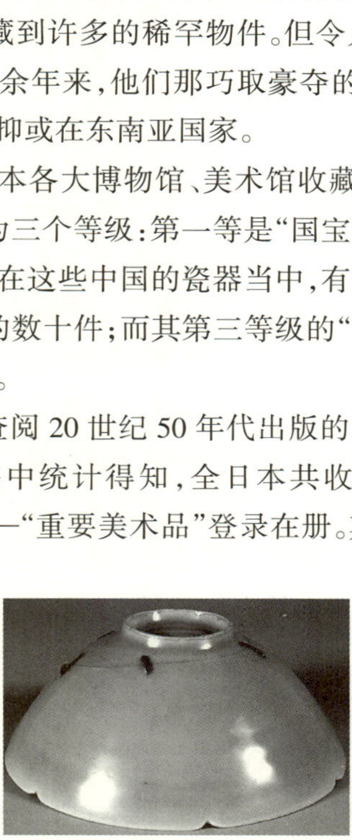

蚂蝗绊残瓷碗之一

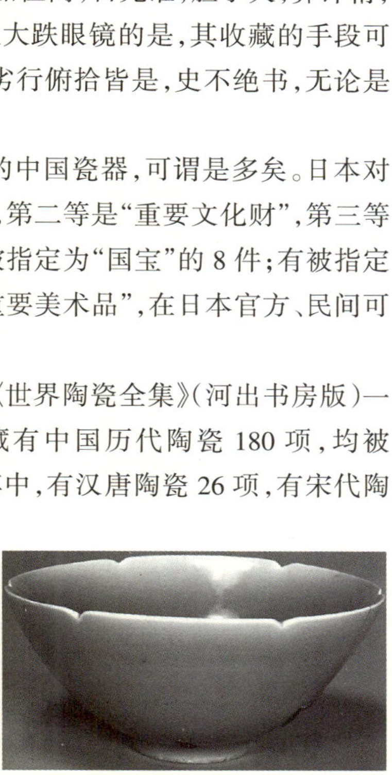

蚂蝗绊残瓷碗之二

这180项要远远大于180件。写到此，我不由得为那些汉代的陶瓷鸣不平，它们穿过两三千年的时光隧道，留存至今，何其稀罕、珍贵乃尔，竟然屈居“小三儿”之位，实在有“焚琴煮鹤”之嫌也！

陶瓷是陶器和瓷器的总称。中国早在8 000年前的新石器时代，就发明了陶器。在众多的古代典籍之中，均记载了有关圣人发明陶器的传说。譬如，关于“女娲抟土造人”的传说，始见于北宋的《太平御览·风俗通》：“俗说天地开辟，未有人民，女娲抟黄土做人。”关于“神农制陶”的传说，在唐·令狐德棻主编、成书于贞观十年（636年）的《周书》中，这方面的记载颇多。《太平御览》引《周书》：“神农耕而作陶。”清·马啸《经史》引《周书》：“神农之时，天雨粟。神农遂而种之，作陶冶斧斤。”清·朱琰所著《陶说》引《周书》：“神农作瓦器。”另据《墨子·高贤下》载：“瓦者，舜耕于历山，陶于河滨，渔于雷泽，灰于常阳。”

自唐以降，截至清末和民国初年，中国的瓷窑遍地开花，中国的瓷器繁花似锦，广泛出口于世界各地，堪为中国文化最靓丽的名片之一，是中华文明最具形象感的符号。故而，它们受到东邻日本人的垂青、垂涎，乃至大肆仿造，也就不是什么稀奇事了。

宋代龙泉窑烧制的青瓷，早已蜚声海内外。宋·蒋祈（一说其是元代人）所撰的《陶记》（见清·康熙《浮梁县志》刻本），是世界上最早记述瓷器生产的专论文章，文中说：“景德（即今江西省景德镇）陶昔三百余座。埏埴之器，洁白不疵，故鬻于他所，皆有‘饶玉’之称。其视真定（宋代真定府，治所在今河北正定，此处所指应该是河北定州窑，宋时属真定府辖内——著者）红磁，龙泉（即今浙江省龙泉市）青秘，相竞奇矣。”意思是说景德镇瓷窑很多，景德瓷是瓷土和成泥巴烧制的器物，它洁白无瑕，素有“饶玉”之称；河北定窑以“红瓷”闻名；而龙泉青瓷，其色以“青秘”著称。以上这三种瓷器争奇斗艳，并称“宋瓷三奇”。

日本收藏的“蚂蝗绊”之所以珍贵，不仅因为它是南宋时期素以“青秘”著称的龙窑青瓷，而且它还有一段完整而曲折的传承史；同时，它又是中日文化交流史的一个重要物证，是海上丝绸之路上的文化遗存。

三次漂洋残瓷碗

“蚂蝗绊”（时称马蝗绊）系葵口茶碗，高9.6厘米，口径15.4厘米，底径4.5厘米，整体釉面莹润、光洁，宛若蓝田之玉，闪烁着翠绿的光泽；茶碗底部有几道裂纹，或称冲线，因为加固裂纹的锔钉酷肖一只只蚂蝗，故而得名“蚂蝗绊”。这件著名的残瓷，现为日本东京国立博物馆所珍藏，被文化艺术界列入第二等级“重要文化财”的项目之中。

这件“蚂蝗绊”翠绿晶莹，玲珑剔透，具有极高的观赏性、传承性和研究价值。但它被锔过，从锔瓷的工艺看，它是现存较早的锔瓷实物。所谓“锔瓷”，又称补瓷，就是用扒锔钉子（一般为铜质、铁质）将破裂的裂纹进行修补、加固过的残瓷。我们通常估测古玩瓷器的价值，十分注重其品相的完整性，但此件青瓷碗虽为修补过的器物，却流传了几百年，被人们誉为“世界上最著名的残器”之一。之所以如此，是因为它不仅有着极高的瓷器烧制工艺，而且附加了很高的残瓷修补工艺。而且，其还有着曲折离奇的故事呢。

“翠光莹徹，世所稀见。”这是日本江户时代的儒学家伊藤东涯对“蚂蝗绊”的赞语。据他所写的《马蝗绊茶瓯记》一文记载，大概是中国南宋孝宗淳熙年间（1174~1189 年，即日本高仓天皇安元初年），当时的日本武术大家平重盛为拓展与宋朝的贸易，向南宋京城临安的育王山（即今玉龙山）寺庙布施了大量的黄金。该寺庙住持佛照禅师投桃报李，便回赠其一批龙泉葵口茶碗，这件“蚂蝗绊”即是其中之一。“蚂蝗绊”茶碗东渡日本后，百余年间几易其主，几经波折，最终辗转到了室町幕府第八代征夷大将军足利义政（1436~1490 年）的手里，足利义政对其爱不释手，昼夜把玩。

足利义政画像

然而，由于此时这件茶碗流入日本已有二百余年，在流传过程中底部破裂，出现了裂痕。对此，酷嗜艺术的足利义政非常惋惜，觉得此碗虽为瓷中极品，但美中不足，亦有不尽人意之处。于是，他便派遣使者携带茶碗重赴中国，希望中国的工匠再展神技，以其为圭臬，重新烧造出一只一模一样的茶碗来。孰料，此时中国明朝的制瓷工艺，尽管取得了飞跃性的发展，但时过境迁，龙泉窑的瓷匠已无力回天，无法烧制出同样美轮美奂的青瓷茶碗了。无奈之下，明朝的瓷匠只得使用锔钉将瓷碗裂痕锔补齐整，而后“完璧”归赵，让它第三次漂洋过海，重归日本。

也有一种说法，认为锔补“蚂蝗绊”的另有其人，是日本“战国三英杰”丰臣秀吉（1537~1598年）从朝鲜请来工匠，他们在日本工匠的协同下，才将残破茶碗重新锔好，保存至今。窃以为，这种说法的可能性几乎等于零，不过是穿凿附会，追求“名人效应”最大化而已。故而，笔者还是采用第一种说法——也是有史料可考的说法。

不久后，足利义政重见瓷碗，见碗壁背后锔上的铜钉如同“茶醉”的蚂蝗，扑卧于瓷碗的底部，不由连呼“蚂蝗蚂蝗”，并大为赞赏中国工匠高妙绝伦的锔瓷工艺。从此该茶碗便被称为“蚂蝗绊”，并因此而名震东瀛。该茶碗后由足利家流传至角仓家，最后由三井财阀捐赠给日本东京国立博物馆，作为一件传世瑰宝珍藏至今。

锔瓷工艺传千载

一只打了补丁的瓷碗还被世代珍藏，奉为至宝，我们中国人可能觉得有些不可思议，但它确实曾被日本的统治阶层所看重，有历史、名人效应的积淀，这是蚂蝗绊茶瓯的高附加值所在。

“没有金刚钻，就别揽瓷器活。”这句古老的民谚，就是源自于锔瓷这一行当。“锔瓷”工艺大概分为两种：一是“破镜重圆”，就是把破碎成两片以上的瓷器拼接好，用金刚钻在裂缝两边钻孔，然后用锔钉嵌住抓牢，使其恢复原样，继续使用；二是“重修旧好”，就是瓷器因为磕碰、摔打，有了裂纹漏水，已经无法使用了，也是用同样的技术予以加固、弥合裂缝。“蚂蝗绊”就属于后者。

经过锔瓷工艺锔补完好的陶器、瓷器，既能再度使用，又有观赏价值。这样的“锔盆匠”和“磨刀匠”一样，一直到20世纪七八十年代，在我国的城镇乡间，包括当今的海南，还随时可以见到呢。他们挑着一副扁担，上面悬挂着金刚钻和铜丝（用于打制锔钉），游走于街市，口里不断地喊着：“锔盆、锔碗的嘞！”

一般认为，锔瓷技艺发端于宋代，其依据就是北宋的《清明上河图》，图中就有艺人锔瓷的画面。

其实早在唐朝，中国就有了锔瓷工匠。据悉，山东潍坊相关专家为了申报“非遗”项目，在进行田野调查过程中，发现潍县梨园村是传统的锔艺专业村，过去每年的农历三月十五，锔瓷艺人都有供奉“锔瓷祖师爷”——胡鼎真人的习俗，并考证出胡鼎真人的原型就是唐代诗人胡令能。胡令能系唐代中晚期的诗人,《全唐诗》收录其诗歌四首。

唐代范摅《云溪友议·祝坟应》记载:“胡令能,圃田(今河南中牟县——著者)隐者,少为负局锼钉之业。梦人剖其腹,以一卷书内之,遂能吟咏,远近号为胡钉铰。”所谓“锼钉”“钉铰”,均与锔瓷有关。

明代意大利传教士利玛窦在《中国见闻札记》中,对瓷器修补也有着详细的记载:锔补修复后的残裂瓷器遇热、遇冷而不开裂;尤其令人惊异的是,如果瓷器残破漏水了,再用铜丝熔化的“铜汁”把裂缝黏合起来,即便是用沸腾的开水冲茶,也不会“漏泄春光”。

“江西人钉碗——自顾自。”旧上海有这样一句歇后语,其字面之意似乎是说:江西锔瓷匠人只谋一己之私,不顾同乡之谊。其实,它并无丝毫的地域歧视色彩。它的意思主要是讲,街市上锔瓷的匠人都是江西人从事;由于钢钻在瓷器上打孔,总是发出“滋沽滋沽”的刺耳声,仿佛在诉说着小本生意“自顾自”的无奈……

对此,晚清颐安主人所撰的《沪江商业市景词》吟诵道:“钢钻钉碗唤门前,小巧铜攀密搭连。修补完成无漏泄,藉资糊口巷中穿。”

“补破诗匠”的无奈

清末民初,北京街头的锔瓷匠人随处可见,这给前来朝贡的高丽使者留下深刻的印象。对此,朝鲜人的一部笔记《雪山外史》指出:“中国人有破磁皆不弃,命匠钉而用之。其法:取破磁,以绳缚之而合之,令破痕无所违戾,以弯锥缘破之两边穿孔,而只磁肉之半用钉,以小铁椎打以插之,使之蹲蟠于磁肉,牢固如旧。”

《雪山外史》锔补图

意思是说,中国人的瓷器破了,并不舍得扔掉,而是让锔匠前来用锔钉修补好,继续使用。锔瓷的办法是:取来残破瓷器,将它用绳子绑紧,将破裂的部分对齐,然后用钢钻沿着破处的两边钻孔,锔钉只是钉入瓷壁厚度的一半，并用小铁锤敲打锔钉，使之牢牢固定在瓷器上。这样，锔钉好的瓷器牢固如初，仍可继续使用。

这种锔瓷工匠的巧技让朝鲜人大为感佩，作者进而指出：朝鲜也有钢钻，但都是用来刺穿银、锡等金属物件，现在看到钉瓷器也游刃有余；另外，朝鲜也有钉子，但只用在木器之上，而用于瓷器上的平生未曾一见。

在老北京，朝鲜使者年年入京朝贡，大概看到北京街衢巷形形色色的能工巧匠，嘴巴里吆喝不断，感到非常稀奇。对于这些弯锥锔瓷的神技，他们在惊诧之余，便在《燕行录》中记载下来；一些文人也以此为题，另行生发诗文笔记。譬如，朝鲜著名文豪柳得恭在《古芸堂笔记》中，就记述过这样一桩逸闻趣事：

故友李懋官诚为一代词伯，余亦谬有虚名，新学后生贽诗章请改者颇有之。一日，懋官掷笔太息，谓余曰："京师百物皆有，补破匠，破盘、破锅、破袜、破网巾，苟令完好，足以营生。吾与子老矣，砚田已荒，焉能坐而待饿？挟一笔一墨，相随乎弼云、三清之间，高叫'破诗补'，岂不得一碗酒、一碟肉乎？"相与大笑。……遂号余"补破诗匠"。

民国上海修缸补瓮图——采自民国·孙兰荪《营业写真百图》

"检书烧烛短，看剑引杯长。"唐·杜甫在五律《夜宴左氏庄》中曾经抒发感慨：一世读书白费蜡，平生仗剑难报国。据史料记载，被人称作"补破诗匠"的柳得恭，也和杜甫一样喜欢"检书"（翻阅书籍），并曾做过检书（如同文字编辑）的工作。他也曾作为朝鲜的使者两度漂洋过海，出使北京，与李德懋等人供奉内阁。他们才高八斗，均为"一代词宗"，被人尊称为"检书诗体"。

作为朝鲜第一流的文人、诗坛的领袖，在他们的眼中，本国一般人所写的三流汉诗，自然是些不堪卒读的"破诗"，而由他们加以斧正，自然是颊上添毫。在他们看来，二人所做的修补"破诗"之类工作，也就如同是锔瓷匠人用锔钉补漏，使得残破的瓷盘、瓷碗完好如初。如此这般，也足以换得"一碗酒、一碟肉"，甚至可以养活一家老小了。

“补破诗匠”柳得恭写作这段稗官野史之类的笔记，可以说是既有几分“为人作嫁”之类的无奈，也颇有几分“舍我其谁”之类的自得。同时，也是对那些酸腐“文人”一种辛辣的讽刺。他们中的许多人权势熏天，滥竽充数，尽管“舞文弄墨南池畔，吟诗作赋北窗边”，但不过是附庸风雅、徒费纸张罢了；甚而不惜铤而走险，剽窃他人的诗文，以为自己的“大作”，到处吹嘘，实在是无聊无用又无耻！和“蚂蝗绊”的锔残瓷匠一样，他们这些为人作嫁的“补破诗匠”及其作品，也将载入史册，供人赏玩。

民国八年（1919 年）梅月（梅雨季节，大抵是每年的农历四月），由孙兰荪绘画并配诗，上海鸿文书局印行的五卷本旧书——《营业写真百图》（又称《三百六十行》），其中一篇的题目为《修缸补瓮》，漫画下面的打油诗写道：

修缸补瓮真名工，勿怕七穿与八洞。
使他已碎复瓦全，滴水不漏包好用。
漏卮可塞急须塞，莫到卮破塞不得。
世间坐视漏卮不塞人，应对修缸补瓮无颜色。

中庸之道上瓷盘

“墨竹一枝宣德纸，香茗半瓯成化窑。”清代“扬州八怪”之首郑板桥曾经题联赞颂“宣德（明宣宗朱瞻基年号）纸”“成化（明宪宗朱见深年号）窑”，足见其对成化窑之钟情，亦足见成化瓷艺之高妙。可是，你知道吗？这位高高在上的宪宗皇帝雅好高古，不仅喜爱瓷艺、画艺，而且还亲自给瓷盘作画呢。

御制一团和气图

清末民初，北京琉璃厂一带涌现了一些学者型的文化古董商，赵汝珍就是其中的翘楚，他既是大古董商，又是大文人。

关于成化窑的瓷器，赵汝珍先生在《古玩指南全编》一书中写道：“成窑以五彩为上。此时苏泥、勃青已尽，乃用平等青，故青花瓷不及永宣（永乐和宣德年间——著者),然五彩以成化为精。其画样,以草虫、鱼藻、瓜茄、牡丹、葡萄、优钵罗花、五供养、一串金、西番莲、八吉祥子、母鸡、人物等为主。所画人物,多半笔意高古,纯似程梦阳(明代徽州人,大理寺右寺加正四品衔——著者)之笔法。若花草,则有极整齐者。色泽深古,后世不及。”

俗话说:“上有所好,下必甚焉。”“楚王好蜂腰,宫人多饿死。”成化年间的瓷器之所以取得如此高的造诣,也与才子皇帝成化帝的喜好、助推不无关系。他甚至还亲自动手绘瓷盘、题跋文呢。你瞧:

朕闻晋陶渊明乃儒门之秀,陆修静亦隐居学道之良,而慧远法师则释氏之翘楚者也。法师居庐山,送客不过虎溪。一日,陶陆二人访之,与语道合,不觉送过虎溪,因相与大笑,世传为三笑图,此岂非一团和气所自邪?试挥彩笔题识其上:

嗟世人之有生,并戴天而履地。既均禀以同赋,何彼殊而此异?惟凿智以自私,外形骸而相忌。虽近在于一门,乃远同于四裔。伟哉达人,遐观高视;谈笑有仪,俯仰不愧。合三人以为一,达一心之无二;忘彼此之是非,蔼一团之和气。噫!和以召和,明良其类。以此同事事必成,以此建功功必备。岂无斯人,辅予盛治?披图以观,有概予志。聊援笔以写怀,庶以警俗而励世。

成化元年(1465 年)六月初一日

一团和气中庸道

《一团和气图》是明朝成化帝朱见深的工笔人物画,素为故宫馆藏的瑰宝。该画旨在“警俗励世”,阐释华夏自古以来的中庸思想、圆融寓意与团结意愿,代表了本土的儒、道与外来的佛和平共处的和谐观。

这幅工笔人物画是明宪宗十八岁(1465 年)时有感而作。粗看画面,好像一个圆球状的肥胖弥勒佛眯眼灿笑,盘腿而坐,体态浑圆。仔细端看,却是三人合为一体,抱成一团。左面是一位身着道冠的老者,右面是一位头戴方巾的儒士,二人共展一幅经卷,各执一端,团膝相接,拈花微笑。从表现形式、构思方法上,《一团和气图》切合古代漫画的艺术特色,但它在主题上却无一丝漫画的讽刺意味,反而甚得歌颂漫画的妙处。

该图的内容,源于“虎溪三笑”的典故。东晋之时,净土宗初祖慧远在庐山修行的三十余年间,从不下山会友,送客也不越过虎溪。一日,儒生陶渊明、道士陆修静联袂远道来访，三人相聚晤谈甚欢。陶渊明二人告别时，慧远法师送他们下山，不觉已到了虎溪边上，虽不时传来老虎的鸣号声，唯因三人言谈非常投契而未发觉。直到越过虎溪，慧远方惊觉，三人旋即会心地纵情大笑起来。可见，思想的火花在不经意间，使得慧远破除了“送客不过虎溪”的执念，笑声传递了他们难以言喻的欣喜之情，自然也成了名垂千古的美谈。这一典故，也是宋人力图调和儒、释、道三教思想的文化产物。成化帝以“虎溪三笑”的典故表明了自己的观点，认为儒、道、释虽属三家不同的信仰，但却可以“合三人以为一，达一心而无二，忘彼此之是非，蔼一团之和气”。

明成化帝御制一团和气图暨序文

非常有趣且富有哲学韵味的是：两人相对而视的左眼、右眼，一起构成第三人的两只眼睛；两人的头顶和短发，则成为第三人略微上挑的修长眉毛；而两人哈哈大笑的两张嘴巴，组合在一起，形成第三人的一张阔口，这张阔口亦是大笑的模样。即所谓：“大肚能容，容天下难容之事；阔口常笑，笑世间可笑之人。”第三人更非凡尘俗子。只见其露出光光的头顶，与左右两人共享一颗头颅；又伸展长长的双手，搭在前面两人的肩上，左手接过展开的经卷一轴，右手轻轻地捻着佛珠，显然是佛教中人。

三人合而为一，寓意深远，思接周易之大道，妙通阴阳之和合。它不仅象征着各民族、各阶层、各行业，以及各学派、各流派和各教派的一团和气——团结友爱、和谐圆通，象征着三教九流的融合为一，而且彰显着中华文化与文明的整体观、包容性；甚或也体现了中华文化与文明的本质、精髓——以我东方大国的和谐统一，笑看西方诸国的兵燹征伐，自然也有引领与示范的要旨在。

“一团和气”上瓷盘

御制《一团和气图》

自然，此图也表达了成化帝的文化追求、执政理念。

三教九流为一体

明宪宗的这幅工笔人物画构思绝妙，人物造型诙谐，用图像的形式表达了人类和融、世界和谐的美好愿望。

这幅御笔亲绘的作品线条细劲流畅，顿挫自如。朱见深天赋异禀，少年老成，在其登基不久，便绘制了这幅《一团和气图》，并附有一则《御制一团和气图赞》的御笔短文，绝对是另有深意的。有的学者甚至认为，成化帝是《一团和气图》的构思者、创始人，且不管这个推断有无典籍的根据，至少可以说明朱见深曾经参与《一团和气图》的绘制，并题写御笔图赞。其实，成化帝此举是有特定缘由的。

一是期望全国朝野安定团结。天顺八年（1464 年）正月，朱见深即位皇帝龙座，以明年为成化元年。因此，成化元年六月初一，应是成化帝即位接近一年半的时间，他出于对群臣万众一心、朝廷一团和气的期望，绘制《一团和气图》，并附《御制一团和气图赞》。成化帝此举，与为于谦平反，并承认代宗景泰帝的历史地位有直接关系，对朝政的安定团结起到了积极的作用。

于谦主持北京保卫战胜利后，深得明景帝朱祁钰的信赖和倚重，景帝对于谦之疏奏“一言即止”，无不采纳。在官员的任用上，景帝也一概悄悄征询于谦的意见。对于景帝的询问，于谦总是实事求是地回答，从不隐瞒自己，也不躲避嫌疑怨恨。而且，于谦性格刚强，遇到不痛快的事，总是拍着胸脯说：“这一腔热血，不知会洒在哪里！”于谦看不起那些无能的大臣、重臣，甚至顶撞皇亲国戚。因此，不称职的大臣、重臣和宗室贵胄都排挤打压他，而那些未得重用的臣子也都嫉妒、怨恨他。在朝廷重臣和权贵的怂恿、唆使之下，许多御史多次用苛刻的言词弹劾之，全靠景帝力排众议，于谦才得以实行自己的鸿猷远策。后来，于谦被卷入“夺门之变”，含冤被杀。

二是体现“三教合一”思想。很久以来，儒、释、道三教关系错综复杂，矛盾日益加深。如果各教派相互对立，必然消耗国力，不利于社会安定发展，更有悖中华文明包容和谐的理念。成化帝所绘《一团和气图》乍看如同一人，实为三者。根据《御制一团和气图赞》推测，图中笑面弥勒乃慧远法师，左侧着道冠者乃陆修静，右侧饰儒巾者则为陶渊明，三人当时各为释、道、儒三教的代表人物，整个画面布局巧妙，和睦喜气。

无独有偶，“三教合一”的思想不仅体现在成化帝身上，在许多寺庙文物上也有所体现。以佛教圣地少林寺为例，寺内的千佛殿西侧是具有道教色彩的地藏殿，殿内南北两面供有十大阎罗王的神位，后壁则绘制有浓厚儒家色彩的《二十四孝图》；少林寺钟楼前，有嘉靖四十四年（1565 年）的《混元三教九流图赞》石碑，石碑是由嘉靖帝的侄子朱载堉所立，碑上刻有《混元三教九流图》，画面上是释迦、孔子、老子三圣合体混一图。图赞中写道：“三教一体，九流一源；百家一理，万法一门。”体现了内外合流、和睦相处的思想宗旨。《混元三教九流图赞》碑碑文曰：

> 佛教见性，道教保命，儒教明伦，纲常是正。
> 农流务本，墨流备世，名流责实，法流辅制。
> 纵横应对，小说咨询，阴阳顺天，医流原人。
> 杂流兼通，述而不作。博者难精，精者未博。
> 日月三光，金玉五谷，心身皮肤，鼻口耳目。
> 为善殊途，咸归于治。曲士偏执，党同排异。
> 毋患多歧，各有所施。要在圆融，一以贯之。
> 三教一体，九流一源，百家一理，万法一门。

柒:渔民的保护神

摘要:刘秀闻讯雷霆震怒,便剥夺了马援"新息侯"的爵位。以是,马援的门生故吏竞相远离避祸,亲人也十分惶惧,就连他的尸体也不得不草草下葬,不敢埋入祖坟里。后来马援的妻子、侄儿以草绳相连,诣阙负荆请罪,并先后六次上书鸣冤,才得以让马援的孤魂入葬祖坟;直到30年后,刘秀的孙子汉章帝刘炟眼见时过境迁,方给马援平反昭雪了。一代忠臣名将,竟落得如此下场,不由让人唏嘘不已。

开海置郡劝耕读

"伏波"意为降伏波涛,在中国历史上,"伏波将军"是对将帅个人能力的一种封号,最早的伏波将军是西汉的路博德,最著名的是东汉光武帝时期的马援。在海南岛和两广地区,"两伏波"——路博德和马援因为莅临南海平定叛乱、安抚百姓,故而纪念他们的庙宇比比皆是。另有一人,也绝对不能忽视,他就是岭南开海建国第一功臣、被毛泽东誉为"南下干部第一人"的南越王赵佗。

伏波平乱开九郡

"郡县开疆始秦汉,舆图一统归皇明。"我们海南人、明代著名清官海瑞曾经说过这样一句话。意即:海南岛开海置郡始于秦汉,版图统一则是明代之功。战国时,烽烟遍地,各国大多以卿、大夫领军,带兵打仗。至汉武帝时代,兵连祸结,封将置帅,军中名位最高的是大将军,其次是骠骑将军、车骑将军、卫将军,再次是前、后、左、右将军。此外,还有名目众多的将军封号,譬如,横海将军、楼船将军、强弩将军、拔胡将军、浚稽将军、贰师将军、护军将军等,伏波将军即是其中之一。

在历史上,第一位出任伏波将军之位的,即是汉武帝时期的卫尉路博德。武帝元鼎四年(公元前113年),南越国内部矛盾十分激烈,丞相吕嘉乘机发动叛乱,杀害南越王赵兴、王太后樛氏及汉朝使节。请看《史记·南越列传》的记载:“原鼎五年秋,卫尉路博德为伏波将军,出桂阳,下汇水;主爵都尉杨仆为楼船将军,出豫章,下横浦;故归义越侯二人为戈船、下厉将军,出零陵,或下离水,或抵苍梧;使驰义侯因巴蜀罪人,发夜郎兵,下牂牁江。咸会番禺。”请看《中国边疆经略史》的描述:

伏波将军马援墓

> 六年(前111年),诸军至番禺,围攻吕嘉、建德(赵佗重孙,吕嘉私立的“南越王”——著者),遣使招降,吕嘉乘夜逃入海上,余众降。接着,桂林监居翁谕告瓯越40余万口归汉,东南越事平。之后,汉“遂以其地为儋耳、珠崖、南海、苍梧、郁林、合浦、交趾、九真、日南九郡”。九郡中南海、苍梧、合浦、郁林,在秦南海、桂林、象郡之地,珠崖、儋耳、交趾、九真、日南为南越王赵氏经营和瓯越归降之地,至此统归汉郡县管辖。西汉领辖的东南边疆,从东海、南海之滨深入到海南诸岛和越南半岛地区。①

在西汉王朝的两百余年间,伏波将军仅此一人。路博德功高震主,后来因犯事被削爵贬官,最终死在“强弩都尉”的任上。

最著名的伏波将军是东汉光武帝时期的马援。建武十六年(公元40年),交趾郡(即今越南北部红河流域)雒将之女徵侧、徵贰姊妹聚众造反,来势汹汹,攻郡拔县,搴旗斩将,九真、日南、合浦等郡群起而响应。此时,徵侧等占据六十余城,自立为王。翌年,光武帝刘秀毅然决断,诏拜时任虎贲中郎将的马援为伏波将军、

①马大正主编《中国边疆经略史》,武汉大学出版社,2013。

段志为楼船将军，二人帅长沙、桂阳、零陵、苍梧四郡的士卒——精兵强将万余人南征交趾。马援的南征军队刚到了合浦郡，段志即染病身亡，马援遂并统其军，合兵一处。经过三年的浴血鏖战，至十九年春，马援的精兵便全歼了徵侧、徵贰的叛军，并将二酋斩首。捷报传至京师，马援奏凯返京不久，朝廷便封其为“新息侯”，食邑三千户。

建武十六年(公元40年)，在交趾也就是今越南北部发生了“二征(古文献多作“徵”——著者)起义”。而东汉王朝给出的应对措施，则是拜马援为伏波将军前去讨伐，经过三年的时间，马援便予以平定。在平定二征并将其斩首后，马援被封为新息侯，食邑三千户，还京师后更是被赐兵车一乘，朝见位次九卿。拜将封侯，荣宠加身。可以说，此时的马援已真正到达了人生的巅峰，但在这看似光明的人生局面之下，却早已涌动着危机的暗流。

首先便是“万岁事件”。在建武十九年(公元43年)得封新息侯后，马援对着自己的从属作了一番充满感慨的演讲，表明了自己以天下为己任的慷慨大志，又表露了对下属的感激之情，而这番演讲的结果则是“吏士皆伏称万岁”。鉴于王莽篡位的教训，光武帝一生“总揽权纲”“政不任下”。正如他自己所说：“我自乐此，不为疲也。”他对权力极度迷恋，不愿放手，实际上也是对手下大臣的一种猜忌和不信任的表现。

如今面对声威如此鼎盛，以至于被军士“伏称万岁”的马援，很难想象光武帝不会产生猜忌的心理。后来的事实表明，光武帝对马援的猜忌是存在的，而马援最终的悲剧命运，光武帝几乎是起了决定性的作用。[①]

俗谚曰：“皇帝的旨，将军的令——一口说了算。”建武二十年(公元44年)秋，伏波将军马援率部凯旋，朝野故旧纷纷过府恭贺，他不无谦逊、忧患之情，掏心掏肺地说：“昔伏波将军路博德开置七郡，才封数百户。今我微劳，猥飨大县，功薄赏厚，何以能长久……方今匈奴、乌桓尚扰北边，欲自请击之；男儿要当死于边野，以马革裹尸还葬耳！何能卧床上在儿女子手中邪？”随后，他又特别领命挥师出雁门，北击匈奴。

却说在岭南，马援歼灭徵侧、徵贰姊妹叛军之后，乘势进击九真郡，扫除叛

①马潇：《东汉伏波将军马援的悲剧命运》，“腾讯文化”网，2016。

广东徐闻伏波庵

军余党残部，岭表肃清。马援每攻取一县一郡，即废止苛政，与民休息，修葺城郭，抚境安民，兴修水利，劝耕兴学。从而，使得岭南各族弊绝风清，“人娴礼仪之教，士多邹鲁之风”。

建武二十三年 (公元 47 年)，“鱼米之乡”武陵(即今常德市武陵区)发生蛮夷叛乱，朝廷先是派武威将军刘尚率万人前往征讨，孰料竟至全军覆没；次年，朝廷再派谒者李嵩和中山太守马成率军前往征讨，又连吃败仗。于是，马援不顾年高体病，主动请缨，光武帝怜其年迈不许。马援非常激动，像战国时老将廉颇那样，当场披甲上马，一展雄姿。光武帝十分赞赏，令其率兵四万前往武陵平蛮。马援帅军行至临乡，遇贼攻城，大破贼众，斩获两千余人。

不料，马老英雄也有“走麦城”的时候。“三月，进营壶头。贼乘高守隘，水疾，船不得上。会暑甚，士卒多疫死，援亦中病，遂困，乃穿岸为室，以避炎气。贼每升险鼓噪，援辄曳足以观之，左右哀其壮意，莫不为之流涕。”(南北朝·范晔《后汉书·马援传》)马援本有宿疾，此时又身染暑热，遂一命归西，享年六十有二。正是：“出师未捷身先死，长使英雄泪满襟。”(唐·杜甫《蜀相》句)

马援少有大志，老而弥坚，经常对人说：“丈夫为志，穷且益坚，老当益壮。”最终死于战场，得偿夙愿。

吊诡的是，马援在征伐交趾的时候，发现岭南的薏苡粒大，且有药用价值，便拉回一车准备在洛阳试种。但在其死后，有人诬告说他带回来的那一车是掠夺来的珍珠，这就是历史上有名的“薏苡明珠之谤”。光武帝刘秀一生多疑，竟然信以为真，致使忠臣良将蒙冤。

刘秀闻讯雷霆震怒，便剥夺了马援“新息侯”的爵位。以是，马援的门生故吏竞相远离避祸，亲人也十分惶惧，就连他的尸体也不得不草草下葬，不敢埋入祖坟里。后来，马援的妻子、侄儿以草绳相连，诣阙负荆请罪，并先后六次上书鸣冤，才得以让马援的孤魂入葬祖坟；直到 30 年后，刘秀的孙子汉章帝刘炟眼见时过境迁，方给马援平反昭雪了。一代忠臣名将，竟落得如此下场，不由让人唏嘘不已。

南下干部第一人

由赵佗开国的南越国来之不易，虽然具备了天时、地利、人和等有利因素，但是，也历经了兵戈战阵、风雨沧桑。秦始皇三十年(前 217 年)，自诩“德逾三皇，功盖五帝”的秦始皇灭六国，统九州，中原大地燃烧了几百年的战火终告熄灭，老百姓有了难得的和平日子。

然而，北有匈奴，南有百越，不断袭扰，成为秦始皇的腹心大患。尤其是匈奴铁骑驰马千里，窜扰日甚，铁血帝王秦始皇恨得牙根儿直痒，遂命大将蒙恬率 30 万(一说 50 万)大军北伐匈奴，一举夺取了河南，在黄河以东、阴山以南置郡设县，并在秦、燕、赵古长城的基础上，连缀、修筑起一道万里长城，以便抵御匈奴的进犯。腾下手来，秦始皇开始收拾南疆的百越蛮族了。关于汉尉屠睢南征百越之战，请看《淮南子·人间训》的记载：

> 使尉屠睢发卒五十万为五军，一军塞镡城之领，一军守九嶷之塞，一军处番禺(即今广州——著者)之都，一军守南野之界，一军结余干之水。三军不解甲弛弩。使监禄无以转饷，又以卒凿渠而通粮道，以与越人战。……而越人皆入丛薄中，与禽兽处，莫肯为秦虏。相置桀骏以为将，而夜攻秦人，大破之，杀尉屠睢，伏尸流血数十万。乃发适戍以备之。

由此可见，屠睢轻敌冒进，中了越将桀骏之“皆入丛薄中”的埋伏，遂遭遇“夜攻”，致令兵败被杀。所谓“凿渠”即凿开灵渠，打通粮道。秦军经过三年的昼夜鏖战，兴安灵渠大功毕成，从而沟通了湘江、漓江两条河流。这是世界上第一条船闸式人工运河航道——从长江到珠江的水道开通了，使得秦军之兵马粮草可以直接运往岭南地区。

始皇帝三十三年(前 214 年)，秦始皇再命任嚣、赵佗为将，率领楼船水卒发起对百越的进攻。秦兵一番刀枪剑戟，终于攻破岭南。秦始皇敕命任嚣为南海尉，赵佗为龙川县令。然而，“六王毕，四海一”之颂歌声未落，秦国二世而亡，中原又是战端骤起，群雄逐鹿。老谋深算的任嚣眼见良机凸现，岂奈得枯卧病榻，便招来心腹将领赵佗，密授机宜道：“南海僻远，吾恐盗兵侵地至此，吾欲兴兵绝粮道，自备，待诸侯变，会病甚。且番禺负山险，阻南海，东西数千里，颇有中国人相辅，此亦一州之主也，可以立国。”请看当代著名的考古文学作家岳南先生

的叙述:

赵佗原是真定(即今河北正定县,真定因避清雍正名讳而改名——著者)人。……他到岭南后,曾经上书秦王朝,要求派30 000名中原女子到岭南,为驻守岭南的将士"缝补衣服"。最后,秦始皇选派了15 000名中原女子去了岭南,这些女子自然成了岭南将士的配偶。此时,作为同样具有雄才大略的赵佗,听了任嚣的密嘱,心中十分感动,当场答应按照任嚣的构想予以行动。

两人经过一番谋划,任嚣便假借秦中央王朝的命令,委托赵佗代理南海尉的职务,为赵佗顺利实现岭南割据构想迈出了关键性的一步。[①]

赵佗代行南海尉一职不久,胸有韬略的一代骁将任嚣就油尽灯枯,撒手西去了。趁着秦朝大将章邯与以楚国为首的六国联军战斗正酣,赵佗加紧了对既定计划的推进,主要实施了三个步骤:一是绝道闭关,聚兵自守;二是诛杀秦吏,任用亲信;三是修建城池,加强防御。从史料来看,赵佗此间重点是加固、修筑了武水流域的乐昌城,后又称"赵佗城"。

武水流域地理位置非常重要,早在此前任嚣即于乐昌傍武水、抵泷口处,修筑了"任嚣城"。现在,两座城池遥相呼应,构成犄角之势,扼守着武水、北江两河流域。这是赵佗的第一道防线。

同时,英武果毅的赵佗又三管齐下,分别在仁化、清远,以及更靠近五岭的湞水、南涯水交汇处,筑起三座万人大城,从而构成了一个军事大三角。此乃赵佗的第二道防线。赵佗的第三道防线是石门要塞。

这三道防线的构筑,形成了水上、陆地和山巅的立体防御体系,牢牢地扼守住五岭险要之地。赵佗的防御体系,使得中原将士徒望五岭天险而兴叹,要想攻到业已进一步加固、可谓深沟高垒的番禺城下,谈何容易!由此可见,这位南越王的深谋远虑、鸿猷远策,的确无愧于"南下干部第一人"的美誉。

南越王赵佗征战图

①岳南:《考古中国·南越王墓神秘现形记》,海南出版社,2007。

开海首功南越王

俗话说:“兵马未动,粮草先行。”在经过一番厉兵秣马备戎行之后,公元前205年,赵佗发兵攻克了象与桂林二郡,基本上恢复、统一了秦朝所置的岭南三郡,居守战略要塞,可谓固守金汤。

关于赵佗何时称王一事,《史记·南越列传》没有记载,只是说:“秦已破灭,佗即击并桂林、象郡,自立为南越武王。”而《史记·陆贾列传》亦曰:“高祖时,中国初定,尉佗平南越,因王之。”由此可见,西汉“中国初定”之时,大抵也是赵佗称南越武王之年。

在中原大地群雄逐鹿、血雨腥风之际,赵佗在称王修筑城池稳定政权之后,即腾出手来大力治理这个百废待兴的南越国。他采取了一系列措施,劝农重桑,发展生产;开海设官,繁荣贸易;化俗修礼,奖励读书。而且,赵佗身体力行,入境随俗,和辑百越;亲做表率,鼓励汉越通婚并以身作则——他的所有儿子、孙子都娶了越女为妻。譬如,第二代南越王赵胡的夫人赵蓝,就是一位越女;第三代南越王赵婴齐也娶了越女为妻,并生有一子赵建德。在赵佗的带动和鼓励下,数十万兵将绝大多数与越女通婚。

关于南越国在农业技术、经济贸易和文教礼仪方面所采取的举措、所取得的成就,岳南先生做了这样的描述:

在经济方面,赵佗从实际情况出发,着手改变落后的农业生产状态。他积极地把中原地区先进的农业技术引进到越族地区,并教民耕种,大力传授使用铁器、耕牛的技术,以提高农业生产水平。

同时,南越王赵佗在各郡县、市镇设立“市官”(负责集市交易的官吏——著者),由官府直接与当地的土著居民进行商品交换,而把交换所得的象牙、犀角、翡翠、珠玑、香药等中原地区非常珍贵的宝货,成批地运到北边的关市,去和大汉帝国南来的商人进行贸易,并向他们购买大批的牛马、铜铁工具和器皿,然后又用这些货物与土著居民进行交换,由此形成了一个循环往复、连续不断的商品交易渠道。

此举不仅大大地扩展了岭南地区与中原的贸易往来,而且也丰富了岭南地区市场的交换物品,百越人很快便获得了他们喜爱的铜铁工具和武器,而这些新

> 的工具又大大提高了他们的生产力水平。[①]

这个“循环往复、连续不断的商品交易渠道”,实际上就是海上丝绸之路的滥觞,或者叫作雏形。由于采取了诸如此类的一系列善举,南越百姓的幸福指数如“芝麻开花——节节高”;加之采纳“和辑百越”的低姿态举措,赵佗自然得到了南越百姓的一致拥戴。

公元前 214 年,秦始皇统一了岭南地区,设置了桂林、南海、象三郡,雷琼地区归属于象郡辖制。其中,海南岛属于象郡之外徼。秦帝国尽管二世而亡,统治粗疏,但秦帝国经略岭南、移民实边之举,促进了岭南民族的大融合,以及经济文化的交流与发展。对此,《火山与雷琼文化》一书叙述道:

> 秦末汉初,中原战乱,南海郡尉赵佗适时割据岭南,建立了南越国。赵佗建立南越国的一个重要条件是,岭南东西数千里“颇有中国人相辅”。由此可见,秦时迁居岭南包括雷琼地区的中原汉民已不在少数,已经是一支重要的政治力量,也在一定程度上反映了岭南包括雷琼地区民族融合的某种状况。而对岭南开发产生巨大影响的第一人正是赵佗。
>
> 在统治南越国八十一年里,赵佗一方面采取“和辑百越”的方针,极力安抚越族,尊重越人风俗,“以其故俗治”,在族属意识上本地化,自称“蛮夷大长老”;另一方面,推行郡县制,编制户籍,引进推广中原先进文化和铁器、牛耕等生产技术,倡导汉越通婚,促进民族融合。于是,岭南社会形态从原始社会分散的部落,开始逐步向新的社会形态过渡。[②]

对于赵佗“和辑百越”“倡导通婚”所开创的经济文化方面的建树,对于“两伏波”设置郡县、劝课耕读所取得风俗礼仪方面的成就,后世官吏、学人多有记述。譬如,清乾隆四年(1739 年)的状元,曾任两江总督、太子少保等要职的庄有恭,在其《重建番禺儒学记》中就这样描述:

> 五岭之南,郡以十数,县以百数,幅员数千里,咸执秩供稽,受治于广州之

---

①岳南:《考古中国·南越王墓神秘现形记》,海南出版社,2007。

②中国雷琼世界地质公园管理委员会编《火山与雷琼文化》,海南出版社,2017。

河北正定赵佗公园“西汉南越王赵佗先人之墓”

长。而广州之县二：曰南海，曰番禺。番禺本秦县，至梁武帝时，始析为南海。俗尚淳美，人材众多，彬彬乎有邹鲁之风。县学建于城东偏，自宋迄明，修之者众矣。……

夫学校为王政之本。先圣之德，如乾坤之容，日月之光，不可摹绘。昔昌黎（即唐韩愈，字昌黎——著者）公曾谓，自天子至郡邑守长，通得祀而偏天下者，惟社稷与孔子然。我国家尊师重道，虽勾龙乘异之祀，不可与伦。而匡直辅翼，所以崇正同而振士风者，甚盛。庠序学校古制可稽，自郡国立学以来，教者所以教，学者所以学，亦颇异于古之所云矣。然循名责实，则内外交修，存天理，正人心，与四代之学何异！

且夫上之化下，下之应上，其感速，其效神，所谓如泥之在钧，如金之在镕。……以吾乡淳懿之俗，复多美茂易成之材，且得在位者为之兴起，则夫循名责实，推而大之，必将体用兼该；处也有守，出也有为，标名竹帛，其道大光，岂第闾里之荣哉！①

而今，南越王宫坐落在广州越秀区繁华的北京路上，紧挨着城隍庙。而宫殿里，斯人已去，已经与《史记》里的那些帝王皇亲、文武重臣一样，都沉寂在了尘埃里、书卷内。但古物犹存，其人生的足迹依然可以觅见。就像笔者在长篇乡土文化散文《火山人家》之中，对荒圮古镇、古村的回望与描述一样：

面对这暮霭笼罩下的荒颓景象，回望那远逝的辉煌，着实令人叹惜！

固然，逝去的已不会再现，而这荒村诸多的遗迹，却给了我们长久回眸的可能，或者线索，一段段宗族的迁徙史、村寨的流变史，正是在这种穿越时空隧道的回眸中，展露出其神秘笑靥的。②

①广州市文史研究馆编《羊城风华录》，花城出版社，2006。

②王振德：《火山人家》，梅志强等摄影，海南出版社，2016。

而今，赵佗与大秦、大汉帝国的战与守、和与分，似乎与当下老百姓的生活风马牛不相及，但在彼时彼地，从《史记》等历史典籍留下的蛛丝马迹来看，在中原大地兵连祸结之时，南越国的老百姓却在南越王的羽翼之下，男耕女织，老养幼学，过着富足、安泰的小日子。

如此近百年的和平岁月，在中国乃至世界古代史上，那是多么难得，多么宝贵呀！故此，南越王赵佗，"两伏波"路博德、马援功不可没，应当"标名竹帛，其道大光，岂第闾里之荣哉"！

冼夫人与郭石村

在海南岛和广东雷州半岛，民间对冼夫人的信仰可谓源远流长，历久弥新；穿越千余年时空隧道，迄今依然香火繁盛不息，信众踊跃空前，并且因而衍生出许多节庆和文化品牌。

下面这篇小文章，原题为《郭石村溯源》，镌刻在海南省屯昌县南吕镇郭石村的一通巨石上。为了传承冼夫人这位"岭南圣母"的文化薪火，此处原文照录，以飨读者：

陈隋之交，烽燧连天，哀鸿遍野。素有"懿美夫人"之誉的岭南女首领冼英渡海来琼，在此带兵平乱，扎寨宿营。

由于天干物燥，冼夫人营地之外不慎招致熊熊火龙，唯独营地像城郭固若金汤。将士挖开土层，发现营地之下竟是巨大磐石，遂称此地为"郭石"。冼英在此保境安民，开疆拓土，奖善除恶；训导百姓狩猎读书，耕种饲养，防灾治病。嗣后，周围五村共修境主庙，世代永祀"岭南圣母"。为拉近地缘、提升人望，村民敬称其"郭石婆"。

明末清初，兵连祸结，颜陈周林王符郑卢等姓氏相继迁至，并种下垂叶榕，寓意团结兴旺，瓜瓞连绵，故又有"郭石榕仔村"之谓。斗转星移，当年之树苗虽久历天灾人祸，然吮吸日月精华，天地灵气，早已是"独木半山春"矣。如今，此树俨然为村民之"保护神"。树下，小孩读书、唱歌、习武；大人舞虎、编筐、磨刀；老人喝茶、下棋、听戏；恋人约会、交心、盟誓……

真乃人间天堂也！

郭石村之村训石

一九五〇年三月，解放军三百余人之渡海先遣部队在此休整，效法冼夫人之故事，官兵挑水扫堂，村民箪食壶浆。是以，繁茂神树似历史老人，见证了千载开拓进取梦，见证了百代文明礼仪风，见证了古村军民鱼水情，亦见证着《郭石村训》传承不息的人文薪火：

畏天惜地，保国卫疆；敦宗敬祖，扶幼尊长。
崇仁尚礼，体卑恭上；教书育人，睦邻和乡。
奉公安分，身健气爽；修身齐家，人兴丁旺。
与人为善，与物共享；不赌不斗，戒毒戒黄。
致富有道，通海达江；勒石永志，传世流芳。

苏轼题赞峻灵王

在海南昌化岭半山腰，有一形状酷肖观礼平台的巨石，其上可容纳上百人观海景，看日出，取名“观海峰”。举目远眺，天水一色的北部湾海面，白云翩翩，渔帆点点，海波粼粼，红霞灿灿。因此，昌化岭古来闻名，历代文人墨客频频登临，在此留诗题联不计其数。

坐山镇海风浪平

南海神庙康熙御笔:万里波澄

昌化岭俗称昌化神山,位于海南省昌江黎族自治县昌化镇境内,海拔 460 米。山的北部对着棋子湾,南面对着海南第二大河流——昌化江(海南第一大河流为南渡江),可以俯瞰南海。

弗洛伊德曾经说过:在人类历史上,神曾经是人们敬畏的父亲,但这种敬畏与其说是由敬生畏,还不如说是由畏生敬,人类讨好神灵不过是为了获得宽待与照顾。这一番话,表达了西方城市文化十足的实用主义价值观。但是,弗氏的观点也有其合理性、普适性的一面,亦即人类的神灵信仰,的确有其实用性、多维性和复杂性的要旨在。

昌化岭的南面海拔 300 多米之处,有一巍峨巨石,高 10 米,阔 8 米。巨石巍然高耸,形如一位巨人傲然挺立,远眺南海,俯瞰大地江河。在这座巨石的东边不远处,还挺立着一尊 3 米多高的石头,从远处看,两座山石很像是父子俩在山上游玩,又像是一位大将军带着一个聪明机灵的小侍卫。自古以来,海南西部沿海的渔民、山民都将其奉为神灵,尊称其为"神山爷爷"。

这座高 10 米的巍峨顽石,因头顶盖着一块平顶的薄石板,形似皇冠,故而人称"皇帝石"。《昌化县志》对此石有专门记载:"巨石,似人直立,坐镇神山……宋元丰五年,改封峻灵王。"于是,昌江、儋州一带渔民捐款修建了"峻灵王庙",祈求波平浪静、风调雨顺。

"神乎神乎北宋敕封功第一;山也山也南洲座镇品无双。"著名的峻灵王庙大门有这样一副楹联。它位于昌化镇昌城村东北 800 米,石昌公路 52 公里、路西 1 公里处。

三次敕封峻灵王

《昌化县志》又载:"凡旱涝灾难疾病,往祷辄应。"以是,千百年以来,峻灵王是百姓心中的偶像和保护神,备受崇奉。尤其是渔民,把生命和生产都寄托于峻灵王，出海前虔诚拜祭。

峻灵王是道教文化的产物，是海南岛富有海洋文化特色的民间海神。最初是位于昌化岭上的一块赋有灵性的奇异巨石，因为渔民敬奉、民间赞誉和皇帝诏封，逐渐发展成为一种穿越时空隧道、延绵千余年的民间信仰。对于峻灵王庙获朝廷赐封的情况，海南省摄影家、民俗文化研究学者、海口经济技术学院副教授梅志强曾经写道：

> 在两宋时期，朝廷对全国范围的地方神祇、祠庙等，进行了大规模的敕封，仅仅海南岛获得敕封的神祇、祠庙就有三处——两伏波庙、峻灵王庙和儋耳夫人庙。于是，附近的乡民建庙祭祀。由此可见，当时的海南岛在朝廷里面还是地位挺高的。
>
> ……
>
> “峻灵王庙，庙在广西南路昌化军昌化县灵山神祠，旧号‘镇海广德王’，神宗元丰五年（1082年——著者）七月封。”昌化岭早于南汉时期即获朝廷赐封，北宋又获朝廷赐封，到了清光绪十二年（1886年——著者），再次追封为昭德王。[1]

自此，每当峻灵王祭拜的旺季，诸多信徒会聚峻灵王庙广场铺席露宿，热闹非凡。听渔民说，峻灵王就似一盏航海灯塔，在茫茫大海中，不管遇到多大的风浪，只要看到峻灵王石，渔民心里就感到踏实。广东、广西沿海一带和本岛各市县的信徒，经常相邀来祭拜、求签、祈福。

峻灵王既是昌化岭的镇山之神，也是护佑祖宗海的镇海之神。遍观海南所有的大山，没有一座山像峻灵山这样得到朝廷的关注。早在宋代，当地人就在峻灵山下建峻灵祠，祭拜山神。一座山、一座石头三次被不同的王朝敕封，的确是很少见的。

清光绪年间，昌化县知县李有益游览昌化岭之后，感慨万千，写下“愿与石千秋，山水永安奠”的句子。从本地的老人口中我们知道，直到新中国成立之初，峻灵王庙一直是当地最具盛名的神庙。凡是过往商船、渔民都在昌化港登岸，诣庙隆重祭拜一番，其信众遍布北部湾东岸、海南西部沿海地区。当时的庙宇占地十多亩，一共三进，左右还有厢房。周围古木参天，一派肃穆。整个庙宇坐东南朝

①梅志强：《人神之间：海南汉民族与民间信仰考述》，南海出版公司，2014。

始建于五代的昌江古庙主祀妈祖、关公、峻灵王

西北，面积近 1 200 平方米。殿堂一幢三间，中间一间供奉峻灵王神像，左右耳房悬挂匾额。

1952 年，峻灵王庙毁于飓风，从此破落。1984 年，儋县、昌江、临高等地渔民出于感恩和敬奉之意，集体捐资在原址重建峻灵王庙。1992 年又重新修葺，才有了今天的规模。

从朝廷到地方，乃至于乡野；从皇帝到大臣，再到州县百官，乃至于耕田牧鱼的庶民，为什么对一座神庙、神龛如此关注，如此崇礼有加？为什么就连像苏东坡这样不世出的一代文宗、诗豪，都免不了对其心慕手追呢？我想，就是因为神灵、神话具有很强的劝善抑恶、塑心励志之功。正如杨显女士在论述汉代神话的意义、目的时所说的：

> 汉代是上古神话再度活跃的时期，经历了秦代这一文化断层以后，神话传说在汉代迎来了生存和传播的黄金时代。汉代神话不仅渗透到汉代社会的各个层面，而且以汉代神话自身的特质影响着汉人的人格和灵魂，对文学艺术的发展与繁荣，以及汉代文人的文化人格的形成起到了重要作用。[①]

---

①杨显：《汉代神话研究》，海南出版社，2013。

峻灵独立秀且雄

在峻灵王庙内，尚存有苏东坡撰文的一块断碑，断碑高 72 厘米，宽 66 厘米，厚 15 厘米，碑文题为《峻灵王庙记》（全文《昌化县志》有载）。从碑文的内容可以推断，碑文系苏东坡登临昌化岭、亲临峻灵王庙之后撰写的。东坡先生在这段文字当中，不仅追述了自己贬谪海南岛，以及告别琼州、奉诏迁移廉州的人生历程，而且追记了历代帝王对峻灵王的诏封，以及其灵应的故实。以下是《峻灵王庙记》全文:

古者，王室及大诸侯国皆有宝。周有琬琰大玉，鲁有夏后氏之璜，皆所以守其社稷，镇抚其人民也。唐肃宗之世，有比丘尼若梦恍惚见上帝者，得八宝以献诸朝。且传命曰:“中原兵久不解，腥闻于天，故以此镇之。”即改元“宝应”。以是知天亦分宝以镇世也。自徐闻渡海，历琼至儋耳，又西至昌化西北，有山秀峙海上。石峰巉然，若巨人冠帽西南向而坐者，里人谓之“山胳膊”。而伪汉之世，封其山神为镇海广德王。五代之末，南彝有知望气者曰:“是山有宝气，上达于天。”舟其下，斫山发石以求之。夜半大风，浪驾其舟空中，碎之石峰之下，彝皆溺死。儋之父老，犹有及见败舟山上者，今犹有钉石存焉耳。天地之宝，非人所得睥睨者。

晋有张华使其客雷焕发丰城狱，取宝剑佩之。终以遇祸，坐此也。今夫此山之上，上帝赐宝以奠南极，而贪昧无知之彝，欲以力取而己有之，其诛死宜矣。元丰五年七月，诏封山神为峻灵王，用承议郎彭次云之请也。

昌江峻灵王庙祀神活动

绍圣四年七月，琼州别驾苏轼，以罪谴于儋。至元符三年五月，诏徙廉州。自念谪居海南三载，饮咸食腥，凌暴雨飓雾，而得生还者，山川之神实相之。谨再拜稽首，西向而辞焉。

且书其事，碑而铭之。山有石池，产有紫鳞，里人不敢犯。石峰之侧多荔枝、黄柑，

得食,持去即有风云之变。其铭曰:

琼崖千里块海中,民彝杂居古相蒙。
方壶蓬莱此别宫,峻灵独立秀且雄。
为帝守宝甚严恭,庇荫嘉谷岁屡丰。
大小逍遥逐虾龙,鹧鸪安栖不避风。
我浮而西今复东,碑铭晔然昭无穷。

水尾娘娘慈恩厚

在海南岛,所谓“第一女神”,非冼太夫人莫属。主祀冼太夫人的庙宇海南各市县均有大量分布,尤其是以北部的海口、文昌最为集中,数量多得无法统计;全岛每年最热闹的军坡节,也绝大多数是为了纪念冼太夫人而举办的。论普及性、影响力,海南岛其他众多的神祇只能望其项背。然而,南海水尾圣娘的信众却庶几可与之比肩。

水尾圣娘的起源

水尾圣娘的全称叫作“南天闪电感应火雷水尾圣娘”,又名“南天夫人”。水尾圣娘的信仰,起源于海南岛东北部文昌市清澜港的海神信仰,信徒主要分布在海南文昌、海口、琼海、万宁、临高和三亚等沿海各市县。在南洋的琼籍华人聚居区,水尾圣娘也是香火繁盛,当地人称之为“南海第一灵神”。

相传明朝正德年间(1506~1521年)的某一天,在文昌清澜港东岸(即今东郊镇)北港村,潘氏十二代祖潘工爵的儿子潘敏理忽然敲锣打鼓,召集村里人开会,说他要出资在村里建一座“婆祖庙”,理由是他最近遇到了一些神奇的事。正当众人纳罕之时,他慢慢地道出了自己的一段传奇际遇。

原来,潘敏理一家世世代代靠打鱼为生。有一天,他来到村外三里处的瓦铺湾捕鱼,怪事发生了——一网下去,不但一条鱼也没捕到,反而捞到了一根粗大的木头。于是,他就把木头扔回海里,重新撒网,结果捞上来的又是那根木头。如此重复了几次,他有些灰心和无奈,也感到莫名其妙,似乎有某种神秘的力量在

地处潭门镇的南海水尾圣娘庙

和他较劲。沉吟有顷，他就对着那根神秘的木头叩拜道："木头啊木头，在下求求您啦！您的法术无边，如果您能让我捕到鱼，在下不才，就卖了钱把您雕刻成神像，并建庙奉祀。"没承想，这根木头果然法术无边，当即灵验。潘敏理祷告完毕，再次撒网，这一网下去，竟然收获颇丰，禁不住喜出望外。于是，他把那根"懂法术"的木头带回家里，将其放在庭院内。后来，由于诸事婴身，他很快就忘记了自己信誓旦旦的承诺。

有一天，他的妻子将卖鱼所得的银两买了两只小猪仔，准备在家里养起来，等到年底养大了杀猪过年。在搭建猪寮（猪窝）的时候，潘敏理发现还缺一根木头，于是他也不假思索，就将从海里捞回来的那根木头拿来，用于做猪寮的门槛了。可是过了不久，他的两只猪仔就莫名其妙地都死了，而且在很长的一段时间内，他都捕不到一条鱼，一天天乘兴而去，空舟而归。

这天夜间，潘敏理梦到有一位如花似玉的女神仙，悄悄地走到自己的床头，并对他说道："潘家大哥，你知我是谁吗？我就是南天圣娘，你的胆子比你家的铁锅还大，竟敢将我的化身用来建造猪寮的门槛，玷污了我的圣洁之身！你曾记否，那天你指天发誓说：只要我让你捕到鱼，你就会把我雕刻成神像，并建庙让众人供奉祭拜，而如今……"

女神仙言及此，用纤纤玉指指着他的脑门儿，呵斥道："好男人吐口唾沫是颗钉。而你是个小人，轻诺寡信，忘恩负义，如何在世上立足？对你这样的小人，不能客气，就应当以牙还牙，好好教训教训！你可知晓，你家里养的两头猪之所以会死，是我在惩罚你言而无信的过错，好让你长长记性。"

潘敏理一听，立马醒觉，连忙起身跪地磕头，央求道："哎呀，女神仙，您大人不计小人过啊！我错了，是我一忙就忘记了许下的诺言，我一定要兑现！但如今，我现在又总是捕不到鱼，就是想把您雕成神像来让众人供奉，可是囊中羞涩，也请不起工匠呀！”说到这里，他抬头看一眼对方，哀求道，“女神仙，您若是果真灵验，就再次让我捕到一船鱼，我卖了钱，一定兑现对您的承诺。请您再给我一次机会吧！”

善良的圣娘见他可怜兮兮的，就答应了，承诺说：“明天一早，你就下海去捕鱼，一定会大有收获的！”圣娘又对他说，“每天黄昏的时候，我常常坐在你家门前那棵龙眼树横枝上，不信到时你可以去看看。”圣娘说完，便腾云驾雾而去。他不禁一惊而起，大热天的，出了一身冷汗。

第二天拂晓，潘敏理就披星戴月，驾驶小渔舟下海捕鱼了。出海不远，他一网撒下去，果真捕到了满满的一网鱼；再一网下去，又是大丰收。他这一次不敢怠慢，把丰收的鱼儿拉到集市上卖掉，准备延请能工巧匠来雕刻圣娘神像。

是日黄昏，当潘敏理走过自家大门前的时候，有意抬头望了一眼，果真看见在那棵硕大无朋、枝叶扶疏的龙眼树上，似有人影晃动；再定睛细看，那根交柯错叶的横枝上，真的坐着一个头戴纱帽、肩披短裳的姑娘，姑娘生得慈眉善目，玉肤雪肌。他再仔细端详其容颜，那可真是：“明眸皓齿，莲脸生春，秋波送媚，好生动人！”

水尾圣娘得永祀

听了潘敏理所描述的圣娘显灵之事，村民惊讶，简直是小渔村的“魔幻故事”。乃父潘工爵老先生先是指责他轻诺寡信，继而催着他赶紧筹钱兑现诺言。对此，村里的街坊邻居一开始将信将疑。

潘敏理又讲了他家门前龙眼树上的天女，如此这般美丽动人。当天下午，邻居们看到了仙女，果然是“身似弱柳扶风，貌若天仙下凡”，于是也深信不疑了。大家经过合计共同决定，就在村子西边的一块空地上，修建南天圣娘庙，以便世世代代供奉祭祀。建庙的资金自然是由潘敏理筹集，主要来源为其捕鱼卖鱼所得，因为他要兑现诺言，再也不敢失信了。圣娘庙尚未动工，先在选址处设立香炉祈祷，也好预告神灵知晓。不料，三天后那通挺大的石头香炉竟然不翼而飞了，大家颇感蹊跷。

后来经村民一番查访，香炉被天神地祇给搬走了，移至一处唤作“水尾”（即今坡尾村)的大片树林里,林间夜夜香火飘香。据说,当地一名师父公(道士)经过勘探,认定这片树林是一块风水宝地,潘敏理和村民便尊奉神明的意旨,准备改在此处修建圣娘庙。

于是,潘敏理请来全镇最好的木匠,取过来捕鱼时网到的那根木头,叮嘱其根据自己的梦境和黄昏所见的仙女样貌,把木头雕成圣娘神像。而后,村民们在不移动香炉的情况下,开始动工建庙。庙宇落成,香炉就在原地升于供案之上。因为庙宇地处水尾,故而,此庙取名“水尾圣娘庙”。庙里供奉的自然是以南天闪电感应火雷圣娘为主。水尾圣娘庙建好后,又经道士占卜,决定当年的十月十五日是圣娘登龛开光第一吉日,所以这一天被定为水尾圣娘圣诞的纪念日。时至今日,这一天庙内依然是比肩接踵,香火缭绕。

潘敏理的后代潘在光现在依然住在东郊镇北港村,进村后第一户人家便是潘家,街口的牌坊上刻着“懋德第”三个大字。北港村村民全部为潘氏族人,为了便于守庙,当时潘氏族人将几户人家迁往水尾这儿的树林里,而后不断繁衍,渐渐形成村落,是为坡尾村。坡尾村的村民也以潘姓居多。坡尾村位于海边,“水尾”意即海水的终点,“坡尾”意即陆地的尽头,水尾圣娘自然成为“海神”,护佑渔民出海安全,打鱼丰收。

水尾圣娘的前身

每年的正月十五,是水尾圣娘回娘家的日子,届时村民代表用轿子抬着圣娘神像一路敲锣打鼓,从坡尾村开始巡游,一直巡游至北港村。一路上,村民们竞相杀鸡宰羊、放鞭鸣炮,恭迎水尾圣娘,场面极为壮观。由于雕刻圣娘像的那根木头曾被用来搭建猪窝,水尾圣娘厌恶猪肉的味道,故而,祭祀圣娘的时候绝不可使用猪肉。

水尾圣娘的前身就是南天夫人,南天夫人又称“南天闪电火雷圣娘”。在水尾圣娘的信仰形成之前,当地村民信仰的就是南天夫人。即便是现在,海南岛的一些地方依然在祭祀南天夫人。所以,习以成俗,人们有时也称水尾圣娘为“南天夫人”。

清康熙《文昌县志》载:“南天宫,在县东南街,明永乐间建。康熙四年,城守白天恩重修,俗祀电母。”意思是说,在明朝永乐年间(1403~1424),文昌县东南一隅建有“南天宫”;康熙四年(1665 年),县令白天恩将南天宫修葺翻新。这里所说民间祭祀的“电母”，就是南天夫人，是专管雷电的神仙。

尽管水尾圣娘的信奉源于南天夫人，但二者却又不能画等号。从表面看，“南天闪电火雷水尾圣娘”和“南天闪电火雷圣娘”只有两字之别，然而，可别小看这多出来的“水尾”二字，就是因为这两个字，便赋予这位圣娘崭新而重大的历史使命，圣娘不再只是掌管天上雷电的南天女神了，而俨然成为“渔民的保护神”——南海女神。

至于赋予它保护渔民航海安全、渔业丰收职能的人，正是北港村那位明代先贤——潘敏理。于是后来，由于当地的渔民甚夥，南天夫人的信仰在历史的长河中不断被文昌人淡化，而由它衍生出来的水尾圣娘的信仰却得到发扬光大。在当今中国人的海神信仰中，信奉水尾圣娘的范围之大，信徒之多，仅次于“海上第一女神”——妈祖。

历史上第一座水尾圣娘庙，就是潘敏理始建于明朝的那一座，因其位于清澜港附近，故而又称“清澜水尾圣娘庙”；因其位于东郊镇境内，故而又称“东郊水尾圣娘庙”，该庙被民间认为是圣娘庙的主庙。

东郊水尾圣娘庙曾于清光绪元年重修，“文革” 期间被毁，1980 年由乡民和侨胞共同出资重建。该庙的正门匾额刻有“水尾圣娘庙”五个大字，前檐左侧木匾刻有：“万家生佛，光绪十四年仲秋月吉旦。”右侧木匾刻有：“慈云镜海，敬奉水尾圣娘，原张岳崧题词。”正殿的门额刻有“水尾圣娘殿”，殿内供奉“敕赐南天闪电水尾圣娘神位”。

水尾圣娘神位

关于张岳崧的题词，村里老人说原木匾上刻的是“慈云圣母”，这四个大字就是张岳崧题写的，这块木匾与古庙一同毁于“文革”的瞎折腾。后来，村里重建水尾圣娘庙，乡人就模仿张岳崧的笔迹，重新题了“慈云镜海”四个字。有人说，虽然模仿得很像，但气势上逊色一些。

至于水尾圣娘庙为什么会得到张岳崧的题词，这又是另一个传说了。据传，当年张岳崧进京应考时，梦遇水尾圣娘对他予以指点，他便问圣娘如何称呼，圣娘答：“我乃琼州水尾圣娘。”依照水尾圣娘的启示答题，他结果蒙恩高中第三名探花。后来归琼省亲，张岳崧经过一番打探，遂找上门来，亲临圣庙，当即挥毫写下了“慈云圣母”的匾额赠予该庙。返京后，张岳崧将家乡访集而来“圣娘显圣”的事迹向清嘉庆帝上奏，嘉庆帝准奏并赐封圣娘为“南天闪电感应火雷水尾圣娘”。从此，水尾圣娘的圣名远播，信众越来越多，海南岛很多地方都修庙供奉；甚至明清之际，水尾圣娘的信仰随着海南岛下南洋的“番客”越来越多，被带到了泰国、文莱、越南、柬埔寨、菲律宾、马来西亚等东南亚各国，被称为“南海第一灵神”。

史海钩沉圣娘庙

“愿得年年神作主，无事全家卧烟雨。”（明·高启《捕鱼词》句）在史籍和方志之中，关于水尾圣娘的信仰及其庙宇的建筑记载颇多。据清康熙《文昌县志》载：

清澜水尾庙，即祀南天夫人。明正德年间，有石炉飞来水尾地方，因建庙焉。英显特异。又庙滨海港，当往来之冲，祈祷立应，血食不衰。每十月十五军期，四方杂集，殊称盛会。

泰国水尾圣娘雕像

书中记载的“清澜水尾庙”，即现在的东郊水尾圣娘庙。在明清两代，清澜港两岸都被称为“清澜”，它的东岸属于青蓝都（今东郊镇），它的西岸属于南砣都（今清澜开发区一带）。建庙的原因是“有石炉飞来水尾地方”——石炉就是石质的大香炉；建庙的地点是“水尾”。这两点，书中记载得都很明确，这与当地民间传说是非常一致的。清咸丰《文昌县志》也有记载：“水尾庙，在清澜所城。祀电神，俗名南天夫人庙。明正德间，有石炉飞来此，因建庙焉。”

这里提到的“清澜所城”，原建于清澜港东岸青蓝都青头村（离坡尾村不远），明万历年间被海匪林凤攻陷，后迁至清澜港西岸南砣都陈家村。清同治三年《新建水尾圣娘桥记》：

临高女孩抬圣娘

原夫地名水尾，乃众流之所归，前通大海，后据深潭，中祀水尾圣娘昭宇焉。以水而论，水行地上，在《易》为水地比之象，是盍？收数千条支派之流，而朝宗于海者也。以地而言，地中有水，于《易》为地水师之义，是盍？萃数百里精华之气，而钟灵于斯者也。

是潭也，众流会归原□，康芒大路，海涛涨溢，更有潮汐无差临流者，岂能凭卢而渡？欲涉者为之革取唤奈何？况地属水尾，为圣娘出入要津，凡军期际，会男女所往来，车马所驰驱，水深泥滑，崄巇崎岖，畴能不病乎涉？虽原涉木桥，能动革取圮坏。甲子春，郑君德辉会众于水尾庙，欲甃以石，以计久远。然工程浩大，独力难支，于是，集十二村酌议，分簿劝捐，集腋成裘，良工于夏，吉竣于秋。居汇齿无劳乌鹊之填，特起□梁，旋涉负载者无虞，脱辐徒步者何用是后也。其经始落成，凡土石之需、督率之劳与及捐输姓氏是用，勒诸贞珉，以垂不朽。爰为记。

同治三(年)岁次甲子冬月恩进士符朝选撰

石碑上说得很清楚，水尾圣娘庙所在地原来就叫作“水尾”，就在大海边上。

相传，一天水尾圣娘在海上巡视时，恰遇一艘开往南洋的船只遭遇飓风将沉，船上人心惶惶。她见状立即施展法术，把风浪镇住，让那船客人平安到达南洋。其中一人到达南洋后，在睡梦中梦到水尾圣娘，她十分关心地问他：“你们那船人差一点遇难，后来都到达南洋了吧？”

那人先答后问：“都平安到达了。那你怎知道我们的船只差一点遇难之事？”水尾圣娘说：“我就是拯救你们的琼州水尾圣娘，如你们在南洋需要得到我的佑护，可雕我身建庙供奉之，我将降临那里佑护你们。”后来南洋人便纷纷雕像建庙供奉水尾圣娘。

在国外，水尾圣娘被奉为海南人的乡土神，在某些地方其地位不亚于天后圣母（妈祖）。而水尾圣娘庙则是海南人集结的场所，是琼侨活动的中心。据我省侨史专家冯子平在其《琼侨春秋》一书中考证：神庙是琼侨社团的雏形，琼侨最早创建的神庙，当数泰国京都三清水尾圣娘庙。该庙始建于清朝道光二十一年（公元 1841 年），按家乡文昌的庙宇格式建造，百余年来香火不衰。

据权威人士统计，泰国的水尾圣娘庙不下 30 座，几乎无地不有。例如，清迈水尾娘庙、抱木水尾娘庙、披猜水尾娘庙、他罗水尾娘庙、万佛岁水尾娘庙、大城府水尾娘庙、罗勇府水尾娘庙、陶公府水尾娘庙等。海南师范大学教授唐若玲（文昌籍）曾经说过：

在泰国，海南人的神庙，主要供奉水尾圣娘、正顺圣娘、泰华圣娘、玄天上帝、天后圣母、木头公爷、关圣帝君、一百零八兄弟公、观音菩萨。其中，以水尾圣娘为最盛。海南人最早建造的庙宇，是清道光二十一年（1841 年）筹资创建的三清水尾圣娘庙，后经数次修葺扩建，使之更加宏伟、完善。至今仍香火旺盛。之后几十年间，又相继建起十多个圣娘庙和昭应祠（主祀清昭应英烈百有八灵位，左祀水尾圣娘，右祀观音菩萨——著者）。而今泰国 72 府，凡是有琼侨的县市必有水尾圣娘庙。[①]

渔岛神庙知多少

“兄弟感灵应，孤魂得恩深。”在永兴岛兄弟庙的门前两侧，刻写了一副这样的对联。庙里的正堂没有神位，只是设有一张神台，台上摆着香炉，香炉里香烟袅袅。庙内的屋顶和四壁显得发黑，许是长期烟熏火燎所致。在神台前面的地面上，摆放着一通大大的陶瓷缸，是专门用来烧纸钱、元宝的，里面的纸灰里尚有余烬明灭。在庙门前面不远处，也设有一个小神台，神台上只设有香炉，同样没有设置神位。据一位郑姓渔民的说法，这个小庙叫作“兄弟庙”，庙内神台上供奉的神灵是“108 兄弟公”；也可叫“孤魂庙”，庙外神台供奉的神灵是“山川二类男女五姓孤魂”。

---

①唐若玲：《东南亚琼属华侨华人》，暨南大学出版社，2012。

乡民文化小传统

如果说中华民族上下 5 000 年源远流长，那么，祭祀神灵和祖先的民俗信仰同样是薪尽火传、延绵不断。甚而可以说，中华民族的历史有多悠久，祭祀鬼神文化的历史就有多古老。

世上本无鬼，鬼由心而生。早年马克思曾经指出：“宗教只是幻想的太阳，当人们还没有开始围绕自身旋转之前，它总是使人围绕它而旋转。”的确，围绕“幻想的太阳”旋转的古代先民，认为人们死后其灵魂有一种超自然的能力，人的灵魂能与生者在梦中交流，并可以作祟于生者，使其生病或遭灾。这种敬畏众神的心理，大抵是人们梦幻、祭祀之滥觞。

在古人的心目中，显然存在着两个世界：一是神鬼幽魂活动的世界，古人称之为幽冥界；二是人生的现实世界，即人们赖以托生的天地之间。这两个世界阴阳暌离、幽明阻隔，生者不能将其现实的体验带入鬼神世界；生活在幽冥世界的亲人，也无法把他们的信息传达给活着的后人，但他们可以看到阳世，亦可活动在其后人的周围。

窃以为，祭祀也是古圣先贤依凭原始神灵崇拜的礼仪，而将其推及俗世生活，对黎民百姓实施教化的一种高级形式；虔敬鬼神，让人们有所敬畏和顾忌，这种信仰及其文化传承，其意义非同寻常。诚如唐·柳宗元《监祭使壁记》曰：“圣人之于祭祀，非必神之也，盖亦附之教也。”明·吕坤《呻吟语》亦云：“敬事鬼神，圣人维持世教之大端也，其义深，其功大。”不惟如此，古代的礼教、乐教，乃至最初的诗教，大抵均是源于祭祀文化。

三气和风满四海，五色祥云降六合。国人在通过祭祀追忆先祖、传承孝道、涵养德行，以及对生命表示敬畏的同时，也就表达了报本感初之情，抒发了弘道扬善之志。这一文化现象，对于世道民风的敦化，对于个体生命的教化，都具有特别的功效，至今仍不乏现实意义。祭祀一方面是悦乐远祖和神灵，求得福祉；另一方面也是对远祖、神灵的归顺，故其中就有了两个要求，即在心理和行为上对远祖神灵的崇敬。当然，祭祀也反映了人们现实的祈求——期望神明和祖先保佑，祈福禳祸、迎吉远凶。

祭神如神在，祀祖如祖生。古人说：“养生丧死无憾，王道之始也。”祭祀是华夏先民一代代传承下来的古老习俗——拜日有日神、祭山有山神、祀树有树神、

永兴岛兄弟庙

祈谷有谷神、祷河有河神、敬海有海神，而求雨则有雨神崇拜、海神信仰和四海龙王的图腾；佛有佛庙，道有道观，儒家则有书院；北京既有日坛、月坛，也有天坛、地坛，还有先农坛……如此云云，不一而足。可见，众神崇拜反映在我们这个农业民族、乡村文明之中，就有了信仰的多重性和实用性，以及文化的杂糅性和内向性。

著名的人类学家罗伯特·芮德菲尔德曾经提出，每一个民族均存在着两种文化传统，一个是官绅文化的大传统，一个是乡民文化的小传统。民俗之中的祭祀活动，就属于“乡民文化的小传统”。夐古以来，中国就有三大鬼节：清明、中元和寒衣节。农历七月，中国习俗上称之为“鬼月”，谓此月鬼门常开不闭，众鬼可以出游人间。“鬼月”和“鬼节”即是悼念亡人之节，是和祭祀天神、地祇的节日相对而言的。清明节在仲春、暮春之交，这一日，老百姓要上坟添土、踏青游园、折柳插枝，荡秋千、放风筝，也荡飞老百姓的梦想。清明祭祀的参与者是全体国民，上至君王大臣，下至平头百姓，包括士农工商四民，乃至戍守边关的将领们，都要在这一节日祭拜先人的亡魂。所以，从唐朝开始，朝廷就给官员放假几日，以便于归乡扫墓。据宋《梦粱录》记载：每到清明节，“官员士庶俱出郊省墓，以尽思时之敬”。

清明节这一天，除例行的公祭外，还有一些名人到古圣先贤的陵墓进行私祭。如 1918 年爱国志士于右任在当地官员陪同下，清明节冒雨前往黄帝陵拜谒，并写有谒陵诗一首：

皇祖威灵我欲攀，西征间道礼桥山。
弥天风雨伤今日，垂老仓皇过此间。
独创文明开草昧，高悬日月识天颜。
干霄古柏摩挲遍，挂甲何人亦等闲！

中元节在每年的农历七月十五，由中国本土宗教——道教的中元地官赦罪日与来源于印度佛教的盂兰盆会之日融合而成。“盂兰”来源于佛陀弟子目连救母出苦海的故事，它与道家天人合一、清静无为的文化，儒家父义子孝、兄友弟恭的精神合而为一，形成了具有教化功效的民间传统节日。这一日，地官打开地府之门，让已故的祖先回家团圆，因此又称鬼节。是日，后辈生者除了上坟祭祖，还要点荷灯，为先辈亡者照亮回家之路；道观还得举行盛大的法会，为死者安灵慰魂，为生者祈福禳灾。

寒衣节，又称祭祖节、冥阴节和送寒衣节。为了使先人在阴曹地府免于受寒，这一日，后人要烧五色纸，为先人送去御寒的衣物，并且捎带着给孤魂野鬼送去温暖。可见，祭祀、节庆活动一般是民间拜神祭祖，踏青寻芳，其要旨无非是敬祀鬼神，缅怀先人，惕厉后辈。

帆悬四海波涛静

海南文化、民俗与中原一脉相承。在海南传统习俗之中，一般称祭祀活动为“做公”“做婆”；祭祀的日子则称为“公期”“婆期”，大抵是选择传统节庆之时，或者做红白事之日开祭。

这一天，家家户户都要蒸饭烧鱼、杀鹅宰鸡，甚至煮羊烹牛，在自家祖屋（又称“香火屋”）祭拜，或者提上上供的篮子，专门去祠堂祭奠，烧香、燃纸、酹酒和放炮。供上鸡鸭鱼肉、饭团素斋，好让神灵和祖先一享口福；敬上几杯美酒，好让神灵和祖先一醉方休。此乃“视死如生”古老传统的延续，也是中华传统文化的一种表现形式。其意有三：一是祈求鬼神和祖神荫庇降福，以防门衰祚薄，保佑子孙娶妻生子，以期家门繁旺、瓜瓞绵长、福禄双全、洪福齐天，以期“紫气东来，瑶池西望，翩翩青鸟庭前降”（清·洪升句）；二是出于对神明、祖宗的敬畏；三是为了表达对祖先的孝心，以期祖宗在九泉之下无忧无虑、吃饱穿暖。孔子说：“夫孝，德之本也，教之所由生也。……身体发肤，受之父母，不敢毁伤，孝之始也。立身行道，扬名于后世，以显父母，孝之终也。”

因此，不管你是万贯家财的富豪，还是一贫如洗的平民，只要是逢上年节或者公期、婆期，总要燃上一炷香、放上一挂炮，摆上鸡鸭鱼肉和白饭、美酒，祭祀鬼神和祖先。走在海南的乡间渔村，你会看到，几乎每个村子都建有宗祠、家庙或者神堂，一到节日就香火缭绕，爆竹不断。

“帆悬四海波涛静，泽被群生雨露新。”这是海口市中山路“天后宫”大门上的一副楹联，表达了沿海地区老百姓祈求波平浪静、风调雨顺的心愿。在永兴岛西北角距离大海三四十米的沙滩上，坐落着一间只有五六平方米的小庙，每到传统节日，尤其是新春佳节，岛上的居民和驻岛官兵都会聚集到这里，举行隆重的“做公”仪式。

“春亦有情，南海喜逢鱼弄月；人得其意，春风和气鸟逢林。”在永兴岛小庙的门前两侧，刻写了一副这样的对联。庙里的正堂没有神位，只是设有一张神台，台上摆着香炉，香炉里香烟袅袅。

清代同治年间（1862~1874 年），琼海市长坡镇烟墩村有两位船主——麦发生、苏成锦，也因夜间受到“兄弟公”的托梦，在西沙海域打捞到了许多的金条、铜钱。为了报偿神明的恩典，二人就从家乡运来木料，并就地取材采挖礁石，在原来神庙的旧址上盖了一间石木结构的小庙。后来的几百年间，又有许多渔民捐资修葺，或者重建岛上的“兄弟庙”。但是，自古洎今，西沙就是暴雨的故乡、台风的走廊，所以神庙屡建屡毁，屡毁屡建。渔民的信仰不断，则神庙的建筑和供养就不会绝。诚如袁珂先生所言：

广义神话的中心思想，就是认为不仅最初产生神话的原始社会有神话，就是

文昌军坡活动中信众从众圣娘轿舆下钻过

进入阶级社会以后,各个历史时期也有神话。旧时的神话在发展、在演变,新的神话也随着历史的进展在不断地产生。直到今天,旧的神话没有消失,新的神话还在产生。①

日月如梭,光阴似箭,转眼到了20世纪60年代的中后期,“文化大革命”的战火摧枯拉朽,“红卫兵小将”的攻势锐不可当;“破四旧,立四新”,永兴岛上的“兄弟庙”在红卫兵的“革命战火”中顷刻间化为瓦砾。此后长达18年,没人再敢“冒天下之大不韪”,永兴岛失去了神明的庇佑,渔民出海作业也难免战战兢兢,仿佛失去了主心骨。对此,一位符姓老船长痛心疾首地说:“没有了‘兄弟公’的护佑,那些年的海难一桩连一桩,特别多!”是耶非耶?用船家的话说:“宁可信其有,不可信其无。”

直到1994年,来自福建的包工头陈老板,在永兴岛承包西沙办事处的建筑和部队的工程项目赚了钱,而且此人素来豪爽大气。在时任办事处副主任何美昌的倡议下,陈老板斥资在原址上重新修建了“兄弟庙”。自此,渔民们远洋作业更加自信了,浮家泛宅的生活似乎得到了神明的佑助。

妈祖庙宇遍五洲

正像南方城里的大多数商铺里都设有“财神爷”的灵位一样,在三沙大一些的渔船上,几乎也都设有“兄弟公”的神龛,渔民每次出海都要拜祭一番,寻求一种心灵寄托、心理慰藉,这或许是大海上的一种神秘文化吧。

渔民大的船队每次远航作业,还会因地制宜,就在渔船上“做公”,向神龛供上猪头、饭团、米酒和香烛,再燃放一挂炮仗,祈祷神明。保佑岛礁海不扬波,慈云常护;保佑渔家一帆风顺,四季发财。

无独有偶,在赵述岛南面的海岸上,也有一座红色的小神庙,庙内也就是八九平方米的空间。小庙被茂密的羊角树簇拥着,庙檐下,有虫鸟低翔,蜂飞蝶闹翠鸟鸣;有燕子双飞,“飘然快拂花梢,翠尾分开红影”。大概是这些小生灵也有敬畏神明之心吧。

假如你兴致不减,登上七连屿工委、管委会办公大楼的顶层,朝着海边远

①袁珂:《中国神话史》,上海文艺出版社,1988。

农历三月二十三，海口新海村举行抬妈祖神像巡游

望，可见神庙乃是“万绿丛中一点红”，煞是夺人眼球。我想，这座红庙祭祀的神灵，应该是与永兴岛的神庙大同小异吧。

不过，据说在三沙，祭祀妈祖的信众也非常多，同样是源于古老祈求海神保佑的古老信仰。譬如，潭门边防派出所干警符史宝，当气象兵十多年来，因为准确无误地预测“南海风云”，并适时地传达给在三沙出海作业的渔民，所以他被渔民誉为“南海气象台台长”“三沙渔民的保护神”“渔民心中的活妈祖”……说明妈祖信仰遍及渔家，深入到了渔民的骨髓。

妈祖又称天后、天妃、天上圣母和湄洲娘妈，妈祖信仰肇始于宋徽宗时期，迄今已有近千年的历史。妈祖来自民间传说，其主体据说是由真人真事演变而来的，属于被神圣化了的历史人物。自古以来，渔民在波峰浪谷间讨生活，因海难而丧生者不可计数，希望有海神庇佑他们的生命财产安全。于是，妈祖的巫女身份正好适应了人们的希求，所以在她死后立庙祭祀。

妈祖庙遍布世界各地，而庙宇的点睛之作楹联自是洋洋大观，富有鲜明的文化特色，堪称楹联世界的一枝奇葩。譬如，福建莆田湄洲妈祖祖庙的楹联是：“四海恩波颂莆海，五洲香火祖湄洲。”又如清代著名戏曲理论家李渔在江阳天妃闸题联曰：“世间无水不朝宗，岂止黄河一派；天上有妃能降福，何愁碧波千层。”再如，台北松山区慈佑宫楹联是：“圣母普慈衷，海邦一体；斯人皆赤子，锡口咸宁。”上联是称，妈祖是天上的圣母，遍施慈爱，天下同体；下联是说，这里的渔人都有一颗赤心，妈祖会赐予幸福安宁的。

据周伟民、唐玲玲所著《南海天书——海南渔民<更路簿>文化诠释》一书记载：在西沙群岛的东岛、南岛、北岛、琛航岛、广金岛、甘泉岛和珊瑚岛上，总共发现了14座古庙或其遗址。这些古庙，大多数是清代所建，也有的是明代建造的。古庙几乎全都是用珊瑚石搭建而成的，结构简单，规模较小。其中，在有些珊瑚小庙里，还发现了佛像、供器和妈祖石雕。由此可见，渔民在三沙开展祭祀活动，由来已久，源远流长。

三沙的渔民绝大多数来自琼海潭门镇,在潭门镇自是不乏渔神崇拜的遗脉。这里大一些的村子,几乎都有兄弟庙、妈祖庙和孤魂庙,或者三者合一的庙宇。比如,在潭门镇文教村就建有“文教兄弟庙”。该庙建在村东高坡海滩上,距离大海不过几十米,建筑面积大约100平方米;神庙面朝波涛汹涌的大海,庙门两侧嵌有村名的楹联为:“文通人和神恩泽,教顺地灵渔业丰。”

有意思的是,神庙内的墙壁上有一幅漆画,两边的对联是:“兄弟联吟境海清,孤魂作颂烟波静。”联中所称的“兄弟”和“孤魂”,指的是庙里的两座神位——左座“108兄弟之神位”,右座“山川二类五姓孤魂之神位”。而文昌、万宁的渔民略有不同,他们大多信奉妈祖、108兄弟公和水尾圣娘,亦不过是大同小异罢了。

2015年11月我到潭门镇采访,造访了该镇文教村的兄弟庙,写成七言古风《谒文教兄弟庙》,就教于同好:

舟覆百魂入逝川,古祠高树两凄然。
南溟月缺烛垂泪,北村雨骤子啼寒。
云天雁叫云天魄,夕照鸭归夕照烟。
恩公千古常荫庇,帆樯遍海霞满天。

至于在海南传统的五大节日——军坡节(又称公期)、换花节(又称换香节)、龙水节、三月三和儋州对歌节之中,至少前三者都与鬼神文化有关,应该是祭祀传统的演变。社会在发展,民俗在进步,人们更应当注重的是,民俗在文化、文明和孝道方面的传承意义。

德化窑民国粉彩妈祖像

据潭门镇老渔民卢家炳介绍,在南海诸岛当中,几乎每一座岛礁、沙洲都有神庙,甚至大一些的渔船上都设有神龛,渔民在出海之前都要拜一拜,祈求海神保佑。海南古老的海洋先民,面对浩瀚无边、狂放不羁且不时兴风作浪的大海,心存恐惧,总希望渔神护佑船家遇难呈祥,逢凶化吉。而那一只只旱罗盘、一卷卷《更路簿》,也被渔民视为圣物和传家宝,世世代代相传承,堪为渔民航海的秘籍、捕鱼的渔经。

多子多孙卢多逊

潭门渔民卢家多

两年来，我们多次去潭门镇草塘村委会上教村采访老船长、老渔民，见到最多的姓氏就是卢姓。譬如，“业”字辈的卢业发、卢业茂、卢业益，“家”字辈的卢家旗、卢家炳，“传”字辈的卢传平、卢传珍兄弟，等等。

再譬如，1975 年 1 月 27 日，琼海 0046 船在西沙群岛遭遇海难，全船 30 位渔民兄弟全部罹难，无一生还。后来，他们的后人共同集资，在渔港海边建造了一座海难亭，上面镌刻着所有遇难渔民的名单，其中排在前面的都是卢家人，参照卢氏族谱可知，有二十五世的卢业凤（船长）、卢业梓、卢业克、卢业权，二十六世的卢家煌、卢家蕃，也有二十四世的卢鸿英和二十八世的卢裕江。

旁行斜上追祖业，爬罗剔抉启后人。据海南大学教授、海南省卢多逊历史文化研究会会长卢子襄考证，潭门镇上教村的卢家子弟渊源有自，都是北宋著名宰相卢多逊（934~985 年）的后人。卢子襄介绍，卢多逊在三亚水南村传至第四世讳卢志仁、卢志德二公，兄弟俩于元代某年迁到陵水县，卢志仁任职陵水教谕，卢志德曾任福建省建宁府泰宁知县，二公辞世后均葬在陵水黎安镇。

卢多逊塑像

古谚说：“三代不修谱，即为不孝子。”据《海南卢氏族谱》记载：“文凤公后光福裔派图——潭门上教，新春。”（见下页族谱之二）仔细梳理这部错综复杂的族谱可知，卢志德公的儿子五世祖卢才卿（1271~1368年），成年后自陵水县来到乐会县（即今琼海市），任职河泊，镇守博鳌；卢才卿的儿子卢文凤公之后第十二世有一位名

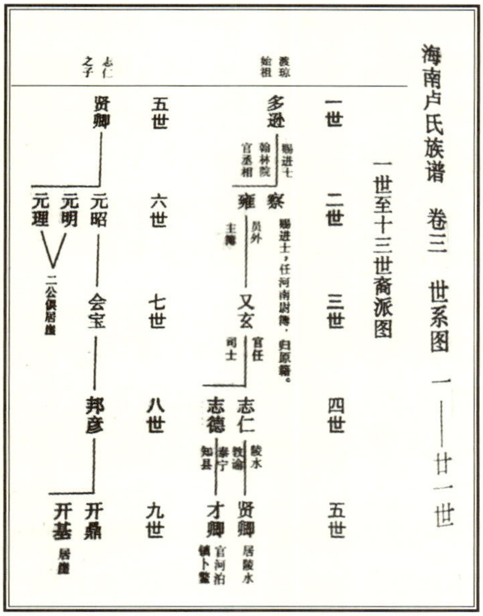

海南卢氏族谱之一

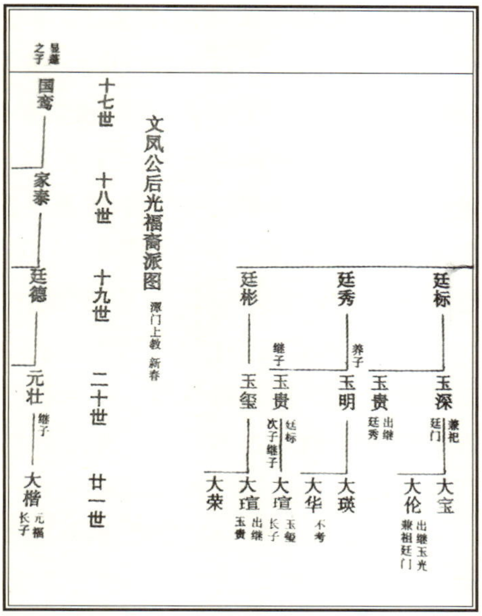

海南卢氏族谱之二

叫卢光福，他的后人即第十七世卢国拔大抵是出于渔利的考量，成年后挈妇将雏,全家移居潭门镇上教村,成为潭门镇卢氏之始祖。

卢多逊的第二十四世孙卢鸿经生子卢业发，卢业发收养弟弟卢业弧的儿子卢家炳(见下页族谱之四)。从族谱上可以看到,卢业发还生有家玺、家兹二子,可惜我们多次前往上教村采访,没有见到这兄弟俩,或许是分家出去,另起炉灶了。从族谱上还可看到,有不少人的名字后面注有“夭亡”“继子”“兼子”“兼祀”“出继”等字样,亦足见耕海人生之惨烈。

至于其第二十八世孙,也就是“裕”字辈的兄弟,仅仅一页族谱上记载的就有12位,譬如裕书、裕钦、裕洪、裕深、裕江、裕海和裕浪等。根据上辈人推测,他们的年纪大概都在20~40岁之间,也大多曾经以去三沙打鱼为生,都与“海浪”结下了不解之缘。而卢业发、卢家炳,就是本书第三章《岛礁故事说不完》所详细记述的父子老船长。

水火不容两宰相

卢多逊为后周(951~960年)初年进士,入宋之后历任兵部郎中、翰林学士、中书舍人、礼部侍郎、中书侍郎、平章政事、兵部尚书等职。当初，卢多逊的父亲卢亿为人俭朴，一年四季省吃俭用、节衣缩食。卢多逊位居宰辅之后，俸禄很高，朝廷赏赐也十分丰厚，家人的用度渐趋豪奢。

对此，卢多逊闷闷不乐，忧心忡忡，曾经感慨系之地对同僚和亲友说：“我家世代儒素，一旦富贵突然到来，日渐奢靡，我真不知日后葬身何地啊！”卢多逊一向秉性耿直，屡屡开罪当朝宰相、太子少保赵普，有一段时间，他甚至侥幸地将赵普排挤外放，出守河阳，自己独揽朝中大权。

然而，“半部论语打天下”的两朝宰相赵普，其手段、人望何等了得！很快他便二度拜相，这让深知赵普为人的卢多逊感到十分不安。对于二人的矛盾，卢亿深为担忧，他曾忧心如焚地说：“彼元勋也，而小子毁之，祸必及我，得早死，不及见其败，幸也！”（司马光《涑水记闻》）

因为规劝儿子未果，深恐“殃及池鱼”，卢亿甚而盼望着早死——实际上也是对儿子以死相谏。赵普眼见卢多逊再也翻不起什么大浪，一度劝说其干脆自我引退算了，但他沉湎于权位，岂肯拱手相让！而曾经两朝为相的赵普，自然也是“卧榻之畔，岂容他人酣眠”！

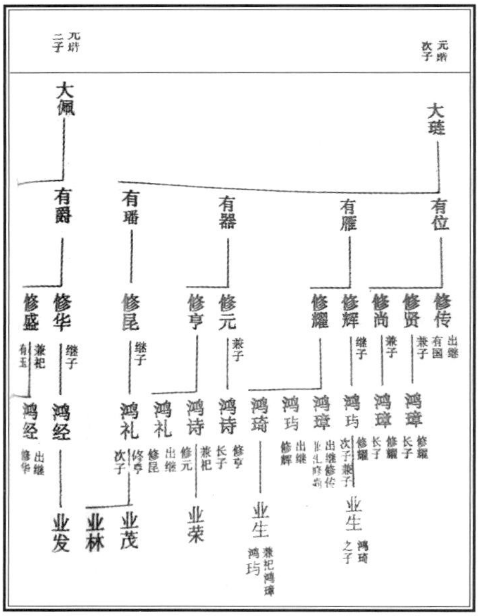

海南卢氏族谱之三

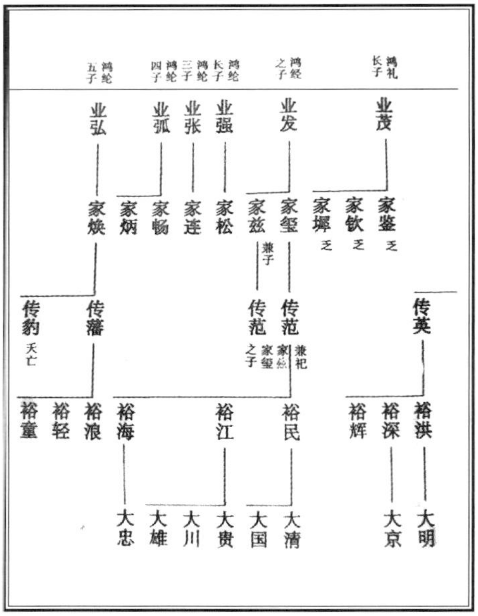

海南卢氏族谱之四

赵普翘盼的收拾对手的机会终于来了。不久，朝廷查获卢多逊私交皇弟秦王赵廷美，遂鼓动太子太师王溥等七十四人联名弹劾他。是日，王溥在朝会上恶狠狠地说："谨案兵部尚书卢多逊，身处宰司，心怀顾望，密遣堂吏；交结亲王，通达语言，咒诅君父，大逆不道，干纪乱常；上负国恩，下亏臣节，宜膏斧钺，以正刑章。"王溥上纲上线，必欲置之死地、千刀万剐而后快。于是，太平兴国七年（982年）四月，朝廷下诏褫夺卢多逊的官爵及三代封赠、妻子官封，一家亲属配流崖州，"纵经大赦，不在量移之限。"（《宋史·卢多逊传》）皇弟赵廷美也被降为涪陵县公，房州安置，不久郁闷而死。人们看到卢多逊果然败落，忆起他以前说过的话，无不叹服他的先见之明。可是一切的一切，悔之晚矣。

对于卢多逊的被贬，许多史家是有不少疑问的。卢多逊虽然是后周的遗臣，但是颇得宋太祖的宠爱，在太宗朝，更是深受隆崇，官拜中书侍郎，后来还被加以兵部尚书，进而官拜宰辅，燮理阴阳。一个权倾朝野的大臣，岂能说被贬就被贬！在宋元笔记之中，小说家流多对卢与赵之间的矛盾斗争加以渲染，大抵意在夺人眼球。然而，对于这样一个受到天子宠爱的宰相，仅凭赵普一人想把他扳倒，恐怕绝非易事。也就是说，如果没有当时的皇帝宋太宗的支持，应当是不可能成功的。

宋太宗的登基虽然有"金匮之盟"（即杜太后临终遗诏说在帝位继承上要一反"父死子继"的传统，而采取"兄终弟及"），但当事人、知情人只有赵匡胤、杜太后和赵普三人，其可信度是要大打折扣的。是以，民间又有"斧声烛影"（宋太宗持斧觐见弑兄自立）的说法，而且成为"千古悬案"。加上太平兴国四年（979年）太祖之子德昭自杀身亡，两年之后德昭之弟德芳又不明不白死掉，这使得朝野间对宋太宗质疑的目光更加集中。要摆脱这种舆论的缠扰，必须得到"勋旧"的支持，而且当务之急是扳掉皇位的最大威胁者——秦王赵廷美。故而，宋太宗极有可能与赵普达成了某种政治交易——为了换取唯一知情者赵普的支持，卢多逊便成为其中的牺牲品。

珠崖风景水南村

宋朝太平兴国七年(982年)五月，卢多逊带着一家亲属痛别京都，渡海到达了海南岛最南端的崖州（即今三亚）。他到了海外贬所，只好虚应故事，拜托遣送

孝子卢传珍帮着渔孀周阿婆择菜

他的使者捎带奏表给朝廷谢恩。

卢多逊在给朝廷例行的《谢表》中写道："流星已远，拱北极而无由；海外悬空，望长安而不见。"这期间，他也曾写过一副楹联："班超生入玉门，非敢望也；子牟心存魏阙，何日忘之。"感叹自己被投荒海外，正如同一颗离北斗而逝去的流星，虽然赦还无望，但依然希望自己像班超、子牟一样，思念故土，心存朝廷；于怅望之中仍流露出如此爱国情怀。子牟即魏国公子牟，因其长大后受封于中山，故又称中山公子牟。他曾经感喟道："身在江海上，心居乎魏阙之下。奈何？"唐·陈子昂《群公集毕氏林亭》诗云："子牟恋魏阙，渔父爱沧江。"从而，成就了一个汉典"子牟恋"、一条成语"心居魏阙"。

俗谚讲："落难的凤凰不如鸡。"卢多逊南岛投荒后，作为戴罪之身受到地方官吏的欺凌。他们全家一路关山重重，行色匆匆，幕天席地，餐风饮露，历尽艰难，辗转到达崖州。却不料又受到势利小人的虐待、排挤，不让他家在城内居住，只能落籍于州城二里开外的水南村。同时，崖州一个酷吏恶子垂涎卢家女儿的美貌，倚仗财势，强行求婚（实为逼婚），被卢多逊断然拒绝，结果遭到知州及同僚的百般欺侮、胁迫。万般无奈之下，为保全女儿性命以及全家亲属的安全，卢多逊只得忍辱含垢，屈辱嫁女。所幸的是，水南村民风淳厚，才给予卢家人一丝心灵上的慰藉。在水南村居住不久，卢多逊结识了"幽人处士"黎伯淳，二人谈诗论赋，对枰论道，意气相投，颇有相见恨晚之感。这期间，卢多逊写了许多的诗文，其中一首七律这样写道：

珠崖风景水南村，山下人家林下门。
鹦鹉巢时椰结子，鹧鸪啼处竹生荪。
鱼盐家给无墟市，禾黍年登有酒樽。
远客杖藜来往熟，却疑身世在桃源。

渔村绿色饮品

这首诗热情地讴歌水南村的风情民俗，可见此时他业已融入当地的地理人脉。然而，由于气候始终不太适应，再加上官场失意，心情低落，于是卢多逊在三年之后的雍熙二年(985年)，病逝于水南村贬所，年仅51岁。于今，作为海南卢氏入琼始祖，卢多逊的后人在海南的海口、三亚、陵水、琼海乃至全岛繁衍生息，目前已达四五万人。卢家人之所以瓜瓞连绵、薪火相传，据说是得益于北宋一位风水先生之功，他为卢多逊选了一块南山脚下的风水宝地，作为其世代的墓地，故而得以永葆祖祚，兴旺不衰。

据《海南卢氏族谱》记载，卢才卿于元代迁居乐会，官膺河泊，镇守博鳌，兵车画策，弭盗安民，民心款治。“迨其解组告归，而土民父老攀辕(拉着车辕子——著者)，不忍相舍，卿公遂怦然动落籍久居之意。……卿公寿终后安葬于博鳌坡，公配妣莫氏，亦葬在兹。……吾族后人赞颂营居博鳌始祖才卿公，留下诗咏记载。”所谓的“诗咏”(多首选一)并序写道：

卓哉我公，楷模足式。得贤文兮沐栽培，席簪缨兮食旧德。膺河泊兮以为官，镇博鳌兮而尽职。海寇来攻，兵车画策。显明廉，昭忠直，奖勤俭，有特立之贞操。义气如公者，不可多得。

鼻祖开基世泽长，为官籍乐达流芳。
营中画策兵民重，境上防奸盗寇藏。
续建旗常昭紫电，芳垂仰帛凛清霜。
宗功厚积千支盛，继统儿孙大发昌。

渔民心中活妈祖

渔家老话说:“自古行船半条命,能够返航属万幸。”的确,浩浩大海,气候诡谲莫测,风云瞬息万变,出海作业是多么艰危的事情啊!所以,在一册册祖传的《更路簿》上,记载了不少关于气象、水文和潮汐的知识。对此,老船长们十分重视,无不默记于心。

潭门七心牌干警

是日下午,因为是周末,在送我从潭门镇到琼海高铁站的路上,许多亲朋好友打来电话,阿宝一概是两三句话了结,诸如“正在开车送客,完了联系”“今晚没空,正忙着呢”之类。可车近琼海市,又来了个电话,阿宝却不厌其烦,用海南话唠叨个没完没了。

待挂了电话,阿宝扭头对我说:“是在南沙作业的一位老船长打来的,他问我这半月时间南海的气象情况,何时方可返航。我告诉他,这几天天气不好,船队不宜远航。十天后天气会好转,届时再联系,视情况而定;船上如果有活鱼,就先腌起来晒干。”

“渔民的宝贝”“渔民的救星”“渔民的定心丸”“渔民的守护神”“渔民心中的活妈祖”“南海气象台台长”……阿宝的称号就像珍珠串儿、砗磲链儿,每一串都熠熠生辉、闪闪发光。用阿宝的话说:“金杯、银杯,不如老百姓的口碑。”阿宝的这些称号,绝大多数是渔民给起的,可也有例外。

“渔民的守护神”“渔民心中的活妈祖”这两个带有神性光芒的称号,前者是海南省委前任书记罗保铭送给他的,并在一次青年标兵表彰大会上予以郑重宣布;后者是公安部边防局原政委、少将符宏裕给他命名的。第一次去三沙市,我们有幸与符政委同船,谈起阿宝来,这位年近古稀的老将军赞不绝口。他眉飞色舞地说:“就跟祖传的《更路簿》一样,那可是渔民宝贝!一个高中毕业生,通过二十年如一日的钻研和坚守,对三沙的气象变化了如指掌,比气象台报的还准,真是了不起啊!”

而潭门边防派出所教导员王彦中,对于他的工作、他的事迹和他的无私奉献,更是如数家珍,赞许有加,竟然提到了“阿宝精神”的高度,并且说他们整个派出所“南海 110”的工作，就是为渔民开展气象服务这一块，都是围绕着阿宝进行的。他用手比画着说：“对于‘南海 110’这项服务工作，所长和我非常重视。而在这项工作中，阿宝就是一个定盘星、中心轴儿，我们大家都围绕着他转圈圈儿，包括我们所里的领导。”

阿宝何许人也？为什么渔民就连出海、返航这样的事情，甚至婚丧嫁娶都要向他咨询？为什么他有如此多神乎其神的称号？为什么上下一致，把他抬到了“直上青云”的高度呢？大脑里萦绕着一连串“像雾像雨又像风”的问号，2015 年 12 月，我走进了阿宝所在的潭门边防派出所。岂料，好事多磨，刚刚退伍的阿宝，已经回到了他的老家文昌市。

就在该所，王彦中教导员热情接待了我们。他说，阿宝虽然只是个战士，但全所的工作基本上都是围绕着阿宝一人转；自去年开始，他和所长达成了共识，在所里全体官兵当中，开展了“人人争做阿宝哥”的活动。据悉，只有高中文化程度的阿宝，还被海南大学法学院特聘为兼职助理研究员，也被海大聘任为《更路簿》学客座教授呢。

王教导员是大学中文系的高才生，十分善于总结归纳，盛赞阿宝是“全能战士”和“七心牌干警”——细心走村串户，诚心访贫问苦，热心接待来访，真心交流感情，耐心宣传政策，公心化解矛盾，虚心问计于民。“要想把住这‘七心’可不容易，那就得内外兼修，长期坚守；有了这‘七心’，也就有了渔民兄弟的安心、放心啊！”王教导员说。

王彦中教导员在联系休假的阿宝

气象宝贝好儿男

请看一看阿宝工作日志上的记录：

2015 年 6 月 30 日，阿宝照例值守在他挚爱的“南海 110”三尺平台，这已是他在此岗位“站岗值班”的第 16 个年头了。上午 9 时许，接到“琼琼海 02029”号船长王庆鉴的求救电话：该船现在西沙群岛海域捕鱼作业，不料船员卢传中突发急症，腹部剧痛难忍，面色苍白，直冒虚汗，呈现虚脱状态，恳请阿宝尽快

阿宝在省杰出青年表彰会上发言

组织进行救援。

边防派出所领导接到阿宝的报告后，立即致电三沙市组织医务人员上船救治。经过初步诊断，发现卢传中系肾结石发作，病情危急。医务人员建议，尽快把病人转送到三亚市的医院进行手术治疗。所领导心急如焚，当即联系协调海南搜救中心，派直升机第一时间赶到他们的作业区域，将卢传中接上飞机，送往三亚的一家医院救治。

2015 年 7 月 27 日，阿宝接到“琼琼海 08068”船主的告急电话：该船在前往南沙远洋捕捞作业的途中，船员张祚豪因急性阑尾炎发作，疼痛不已，急需救助。阿宝在向领导汇报后，问清船主的所在位置，又急忙联系驻守在永兴岛的三沙边防派出所协同救助。在各方面的积极配合之下，病人在永兴岛进行了消炎止痛处理后，该所民警又对接“三沙 1 号”大型补给船，把病人送至文昌市清澜港一卫生所再做处理，后又送到琼海市人民医院住院治疗。

……

阿宝的工作日志简直就是一本厚厚的书，这样的记录跨越 16 个年头，何止成百上千啊！

渔民离不开阿宝，干警舍不得阿宝。听说阿宝要退役了，许多渔民竟然三五成群地找上门来，恳请派出所领导留住阿宝，有的老渔民甚至泪花闪闪，哽咽连连。11 月上旬，经过符宏裕少将的特批，潭门边防派出所又把阿宝“返聘”回来，不穿军装，继续留在“南海 110”这个平台，观测南海之不测风云，守护渔民之生命安全。在给阿宝办理返聘手续的时候，王彦中百感交集，写了一首打油诗，抒怀励志。兹摘录一段如下：

祖国需要听召唤，
气象宝贝好儿男！

军民一家鱼水情,
三尺平台做奉献——
岗位不变,职责不变;
情怀不变,坚守不变!

渔民安危挂心上

阿宝大名叫符史宝,时年36岁,18岁当兵,是文昌市公坡镇锦东村委会龙虎头村人。他的父母都在文昌老家务农,于红土地里刨食儿,生计艰难;妻子是潭门镇善集中学的教师,尽管她带着孩子,辛勤舌耕十余年,可任劳任怨,对阿宝没日没夜的工作十分支持。

是日下午,我们有幸见到了从文昌市赶回来的阿宝。见到行色匆匆的阿宝,我们不由得大跌眼镜——不高不矮、不胖不瘦,一点也没有"雄赳赳、气昂昂"的英雄模样;小平头、大眼睛、娃娃脸,细声细气、虎头虎脑的,难怪他是"龙虎头村人"呢——一个平凡得不能再平凡的海南大小伙儿。但究竟是什么"东东"具有如此的神力,让一个文化不高的大兵,被赋予了如此多"神秘光环"呢?

民谚说得好:"学问学问,勤学好问。"对于我以上的问题,阿宝深有感触地回答:"别提那些所谓的'光环'了,都是渔民给吹出来的,有点夸大其实。哪里有那么神乎其神啊!"阿宝脸红了,挠一挠圆圆的小平头,"要说体会嘛,我这么多年了,还倒有一些:心里时刻装着渔民、想着渔民,睡觉都睁着一只眼睛;多读气象方面的书,利用一切机会,向老渔民请教观星象、看潮汐的本领,甚至通过海底泥沙判断洋流、海况;多看气象预报,包括香港、澳门和台湾的;多琢磨,多研究,平时多问几个为什么……"

沉吟片刻,阿宝接着说:"总而言之,也很简单,就是一点:一心不二用,当好渔民兄弟的好参谋、好助手。"

阿宝这些"很简单的体会",要

南海常见的民用三桅船

想说到做到，需要非凡的毅力、耐力和定力，何其难也！对此，王教导员则说："对于阿宝来说，似乎从来没有节假日。他每天早上 6 点半就准时到达办公室，无论是刮风下雨，还是逢年过节；而且是 18 年如一日，天天如此。许多人都把阿宝传神了，实际上根本不是那么回事——就是比别人多熬夜，多读书，多用心。"

王彦中沉吟一会儿，拍拍阿宝的肩膀，接着说："在我看来，他就是两个字——'用心'。就像下围棋讲究'坐忘'一样，阿宝一旦坐在办公桌前，就把什么事都忘了，都抛在了脑后；这颗光溜溜的小脑袋儿里面，没有别的私心杂念，没有什么功名利禄，就是装着四个字——'渔民安危'，这样十几年坚持下来，一刻不放松，能不'神'嘛。一个人要是达到了这个境界，你想不神都难；做什么事情，都会成功的。"

言及此，王教导员又摩挲一把阿宝圆圆的小平头儿，感慨系之道："您看，刚刚满三轮本命年，阿宝就开始秃顶了，而且还生出差不多一半的白发。功夫不负有心人，可也让人心疼啊！"

万宁港北港鱼排

捌：绕不开的梦魇

摘要：谈到毒品的危害性，潭门老船长、《更路簿》传人黄家礼回忆道："小时候，听我爷爷讲，那时候倒卖鸦片的烟贩子就很多，有的人胆子好大，竟然趁着渔船出入码头的机会，跑到船上兜售大烟膏。渔民因为长期出海打鱼，手头宽裕一些，就被烟贩子盯上了。这样一来，有不少渔民耐不住海上生活的寂寞，就开始吸上了，上瘾了，害得家破人亡的。唉，很惨很惨啊！"

丝路海盗相伴生

两千年前的海上丝绸之路樯帆如林，舟楫穿梭，那一条条纤细的"丝"连着多少海域、地域、岛礁和港湾，连着多少人的美梦、噩梦和家国梦。自从蚕宝宝吐出丝来，这神秘的丝就缠绕着大海、缠绕着地球，向着广袤的时空延伸着，拓展着。这种"丝连"的现象，使得世界变得狭小、纷乱和危机四伏，也使得历史变得精彩、真实和生机盎然。尤其是伴随着丝香之路海盗的出没、窜扰，便更加重了这种危机与精彩。

海丝海盗双胞胎

可以说，从南越王赵佗开海发轫，在南中国海这边，海上丝绸之路就已经初现端倪了。在汉武帝时期，中国和罗马帝国的商船便已频频往来，使海洋真真实实地活泛起来。可以说，自古以来，海盗就是"海丝"的孪生兄弟，早在古罗马时期，就有了关于地中海海盗活动的记载。

秦末汉初，常山真定（即今河北正定）人赵佗带着北方文明南下，进入南方的蛮荒之地，对其进行开发，和辑百越，教民耕读，逐渐繁荣并统一了岭南，促进了岭南的社会进步。作为秦国的“叛臣”，赵佗却维护了中华民族的统一，所以被毛泽东称为“南下干部第一人”。

南越安定之后，赵佗一心向往祖国统一，筑造“朝汉台”，诚心对汉称臣，是坚持民族统一的典范；他打造楼船木舶，向海洋要财富，故而被称为“拓展海上贸易的先驱”。汉代有位木玄虚先生，曾作《海赋》曰：“于是候劲风，揭百尺，维长绡，挂帆布。……或挈挈于裸人之国，或泛泛悠悠于黑齿之邦。”可见，当时的海上丝路就已经“泛泛悠悠”了。清代汪瑔的七律诗《春日登粤秀山寻朝汉台故址》写道：

芜绝当年朝汉台，东风三月木棉开。
祇今城郭余春色，如此江山称霸才。
翠羽珠玑曾北去，楼船戈戟竟西来。
休论左纛无消息，沛邑歌风亦草莱。

首联是说：“朝汉台”已被岁月的荒草淹没，周边地界木棉花开，似乎在祭奠当年的英雄。颔联是说：而今的番禺城（即今广州）繁花似锦，春色满城，赵佗就是在这样的大好江山成为一方霸主的。颈联是说：翠绿的羽毛（代指茶叶、翡翠）和南珠曾经贩运到祖国大陆，上供朝廷，而西方列强也正是凭着坚船利炮入侵我南中国海的，这些都被“朝汉台”看在眼里，记在心上了。尾联是说：不要说这里没有朝廷的音讯，你看大汉基业的开创者刘邦（祖籍安徽沛县，亦称沛邑），也不过是出自偏僻的草野罢了。

其中，颈联很明显地带有揄扬海上丝绸之路的意思，也印证了郑和“财富来自于海上，危险亦来自于海上”的论断。而尾联用典较多，“左纛”乃古代皇帝乘舆上的旗帜，以牦牛尾或雉尾制成，设在车衡左边或车辕左侧战马的马头上，此处是代指朝廷。至于“沛邑歌风”则是指，因刘邦衣锦还乡之际，慷慨激昂地高唱《大风歌》，故在其家乡安徽沛县建有“歌风台”，后被称为“华夏第一台”；而“草莱”指荒地、草野、乡下榛莽之地，也代指草民。

细细玩味这一尾联，颇有些“唾吐四海之气”，也颇得陈胜和吴广“天问”之豪气与妙旨——“王侯将相，宁有种乎？”个中之况味，似乎还有些为岭南、为大海抱打不平之意。尾联的言外之意是说，在侥幸得到天下之前，你汉高祖也不过是一介草民而已；你沛邑泗水亭的刘邦可以拥有天下，人家常山真定府的赵佗为何就

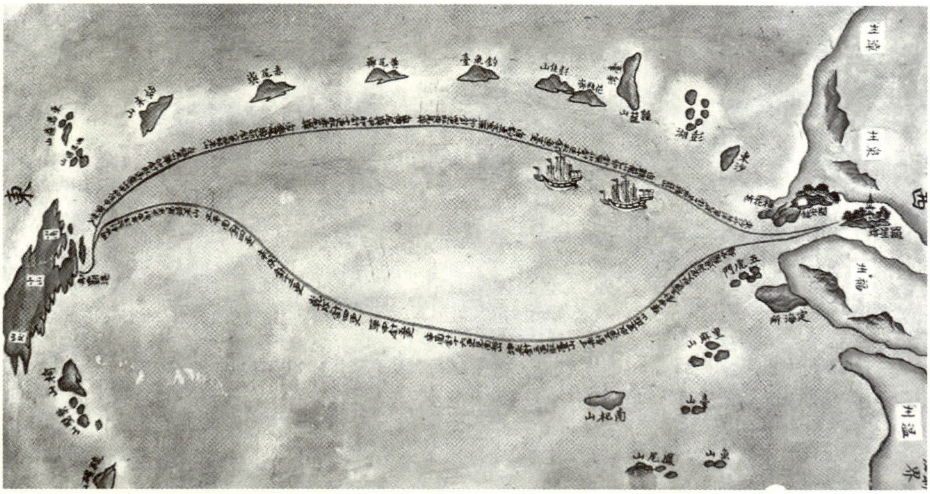

古人绘制的航海图

不可以呢?

在海上丝路这种惬怀、畅意的碧波下面,也涌动着凶险、灾难的暗流,尤其是自古以来的海盗,他们对航运的危害不亚于台风。古罗马军事统帅庞贝出于无奈,曾经扶植了一支专门对付海盗的舰队;恺撒大帝也一度倒霉“走麦城”,甚至曾经被海盗俘虏过。被“赎身”之后,他当即实施“霹雳手段”,对海盗进行了疯狂的报复,指挥麾下的舰艇、将士,将法尔玛库兹的海盗巢穴一举剿灭,杀了个鸡犬不留。可是,在浩浩无际的大海、叠叠无数的岛礁,海盗们此起彼伏,此灭彼起,就好像蚊子、臭虫和苍蝇之类,打不完,杀不绝,灭不尽。早在两千年之前,中国的佛教朝圣者便偶或乘商船过往于海上丝路,并留下了关于海盗猖狂活动的文字记录。

对于在海上行走的旅行者而言,“海盗” 二字简直是等同于噩梦与死神,一旦遭遇,无不吓得魂飞魄散。元世祖忽必烈时期,世界著名的大旅行家马可·波罗曾经旅居中国,并在元朝担任七品芝麻官。就在他来往中国的路上,也曾经遭遇过海盗打劫,自然是吓得七死八活的。至于稍晚一些的阿拉伯大旅行家伊本·白图泰则更惨,曾经被海盗抢劫得身无长物,只剩下一件赖以遮羞的裤头儿了;就连他 20 年熬油拨蜡写下的几麻袋旅行日记,也被海盗打着呼哨,抛进了波涛汹涌的大海里。是以他被吓得、冻得体若筛糠,气得、恨得怒发冲冠。那可真是:“坛子里头栽花——冤屈(圆曲)死了。”请看广东作家洪三泰的描述:

中国和罗马的商船,经常遭遇海盗。在印度洋丝路航线上,海盗成为一道特别的风景。《汉书·地理志》所说的“剽杀人”，就是指的海盗的行为——杀人掠货，在海天之间上演着一出出血腥剧。

这是发生在东晋末年(的海盗事件)，海盗首领孙恩、卢循率领海盗们(疯狂抢劫)，从东晋安帝二年至义熙七年(398~411年)，历时长达十三年之久，人数总和达百万人。他们声威赫赫，转战长江以南的广大地区，跨越东海、南海两大海域。为了远远避开官兵的阻拦、打击，卢循从江南挥师南下合浦，暂避锋芒。公元411年即义熙七年四月，卢循率领大批海盗向交州(又称交趾，治所在番禺，下辖越南中北部、广东和广西——著者)挺进，来势很猛烈。消息传开，惊动了官方。于是，抗击海盗的战斗打响了。

前九真太守李逊部署李奕、李脱等将领，组织官兵和乡村百姓5 000多人与卢循展开殊死战斗。卢循被逼带兵到龙编(越南太原南)。这时，交州刺史杜惠度与杜章民两支官兵又来了个左右夹击，大败孙恩、卢循，孙恩投水而死。正如道光《廉州府志》卷二十一《纪事》所说：“孙恩寇温(温州)、台(台州)。恩赴海死，众推卢循为主，从海道寇广州。此中原海盗之始也。”其实，所谓“海盗之始”的说法未免武断。

海盗在南海一带的活动从未间断。流散在各海湾大小不一的海盗队伍，往往是出入无常，让来往船只防不胜防。①

“走不尽的楚峡秦关，填不满的深潭欲壑；带不去的白璧黄金，留不住的朱颜皓齿。”(清·朱湘“梅岭长联”节录)明清之际，在南海一带海域作乱的海盗集团，有时一旦遭到官府和渔民的围追堵截，就跑到黎利建立的后黎朝“大越国”(即今越南)避难，俨然将越南当成了人员的“避风港”、赃物的“转运站”。后黎朝还将一些海盗首领封了官职，甚至官匪勾结，鼓励他们在海上丝路大肆抢劫，越南官方对海盗抢劫来的赃物进行“抽水”。请看越南学者陈重金的描述：

据越南史书记载：“当时，中国有乌艚海匪。骚扰沿海，为清朝驱逐，逃到我国要求归属。光中授乌艚之将为总兵，命其骚扰中国沿海之地。”可见，“乌石二”等海匪与越南西山政权结成了雇佣军与庇护者的关系，海匪一旦遇险，(西山政权)允许其退往越南，以为巢穴。

①洪三泰、谭元亨、戴胜德：《开海：海上丝绸之路2000年》，广东旅游出版社，2001。

“乌石二”本名麦有金,是蓝旗旗主,被海盗俘获后成了海盗。后来,他在其兄麦有贵(乌石大)、堂弟麦有吉(乌石三)的协助下,于广东西部海康、阳江,广西钦州、合浦等地招兵买马,渐成尾大不掉之势。他们还打出口号:“蓝旗飘飘,好汉任招;海外天子,不怕天朝!”[①]

三巴大王山海盟

南宋咸淳三年至十年(1267~1274 年),南海、南洋的海盗集团又成了气候,堪称声势浩大,气焰嚣张。他们裹胁妇女,成立社区,繁衍生息;有的屯殖一方,自立为王,盘踞海岛。

据《正德琼台志》记载,海盗陈明甫、陈公发麾下拥有一支由几十艘武装舰船组成的船队,他们攻占崖州(即今三亚市)临川镇,控制了 50 多个村庄、几千家税户,不可一世,自称“海上天子”。

陈明甫、陈公发他们一边对抗官府,一边大肆进行海上贸易,一边与陆地上的叛军遥相呼应——两股势力的头目竟作“山海之盟”。他们号称“三巴大王”,凭着几分义气,杀富济贫,受到崖城一带大多数船户的支持。这是为什么呢?因为渔民们被官府盘剥已久,积怨已深。海盗们“倚强黎为党援,萃逋逃为渊薮”,一直在三亚周边活动了五六十年,异常猖狂。

中国有一句俗话说:“听见猫叫骨头酥——胆小如鼠。”眼瞅着海盗横行于陆地,称霸于海上,平日里对老百姓颐指气使的官府老爷们,竟然望而生畏,畏葸不前,迍邅途次,不敢过问,更不敢前去征讨。“二陈”的武装船队甚至与陆地上的官匪勾结一起,水陆沆瀣一气,多年从事海外贸易,财大气粗,招兵买马,以此对抗朝廷市舶司的海上贸易活动。

关于剿灭“二陈”的过程,邢梦的《璜记》有精彩叙述:

咸淳三年,二凶盗陈明甫、陈公发据临川居之。前此所未敢为者,彼肆意为之。建屋于鹿回头胜地,自驾驭龙头大船,衣服、器用窬法越制。大书文榜,自号“三巴陈大王”。此为何意?狼贪虎暴,睥睨军印,敢于陵铄朝廷之州郡,系累军卒,追取州民钱粮,包占本军五十余村税户。

---

①[越]陈重金:《越南通史》,戴可来译,商务印书馆,1992。

于今宁谧的徐闻汉港大堤曾经海盗出没

自是，崖之民无宁岁，鲸吞鳍舞，出没海岸，敢于剽灭朝廷之舶货，连年商贾能有几归舟？诸司舶务殆为虚器，远而漳、潮、恩、广，近而钦、廉、雷、化，为海岸居民，岁掠数百人，入外番贸易……三四年间，部檄省府行下，经宪两司督趣琼莞翦荡，卒视为难事。

咸淳十年（1274年）三月，“琼管帅”遣其子“抚机应麟”统一指挥军马，申命瑾钤辖制云从龙。于是他们统领官兵，齐心戮力，一起攻打“二陈”的船队。官兵乘船驶抵临川港，“二陈”出动海船数十艘前来应战。接战不久，“二陈”寡不敌众，被官兵捕获。邢梦的《璜记》接着叙述：“五月，宋度宗诏令广右帅臣严刑处决俘虏，陈明甫儿孙及被俘部众，‘悉砧斧之’，而将陈明甫、陈公发钓脊挂竿示众，继而‘悬髻、窒吭、穿足、钉手、炮烙其肤，脍缕其肉，运刀纷纭’。”

可见，官兵采取如此的重刑处死了“二陈”，简直比千刀万剐还要酷烈十分，目睹杀人场面的观众无不震骇不已。一时间，三亚的临川港附近海域云遮雾罩，风吼浪嚎，一阵阵腥风血雨扑面而来。

倭寇肆虐，海盗猖獗，这其中的一个重要原因，就是明清的“禁海”“迁界”政策。于是，在走私高额利润的诱惑下，在朝廷苛捐杂税的威逼下，敢于铤而走险的海盗依然是蜂拥而至，前仆后继，史不绝书。在加拿大，有一位以研究海盗的历史闻名于世的专家学者，他就是卡尔加里大学历史学终身荣誉教授提姆·特拉弗斯。他曾经说过：

在跟现在更靠近一点的明朝（1368~1644年）时期，中国沿海海盗的威胁达到最大。在这一时间，对外贸易是被禁止的，这就导致了走私的产生，而走私恰恰是对海盗活动的鼓励。这些走私者在中国沿海摇身一变成为海盗，但他们一开始并不是中国人，而是被中国人称为“倭寇”的日本人，倭寇指的就是日本匪徒或是海盗。据史料记载，这些日本海盗组成大型的船队，头戴黄帽，身穿红衣制服,手持双刀,让明朝守卫者无从抵挡。

另一方面,明军抓到日本海盗后,就会把他们投进一个大大的笼子中蒸死。然而,一些中国的家族如谢氏家族,成为日本海盗的组织者和参与者,致使到了16世纪时,大多数的海盗已经是中国人而不是日本人了,大致的比例是七成中国人对三成日本人。①

特拉弗斯的《海盗史》封底有这样一段话:“似乎从潘多拉的魔盒中释放出来之后,海盗就是一个让人琢磨不透的怪胎。在小说家和编剧的笔下,海盗有时被描绘成杀人不眨眼、嗜血成性的魔鬼,有时又被美化成侠肝义胆、劫富济贫的英雄,其情节上还常常辅以诙谐轻松的幽默搞笑,这些都勾起人们对于海盗生活的无穷遐想。”譬如,活跃在明朝中后期、以林国显为鼻祖的林氏家族,堪称是一个“海盗世家”。他们均信奉“人为财死,鸟为食亡”的人生哲学,非常凶悍、残暴;他们人人都是亡命之徒,个个都是杀人不眨眼的凶徒,在他们中间,有一句著名的口头禅叫作:“人死鸟朝天。”可谓家喻户晓。

这些海盗以南岛为据点,疯狂剽掠,横行东南,是赫赫有名的海上大盗集团。这个“海盗世家”的“林家将”,甚而手执长矛大刀,杀死了西班牙殖民军队的司令马丁·德·戈伊提,攻破了西班牙设在马尼拉的殖民军队堡垒。他们还一度攻克了海南岛文昌县,打死官方将士两万余人,打伤者难于计数。一时间,搅得海天昏暗,鸡犬不宁!

海南出版社出版的《海盗史》

从全球来看,每一条海上丝路都有海盗在神出鬼没、劫船抢货。在中世纪,红海、地中海、阿拉伯海、南中国海和波斯湾、北部湾,以及印度洋、太平洋和大西洋等,无不有海盗团伙时隐时现。尤其是东西方海上主要通道——马六甲海峡,因为商船辐辏,所以成为海盗的渊薮。甚至就连小小的琼州海峡,也不乏海盗的“鬼影”出没,猖獗活动。故而,千古才子东坡公吟诵道:“至险莫测海与风,至幽不仁此鱼龙。至

①[加]提姆·特拉弗斯:《海盗史》,李晖译,海南出版社,2010。

南海打捞的白釉壶

信可恃汉二公，寄命一叶万仞中。”

譬如，本书第一章提到的英国地理学家丹皮尔，就是欧洲一名著名的海盗。关于这个作家、学者兼海盗的丹皮尔，加拿大学者卜正民的《中国地图》作如是评：“作为海盗和走私者的威廉·丹皮尔，在指挥船队出海航行、赚取利润方面，并不算成功。但他根据这些经历写下的作品，则要成功得多。”卜正民进而认为，丹皮尔是一个蹩脚的小海盗，却是一个成功的大作家。

特拉弗斯的《海盗史》也说：“丹皮尔是一名烤肉者海盗，但同时也是一位自然观察家，他出版的若干观察图书深具可读性，满足了公众对于了解世界地理知识的渴望，同时这也让丹皮尔出了名。”特拉弗斯认为，北欧海盗素以嗜血而闻名。他说：

他们（北欧海盗——著者）的仪式中有一种叫作“血鹰祭”，就是把受害者的后背切开，让他的肋骨从里面翻出来，再把肺部拽出来，使整个身体看起来像是鹰的形状。这似乎是当时的一项发明，估计北欧海盗的野蛮与他们所处的时代相比，很可能毫不逊色。[1]

《海盗史》在述及北欧海盗的嗜血性的时候，还引用了公元8世纪北欧大海盗——艾哥·斯卡拉格里姆森的一首诗。这个杀人如麻的海盗，在诗中非常豪迈、浪漫地颂扬道：

与我同在的矛和剑
因为上面的鲜血而光滑
帆船所向，刀兵多么酣畅

①[加]提姆·特拉弗斯：《海盗史》，李晖译，海南出版社，2010。

我们勇猛的北欧人
让屋顶被烈焰吞没
怒火中，我们杀了又杀
被连串叉起的尸体
在城门处堆积如山

海盗世家海龙王

1574年11月30日，对西班牙殖民主义统治者而言，简直是一个梦魇般的“黑色月末”。这一天，西班牙人要在他们军队的堡垒里，举行宗教节日宴会。夜晚，殖民军队元帅马丁·德·戈伊提，率领300多名士兵驻扎在马尼拉，其余200多人分散守卫着各个殖民点。

是日凌晨，在西班牙军队的堡垒附近海域，忽然传来了震天动地的喊杀声。戈伊提的黄粱美梦被惊醒了，这个平日杀人如麻的殖民主义侵略者揉开惺忪的睡眼，禁不住大惊失色，体若筛糠——熊熊的大火、滚滚的浓烟早已冲天而起，已经将他的小屋包围了。随后，他的小姘头吓得满屋子乱跑乱撞，惊慌失措地拼命叫喊着“救命”“救命”……但是，回答他们的是梁倒屋塌的声音，等待他们的是死神的热烈拥抱。这也是血腥殖民侵略者应得的下场。请看《开海》一书的描述：

西班牙殖民军抱头鼠窜。他们失去了司令官、失去了元帅，能不惊慌失措吗？此时，西班牙第二任驻菲律宾总督吉多·德·拉韦萨里斯，还躲在修筑的防御工事里做梦呢！忽听西班牙士兵狂喊：“滩头起火了！”

“起什么火？”总督喝问。“敌人进攻滩头了！”士兵说。“摩洛人又来了。”总督心里想。在马尼拉成为西班牙殖民者首府之后，这是第二次受到来自海上的进攻了。拉韦萨里斯总以为是摩洛人来报复，来讨还血债的，心里十分恐惧。他不怕自己有什么闪失，因为有戈伊提元帅在前面抵挡着来敌呢。他登上城堡西角瞭望海上，霎时愣住了：晨雾里，海上停泊着许多大船；火光冲天，杀声如雷。他不相信摩洛人有这等本事，（他们）绝对没有这么多大战船。这到底是何方军队？总督面如土色。

“元帅死了！”逃出来的士兵向总督报告。“什么？”总督明知故问，他眼前一

伯皇逐妖祟，神庙佑乡民

黑，差点支持不住了。在马尼拉集结的300多名西班牙士兵突然明白：只有战斗，没有退路。他们架起火炮，对着海面的船只和海滩。

……

这时，大船队快速把冲锋者、负伤者接上船，扬帆远去了。顿时，黑压压的船队隐没在水天之间。

西班牙人大惑不解，扑通一声匍匐在地，大声地祈祷起来。当总督和士兵在地上祈祷的时候，远在马尼拉北面，维甘城的采邑主萨尔塞多驶来一艘战船。他在征服菲律宾的战斗中立过大功，因而受封于菲律宾。他来到总督面前报告："一个星期前，我在海面上遇到一个庞大船队，被打死了20名士兵。"但他也没有弄清楚对手是谁。

总督的心里充满了疑团和恐惧。他马上命令萨尔塞多为新元帅，并责令他立即加修工事、城堡，以防这支不明来历的队伍再次进攻。①

那么，烧死西班牙殖民军队戈伊提元帅，吓得总督、士兵闻风丧胆的这支"队伍"，究竟是何许人也？总督拉韦萨里斯、新任元帅萨尔塞多尽管多方侦查，但是至死也没有弄清楚，恐怕只得死不瞑目了。

值得一提的是，这个海盗集团还曾经攻克海南岛文昌县，打死官兵两万余人，一时间让官府"谈虎色变"。因此，明神宗万历二年（1574年），朝廷也派出三艘战舰游弋于浩浩大海，试图捉拿海盗头目，但也只好徒唤奈何。明朝当局无奈，向西班牙殖民主义者许以重利，请他们擒获海盗头目。经过一年多的明察暗访，西班牙人终于查到了那股海盗的巢穴，并予以团团包围，简直是围得水泄不通。请看《开海》一书绘声绘色的描述：

围剿战于1575年3月23日开始，西班牙舰队把那股海盗船盯住了，并向他

①洪三泰、谭元亨、戴胜德：《开海：海上丝绸之路2000年》，广东旅游出版社，2001。

们的驻扎地——仁牙因湾进攻。海盗的城堡被困住了。西班牙人宣称:三个月内,海盗必自动投降!

五个月以后,即1575年8月4日,当几百名西班牙士兵和2 000多名土著在炮火的掩护下,向城堡发起冲击时,他们惊呆了。原来,海盗竟然秘密地挖出一条河,所有战舰已经顺河逃去了,剩下了一座空城堡。……西班牙人顿足惋惜,大叫上当。[①]

可不是吗,当时地球上首屈一指的西班牙殖民帝国的军队,竟然被中国的一伙海盗玩弄于股掌之上,而且元帅被活活烧死、士兵丢盔卸甲,实在是太没面子。那真叫“湿柴火烧炉灶——憋气又窝火”!

西班牙殖民主义者甚至被吓得躲在被窝儿里,伸出食指数落道:你说说你们这些草寇,到底是哪部分的呢?如此胆大妄为,你叫俺还怎么在世界上混啊!要知道,俺们也是称霸四海、横扫五洲的正规军队,而且有枪有炮,是“打遍天下无敌手”的西班牙殖民帝国啊!

这个谜一般的海盗头目到底是谁呢?

直到400多年之后,到了20世纪30年代,西方人依然耿耿于怀,他们“皓首穷经”,翻遍了图书资料,终于在一部转译的书中发现,这个“像雾像雨又像风”的一代海盗奇人,正是出于“海盗世家”的第三代人物、自号“江洋大盗”的林凤——一个非常女性化的名字,一个矮小羸弱的男人。而这样一个貌不惊人、言不压众,并且沉默寡言的“木头疙瘩”,甚而一双小眼睛总像是睡不醒的人,何以能够令行禁止、神出鬼没,何以有如此大的能量呢?对此,许多西方人禁不住一头雾水。

“鸷鸟将击,卑飞敛翼;猛兽将搏,弭耳俯伏;圣人将动,必有愚色。”(西周·姜尚《六韬·发启》)对于中国人的守拙法、韬晦术与柔胜策——卑词以骄其心,怯色以乱其志,谦恭以夺其军;对于东方文化“奇正相生”的辩证法,诸如“大智若愚,大勇若怯”,以及“能而示之不能,动而示之不动”……那些“直肠子”的西方人很难弄得懂。

①洪三泰、谭元亨、戴胜德:《开海:海上丝绸之路2000年》,广东旅游出版社,2001。

勇斗海盗五兄弟

一掌伸空入九重，摘星擎日揽蟾宫。
瀑飞玉雨涛声脆，霞泻翠峰气势雄。
千壑挺苍山养凤，五溪流碧水藏龙。
脉连北国撑南昊，巨手宗灵万路通。

这首七律诗选自张业琳的新诗集《花梨阁吟草》，题目是《登五指山》。张老先生长期在海南黎苗族自治州工作，对黎族人民有着深厚的感情，所以运笔激情磅礴，写来诗情洋溢。黎族人民是中国五十六个民族大家庭的重要一员，是海南岛上最早的原住民。这是一个勤劳、善良、勇敢，充满智慧和幽默的民族，而且自古藏龙卧虎。这里是他们的世居地，黎族约有人口总数 12.78 万，在全国各民族中居第十八位。

勤劳致富海盗妒

在黎族百姓当中，迄今流传着一则“勇斗海盗五兄弟，死后化为五指山”的故事——也就是关于“五指山来历”的众多传说故事之滥觞。在很久很久以前，海南岛中部是没有五指山的，那儿原是一片平原，附近只有一个小山包。那么，五指山是怎么来的呢?

根据这则传说，在上万年以前，海南岛中部平原上居住着一对淳朴、善良的黎族夫妻，老公名叫阿立，老婆名叫邬麦。一年又一年，夫妻俩相敬如宾，相濡以沫，天天夙兴夜寐、起早贪黑地劳作着。

十年后，夫妻俩相继生下了五个儿子。时光荏苒，儿子们逐渐长大了，也和父母一起劳作；一家七口父母恩勤，儿子孝顺。但在那时候，还处于“刀耕火种”的原始农牧时期，黎族人没有什么像样的农具。于是，夫妻俩依照祖宗传下来的技艺，用削尖的木棍当锄头，拿磨利的石片作砍刀，在榛莽覆盖的野地里开垦出了两亩肥沃的土地。随后，从山上找来野生稻作种子，种植山栏稻。阿立是猎户出身，世世代代以农耕为主，以渔猎为辅。故而，他从小就练成了“百步穿杨”的射箭硬功夫。

每天傍晚,阿立忙完了田里的农活,就拿上弓箭,带着老大、老二去打猎,而且父子三人每次都收获颇丰。什么坡鹿、黄猄、山鸡、野鸭等,都成了他们家的盘中餐、下酒菜,小日子过得富富裕裕、和和美美。俗话说:“人怕出名猪怕壮。”于是,海盗、土贼心生嫉妒,这些坏人总想着不劳而获,也就对他们的红火日子垂涎三尺,隔三岔五地来骚扰、劫掠。

海南中部山区美景

尤其是当地的土贼头领亚尾,不仅老谋深算、诡计多端,而且可谓是“老虎吞日吃月亮——贪心不足”,他整天带着一帮虾兵蟹将闲逛,一次又一次地潜入阿立家来抢劫。虽然凭着父子们的好箭法,一次次赶跑了来犯的海盗、土贼,但是这样经常与盗贼周旋、打斗,他们一家人感到应接不暇。于是不得不时刻准备着,就连睡觉都得睁一只眼睛,可谓是疲于应付,寝食难安。真可谓:不怕贼偷,就怕贼惦记。

这天夜里,邬麦和儿子们都睡下了,唯有阿立辗转床榻,耿耿难眠。那么,他是因为何事萦怀烦心呢?阿立既为当地土贼勾结海盗,频频登宅抢劫而忧惧;也为工具落后,无法在荆棘丛生的山地开垦出大片良田而烦恼。加之寮屋里闷热,汗津津的他翻来覆去就是睡不着。于是,阿立走出寮屋,坐在门前长条石桌上,昂首问天,跺脚叩地,对着满天的繁星含泪诉说,对着皎洁的圆月下跪求告。折腾累了,他就坐下来想心事,不知何时,阿立躺在石桌上睡着了。在梦中,阿立久久地仰望着那一轮皓皓的圆月,那满天熠熠的繁星,不断地为全家人的安泰、富裕祈祷着。

倏地,皓月笑了,活了,变成了一位光头圆脸的老头儿,白皮肤,白眉毛,白胡子,一副慈心善目的样貌。老人家款款走近石桌,笑模悠悠地对阿立说:“你们一家子都是好人,尽管善良、和睦,却屡屡遭到海匪、土贼的侵扰;虽然勤劳、节俭,却不能开垦大片的土地。纵使你们都箭法精进,但也无法对付成群结队、神出鬼没的盗匪。是这样的吧?”

阿立心里想："这白胡子老头儿好生了得，竟然对自己内心的想法，对自家的难处了若指掌。可见，这老头儿这般神奇，必是神仙无疑！自己何不向他诚心实意地求教呢?"

白眉老人传神物

"那么，老人家您就说说，我们该怎么办呢?在下愚钝，正为这些事情茶饭不思呢，请您老人家快快给我指条明路吧！"阿立一面央求着，一面从石桌上爬起来纳头便拜。

只见白胡子老头儿笑一笑，向前迈近一步，拍一拍阿立的肩膀，指一指石桌，示意他坐下，然后挥一挥白马尾做的拂尘，若有所悟地说道："你呀，真是身在福中不知福哟！我告诉你：就在你家寮屋屋后五丈开外的山坡上，埋有一柄宝剑和一把宝锄，就埋了五尺深，你只要去将这两件宝物给挖出来，就什么问题都迎刃而解啦！"

这时，只见白胡子老头儿轻咳两声，接着说："到时候，你手握宝剑，只要大喊一声'砍'，附近的乱草、荆棘就会飞起来，再落下来时就变成了肥料；只要大喊一声'杀'，但凡闯来的海盗、土贼就会身首异处。而你手握宝锄，只要大喊一声'挖'，荒山就会变成良田。你怎么想的就怎么喊。"

白眉老人一边说着，一边示范着挥手的动作和喊声。而后又谆谆告诫阿立："至于往后世事迁流，你家还会不会再有其他的烦心事儿、窝火事儿，那就是另一码事情，得看你们的德行和造化了。"老头儿言罢，挥一挥拂尘，随即腾云驾雾而去。

阿立一惊，倏然醒觉。翌日清早，阿立急吼吼地把全家人喊起来，便将梦中白胡子老头儿之所示告诉了家人。老大心急，操起木锄头、木撮箕和石砍刀，拉拽着老二、老三当即往后山坡赶去，他从屋后用脚迈步丈量，迈了七步半，便道："对了，就是这里，快挖！我用石刀砍，老二用木锄挖，老三就用撮箕撮土。"老二、老三答应一声"好嘞"，兄弟仨就热火朝天地干了起来。不一会儿，阿

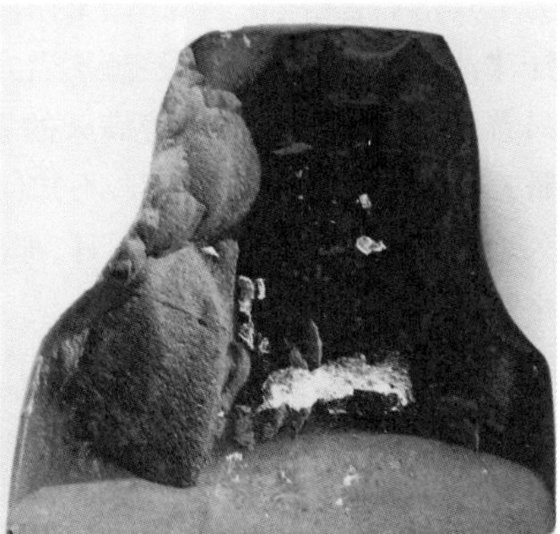

新石器双肩石锛（文昌博物馆）

立、邬麦夫妇带着老四、老五也赶过来,你用手捧土,我用肩挑土,他用脚踢石,邬麦也不肯闲着,就忙着捡拾老大砍倒的蒿草。正所谓:众人拾柴火焰高,全家上阵力量大。全家人发扬"愚公移山""女娲补天"的精神,还不到半根蜡的时间,就挖出了一个一丈阔的大坑。

此时,只听得"咣啷"的一声响,老大的石刀砍到了硬物件。他连忙用手使劲儿一扒,一柄幽光闪烁的宝剑就拨开了历史的迷雾,现于眼前;老二见状,连忙用木锄一撬,一个铜柄便从红土中露了出来,再用手一拽,一把宝锄也揭开了其神秘的面纱。

随后,阿立"扑通"一声跳进坑里,从老大、老二手里接过亮闪闪的宝剑、沉甸甸的宝锄,于是用手一弹、一试,禁不住脱口而出:"啊!你们瞧一瞧,两件宝物都是用精钢铸造的,堪称是稀世之宝呀!这一下,我们总算熬到头啦!"

"阿爹让我来试一试。"老大按照白胡子老头儿所教,大喊了一声"砍",只见周围十丈开外的树木、灌木都连根斩断了;再喊一声"挖",后山坡一大片土地也都得到了平整,就连地里的乱石都飞起来,垒砌在地边的畦埂上。他待要再喊一声"杀"时,被阿立给及时制止了,阿立严肃地说:"这个'杀'字可不能乱喊,现在周围也没有坏人,别搞不好伤了街坊邻居这些好人。这可不是闹着玩儿的,一定要当心啊!"

有一次,老大偷偷拿出宝剑去野外打猎,只要是喊一声"杀",附近丛林里的虎豹、熊罴、豺狼,甚至山猫、山鸡、野鸭、野兔和狐狸等小动物,无不登时毙命。可是最要命的是,就连这些动物的小崽子,也都一命呜呼了。阿立得知后,对老大一顿呵斥,说这是伤天害理,有违古训和祖法。自此,阿立就把宝剑收管起来,不许儿子们擅自动用。

从此以后,他们一家人的小日子红红火火、快快乐乐,就像"芝麻开花——节节高"。附近的土贼闻悉后,非常眼红,然而,碍于他们手里有宝剑,都不敢轻举妄动。时光如梭,转眼十几年过去了,老大、老二也都当上了阿爹,可是劳累了一辈子的阿立病倒了,不久病入膏肓。

弥留之际,奄奄一息的阿立把老伴儿邬麦和老大、老二叫到床边,悄悄地面授机宜:"我们家的生活现在很是不错了,不要再拿宝剑出去闯祸,就让它随我下葬吧!此事不要声张,以免坏蛋来侵扰。好好记……记……住啦!"邬麦和老大、老二含泪点头。

言毕,阿立一命归天。邬麦和五个儿子遵从阿立的临终遗言,在把阿立的遗

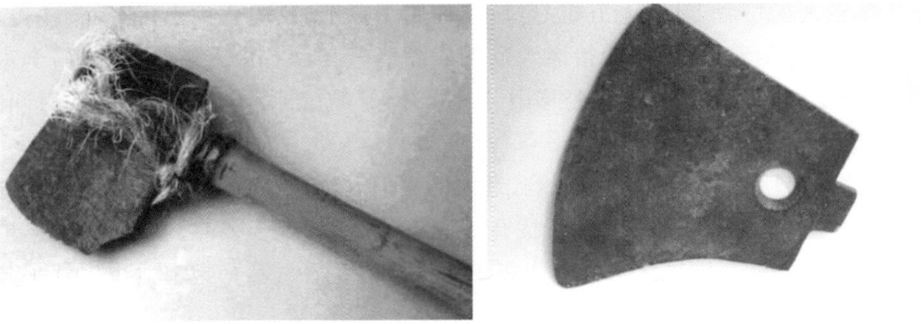

华夏先民的石斧、石砍刀

体装殓妥当之后，偷偷地将宝剑一起放进棺材，埋入后山坡那个挖出宝剑的大坑里，也算是物归原主了。

隔墙有耳海酋来

俗话说：“没有不透风的墙。”这件事尽管干得十分秘密，但岂奈隔墙有耳，后来还是被传出去了。那些土贼鬼灵精怪的，就连后脑勺儿都长着眼睛，就连睡觉都竖着耳朵呢。

此事怎么能瞒得了他们！

于是，亚尾和三个土贼一合计，就面授机宜，派出一个蟊贼去密告海盗酋领“海霸天”：如此这般，你就说那柄让他垂涎三尺的宝剑已经下葬，让他即刻率领50名海盗过来，与亚尾等人会和，共同抢劫价值连城的宝剑、宝锄，以及阿立家的其他财物。可见，这帮坏蛋简直是“乌鸦喝墨水——从里到外黑透了”。于是，这天夜间，亚尾偷偷带人在后山坡挖出了宝剑，气焰更加嚣张了。凌晨，土贼、海盗总共60多人一起出动，将邬麦家的寮屋包围得水泄不通。亚尾气势汹汹地喊道：“老邬麦你听好了，现在，宝剑已在我的手里，出来看看，你们家已经被包围了。快快带着你的儿子、孙子们，光着屁股滚蛋！否则，宝剑一挥，你们全家十几口人个个脑袋搬家！”老大、老三伸头从窗口一看，果然看见篱笆墙外围满了杀气腾腾的海盗。

年过古稀的邬麦冷冷一笑，理直气壮地说：“亚尾，你这个狼心狗肺的坏蛋！宝剑是神仙所赠的宝物，那是专门用来杀坏人的。不信吗，你就挥动宝剑试一试，你身边的海盗、土贼就会身首异处！那样的话，就连阎王爷都不收你们这些黑心肠的无头尸体。”亚尾又喊道:“老邬麦,别在这里打肿脸充胖子了。快快放下宝锄滚蛋,免得死无葬身之地!”

“亚尾,你这个头顶生疮、脚底流脓的坏蛋!你不是手里有宝剑吗?你就挥一挥试试,再喊一声‘杀’呀!你有这个胆量吗?”老大也冷嘲热讽地喊道,“亚尾,你个胆小鬼、狗东西,这柄宝剑,就怕你有胆挖出,没命使用啊!不信,你就试一试呀!哈哈……”

“寮屋里的人听着,我是‘海霸天’,你们听说过吧?”这时,“海霸天”也耐不住性子了,用鲸鲨发情吼叫一般的嗓门儿叫嚷,“海上有多少宝船,地上有多少村镇,都被我们洗劫一空啦!老子不用宝剑,就你一家人还不够老子这一双木搥敲的呢。”

“哎哟,‘海霸天’,你‘蚊子打哈欠——好大的口气’!”最爱出风头的老二早已按捺不住心里的无名之火,也高喊道,“你胆敢进宅,你二爷爷这把宝锄就可以打得你人仰马翻啦!”

“亚尾,你带着你的人马给老子看好宝剑。”只见“海霸天”又一挥手,“海上的兄弟、勇士们,给老子冲!”话音甫落,他一脚踢翻了篱笆门,率先冲进了邬麦家的宅院里,其身后的50名海盗也一拥而入。

说时迟,那时快。老二一看势头不好,站在寮屋内朝着院里挥动宝锄,大喊一声:“挖!”就只见得满院砖石飞起来、砂土扬起来,就连院里的篱笆、鸡窝、猪棚也倒塌了,木棍、砖瓦满天飞。冲在前面的海盗这下倒霉了,都被打得头破血流,“海霸天”也被打得满头满脸血淋淋的。海盗们哪见过这样的阵势?一个个掉转头来,抱头鼠窜。于是,你挤我,我踩你,摔倒了一大片,“海霸天”也绊倒,摔了个“狗啃屎”。

在“海霸天”的指挥下,海盗们纷纷爬起来,退出二十丈开外。恼羞成怒的“海霸天”镇定下来,吼道:“火,火,给老子用火攻!”遂命令几个善于钻木取火的喽啰,分别到寮屋后和翻倒的篱笆外去放火。不一会儿,熊熊大火燃烧起来,老大、老二一马当先,冲出寮屋;老三、老四搀扶着邬麦,老五带着侄子、侄女跟在后面。待冲到宅院里,只见满院的篱笆木桩也是火焰冲天,老大急中生智,拿过宝锄一挥,高喊一声“挖”,燃火的木棒、竹棍竟然朝着海盗飞过来,吓得海盗们屁滚尿流,溜之大吉。

亚尾一看大势不好,拿着宝剑,钻入山洞藏了起来,并派人去给“海霸天”传话:“如果抢不到宝锄,宝剑就归我所有了。”原来,二人事先商定:抢劫得手后,宝锄归亚尾,宝剑归“海霸天”所有;邬麦家的其他财货归众喽啰平分。“海霸天”

得悉，气得七窍生烟。他分派三个心腹喽啰跟踪邬麦一家人，那宝剑、宝锄他垂涎已久，势在必得。

死后化为五指山

当天夜里，老大、老二趁着夜色正浓，带着疲惫不堪的一家老小钻入山洞，歇息了一晚。在这凄风苦雨的山洞里，抱团取暖的一家老老小小，禁不住哭作一团。老大、老二跪在老娘面前，诉说着："孩儿不孝，让您老受惊了！"言毕，更是泪雨倾盆。正所谓："英雄泪，壮英雄！"

次日天不亮，"海霸天"就率领他的虾兵蟹将一拥而上，堵住了山洞前后的洞口，并轮番喊话：再不出来，要用火攻。"海霸天"这回得意了，在前洞口冲着山洞大喊："老大、老二听着，你再喊一声'挖'试试，你们一家人都得被活埋。宝锄是老子的！快出来投降吧，否则被活活烧死！"老大佯装要投降，却吩咐四兄弟："你们去到后洞口，用金银珠宝开道，杀出包围圈，带着阿妈和孩子们逃命去吧。一定要记牢埋藏宝锄的位置啊。"

四兄弟不答应，老大就以死相逼，他们只好照办。还是老二鬼点子多，他挖出宝锄，带领三兄弟和一家老小来到后洞口。他先是甩出两把金银珠宝，趁着海盗们抢夺的乱状，冲出洞口。而后，他一挥宝锄，喊一声"挖"，乱石头满天飞，吓得 20 多个海盗脚底抹油，撒丫子跑了。他把大侄子、大儿子喊到跟前："你们拿着宝锄，带着奶奶和小孩子们赶紧跑，不要再回来了，绝不可让我们家断子绝孙！我们去救老大！"

"你们稍等一等，我们一家人这就出来投降。'海霸天'，你在江湖上也算一号人物了，不可伤害老人、孩子。"老大正喊着话呢，回头一看，那四兄弟又回来了，遂小声责备道："老二，你们怎么又回来了，回来找死吗？"

老二说："要死一起死，要活一起活！而且我们不回来，亚尾和'海霸天'势必不肯罢休！阿妈已经七老八十了，孩子最小的才三四岁，我们如果一起跑，海盗定会跟踪，一个也跑不出去啊！"老二转过身来，朝着洞口，"听到了吗？'海霸天'，你得发誓：不伤害老人、孩子。我们就出来投降，否则，我们死了，你就连一个屁毛也别想得到！"

"海霸天"说道："好吧，我发誓绝不伤害老人、孩子！你们出来吧，交出宝锄，饶你们性命！"于是，五兄弟齐整整走出洞口，束手就擒。"啊！宝锄呢？其他人呢？

原来你们是给老子使缓兵之计。交出宝锄，要不然你们一个也别想活！”五兄弟鄙夷道：“宝锄？你别白日做梦，早已物归原主，还给神仙白胡子老头儿啦！”老三笑一笑说：“就连亚尾手里的宝剑，神仙也会收去。如此神物，只能是除暴安良，岂能落入尔等之手！”

就这样，五兄弟大义凛然，视死如归，尽管他们被五花大绑，被亚尾、“海霸天”拷打审问了十天十夜，但就是不肯说出宝锄和家人的下落。“海霸天”发怒了，就用火烧他们，他们泪流如泉，血流成河。五兄弟流出的泪水、血水在平原上冲出了五条溪流。五兄弟死后，附近的虎豹、熊罴和乌龟都聚集而来，给他们送葬；仙鹤、大雁和鸥鸟也都飞来，给他们上香。

白胡子老头儿闻讯，下到人间，从亚尾手里夺去了宝剑，只喊了一声“杀”，便将附近的土贼、海盗一个个拦腰斩断，算是为五兄弟报仇雪恨了。却是这柄专事惩恶扬善的宝剑，剑锋所指，就连亚尾的老父亲也未能幸免，同样落得个被“腰斩”的下场，正应了一句老话——养儿不教父之过。这正是：善恶到头终有报，只争来迟与来早！

飞禽走兽在白胡子老头儿的指挥下，为五兄弟分别建造坟丘，它们衔来大量的泥沙、石头，堆成了五座巨大的山峰。老人又让人在上面种上了树木、花草，使得山上鸥鸟翔集，蜂蝶翔舞，野兽群居于山峦，人类繁衍于溪边——千古白云出

五指山秋色

山岫，万类霜天竞自由，共同组成了一个完美的生态链。这正是：昨夜腥风明朝骤，他年族耻今岁铭！

自此，树木与花草互依同生，黎民与鸟兽相谐共存，一派生机盎然；自此，五峰耸立，草木葳蕤，成为海南岛的“高压氧舱”；自此，人们为了怀念五兄弟，便将这座山叫作“五子山”。多年之后，又因为这座山五峰并峙，颇似人的五个手指头，当地黎民就把它称为“五指山”，寓意着兄弟之间同气连枝，凝心聚力，团结一致，共谋繁荣。

在大明朝廷，丘濬素有“岭南神童”“士子楷模”的称谓。翻开他的诗集，首先映入眼帘的就是他早年所写的七律《五指参天》，这首诗在其故乡海南可谓家喻户晓，妇孺皆知。丘濬（1421~1495年），字仲深，明代中期著名的思想家、史学家、文学家和经济学家，曾经被明孝宗御赐为“理学名臣”，被史学界誉为“有明一代文臣之宗”。丘濬历事景泰、天顺、成化、弘治四朝，历任翰林院编修、侍讲学士、翰林院学士、国子监祭酒、礼部尚书、文渊阁大学士等职；弘治七年（1494年），朝廷又晋升其为户部尚书，兼武英殿大学士，堪为荣崇赫赫。

丘濬好学，过目成诵，史称“三教百家之言，无不涉猎”。他的这首七律，假借五指山的雄奇秀丽，寄托自己的胸襟抱负，言近而旨远，旨远而形象；通篇运用拟人手法，想象大胆而奇特，形象鲜明而瑰丽，飞扬其辞，极见巧思。此诗一出，四海传诵，九州唱和。自明代以降，岭南诗人唱和不绝于耳，但无出其右者。笔者玩味再三，感觉诗中所说的长臂“巨灵”，好像指的就是那位传说中的“白眉老翁”。《五指参天》诗云：

五峰如指翠相连，撑起炎州半壁天。
夜盥银河摘星斗，朝探碧落弄云烟。
雨余玉笋空中现，月出明珠掌上悬。
岂是巨灵伸一臂，遥从海外数中原。

朝鲜文臣遇海盗

“少爷，不好了，老爷他、他、他不在啦！”明弘治元年（1488年）正月三十，朝鲜成宗时期的文臣崔溥身负皇命，在朝鲜济州岛办差的过程中，其家臣莫金带着丧服匆匆赶到，送来了家乡的噩耗——乃父因病去世了。并说，家人心急如焚，请他速速回返奔丧。

朝鲜孝子遇海难

崔溥闻讯悲伤不已,饮泣不止。翌日(闰正月初一),济州牧使带着幕僚前来悼唁,劝慰他“节哀顺变”。崔溥首先分类整理了官差业务相关的交接手续,而后连夜乘坐海船,朝着位于朝鲜半岛西南部的故乡——全罗道(昔日朝鲜八道之一)出发了。

出发之前,前来饯行的人围了一房间,其中有一位白发飘飘的长者劝阻道:“老仆生长海国,谙精水路。汉拏山阴雨不调,必有风变,不可乘船。”但是,心急火燎的崔溥归心似箭,哪里听得进去!济州牧使见状,就告知崔溥,离此地不远处有一座水精寺,水精寺智慈和尚的海船质量上乘,“牢固而疾行,官船所不及”,崔溥自是感激不尽。于是,崔溥一行 43 人告别济州牧使,以及前来送行的一干臣僚,便赶往水精寺的所在地——别刀浦。到了别刀浦,他也顾不得“不可乘船”的忠告,马不停蹄地从水精寺借来了海船,随即于次日凌晨便“乘桴浮于海”了。

请看崔溥日记体纪实散文《漂海录》对天气的追述:“初三日(闰正月——著者),漂流海中。是日,乍阴乍雨,东风微顺,海色深青。……”崔溥接着追述道,“初四日,飘入大洋中。是日,雨雹大风,惊涛畏浪,掀天鼓海,帆席俱破。舟以二樯高大,尤易倾挠,势将覆压,命肖斤宝操斧去之,高以福缚草屯附之舟尾以御涛。当午雨稍霁,东风又大作,载倾载浮,听其所之,瞥眼间已入西海。艄公指东北,望有岛若一点弹丸于缥缈间,曰:‘彼疑乃黑山岛也。过此以往,四无岛屿,水天相接,汗漫无涯之海。’人皆罔知攸措,僵卧舟中。……”可见,这天气正应了那位白发长者劝阻的话。

白浪滔滔,汗漫无涯

常言道:“欲知船上事,当问老艄公。”众人一听艄公说过了黑山岛,便是无边无际的大海,并且“四无岛屿”,倏地吓傻了,一个个就像僵尸一般，一屁股坐于船中。的确，面对汗漫无涯、惊涛骇浪的大海，船舶微若浮萍，生命轻似落英，也难怪众船工震悚不已了。

俗话说："屋漏偏逢连夜雨，船迟又遇打头风。"正是由于遇到了暴风骤雨，崔溥一行43人乘坐的海船迟延了，当行驶到楸子岛海域，又遇大风吹断了拴系石碇的缆绳，于是海船犹如断线的风筝，随风飘荡，随波逐流。崔溥接着写道："棹之未及近岸，为北风所逆，驱出无依之处。雨犹不止，风浪交恶，随涛上下，莫知所适。"请看《漂海录》研究专家朴元熇的解读：

> 风雨越来越大，怒涛如泰山压顶，不停地拍打着舳舻。崔溥一行用尽全力，将打进船舱内的海水舀出船外，可船舱内的海水似乎并没有减少。他们浑身被海水打湿了，冻寒砭骨，命在瞬间。同时，还有人由于无法忍受这样的痛苦，打算结绳自杀。最后，就连家奴莫金也劝崔溥道："势已迫已(与"矣"字通假，下同——著者)，无复望已，请替换衣服，以待天命之至。"崔溥身怀大印与马牌(在驿站乘马的凭证——著者)，穿戴好丧冠和丧服，惴惴然接手祝天祈祷。船上立刻充满了哭泣的声音。[①]

同舟倾轧劣根性

朴元熇认为，在这千钧一发之际，最大的胜机、最大的力量均来自于同舟共济，大家必须团结一致，凝心聚力，共赴危难，方有可能置之死地而后生。而比狂风恶浪更为可怕的，是同舟交恶，互相倾轧。因为倘或如此，人的智慧和力量就互相抵消了，恰似相抵相撞的数只犟牛一般，将一身的蛮力都用于内耗了。朴元熇接下来记叙道：

> 离开了别刀浦，划橹过了5里，风波越来越大，船上人之间，也出现了不同的意见。过了愁德岛，向着可以停泊海船的楸子岛奋力划去，但是船向后退去(可能是被风吹得难以前行——著者)至草兰岛，随意依岸下碇而泊。停泊也不过是暂时的，到了半夜三更，感觉到船在一点点地漂向大海方向后，举碇(应为"举目"或"登碇"——著者)观察，发现碇(指石锚或岸边系船绳用的石墩——著者)

---

①朴元熇:《崔溥漂海录分析研究》，上海书店出版社，2014。

绳已断。船随着风雨和波涛，上下起伏，慢慢地漂向了黄海。

在东北方向，缥缈中隐隐约约可以看见远处有黑山岛，宛若一个小小的弹丸。船上所有人，都陷入了绝望中，船工们开始露骨地埋怨崔溥，认为“与其用力而死，莫如安卧而待死”，开始不服从上级的指示。

……

面对这样的极端情况，每个人都展示出了千姿百态的人间群相。有因为生病，不能出力的人；有从漂流一开始之后，就躺下不服从命令的人；有实在不得已，才装模作样干一下的人；有白天非常勤劳，而晚上犯懒的人；也有不分昼夜，热心地修船，并激励同伴的人。崔溥在《漂海录》当中，将各色人等进行了有趣的分类。[①]

俗话说：“头上三尺有神明。”此时，崔溥先是利用海神妈祖、龙王的信仰，将喧嚣的下属震慑住；再清点了一下人数，发现43人一个都不少，就好言相劝，将心比心，求得大家的谅解。他惭愧、痛悔地说：“我初奔丧，情不可少留，人或有劝之行。为人子者，其（与“岂”字通假，下同——著者）可顷刻濡滞（驻足不前——著者）乎？汝等之同我见漂，实由于我，然势亦使之然也。”而后，崔溥又晓以“福善祸淫”的道理，指天而誓，大包大揽地说道：

臣在世，唯忠孝友爱为心，心无欺罔，身无仇冤，手无杀害，天虽高高，实所鉴临。今又奉君命而往，奔父丧而归，臣不知有何罪咎？倘臣有罪，罚及臣身可也，同舟四十余人，无罪见溺，天其敢不矜怜乎？天若哀此穷人（穷途末路之人——著者），返风息涛，使臣得以再生于世，葬臣新死之父，养臣垂老之母，幸又得鞠躬于丹墀之下，然后虽万死无生，臣实甘心。[②]

崔溥对船员们说，我们尽管几次遇险，但现在大船还是完好如初，人员也一个都没少，人多力量大，只要大家同心戮力，活下来的希望还是非常大的，切莫灰心丧气啊！他还慷慨激昂地说：“同舟则胡越一心，况我等皆一国人，情同骨

①朴元熇：《崔溥〈漂海录〉校注》，上海书店出版社，2013。

②同上

肉，生则一时俱生，死则一时俱死。”一番苦口婆心的开导和劝慰，终于稳定住了大家的情绪，众人便开始奋力划桨摇橹，劈波斩浪。

屡屡临危小命悬

接下来，崔溥的《漂海录》追述道：“初五日，飘入大洋中。是日，昏雾四塞，咫尺不辨。向晚，雨脚如麻。至夜，怒涛如山，高若出青天，下若入深渊，奔冲击跃，声裂天地，胥溺臭败（大概是指所有的船与人全部沉没腐烂——著者），决在呼吸之间。……”关于翌日的活动与遭际情况，《漂海录》追述道：

初六日，飘大洋中。是日阴，风波稍歇。始督（开始督导——著者）仇叱回等，葺片席以为帆，建桅杆以为樯，劈旧樯之木以为碇。随风西向而去，顾见洪涛间有物，不知其大也。其见于水上者（浮出水面那部分——著者），如长屋廊，喷沫射天，波翻浪骇。

艄公戒舟人，摇手令勿语。舟过其远，然后艄公呼曰：“彼乃鲸也。大则吞船，小则覆舟。今幸不相值（没有相遇——著者），我其更生更生矣（我们岂不是死而复生了——著者）。”入夜，风涛还劲，舟行甚疾。安义曰：“人有此身，然后有此物，此物皆身外物。”争检有染衣服（脏了的衣服——著者）、军器、铁器、口粮等物，投诸海，臣亦莫能禁。[①]

由这段记述，可见崔溥的笔调非常细腻，颇具画面感、镜头感，堪称绘声绘色、惟妙惟肖也。也就是说，闰正月初六，崔溥的船队在大海里又有了新的遭际——遇到了像房屋大小的鲸鱼，幸好艄公及时提醒船员缄默，全船人都吓得屏住了呼吸，噤若寒蝉；幸好有龙神、妈祖的保佑，鲸鱼没有发现他们的船队。否则，一旦鲸鱼向他们发起进攻，大家都会葬身鱼腹矣。故而，艄公万分庆幸地说：“我其更生更生矣。”请看《漂海录》研究专家朴元熇的解读：

风浪稍停后，饥渴又折磨起这群人。装载着食用水的大船开始去向不明，船上众人开始把衣服……投入大海，以便献给发怒的龙神，之后船上开始出现了食用水和口粮不足的现象。

---

①朴元熇：《崔溥漂海录分析研究》，上海书店出版社，2014。

妈祖和她的“哼哈二将”

崔溥查看了大家的行装,结果发现了五十多个黄橘和两盆酒,统一管理这些物品,酌量分给那些极度口渴、难以忍受之人,以解燃眉之急。黄橘和酒也很快就分吃完毕,开始出现了接尿解渴的人,不久之后,就连尿也没有了。最终,如果不下雨的话,所有人都可能患上脱水症,一个个倒下……这一行人接了雨水喝下之后,才能稍微动动舌头。[①]

请看崔溥《漂海录》的追忆:

初九日,飘大洋中。是日,片云缀天,海色愈白。至是,舟久为波涛所冲击,梁头、风梢、鼻隅三板(船上零部件——著者),皆动挠欲折,水又漏啮,将有自破之渐。斤宝、高面、尚理等,截缆绳,缠舟头尾,削木补之。……倏有海鸥群飞而过,舟人望见,喜曰:“尝闻水鸟昼游海上,夜宿岛渚。我曹飘过沧溟万里外,幸而得见此鸟,则洲渚必不远也。”

臣曰:“鸥非一种,或浮沉江湖之渚者有之,若海鸥则群在涨海(一是泛指汹涌的大海,二是专指西沙海区,此处是指前者——著者)中,从潮飞翔,常以三月风至,乃还洲屿。今时则正月,鸥之群飞,正在大海之中之时。”语未毕,又见鹭鸶数只飞去,臣亦稍疑岛屿之或近也。当午南望,云气作阵依熹见山样,且有人烟

①朴元熇:《崔溥漂海录分析研究》,上海书店出版社,2014。

之气，意谓琉球国（即今日本冲绳一带——著者）地界，将往泊。少选（不久——著者），东风又作，舟复向西。至夜，风势愈急，疾驱如飞。[①]

风大浪猛，船舶随波逐流。到了第九天，他们终于漂到了一座小岛附近，饥饿难耐的一行人急忙弃舟登岸。根据崔溥的命令，大家小心翼翼地用泉水煮粥充饥，这才慢慢恢复了体力。因为饿到极点的人们，一旦暴食暴饮，就会有生命危险。然而，由于小岛上没有可以避风之处，他们只得解缆登舟，选择离开。次日，他们到达了一座大岛附近，此时危难如海浪，再一次向他们袭来。只见前方有两艘巨大的海船迎面而来，船员们怀疑是海盗，吓坏了，纷纷给崔溥跪下，劝告他脱掉丧服，换上官服，以便展示威仪，震慑海盗。可是，崔溥却以不可“违天行诈”为由，拒绝了他们的要求。

因为来者和他们语言不通，崔溥就拿出笔来，和以林大为首的来者进行了笔谈。崔溥言明他们是朝鲜人，不幸在返乡奔丧的海路上，遇到风暴，被刮到这儿。

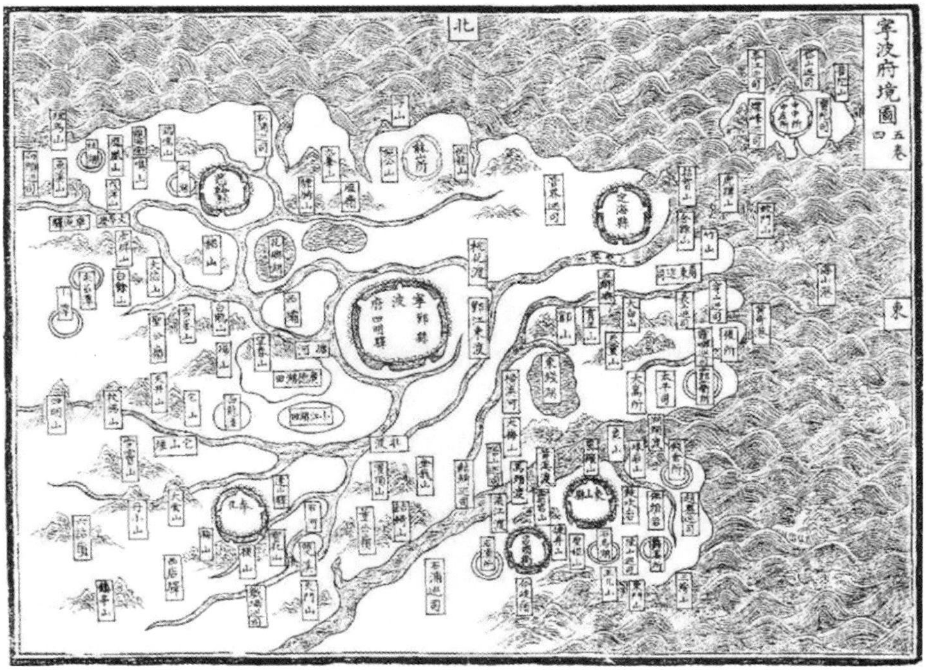

崔溥遭遇海盗之宁波舟山群岛一带（采自《筹海图编》）

①朴元熇：《崔溥漂海录分析研究》，上海书店出版社，2014。

来者有二十几人，林大和颜悦色地告诉他们，这座小岛属于浙江省宁波府管辖，名字叫作“下山”；来者还“好心”地告知泉水所在处，让他们去取淡水煮饭充饥。请看朴元熇的概述：

在这一群人的引导下，停船下锚。做饭吃后，崔溥一行人由于过于疲劳，互相依偎着睡着了。大约在夜里二更(21~23点)时分，那个叫林大的家伙，率领二十多名同党，或执枪或执刀……执炬拥至，叫醒崔溥一行，说：“我是观音佛，洞见你心，你有金银，便觅看！”这些人是一群海盗，海盗头目居然自称观音佛，实在是有趣。这是因为，这座岛附近的普陀山是中国佛教四大圣地之一，以观音道场闻名于世。

“如果要活命，快快留下金银！”听到海盗的话，崔溥一行人(也无奈)实在没有带着金银，在竭尽全力说明后，仍然没有太大作用。①

一听这帮人原来是“穷光蛋”，海盗们始则不信，就到崔溥他们的船上去搜，结果只是搜到一些衣帽、粮食等物，便搬到自己的海盗船上；继而大怒，凶相毕露，杀心顿起。崔溥的《漂海录》记述道：“贼魁又夺臣所赍印信、马牌，纳之怀袖，程保尾其后请还不得。臣曰：‘船中有物，可尽取去，印与马牌，乃国之信，私无可用，可还我。’贼魁以印牌还。才出篷窗，与其党列立船舷，喧嚣良久，旋入舟中。先脱程保衣裤，捆而杖之。”

而后，穷凶极恶的海盗用短刀挑掉崔溥的孝衣，让其赤身裸体跪在地上，用木棒杖击其臂膀；又将其头朝下倒悬系于树上，手持斫刀在他的脖子上反复比画，一次次作砍头之势。崔溥的颈项被划出了一道道伤痕，鲜血淋漓，再加上臂膀的杖击之伤，疼痛难耐。

崔溥是深受中华儒家文化濡染的士大夫，而且是高丽国的文官，何曾受过如此之羞辱，遂对其瞋目而视良久，又义正辞严地大呼：“肉可脔(切成碎片——著者)，骨可碎，何所得金银乎！”此时，众人都吓得目瞪口呆，奔窜无地，也有个别胆大的，跪在地上磕头揖拜，为崔溥求饶。

这时，有一个独眼海盗对准他的头颅抡起长刀，崔溥昂首闭目，口念“阿弥陀佛”，静等死神的到来。孰料，“独眼龙”的兵锋在即将落下之际，却被另一海盗

①朴元熇：《崔溥漂海录分析研究》，上海书店出版社，2014。

用刀背挡住；“独眼龙”骂了一声娘，再次举刀，又被同伙的刀背架住。“独眼龙”气得嗷嗷一阵狂喊，扭头跑去。

命悬一线得救助

此时，宿鸟归林，渔舟返航。太阳也终止了一天的劳碌，洒下一片余晖，微笑着返归西山歇息去了。眨眼间夜幕降临，四周一片黑暗。

只见海盗头目林大将贼手一挥，命令众喽啰如此这般——把崔溥他们的木船拴系在贼船上，牵引至大海的深处抛弃，随即驾舟扬长而去。崔溥在《漂海录》之中，认为这时的他们已经陷入了“三死”（冻死、饿死、淹死）之地，活命的机会微乎其微。崔溥的《漂海录》追述道：“臣及舟人所藏襦衣，俱失于贼，所穿之衣，久渍咸水，天且恒阴，不得曝干，冻死之期逼矣；舟载储粮，尽为贼夺，饿死之期逼矣；舟以碇橹为贼所投，假帆为贼所破，但随风东西，随潮出入，艄公无所施其力，沉没之期亦逼矣。舟人皆填咽（压抑不敢喊叫——著者），莫能出声，坐待死期。”

置身于淼淼大海，伸手不见五指，一船人茫然无措，坐以待毙。不一会儿，东风劲吹，崔溥他们的船舶被吹到一处渔港，好心的渔民们得知他们是朝鲜的遇险者，给了他们淡水和食物。他们填饱了肚子，当夜在船上草草歇息，禁不住噩梦连连。

秀英炮台炮长、抗日英雄陈起纲之墓

翌日清晨，又围上一伙人来，把他们当成了东洋的倭寇——当时到戚继光抗倭还有七八十年，正是倭贼泛滥之时。倭寇在这一带烧杀淫掠，无恶不作，百姓不得不防。崔溥通过笔谈，言明他们是朝鲜官吏，并告知对方自己一行的海上遭际，同时也知道了这里是浙江省台州府临海县的牛头山附近海域。此时，来者不善，知道崔溥的底细之后，一伙人开始窜到船上东翻西找。随后，来者命令崔溥一行跟着他们走，说是去接受调查。这时天降大雨，崔溥见势头不对，便带着随从乘那伙人躲进船舱避雨之机，悄悄弃舟登岸，跑到了一片小树林里，这才躲过了杀身大祸。

请看朴元熇的叙说：

在以后的调查过程中，我们可以知道，崔溥一行如果当时没有强行（应为“悄悄”——著者）登陆的话，也许全体都会被杀害在海边。崔溥他们遇到的这伙人，是狮子寨管辖下的军人，这些人在判断出崔溥一行不是倭寇的情况下，竟然向上级虚报前面大海中出现了14艘倭船，并（请）增加兵力。一旦接到扫荡的命令，（他们）就会大开杀戒，屠杀这一行人，以冒“战功”。正是在这一触即发的瞬间，崔溥带领一行人先行登陆，从而，使得这些人失去了制造“剿灭倭寇”假象的机会。[1]

我们通过翻阅史书知道，明代自中期之后，政治腐败，军备废弛，忠臣良将大多遭到构陷、谗害，海防卫所衰败，战船军力凋敝；将不知兵，兵不属将，战无不败；卫所军卒无一足额者，城堡、墩台和烽堠损毁严重；屠杀手无寸铁的老百姓，以渔民人头假冒战功者屡见不鲜。

更有甚者，苛政猛于虎，地方上的贪官、豪强和奸商为虎作伥，敲骨吸髓，榨取外国贡使和商贾的钱财；加之海禁的流弊，大批的失业游民、渔户难以为生，流离失所，涌到海上成为海盗。于是，日本倭寇眼见有利可图，纷纷蜂拥而至，他们与海盗狼狈为奸，烧杀劫掠，无恶不作。

正是在这一大的时代背景下，朝鲜文官崔溥一行从朝鲜半岛“漂海”来到了中国。于是，他们一会儿被误以为是海盗，一会儿被误以为是倭寇，受尽白眼和虐待。很多年来，中国沿海百姓受尽了倭寇、海盗的侵凌，此时便将几多血债、一腔怨恨都撒到了他们的头上。故而，他们忍饥受冻，挨打受骂，甚至被不明真相的老百姓喊杀喊打，丢土块、扔菜叶、吐口水……其种种遭遇可想而知。正如朴元熇在《崔溥漂海录分析研究》一书序言中所说：

五百多年前的朝鲜成宗十九年（1488年），文臣崔溥奉王命出差济州岛，因得到住在故乡全罗道罗州的父亲去世的消息，而不得不返乡奔丧。途中，其一行43人搭乘的船不幸遭遇风暴，从楸子岛前开始漂流，经过十三日的饥渴，到达中国浙江台州府临海县的牛头山前海域。崔溥一行登陆后，一度被误认为是倭寇，

---

①朴元熇：《崔溥漂海录分析研究》，上海书店出版社，2014。

受尽苦难；在被辨明为朝鲜官人后，经由宁波、绍兴移送至杭州；在杭州接受调查后，经由大运河被移送至北京；后通过辽东，全体成员在时隔一百四十八天后，最终顺利地回到朝鲜。

当时，朝鲜使臣没有机会到达北京以南，特别是扬子江以南地区。因此，朝鲜成宗命崔溥先行撰呈“行录”，而后再去为父奔丧。于是，崔溥用了八天时间，撰写了《中朝闻见日记》，即《漂海录》。[①]

朝鲜文官崔溥一行虽然历尽天灾人祸、艰危磨难，但在被查明身份之后，最终被一路护送回到了祖国的怀抱，此乃不幸之中之大幸！因而，饱读诗书的崔溥在《漂海录》一文中，对中国政府和人民时时处处流露出钦敬之意、感恩之情。从而，在中朝友谊史上留下了浓墨重彩的一笔。

故此，《漂海录》不仅是世界航海史上的重要文献，也是中外交往史上的宝贵遗产。之所以言其宝贵，是因为大抵在海上遇险者，或者一命归西；或者不识几个字，即便生还也记录不下来。而崔溥既是生还者，也是朝鲜汉学大家，所以使得我们有幸一睹这三万字的日记——栩栩如生、步步惊心的海上遇险目击与亲历之妙文。

倭寇窜扰家安在

在元代以前，日本人一直对中国怀有一种憧憬、学习和仿效的想法，视中国为自己的文化故乡，是“四海之师国”；他们感慨自己岛国的贫瘠、“无法养活国民”“东海不出圣人”；甚至长期以来，日本统治者甘拜下风，甘居于中国的属国之列，以接受中原王朝的册封为证明自己政权合法性的唯一方式。然而，日本人对中国虽有景仰、艳羡之情，但也不乏觊觎、侵略之心。

①朴元熇：《崔溥漂海录分析研究》，上海书店出版社，2014。

贼心不死屡剽掠

元世祖忽必烈时期,曾经两次征讨日本,虽然均以失败而告终,但自此中日两国结下仇隙,双方不仅官方的外交关系中断,而且民间也不能进行正常的海上贸易往来。于是,趁着元朝用兵安南、占城之际,日本的一些武士、商贾和失去生产手段的浪人见有机可乘,便来中国东南沿海进行杀戮、劫掠、走私活动,这些有着官方背景的日本海盗,被称为“倭寇”。

元末明初,趁着中国政权未定、国势板荡之机,有着官方背景的倭寇频频袭扰我国沿海地区。为了驱逐倭寇,保护领土、领海主权和沿海渔民的生命财产,明廷初期非常重视沿海的防务。

正因如此,倭寇的袭扰才没有酿成巨患。明朝初叶,因为朝廷实行“禁海”政策,中国沿海渔民、鱼商失去了世世代代赖以生存的祖业,其中也不乏铤而走险者,加入到海盗、倭寇的行列。日本南北朝的战乱,到 14 世纪末,以北朝足利义满建立室町幕府统一全国而告终。但到了 15 世纪中叶,日本又进入诸侯割据的战国时代。各地的封建主为了弥补军费,积极支持武士、商人和浪人到中国沿海进行劫掠。明朝嘉靖年间(1522~1566 年),由于承平日久,海防废弛,倭寇的侵扰日趋猖獗,来者接踵,简直是“海龙王翻身——兴风作浪”,他们攻城略地,烧杀淫掠,无恶不作,为虐日甚一日。于是,东南沿海四处告急,一片腥风血雨。

然而,俗话说:一物降一物。这时“抗倭英雄”戚继光横空出世,成为倭寇的天敌,倭寇的末日来临了。神武雄才的他学习岳家军“精忠报国”的精神,严苛训练“戚家军”,并且赏罚分明,“当赏者虽仇必赏,当罚者虽亲必罚”;尤其重视武艺的训练,他创制鸳鸯阵、两仪阵和三才阵等新阵法,严命新军操练,使之成为守军法、不扰民、能战斗的精兵;请来受害者现场

日本全面西化走向议会制

控诉倭寇的罪孽,致使人人有杀寇灭贼之心。

戚继光亲率戚家军四处奔袭,他与俞大猷密切配合,左冲右突,势如破竹,于今日东南沿海的苏、浙、闽、粤(下辖海南岛)一线往来驰突,打得曾经不可一世的倭寇“乌龟进砂锅——丢盔卸甲”。端的是:“奋臂千山振,英声百战留。天威扬万里,不必侈封侯。”(明·戚继光《部兵戍蓟》句)

不久,戚继光挟“常胜将军”之威名,来到福建崇安县,在武夷山上的武夷宫(又称万年宫)写下一首七绝诗——《题万年宫壁》,抒发了其荡平南方倭寇、北方土蛮的豪情,以及功成身退、归隐山林的心愿,颇有“粪土当年万户侯”(毛泽东《沁园春·长沙》句)的清高与霸气。诗中写道:

一剑横空星斗寒,甫随平虏复征蛮。
他年觅取封侯印,愿向君王换此山。

日本人有一个传统,敬羡、畏惧强者,鄙视、欺凌弱者。“明治维新”是日本近代化的开端,更是日本近代史的重要转折点。这场维新改革,使日本成为亚洲第一个走上工业化道路的国家,进而逐渐跻身于世界强国之列,而这场改革的核心就是“全盘西化”的风潮。这一风潮的迅速蔓延,起源于日本人对欧美国家的一次考察,考察团的名字就叫“岩仓使团”。

明治四年(1871 年)11 月,日本派出一个上百人的庞大使团前往欧美考察,该使团以岩仓具视为特命全权大使,以木户孝允、大久保利通、伊藤博文为副使,使团成员有 50 人,另外还有 50 名留学生。使团成员中,以来自明治政府的实权人物居多,被视为是“日本行政部门的全体出动”。

后任首相的伊藤博文谈及考察观感时说:“目睹彼邦数百年来收获蓄积之文明成果,粲然夺目,始惊、次醉、终狂。”随同出使的福泽谕吉对西方文明的体验更深,他在历时十个月的考察回国之后,曾经说过:“文明既然有先进和落后,那么,先进的就要压制落后的,落后的就要被先进的所压制。”纯粹是弱肉强食的丛林法则。他认为,日本不应等待其他国家开化之后共同开发亚洲,而应“脱其伍而与西方文明国家共进退”。

在此前后,清政府也曾经派出使团前往欧美考察,使团成员归国后却受到排挤和迫害。梁启超比较了中日两国在 19 世纪对西方考察的结果之后,沉痛地说道:“三十年后,日本其兴,中国其弱乎?日人之游欧洲者,讨论学业,讲求官制,

《法国画报》上八国联军的兽行(左图为联军的主力——日军屠杀中国百姓)

归而行之;中人之游欧洲者,询某厂炮船之利,某厂价值之廉,购而用之。一个重学,一个重物,强弱之原,其在此乎?”

于是,清朝末叶,中国封建王朝走向颓败,而以“兰学”为代表的西方文化逐渐在日本传播;加之,资源匮乏的“岛国心理”作祟,在日本精英阶层的心目中,对中国这个地大物博的“西邻”开始发生逆转——由敬佩转为觊觎,由觊觎转为窥伺,由窥伺转为侵扰,由侵扰转为进犯……

于是,日本的倭寇和浪人尽管换了一茬又一茬,但其频频骚扰、公然挑衅的侵略行径始终不改。嘉靖四十年(1561 年),戚继光率领“戚家军”在台州(即今浙江临海)附近的新河、花街、长峰岭和长沙等地,连续九次击溃倭寇,史称“台州大捷”。而日本人亡我之心不死,一旦有机可乘,立马卷土重来。请看瞭望智库特约研究员陈忠海先生的论述:

清朝在鸦片战争中惨败之后,日本派出各种考察团亲赴中国进行实地调查,得到大量的负面观感。由此,有日本人得出这样的结论:清朝政府不再是“华”,而是“夷”,日本保留的儒教传统最深厚,日本应该成为新的“华”。

1669年,日本学者山鹿素行在《中朝事实》一书中,把日本视为"中国",而把中国视为"外邦";德川光圀(初代将军德川家康的孙子、《大日本史》的作者;圀是"国"的异体字,系唐初武则天创制的"则天文字"之一)认为,日本的天皇制一脉相承,万世一系,这种国体优于王朝更替的中国,所以日本更配称"中华";儒学家浅见絅斋呼吁:日本人应该把本国称为"中国",而把中国称为"夷狄"。

19世纪初,著名的布衣学者佐藤信渊在《宇内混同秘策》一书中说:"我皇大国乃大地上最早成立之国,为世界万国之根本。根本一旦有序,则全世界应悉为郡县,万国之君应皆为臣仆。"①

既然有了这样的"雄心壮志",日本人对于一般的小打小闹、小偷小摸,自然是意犹未慊。于是,蠢蠢欲动,日本军国主义的黑商暗谍在中国满天飞,测地形,绘地图,觅战机……埋在中国大地下的导火索一触即发。

早在此前,他们也踊跃加入八国联军(既是其中人数、获利最多的国家,也是最凶狠的强盗)的阵营,对慈禧太后执掌的中国进行瓜分豆剖,大大地劫掠了一大笔真金白银、古玩珍宝——前者用于对华侵略战争,也算是取之斯、用之斯;后者在今天日本各大博物馆内俯拾皆是。

大炮创造道德论

陈忠海先生论及许多日本人的"高论",却未提及福泽谕吉(现在日本万元钞票上的和服男人),他被尊崇为日本"脱亚入欧教父""近代教育之父",而且是著名的汉学家,但这位"汉学家"却竭尽全力对汉学"过河拆桥""吃饭砸锅"。他是日本"脱亚入欧""东亚共荣"的理论缔造者和实际践行者,主张大炮和火药是"创造道德的工具"。

有一次,福泽谕吉拜见因为"戊戌变法"而避祸日本的梁启超,问及梁先生中国有多少人精通英语,梁对曰"没有几个人"。福泽谕吉便哈哈大笑道:"中国完蛋了,大大地完蛋了!"不过,他对中国也有客观、精到和清醒的认识,曾经在乘船赴美穿过南海时对好友说:"为了国家的独立自主,(中国)无论如何一定要打倒满清政府。中国人所想要的,究竟是国家的政府,还是政府的国家?我想中

①陈忠海:《岛国造谣了三百年:乾隆皇帝的祖宗是日本人》,环球时报,2017。

国人自己也很清楚。”

福泽谕吉还认为，日本的“忍术”实际上滥觞于中国，但同是这样一个字，中日两国的“忍”有着天壤之别——中国的“忍”是忍让，是忍气吞声、逆来顺受；日本的“忍”则是“忍人所不能忍，成人所不能成”。他说：日本在“脱亚入欧、富国强兵”的国策下迅速强盛起来，“相比之下，中国人抱残守缺，妄自尊大，丧失了许多发展和改变的机会”。这真是一番具有历史穿透力的见解，难怪有人把他看作是“中国的鲁迅+胡适”呢。他也是日本军国主义的创始者。请看美国学者罗兹·墨菲的说法：

日本军国主义由来已久，早在1894~1895年中日战争（甲午海战——著者）之前，明治维新主要人物之一的福泽谕吉就说过：“一部国际法抵不上几门大炮；几页友好条约值不到一桶火药。大炮和火药并非用来实施已有的道德准则；它们是在没有道德的地方创造道德的工具。”①

尽管是八国联军的绝对主力，在北京、天津大捞特捞了几把。但是，日本军国主义还不满足，依然馋涎欲滴。日本人尤其是对南海的丰富资源、地缘优势，以及其太平洋通道的战略意义，认知颇深，早就派遣一批批间谍，作了仔细、深入的勘察，可谓是蓄谋已久，必欲收入掌心儿而后快。早在20世纪初叶，日本军国主义者即着手谋夺南海区域，尤其是东南亚地区。

从30年代开始，日本人一方面对中国北方发动侵略战争，另一方面加紧对南海区域和东南亚实施扩张政策。特别是1940年日本近卫内阁炮制的“大东亚新秩序”“大东亚共荣圈”等所谓的理论和国策，更是将其侵略野心、扩张计划暴露无遗，欲盖弥彰。1942年前后，日本侵略者占领了东南亚的大多数国家和地区，直到1945年日本无条件投降，《开罗宣言》将其血

日寇的罪孽

①［美］罗兹·墨菲：《亚洲史》，黄磷译，海南出版社，2004。

腥侵占的地区、海域全部剥夺为止。

日本经过朝野的多年、多方论争，就有了主宰亚洲的狼子野心，遂爆发了甲午战争、抗日战争。尤其是后者，给中国五万万同胞、亚洲的老百姓，乃至世界部分地区的人民带来了深重灾难。而罹难遭祸最深、最重的自然是其以往的“师国”、后来的“夷狄”——中国。

请听海南琼海潭门老船长黄家礼的控诉：“那时候，日本鬼子到处修炮楼、建工事、开矿山，强抓中国的劳工给他们卖苦力。我 14 岁的那年，就被他们抓了去，他们把我们运到西沙永兴岛上去挖鸟粪；他们不给饭吃、不给水喝，都得自己来备好，有时候我们就把海水煮开几遍拿来喝。”86 岁的黄老说到这儿，端起茶杯猛喝了两口，“大暑天的，没有任何防暑的措施，大太阳底下，热得人两三天脱一层皮；中午也不让我们休息，每天强逼着我们干十五六个小时的工……累死、饿死、热死的劳工很多很多的，就让我们劳工在海边的沙滩上挖个坑，把尸体一埋了事啦！”

黄老船长还说，有一天晚上下半夜，他从帐篷里出来去海边方便，借着亮闪闪的星星、明晃晃的月光，他忽然看到：有四五条日本人的军犬正在嗷嗷狂吠着，撕扯一具劳工的尸体，而那具尸体就是他们傍晚才埋到沙滩里的。黄老哀叹道：“唉，那些个鬼子哪里是人？连畜生都不如啊！劳工死了，就给军犬吃，他们连养军犬买肉的钱都省啦！怪不得，那些狼狗生得是又高又肥，又大又凶的，敢情是天天吃人尸首的啊！”自此，月光下的那一幕，也就成为黄家礼老船长一生定格的记忆了。

在日本军国主义的大炮、长枪之下，中国人民深受其害——“万人坑”举国比比皆是，“无人村”迄今在在犹存，“慰安妇”犹然隐隐作痛；更加丧心病狂、惨无人道的是，侵略者竟然举行“馘首刵耳”以记功的杀人竞赛——男女老幼、鳏寡伤残，盖难幸免。

写到这里，我油然想起鲁迅先生的杂文《无花的蔷薇之二》所说的：“如此残虐险狠的行为，不但在禽兽中所未曾见，便是在人类中也极少有的。”敲击键盘的双手不禁有些颤抖，因为我依稀听到“上海大轰炸”炮火中，那天桥下婴孩“找妈妈”的哀哀哭嚎；依稀看到“南京大屠杀”的枪刺下，那长江边尸堆如山、血流成河的人间惨剧！

对于“南京大屠杀”，一些有正义感的西方人又称之为“强奸南京”，这一称谓强调和突出的就是，那个庞大的“兽类集团”刺刀下的兽行——长达 20 多天的“集体大强奸”。对此，一位“未名”诗人慨叹道：

南京之殇，中华民族之殇！

南京之痛，人类文明之痛！

永兴炮楼成铁证

我国南海诸岛地处连接印度洋、西太平洋的海上要冲，而且靠近东南亚地区，战略地位极其重要；岛上和周边海域堪称“天子之南库”“蓝色聚宝盒”，蕴藏着十分丰富的自然资源。对此，日本帝国主义者垂涎三尺，觊觎已久。

因为，东南亚地区是联结亚洲与大洋洲的“陆上桥梁”，是沟通印度洋与太平洋的“海上走廊”。早在远古时期，这里就是中国与东南亚各国、各地区相互交往、来往贸易的要道和场所。近代以来，这里更成为世界东西方海上、空中商品运输的主要枢纽之一。尤其是马六甲海峡，自古就是联结中国海与印度洋、印度洋与太平洋——即古代海上丝绸之路的交通咽喉，是从西太平洋往返欧洲、非洲最便捷的航道，甚至是其必经之地。故而，如果说殖民主义、帝国主义国家就像一群豺狼虎豹，那么，这一带早就成为其互相撕扯的“肥羊”，也是西方冒险家的乐园。

日本人特别善于打“间谍战”，斗智伐谋，深藏不露，胸中鳞甲，蓄势待发。20世纪初，他们就已开始实施其罪恶的侵略计划——在包括海南岛在内的南海诸岛到处派遣间谍，打着商人、科学家和地质工作者等招牌，勘地形，探资源，绘地图，察矿产，寻战机，不一而足。正如中国一句歇后语所说：“黄鼠狼躲在鸡棚里——不是偷也是偷。”

所谓“兵马未动，粮草先行”，日本帝国主义者非常重视研究中国的兵法，比如三坟五典之类，尤其是一部《孙子兵法》，许多日本军官烂熟于心。故而，他们深谙有备无患、谋定而动的韬略，早就相机而行，有备而来，为其发动大规模的侵略战争，进行着地理、科技、能源、气象等各方面的军事准备。对于几乎所有军事要塞，日本间谍早在几十年前就侦查好了，可以说了如指掌，甚而比国民党守军都要熟悉十倍、百倍！

譬如，一部《帝国国防方针》，实则为发动侵略战争的打击目标和战略战术。1907年即由日本陆海军精研通过，提出“以俄、美、法为作战对象”；1918年，对其

永兴岛日本炮楼成为日寇犯我中华的铁证

进行了修改,修改稿提出,“帝国依次把俄国、美国、中国作为假想敌国”;1936 年 6 月,又对其进行了第三次修改,这一次的修改稿号召其全体将士:“帝国国防,以与我冲突可能性最大、且拥有强大国力及军备的美国、俄国为目标,同时提防中国和英国。”你瞧,它历经三十载,倾尽举国军事精英,作了三次大的修改。何其处心积虑乃尔!

俗话说:“不怕贼偷,就怕贼惦记。”1917 年,日本谍报人员平田末治率队登上西沙群岛,他们披着商人的合法外衣,四处进行勘探、调查和测绘,图谋盗采海岛资源,发动侵略战争。第二次世界大战爆发后,日本侵略者轻车熟路,迅速侵占了南海诸岛。

1939 年 3 月 20 日,日军侵入西沙群岛,并于永兴岛等岛屿构建防御工事,妄图长期霸占。正所谓:“希特勒上台——不可一世。”同时,侵略者疯狂地攫取西沙的磷矿资源,仅在永兴岛盗采的鸟粪即达 20 余万吨。这些史实也正好印证了黄家礼老船长的泣血控诉。

永兴岛日本炮楼就是日军在登岛之初修建的。该炮楼高 9 米,采用三层钢筋水泥结构,四面开窗,楼顶四周建有垛堞,以便居高临下地打击进攻的目标。永兴炮楼占据永兴岛西侧的制高点,就像是一枚钢针揳入我祖宗海的蓝色版图。如今,它成为日寇侵略罪行的铁证。

关于日本侵略者对西沙群岛的侵略,海南文昌鱼商之子、曾任华西大学助教的符气雄在《西沙群岛与渔业》一文中写道:

抗战以前,日本人垂涎西沙群岛一带的渔利,所以巧用手段,在那里捕鱼。其中的机密,也是海南渔民发觉的。原来,日本的轮船,经常停泊在西沙群岛的洋面,每回达半年之久,又不给我国渔船靠近参观。过了好久,(渔民)才发现在日本的轮船上,设有渔产加工厂,日本人利用小艇在洋面上捕鱼,运归大船的工厂里去制造罐头,造好了之后一船船地运到香港、上海发售。所以,我们在香港能买到价格低廉、味道鲜美的“日本罐头鱼”。其实,那些罐头不是来自日本,而真正的来源是中国西沙群岛一带。[1]

佚名的散文《国民政府四艘军舰收回南海诸岛纪实》中写道：

自19世纪中叶，寻找殖民地的西方列强，用坚船利炮轰开了中国的大门之后，各国殖民者向来觊觎具有重要战略意义的南海诸岛，其中又以法国、日本两国为最。

1933年12月，法国强行将我国西沙群岛划归越南（时为法国殖民地——著者）巴地省管辖。抗日战争爆发后，日本于1939年2月攻陷海南岛，3月侵占包括南沙、西沙群岛在内的南海诸岛，并划为日本领土，属于台湾（时为日本殖民地——著者）高雄管辖。

1945年8月15日，日本宣布无条件投降。根据1943年12月1日《开罗宣言》，1945年7月26日《波茨坦公约》所重申的“东北四省、台湾、澎湖列岛等，归还中华民国”的精神，中国收复被日本侵占的领土。[2]

原国民政府海军司令部海事处上尉参谋张君然记忆犹新，作为收复西、南沙群岛的历史见证人，他在《收复南疆　重归版图——抗战胜利后海军进驻西、南沙诸岛纪要》一文中写道：

12月（1946年）9日……指挥官林遵偕参谋林焕章率“太平号”“中业号”两舰再次出航，驶往南沙群岛，于12日上午8时到达南沙太平岛。……在岛的西南方向，尚遗留着日本人建立的纪念碑一座，上方绘有日本国旗，下方刻有“大日本帝国”五个字。接收人员登陆后，摧毁了这座纪念碑，并在原址处建立了我国的碑石。我们这座碑是方锥体的，四面刻字：正面为“太平岛”，背面为“中华民国三十五年十二月十二日重立”；左面为“太平舰到此”，右面为“中业舰到此”。

考察中，从日本军遗留在墙壁上的题字可以看出，日军是在1945年8月27日才得知他们的国家战败投降的，题字中充满了绝望的情绪。从题字中又可看出，美国军舰“海狐号”，于1945年11月20日袭击该岛并派兵登陆，驻岛日军可

①王春煜、耿建华编撰《名家笔下的南海》，海南出版社，2016。

②同上

能是在这个时候成为美军俘虏的。[1]

终生含垢慰安妇

日本战败已经过去了72年，中国20多万名“慰安妇”事件的受害者，迄今只剩下了14位的幸存者(新考证出六位)登记在册，其中四位生活在海南，她们都已年逾九旬。那么，在这些饱受蹂躏的老妪身心上，又烙印了怎样痛楚而耻辱的印记呢？

稻田来了鬼子兵

2017年8月12日，距离世界“慰安妇”纪念日(8.14)仅仅只有两天了，或许是不愿意看到这一天的到来吧，在陵水黎族自治县英州镇乙堆村一间不足十平米的小屋内，黎族老阿婆黄有良含恨离去，终年91周岁。按照当地黎族传统仪式，葬礼就在她的家乡举行，来参加阿婆葬礼的，除了远亲近邻，还有一些善良的志愿者和媒体工作人员。

志愿者说，去世那天，阿婆第一次露出肩膀上的旧伤，向身边人诉说了它的来历。1941年11月的一天，年仅15岁的黄有良挑着稻笼去田间做工，不幸被一小队日本兵发现。第二年春天，她被押送至崖城(即今三亚)一间慰安所里，身心惨遭蹂躏。阿婆说，一开始还有一些反抗者，都被打死了，后来姐妹们都吓坏了，也不敢反抗了。

关于黄有良阿婆，上海师范大学教授、中国“慰安妇”问题研究中心主任苏智良的研究表明，1941年10月，日军入侵了黄有良的家乡海南陵水，年仅15岁的黄有良在收割水稻的时候，被几名日军发现，便将她追至家中轮番强暴。此后，她被抓进了三亚藤桥日本军营慰安所两年多，白天做工、洗衣、打扫卫生，夜里就成为日军发泄兽欲的工具。

后来，一位同村的善心乡亲，有一天壮着胆子向日军谎称黄父去世，苦口婆

---

①王春煜、耿建华编撰《名家笔下的南海》，海南出版社，2016。

心地央求道，“大日本皇军”也是讲究孝道的，请放黄有良回家奔丧……遭受两年非人折磨、浑身伤病的她，这才得以脱离了狼窝虎穴一般的慰安所。之后，她的家人在村里填上了两个坟堆，谎称是自杀的黄有良及其父亲的坟墓。随后，黄家一家人连夜逃往 100 多公里外的保亭县，躲避灾祸。直到 1945 年日军“无条件投降”之后，浪迹天涯的黄有良和家人才终于回到了家乡。黄阿婆曾经告诉志愿者：黄家人回到家乡伊始，不明内里的街坊邻居见到他们，都吓得跑开了，邻居们还以为是大白天撞见了鬼……

但是，传统的贞操观念，世俗的歧视心理，如同战争留下的疮疤，伴随了黄有良的后半辈子。我们从阿婆 90 岁时的照片可以看出，阿婆年轻时是一位典型的海南美女，但是由于“名声不好”，没有人愿意娶她。最后无奈之下，她只好嫁给了一个麻风病患者，以便有一个安身立命之处。丈夫是个麻风病患者，婚后对她也不好，一不顺心就乱发脾气，甚至动辄施以拳脚，阿婆背负着沉重的枷锁，一生受尽屈辱和折磨。

“他知道我的过去，一有气，就打我，就骂我，骂我是‘跟日本鬼子睡觉的烂货’，骂得我浑身发抖啊！”阿婆在临终之前，曾经向志愿者诉说道。然而，在将五个子女养大的过程中，黄有良从未自揭伤疤，对孩子们提及这段不堪回首的伤心事。1993 年，海南省委党史研究室原巡视员符和积来调查慰安妇的境况，她一直默默流泪，无语凝噎。在征得丈夫的同意后，她才鼓起勇气，道出半个世纪之前噩梦般的伤心事。

据老人的小儿子胡仁富说，8 月 12 日晚饭后，听见隔壁房里母亲的呻吟声，他起床端了碗水走进母亲的小房间，发现母亲已经不行了。随后的几分钟，母亲面容逐渐变得惨白，眼睛望着屋顶便没有了呼吸。他泪流满面地对亲友们说：“母亲死不瞑目，死得好痛苦啊！”

老死未闻道歉声

黄有良老人为什么死不瞑目呢？

2001 年，年逾七旬的黄有良与七名“慰安妇”事件受害幸存者一道，联袂赴日诉讼，要求日本政府谢罪、赔罪，以恢复她们的名誉。然而，就像其他诉讼者一样，黄有良阿婆直到生命的最后一刻，也没能等来那早该来到，却延宕了 60 载也没有等来的一句轻轻的道歉。

一个含苞待放的花季少女，突遭横祸，惨遭蹂躏，被解救后四处流浪，"下嫁"之后又深受虐待……老阿婆可是含冤度过了整整一甲子的漫漫长夜呀，那该是怎样忍辱含垢的人生啊！

一句道歉就那么难吗？她们悲愤的控诉、正义的呐喊，在冷冰冰的法庭里没有留下一点点回音，均被无情地驳回。

"嘀嗒，嘀嗒……"当时钟的秒针一步步悄然划过，转眼又是十年过去了。逝者如斯，这些背负着"慰安妇"泰山般沉重的精神枷锁，度过了70多年屈辱岁月、愤懑人生的老人们，如今已经所剩无几了。请问日本东京的法官大人们，咱们能不能给这些老妪们一丝丝精神安慰呢？俗话说："人心都是肉长的。"东京的法官大人们，扪心自问，将心比心——如果还是人，如果还有心，咱们真的能够忍心充当"不动心的石佛"吗？真的忍心就这样眼睁睁地看着，看着这些风烛残年的老人们死不瞑目，含恨于九泉之下吗？写到这里，我又想起了鲁迅的杂文《无花的蔷薇之二》里的一句叩心之问："假如当局者稍有良心，应如何反躬自责，激发一点天良？"

然而，光阴易过，疮疤难平。就像黄阿婆临终前第一次向人们展露的旧伤一样，她们直到最后弥留之际，心灵的创痛也没有抚平，肩膀上的枷锁也没有卸掉，悲怆的控诉和呐喊撞到了冷漠的墙壁——但这墙壁，绝对不是北京天坛公园的回音壁！

人道与良知何存？

天理与公义何在？

2017年8月14日，也是世界"慰安妇"纪念日，中国首部"慰安妇"题材电影纪录片《二十二》在全国公映之际，黄有良阿婆作为22名受害者中的一员，在镜头前擦拭着老泪，一闪而过……

她们，曾经是风华正茂的少女，本应有着跟大多数人一样的人生轨迹。然而，日本侵华战争终结了她们的青春和少女的梦幻。"慰安妇"这个沉重的枷锁扛在她们羸弱的肩膀上，套在她们纤弱的脖子上，一套、一扛就是70年呀！南海网最近转载了一篇稿件，文中写道：

据中国"慰安妇"问题研究中心统计，"二战"期间，全世界至少有40万妇女被日军强征为"慰安妇"，中国至少有20万妇女先后沦为"慰安妇"。有学者指出，"慰安妇"制度是日本使用国家力量，采取强制手段，针对外国女性（也有日

海南“慰安妇”黄有良阿婆

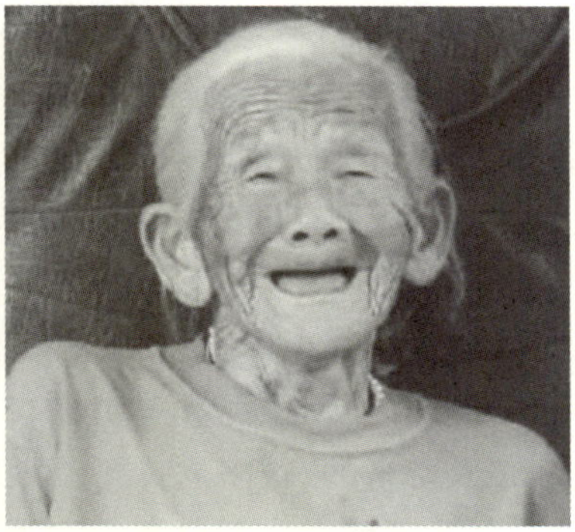

广西“慰安妇”韦绍兰阿婆

本少数女性出于“爱国”甘愿为之——著者)的性奴隶制度,这样的国家犯罪在人类历史上绝无仅有,令人发指。

72 年过去了,健在的“慰安妇”越来越少。3 年前,还有 24 人,如今只剩下 14 人,其中,海南有 4 人。①

电影纪录片《二十二》在全国公映之际,它的主题曲《九重山》那悲泣般的歌声、低诉般的旋律,不知唱碎了全国多少颗良心,也不知唱断了世界多少副柔肠!而它的歌词就来源于广西“慰安妇”幸存老人韦绍兰的哼唱——那是怎样的呜咽,怎样的悲鸣啊!

2017 年 8 月 15 日,广西电视台记者来到“风景甲天下”的桂林,采访了居住在桂林市荔浦县的“慰安妇”幸存者之一——壮族老妪韦绍兰。通过记者的文字可以知晓,韦阿婆尽管今年已经 97 岁了,但身体还十分硬朗,还能自己梳头、走路。不过遗憾的是,由于老人家年岁太大,不仅口齿不清,耳朵也不好使了。在接受记者采访的时候,老阿婆说话的声音凄凄惨惨、悲悲戚戚,满脸的沟沟壑壑泪流不止!

——错,错,错,那是 80 年流不完的泪水!

——莫,莫,莫,那是 80 年挥不去的梦魇!

目睹此情此景,一位善良的电视台女记者也禁不住泪流满面……

25 岁那年,韦阿婆在日军的“慰安所”里生下了一个儿子,名叫罗善学,如今

①林金红、卜多门:《海南“慰安妇”:等了一生仍未等到道歉》,《瞭望》新闻周刊,2017。

也已经是72岁高龄了。平时，韦阿婆喜欢跟她的鸭子和猫待在一起，聊以取乐；罗善学则喜欢养鸡、放牛、劈柴，总是闲不住。一日三餐，他们都有家人帮着张罗，吃喝不愁。母子俩每月从政府领取780元的生活补贴，政府每年还给母子俩发两次衣服。最近，他们家还靠政府的补贴、好心人的捐助，建起了村子里最漂亮的三层楼房。

韦绍兰的外孙武春华说，最近他几乎天天要往镇上跑，都是给外婆、舅舅跑腿的，因为寄给外婆韦绍兰和舅舅罗善学的包裹实在是太多了。他说："都是社会上的好心人寄来的，很多人都不留地址，不留名字，都不知道谁寄的。想退回去，都没有办法。"就在广西电视台记者采访老人的档口，还有好心人给阿婆发来慰问短信，有的还提出：希望能每月给两位老人打钱！

"总有人给我们寄钱寄物，真不好意思啦！咱们中国，还是善良人多啊！"中日"混血儿"罗善学老人感叹道。据现场记者讲，罗老先生在说这句话的时候，特别把"咱们中国"四字咬得重重的。我想，他的一生，应该也是70年挥之不去的噩梦吧？但愿他有生之年可以疗治好心灵的创伤。

正视历史拥未来

2016年10月26日，新华社刊发电讯稿——《外交部回应日涉"慰安妇"言论：要正视和反省罪行》，文章抨击了日本军国主义在"二战"中所犯下的反人类、反人道的滔天罪行，并提出一道摆在日本民众面前的深刻命题：只有正视黑暗的昨天，才能拥抱光明的未来。文章指出：

对于日本官员日前涉及"慰安妇"问题的言论，中国外交部发言人陆慷25日表示，日方应正视和反省日本军国主义对外侵略战争中犯下的严重罪行，以实际行动取信于亚洲邻国和国际社会。

上海师范大学中国"慰安妇"历史博物馆于22日举行开馆典礼，并举办了两座新设"慰安妇"雕像的落成仪式。对此，据日本媒体报道，日本内阁官房长官菅义伟24日称，此举不会给日中关系带来正面影响，对此感到非常遗憾。日方认为，不应过度聚焦过去的不幸历史，而应以面向未来的姿态，应对国际社会面临的共同课题。

"面向未来的前提是要正视历史。"陆慷在当日的例行记者会上说。众所周知，强征"慰安妇"是第二次世界大战期间，日本军国主义对包括中国在内亚洲受害国人民犯下的严重反人道罪行,至今仍然对受害者及其亲属的身心造成严重伤害。

陆慷说,历史不会因时代变迁而改变,事实也不会因刻意回避而消失。中方严肃敦促日方:以对历史负责、对人类良知负责和尊重人权的态度,正视和反省日本军国主义在对外侵略战争中犯下的严重罪行,以实际行动取信于亚洲邻国,取信于国际社会。

“希望日本政要能到柏林去,去看看德国修建的欧洲被害犹太人纪念碑,如果能因此在东京也修建‘慰安妇’铜像,可能有助于日本卸下历史的包袱,有助于赢得亚洲邻国的谅解。”陆慷说。

转自中国台湾网,时间:2016 年 10 月 26 日,作者:孙辰茜

由此,我依稀看到了 211 年前的那一幕:1806 年 10 月 13 日,德国的耶拿市区,拿破仑的法国军队破城而入,官兵冲进了大思想家黑格尔的私邸。黑格尔被迫弃家出走,到处漂泊。离家时,他从抽屉里拿出未完成的《精神现象学》手稿,半年之后手稿完成并出版了。后来,他在给故友寄赠新书时写道:“我看见了拿破仑皇帝——当今世界的精神——他在巡视全城。这个伟大人物,骑着马,驰骋全世界,主宰全世界……见他一面实在是令人心旷神怡!”在这里,黑格尔对英雄人物的敬仰之情溢于言表。

试问:假如将冲进黑格尔私邸的“法国军队”转换一下,换成了几十年后冲进中国圆明园的英法联军;或者,换成 131 年后冲进南京寻常百姓家的日本“野兽集团”;或者双方的角色都转换一下,法国军队换成德国法西斯军队,黑格尔换成犹太人……

那么,人类思想史的天空上将会出现许多疑云——世界上还有没有黑格尔的生命和学说?如果丢弃了这把开启精神密码的密钥,人类的科学理性又将会如何?马克思主义还会不会诞生呢?

鸦片战争成永殇

谈到毒品的危害性,潭门老船长、《更路簿》传人黄家礼回忆道:“小时候,听我爷爷讲,那时候倒卖鸦片的烟贩子就很多,有的人胆子好大,竟然趁着渔船出

入码头的机会，跑到船上兜售大烟膏。渔民因为长期出海打鱼，手头宽裕一些，就被烟贩子盯上了。这样一来，有不少渔民耐不住海上生活的寂寞，就开始吸上了，上瘾了，害得家破人亡的。唉，很惨很惨啊！”听着这位耄耋老人的陈述，20 多年前见到的那片七彩罂粟花，油然浮现在我的眼帘。

七彩罂粟害人精

“哇，这种花卉好鲜艳，好漂亮啊！”1995 年 8 月，作为中国新闻奖获奖记者采访团的一成员，我有幸前往内蒙古呼伦贝尔大草原采访、游览，在一家农场的办公楼前，有两个五六十平方米大小的花池子，池子中的鲜花七彩缤纷的，极其艳丽，吸引了名记们的无数双眼球，尤其是几位美女记者惊呼着，纷纷在花池前留下倩影。

“你们觉得它们鲜艳、美丽吧，的确是百花园中最艳丽的。但是，在它们美丽的背后，却隐匿着杀人无数的索命套啊！”面对大家焦灼的目光、质疑的问询，内蒙古自治区区委宣传部的巴特尔（蒙古语，意思是英雄）接着说，“它们可是如雷贯耳、臭名昭著呀！大家猜一猜。”

“哎呀，巴特尔，你就甭卖关子了，急死人不偿命啊？”山东某晚报的一位美女记者不耐烦了，便佯怒道。看那气哼哼的模样，这位美女记者颇有点柳眉倒竖的感觉。

“这些就是英国人发动鸦片战争的罪魁祸首，也是中国人‘东亚病夫’骂名的肇始者、害人精——罂粟花。鸦片，又称‘大烟’，就是从这种罂粟花的汁液里提取出来的。知道了吧，美女主任？”

福州林则徐纪念馆收藏的鸦片吸食者图片

巴特尔一脸谦和地告诉我们，这几年，他时常接待内外宾来访，也时常带客人来这家农场里参观；也有不少学校会在“国际禁毒日”组织中小学学生来这里，开展现场观摩和教育活动。为了应对各路人马的问询,巴特尔就查看了一些资料,对罂粟花、鸦片烟有了一定的了解和认知。他说,该农场之所以种这两池子罂粟花,一个是为了制作药用的阿片,更主要的是为了警醒年轻人,尤其是来参观的学生们:勿忘国耻,远离毒品;爱生命,不吸毒!

巴特尔说,罂粟花很娇艳、很美丽,但在其美丽的背后,简直就是白骨森森、荒坟片片呀!在鸦片战争之前,中国还是非常强大的,就是因为这个害人精、祸国者,害得中国有多少家庭妻离子散、家破人亡;鸦片腐蚀和侵害着我们国家、国民的肌体和心智,使得我们从此背上了“东亚病夫”的恶名,从此沦入半殖民地、半封建社会。稍事停顿,巴特尔若有所思地说:“一个人与一个国家一样,懦弱就会受气,落后就会挨打——打你没商量啊!”他还说,在鸦片战争爆发之前,我们中国的老中医也有人种植一小片罂粟花的,目的是从花里提取乳白色的液体,制作药品阿片,因为阿片是一种中成药,含有大量的吗啡和生物碱,有一定的止泻、镇痛、消咳的功效。

但是,吸食毒品过量了就会上瘾,成为“瘾君子”“大烟鬼”。巴特尔沉痛地说:“万一到了这种境地,如果一天不吸,轻者坐卧不宁,涕泗交流;重者浑身痉挛,似有万箭穿心,比死还难受,而且是很难戒掉的。因而,对它的用量,老中医们都会严格控制的。”鸦片遗祸、流毒200多年,害人、害家、害国;直到今天,它还在戕害天下,其罪孽之深之重,罄竹难书!

毒品犯罪零容忍

然而,打击毒品犯罪的形势依然非常严峻!

这里有几组数字很能说明问题。从2016年11月8日起,海南省有关部门组织开展了声势浩大的“禁毒三年大会战”,截至2017年3月5日,公安系统戒毒所累计收治吸毒人员4 225名,其中病残吸毒人员1 952名;自大会战开展以来,截至6月26日,海南三级法院开展集中宣判毒品犯罪433场,宣判毒品案件1 072件、犯罪人员1 332人。

近年以来,海南省各级公安机关坚持对毒品犯罪“零容忍”的根本原则,牢牢把握“破大案,打团伙,摧网络,抓毒枭,缴毒品,追毒资”的主攻方向,仅仅2017年8月份,就破获毒品刑事案件237起,抓获毒品犯罪嫌疑人278名,缴获毒品1 129.07公斤。据了解,1987年6月,联合国在维也纳召开由138个国家参加的禁毒问题部长级会议,与会代表一致同意将每年的 6 月 26 日定为“国际禁毒日”,以期引起世界各国高度关注,全世界联合起来,共同打击毒品种植、制造和贩运活动。

据海南人和戒毒康复医院负责人陈文彬介绍,从毒品的来源看,可分为天然毒品、半合成毒品和合成毒品三大类。天然毒品是直接从毒品原植物中提取的,如鸦片;半合成毒品是由天然毒品与化学物质混合制成,如海洛因;合成毒品是完全用有机合成的方法制造的,如冰毒。尤其是现在的合成毒品,极易吸食成瘾,使好好的人成为醉生梦死的“瘾君子”“大烟鬼”,贻害无穷。为了让青少年们深刻认识毒品的危害性,明确贩毒、吸毒将会受到法律的严厉制裁,近年来,戒毒康复医院与省市相关部门联合,开展了一系列的禁毒宣传进社区、进校园活动,旨在让“珍爱生命 拒绝毒品”的意识,在青少年的心中扎下根。他说:“毒品沾不得,那可是无异于自杀啊!”

针对巴特尔和陈文彬的话,笔者从史书里觅到了诸多的印证。例如,著名历史学家吕思勉在《中国通史》中就曾讲过:

鸦片输入中国,是很早的。《开宝本草》是宋太祖开宝时,命刘翰、马志等所修……上头就有它的名字了。但这时候,只是当作药用。吸食的风气,怕是起于明末的。公元 1729 年,便是清朝的雍正七年,已经有了禁令。但这时候,输入数目还不多(大概是葡萄牙输入的)。公元 1793 年,乾隆五十八年,英国东印度公司,得了垄断中国贸易的特权;孟加拉又是鸦片烟产地,输入就日多一日。公元 1729 年,每年不过二百箱左右;公元 1821 年,道光元年,增至四千箱;公元 1828 年,增至九千箱;公元 1839 年,又增至三万箱。[①]

而翦伯赞则认为,到 1839 年,英国东印度公司倾销的鸦片“竟增到四五万箱”。可见,鸦片运销中国的增速之快,势头之猛!这些鸦片大多数都是在印度种植的,其货主自然是英国人。如果说英国人是鸦片膏开发商的话,那么,印度人则充当了罂粟花的种植者、搬运工的角色。

对于中国人开始种植鸦片的用意、西方人运销鸦片的目的,以及鸦片对中国人的巨大危害,美国著名学者、中国历史和地理研究专家罗兹·墨菲在他的著

①吕思勉:《中国通史》,新世界出版社,2008。

作《亚洲史》里写道：

鸦片曾经从波斯引进，在中国种植已有数百年，它广泛用于医药目的，但18世纪末期开始，作为上瘾的毒品大规模吸食。中国鸦片烟瘾君子及鸦片贩子和中间商，构成了进口鸦片市场，它经营的鸦片被认为超过了过去曾是主要鸦片货源的国内供应量。虽然中央政府宣布吸食鸦片和贩卖鸦片为死罪，但鸦片贸易给中国和外国商人带来了厚利，因而禁令毫无效果，这里无须外国人施加压力。西方人，包括美国和欧洲商人（其中部分人从土耳其和伊朗购买鸦片），只不过是把鸦片运给沿海的中国走私者，后者再通过庞大的销售网，发到全国各地。总之，这是中国人自己的问题，尽管早期美国商人在中国获取的大部分财富，靠的就是鸦片。

吸食鸦片烟在中国的蔓延，是社会底层日益深重的绝望和一度自豪而充满活力的制度（包括很多自我放纵的上层阶级）衰退的双重征兆。①

张岳崧是海南科举时代唯一的探花郎，他在湖北布政使任上与时任湖广总督的林则徐相交甚笃，志同道合。道光十九年（1839年）五月，他回乡丁忧路过广州，在越华书院与林则徐进行了一番亲密晤谈，林则徐便拜托他督办雷州、琼州的禁烟事宜。在此之前，张岳崧就写过《议奏查禁鸦片章程折》《议设立收缴洋烟公局启》；回乡后又写了《断烟方论》；他还给林则徐写过多封信函，商讨严禁鸦片一事。他在后文之中，苦口婆心地劝诫吸毒者“猛省悔悟”：

洋烟产自外夷，流毒中国。其害人也，损身败名，耗材费事，稍有知识者必不坠其术中，即或偶染，当速禁绝。……苟思避害全身，亟当猛省悔悟，闻言不信，大祸将临。各务儆心，毋负苦口。方（戒毒验方——著者）具于后：今有人日吸鸦片一钱，自今日始减去一二厘，所减甚微，必不生疾；明日再减一二厘，积至十日，已减去一二分，不满百日，便已全戒。……倘瘾重，日吸三五钱者，亦如法递减，决无不戒之理。

①［美］罗兹·墨菲：《亚洲史》，黄磷译，海南出版社，2004。

英国女王维多利亚自画像

倾销鸦片为厚利

鸦片战争是在中国与英国之间爆发的。

那么，咱就先说说这个后来以“日不落帝国”而自诩的大英帝国。英国与中国的贸易最早始于从中国进口丝绸、茶叶和瓷器等，但是，这些商品要经过几道中间商的转手，所以在英国市场上售价很高，被称为奢侈品，英国为此耗资海量，对华贸易逆差巨大。而中国绵延了几千年的乡村文明、农桑经济，具有自给自足的闭合性，使得英国的产品在华毫无用武之地。

为了扭转贸易逆差，英国商人开始在中国偷偷地贩卖鸦片，眼瞅着财源滚滚来，胆子越来越大，渐次变本加厉。1837年维多利亚女王即位时，英国已经完成了资本主义工业革命，为了满足国家寻找、开辟原料地和市场源的要求，英国开始在世界各地建立殖民地。1840年英国占领了新西兰，这标志着英国在全世界的殖民体系已经形成。英国对中国的野心由来已久。在这种种情况下，英国商人在政府的支持下，再三以“开战”相威胁，开始大肆向中国倾销“害人精”的鸦片。要知道，英国人很聪明，在其国内是严禁鸦片种植、销售的。这就叫作“己所不欲，偏施于人”，这些“文明人”恰恰是与孔老夫子背道而驰的。而且，更令人发指的是，你敢不接受，我就揍你！

于是，从道光中叶开始，朝廷面临着一道史无前例的难题——鸦片在全国迅速泛滥。当时，官方有一个调查，全国吸食鸦片的人数至少有400万人，占清朝总人口的1%以上，而在广东、福建以及后来的海南省等沿海地区，“鸦片烟鬼”所占的比例，还远远不止于此。从而，给百姓和国家带来了深重的灾难。

一是极大地损害了中国人的身心健康。“瘾君子”时间一长，骨瘦如柴，脸色蜡黄，故而被称为“东亚病夫”。

二是白银外流，银贵钱贱，国内经济出现了极大的危机。

三是严重地腐蚀了国家机器。清朝从雍正时期即开始禁烟，官府对其危害性的认识还是深刻的，但举国上下禁烟的效果不佳，甚而毫无起色，以致鸦片泛滥，大有愈演愈烈之势。更有甚者，朝廷有个别人奏请皇帝：应当承认鸦片是合法商品，允许其自由贸易，以便朝廷增加税收，解决朝廷的财政困难。倘或如此，何啻于饮鸩而止渴也！

据不完全统计，1821~1840年，中国白银外流至少在一亿元以上，结果是国内存银骤减，致使通货膨胀严重，百姓负担加重。当时，民间流行一则民谣，家喻户晓，妇孺皆知。它是这样说的：

竹枪一杆，打得妻离子散，未闻枪声震天；
铜灯半盏，烧尽田地房产，不见烟火冲天。

上谕英国国王书

道光二十年六月二十四日，林则徐与时任两广总督邓廷桢、广东巡抚怡良会衔，奏上《谕英国国王书》文稿。该文义正辞严地痛责英国帝国主义者，屡屡以鸦片毒害中国人民——“天理所不容，人情所公愤！”又道：“即夷人未必有心为害，而贪利之极，不顾害人，试问天良安在？”文中雄辩地告诉英国女王维多利亚：中国政府已经仁至义尽，并晓以利害，希望英国政府协助禁毒。

洪惟我大皇帝抚绥中外，一视同仁，利则与天下公之，害则为天下去之。盖以天地之心为心也。贵国王累世相传，皆称恭顺。观历次进贡表文云：凡本国人到中国贸易，均蒙大皇帝一体公平恩待等语。窃喜贵国王深明大义，感激天恩，是以天朝柔远绥怀，倍加优礼。贸易之利，垂二百年，该国所由以富庶称者，赖有此也。

唯是通商已久，众夷良莠不齐，遂有夹带（鸦片——著者），诱惑华民，以致毒流各省者。似此但知利己，不顾害人，乃天理所不容，人情所共愤。大皇帝闻而震怒，特遣本大臣来至广东，与本总督部堂巡抚部院会同查办。凡内地民人贩食者，皆应处死。若追究夷人历年贩卖之罪，则其贻害深而攫利重，本为法所当诛，惟念众夷尚知悔罪乞诚，将趸船二万一千二百八十三箱，由领事官义律，禀请缴收，全行毁化。叠经本大臣等据实具奏。幸蒙大皇帝格外施恩，以自首者，情尚可原，姑宽免罪。再犯者法难屡贷，立定新章。谅贵国王向化倾心，定能谕令众夷，兢兢奉法；但必晓以利害，乃知天朝法度，断不可以不懔遵也。

查该国距内地（中国——著者）六七万里，而夷船争来贸易者，为获利之厚故耳。以中国之利利外夷，是夷人所获之厚利，皆从华民分去。岂有反以毒物害华民之理。即夷人未必有心为害，而贪利之极，不顾害人，试问天良安在？闻该国禁食（鸦片——著者）甚严，是固明知之为害也。既不使为害于该国，则他国尚不可移害，况中国乎？

中国所行于外国者，无一非利人之物。利于食，利于用，并利于转卖，皆利也。中国曾有一物为害外国否？况如茶叶大黄，外国所不可一日无也。中国若靳其利而不恤其害，则夷人何以为生？又外国之呢羽、哔叽，非得中国丝斤不能成织。若中国亦靳其利，夷人何利可图？其余食物，自糖料姜桂而外，用物自绸缎、磁器而外，外国所必需者，曷可胜数。而外来之物，（对中国而言——著者）皆不过以供玩好，可有可无。既非中国要需，何难闭关绝市。乃天朝于茶丝诸货，悉任其贩运流通，绝不靳惜。无他，利与天下公之也。该国带去内地货物，不特自资食用，且得以分售各国，获利三倍。即不卖，而其三倍之利自在。何忍更以害人之物，恣无厌之求乎？设使别国有人贩至英国，诱人买食；当亦贵国王所深恶而痛绝之也。

向闻贵国王存心仁厚，自不肯以己所不欲者，施之于人。并闻来粤之船，皆经颁给条约，有不许携带禁物之语。是贵国王之政令本属严明。只因商船众多，前此或未加察。今行文照会，明知天朝禁令之严，定必使之不敢再犯。且闻贵国王所邻之兰顿，及嘶噶兰、暧伦等处，本皆不产（鸦片——著者）。惟所辖印度地方，如孟啊啦、曼哒啦萨、孟买、叭哒拏默拏、嘛尔洼（英国印度殖民地所辖孟加拉等国家、地区——著者）数处，连山栽种、开池制造。累月经年，以厚其毒。臭秽上达，天怒神恫。贵国王诚能于此等处拔尽根株，尽锄其地，改种五谷。有敢再图种造者，重治其罪。此真兴利除害之大仁政，天所佑而神所福，延年寿，长子孙，必在此举矣。

林则徐诞生200周年纪念邮票

至夷商来至内地，饮食居处，无非天朝之恩膏，积聚丰盈，无非天朝之乐利。其在该国之日犹少，而在粤东之日转多。弼教明刑，古今通义。譬

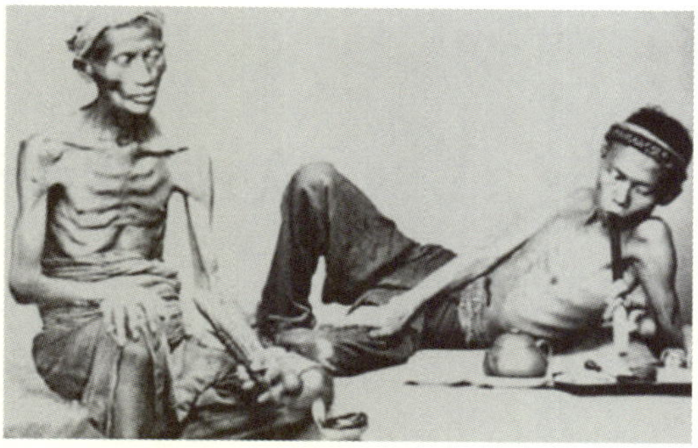
福州林则徐纪念馆收藏的鸦片吸食者图片

如别国人到英国贸易,尚须遵英国法度,况天朝乎?今定华民之例,卖者死,食者亦死。试思夷人若无带来,则华民何由转卖,何由吸食?是奸夷实陷华民于死,岂能独予以生?彼害人一命者,尚须以命抵之,况之害人岂止一命已乎?故新例于带来内地之夷人,定以斩绞之罪。所谓为天下去害者,此也。

复查本年二月间,据该国领事义律,以禁令森严禀求宽限,凡印度港脚属地请限五月,英国本地请限十月。然后即以新例遵行等语。今本大臣等奏蒙大皇帝,格外天恩,倍加体恤。凡在一年六个月之内,误带,但能自首全缴者,免其治罪。若过此限期,仍有带来,则是明知故犯,即行正法,断不宽宥。可谓仁之至、义之尽矣。我天朝君临万国,尽有不测神威,然不忍不教而诛。故特明宣定例。该国夷商欲图长久贸易,必当懔遵宪典,将永断来源,切勿以身试法。王其诘奸除慝,以保乂尔有邦,益昭恭顺之忱,共享太平之福,幸甚,幸甚!接到此文之后,即将杜绝缘由,速行移覆,切勿诿延。[①]

《谕英国国王书》一文,显示了中国人的浩然正气,凛然大义。但是,在当时朝廷害怕开战的条件下,文章又能做到有礼有据有节,仅仅斥责英国商人见利忘义,不把矛头指向英国政府,很注意把握分寸。故而,道光帝阅后在文末朱批:"得体周到。"鸦片战争是欧美大航海时代扩张性的必然产物,是其侵略性、掠夺性的必然发展;也是中国禁海迁界、闭关锁国引发的必然结果——逃避海洋,歧视海洋,必将受到海洋的惩罚!

①黄坤,刘永翔编《中华古文观止》,学林出版社,1995。

玖：放歌漫漫丝路

摘要：寄居蟹身披硬甲，但它后身却异常软弱，因此，需要找一个安身之所。油螺是它的理想住宅，它进攻壳主，把它弄死、撕碎，然后自己把尾巴钻进壳里去。在寄居蟹的壳背上，有时还会发现一只高高在上的海葵，它和寄居蟹亲密无间，两个同出同游，海葵的怪样子可以吓走寄居蟹的敌人。寄居蟹背着这个步履艰辛的海葵，四处觅食，这是自然界中奇妙的合作。……

天妃之神灵应记

皇明混一海宇，超三代而轶汉唐，际天极地，罔不臣妾。其西域之西，迤北之北，固远矣，而程途可计。若海外诸番，实为遐壤，皆捧琛执贽，重译来朝。皇上嘉其忠诚，命和（郑和——著者）等统率官校、旗军数万人，乘巨舶百余艘，赍币往赉之，所以宣德化而柔远人也。自永乐三年奉使西洋，迨今七次，所历番国，由占城国、爪哇国、三佛齐国、暹罗国，直逾南天竺、锡兰山国、古里国、柯枝国，抵于西域忽鲁谟斯国、阿丹国、木骨都束国，大小凡三十余国，涉沧溟十万余里。

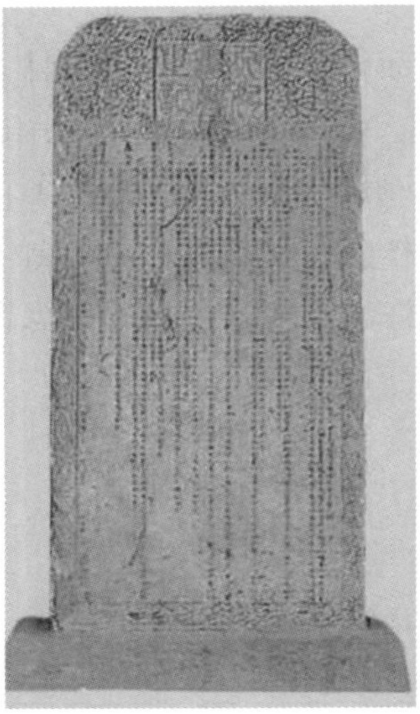

《天妃灵应之记》古石碑

观夫海洋，洪涛接天，巨浪如山，视诸夷域，迥隔于烟霞缥缈之间。而我之云帆高张，昼夜星驰，涉彼狂澜，若履通衢者，诚荷朝廷威福之致，尤赖天妃之神护佑之德也。神之灵固尝著于昔时，而盛显于当代。溟渤之间，或遇风涛，即有神灯烛于帆樯，灵光一临，则变险为夷，虽在颠连，亦保无虞。及临外邦，番王之不恭者，生擒之；蛮寇之侵掠者，剿灭之。由是海道清宁、番人仰赖者，皆神之赐也。神之感应，未易殚举。昔尝奏请于朝，纪德太常，建宫于南京龙江之上，永传祀典。

钦蒙御制纪文，以彰灵贶，褒美至矣。然神之灵无往不在，若长乐南山之行宫，余由舟师累驻于斯，伺风开洋，乃于永乐十年奏建，以为官军祈报之所。既严且整，右有南山塔寺，历岁久深，荒凉颓圮，每就修葺，数载之间，殿堂禅室，弘胜旧规。今年春，仍往诸番，蚁舟兹港，复修佛宇神宫，益加华美。而又发心施财，鼎建三清宝殿一所于宫之左，雕妆圣像，粲然一新，钟鼓供仪，靡不具备，佥谓如是，庶足以尽恭事天地神明之心。众愿如斯，咸乐趋事，殿庑宏丽，不日成之。画栋连云，如翚如翼，且有青松翠竹掩映左右，神安人悦，诚胜境也。斯土斯民，岂不咸臻福利哉？

人能竭忠以事君，则事无不立；尽诚以事神，则祷无不应。和等上荷圣君宠命之隆，下致远夷敬信之厚，统舟师之众，掌钱帛之多，夙夜拳拳，惟恐弗逮，无不竭忠于国事，尽诚于神明乎？师旅之安宁，往回之康济者，乌可不知所自乎？是用著神之德于石，并记诸番往回之岁月，以贻永久焉。

一、永乐三年，统领舟师，至古里等国。时海寇陈祖义，聚众三佛齐国，劫掠番商，亦来犯我舟师，即有神兵阴助，一鼓而殄灭之，至五年回。

二、永乐五年，统领舟师，往爪哇、古里、柯枝、暹罗等国，王各以珍宝、珍禽、异兽贡献，至七年回还。

三、永乐七年，统领舟师，往前各国，道经锡兰山国，其主亚烈苦奈儿负固不恭，谋害舟师。赖神显应知觉，遂生擒其王，至九年归献，寻蒙恩宥，俾归本国。

四、永乐十一年，统领舟师，往忽鲁谟斯等国，其苏门答腊国有伪王苏斡剌，寇侵本国，其王宰奴里阿比丁，遣使赴阙陈诉。就率官兵剿捕，赖神默助，生擒伪王，至十三年归献。是年，满剌加国王亲率妻子朝贡。

五、永乐十五年，统领舟师，往西域，其忽鲁谟斯国进狮子、金钱豹、大西马；阿丹国进麒麟，番名祖剌法，并长角马哈兽；木骨都束国进花福绿并狮子；卜剌哇国进千里骆驼并驼鸡；爪哇、古里国进麋里羔兽。若乃藏山隐海之灵物，沉沙栖陆之伟宝，莫不争先呈献，或遣王男，或遣王叔、王弟，赍捧金叶表文朝贡。

六、永乐十九年，统领舟师，遣忽鲁谟斯等国，使臣久侍京都者，悉还本国。其各国王益修职贡，视前有加。

七、宣德六年，仍统舟师，往诸番国，开读赏赐，驻泊兹港，等候朔风开洋。

思昔数次，皆仗神明助佑之功如是，勒记于石。

宣德六年岁次辛亥仲冬吉日，正使太监郑和、王景弘，副使太监李兴、朱良、周满、洪保、杨真、张达、吴忠，都指挥朱真、王衡等立。正一住持杨一初稽首请立石。

注：本文又题为《天妃灵应之记》，俗称《郑和碑记》，来源：《长乐金石志》卷四。

荷兰使官中国心

□王振德

“有的人活着，他已经死了；有的人死了，他还活着。”当代老诗人臧克家曾经说过。

他取中国名字，讨中国太太；擅中国书画，长中国琴棋；钻中国春宫，研中国性学；撰中国小说，写中国专著……尤其是140万字的《大唐狄公案》——一部独辟蹊径、引人入胜的中国公案小说的出版，更使其蜚声海内外。他就是荷兰人高罗佩，被史家称为“汉学怪杰”。

取中国名字　讨中国太太

在当代的外国汉学家中，学问做得大的为数不少，但作为一个业余爱好者，把整个身心都投入到中国文化里，痴心追慕中华古典文化精神、中国古人生活方式的，可谓寥若晨星。

而他无疑是一个杰出代表。这样一位已故近40年的荷兰职业外交家，本当“退出历史舞台”，也退出人们的视野和记忆。然而，随着其《大唐狄公案》全译本在中国面世，他那颗鲜红的“中国心”，他那个剪不断、理还乱的“中国结”，又一次活蹦乱跳地浮现在我们的心头，历历在目。

高罗佩原名罗伯特·汉斯·梵·古利克，因其自幼对古老而博大精深的东方文明心驰神往，故长大后以其原姓Gulik 的“Gu”和基督教教名“Robret” 的谐音，给自己起了一个中国名字——高罗佩。

说起高罗佩的起名，还有一段有趣的故事呢。他1910年8月出生在荷兰海尔德兰省的聚特芬，其父是荷兰陆军中将军医威廉·梵·古利克。4岁时，他随父来到南洋的印度尼西亚，就读于雅加达的一所小学。在高家客厅的博古架上，摆放着几个硕大的中国瓷瓶、瓷盘，其中有一个瓷瓶高罗佩非常喜爱，因为上面有清代“扬州八怪”郑板桥的一副手书对联：“浮碧一川思训画，硬黄半榻右军书。”联中所谓“思训”，乃唐代杰出的画家李思训，为李唐皇族；所谓“右军”，乃晋代大书法家王羲之的字，史称王右军。

高罗佩对上面那挥洒自如、豪放不羁的汉字（后世称“乱石铺路体”）产生了浓厚兴趣，于是12岁就执意攻读中文，并曾拜一位中国留学生为师。一个地地道道的西方少年，仅仅缘于瓷器上的二十几个汉字，就迷上了东方文化，实在够传奇的，堪称是中西方文化交流史上的美谈与佳话。

1943年，曾在日本当过外交官的高罗佩经过几番争取，来到他梦寐以求的中国，就任荷兰驻中国大使馆（当时设在“陪都”重庆）一等秘书。在华任职期间，高氏更是如鱼得水，孜孜不倦地学习中华文化，钻研中国诗词歌赋。他还取中国俗语“一笑忘百忧”之意，自号“笑忘”，而当他用中文写文章发表时，则署名“吾华”，以表达他对中华文明的景仰。

担任荷兰驻华大使馆一等秘书期间，高罗佩有幸在“雾重庆”结识了该使馆的中国籍秘书水世芳。她是京奉铁路局局长水均韶排行第八的女儿，亦即中国洋务运动之父张之洞的外孙女——一个推崇东方的文化与文明，一个心仪西方的科学与技术。于是，在高罗佩强烈的爱情攻势下，高、水喜结秦晋之好，可谓

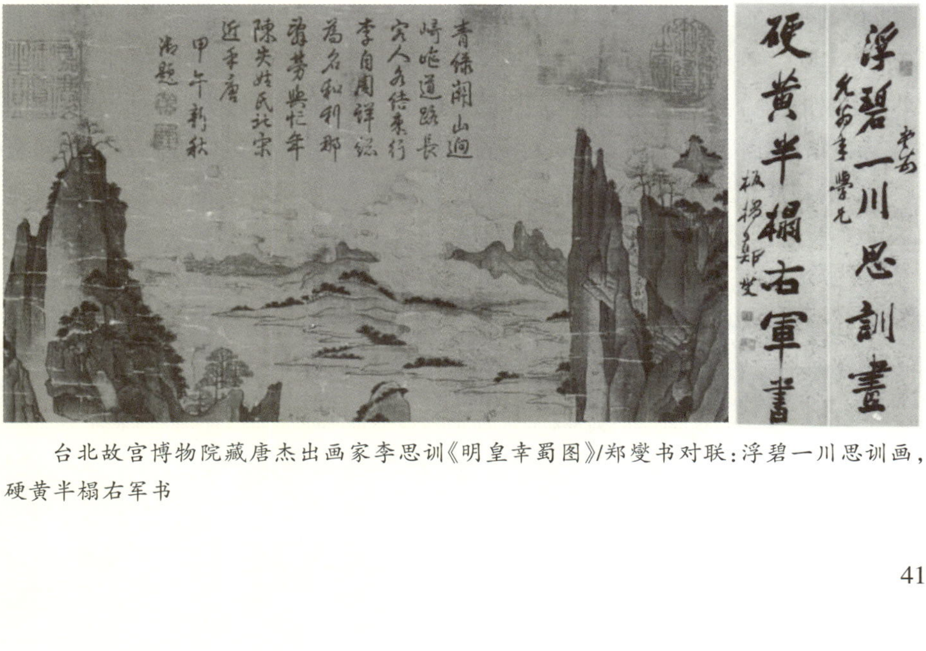

台北故宫博物院藏唐杰出画家李思训《明皇幸蜀图》/郑燮书对联：浮碧一川思训画，硬黄半榻右军书

“高山流水叹知音”。

婚后，她教他中华传统文化，他授她西方现代科技，夫妻俩琴瑟和鸣、相得益彰，奏出了一段爱情知音曲。

擅中国书画　长中国琴棋

自从娶了一位中国名媛做太太，高罗佩更是全身心地沉浸在汉学精萃的海洋之中，乐不思蜀，诗词歌赋、琴棋书画无不涉猎。

受其“中国情结”的驱使，高罗佩精研中国古琴，曾师从古琴大师叶诗梦，并在重庆组织过“天风琴社”，1940 年又将其研究成果写成《中国琴道》一书。该书详细介绍了中国各类琴学著作——琴与文学、绘画的关联，琴与松鹤梅剑在中国古人意念上的关系，以及琴和音乐对中国古代文化的重要影响等等，这些在书里多有精深阐释。

围棋是他的又一爱好和研究课题，那两个椭圆、一对黑白及 361 个交叉点，无时不让他魂牵梦绕，心慕手追，遂棋艺精进。他还将其研究所得应用到小说创作里，如在《大唐狄公案：湖滨案》里，他在故事情节中设一棋局，棋局内秘藏机关，解了残局，奇案方破。他十几岁开始练习汉字书法，终身不辍，真草隶篆都见功力，尤以行书见长，并戏称“高体”。

高罗佩还拜名师学习中国绘画，画得一手上好的山水人物，而且特别擅长模仿明代的木版画，他所著的《大唐狄公案》小说的封面及书中一百多幅漫画、插图，均为本人所画。其中的大多数，都是模仿明朝版的《列女传》和《列仙全传》的风格绘制的。在此期间，他将其在书画方面的学习心得和研究成果写成《书画鉴赏汇编》出版，并翻译了陆时化的《书画说铃》一书，其作品甚具明代万历年间金陵书坊的粗犷风格。此外，他还是一位古董鉴赏家，收藏了大量的中国字画、典籍、陶瓷及乐器等。

高罗佩堪称汉语语言大师。他不仅可分别用文言文、白话文写得一手好文章，而且诗词歌赋无所不能。1951 年，他在香港码头上巧遇一位在重庆工作时的同事，遂作七言古风相赠：

漫逐浮云到此乡，故人邂逅得传觞。
巴渝旧事君应忆，潭水深情我未忘。

宦绩敢云希陆贾，游踪聊喜继玄奘。
匆匆聚首匆匆别，便泛沧浪万里长。

钻中国春宫　研中国性学

缘于阅历上的偶然疏漏，高罗佩又对中国的春宫画和传统性文化着了魔，可谓废寝忘食也。

那是他写完《大唐狄公案》之后，交由日本的一家出版公司负责编辑出版。该公司坚持以裸女像为封面，遭他拒绝。他认为，中国受传统礼教的束缚，没有以裸体仕女为题材的画风。而出版公司却坚称，中国明代就有春宫图问世，让他查询。不久，高罗佩找到日本京都的一家古董店，买了一部明代万历年间印行的五彩套色木刻“秘戏”图册，里面印画 24 幅，总称《花营锦阵》，所绘男女均为裸体画。此外，上海一家书店也称：有一位顾客藏有明代出版的裸体像册页，可供其临摹。

高罗佩发现自己在这一领域的孤陋寡闻，遂开始研究中国春宫图，收集历代春宫画和有关性生活的古籍，几年后将其收藏和研究的成果编写成《秘戏图考》一书，书内的中英文文字均为他自己用钢板刻写，介绍中国古代性生活的历史。该书只印行了 50 册，由他分别赠给有关国家的国立图书馆，专供学术研究之用，然后他就将原版付之一炬。因为在他的心目中，这种东西有伤大雅，与中华传统文化相悖。可见，他还是一位十分严肃的作者和编辑，不似当今一些出版人为了逐利，一味迎合市场。

《秘戏图考》一书出版后，引起全世界汉学界的广泛关注，许多欧洲的汉学家来函和他商榷讨论，甚至于争论。于是，在研究包括道家的《房中术》在内，自汉初至明清许多有关中国两性生活的古籍，以及历代描写男女关系的诗歌、小说的基础上，于1961年秋天，高罗佩写成了《中国房中考》一书，在他的故乡荷兰一家出版社出版发行。

高罗佩：中西合璧全家福

高罗佩研究中国古代性

生活的结论是：一般而言，中国古人的性生活是很正常、很健康的。从而，他的研究成果“一石激起千层浪”，纠正了许多西方人对中国人性生活长期存在的“傲慢与偏见”。

撰中国小说　写中国专著

早在中学时代，高罗佩就开始尝试着用汉文进行写作，并在校刊上发表过汉语版的诗歌、散文等；18 岁的时候，他就在荷兰荷华文化协会主办的《中国》会刊上，发表了研究《诗经》的论文。后来，他又陆续发表了许多汉语版五花八门的汉学文章和专著。

《铜钟案》是高罗佩写的第一部中国公案小说。这部小说以唐初的社会政治生活为背景，主人公是唐代武则天一朝的名相狄仁杰——世界汉学家公认其为“中国的福尔摩斯”。高氏原想《铜钟案》先用英文出版，而后再译成中文拿到故事的发源地中国出版。然而，时值 40 年代中后期，解放战争的炮火燃遍全国，国民党当局的出版界连蒋委员长都顾不上，哪里还管得了狄仁杰，所以《铜钟案》最后只以英文问世。

尽管如此，此书的英文版出版后，立即在西方引起极大的轰动，读者纷纷致函，要求其继续写下去。读者的高度认同，使得高罗佩创作中国公案小说的兴致一发不可收，此后历时 15 年，他终于写成了洋洋 140 万言的长篇历史小说《大唐狄公案》。

在这部宏篇巨制中，一串串“?”似一把把塔吊的铁钩，紧紧钩着读者探赜索隐的好奇心，直令读者欲罢不能，寤寐思之。该书全套四册，分别为《四漆屏》《淫僧记》《跛腿乞丐》《太子棺》。这部四部曲式的长篇小说自出机杼，扬弃了中国公案小说的单线索结构模式，把多重线索置于同一时空，使之并驾齐驱，环环相扣、步步惊心。小说把错综复杂的矛盾一下子推到读者面前，而后剥茧抽丝、拔丁抽楔，最后才让你恍然大悟：“唔，原来如此！”悬疑，在这部小说中，既是调动广大读者兴趣的手

高罗佩拜名师指导学古筝

段,又是叙事的目的。全书故事纷纭交错,案情凶险离奇,情节扣人心弦,谜底逼人追索。

《大唐狄公案》出版两年后,被译成十几种语言,于欧美各国不断再版,风靡世界几十年。但是,直到20世纪80年代后期,该书方经伦敦大学中西比较文学博士生导师赵毅衡之手,撰写书评文章介绍回“娘家”中国。随后,赵先生又组织同窗好友陈来元、胡明翻译这部巨著,历经多年终于完成。其间报刊多有选发或者连载,亦有不少盗版。

今年(2007年)阳春三月,《大唐狄公案》全译本已由海南出版社出版发行,且旺销全国。假如泉下有知,高罗佩听到这个消息,1967年就死于癌症的他当含笑九泉——他那个无法剪断的“中国结”终于可以解开了,他那颗永远鲜活的“中国心”也可以释怀了。

注:本文根据高罗佩长篇历史小说《大唐狄公案》序言等权威资料编撰,最初在《中华读书报》2006年11月10日第8版刊发,原标题为《一位荷兰外交官的中国心》,署名为本人的笔名“王道”。之后许多报刊、网络竞相转载,包括不少文学核心期刊。本次收录时,自己也找不到了,还是从网上下载的(文字稍作润色)。

贝壳复活为哪般

□王振德

“王老师要采写《三沙渔味》的书稿,很辛苦,需要安静。你就住个单间吧!”三沙市七连屿工委书记、管委会主任王春非常善解人意。他站在赵述岛用木板搭建的简易码头上,一边说着,一边接过我的旅行包。

五光十色入梦来

吃过赵述岛上的美味晚餐,回到房间,我从摄影坎肩口袋里掏出了两大把贝壳——这还是清晨在与永兴岛相邻的石岛上捡的呢。

自然,这些贝壳不会想到,它们竟然会与我一道漂洋过海,乘坐了四五个小

大法螺

时的冲锋舟，来到了绿树成荫、鸥鸟翔集的赵述岛。我拿出这四十几枚酸枣大小的贝壳，放在房间的青白釉瓷盘儿里，拿到卫生间用水冲去了沙子，而后搁在了床头柜上。

俗话说：日有所思，夜有所梦。连日来，在海滨散步，在礁盘行脚，我的一双“慧眼”左顾右盼，就紧盯着那些贝壳了，因此，夜间在梦幻中，一枚枚贝壳便“五光十色入梦来”。梦中的我看到，在清澈如镜的海水里，在洁白如缎的沙滩上，到处都是五彩缤纷、七色辉映、形态各异的贝壳。是以，我逸兴遄飞，思绪颉颃，兴奋极了，辄“老夫聊发少年狂”，奔跑着，雀跃着，专找那最漂亮、最齐整的贝壳，捡呀，捡呀，捡了整整两大塑料袋子，忙得不亦乐乎。

“哇，好多，好漂亮啊！”梦里的我从三沙市回到家里，妻子、儿子、女儿看到贝壳，异口同声地惊呼。他们高兴坏了，又是买酒，又是加菜地“犒劳”我。甭看老婆大人已是“奔五儿”的人了，但骨子里就喜欢浪漫。你瞧，她也顾不得吃午饭了，指挥着儿子、女儿借梯子、搬凳子、拿剪子、找绳子，三人爬高登低地在客厅里忙碌着……

待我午睡醒来一看，我家的房顶上、墙壁上、博古架和电视柜上，到处都挂满了琳琅满目、叮咚悦耳的贝壳。其中，有蜘蛛螺、万宝螺、唐冠螺、长鼻螺、扶轮螺和大法螺，也有被称为“贝类之王”的砗磲，还有最为名贵、一只价值高达百万元的鹦鹉螺。客厅里，无数瑰丽的贝壳有的翩若飞鸿，有的静如处子，有的随风曼舞；形形色色，大大小小，相映成趣，蔚成奇观。

哇，好家伙，梦中的家里简直变成“海底世界”了。

那一枚枚贝壳，尽管为钢筋水泥包裹得密密实实的，但依然翩飞着，大张着两只“耳朵”和一双聚焦的小眼儿，仿若在倾听着大海的涛声、鲸鲨的咆哮，在品味着海豹多姿多彩的舞蹈、飞鱼自由自在的翔跃；在欣赏着红腿鲣鸟——渔民的好朋友——“导航鸟”的优雅自在，也鄙视着渔民所讨厌的那些不劳而获的军舰鸟——“强盗鸟”——于半空中的横暴劫掠。我猜想，它们是不是还在做着重返大海、沙滩的“美梦 ”呢？

大海是贝壳的故乡，贝壳是大海的诗行。

起死回生为哪般

由梦境回到现实。却说那天凌晨在赵述岛,忽然,身边一阵“悉悉索索”“吧吧嗒嗒”的响声,搅扰了我那彩虹般光怪陆离的幻梦。我揉揉惺忪的睡眼,起床仔细一看,原来是我放在果盘里的那些贝壳,一个个都“起死回生”了。它们爬得满地、满床都是,甚至有的爬到了卫生间的门口——是不是它们也有早晨如厕的习俗呢?

有些贝壳胆小,依旧滞留在床头柜上、水果盘里,兀自彷徨、踯躅,不敢纵身跳下来;而胆大的贝壳呢,有的竟然爬到了我的被窝儿里、枕头上,是不是意欲跟我同床异梦呢?

“啊?”我一下子蒙了,使劲儿揉着为眵目糊遮蔽的惺忪睡眼,竟然许久昏昏然、懋懋然,实在分不清自己是梦是醒了。是贝壳的调皮搅扰了我杂沓的睡梦,还是我醒后的言行打扰了贝壳愉快的旅行?“喂,贝壳,早晨好!”我有意喊了一声,它们跑得更快了。

用早餐时,我见到三沙市公安局工作站的小吴,便迫不及待地问询:“我从石岛带来的两把贝壳,为什么夜间突然‘复活’了?吓了我一跳。”他回说:“那不是复活,大概是寄生现象吧。具体的,我也说不明白。”回到永兴岛,我又请教“老岛民”李发归,他也说那是“寄生螺”——究竟是小螺寄生在贝壳里,还是其他的小动物寄生在螺壳里呢?

我依旧是懵懵懂懂,如堕五里雾中。我被好奇心所驱使,在三沙市又问了好几个渔民,他们的回答均不得要领。无奈,我就只好暂作阙疑,可内心里很是憋闷,不爽。因为我这人有个毛病:有些“重要的事”不管不问,而有些“斜边子事”却非要“打破砂锅”不可。

机缘巧合得真谛

这些顽皮、可爱的小生灵到底是咋回事呢?

直到两个月之后,在一位同事家里做客,偶然看到了一本名曰《名家笔下的南海》的新书,其中收录了一篇题目为《南海鱼汛》的散文作品。其作者曾庆松是琼海市温泉镇人,也是海南著名作家、新闻界老前辈。也就是在这篇散文中,我才与“贝壳复活”的谜底邂逅了,真是“得来全不费工夫”。你瞧,已故的曾老先生在该文中写道：

寄居蟹身披硬甲，但它后身却异常软弱，因此，需要找一个安身之所。油螺是它的理想住宅，它进攻壳主，把它弄死、撕碎，然后自己把尾巴钻进壳里去。在寄居蟹的壳背上，有时还会发现一只高高在上的海葵，它和寄居蟹亲密无间，两个同出同游，海葵的怪样子可以吓走寄居蟹的敌人。寄居蟹背着这个步履艰辛的海葵，四处觅食，这是自然界中奇妙的合作。寄居蟹逐渐长大了，原来的“房子”难以容身，它就需要进攻另一个较大的海螺，这时寄居蟹就会请海葵下来，带着它去迁到新居里……①

“哦，原来如此。”我这才恍然大悟了。曾老的笔调不疾不徐，妙趣横生；有静有动，颇具画面感，让人如见其形，如闻其声。但我所看到的螺壳，“寄居蟹”都不肯钻出来，或许是这一路走来，它们已经敏察到人类“爱美之心”的巨大威胁了吧？由此我在想：这“寄居蟹”是不是很像当年的日本侵略者——杀死中国居民，强占民房的强盗行径呢？

由此我又想：要想探求事物的真谛、人生的秘诀和大自然的奥义，有时还真需要“机缘巧合”；爱美之心人皆有之，可是，设若我们的“爱美之心”伤及了其他生灵，我们是不是应该有所收敛呢？

注：本文曾刊发在2015年12月23日的《海口日报》第24版，原标题为《贝壳惊梦》，本次收录时稍作润色。

成化斗彩鸡缸杯

□蔡　旭

一只精美的明代鸡缸杯，站在御窑博物馆里，站在我的面前。

是的，它正是成化斗彩鸡缸杯。画的是鸡，形状为缸，用途为杯，明代成化年间御窑烧制的精品。

正是以釉下彩与釉上彩相凑、相逗、相斗得名，以瓷质精美、彩饰优雅、小巧

①王春煜、耿建华编撰《名家笔下的南海》，海南出版社，2016。

别致闻名,被称为明代官窑之冠的成化斗彩呀!

它真可以跟前些年拍出2.8亿港币的珍品媲美。

可惜它是碎片拼凑起来的!

是由御窑遗址出土的瓷片,精巧地复原的。

为了维护皇帝的权威,维护贡品的权威,当年一些贡余品,都被集中打碎,就地掩埋了。

西沙出土的古瓷器

精品可遇不可求。而偶然得之的极品,技师们是不会拿来上贡的。因为下次烧不出以此为标准的产品,皇帝会要了他们的脑袋。

只能上品给皇帝,极品留下来,或者索性敲碎。

就这样粉身碎骨了。

即使是碎片,也这样埋没了500年。

至精至美的东西,总是难有好结果的。

我不禁悲涌心头。为这些精美绝伦的瓷品,更为这些身怀绝技,又身临绝境的技师们。

多么难以理解的情境呀!

站在这座以"御窑"为名的博物馆里,我不得不——

得到了理解。

注:本文选自蔡旭先生的散文诗集《远处风景近处家》,江苏凤凰文艺出版社出版,原题为《成化鸡缸杯》。本书收录时,文字、标点略有改动。作者蔡旭系全国著名散文诗作家,原任海口晚报社总编辑,新闻高级编辑。

一舟驶遍五大洋

□王振德

两千年守望
如西沙老龙头一般倔强
何惧风吹雨打　波涌浪掀
何惧外敌窜袭　国事板荡
头顶祖宗天　耕耘祖宗海
我昂首撞碎那无休无止的浊浪

三万里远航
帆樯似白鸥振翅翱翔
何惧沉舟侧畔万骨枯
何惧浑身百孔千万疮
背驮父母的期望
心挂妻儿的柔肠
我犁波踏浪　耕海牧鱼
大风大浪船底过　南海是家乡

一座座岛屿　一片片沙洲
是我心爱的避风港
一口口古井　一间间祠堂
系着我的思念　牵着我的向往
昨天　刚刚在黄岩岛打鱼
今天　又来到礼乐滩晒网
明天　我将在曾母暗沙抛锚
小岛小屿脚下走　礁盘好渔场

永兴岛灯塔

哪怕多情偏遭风雨妒
哪怕勤俭却被海盗抢
渔经心里藏　引航千亩祖宗海
罗盘世代传　圈定万里中国洋
我就是前仆后继　生生不息
气吞三江　势拔五岳的老船长
——乘风行四海　扬帆守八方
一身转战三千里
一舟驶遍五大洋

陵水黎安端午龙舟赛

拾：中国海展宏图

摘要：龙旗牛旄在祖宗海高高飞扬、飒飒招展，伴着汉赋唐诗，伴着宋词元曲；伴着渔歌俚调，伴着国乐民谚；伴着南海渔民的更路手册，伴着东海船家的罗盘针尖；伴着一点点光明的渔火，伴着一曲曲英雄的礼赞；伴着一片片鼓掌的绿叶，伴着一张张耕海的白帆……

一叶白帆大于海，一面红旗映红天！

国旗招展祖宗海

幸有翰墨如椽笔，鸿猷远策绘蓝田。

哗啦啦，哗啦啦，在南中国海——海南渔民称之为“祖宗海”的万里蓝疆，一面面鲜艳的五星红旗迎风招展，傲视狂涛，笑迎归鸟，直指云天。伴随着一阵阵渔歌，辉映着一片片白帆；引领着一只只渔舟，鼓舞着一艘艘巨舰，回肠荡气，高高招展。

——招展于东沙群岛、西沙群岛，招展于中沙群岛、南沙群岛；招展于祖宗海、中国天；招展于祖国的绿色海疆、渔民的蓝色祖田；招展在一只只小渔艇、一只只冲锋舟；招展在一艘艘大渔船、一艘艘远洋舰；招展在一座座岛屿、沙洲和礁盘……

三沙市机关大楼

哗啦啦，哗啦啦，一面面鲜艳的黄色龙旗穿越时空隧道，冒雨震荡，迎风招展——招展在一个个渔民的心头，招展在一代代华侨的耳畔；招展在西洋的唐人街、中餐馆，招展在南洋的妈祖庙、三宝山；招展在秦汉隋唐丝绸之路上的沙漠舟、戈壁滩和火焰山；招展在宋元明清瓷器之路上的始发港、补给岛和中转站。飘扬，翻卷，延宕，招展！

——招展在东北草原的帐篷顶，伴着狼嚎阵阵起；延宕在西北高原的天路边，伴着驼铃声声喧；翻卷在西南山区之茶马古道，伴着飞轮荡烟尘；飘扬在东南沿海之丝路驿站，伴着危樯指云天！

龙旗牛旄在祖宗海高高飞扬、飒飒招展，伴着汉赋唐诗，伴着宋词元曲；伴着渔歌俚调，伴着国乐民谚；伴着南海渔民的更路手册，伴着东海船家的罗盘针尖；伴着一点点光明的渔火，伴着一曲曲英雄的礼赞；伴着一片片鼓掌的绿叶，伴着一张张耕海的白帆……

一叶白帆大于海，一面红旗映红天！

五星红旗在中国海高高飞扬、飒飒招展，辉映着莽莽三城、三关、嘉峪关，辉映着巍巍五指、五岭、太行山；辉映着抗日战争《义勇军进行曲》怒吼的火焰，辉映着抗美援朝《志愿军战士词》砥砺的虎胆；辉映着颜真卿、苏东坡酣畅淋漓的行草，凌云傲雨，渴骥奔泉；辉映着阎立本、徐悲鸿奔放不羁的骏马，逐日摘星，凌风踏燕！

白鸥穿云过沧海，龙舟蹈浪达彼岸。

转产转业渔家乐

三沙建市五年来，在市委、市政府生态化执政理念的引领下，随着豪华游轮“椰香公主号”的到来，随着大型补给舰“三沙1号”的开通，广大居民的生产观念、生活方式和精神面貌等，都发生了巨大的变化，人们普遍意识到转产转业大势所趋，大局使然，纷纷洗脚上岸。

保护生态环境，就是保护自己的美丽家园！据权威人士介绍，三沙市截至2015年年底，注册企业达119家，个体工商户110家，注册资本17.08亿元，实现税收超过7亿元。市里相关部门积极推动政企、银企合作，工商服务企业成效明显。

2015年，注册成立三沙旅游发展有限公司，规范旅游管理秩序；积极发展旅游服务业，开发旅游纪念品，初步形成了市场效应。“椰香公主号”全年开展西沙邮轮旅游47航次，接待游客8 000余人次，带动了渔民特色渔业、蓝色经济的长

永兴岛：昔日荒岛今如画

足发展；加快新型邮轮引进工作，探索西沙邮轮旅游新业态，力争扩大邮轮旅游范围。

如今，在三沙群岛的各个岛礁、沙洲和滩屿，捕捞与养殖并行，开发与保护并重，渔民们纷纷开始扬弃过去单一的捞贝、捕龟和抓海参的祖业，走上了生态旅游、环保渔业、低碳生活之路，走上了蓝色经济、蔚蓝家园、可持续发展之路，岛民的思想观念、生产方式、生活条件，以及家园绿化、美化程度等，更是“天翻地覆慨而慷”。

改善交通，浪高梦舟现，风骤银鹰飞；

乔迁新楼，安居岛为家，乐业渔家欢；

解决水电，小岛夜不寐，荒礁龙吐涎；

发放驻岛补贴，妇孺联袂至，渔嫂成风景；

渔民转产转业，网箱养珍珠，遍地渔家乐……

保护才是对美的真正欣赏。

前几年出版的《南海知识丛书》是全面介绍海洋文化的一套丛书，分别从不同的侧面和角度，对南海的诸多问题做了全面、系统的阐述与说明。该丛书在序言中，这样表述人类对祖宗海的“现实与态度”“忧虑与责任”，委实发人深思，催人猛醒。该书中写道：

海洋是生命的摇篮。我们赞美她的深邃与壮丽，却又会为她巨大的能量而深感不安；我们热爱她的无私给予，更将贪婪发挥得无以复加；我们忧虑她的健康与发展，却让无知对其造成了一次次的伤害。……所以，我们有义务、有责任保护海洋，为透明海洋的可持续利用和发展贡献自己的力量。了解是保护的开始，保护是了解的必然。①

印度大诗人、大思想家泰戈尔于其著名的《飞鸟集》中写道："瀑布歌道：'虽然渴者只需要少许的水便够了，我却很快活地给予了我全部的水。'"行脚在三沙诸岛礁，我也禁不住萌发了老泰式的哲思——大海借助于鱼虾蟹龟，显示出它的殷勤好客，而殷勤的"客人"却把鱼虾蟹龟捞光了，吃完了；就连鱼子、虾仔、蟹黄和龟蛋也不放过。

海洋生态岌岌危

海南渔民说：头顶祖宗天，脚踏祖宗海。我以为，祖宗海不仅仅属于祖宗，也不仅仅属于我们，而且属于我们的子孙，或可称为"子孙海"。我们这一代人不能自私，千万不能只看过去，只顾现在，而忘记了未来；千万不能像美国著名诗人郎菲罗所说："不思过去，不信未来，把握现在！"那么，我们应该为祖宗海做点什么，又该给子孙海留下点什么呢？

有研究认为，中国近海在过去的30年内，增温十分显著，其速率大约是全球平均数的5~10倍。久而久之，势必给海洋资源、海底天然气水合物资源等，带来一系列的恶性效应。譬如，水母喜欢高温，海洋温度不断攀高，其繁殖生长速度也就不断攀升。也就是说，设若这种增温速度不变，中国近海有朝一日，很有可能变成水母的"一统天下"。进而，改变中国近海的生态结构，使得渔业资源面临毁灭性的巨大威胁，其后果可想而知。

科学家预测，如果地球表面的温度增幅不减，继续以近十年来的速度飙升，到了2050年，全球温度将会上升2~4℃，南北极的冰山将大幅度融化，导致海平面急剧上升，一些岛屿国家和许多沿海城市将化为泽国；我们的世居家园就会成为鱼鳌、鲸鲨的乐园！

甭看珊瑚礁千姿百态、千奇百怪的，它既是海洋生物的美好家园，对维护海

①张一平主编《南海知识丛书》，广西人民出版社，2012。

洋生物多样性具有不可替代的重要作用，而且它还是美丽海岸线的天然防护堤，可以阻挡、减缓惊涛骇浪对海岸的侵蚀和破坏。

对此，海洋生物学家袁翔城博士告诉我们，在南海诸岛中，绝大部分岛礁都是由珊瑚礁构成的，所以恢复和保护南海珊瑚礁非常重要，迫在眉睫。这位海南三亚生态系统国家野外科学观测研究站研究员还说："在 1984 年之前，祖宗海里的珊瑚礁是很好的，还处于持续良好的状态。可是进入 90 年代就糟糕了，南海里的珊瑚礁数量锐减，退化程度惊人。尤其是靠近海岸的海域，珊瑚礁被破坏得非常严重，覆盖率急剧下降；珊瑚礁的生存环境也越来越差，而且，周围的水质还在继续恶化。实在让人扼腕叹息！"

"如果近海的水质再这样恶化下去，我们极有可能再也看不到五彩缤纷的珊瑚礁了。对珊瑚礁的破坏，还会导致一系列的恶性反馈：一是海洋生物失去了赖以生存的家园，就会大量灭绝；二是珊瑚礁覆盖率的大幅度下降，就会导致海岸线失去了防护屏障，海浪就会对海边的道路和绿化带造成冲击性破坏；三是地球的温室效应就会迅速加剧。其后果不堪设想，我们的各级政府一定要引起高度重视啊！"袁翔城博士痛心疾首地说。沧海成桑田，桑田变沧海，这大概也是一种残酷的轮回吧。

对此，美国科学家、媒体研究员迈克·坦尼森认为，由于人类欲壑难填，"已经成为大自然的致命病毒"，因而"可能会最终导致人类自身的灭亡"，这绝非杞人忧天。他叙说道：

由于我们对环境的多重伤害，地球上濒临灭绝的动植物种类持续增长。这种情况正变得越来越难以被忽视。然而，处于困境中的人类似乎明显忽视了这些，我们已经成为大自然的致命病毒。

如果追求有增无减，过度的人口增长以及伴随而来的地球自然资源的耗竭，可能会最终导致人类自身的灭亡。然而，从地质学角度上讲，正如我们所走过的伟大足迹一样，在短暂的时间里我们已经做了很多有害的事情。如果把地球的整个历史看作是以 24 小时为单位的一天，那么我们仅仅进入了这一天最后时刻的画面。我们成功得太快了。

当然，无论我们在地球短暂的停留造成了多大的伤害，地球终将会恢复。毕竟这仅仅意味着人类的终结，而不是所有生命的灭亡。生命是有弹性的。①

---

①[美]迈克·坦尼森：《下一个物种——生命的进化与人类的未来》，黄乘明、周岐海译，海南出版社，2016。

20世纪80年代末,内地的城市还不够发达,包括“北上广”这样的大都会,人口的密度也还不是很高,而香港早已是车水马龙、高楼林立了。于是,著名作家汪曾祺在游览香港之际,发出了这样的感喟:人越多,鸟越少;人越密,鸟越稀。至于我们祖宗海里的鱼虾蟹龟,又何尝不是如此?故而,有人说:“大海不需要人类,人类离不开大海。”

先贤曰:“礼失求诸野。”赵述岛上的“打鱼能手”——符氏兄弟符名友、符名岗很有意思,看似外表朴直,言谈粗率,但他们骨子里却秉承了渔家人勤劳、善良、宽厚和质朴的性格,秉承了我们华夏先民薪火相传的“温良恭俭让”的品行。那天晚上,我们随其出海去收“龙头网”,兄弟俩忙活了半天,只是抓到两条三四斤重的大鱼,而把网里的许多小鱼都放生了。对此,七连屿总岛长王春解释道:“在我们三沙的渔民中,有一条不成文的规矩:一斤以下的小鱼仔一律统统放生。等着它们长大了再抓,或者让它们生小鱼仔。”

“覆巢破卵,则凤凰不翔;竭泽而渔,则龟龙不见。”(汉·刘向语)我们炎黄先民早就有明文规定:春不打猎,夏不打鱼。因为春夏两季,正是鱼虾与野兽怀孕、生育和哺乳期;先民对渔网的网眼儿大小,更有明确规定。意即不杀幼仔儿,更不干“杀鸡取蛋”的蠢事!类似的记载,在《尚书》等许多的上古典籍中,都能找到。而且,大自然也是这样巧妙安排的:海南渔民古来去到三沙打鱼因受季风的影响,无不是秋去春回,亦即秋冬打鱼、春夏“休渔”。这是因为南海秋冬刮的是东北风,渔民正好乘风而去;春天开始刮的是西南风,渔民正好驭风凯旋。大自

临高新盈红树林滩涂上翔舞的白鹭

然真是神啦！而今，从 20 世纪 90 年代发轫的“休渔”举措，涉及全国渤海、黄海、东海和南海四大海域，这大概是古人“夏不打鱼”国策、规制的延续吧。可惜是“及溺呼船，悔之不及”，而且，“休渔”难休贪婪心——海边的鱼贩子更活跃，鱼价也更高。

透明海洋荡梦舟

多年来，英国专家、UNDP-GEF 海南湿地保护体系项目首席技术顾问马敬能博士旅居海南，对我们的海洋生态、湿地生态环境不无忧虑。于是，他总是利用各种机会、各种场合奔走呼号，吁请人们保护滨海湿地、浅海珊瑚，保护红树林和海岸线。他在《家在红树林》中这样写道：

红树林既是各种各样小动物们美妙的家园，又有着非常重要的生态功能。比如红树林能滞留淤泥，保护珊瑚（珊瑚是许多鱼和甲壳类动物繁殖后代的场所）；红树林能吸收污染物，净化海水；红树林就像一条保护带，抵御着热带风暴，保卫着沿海居民的生命和财产。然而，很多人忽视了红树林的这些功效和价值，有许多红树林正在遭受破坏。

人类给红树林带来了许多的威胁和伤害，比如，过度的捕捞鱼蟹、砍伐林木、围垦浅海区域，或海边建起越来越多的工厂——滩涂被工厂泄漏的油污或化学物质污染，等等。也许现在是我们未来领导人开始引领保护行动的时候了。我希望有更多的孩子对红树林产生兴趣，认识到它们的重要性，同时请求大人们关爱和保护好它们。[①]

马敬能博士还在该书序言里叙说道，小时候他在英国海边的一所寄宿学校读书，那时其他男孩都喜欢踢足球，而他更喜欢到海边去玩，来到海滩和礁石上寻觅螃蟹、贝壳和海葵。这样的活动需要看潮起潮落，涨潮时，他就会见着海滩上跳跃的鬼虾；落潮时，便能走下海滩，去探索各种不同的生境。然而只可惜，英国没有红树林，所以没有机会见到弹涂鱼和招潮蟹等，为此，马博士感到十分的遗憾。但在他幼小的心里，早已种下了对各类海洋生物痴迷的种子。种子迟早会发

①胡菲、刘毅：《家在红树林》，海南出版社，2017。

儋州红鱼逗人馋虫

芽，于是人到中年后，他便游走在许多国家和地区，致力于保护、拯救海洋野生动物的工作。

海南岛四面环海，周围全是沙滩和礁石，也不乏湿地和滩涂，但愿我们的孩子长大后，不会有这位“洋博士”的遗憾。

中国红树林保育联盟理事长、总干事刘毅博士是一位颇具忧患意识的人，他对现在的孩子，尤其是城市里长大的青少年，过多地沉溺于各种游戏表示深深的忧虑。他希望孩子们尽量放下手机、电脑，以及电视里的游戏和各类动画片，尽量走出家门，走出学校，多多关注和走近身边的海洋、海岛、红树林和滨海湿地，并提高对大自然的认知水平、保护能力。他在该书中这样写道：“海南省拥有约200 万平方公里的海域面积，丰富的海洋资源，全国发育最好、生物多样性最高的红树林生态系统。在“海洋强国”和“一带一路”战略中，它们必将发挥重要的作用。而进一步提升公众对海洋和滨海湿地的认知，尤其是提升青少年的保育意识，是重中之重！”

的确，对于我们，包括“现在和未来的领导人”，尤其是城市里的儿童和青少年而言，对海洋生态环境建设的认知和保护能力亟待提高，刻不容缓；借用一句老话——从我做起，从现在做起。

“过去在西沙群岛，大海就是一个大冰箱，你想吃什么鱼虾，就到海里去取好了，大海就是聚宝盆和保鲜柜。更不用说南沙群岛了，那里更是海鸟满天飞，龟蟹遍地爬呀！在海南老渔民当中，有一句俗话，叫作：‘渔人观水势，猎人望鸟飞。’大海里是不是有货，看看天上的飞鸟就知道了！”在三沙市采风，遇到的老渔民忆起往昔岁月，每每这般充满自豪地说。近年来，因为出版业务的关系，我经常接触一位来自京都、年近不惑的琼海博鳌籍女士，其芳名曰卢正音。正音女士得知我正在采撷“大海里的故事”，曾经不厌其烦地告诉我：“也许你们不相信，在我的家乡琼海市博鳌镇，以前海货是很多的。我们上小学、初中的时候，放了学几个小姐妹就提上小篮子，来到海边，抓螃蟹，捉海螺，捞海菜，跟玩儿似的，一会儿小篮子就满满当当的了，够一家子人吃啦！”

“渔家无别业，衣食惟罟网。生长风波中，舟楫惯来往。”（明·张昱《捕鱼词》句）接下来，卢正音也和潭门渔民一样，又免不了一声声浩叹：“唉，可是现在不行了，大海里的渔货越来越少，渔民光靠打鱼很难维持生计了。没办法呀，人越来越多，大海被吃穷啦！”正如英国著名历史学家彼得·弗兰科潘所说：

过去三十年，世界上没有哪个国家像中国一样，呈现出翻天覆地的变化：数亿人摆脱了贫困，经济飞速增长。繁荣发展带来了健康的中产阶层的出现，当然也带来了一些问题。……历史证明，快速增长的后果并不容易掌控。尽管人们知道，压力和负担均属正常，并在预料之中，但要真正做到可持续性发展并非易事。①

广大渔民那一声声无奈的喟叹，就像西沙诸岛礁常见的塔吊垂下来的大铁钩，钩着海南省和三沙市每一位决策者的心灵，牵着他们每一根神经。于是，他们难免千思万想，坐不安席，食不甘味。故而，三沙市领导班子想渔民之所想，急渔民之所急，千方百计地倡导、促进渔民转产转业，想方设法使得渔家增产增收，提高幸福指数。

那拳拳赤子之心，在浪花里波动，在礁盘间荡漾。诚如先贤的教诲：“奉扬仁风，顺之以善政，则和气可立致，犹桴鼓之相应。”有道是：乐民之乐者，人亦乐其乐；忧民之忧者，人亦忧其忧。因此，三沙建市以来，领导班子聚民气、暖民心、凝民力，上下团结，军民共建，形成了一股巨大的合力——全市人民自强不息，雷厉风行，牢记“维权、维稳、保护、开发”的三沙使命，发扬“忧国、为民、实干、创新”的三沙精神，靠着“一天都不耽误”的三沙效率，创造了并正在创造着举世瞩目的三沙奇迹。如今，你只要带个电脑包，就可以放心地上岛工作了。正因为三沙市的岛民们安居乐业，所以要求上岛的有志者越来越多；岛上有了医院、学校、幼儿园和集贸市场等；人才引进来，也能留得住，小岛上有了鸟博士、鱼博士、珊瑚博士、环保博士、医学博士和教育博士等高层次人才，甚至还有了专门研究开发诺尼保健品、营养品的专家。

看着一座座居民楼拔地而起，一家家“渔家乐”门庭若市，看着小岛日新月

---

①［英］彼得·弗兰科潘：《丝绸之路——一部全新的世界史》，邵旭东、孙芳译，徐文堪审校，浙江大学出版社，2016。

异的美化、亮化和便捷化，看着岛民们的“幸福指数”日益攀升，就像是“猴子爬竹竿——节节高”……看在眼里，喜在心头，三沙人的笑容更加灿烂，脚步更加自信了。张业琳在其诗词集《花梨阁吟草》之中，有一首讴歌三沙市新风貌的《渔民新村》，这首七律诗写道：

虾曲漫池月影稠，渔歌满载压归舟。
野花招蝶青瓜挂，椰扇摇风白鸭游。
鸥燕穿梭洪海岸，霞光洒灿小洋楼。
此间村镇已难辨，鲜活画图悦目眸。

一带一路大机遇

“闻道天台有遗爱，人将琪树比甘棠。”（唐·刘禹锡《答衢州徐使君》句）而今，广大渔民渐渐懂得，只有长久地守护“主权三沙”，才能有他们的“美丽三沙”；只有长久地守护“美丽三沙”，才能有他们的“幸福三沙”，也才能有子孙万代的“梦幻三沙”。而且只有如此，才能有此后如浪花一般异彩纷呈的故事，也才能将三沙渔民精彩的创业佳话传薪于后世。

对于五六十年代出生的人们，大概都不会忘记，在那“抓革命，促生产”“跑步进入共产主义”的年代，啥事都搞运动。你瞧，全国到处遍植桑树养春蚕，高筑熔炉炼钢铁，举国动员打麻雀……关于前者，著名散文作家邵燕祥在其一篇小品文《我也养过蚕》中，不无讥讽地写道：

“春蚕到死丝方尽”这句诗，常常被人抽出来引用。在李商隐的诗中，八句之一句，这是无可替代的，因为那是诗的世界。而到了以维持人的温饱为基础的现实世界里，那就是一件残忍的事情：使蚕吐丝，待丝成茧，作茧自缚，付之一缫。真是榨油榨到渣，何异于敲骨吸髓也！还要故作亲切地称之曰“蚕宝宝”，人们是不是伪善得可以呀？[①]

在我以为，人们这样“伪善”一下也好，对宇宙万类总要有所忌惮，自然好过

①邵燕祥：《邵燕祥随笔》，四川文艺出版社，1995。

雄赳赳、赤裸裸地“敲骨吸髓”吧。

何以见得?我们在三沙市七连屿管委会采风,曾经的“捕龟冠军”,今日的“养龟模范”——北岛海龟保护站站长黄宏波告诉我们,在那个年代,每年的海龟产卵旺季,上级就会对海南岛沿海的渔民进行总动员,大家便成群结队地开往北岛(又称龟岛),在海边张网以待,在沙滩埋伏候捕,在岛下抛锚待运,就专等着“龟妈妈”上岛产卵呢。

人们好像手举大喇叭,理直气壮地向那些“乌龟王八蛋”庄严宣告:快来呀!我们正等着剥你的壳、吃你的肉、喝你的血,等着拿你的肠子、壳子生火,拿你的爪子、儿子下酒呢。至于你埋在沙滩里的卵蛋,更是异常滋补的美味佳肴,我们的肚子正前心贴后背啦!请记住老祖宗的忠告:城门失火,殃及池鱼!塞翁得马,焉知非祸!

而今,三沙人正在致力于“透明海洋”“蓝色产业”的鸿猷远策,逐步落实“一带一路”的宏伟构想,决心练好内功、夯实基础,打好生态保护这场不见硝烟的硬仗;加强三沙市诸岛礁的可持续开发和建设,使之成为21世纪海上丝绸之路的一个个美丽驿站、绿色港湾。但是,有专家指出,三沙市扼守着海上丝路的黄金通道,它的发展关系到我国在南海的整体利益格局。而目前的三沙市建设尚处于初级阶段,加快推进其交通建设、通讯服务、水电供给和后勤保障等基础设施建设,是目前最关键的一环。

正如习近平同志在“十九大报告”中谆谆告诫我们:“人与自然是生命共同体,人类必须尊重自然、顺应自然、保护自然。人类只有遵循自然规律,才能有效防止在开发利用自然上走弯路,人类对大自然的伤害最终会伤及人类自身,这是无法抗拒的规律。”“生态文明建设功在当代、利在千秋。我们要牢固树立社会主义生态文明观,推动形成人与自然和谐发展现代化建设新格局,为保护生态环境做出我们这代人的努力!”

三沙哨兵电视台金童玉女主持人陆施圳与贺晓博

对于世界各国的宽容宽解和共存共荣的重要性,对于中国在应对和解决海权争端、地缘政治方面的诚意和能力,彼得·弗兰科潘也给予充分的肯定,他还在书中论述道:

人们越来越深刻地认识到，各国都紧密地联系在一起，大家荣辱与共：一个地方的经济减速就会对地球的另一个地方产生直接的、有时甚至是巨大的影响；社会动乱和体制失败所造成的损失，极少能限制在国界之内，它们会四处蔓延，威胁到邻国的政府运作、经济与安全。未雨绸缪，等待时机，才是至关重要的。

中国比大多数国家都更能未雨绸缪，更愿意了解其远邦近邻的过去，并从历史中汲取教训。要做到这些，如中国领导人所说，需要的是尊重和谨慎。比如说"一带一路"的创想，是为了造福天下这一共同事业而提出的，是一个"深度合作的黄金机遇"（习近平主席语）。①

长风破浪会有时

"风樯动，龟蛇静，起宏图。"（毛泽东《水调歌头·游泳》句）截至2016年底，中国对南海诸岛礁的建设进程得到进一步推进，取得了一系列显著的成效，三沙市的自然、人文面貌焕然一新，岛礁的面积有所扩展。习近平总书记在党的十九大报告回顾经济建设成就时，号召我们"南海岛礁建设积极推进"，也肯定了在南海岛礁建设工作中所取得的成就。

于是，南海是海南渔民的祖宗海，作为中国的南大门，事关国家版图与民生的战略重地，也再次进入大众的视野。为了改善守岛渔民和工作人员的生活条件，加强中国在南海主权范围内必要的军事防卫，2017年，通过陆域吹填等工程，中国在南沙永陆（即不会被潮水淹没的陆地）面积显著扩大，新增基础设施占地29万平方米，包括地下储存区域、行政建筑和大型雷达等。这些基础设施的建设，主要是为满足各类民事需求，满足海上搜救、海洋科研、气象观察、生态保护、防灾减灾和渔业生产服务等方面的需求等。这些举措的实施，为后续相关生活设施建设奠定了基础。

三沙设市五年多以来，非常重视生态环境的保护和岛礁的绿化，进而让三沙变得更美丽、更宜居。你瞧，昔日曾经是光秃秃一片的西沙洲，如今已是草木葳蕤，绿意盎然，沙洲变成绿洲。于是，鲣鸟作巢，海鸥翔集，三沙诸岛礁成了鸟儿的天堂。然而，在沙洲上种树谈何容易？高温、高盐、高湿，树苗、土壤都要从文

①［英］彼得·弗兰科潘：《丝绸之路——一部全新的世界史》，邵旭东、孙芳译，徐文堪审校，浙江大学出版社，2016。

昌、琼海、三亚运过来，浇树的水也得是淡化的海水。但如今，三沙已种下了250多万棵树苗，有的已经长成合抱大树，对保护和改善岛礁生态环境，稳固海岛形态起到了重要的作用。

“三沙1号”船下临别依依

岛上种树，海底也种珊瑚。在西沙海域，中科院南海海洋研究所成功培育珊瑚6 000多株。岛绿了，环境好了，海鸟、海龟都回来了，在北岛海龟保护基地，上岸产卵的海龟从2014年的52窝，增加到2016年的150多窝。谈起这两年所取得的成绩，海龟保护站站长黄宏波笑得合不拢嘴。

三沙市市长阿东表示，岛礁绿化工程是实现天蓝、岛绿和水净的重要途径，更是最普惠的民生工程。多种植适合岛礁生长的树，保护好每一份绿色，是三沙人的情怀和担当。三沙设市5年多，三沙人在“美丽三沙”“幸福三沙”的逐梦路上，永不停步。

2017年7月22日，坐落在永兴岛上的三沙银龙电影院举行首映仪式，200多名驻岛军民观看了电影《永远的焦裕禄》。这是中国最南端的城市影院，也是三沙市辖区内兴建并投入使用的第一家电影院。三沙市还通过建设图书馆、体育馆等文体设施，开展以三沙为主题的歌曲、诗歌、图片征集活动，组织丰富多彩的文化演出，举办全市体育运动会，制作发行图书、音像等文化产品，不断丰富群众精神文化生活。

“一桥飞架南北，天堑变通途。……神女应无恙，当惊世界殊。”（毛泽东《水调歌头·游泳》句）三沙永兴机场从2016年年底通航至今，已累计安全飞行民航班机逾680架次，成为进出西沙的天上通道。12月11日，一艘“会飞的船”在海南三亚崖州湾海域亮相。这艘由中国自主研发的海上商用“翔州一号”船，在速度、性能上都大大提高，使得三亚到永兴岛的时间缩短到几小时。随着邮轮、航班、交通补给船等的开通，南海海空立体交通网络逐渐形成。

2017年6月10日，三沙市首次举行有水上飞机参与的“海空立体”联合搜救演练，旨在通过演练进一步强化水上飞机与三沙海上搜救力量的磨合，提升

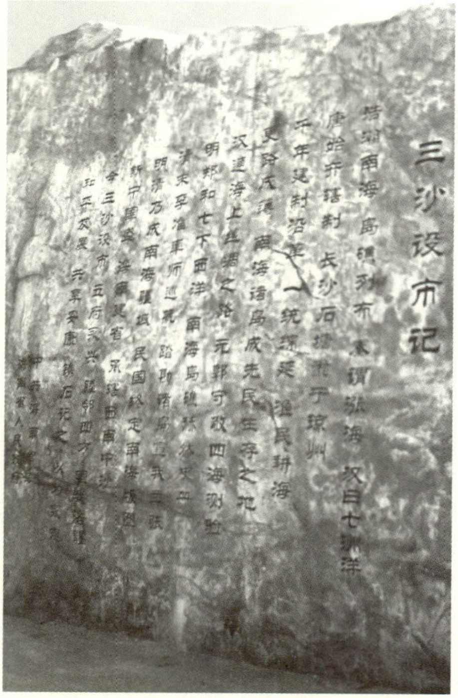

三沙建市纪念碑

三沙海上搜救快速反应能力,为日后增强保障南海船舶航行安全能力,更好地履行国际海上搜救义务奠定了基础。

2017 年 12 月 11 日,南海守礁卫士又增添了新力量。年底,南沙守备部队首批 10 位女军人华丽亮相永暑礁,被纳入守备部队的参谋、通信、医务等岗位编制,与男军人并肩战斗。这 10 位美丽的“军花”都是 90 后大学生,平均年龄 23 岁,其中有的是军官,有的是士官。她们的到来,成为南沙群岛一道亮丽的风景线,结束了“光棍汉军营”的尴尬局面。

对此,新来的通信女参谋任利华告诉记者:“我们的到来,能够丰富礁上的文化生活,娱乐官兵身心,为礁上单调乏味的生活增添色彩。”

俗话说,男女搭配,干活不累。“南沙来了美丽的女兵!”小伙子们奔走相告,并拍照片、发微信告知全国各地的亲朋好友。看来,这一天、这件事对于他们而言,无疑是良辰美景、赏心乐事。

昔日荒礁美如画,渔村处处笑语哗。三沙市建市以来,正是由于抓住了“一带一路”的海上通道,抓住了“深度合作的黄金机遇”,这才有了天翻地覆的变化。对此,就连久居于此的岛民都免不了眼花缭乱,至于来自天南海北的游客,更是禁不住叹为观止。为此,笔者兴之所至,不揣浅陋,吟成一副楹联,献给中国海的创始者、守望者,也献给三沙市的拓荒者、建设者:

忆往昔,桅灯风帆浮家千亩石塘,餐风宿雨祷妈祖;

看今朝,龙旗梦舸荡舟万里海疆,扬眉吐气壮国魂!

附录:耕海箴言

△立冬出海端午返,耕海人生一大半。

——潭门已故老船长伍书光

△出海都是亲兄弟,兄弟互救是常事。

——潭门已故老船长王诗桃

△我们是大海的儿子,不做海算什么男子汉!

——潭门已故老船长苏德柳

△嘱子嘱孙,不忘南海三月春。

——潭门老船长黄家礼

△大风大浪船底过,活命全靠《更路簿》。

——潭门老船长苏承芬

△自古出海半条命,能够生还是万幸。

——潭门老船长卢业发

△本是海南同根生,劝君莫忘老祖宗!

——潭门老船长麦运秀在南洋被无理拘禁时,对前来“劝降”的一琼侨作诗讽刺

△南海是咱祖宗海,岛礁是咱祖宗地。

——七连屿总岛长王春

△从捕龟冠军到养龟模范,是我老年人生的华丽转身。

——长坡老渔民、北岛(又称龟岛)岛长黄宏波

△二十年前去赶海,那是“海滩上拾贝壳——唾手可得”,现在海货少多啦!

——博鳌渔家女、北京一房地产上市公司项目经理卢正音

△感觉母亲一辈子都在小渔港守候，在娘家时等我的姥爷、舅舅；出嫁后等我的父亲；父亲遇难后就等我们兄弟仨；现在又轮到他们小兄弟仨了。

——潭门老渔民卢传平

△苦命不认命，平凡而不凡，一人扛起家庭的重担，是“守望妇”人生价值的最大闪光点。

——海南女作家、长篇小说《守望妇》作者曾万紫

△在南海，渔民守望祖传的渔场，也就等于守护祖国的版图；渔民浮家泛宅、耕海牧鱼，也就等于保家卫国、开疆固边。

——解放军报原副总编辑刘格文少将

△海洋脐带剪不断，丝路家谱写不完。

——本书作者王振德

潭门老渡口

后记：感恩与求教

一年多以来，我生命的日日夜夜、心心念念，庶乎与海南渔民——祖宗海的守望者，尤其是其中的老船长捆在了一起。我知道，这些帆船时代的老船长随着岁月的迁流，有很多人的生命都已经归入了其日夜牵念的大海，硕果仅存的也已到了耄耋之龄，其曾经辉煌的人生都进入了倒计时，故而进行抢救性发掘和记录迫在眉睫。

白日，行脚在一处处海港、渔村，驻足于一幢幢古厝、新楼，探访故实、传说，寻觅罗盘、秘籍，记录族谱、家史，拍摄古物、丛残；夜晚，秉烛夜战，梳理各类史料，整合采访笔记，继之搜肠刮肚，寻章摘句，边采边写，边写边采。虽也辛苦，然乐在其中。我每每为渔民们的善良淳朴、本真自足所感动，为老船长的家国情怀、海洋情结所感佩，更为一代代渔婶渔嫂的不离不弃、无怨无悔，以及其含悲忍痛的人生所感伤。正是因为有了她们对家园含泪的守护、对家人坚韧的付出，甚至是一辈辈接力赛似的自我牺牲，“渔家傲”这种豪迈方可百代传承，“中国海”这片蓝疆方能千古不磨。

文明生态小渔村

何以言之？渔民们祖祖辈辈耕耘着这片广袤的蓝色土地，烟波浩渺的大海是他们的生活来源，渔民们依靠它养活了子子孙孙、世世代代，所以他们爱之护之。然而，狂放不羁的大海也是他们的生命归宿，有多少渔民正当盛年即葬身鱼腹，骨骸不存，只有大海里的鲸鲨清楚；有多少渔嫂正当

周阿婆冒雨等待儿孙打鱼归来

妙龄便因之孀居，苦守家园，只有屋檐下的燕子知道。所以她们怨之恨之。可以说，她们以自己的不离不弃，成就了“守望妇”这个令人感喟的渔家专有名词。

在一处处小渔港、老码头，她们送走了爷爷、父亲和兄弟，送走了丈夫、儿子和孙子，有多少人、多少次一别就成了永诀呀！以是，祖宗海的浪花因其泪水而飞溅，而永远绽放。对于不堪回首的往事，她们不愿说，不忍说，有时候又不得不说。记得那两天我在卢家，孀居大半生的老阿婆周桂英，面对年近花甲而又诚挚、恳切的我，实在不忍心拒绝。尽管她嘴唇哆嗦，双手颤抖，但还是答应向我敞开封闭已久的心扉，令人怅触之至。

“您也一把年纪了，昨天大风大浪的，跟我们打了一天的鱼，还淋成了落汤鸡。奶奶拒绝谁，也不能拒绝您呀！”阿婆的孙子卢俊言对我说。于是，这位善心的渔婆把自己关在屋子里，哭了个一塌糊涂，而后擦干老泪走出来，向我揭开了经年累月封禁的老痂……从而为本书颊上添毫。

“阿婆，阿婆！”一个多月后，当我再次来到潭门去看望周阿婆，迎接我的还是那条面慈心善的大黄狗，它像一个久别的腻友，趴在我身上哼唧着、叫唤着。这时，小帅哥卢俊言跑出来，悄悄地对我耳语：“奶奶上一周刚刚走啦！”我像遭了雷击一般，当时就傻了。我敏感地意识到：阿婆的溘然长逝，似乎与我狠心地揭开她的疮疤有关；或者说，是我的打破砂锅问到底，才启开了阿婆封存已久的心事，于是这位八秩“守望妇”无疾而终，放弃了儿孙满堂的日子，前往冥界寻觅她那位“老冤家”去啦。正所谓：“风信严时清有骨，尘缘空后淡无痕。“（清·张问陶《梅花八首之四》句）我一任心底的泪水滂湃……

大恩不言谢。对于周阿婆的感愧与感恩，岂是一个“谢”字所能涵盖的！还有故去了的老船长王诗桃、何良茂、伍书光……健在的老船长黄家礼、陈在清、卢业发、苏承芬、麦运秀……一个“谢”字太肤廓，太浅率啦！

我只有铭感于心，效法他们的耕海精神；认真笔耕，传扬他们的思想根脉。让我感铭的，还有三沙市委宣传部副部长黄晓华、三沙市七连屿总岛长王春，以及潭门边防派出所教导员王彦中和“气象神兵”符史宝；还有诸多的在南海区域海洋学辛勤耕耘的专家学者；以及通过某种神力，赐给我许多素材的海南日报社记者、老朋友于伟慧，等等。

需要铭感的还有本社的领导和同事们，他们虽然在拙著里潜行匿影，但倘或没有他们的屡屡臂助，也就没有这部书稿的付梓。他们是王伟民、陈寒之、蔡海青、徐雁晖和栾兆菊……尤其是出版社里“三朵霞”——王景霞、卫淑霞和陈霞，为我想选题，出主意，相策勉；刘逸副总编为本书认真筹谋，“耕海”这一书名就是其梦中偶得。还有几位保安，经常被我不分白天黑夜地搅扰……凡此种种，让我感到了团队的智慧、力量和温暖。

需要铭感的也包括我的家人——女儿帮我找书籍、录资料，儿子和他的琼海籍女同学曾中笑陪我几下潭门采访，卓有成效。尤其是老婆大人，对我一年来“非正常人的生活”虽有嗔怪，但更多的是理解、支持和勉励。

最后，特别要铭感的还有解放军报社原副总编、高级编辑、少将军衔的刘格文先生，他不仅为本书认真把关，而且精彩赐序……于今，这部凝聚了渔家的如许血汗，凝聚了学者们的几多智慧，凝聚了同事的几许心力，也凝聚了家人不少辛劳的书稿，终于新鲜出炉了。欣喜之余，该当举杯邀月，一醉方休。

谚曰：“眼见为实，耳听为虚。”此乃对贵耳贱目倾向的否定。但眼见的也可能是假象、伪象，况乎本书绝大部分素材都是来自于“耳听”——来自于渔民、渔嫂们的口述，甚至是第三者的追忆；来自于他人的著述、报章的稿件，以及电视纪录片的访谈……之所以引用了一些第二手资料，是因为在采访结束后的写作过程中，国家的对外政策有所调整，致使许多南海板荡、岛屿争锋之类第一手资料不能再用。

因而，可以说本书是站在巨人肩膀上完成的。我们知道，真实是报告文学的生命力，也是其区别于其他文学体裁的分水岭。拙著之所以引用了一些学者的研究成果，目的是对于中国历史悠久的航海文化、航海技术和航海精神，进行深入而精准的学术探究、理性体察。正如业界权威人士所说：“大量报告文学的创作实践证明，学术意识不仅不会削弱，而且能保障报告文学的真实性。”不仅如此，强化学术性、人文性，还能更好地记录现实、还原历史，揭示人物的精神气质、思想风貌；并且能更好地把握事物的本质、主流和全景，赋予文本以思辨性、理论性的气场和内蕴，以便达到一定的高度、深度和广度。因而，本书可称为全景式、学术性的长篇报告文学——尽管本人委实力有不逮，难以胜任，故而禁不住赧颜汗下。是以，不揣冒昧，求格物之教；不揣谫陋，发瞽者之言。

尽管我们的初衷是好的，无外乎阐发中华历史渊源有自的航海文化，褒扬海南渔民薪火相传的耕海精神，尽管我们如临深渊、如履薄冰，可由于事过境迁、言人人殊，由于语言不通、记录疏漏，以及采访不够扎实等原因，拙著中肯定不乏史实乖舛、人事淆乱之处。在此，伏乞所涉及的当事人和广大读者，以及业界达人一定要多多谅解，多多指正，以为馈贫之粮，拯溺之药；以便不断修改完善，也好尽量让读者满意一些。在此，翘首跂踵，伏乞各位方家不吝赐教；诚意正心，谨向各位同好致以拳拳谢忱！

有感于南海老船长承先启后的海洋精神、远航文明，兴之所至，余学填词《渔家傲》一阕，就教于诸位：

古来半居珊瑚岛，沉舟侧畔弄飞棹，神佑蓝田堪一笑。
堪一笑，舳舻相继渔家傲。
耕海何惧风浪闹，岂奈倭盗频袭扰，喋血降妖对天啸。
对天啸，而今丝路飘龙纛。

王振德　再拜稽首

2017年12月